KB018242

1

264일의 쿠데타

12.12 군사반란

264일의 쿠데타 1

초판 1쇄 발행 2017년 10월 19일
초판 2쇄 발행 2024년 01월 03일

지은이 노가원
펴낸이 김형성
디자인 정종덕

펴낸곳 (주)시아컨텐츠그룹
주소 서울 마포구 월드컵북로5길 65(서교동), 주원빌딩 2F
전화 02)3141-9671~2(代)
팩스 02)3141-9673
이메일 siaabook9671@naver.com

ISBN 979-11-88519-10-1

값 19,800원

264일의

12. 12, 5. 17, 5. 18 군사반란

노가원 지음

SIA 시아

머리말

1980년 8월 27일 통일주체국민회의는 전두환 후보를 제11대 대통령으로 선출했다. 9월 1일 전두환 대통령은 취임식을 갖고 청와대에 입성했다. 1979년 12월 12일 이후 264일 만의 일이었다. 12·12, 5·17, 5·18을 거쳐 세계 역사상 가장 오래 걸린 쿠데타라고 기록되고 있는 전두환의 집권과정은 마침내 제5공화국을 탄생시켰다. 전두환 장군의 청와대 입성과 함께 그가 이끌어온 신군부, 좀더 구체적으로는 하나회·보안사 인맥들이 대거 권력의 핵심으로 진출했다. 하나회의 한국 경영시대가 열린 것이다.

12·12쿠데타의 주도세력인 전두환과 노태우가 대통령으로 재임한 1993년 초까지 12·12쿠데타는 집권세력에 의하여 정당화되었다. 그러나 1996년 8월 26일. 마침내 지난 세월 수많은 사람들을 짓누르고 있던 사건들이 군사반란, 내란음모라는 이름으로 사법부의 처벌을 받았다.

일찍이 탱크를 몰고 한밤중에 한강을 넘어와 정권을 장악한 박정희, 박정희와 5·16쿠데타 그룹 밑에서 총애를 받으며 힘을 키워온 전두환과 일부 정치군인들은 박정희가 사망한 10·26 이후 증폭되던 국민의 민주주의에 대한 희망을 수많은 목숨들과 함께 단칼에 잘라버렸다. 반란과 내란으로 시작된 역사……. 이렇게 출발한 제5공화국, 쿠데타로 얼룩진 역사는 어떤 이유로든 비극이고 슬픈 역사다.

한국 현대사를 관통하는 제5공화국, 12·12로 시작된 그 반란의 드라마는 '역사의 단죄'로 일단락 되었지만 역사 속에 묻어버리고 싶은 기억들은 아직도 현재진행형이다. 독재와 억압에 숨죽였던 지난 세월을 우리는 어떻게 해석하고 평가해야 하는가. 개인이든 국가든 과거에 대한 분명하고 정당한 평가가 올바른 미래를 설계하는 기초가 된다.

이 책은 역사적인 모든 사건을 관련 기록과 증언 등 사실에 근거하여 소설로 재구성한 것이다. 제5공화국의 집권 과정을 정면으로 다룬 이 책을 통해 이 땅에 살아 있는 정의와 진실은 무엇인지 그려보고 싶었다.

노 가 원

목 차

목 차

폭풍전야

12.12 쿠데타

목 차

육군지휘부의 반격

전두환과 10·26

궁정동의 총소리

"각하를 똑바로 모시십시오."

"각하, 이따위 버러지 같은 자식을 데리고 정치를 하니 올바로 되겠습니까?"

"김 부장, 왜 이래! 왜 이래!"

"탕!"

"무슨 짓들이야!"

"탕!"

궁정동 대행사장은 순간 아수라장으로 변했다. 총격을 받고 후닥닥 화장실로 몸을 숨기는 차지철 경호실장을 향해 다시 방아쇠를 당겼으나 격발이 되지 않았다. 궁정동 대행사에 참석했던 여인들이 비명을 지르는 가운데 박정희 대통령은 그대로 앉아 있었다. 총구로 권력을 탈취한 그가 18년 독재의 종말을 고하며 총구로 절명하는 순간이었다.

1979년 10월 26일 한국 현대사를 뒤바꿔놓은 운명의 총성이 울린 그날, 박정희 정권의 내로라 하는 권력자 가운데 국군보안사령관 전두환 소장만큼 민첩하게 행동한 이는 없었다. 또한 전두환 보안사령관의 발빠르고 용의주도한 이날의 행동은 박정희 대통령이 시해된 직후 뭇 권력자들을 물리치고 사태를 주도할 수 있는 계기를 마련했다.

1980년 8월 27일 통일주체국민회의는 전두환 후보를 제11대 대통령으로 선출했다. 9월 1일 전두환 대통령은 취임식을 갖고 청와대에 입성했다. 1979년 12월 12일 이후 264일 만의 일이었다. 12·12, 5·17, 5·18을 거쳐 세계 역사상 가장 오래 걸린 쿠데타라고 기록되고 있는 전두환의 집권 과정은 마침내 제5공화국을 탄생시켰다. 전두환 장군의 청와대 입성과 함께 그가 이끌어온 신군부, 좀더 구체적으로는 하나회·보안사 인맥들이 대거 권력의 핵심으로 진출한다. 하나회의 한국 경영시대가 열린 것이다.

드르륵~ 드르륵~

만추의 저녁, 청와대 외곽 경비를 맡고 있는 수경사 30경비단장 장세동 대령은 경복궁 내 단장실에서 연발 총성을 들었다. 그는 반사적으로 총성의 진원지를 확인했다. 총성은 10시 방향, 즉 서북 쪽에서 울렸다. 소총 소리인데 한두 발이 아니고 수십 발 아니, 백 발은 될 것 같았다.

장세동 대령뿐만 아니라 휘하의 30경비단 전체가 총성의 출처를 확인하기 위해 촉각을 곤두세웠다. 세 군데 이상에서 총성 보고가 들어오면 진원지는 거의 정확하게 계산할 수 있다.

장세동 대령은 전두환 시대 제2인자가 될 인물로 군인 전두환과 가장 많은 시간을 같은 부대에서 상하관계로 지냈다. 그는 하나회 핵심 멤버로서 전두환 보안사령관을 마음 깊이 존경하는 충복이기도 했다.

일찍이 68년 1·21 사태 때 30경비단의 전신 30경비대대(대대장 전두환 중령) 작전장교로서 북한 124군 특수부대 요원들의 기습에 대응한 경험이 있었던 장세동 대령이 이날 대처하는 모습은 전두환 보안사령관만큼이나 빨랐다. 그는 총성이 궁정동 식당 쪽이라는 판단이 섰고, 뒤이어 대통령의 현 위치가 궁금하지 않을 수 없었다. 곧바로 차지철 경호실장실로 다이얼을 돌렸다.

"실장님 계십니까?"

장세동 대령의 질문에 전화를 받은 경호실장 부관은, 비서실장님과 본관에서 식사하고 계신다고 대답했다.

장세동 대령은 일단 안심했다. 경호실장 있는 곳에 대통령이 있으므로. 장세동 대령은 궁정동 정보부 안가 식당에 대해 대략 짐작은 하고 있었다. 그러나 청와대 근처에서 총성이 울린 이상 청와대 외곽 경비 책임자로서 그냥 안심하고 있을 수만은 없었다. 휘하의 경비단에 출동 대기명령을 내린 장세동 대령은 곧장 지프차에 몸을 실었다. 몇 분 걸리지 않아 지프차는 3백여 미터 거리에 위치한 궁정동에 도착했다.

지프에서 뛰어내린 장세동 대령은 궁정동 식당 쪽으로 갔다. 그때 어둠 속에서 사복경비원(정보부 소속) 한 명이 튀어 나와 M16 소총을 들이댔다.

"누구야, 못 들어갓."

경비원의 전투복에는 레인저 휘장, 경호 · 공수휘장, 훈장 등이 주렁주렁 달려 있었다. 장세동 대령은 자신의 신분을 밝힌 뒤, "무슨 총성입니까?" 하고 물었다.

"비상연습……."

경비원이 어물어물하자 장세동 대령은 비상연습인데 무슨 총성이냐……고 재차 물었다.

"내가 들어가서 확인해보겠소."

경비원은 안으로 들어가서 철제문을 잠가버린 뒤 어디론가 사라져버렸다. 의심이 부쩍 든 장세동 대령은 소지하고 있던 워키토키로 청와대 경호실 상황실장 정동호 준장에게 현장 상황을 보고한 뒤 그 자리를 떴다.

경복궁 30경비단장실로 돌아온 장세동 대령은 다시 경호실장실로 전화를 걸었다. 경호실장 부관은 여전히 "실장님은 본관에서 식사중이십니다"라는 말만 되풀이했다.

한편 궁정동 대행사에 참석했던 김계원 비서실장은 박정희 대통령의 시신을 국군 서울지구 병원 응접실에 모셔놓은 뒤 청와대로 돌아왔다. 본관 2층 자신의 사무실로 올라간 김계원 비서실장은 뒤따라 들어온 4, 5명의 경호원들에게 총리와 장관들을 청와대로 소환하라고 지시한 뒤 자신의 권총을 찾아보았다. 권총에는 실탄이 없었다.

그때 당직조의 한 경호원이 들어와 김계원 비서실장에게 꾸벅 인사를 한 뒤 말했다.

"실장님, 저는 전두환 보안사령관의 동생인 전경환입니다. 경호계장으로 근무하고 있습니다."

"아, 그런가!"

대충 인사를 받은 김계원 비서실장은 전경환 계장에게 "자네 권총에서 실탄 좀 꺼내줘"라고 말했다. 전경환 계장으로부터 실탄 여섯 발을 건네받은 김계원 비서실장은 자신의 권총에 장전했다.

김계원 비서실장이 실탄을 장전하는 모습을 무심코 바라보던 전경환 계장은 가만히 비서실장실에서 나왔다. 당직실로 돌아온 그는 어디론가 급히 다이얼을 돌렸다.

궁정동에서 총성이 울린 지 10여 분 후, 저녁 7시 50분 전두환 보안사령관은 아내 이순자 씨와 함께 서빙고 분실로 가기 위해 연희동 집을 나섰다. 그날 아침 출근 준비를 서두르던 전두환 보안사령관은 아내 이순자 씨를 보고 말했다.

"이제야 한숨을 돌리게 됐소. 부마사태의 불이 겨우 잡혔소. 오늘 서빙고에 가서 수사관들을 격려해줍시다. 과일이나 한 상자 갖고 가면 되겠지."

서빙고는 몇 시간 후 박정희 대통령의 시해범 김재규 중앙정보부장이 연행돼 오고, 한 달 보름여 뒤에는 정승화 총장이 강제 연행돼 조사를 받게 될 보안사 분실이다.

바로 그때 김재규 정보부장이 "야수의 심정으로 유신의 심장을 쏜" 궁정동 총성으로 18년 장기집권을 한 박정희 대통령과 그의 충복 차지철 경호실장, 그리고 일부 경호원들이 숨을 거두고 있었다.

서빙고로 향하는 피아트 승용차 뒷자리에는 사복 차림의 전두환 보안사령관과 아내 이순자 씨가 함께 타고 있었고, 운전석 오른쪽에는 전속 부관 손삼수 중위가 타고 있었다. 트렁크에는 직원들에게 줄 사과 두 궤짝도 실려 있었다. 연희동을 떠난 지 10분쯤 지났을 때 피아트 132는 육군본부 앞을 지나고 있었다.

"손 중위, 오늘 권총 차고 왔나?"

연희동 집을 떠난 뒤 일체 말이 없던 전두환 보안사령관이 무거운 침묵을 깨고 불쑥 말했다. 손삼수 중위는 순간 긴장감을 느꼈다.

"네, 차고 왔습니다."

전두환 보안사령관은 다시 굳게 입을 다물었다. 사령관의 갑작스런 질문에 손삼수 중위는 알 수 없는 불안감에 휩싸였다. 그는 허리에 차고 있던 모터롤라 무전기를 다시 켰다. 연희동 집을 나설 때부터 사령관의 표정이 너무 침통하여 무전기를 꺼놓고 있었다.

피아트 132는 육본 정문 앞을 지나 크라운 호텔 건너편을 지나고 있었다. 차가 막 우회전하려고 할 때 무전기에서 '삑삑' 하는 신호음이 들렸다. 손삼수 중위는 무전기 리시버를 귀에 꽂았다.

"506호! 506호! 사령부로 거미줄 잡아주기 바람."

보안사령관 비서실 당번이 보내는 무전이었다. '506호' 는 손삼수 중위가 휴대하고 있는 무전기 넘버였고, '거미줄 잡아주기 바란다' 는 '즉시 사령부로 연락해 달라' 는 암호였다.

한편 '거미줄을 잡아 달라' 는 무전을 받은 보안사령관 전속부관 손삼수 중위는 무전기를 끄고 가만히 앉아 있었다. 사령관 내외분을 모시고 가는 터에 아무리 거미줄을 잡아달라고 해도 함부로 차를 세울 수는 없는 일이었다. 그는 서빙고에 도착한 즉시 '거미줄을 잡아야겠다' 라고 생각했다.

"뭐라 그랬어?"

뒷자리에 침통한 표정으로 앉아 있던 사령관이 불쑥 물었다. 리시버를 통해 혼자만 듣고 있었는데 뒤에 앉아 있던 사령관이 눈치를 챘던 것이다.

"네, 사령부에서 전화를 해달라는 무전이었습니다."

평소에 무전에 대해 그리 신경을 쓰지 않던 전두환 보안사령관이었지만 그날은 달랐다.

"그래? 그럼 차를 세워. 빨리 공중전화라도 해봐."

사령관의 지시에 따라 손삼수 중위는 타이어 부품상 앞에서 피아트 132를 멈추게 했다. 급히 뛰어내려 주위를 살펴봤으나 공중전화는 보이지 않았다. 손삼수 중위는 타이어 부품상으로 들어가 전화를 좀 쓰자고 했다. 공중전화를 쓰라는 점원에게 주머니에서 잡히는 대로 천 원짜리 지폐를 몇 장 던져 주고 수화기를 잡았다.

"청와대 전경환 계장에게서 사령관님께 급한 연락이 있다는 전화가 걸려 왔습니다."

비서실 당직자로부터 내용을 듣고 손삼수 중위는 곧바로 경호실로 전화를 걸었다.

"계장님이 어디 계신지 연락이 되지 않습니다. 혹시 모르니까 숙소로 해보시지요."

전화를 받은 경호실 당직자는 몹시 허둥대는 느낌이었다. 이상한 예감에 사로잡힌 손삼수 중위는 다시 경호원 숙소로 전화를 걸었지만 전경환 계장과는 연락이 닿지 않았다.

피아트 132로 돌아온 손삼수 중위는 통화 내용을 사령관에게 보고했다. 전두환 보안사령관은 손삼수 중위의 보고 도중에 "알았다. 빨리 서빙고로 가자"라고 급히 명령을 내렸다. 그때 전두환 보안사령관은 직감적으로 뭔가 위급한 상황이 벌어졌음을 감지하고 있었다. 피아트 132는 저녁 8시가 조금 넘은 시간에 서빙고 분실에 도착했다.

"당신은 집으로 돌아가시오."

직원들을 격려하기 위해 아내와 함께 서빙고 분실을 찾은 전두환 보안사령관은 이순자 씨를 피아트 132에 태워 즉시 연희동 집으로 돌려보냈다.

전두환 보안사령관은 즉시 보안사 상황실을 통해 전방 상황을 체크했지만 별다른 이상은 없었다. 직감적으로 감지한 위급한 상황에 대한 궁금증은 점점 더 커지기 시작했다. 바로 그때 보안사령관 비서실에서 전화가 걸려왔다.

'지금 즉시 전두환 보안사령관을 찾아 현 복장 그대로 육군본부 지하벙커로 들어오라.'

국방부장관과 육군참모총장이 전두환 보안사령관을 찾고 있다는 전갈이었다. 서빙고 분실장 박 소령의 보고를 받은 전두환 보안사령관은 미동도 하지 않고 생각에 빠졌다.

"전방에는 이상이 없단 말이지. 손 중위, 경호실장에게 전화를 대!"

보안사령관이 아무리 '무소불능의 권좌'라고 불렸다 하더라도 당대의 실력자 차지철 경호실장에게 그런 식으로 전화를 건다는 것은 전례가 없는 일이었다. 손삼수 중위는 다이얼을 돌려 이효진 경호실장 부관을 찾았다.

"저희 사령관님께서 실장님과 통화를 원하십니다."

부관은 기다리라고 말한 뒤 전화를 끊었다. 그러나 몇 분이 지나도 경호실에서는 응답이 없었다. 궁정동에서 박정희 대통령과 함께 김재규 중앙정보부장의 총탄에 숨을 거둔 차지철 경호실장이 나타날 리 없었던 것이다.

"왜 전화가 없지……. 경호실 상황실장에게 전화 대."

전두환 보안사령관의 독촉을 받은 손삼수 중위는 다시 경호실 상황실로 전화를 걸었다. 경호실 상황실장 정동호 준장 역시 연결이 되지 않았다.

"무슨 일입니까?"

손삼수 중위는 기왕 전화를 걸었으므로 청화대 상황을 캐물어보았다.

"지금 바쁜 일이 있습니다. 내용은 말씀드릴 수가 없습니다."

"안의 일입니까, 바깥 일입니까?"

"안의 일입니다."

손삼수 중위는 통화내용을 사령관에게 보고했다. 그제야 감을 잡은 듯 전두환 보안사령관은 벌떡 자리에서 일어섰다.

"빨리 육본으로 가자."

전두환 보안사령관이 공용차인 도요다 크라운 편으로 서빙고를 출발한 것은 저녁 8시 20분이었다.

하나회가 움직이다

그날 저녁 제5공화국의 주역이 될 하나회 회원들은 누구보다 신속하게 움직이고 있었다. 10·26 궁정동 총성의 출처를 가장 먼저 확인한 장세동 대령은 직속상관인 수경사령관 전성각 소장에게 전화를 걸어 지휘보고를 했다. 그는 또 외부에 나가 있는 경호실 상황실장 정동호 준장에게도 궁정동 총소리를 알려주었다. 정동호 준장과 장세동 대령은 하나회 회원이었다.

그때 경호실 상황실장 정동호 준장은 그동안 같이 일했던 길영철, 정화연 두 중령이 일선 대대장으로 전출을 가게 돼 육군회관에서 송별 파티를 열어주고 있었다. 파티는 저녁 7시부터 시작했고 시간은 어느새 8시가 돼 있었다.

"우리 어디 가서 소주나 한잔 더 할까?"

맥주로 기분이 좋아진 정동호 준장은 두 신임대대장을 부추겨 막 '2차' 를 떠나려고 자리에서 일어섰다. 그때 무전기에서 신호음이 들렸다. 경호실 상황장교 강신육 소령으로부터 짤막한 전갈이 왔다.

'궁정동 총성. 즉시 귀환 요망.'

정동호 준장으로서는 예사로운 일이 아니었다. 경호실 상황실장으로서 정동호 준장은 이날 저녁 궁정동 대행사를 알고 있는 터였다. '2차' 고 뭐고 그는 부랴부랴 청와대로 차를 몰았다.

"내용이 뭔지 확실하게는 모르겠습니다, 실장님. 아마 큰 사고가 난 것 같습니다."

상황장교 강신육 소령의 보고를 받은 정동호 준장은 즉시 차지철 경호실장을 찾았다. 강신육 소령은 각하와 함께 궁정동 만찬에 참석하지 않았느냐라고 반문했다.

"그건 나도 알고 있어. 그렇다면 차장님(이재전 중장)에게 연락해."

정동호 준장은 문득 전두환 보안사령관의 얼굴이 떠올랐다. 전두환 보안사령관이 1공수여단장이었을 때 정동호 준장은 부여단장으로 두 사람은 특전사 인맥이었을 뿐만 아니라 하나회 회원이었다. 그는 즉시 보안사로 전화를 걸었다.

궁정동 총소리의 출처를 최초로 확인한 30경비단장 장세동 대령이 직속상관이 아닌 정동호 준장에게 연락을 하고, 경호실 상황실장 정동호 준장이 곧바로 전두환 보안사령관에게 연락을 할 정도로 유사시에 하나회는 조직적으로 민첩하게 움직이고 있었다.

정동호 준장이 전화를 걸었을 때 전두환 보안사령관은 이미 '현 복장 그대로 육본으로 오라' 는 전갈을 받고 육본으로 향하고 있는 중이었다.

전두환 보안사령관이 육본 B2 벙커에 도착한 것은 그로부터 10분 뒤였다. 그는 육군 보안부 대장 변규수 준장의 안내를 받아 B2 벙커로 들어갔다. B2 벙커 안에는 고위 장성들이 이리저리 분주하게 움직이고 있었다. 복도 양쪽의 사무실 문이 열려 있고, 복도 끝에 위치한 회의실에서는 김재규 중앙정보부장과 이희성 육군참모차장이 앉아 있었다. 불과 1시간여 전에 박정희 대통령을 암살한 김재규 중앙정보부장은 보통 때와는 달리 창백한 얼굴이었고, 절제 없이 눈동자를 사방으로 굴리며 필요 이상으로 남을 경계하는 등 매우 불안한 모습이었다. 노재현 국방부장관과 윤자중 공군참모총장도 보였다. 정승화 총장의 모습도 보였는데 그는 몹시 분주한 모습이었다. 전두환 보안사령관은 뒤에, 그때 중앙정보부장 김재규의 얼굴에서 섬뜩한 살기를 느꼈다고 말했다.

그날 저녁 정승화 육군참모총장은 궁정동 안가의 식당에서 김정섭 정보부차장보와 식사 도중 총성을 들었다. 그 후 허겁지겁 달려온 김재규 정보부장과 함께 승용차를 타고 궁정동을 빠져나왔다. 그는 김재규 중앙정보부장에게 차안에서 총성에 대한 이야기를 들었다.

김재규 중앙정보부장은 "이분께서 돌아가셨습니다"라며 계속 엄지손가락을 밑으로 눌렀다.

"어떻게 돌아가셨지요?"

"저격당했습니다."

"뭐? 저격이라구요……."

정승화 총장은 대통령이 청와대 만찬(정승화 총장은 그때 박정희 대통령이 김재규 중앙정보부장, 차지철 경호실장 등과 만찬을 한 곳을 청와대로 알고 있었다고 한다.)에서 저격당했다면 틀림없이 경호원 소행일 것이라고 성급한 판단을 내렸다. 청와대처럼 경호가 엄중한 곳에서 외부인이 대통령을 저격한다는 것은 거의 불가능한 일이기 때문이었다.

"내부 소행입니까? 외부 소행입니까?"

"저도 정신이 없어 모르겠습니다."

정승화 총장은 김재규 중앙정보부장의 말을 믿었다. 난장판이 되었을 만찬석상에서 허겁지겁 뛰어나왔으니 내부 소행인지 외부 소행인지 모르는 것은 당연한 일이라고 나름대로 추측했다.

정승화 총장은 만찬석상에서 대통령을 저격할 수 있는 사람은 경호원 외에는 없을 거라고 판단하고 차지철을 의심하기 시작했다.

'차지철의 끄나풀이나 차지철과 연결된 조직적인 세력의 저격이 아닐까? 아니면 차지철 개인의 행동일까?'

'차지철이 관련됐다면 이건 단순한 일이 아니다. 혹 군대에 손이 뻗쳐진 게 아닐까? 평소 군대에까지 상당히 손을 뻗고 있었는데…….'

정승화 총장은 점점 더 차지철을 의심하기 시작했다.

'차지철은 평소 야심이 많은 사람이었다. 그는 경호실 상황실에다 육군 예하사단에까지 직통전화를 연결하여 지휘관들을 자기 멋대로 부렸다. 마치 자기가 육군참모총장이나 된 것처럼. 또 청와대 경비를 위해 나가 있는 수도경비사령부 부대에 저녁마다 들러 정식으로 나팔을 불게 하고 스스로 하기식을 했던 인물이었다. 그는 무언가 군에 뿌리를 박으려고 무척 애를 썼고 야심에 찬 차지철의 권력이 날로 막강해지자 군의 일부 장성들이 찾아가서 알랑거리기도 했다. 그의 배후에

이러한 군 지휘관들이 개입되어 있을 수 있다.'

정승화 총장은 남산 중앙정보부로 가려는 김재규 중앙정보부장을 막고 차를 육본으로 몰게 했다. 그들이 육본에 도착한 것은 밤 8시 5분이었다. B2 벙커로 들어간 정승화 총장은 김재규 중앙정보부장을 B2 벙커 총장실로 안내한 뒤 자신은 상황실에서 군 수뇌부들에게 비상연락을 취한 뒤 2급 비상사태를 내렸다. 2급 비상사태는 명령만 내리면 곧바로 정규전에 돌입할 수 있는 최고도의 비상이다.

정승화 총장은 이어 수도권 지휘관들에 대한 이상 유무를 확인해 나갔다. 수도권 부대들이 대통령 저격에 조직적으로 연루된 것이 아닐까 하는 의심이 생겼기 때문이었다. 수도군단장 차규헌 중장을 불러내 이상 유무를 확인한 정승화 총장은 다시 수경사령관 전성각 소장을 전화로 불러내 육본 B2 벙커로 나오도록 명령을 내렸다. 청와대 외곽경비를 책임지고 있는 수경사가 '가장 염려스러운 곳' 이기 때문이었다.

정승화 총장이 수도권 부대 지휘관들에게 전화를 마치고 약 10분이 지났을 때 노재현 국방장관이 상황실로 들어오는 것을 시작으로 육본 B2 벙커에는 군 수뇌부들이 속속 도착하고 있었다.

정승화 총장의 비상조치가 거의 끝났을 무렵 수경사령관 전성각 소장이 B2 벙커에 나타났다. 정승화 총장은 전성각 소장을 복도로 데리고 나와 대통령이 저격당했다고 알려주었다.

깜짝 놀라 한동안 말이 없던 전성각 수경사령관이 "예?…… 앞으로 어떻게 되는 겁니까?" 하고 물었다.

"대통령을 새로 선출해야 되겠지!"

대답한 뒤 정승화 총장은 전성각 수경사령관을 데리고 B2 벙커 총장 집무실로 갔다. 총장 집무실에는 이희성 차장 이하 본부사령, 김진기 헌병감 등 일부 참모들이 계엄 준비와 전군 비상사태에 관한 문제 등을 토의하느라 분주하게 움직이고 있었다. 정승화 총장은 이 차장, 전성각 수경사령관과 함께 회의 탁자 앞에 앉았다.

"전성각 장군, 수경사 예하부대를 잘 파악하고 있소? 대통령이 서거한 마당에 수경사령관은 앞으로 누구의 명령에도 움직이지 말고 내 명령에 따라야 하오."

"네! 그렇게 하겠습니다. 제 예하부대는 아무 이상이 없고 잘 파악하고 있습니다."

전성각 수경사령관은 정승화 총장의 명령에 복종할 것을 약속했다. 정승화 총장이 굳이 전성각 사령관에게 당연한 지휘계통을 강조한 것은 유사시에 수경사가 경호 목적상 경호실장의 지휘를 받도록 되어 있는 대통령령을 의식했기 때문인 것으로 보인다. 전성각 사령관의 다짐을 받은 정승화 총장은 다시 명령을 내렸다.

"대통령께서 청와대 만찬에서 저격당해 돌아가셨다면 청와대 경호실을 일단 의심하지 않을 수 없소. 수경사는 병력을 풀어서 청와대 병력이 나오지 못하도록 청와대를 포위, 경호실이 외부와 접선하는 걸 막아야 하오. 경호실을 완전 차단하시오. 조직적 행위라면 외부 접선이 있을 수 있소."

그로부터 한 달 보름 뒤 전두환 보안사령관이 주도하는 12·12 군사반란 쿠데타에서 패자가 될 정승화 총장은 10·26 그 순간부터 오판을 거듭하면서 계속 헛짚고 있었다. 전두환 보안사령관이 보안사 조직과 하나회 등의 인맥을 통해 사태를 파악하고 민첩하고 용의주도하게 대처하는 것과는 너무나 대조적이었다. 전두환 보안사령관의 그 해 12·12 쿠데타는 10·26 그 순간에 이미 예고된 것이었는지도 모른다.

청와대로 가는 교두보

국군보안사령관 전두환 소장이 육본 B2 벙커 총장 집무실에 들어섰을 때 박정희 대통령을 저격한 김재규 정보부장은 정승화 총장을 향해 횡설수설하고 있었다.

"보안을 유지해야 합니다. 저놈들이 알면 당장 남침해 올지도 모릅니다."

옆에 있던 노재현 국방부장관이 "도대체 무슨 일입니까?" 하고 물었다.

"각하의 유고입니다. 각하께서 서거하셨습니다."

김재규 중앙정보부장은 이어 "우선 비상계엄을 선포합시다. 각하의 서거는 적어도 3일 동안은 보안을 유지해야 합니다"라고 말했다.

"계엄을 선포하려면 국무회의를 소집해야 돼요. 총리께도 보고를 드렸고, 각료들이 곧 이곳에 도착할 겁니다."

노재현 국방부장관은 이어 전두환 보안사령관에게 지시했다.

"전 장군도 왔구만. 지금 즉시 적절한 조치를 취하도록 하시오. 아무래도 각하께서 사고를 당하신 모양이니 비상계엄을 선포할 수밖에 없겠소."

전두환 보안사령관은 총장 집무실을 나왔다. 복도에서 육군보안부대장 변규수 준장과 전속부관 손삼수 중위가 따라붙었다.

뭔가 긴급한 상황을 눈치 챈 전두환 보안사령관은 문 밖으로 나오면서 변규수 준장에게 "내 차에 경호차를 붙일 수 있나?" 하고 물었다.

"지금은 곤란합니다. 준비가 안 돼 있습니다."

"알았어. 지금 내가 나갔다는 사실은 아무한테도 알리지 말도록 해."

전두환 보안사령관은 재차 다짐한 뒤 B2 벙커를 나왔다. 그는 크라운 승용차를 급히 보안사령부로 몰도록 했다.

"전속력으로 가자."

보안사로 달리는 차 안에서 전두환 보안사령관은 다시 긴급명령을 하달했다.

"비서실장(허화평)과 보안처장(정도영), 대공처장(남웅종)을 대기시켜."

그날 보안사 보안처장 정도영 대령은 대기일이었다. 부마사태로 꼬박 10일 동안 영내에서 비상 대기해 왔으나 3, 4일 전부터 상황이 다소 누그러졌으므로 그날은 밤 10시까지만 대기하고 별다른 상황이 발생하지 않으면 퇴근할 수도 있다는 생각에 다소 느긋한 마음으로 대기하고 있었다.

정도영 대령의 느긋함은 밤 8시 20분경 구내전화가 울림으로써 산산이 부서졌다.

"위병소 급보입니다. 방금 김계원 비서실장이 누군가를 업고 지구병원으로 들어갔다고 합니다. 다친 사람이 누구냐고 물었더니 차지철 경호실장 같다고 합니다……."

보안사와 국군 서울지구 병원은 경복궁 앞 같은 건물에 있었으며 같은 출입문을 쓰고 있었다. 위병소의 보고를 받은 정도영 대령은 뭔가 미심쩍다고 생각했다. 김계원 실장이 차지철 경호실장을 업고 갈 수는 없다는 판단이었다. 차지철 경호실장은 몸이 뚱뚱한 편이어서 김계원 비서실장 같이 나이 많고 몸집이 작은 사람이 업고 갈 수는 없었다. 또 신분상으로도 그렇고…….

"이봐, 다친 사람이 누구라고 했나?"

정도영 대령은 직접 인터폰을 들고 위병소에 물었다. 거듭 확인해 보았지만 더 이상은 모른다는 대답이었다. 정도영 대령은 다시 서울지구 병원장실과 병원 대기실 등 여기저기 인터폰을 연결해 보았으나 더 이상의 상황판단이 어려웠다.

정도영 대령은 사무실에서 뛰쳐나와 병원 쪽으로 달렸다. 그가 병원장실로 막 들어가려고 할 때 누군가가 앞을 가로막았다.

"못 들어갑니다."

병원에서도, 보안사 내에서도 보지 못했던 인물이었다. 그는 정보부 관리국 소속 운전사 유성옥이었다.

"왜 못 들어가?"

비상대기 중이었기 때문에 계급장이 붙은 군복을 입고 있었던 정도영 대령은 화가 났다. 그가 유성옥의 몸을 밀치려는 순간 2층 계단에서 당직 군의관이었던 송계용 소령이 내려와 말렸다.

"처장님, 이리 오시지요."

송계용 소령은 정도영 대령을 옆방으로 급히 끌고 갔다. 그때 유성옥이 옷 속에 권총을 숨기고 있었기 때문에 송계용 소령이 나타나지 않았다면 일이 터졌을지도 모르는 상황이었다.

병원 당직실에서 송계용 소령은 "누군지는 모르지만 김계원 실장의 행동으로 봐서 대단한 VIP인 것 같습니다. 하지만 가망은 없습니다"라고 말했다.

송계용 소령으로부터 상황 얘기를 들은 정도영 대령은 무전으로 사령관 수행부관 손삼수 중위를 불렀다. 곧 응답이 왔다. 그때 전두환 보안사령관은 육본 B2 벙커에서 사령부로 들어오는 도중이었다.

"처장님, 사령관님께서는 지금 사령부로 들어가시는 길입니다. 잠시만 기다려 주십시오."

무전기에서는 이어 "이 봐, 전원 비상대기 시켜. 퇴근자들도 빨리 들어오라고 해" 하는 사령관의 지시가 떨어지고 있었다.

한편 박정희 대통령의 주치의인 국군 서울지구 병원장 김병수 준장(공군)은 그날 오후 5시쯤 박정희 대통령이 삽교천 행사를 마치고 청와대로 돌아왔다는 보고를 받고 정시에 퇴근했다. 동부 이촌동 현대아파트 자택으로 돌아와 막 저녁식사를 하려고 할 때 당직 군의관 송계용 소령의 전화를 받았다.

“김계원 비서실장이 응급환자를 데려다놓았는데, 위독합니다. VIP인 것 같습니다.”

김병수 원장은 그 전에도 김계원 비서실장이 중환자를 데려온 적이 있었으므로 대수롭지 않게 생각했다. 그러나 ‘위독하다’는 송계용 소령의 말이 마음에 걸려 일단 병원에 가보기로 했다.

8시 30분경 김병수 원장이 병원에 도착하자 마중나와 있던 당직 군의관 송계용 소령이 환자가 사망했다고 상황보고를 했다.

“뭐야, 이 친구야. 죽었는데 뭐한다고 연락을 해. 사망 처리부터 해야 할 거 아냐.”

김병수 원장은 사망자가 청와대 비서실이나 경호실 직원일 거라고 생각했다. 김계원 비서실장은 돌아갔다고 하고 경호실 직원인 듯한(정보부 요원 유성옥과 서영준) 두 사나이가 응급실을 지키고 있는 것이었다.

그때 김계원 비서실장으로부터 전화가 걸려 왔다.

“어떻게 됐소?”

“실장님이 모시고 올 때 벌써 죽었습니다.”

“대통령 입원실에 정중히 모시도록 하시오.”

김병수 원장은 화가 나서 비서실장에게 짜증을 부렸다.

“실장님, 지금 무슨 말씀을 하시는 겁니까?”

김계원 비서실장은 우물우물하다가 전화를 끊었다.

김병수 원장은 여간 불쾌한 것이 아니었다. 아무리 대통령 비서실장이라고 하지만 죽은 사람을 데리고 와서 법석을 떨고 있지 않은가 말이다. 그때 김계원 비서실장으로부터 두 번째 전화가 왔다.

"어떻게 됐소?"

"난들 어떻게 합니까. 산 사람도 안 되는 판에 죽은 사람을 어쩌란 말입니까. 수도 통합병원으로 데려가시지요."

김병수 원장은 영안실이 있는 병원으로 옮겨 가라고 말했다.

김계원 비서실장의 목소리가 다급해졌다.

"아, 안 돼요. 그건 절대로 안 됩니다. 청와대 의무실로 옮기시오."

"실장님, 정신 나갔습니까?"

김병수 원장이 버럭 소리를 지르자 김계원 비서실장은 거듭 정중하게 모시라고 부탁하고 전화를 끊었다.

'도대체 누구길래 대통령 비서실장이 저렇게 난리법석이란 말인가!' 김병수 원장은 환자의 얼굴이나 보자는 생각이 들었다. 그는 사복 차림 그대로 응급실로 갔다. 정보부 요원 유성옥이 가로막았다.

"누구냐?"

"병원장이오. 당신은 누구요?"

"청와대 직원이오. 안 돼요."

유성옥은 몸으로 가로막았다. 그의 허리춤에 꽂힌 권총이 보였다. 심상치 않다고 느낀 김병수 원장은 원장실로 돌아가 일부러 명찰이 달린 가운을 입고 나왔으나 응급실 앞에서 다시 유성옥에게 제지당했다. 김병수 원장은 또다시 원장실로 돌아가 이번에는 계급장이 붙은 야전점퍼로 갈아입고 나왔다. 그제야 유성옥은 환자에게의 접근을 허락했다.

유성옥은 김병수 원장 오른쪽에 바짝 붙어 행동을 감시했다. 권총을 오른손에 쥔 채 상의 안쪽에서 김병수 원장을 겨냥하고 이따금씩 총구로 김병수 원장의 오른쪽 어깨를 지그시 누르곤 했다.

환자는 병상에 누인 채 하얀 시트로 덮여 있었다. 얼굴도 흰 수건으로 덮여 있었다. 환자 곁에는 정보부 요원 서준영이 지키고 있었다. 김병수 원장이 몇 번씩이나 "누구냐?", "어떻게 된 거냐?"고 재차 물었으나 두 사나이는 모른다고만 대답할 뿐이었다.

김병수 원장은 계속 "누구인지 알아야겠다"고 요구했으나 유성옥과 서영준은 "그냥 보라"며 제지했다.

"이것들 봐요. 내가 병원장이오. 어디를 맞았는지 확인을 해야 진단서를 끊을 게 아니오. 진단서를 끊으려면 병원장이 확인을 해야 해요."

김병수 원장이 다소 언성을 높이자 주춤하던 그들 중 한 명이 얼굴에 덮인 수건을 반쪽만 들춰 주었다. 그리고 다시 한쪽을 가리고는 다른 반쪽을 보여주는 것이었다. 환자의 얼굴에 상처는 없었고 왼쪽 광대뼈가 조금 튀어나와 있었으나 누군지 알 수가 없었다. 박정희 대통령일 것이라는 생각은 꿈에도 하지 못했다.

'차지철 경호실장이 평소 성격이 급하니까 쏴버렸구나. ……차지철 경호실장이 쏘았다면 비서실장도 함께 있었을 것이고…… 각하께서도 함께 있었을 가능성이 높고……. 상당한 VIP임에 틀림없다. 비서실장이 그렇게까지 당부하는 걸 봐도 그렇고.'

김병수 원장은 이어 '71년 당시 이후락 정보부장의 밀입북 때처럼 북측 요원이 박 대통령을 만나다가 사고를 당했나?'라는 상상을 하는 순간, '혹시?' 하는 느낌이 들었다.

그때 유성옥이 "그만 보시오" 하고 다그쳤다.

"가슴에 총상이라니, 좀 봅시다."

김병수 원장은 시트를 젖히고 환자의 상의를 얼굴 쪽까지 들어 올렸다. 상의에 얼굴이 가려지자 감시자들은 안심하는 눈치였다. 바로 그 순간 김병수 원장은 아찔한 현기증을 느끼지 않을 수 없었다. 환자의 복부 왼편에 있는 하얀 반점이 눈에 확 들어온 것이다.

'아뿔싸, 각하구나!' 김병수 원장은 시선을 박은 채 한참 동안 그렇게 정신없이 서 있었다.

외과 전문의인 김병수 원장은 서울지구 병원장이 되기 전에도 청와대 의무관으로 근무를 했었다. 그 당시 김병수 원장은 박정희 대통령을 수행하고 진해 별장으로 휴가를 갔었다. 수영을 하기 위해 옷을 벗던 박정희 대통령이 자기의 배를 가리켰다.

"김 박사, 임자는 서울대까지 나온 의학박사이면서 이런 점 하나 없애지 못하나."

박정희 대통령의 배에는 직경 10센티미터 정도 크기의 희끗희끗한 반점이 곰팡이 피듯 번져 있었다. 진균성 피부병이었다. 김병수 원장은 별 효과가 없다는 것을 알면서도 약을 발라주곤 했는데 죽을 때까지 없어지지 않고 남아 있었던 것이다.

2분여 동안 정신나간 상태로 서 있던 김병수 원장은 다시 가까스로 정신을 차리고 주위를 둘러보았다. 시신도 그대로 있고 군의관들도 옆에 서 있었다. 꿈인가 생각해 보았지만 이것은 현실이었다. '나라가 큰일 났다' 싶었고, '장군으로서 이런 경우 무얼 어떻게 해야 하나' 하는 생각이 들었지만 갈피를 잡을 수 없었다. 비밀을 지켜야겠다는 생각, 빨리 보고해야겠다는 생각뿐이었다. 그런데 김계원 비서실장은 돌아가버렸고, 주위에는 감시자가 붙어 있다. 외부로의 통로는 보안사뿐이었다.

김병수 원장이 보안사로 보고해야겠다고 생각한 것은 당시 대통령 관련 의료 문제는 대통령 주치의인 서울지구 병원장 소관이었지만 병원 경호는 같은 건물에 있는 보안사 관할이었으므로 직속상관이라 할 수 있었기 때문이었다. 감시자들은 계속 김병수 원장을 따라다녔다. 응급실에서 나온 김병수 원장은 약을 준비하는 척하면서 병원장실이 아닌 진료부장실로 들어갔다. 감시자들은 안심한 듯 따라오지 않았다. 이 틈에 급히 보안사령관실로 다이얼을 돌렸다.

같은 시각 전두환 보안사령관은 보안사에 도착, 정도영 보안처장으로부터 상황보고를 받고 있었다. 김병수 병원장으로부터 전화를 받은 전두환 보안사령관이 먼저 다그쳤다.

"김 장군! 무슨 일이오? 김 장군!"

바로 그때 응급실에 있는 줄 알았던 유성옥이 진료부장실의 문을 밀치고 들이닥쳤다. 그는 다짜고짜 수화기를 빼앗아 귀에 들이댄 뒤 김병수 원장을 향해 "어디다 전화하는 거요?" 하고 소리치며 권총을 꺼내는 시늉을 했다.

"평소 자주 하는 전화요."

"쓸데없는 소리는 하지 마시오."

김병수 원장이 얼버무리자 유성옥은 감시를 늦추지 않고 옆에 앉았다.

상대방의 상황을 순간적으로 눈치 챈 전두환 보안사령관은 다시 전화하겠다는 말을 남기고 먼저 전화를 끊었다.

진료부장실에서 나온 김병수 원장은 병원장실로 자리를 옮겼다. 감시자 유성옥도 따라붙었다. 김병수 원장의 눈길은 탁자 위로 쏠렸다. 탁자 위에는 네 대의 전화가 놓여 있었다. 청와대 직통전화, 일반전화, …… 보안사 경비전화였다. 김병수 원장이 마음 속으로 SOS를 치며 누군가 전화를 걸어주기를 기다리고 있는데 보안사 경비전화가 울렸다.

보안사 참모장 우국일 준장이었다. 우국일 준장은 평소 김병수 원장 집무실에 자주 놀러와 구조를 잘 알고 있었고, 김병수 원장 개인전화 번호도 알고 있었다.

그때 어느 정도 감을 잡고 있던 우국일 준장은 묻는 말에 예스, 노만 하라고 속삭였다.

"운디드(Wounded)?"

"노우."

"데드(Dead)?"

"예스."

"차지철 경호실장이오?"

"노우."

"코드원입니까?"

"예스."

전화가 끊겼다. 옆에서 수화기에 귀를 대고 있던 유성옥이 다그쳤다.

"무슨 전화요? 누구요? 뭐라고 했소?"

"보안사 전화요. 아무 일 없느냐고 해서 '예스'라고 대답했고 신변이 위험하냐고 물어 '노'라고 대답했소. 그랬더니 '우리가 있으니 염려 말라'고 해서 '예스'라고 대답했소."

김병수 원장은 순간적으로 기지를 발휘해 적당히 얼버무렸다.

10 · 26 그날 그 혼돈 속에서 전두환 보안사가 정보기관 중 최초로 대통령의 죽음을 확인하는 순간이다. 그 확인은 그 후 상황을 보안사가 주도하는 데 상당한 기여를 하게 되었다.

대통령 유고라는 그 혼돈 속에서 그렇게 순발력을 가지고 민첩하게 대처한 것이다. 총격의 순간 궁정동 현장 근처에 있었던 정승화 육군 참모총장이 대통령 암살범 김재규 중앙정보부장과 함께 있었으면서도 차지철 경호실장을 의심, 청와대를 포위하라는 명령을 내리고 있던 것과는 큰 차이를 보이고 있는 것이다.

그 후 한 달 보름여 뒤 전두환 보안사령관이 이끄는 신군부 승리와 정승화 총장의 군 수뇌부 패배라는, 12 · 12 쿠데타는 10 · 26 그날부터 그렇게 시작되고 있었다. 전두환 보안사령관은 10 · 26, 12 · 12를 기점으로 정권의 심장부를 향해 정면으로 질주하고 있었다.

박정희 대통령의 서거를 확인한 순간, 보안사령관실에는 전두환 보안사령관이 비상소집한 보안사 참모들이 속속 도착하고 있었다. 보안사 당직사령 이상연 감찰실장, 우국일 참모장, 기획조정처장 최예섭 준장, 인사처장 허삼수 대령…….

그 자리에서 우국일 참모장은 김병수 병원장과 통화한 내용을 설명하고 각하께서 서거하셨다고 보고했다. 이때까지 우국일 준장은 여러 고위층 인사들과 마찬가지로 차지철 경호실장이 백색 쿠데타를 일으켰다는 판단을 했다.

"전경환 계장이 사령관님을 경호실로 오시도록 하라고 여러 번 비서실(보안사령관)로 전화를 했습니다. ……경호실로 가지 마시고 육본으로 가시는 것이 좋을 것 같습니다."

우국일 준장의 보고를 받은 전두환 보안사령관도 이 시점에서 차지철 경호실장을 의심하고 있었다.

밤 10시, 이때까지의 상황을 판단한 전두환 보안사령관은 곧바로 서울 근교에 주둔하고 있는 보병 제20사단장 박준병 소장에게 전화를 걸었다.

"박 장군, 나 보안사령관인데, 들어보시오. 지금 국가에 중대한 일이 일어났소. 아주 큰 위기요. 이 위기를 극복하는 데 아주 중요한 임무를 박 장군이 지휘하는 20사단이 맡아줘야겠소. 육군참모총장의 지시이기도 해요. 지금 곧 사단 병력을 서울 태릉으로 긴급 출동시키고 이동이 끝나는 대로 전화를 해주시오. 부대를 잘 장악하고 아주 신중하게 대처해 주시오."

박준병 소장은 육사 12기로 하나회 회원이며, 12 · 12 그날 경복궁 '생일집 잔치' 멤버 중 한 사람이었고, 80년 5 · 18 때 사단병력을 이끌고 광주시내로 들어가 '시민군' 의 저항을 진압했던 장본인이다. 전두환 보안사령관의 전화를 받은 박준병 소장은 태릉 육군사관학교로 즉시 병력을 이동시켰다. 제20사단이 이동을 마친 것은 27일 새벽 5시였다.

전두환 보안사령관은 자기가 마치 육군참모총장이나 되는 것처럼 부대병력 이동을 지시하고 있었다. 이때 이미 12·12 쿠데타를 예고한 것처럼.

"나는 지금 국방부로 가야겠다. 여기서 대기하며 상황을 처리하라."

사령관실에서 군복으로 갈아입은 전두환 보안사령관은 휘하의 듬직한 참모들을 돌아보고 육본 B2 벙커로 행했다. 박정희 대통령의 죽음을 확인한 그의 얼굴에는 어떤 비장한 결의가 번득이고 있었다.

크라운 승용차가 경복궁 앞 동십자각 부근을 지날 무렵 밀러를 통해 뒤를 본 전두환 보안사령관은 수행부관을 향해 호통을 쳤다.

"야, 경호병이 안 탔잖아."

사태의 심각성을 파악한 전두환 보안사령관은 이미 경호병을 준비시키라고 명령을 내렸었다. 수행부관 손삼수 중위는 유도와 사격에 능한 경호병 4명을 급히 소집했고 경호차 운전병에게 "사령관 차를 절대로 놓치지 말라"고 다짐까지 해둔 터였다. 그러나 사령관 차가 출발하자 경호차 운전병은 경호병들을 태우지도 않고 곧장 따라오고 있었던 것이다.

사령관 차에서 뛰어내린 손삼수 중위는 재빨리 경호차 운전병에게 달려가 "당장 경호병들을 태워 오라"고 꾸짖었다. 상황은 이렇게 계속 급박하게 돌아가고 있었다.

전두환 보안사령관이 국방부로 간 다음 보안사 보안처장 정도영 대령은 쿠데타가 발생했을지도 모른다는 생각을 했다.

'보안사 보안처의 일차적 임무는 쿠데타 방지다. 여기 이렇게 앉아 있을 수만은 없다. 사령관 옆에 가 있어야 한다.'

그는 휘하의 군사정보과장 오일랑 중령을 불렀다.

"오 과장, 국방부로 가자. 몹시 급한 일이다. 단단히 각오하고 날 따라 나서라."

오일랑 과장에게 준비를 시킨 뒤 정도영 대령은 다시 청와대 경호실 정보과에 전화를 걸었다. 차지철 경호실장을 찾았으나 없다는 대답이었다. '차지철 경호실장이 청와대 지하상황실에서 뭔가 지휘하고 있는 건 아닐까? 차지철 경호실장이 중심이 돼 쿠데타를 일으킨 것이 아닐까?'

보안사령부 정문과 청와대 동문은 불과 2백여 미터밖에 떨어져 있지 않았다. 언제 어디서 누구의 총격을 받을지 아무도 모르는 상황이었다.

'만약에 대비, 국방부에 가서 보안사 단독으로라도 일을 처리할 수 있어야겠구나!'

보안사 캠프를 국방부로 옮기기 위해 정도영 대령은 보안처 자료를 챙겼다. 모든 장성들의 명단과 군사상황 등 기밀서류들이었다. 권총 2정을 꺼내 실탄을 장전한 뒤 1정은 허리춤에 차고 또 1정은 007 가방 속에 넣었다.

국방부에 도착한 정도영 대령과 오일랑 과장은 다시 기수를 육본 쪽으로 돌렸다. 국방부 보안부대는 행정부서이기 때문에 청사 내에 있어 지휘하기가 곤란한 반면 육군 보안부대는 단독 건물이기 때문에 유사시에 작전하기가 용이하다고 판단한 것이었다.

정도영 대령과 오일랑 과장이 육군 보안부대 상황실에서 쿠데타 상황을 확인하기 위해 여기저기 연락을 취하고 있을 때 전두환 사령관이 들어섰다.

"여기 와 있었구만."

전두환 보안사령관은 이들의 방문을 무척 반겼다. 육군 보안부대장실에는 청와대 작전차장보 김복동 소장과 고명승 안전처장이 전두환 보안사령관을 기다리고 있었다.

군내 사조직 하나회의 리더그룹이었던 김복동 소장과 전두환 소장은 육사 11기 선두주자로 영관급 시절부터 라이벌 관계였다. 김복동 소장은 생도 시절부터 '장래의 육군참모총장'으로 촉망을 받았고, 생도시절에는 하위권을 맴돌았으나 전두환 소장 역시 실무에 뛰어들면서 박정희 대통령의 총애를 업고 김복동 소장과 함께 동기생 중 선두를 달리고 있었다.

그들은 서로 아무 말도 없었다. 이미 영관급 시절부터 경쟁을 해 온 터였으나 10 · 26 그 순간 그들의 무게중심은 이미 한쪽으로 기울고 있었다. 직접적인 관련이 없다고 해도 김복동 소장은 차지철 경호실장이 관련된 10 · 26 사건에 대해 어떤 식으로든 책임을 면할 수 없는 경호실 작전차장보 자리에 있었고, 전두환 소장은 곧 박정희 대통령 시해사건에 대한 수사를 총 책임질 보안사령관 자리에 있었던 것이다. 그들의 라이벌 관계는 이것으로 막을 내리게 되었다. 더구나 차지철 경호실장의 백색 쿠데타로 의심을 받고 있었던 상황에서는…….

한동안 생각에 잠겨 있던 전두환 보안사령관은 국무위원들의 동향을 알아보기 위해 육본으로 출발했다. 김복동 소장과 고명승 처장이 전두환 보안사령관의 뒤를 따랐다.

잠시 후 보안사 인사처장 허삼수 대령, 기획조정처 최예섭 준장 등 보안사 참모들이 속속 육군 보안부대에 도착했다. 보안사 캠프가 육군 보안부대로 이동한 셈이었다. 육군 보안부대장실로 임시 캠프를 차린 전두환 보안사는 정승화 육본과는 별도의 조치를 취하고 있었다. 이미 박준병 소장의 제20사단을 서울로 불러들인 전두환 보안사령관은 다시 다이얼을 돌렸다. 부마사태로 부산에 주둔하고 있던 제1공수특전여단장 박희도 준장에게 급전을 치는 것이었다.

"각하께서 돌아가셨어. 빨리 부대와 함께 올라와야겠다."

박희도 준장은 전두환 보안사령관으로부터 제1공수특전여단장을 물려받은 특전사 인맥이며 하나회 회원이다. 12·12 그날 경복궁 멤버 중 한 명으로 사태가 여의치 않자 자대로 복귀, 부대를 이끌고 머나먼 행주대교를 건너와 국방부와 육본을 점령하게 될 충직한 '전두환 맨'이다.

전두환 보안사령관의 지시를 받기 전 박희도 준장은 정승화 총장과 정병주 특전사령관으로부터 비상대기 지시와 원대복귀 명령을 받았지만 박정희 대통령 사망에 대해서는 아무것도 모르고 있었다.

김재규를 체포하라

"여보, 김재규 부장과 차지철 실장이 다투다가 김 부장의 총에 각하께서 돌아가셨어."

그날 밤 11시경 10·26의 현장 목격자 김계원 비서실장은 대통령 시해범이 김재규 정보부장이라는 이야기를 처음으로 정승화 총장과 노재현 국방부장관에게 털어놓았다. 각료들이 이미 국군 서울지구 병원으로 가서 박정희 대통령의 시신을 확인하고 국방부 청사로 돌아온 뒤였다.

김계원 비서실장은 '김재규 중앙정보부장이 각하를 쏘았다'라는 직접적인 표현은 쓰지 않았다.

"김 부장을 체포해야겠는데 저렇게 시퍼렇게 나만 노려보고 있으니……."

김계원 비서실장으로부터 범인에 대한 얘기를 들은 정승화 총장은 김재규를 체포하기 위해 자리에서 일어섰다. 김계원 비서실장은 당부의 말을 잊지 않았다.

"여보, 조심하시오. 김재규 부장이 아직 권총을 갖고 있어요."

정승화 총장은 곧 전화로 김진기 헌병감을 찾았으나 연락이 되지 않았다.

"총장이 알아서 어떻게 하든지 빨리 체포하도록 하시오. 김 실장과 나는 되돌아가서 김재규를 안심시키고 있을 테니……."

정승화 총장에게 지시를 내린 노재현 국방부장관은 김계원 비서실장과 함께 아무 일도 없었던 것처럼 조용히 임시국무 회의실(국방부 회의실)로 돌아갔다. 정승화 총장은 김진기 헌병감을 육본 벙커로 오도록 조약래 국방부장관 보좌관에게 지시한 뒤 먼저 육본 벙커로 가서 기다리기 위해 보좌관실을 나왔다.

바로 그때 임시국무 회의실로 들어가던 노재현 국방부장관과 김계원 비서실장이 회의실에서 나온 김재규 중앙정보부장과 맞부딪쳤다. 깜짝 놀란 김계원 비서실장이 뒤를 돌아보았다. 정승화 총장이 뒤따라 나오고 있었다.

"정승화 총장, 계엄군들 숙식비에도 만전을 기하시오. 빨리빨리 조치를 취하시오."

김계원 비서실장이 둘러대며 정승화 총장을 향해 어서 내려가라는 손짓을 했다. 다행히 김재규는 아무것도 눈치 채지 못하고 김계원 비서실장, 노재현 국방부장관과 함께 회의실로 들어갔다.

정승화 총장은 육본 벙커를 향해 뛰었다. 정승화 총장이 육본 벙커에 도착할 무렵 김진기 헌병감도 뛰어 들어왔다. 정승화 총장은 김재규 중앙정보부장 체포를 명하며 구체적인 체포 방법과 신병 처리까지 지시했다.

"김 준장이 직접 김재규 중앙정보부장에게 가서 총장실에서 총장이 좀 만나자 한다고 전하시오. 복도로 유인해 오는 도중 복도 커브 지점에 미리 수사관을 대기시켜 놓았다가 감쪽같이 체포하도록 해요. 그리고 말이야, 김 실장 말이 아직 김 부장이 권총을 휴대하고 있다고 하니 각별히 조심하도록 하고……. 체포 과정에서 소란을 피우거나 범인을 상하게 하면 안 돼! 체포한 뒤에는 곧 보안사령관에게 인계하시오."

한편 육군 보안부대에 보안사 '임시 캠프' 를 설치한 전두환 보안사령관은 휘하의 각 처장과 참모들에게 캠프에서 대기하고 있으라고 지시한 뒤 각료들이 모여 있는 국방부 청사 쪽으로 걸음을 옮겼다. 전두환 보안사령관은 국무회의가 열리고 있는 회의실 옆방 장관 접견실에서 국무회의가 어떻게 돌아가는지 신경을 집중하고 있었다. 그때 정승화 총장으로부터 급히 찾는다는 전갈을 받은 전두환 보안사령관은 청사를 나와 육본 벙커를 향해 뛰었다.

"부르셨습니까?"

전두환 보안사령관이 벙커 총장 집무실에 도착했을 때 정승화 총장은 이미 김진기 헌병감에게 '김재규 체포' 를 지시하고 이희성 참모차장과 얘기를 나누고 있었다. 이희성 참모차장과의 이야기를 중단한 정승화 총장은 전두환 보안사령관에게 김계원 비서실장으로부터 김재규가 범인이라는 제보를 받은 사실과 김진기 헌병감을 시켜 범인을 체포하고 보안사령관에게 인계시킬 계획이라고 설명했다. 또한 보안사령관을 계엄사 합동수사본부장으로 임명하겠다는 뜻을 알렸다. 전두환 보안사령관이 비로소 군·검·경의 모든 정보수사기관을 지휘할 수 있는 합동수사본부장이 되는 순간이었다. 이로써 전두환 보안사령관은 청와대로 가는 교두보를 확보한 것이다.

"전 사령관은 범인을 인수해 보안사가 갖고 있는 시내의 안가에 수용한 뒤 수사상 차질이 없도록 하시오. 그러나 흥분하여 범인을 마구 다루지 않도록 주의하고……."

정승화 총장은 전두환 보안사령관과 김진기 준장에게 김재규 체포를 구체적으로 지시하며 후에 자신이 이 사건에 연루되는 자충수를 두고 있었다. 김진기 헌병감은 법정에서 그때 정승화 총장에게 김재규를 정중히 대하라는 말을 들었다고 진술했다. 정승화 총장은 그런 말을 한 기억이 없다고 해명했으나 김재규 중앙정보부장을 '대통령을 죽인 패륜아'로 결론짓고 있는 전두환 보안사령관에게는 통하지 않았다. 궁정동 현장 가까운 곳에 있었던 정승화 총장의 그와 같은 지시들은 전두환 보안사령관이 주도한 12·12 쿠데타의 불씨가 되었다.

정승화 총장으로부터 김재규 체포 지시를 받은 전두환 보안사령관과 김진기 헌병감은 함께 육본 벙커를 나섰다. 그들은 나란히 보안사 임시 캠프가 설치된 육군 보안부대로 향했다.

전두환 보안사령관은 박정희 대통령 사망의 충격에서 헤어나지 못한 채 비통한 표정을 짓고 있었다. 그러나 아직 박정희 대통령의 사망 사실을 모르고 있던 김진기 헌병감은 '김재규 체포 작전' 수행에 몰두

하면서 이미 취해놓은 조치들을 전두환 보안사령관에게 설명했다.

"체포 현장에서 김재규를 인수해 갈 보안사 수사관 한 명을 붙여주셔야겠습니다."

김진기 헌병감이 지원을 요청했을 때 전두환 보안사령관은 격한 감정을 누르며 말했다.

"대통령이…… 대통령이 죽었습니다. 김 장군."

김진기 헌병감은 깜짝 놀라지 않을 수 없었다. 대통령의 사망 사실을 처음을 접했던 것이다. 그는 처음 육본 벙커에 도착했을 때 얘기하는 것을 듣고 대통령 신변에 무슨 문제가 생겼구나, 하는 정도로만 생각하고 있던 터였다. 김진기 헌병감은 비로소 김재규가 바로 범인임을 알아차렸다.

김진기 헌병감은 헌병 특수부대 1개 분대를 범인 김재규 정보부장이 있는 국방부 청사 후문에 대기시키고, 그 병력을 지휘할 장교를 찾았다. 마침 헌병 중대장 이기덕 대위가 영내에 있었다. 체격이 좋고 무술실력이 뛰어난 이기덕 대위는 국군의 날 행사 퍼레이드에서 항상 맨 앞줄 오토바이 부대를 선도하던 헌병 장교였다.

"이 대위, 즉시 완전무장하고 출동하라."

휘하의 헌병대로 하여금 김재규 체포작전 준비를 끝내 뒤 김진기 헌병감은 전두환 보안사령관에게 범인 압송 차량과 앞뒤 경호 차량 등 세 대의 승용차를 준비해 달라고 부탁했다.

한편 전두환 보안사령관이 육군 보안부대장실에 도착했을 때 보안사 보안처장 정도영 대령과 인사처장 허삼수 대령 그리고 보안처 군사보안과장 오일랑 중령이 대기하고 있었다. 잠시 후 기획조정처장 최예섭 준장, 대공처장 남웅종 준장, 대공과장 김판길 중령, 기조과장 김동명 중령이 잇달아 들어왔다. 그 자리에서 전두환 보안사령관은 처음으로 박정희 대통령의 사망 소식을 알리며 명령을 내렸다.

"김재규를 체포한다! 성능이 좋은 차가 있어야 되겠다. 누구 차가 제일 좋은가?"

"참모장님(보안사) 차가 제일 좋습니다. 신형 레코드 로열입니다."

"빨리 그 차를 이리로 몰고 오라고 해."

정도영 보안처장의 전화를 받은 우국일 참모장은 즉시 차를 육본으로 출발시켰다. 시간은 27일 자정을 조금 지나고 있었다.

"정 장군, 김재규 잘 알지. 그런데 김재규가 당신을 보면 얼굴을 알아볼까?"

김재규 체포 작전사항을 세세히 지시하던 전두환 보안사령관이 정도영 보안처장을 향해 물었다. 대령인 정도영은 당시 준장 진급자로 확정돼 있어 전두환 보안사령관이 '장군' 이라고 부르고 있었다.

"김재규가 보안사령관일 때 제가 과장을 했으니 잘 알 겁니다."

"그런가. 그럼 김재규가 얼굴 모르는 사람 누구 없나?"

"오 과장과 함께 왔습니다. 오 과장은 김재규의 얼굴을 알지만 김재규는 오 과장을 모릅니다."

정도영 보안처장의 말에 전두환 보안사령관은 즉시 오일랑 군사보안과장을 불렀다. 오일랑 과장이 전두환 보안사령관 앞으로 나왔다.

"오 과장, 김재규가 자네 얼굴 모르지? 김진기 헌병감과 함께 가서 김재규를 체포하고 정동 분실(보안사 안가)로 데려가. 정동 공작분실의 위치를 알고 있나?"

오일랑 과장은 부마사태가 진압된 직후 보안사 사무실에서 종합 보고서를 작성하기 위해 야근을 하다가 저녁 8시 40분경 일직 사령 남상일 중령으로부터 궁정동 총소리에 대해 얼핏 전해 들었을 뿐, 지금까지 상세한 내막을 전혀 모른 채 이곳으로 달려온 것이다.

체포 작전을 자세히 지시하며 주의사항을 전달하는 전두환 보안사령관의 말에 오일랑 과장은 긴장하지 않을 수 없었다. 사령관으로부터 '김재규를 체포한다' 는 말을 듣는 순간 '그렇다면 그 체포는 내가 해야 할 성질의 것' 이라고 직감하고 있었다. 그러나 막상 사령관으로부터 '나는 새도 떨어뜨린다' 는 중앙정보부장 김재규를 체포하라는 지시를 받는 순간 착잡한 기분을 느꼈다.

"네, 알고 있습니다."

"오 중령, 김재규를 연행할 때는 정중한 태도로 자연스럽게 해야 돼. 역습을 하거나 혹시 자살할지도 모르니 총기 단속도 철저히 하고……. 정동에 도착하는 즉시 허화평 실장에게 인계하도록. 아, 그리고 오 중령은 계급장을 그대로 달고 헌병 완장을 차도록 해. 헌병감이 총장 비서실장 행세를 할 터이니 김재규가 물어보면 오 중령은 헌병대장이라고만 대답해. 알겠나?"

김재규를 '정중히 모시라' 는 정승화 총장의 지시를 그대로 옮긴 전두환 보안사령관은 거듭 "잘 알겠지?" 를 되풀이했다.

전두환 보안사령관이 오일랑 과장에게 김재규 체포 지시를 끝낼 무렵 정승화 총장으로부터 전화가 걸려왔다.

"전 사령관, 김재규를 연행할 때에는 정중히 하여 안가에 모시고 혹시 자살할지도 모르니 총기를 철저히 수색하도록 하시오."

정승화 총장은 조금 전 육본 벙커 총장 집무실에서 김재규 체포를 지시할 때의 내용을 반복하는 것이었다. 그날 그 운명의 시간에 정승화 총장은 계속 자충수를 두고 있는 것이었다.

전두환 보안사령관이 정승화 총장과 통화를 끝냈을 때 김진기 헌병감이 육군 보안부대장실로 들어섰다.

"둘이서 꼭 김재규를 체포해야 한다. 김재규는 지금 국방부장관실에 있으므로 장관 보좌관 조약래에게 '정승화 총장이 육본 총장실에서 은밀히 기다리고 계십니다' 라는 말을 하라고 해. 그러면 김재규가 장관실을 나올 것이니 이때 자연스럽게 연행을 하는 거야. 알겠지? 헌병감은 정승화 총장 비서실장으로 행세를 해요. 연행은 오 중령이 하고 헌병감은 필요한 병력만 배치하시오. 문제는 김재규를 유인해 나올 때야. 국방부 A현관을 나올 경우, 그곳에는 김재규 경호원들이 있을 거야. 그러니까 다른 통로를 이용하는 게 좋아."

"알겠습니다."

두 사람은 똑같이 대답을 하고 임시 캠프를 나섰다. 김진기 헌병감과 오일랑 중령이 체포작전을 시작하자 전두환 보안사령관은 정도영 보안처장을 불러 후속 조치를 하달했다.

"뒤따라가서 두 사람을 지원해 줘. 만약의 실수에 대비하고 말이야. 오 중령을 몰래 엄호토록 하라."

"네, 알겠습니다."

보안부대장실을 나온 정도영, 최예섭 처장과 육군 보안부대 운영과장인 강철진 중령은 권총을 차고 김진기 헌병감과 오일랑 중령을 뒤따라 나갔다.

김진기 헌병감과 보안사 오일랑 중령은 국방부 청사 후문에 도착했다. 그곳에는 이미 김진기 헌병감으로부터 명령을 받은 헌병 특수부대 요원 10여 명이 출동, 대기하고 있었다.

박정희 대통령에게 방아쇠를 당긴 김재규 중앙정보부장은 국방부 청사 안 임시 국무회의실에 있었다. 김진기 헌병감이 지휘하는 김재규 체포조는 청사 안으로 들어가야 한다. 그러나 국방부 청사 정문 쪽에는 정보부 안전과 소속 경호원들이 M16 기관단총으로 무장한 채 서성거리고 있었다. 더구나 서치라이트가 환하게 비추고 있었기 때문에 중앙정보부장을 체포, 연행할 경우 충돌이 일어날 것은 불을 보듯 뻔한 상황이었다.

김진기 헌병감은 후문 쪽을 택하기로 했다. 그러나 일반 출입구가 아닌 국방부 청사 후문은 굳게 닫혀 있었다. 김진기 헌병감은 전에 국방부 조사대장으로 2년 정도 근무한 경험이 있어 청사 내부 사정을 누구보다도 잘 알고 있는 편이었다. 그는 즉시 국방부 총무과장을 불러 후문을 열라고 지시했다.

"안 됩니다. 이 문은 사용하지 않게 되어 있습니다."

"무슨 소리를 하는 거야. 얘들아, 부숴버려."

평소 인적이 없었던 국방부 청사 후문 앞에는 무장 헌병들이 말없이 움직이고 있었으며, 그들 사이로 긴장감이 감돌고 있었다. 보안사에서 보낸 승용차 세 대가 막 청사 후문에 도착했다. 김진기 헌병감은 신형 레코드 로열 승용차를 후문 앞에 바짝 대게 한 뒤 앞뒤에 한 대씩을 배치했다. 앞뒤 차에는 무장 헌병 두 명씩을 태우고, 김재규를 연행해 갈 승용차엔 헌병 한 명만 뒷좌석 안쪽에 앉게 했다.

김재규 체포를 위한 모든 준비는 완료됐다. 이제 이 긴장된 밤의 주인공 김재규 중앙정보부장만 유인해 오면, 이 자리에서 체포해버릴 것이다. 외등 하나 없는 칠흑 같은 어둠 속에서 라이트를 꺼버린 세 대의 승용차는 나지막하게 엔진소리만 내고 있었다.

"내게 붙어. 지금부터 김재규를 체포하러 간다. 권총에 실탄은 장전되어 있겠지? 이 대위, 만약 김재규가 연행 도중 반항하거나 하면 뒤에서 덮쳐버리도록 해!"

김진기 헌병감은 오일랑 과장과 이기덕 대위에게 소리치며 2층 회의실로 통하는 비상계단으로 올라갔다.

국방부장관실 앞 중앙 복도에는 국무위원들과 군 수뇌들의 수행부관, 국방부 소속 장교 등 20여 명이 띄엄띄엄 서서 웅성거리고 있었다. 김재규 중앙정보부장 수행부관 박흥주 대령도 그 자리에 끼어 있었다. 김진기 헌병감 일행은 그들을 피해 비상통로로 조약래 국방부장관 보좌관실로 갔다.

"조 장군, 우리가 지금 김재규를 체포하러 왔소. 참모총장 지시요. 김재규, 저 안에 있지요? 내가 참모총장 비서실장이라고 할 테니 조 장군이 좀 불러내주시오. 총장님이 벙커 안에서 기다리고 계신다고 귀띔해주시오."

김진기 헌병감의 얘기를 들은 조약래 보좌관은 깜짝 놀라지 않을 수 없었다. 육군 준장인 헌병감이 '나는 새도 떨어뜨린다'는 남산 부장을 체포하겠다니……. 그러나 조약래 보좌관은 평소 친하게 지내던 김진기 헌병감을 늘 믿어왔고 참모총장 지시라는 말에 순식간에 사태를 짐작했다.

조약래 보좌관은 30분 전쯤 뭔가 긴박한 움직임을 감지할 수 있었다. 그때 김계원 비서실장과 노재현 국방장관, 정승화 총장이 함께 와서 조용히 이야기할 장소를 찾기에 조약래 보좌관은 자기 방을 제공해 주었던 것이다. 또 얘기를 끝낸 정승화 총장은 조약래 보좌관에게 헌병감과 보안사령관을 급히 찾으라고 지시한 일도 있었다.

"알았소, 김 장군. 그런데 여기보다는 접견실 쪽이 곧바로 비상통로로 빠져나갈 수 있으니 그 방으로 불러내는 것이 좋겠소."

"그렇게 해주시오, 조 장군."

김진기 헌병감의 대답을 들은 조약래 보좌관은 혼자 회의실로 들어갔다.

같은 시각, 김진기 헌병감과 함께 왔던 오일랑 보안사 군사정보과장은 보좌관실 앞에서 국방부 보안부대장 김병두 대령을 만나고 있었다.

김병두 대령은 그날 저녁 7시경 집에서 TV를 통해 삽교천 방조제 준공식 관련 뉴스를 보고 있다가 국방부 보안부대에 근무하는 오창식 문관의 전화를 받았다.

"국가에 큰 위기가 터진 것 같습니다. 비상입니다."

그대로 집에서 뛰쳐나온 김병두 대령은 지금까지 국방부장관실 부근의 경계를 살피고 있는 중이었다. 그는 허리에 실탄도 없는 권총을 차고 있었다. 국무위원회들과 군 수뇌들이 모인 자리에서 실탄을 장전할 필요는 없었다고 생각한 터였다.

김병두 대령이 헌병 완장을 차고 있는 오일랑 중령을 보고 다가왔다.

"무슨 일인가?"

"사령관님께서 김재규를 체포하라고 하십니다."

오일랑 중령이 귓속말로 말했다. 김병두 대령은 알았다는 듯 고개를 끄덕였다. 오일랑 중령의 얘기를 듣는 순간 국가에 큰 이변을 일으킨 당사자가 바로 김재규라는 판단이 섰다.

"알았다, 알았는데……. 헌병감과 둘이서 그 일을 하겠다는 건가?"

"그야, 부대장님이 도와주셔야지요."

"그런가, 방금 전에 김재규가 물을 마시러 회의실 밖으로 나왔었는데……. 조금만 일찍 왔어도 그대로 잡아버릴 수 있었을 텐데……."

김병두 대령이 아쉬워하고 있을 때 정보부장 수행부관 박홍주 대령이 오일랑 중령의 시선에 들어왔다. 오일랑 중령은 웅성거리는 사람들 속에 섞여 있는 박홍주 대령을 손짓으로 가리켰다.

"저기 박홍주 대령도 있군요."

"저 친구 권총을 차고 있군. 분명히 실탄이 장전되어 있을 거야. 오 중령, 일단 상황을 좀더 지켜보도록 하지."

"알겠습니다. 저는 장관 접견실에서 김재규를 데리고 비상통로를 통해 빠져나갈 예정입니다. 부대장님이 좀 도와주십시오."

오일랑 중령은 김병두 대령의 대답을 들을 사이도 없이 조약래 국방부장관 보좌관실을 통해 김진기 헌병감과 함께 장관 접견실로 갔다.

오일랑 중령이 장관 접견실로 사라지는 것을 보고 국방부 보안부대장 김병두 대령은 우선 청사 안의 헌병 배치상황과 정보부장 수행원들의 위치를 살펴보았다.

국방부 정문 앞에는 궁정동 총소리의 주인공들인 정보부 의전과장 박선호, 경호원 이기주, 김태원 등 세 명이 승용차 안에서 김재규 부장의 다음 명령이 떨어지기만을 초조한 모습으로 기다리고 있었다.

김병두 대령이 다시 장관 접견실 앞 복도로 달려왔을 때 정보부장 수행부관 박홍주 대령의 모습이 보이지 않았다. 그때 갈증이 난 박홍주 대령은 어느 방으론가 물을 마시러 들어가 있었다.

'김재규 체포 작전을 원만하게 수행하기 위해서는 복도에 웅성거리는 수행원들부터 단속해야 한다. 특히 박홍주 대령을 처리하지 않으면 안 된다.'

김병두 대령은 수행원들 쪽을 노려보고 있었다. 어느 틈에 박홍주 대령도 거기에 섞여 있었다. 그때 김병두 대령의 눈에 국방부 보안부대에 근무하는 오창식 문관이 띄었다.

"어이, 오 문관! 너 이놈의 새끼, 여기서 뭘 하고 있어."

김병두 대령은 휘하의 오창식 문관을 향해 별안간 호통을 쳤다.

"여기가 뭘 하는 곳인데 얼쩡거리고 있냐 말이야. 우물거리지 말고 당장 보안대로 돌아가지 못하겠나?"

오창식 문관은 영문을 모른 채 국방부 보안부대로 줄행랑을 쳤다. 순간 김병두 대령은 빈 권총 손잡이에 한 손을 올려놓으며 고함을 질렀다.

"나 국방부 보안부대장이오. 이 자리에 있는 수행원들은 모두 옆방으로 들어가시오."

일단 기선을 제압하고 큰 소리로 명령을 내린 것이다. 김병두 대령의 고함 소리에 복도에서 웅성거리던 20여 명의 수행원들은 각자 옆방으로 흩어졌다. 바로 김병두 대령이 노리던 바였다. 그들과 함께 섞여 있던 박흥주 대령도 가까운 방으로 들어가지 않을 수 없었다.

한편 김진기 헌병감의 부탁을 받은 조약래 국방부장관 보좌관은 임시국무회의실로 들어갔다. 최규하 총리를 비롯한 국무위원들은 여기저기 아무렇게나 앉아 있었고, 김재규 중앙정보부장은 따로 저만큼 떨어져 앉아 있었다. 조약래 보좌관은 김재규 앞으로 다가갔다.

"부장님, 총장님 비서실장이 지금 밖에서 기다리고 있습니다. 정승화 총장님이 집무실에서 조용히 만나자는 연락입니다."

"그래! 내 부관은 지금 어딨나?"

"부관은 저기 있습니다."

조약래 보좌관은 밖을 가리키며 거짓말을 했다. 김재규 중앙정보부장의 수행부관 박흥주 대령은 국방부 보안부대장 김병두 대령의 고함소리에 떠밀려 어느 방으론가 들어가 있었다.

"알았다."

잠시 머뭇거리던 김재규 중앙정보부장은 자리에서 일어섰다. 조약래 보좌관이 앞장서 나오며 접견실로 통하는 문을 열어주었다. 도수 높은 안경을 낀 김재규는 작은 몸집을 약간 뒤로 젖힌 채 접견실로 들어왔다.

"총장 비서실장입니다."

김진기 헌병감이 경례를 한 뒤 예의를 갖춰 다가섰다.

"총장은 지금 어딨나?"

"벙커 총장실에 계십니다. 저희들이 모시겠습니다. 이쪽으로 가시는 것이 빠릅니다."

김진기 헌병감은 회의실 맞은편 비상통로로 통하는 문을 밀면서 비켜주었다.

김재규는 김진기 헌병감과 오일랑 중령, 이기덕 대위가 자신을 체포하러 온 '저승사자'인 줄도 모르고 선선히 따라나섰다. 그는 김진기 헌병감이 총장 비서실장이라고 위장한 것에 대해 전혀 의심하지 않는 눈치였다. 또한 국방부 청사나 육본에서는, 특히 국무회의가 열릴 때는 그곳 지리에 익숙하지 않은 인사들을 헌병들이 안내하곤 했기 때문에 헌병 완장을 두른 보안사 군사정보과장 오일랑 중령과 헌병중대장 이기덕 대위를 안내요원 정도로 생각한 것이다.

문 밖 비상통로에는 아무도 없었다. 문을 나서면서 김재규는 방안쪽을 훑어보며 중얼거렸다.

"박 대령, 어디 갔지?"

그는 계속 수행부관 박홍주 대령을 찾는 것이었다. 국방부 청사 어느 방엔가 들어가 있는 박홍주 대령이 그 자리에 나타날 리가 없었다. 그러나 김재규가 계속 박홍주 대령을 찾으면 예사롭지 않은 사태가 발생할지도 모른다.

"아, 바로 뒤에 따라올 겁니다."

당시 박홍주 대령이 누구인지도 몰랐던 오일랑 중령은 임기응변으로 대답하면서 재촉하듯 복도로 나섰다. 김재규는 오일랑 중령의 말을 믿었는지 '사지'를 향해 천천히 걸음을 옮겼다.

김진기 헌병감은 김재규 오른편에 붙어 섰다. 뒤에는 오일랑 중령과 이기덕 대위가 바짝 붙어 걸었다.

김재규가 권총을 소지하고 있다는 주의를 받았기 때문에 김진기 헌병감은 그의 오른손 움직임에 신경을 집중하지 않을 수 없었다. 잠시 내려가다가 뒤돌아보았을 때 오일랑 중령과 이기덕 대위가 바짝 따라오고 있는 것이 보였다. 김진기 헌병감은 다소 안심이 됐다. 김재규가 순순히 따라오지 않거나 반항하는 눈치가 보이면 덮쳐버리라고 이기덕 대위에게 단단히 일러두었기 때문이었다.

체포 팀은 김재규를 앞세운 채 계단을 내려가고 있었다. 잠시 동안 말이 없던 김재규가 다시 뒤를 돌아보았다.

"왜 이 길로 가는 거지?"

평소 그가 국방부에 왔을 때 다니던 중앙 통로가 아닌 것이 의아했던 모양이다. 그러나 그가 의심을 하게 내버려둘 수는 없었다.

"VIP용입니다. 최규하 총리도 이 길로 다닙니다."

오일랑 중령이 재빨리 둘러댔다. 김재규는 두어 번 고개를 끄덕였다. VIP용이라는 말에 당연히 그래야 한다는 듯한 표정이었다.

김재규가 계속 수행부관 박홍주 대령을 찾고, 비상통로로 가는 것에 대해 의심하는 듯한 눈치를 보이자 그의 뒤를 따르고 있던 헌병 중대장 이기덕 대위가 오일랑 중령의 옆구리를 살짝 치거나 꼬집곤 했다. '덮쳐버리자' 는 신호를 보내는 것이었다. 팽팽한 긴장감 속에 계단을 내려왔다.

김재규의 뒤를 바짝 따라오고 있던 오일랑 중령이 앞질러 뛰어나가 현관에 거의 붙다시피 대기시켜 놓은 레코드 로열 승용차 뒷문을 열어주었다.

외등 하나 없는 칠흑같이 캄캄한 국방부 청사 후문 앞에서 김재규는 그렇게 어둠 속으로 빨려 들어가고 있었다.

“타시지요.”

김진기 헌병감의 ‘안내’를 신호로 오일랑 중령과 이기덕 대위가 감싸듯 김재규를 차 안으로 밀어 넣었다. 이미 뒷좌석에 타고 있던 헌병과 오일랑 중령은 재빨리 김재규의 팔을 잡았다.

“무장을 해제하겠습니다.”

오일랑 중령은 김재규의 허리춤에 손을 밀어 넣으며 말했다.

“내가 꺼내주겠네.”

김재규는 순순히 응하고 있었다. 오일랑 중령은 낚아채듯 권총을 빼앗아 밖에 서 있는 이기덕 대위에게 던져주었다. 궁정동에 총성을 터뜨렸던, 아직 발사되지 않은 한 발의 실탄이 장전되어 있는 38구경 리볼버 권총에는 아직도 화약 냄새가 진동했다.

“압송해!”

체포 현장을 지휘하고 있던 김진기 헌병감의 입에서 짧은 한 마디가 쩌렁거리며 울려 나왔다. 김재규를 태운 승용차와 앞뒤 호위용 승용차는 동시에 라이트를 켰다. 세 대의 승용차는 어둠 속으로 국방부 청사를 돌아 옆문으로 미끄러지듯 빠져나갔다.

국방부 청사 옆에 몸을 감춘 채 체포 현장을 지켜보고 있던 지원조의 정도영 보안처장은 김재규가 체포돼 가는 장면을 확인한 후 곧바로 보안사 임시 캠프에서 기다리고 있을 전두환 보안사령관에게 유선보고를 올렸다.

“알았다. 이학봉에게 서빙고에서 조사 준비를 하도록 했으니까 우선 정동 분실 경비를 철저히 하도록 하라. 허화평을 시켜.”

박정희 대통령 시해범 김재규를 실은 레코드 로열 승용차와 두 대의 호위차는 통행금지로 인적이 끊긴 수도 서울의 시내를 쏜살같이 달려가고 있었다. 맨 앞차는 방향을 선도했고, 뒤차는 혹시 따라올지도 모를 정보부 경호차를 경계하며 달리는 것이었다. 잠시 후 삼각지 로터리 고가도로 위에서 서울역 쪽으로 방향을 돌릴 때 김재규는 주변 상황을 의심하기 시작했다.

"어디로 가는 건가. 넌 누구야?"

김재규는 오른쪽에 바짝 붙어 앉아 있는 오일랑 중령에게 물었다.

"저는 육본 헌병대장입니다."

보안사 군사정보과장인 오일랑 중령은 전두환 보안사령관이 지시한 대로 거짓말을 했다. 그는 헌병 헬멧에 완장까지 두르고 있었다.

"그런가, 그런데 이 차가 어디로 가는 건가?"

정승화 총장이 기다리는 육본 벙커로 간다고 하던 차가 삼각지 로터리를 지나자 김재규는 의심이 더욱 짙어졌다.

"말씀드릴 수 없습니다."

"뭐야. 말을 해."

오일랑 중령이 계속 답변을 회피하자 김재규는 명령조로 다그쳤다.

"말씀을 많이 하지 마십시오. 부장님께선 지금 위험한 처지에 있습니다. 총장님 지시로 지금 안전한 곳으로 모시는 중입니다."

차는 용산 미8군 수송부 앞을 지나고 있었다. 그때 김재규가 다시 몸을 움직였다.

"이봐, 어디로 가는 거야. 이제 세상이 달라졌어. 각하께서 돌아가셨단 말이야. 지금 병원에 있다구."

뭔가 잘못 돌아가고 있다고 생각한 듯 김재규는 현장 목격자인 김계원 비서실장만 알고 있는 사실까지 털어놓으며 협박조로 설득했다.

"아, 그렇습니까."

자정이 지나 이미 새벽 0시 20분. 그때 갑자기 차가 멈추었다. 오일랑 중령은 반사적으로 김재규의 팔을 꽉 잡았다. 남영동 로터리였다. 헤드라이트 속으로 경찰관 둘이 다가오는 모습이 보였고 도로 앞쪽으로 바리케이트가 설치되어 있었다. 오일랑 중령은 그제야 통금 시간이라는 것을 깨달았다.

"나 육본 헌병대장인데 서울역 좀 가야겠소."

검문 경찰들은 곧바로 바리케이트를 치웠다. 그때 또다시 문제가 터졌다. 차가 막 출발하려고 할 때 시동이 꺼져 다시 걸리지 않는 것이었다. 엔진 고장인지, 당황한 운전병이 조작을 잘못했는지 알 수 없었다.

김재규가 탄 승용차는 움직일 줄 몰랐다. 순간 당황했던 오일랑 중령은 뒤따라오고 있던 호위차로 옮겨야겠다고 생각했다.

"운전병, 서두르지 말고 뒤차를 붙여 옆으로 대도록 해."

오일랑 중령은 왼손으로 김재규의 오른팔을 꺾어 뒤로 젖히고 오른손으로는 머리를 밑으로 눌러 숙였다. 검문 경찰들이 지켜보고 있는 상황에서 김재규의 신분을 노출시켜서는 안 되기 때문이었다. 다행히 검문 경찰들은 대수롭지 않게 여기고 있는 것 같았다. 뒤따르고 있던 호위차는 곧바로 호송차 옆에 나란히 섰다. 김재규는 옆 차로 옮겨 태워졌다.

김재규를 태운 차는 다시 출발하여 남대문 쪽으로 질주해 갔다. 오일랑 중령은 선도차를 앞질러 가라고 지시했다. 따라올지도 모를 정보부 경호차가 염려스러웠기 때문이었다. 차는 곧 시청 앞에서 덕수궁 옆으로 꺾어들어 정동 공작분실 앞에 이르렀다.

그때 김재규가 "음, 이리로 왔구먼" 하고 고개를 끄덕였다. 순간 주위를 살펴보던 오일랑 중령은 아찔하지 않을 수 없었다. 실로 묘한 상황이 벌어지고 있었다. 운전병이 착각을 했는지 정보부 정동 분실 정문 쪽으로 차를 댄 것이었다.

보안사 정동 분실과 정보부 정동 분실은 이웃해 있었으나 입구는 다소 떨어져 있었다.

'만약 김재규가 고함이라도 치면서 발악이라도 하고, 그러다가 총이라고 쏘게 될 상황이라면 어떻게 될까…….'

오일랑 중령은 잡고 있던 김재규의 팔을 힘껏 꺾어 돌리며 소리를 질렀다.

"차 빼."

힘없는 노인네인 김재규는 꼼짝도 하지 못했다. 급히 후진한 차는 방향을 바꿔 보안사 정동 분실 앞에 이르렀다. 클랙슨을 누르자 서너 명의 무장한 경계병들이 튀어나왔다. 허화평 보안사령관 비서실장과 신동기 수사관도 정문 앞에 나와 있었다. 보안사 요원들은 급히 김재규를 인수해 2층으로 올라갔다. 숨 막히는 순간들이 지나간 그때 시간은 새벽 0시 40분이었다.

방 가운데 의자에 앉은 김재규는 자신을 체포해 온 오일랑 중령을 빤히 쳐다보며 물었다.

"당신, 누구라고 했지?"

그는 아직도 자신의 처지를 제대로 파악하지 못하고 있었다.

“육본 헌병대장이라고 했잖소.”

거칠게 대답한 뒤 오일랑 중령은 방에서 나왔다.

“저 새끼, 안경부터 벗겨버려. 그러면 꼼짝도 못 할 거야.”

계단으로 내려오면서 오일랑 중령은 신동기 수사관에게 충고했다. 오일랑 중령은 김재규가 눈이 몹시 나빠 안경이 없으면 거의 지척도 분간하지 못한다는 것을 알고 있었다.

전두환 합동수사본부 탄생

전두환 보안사령관은 보안사 임시 캠프인 육군 보안부대장실에 있었다. 그는 김진기 헌병감과 오일랑 중령이라면 틀림없이 김재규를 무사히 체포할 것이라고 믿고 있었지만 시간이 흐를수록 초조했다. 김재규 체포 작전이 실패한다면 모든 책임이 자신에게 돌아온다는 것을 누구보다도 그 자신이 잘 알고 있었기 때문이었다.

"방금 삼각지 로터리 쪽으로 빠져나갔습니다."

김진기 헌병감, 오일랑 중령을 지원하기 위해 출동했던 지원조장 정도영 보안처장으로부터 유선보고가 날아들었다.

"알았다. 별다른 사고는 없었겠지?"

전두환 보안사령관은 중앙정보부가 워낙 방대한 조직이기 때문에 혹시 김재규 체포 사실이 남산 본부로 알려지고 세포 조직으로 타전

될 경우 뒷일을 감당하기 어렵다는 판단을 하고 있었다. 정보부 요원들은 국방부와 육본은 물론이고 전두환 보안사령관이 지휘하고 있는 보안사까지 알게 모르게 박혀 있었기 때문이었다.

"그들(정보부 경호원)은 전혀 눈치 챌 수 없도록 처리했습니다."

"그런가."

정도영 처장으로부터 체포 경위를 보고받은 전두환 보안사령관은 우선 김재규를 따라온 정보부 요원들을 체포하는 것이 급선무라고 생각했다. 그들은 국방부 주위에 얼씬거리고 있었다.

"정 장군, 지금 국방부 내에 김재규를 수행한 정보부 애들이 더러 있을 거야. 그놈들도 한 명도 빠짐없이 모두 체포해야 돼. 무장하고 있을 테니까 완전히 무장을 해제시킨 뒤 데리고 있어."

전두환 보안사령관은 김진기 헌병감을 찾았다.

"김 장군, 김재규 수행원들을 잡아야겠는데……, 나를 좀 만나야겠소."

"……."

10·26 그날 전두환 보안사령관만큼 독주한 장성은 없다. 김재규 수행원들에 대한 추가 체포 작전은 전두환 보안사령관의 독자적인 판단에 의한 것으로 참모총장의 명령을 직접 받지 않은 김진기 헌병감으로서는 썩 내키지 않는 일이었다.

"보안사 수사관들도 있지 않소."

"그래도 좀 도와주시오. 아무래도 이곳에서는 헌병들이 있어야 행동이 자연스럽지 않겠소. 김 장군, 여기 보안부대장실이니까 좀 와주시오."

"그렇게 하지요."

김진기 헌병감으로서는 거듭 부탁하는 전두환 보안사령관의 부탁을 거절할 수가 없었다. 그는 곧 보안부대장실로 가서 전두환 보안사령관을 만나고 헌병감실로 돌아왔다. 그는 국방부 복도에 있는 휘하의 헌병 중대장 이기덕 대위를 찾아 지시했다.

"이 대위가, 지금 즉시 보안부대장실로 가서 김재규 수행원들을 체포하는 데 협조하도록 하라."

한편 김진기 헌병감으로부터 김재규 체포 사실을 보고받은 정승화 총장은 김계원 대통령 비서실장에게 그 사실을 알려준 뒤 참모차장과 참모부장들로부터 몇 가지 지시사항의 진척 상황을 보고받은 뒤 국방부 청사 장관실로 올라갔다. 국무위원들은 박정희 대통령의 시신을 확인하기 위해 서울지구 병원으로 떠나고 보이지 않았다.

새벽 2시경 전두환 보안사령관은 국방부에 있는 정승화 총장을 찾아와 쪽지를 내밀었다. 쪽지에는 김재규가 횡설수설했다는 말이 적혀 있었다.

'김재규가 안가로 호송 중인 차 안에서 수사관들에게 횡설수설한 걸로 보아 범인이 틀림없습니다.'

'세상이 바뀌었다. 좋은 세상이 될 것이다. 박 대통령이 너무 심했어.'

전두환 보안사령관은 김재규가 범인임을 확신하고 수용 상태와 앞으로의 수사 계획을 보고했다.

"김 부장을 수용한 현재의 안가는 창문에 쇠창살이 안 돼 있어 혹시 뛰어내리면 큰일이고 수사하는 데도 불편합니다. 서빙고에 제대로 시설을 갖춘 보안사 안가가 있으니 그리로 옮겨 조사하겠습니다."
"그렇게 하고, 하루 빨리 사건 전모를 수사토록 하시오."

한편 전두환 보안사령관으로부터 두 번째 지시를 받은 정도영 보안처장은 기획조정처장 최예섭 준장 등과 함께 국방부 청사로 들어갔다. 그리고는 국무회의실 주변과 청사 현관 앞을 둘러보며 정보부 경호원들의 배치 상황을 확인한 뒤 보안사 임시 캠프로 연락을 취했다. 마침 그 자리에는 국방부 보안부대장 김병두 대령이 와 있었다.

"사령관님 지시다. 국방부 현관 앞에 있는 김재규 경호원들을 무장해제시키고 연금시켜야겠어. 방금 내가 상황을 파악해보니 현관 앞쪽에 한 대의 경호 차량만 있는 것 같다. 셋이 함께 모여 있으니 하나씩 유인해서 사무실에 잡아두는 게 좋겠어."

김병두 대령은 즉시 휘하의 요원들을 찾아 나섰다. 새벽 2시가 가까운 시각, 요원들이 대기하고 있을 리 없었다. 기껏해야 김병두 대령의 수행원 격인 오창식 문관과 당번병 한 명이 있었고, 잠시 후 운영과장 장한주 중령이 나타났을 뿐이었다.

"김재규 경호원들을 무장해제시키고 연금해야 한다. 우선 이 방부터 준비하도록 하자."

김병두 대령과 장한주 중령, 오창식 문관, 당번병 등 국방부 보안부대 네 명은 사무실 위장부터 서둘렀다. 벽에 붙어 있던 전두환 보안사령관의 사진을 떼어내고 부대기도 걷어 책상 밑에 감추었다. 책상 위에 놓여 있는 '보안부대장 육군 대령 김병두' 라고 새겨진 명패도 한쪽 구석에 숨겼다. 잠시 후 책상과 소파만이 놓여 있는 국방부 보안부대장실은 무엇을 하는 방인지 모를 정도로 변해 있었다.

"음, 이만하면 감쪽같겠지. 아마 접견실쯤으로 알 거야."

김병두 대령은 곧바로 이기덕 헌병대위를 불렀다. 이기덕 대위는 김진기 헌병감의 지시로 신영익 중위까지 대동하고 들어왔다.

"이 대위, 헌병감께 얘기 들었겠지. 김재규 경호원들을 체포한다. 현관에 가면 틀림없이 김재규 경호차가 맨앞에 서 있을 거야. 경호원들이 맞는지 분명히 확인하고, 맞으면 위에서 높은 어른이 찾는다고 말해서 한 놈씩 이 방으로 데리고 와."

"반항하면 어떻게 할까요?"

"그러니까 조심해야지."

"알겠습니다."

이기덕 대위가 신영익 중위와 함께 돌아설 때 김병두 대령이 다시 불러 세우고 거듭 주의를 주었다.

"꼭 한 놈씩만 데리고 와야 해. '높은 어른이 찾습니다. 한 분만 오시라고 합니다' 하고 공손히 말해야 돼."

이기덕 대위와 신영익 중위가 출발했다. 접견실처럼 변한 국방부 보안부대장실에는 초조와 긴장감이 흐르고 있었다. 장한주 중령과 오창식 문관이 문 양쪽에 서 있고 김 대령은 중앙에 선 채로 이기덕 대위를 기다리고 있었다.

5분쯤 지났을까. 신영익 중위의 안내를 받으며 정보부 요원 한 명이 들어섰다. 덩치가 큰 그 사나이는 정보부 안전과 경호조장 김인수 대위였다. 그는 경복궁 내에서 대기하고 있던 중, 정보부장 수행부관 박홍주 대령의 지시를 받고 국방부로 달려온 터였다.

"반갑습니다. 위에서 잘 모시라는 분부입니다."

김병두 대령이 먼저 경례까지 하며 상대방의 긴장을 풀어주었다. 그 순간 장한주 중령과 오창식 문관이 달려들어 김인수 대위의 허리춤에서 권총을 왼쪽 주머니에서 무전기를 뽑아냈다.

"꼼짝 마, 쏜다!"

뒤따라 들어오던 이기덕 대위가 앞으로 튀어나오며 45구경 권총으로 김인수 대위의 가슴을 밀었다.

"아니…… 왜들 이러시오? 같은 공무원인데……."

김인수 대위는 한 발 물러서 총구를 피하며 반격 채비를 갖추는 듯했다.

"움직이지 마. 항거하면 죽인다!"

김병두 대령의 호통에 김인수 대위는 주춤하며 기가 죽어버린 듯했다. 일단 사태를 장악한 뒤 김병두 대령은 분위기를 부드럽게 이끌었다.

"애들아, 차나 한 잔 가지고 와."

김인수 대위는 보리차를 조금씩 마셨다. 잠시 후 김병두 대령은 김인수 대위를 옆방으로 밀어넣은 뒤 신영익 중위를 불렀다.

"차에 몇 놈이 더 있나?"

"두 명 남았습니다."

"또 한 놈을 데리고 와."

김병두 대령은 같은 방법으로 국방부 현관 앞에서 M16 기관단총으로 무장하고 있던 정보부 안전과 수행 경호원 세 명을 별 어려움 없이 무장해제시켰다. 무장해제는 곧 체포를 의미하는 것이었다.

남은 자는 김재규의 수행부관 박홍주 대령이었다.

"그 자는 국방장관 보좌관실에 있을 거야. 신 중위, 실수하면 안 돼."

국방부 보안부대장실을 나온 신영익 중위는 곧바로 3층 국방장관 보좌관실로 갔다.

한편 김재규가 체포된 사실도 모른 채 국방부 청사 국무회의실 앞에서 기다리고 있던 수행부관 박홍주 대령은 상관을 찾지 못해 망설이고 있었다. 국무위원들이 병원에 갔다는 소리를 듣고 부장을 만나기 위해 회의실로 들어갔다가 "정보부장님은 여기 안 계십니다. 부(정보부)에 가보시오"라는 답변만 들었을 뿐이었다. 박홍주 대령은 복도를 서성이며 생각에 빠져 있었다.

그때 헌병 한 명이 다가와 거수경례를 했다. 신영익 중위였다.

"위에서 잠깐 오시라고 하십니다. 절 따라오시지요."

"누가 오라고 그래?"

"가 보시면 압니다. 아무도 모르게 모시고 오라는 분부십니다."

잠시 머뭇거리던 박홍주 대령은 아무 의심 없이 신영익 중위를 따라갔다.

"상부의 지시에 의해 무장을 해제합니다."

접견실로 위장한 국방부 보안부대장실로 들어서는 순간 이기덕 대위가 말했다. 박홍주 대령은 순순히 권총과 무전기를 풀어주었다.

"상부에서 잘 모시라고 하십니다."

김병두 대령이 공손하게 말하고 보리차를 갖다주었다. 목이 몹시 말랐던 박홍주 대령이 차를 마시고 있을 때 정보부 안전과 소속 요원들이 옆방에서 나타났다.

"아, 비서관님 여기 계셨군요."

그들은 경호차를 지키고 있어야 할 정보부 경호원들이었다. 박흥주 대령은 직감적으로 체포된 것이구나 생각했고, 사태가 원래 예상했던 것과는 달라졌다고 느꼈다.

한편 전두환 보안사령관은 국방부 회의실에서 국무위원들이 '27일 새벽 4시를 기해 비상계엄 선포'를 의결하는 장면을 지켜보고 있었다. 그때 정도영 보안처장과 김병두 국방부 보안부대장으로부터 연락이 왔다. 김재규 수행원들을 무장해제하고 감금시켜놓았다는 보고였다.

"알았다. 그놈들 즉시 서빙고로 데리고 가."

시간은 27일 새벽 4시가 가까워지고 있었다. 그 시각 이미 정승화 총장은 계엄사령관으로 행동하고 있었다. 전두환 보안사령관은 곧바로 국방부 청사를 나와 육본 벙커로 내려갔다. 보안사 정동 분실과 서빙고 분실로부터 김재규와 그 부하들의 범행 사실을 속속 보고받고 있던 전두환 보안사령관은 무엇보다도 먼저 박정희 대통령의 시해 장소인 궁정동 정보부 안가를 장악할 필요가 있다고 느끼고 있었다.

전두환 보안사령관은 정승화 총장에게 정동 분실에서의 1차조사 결과를 보고한 뒤 박정희 대통령 시해 현장인 궁정동 약도를 보여주었다.

"저도 청와대 경호실에서 근무한 적이 있습니다만 이런 장소가 있는 줄 몰랐습니다."

약도에는 차지철 경호실장이 피살된 자리도 표시돼 있었다. 정승화 총장은 그때 비로소 차지철 실장이 피살된 것을 알았다. 그 전에는 차 실장의 생사 여부는 신경도 쓰이지 않았다. 정승화 총장은 감정이 미묘해졌다. 그 자리에서 정승화 총장은 계엄사령관 자격으로 전두환 보안사령관을 계엄사 합동수사본부장으로 임명했다는 사실을 통보했다.

"잠시 후 새벽 4시부터 전국 일원에 비상계엄이 선포될 것이오. 전 장군이 합동수사본부장이 되어 사건 전모를 수사토록 하시오."

"잘 알겠습니다."

전두환 보안사령관은 부동자세로 거수경례를 했다.

'검찰, 군검찰, 중앙정보부, 경찰, 헌병, 보안사 등 모든 정부 수사기관의 업무를 조정 · 감독하기 위해 계엄사령부 내에 합동수사본부를 설치 · 운용한다.'

계엄포고령 제5호에 따라 전두환 보안사령관이 계엄사 합동수사본부장으로 임명된 그 순간, 그 누구도 예상하지 못하는 사이에 역사의 추는 이미 그에게 쏠려가고 있었다.

"사건 현장을 조사하기 위해서 수사관을 보내야겠는데 그곳이 청와대가 아니라 중앙정보부가 관장하고 있는 곳입니다. 그 잔당들이 아직 있을 터이니 위험합니다. 병력이 좀 필요하니 청와대 경호실 소속의 헌병 중대 하나를 저의 지휘하에 배속시켜주십시오."

"그렇게 하시오."

정승화 총장은 선뜻 헌병 1개 중대를 전두환 보안사령관에게 배속시켜 그의 지시를 받도록 조치하고 사건 전모를 가급적 빨리 보고하도록 지시했다. 바로 그 헌병대가 한 달여 뒤 12 · 12 쿠데타 때 전두환 보안사령관의 지시에 의해 자신을 연행하는 데 가담하게 될 줄은 꿈에도 모른 채…….

보안사 정동 분실 2층 10여 평 정도 되는 방의 사방 구석에는 M16으로 무장한 군인들이 한복판의 의자에 앉아 있는 김재규를 향해 총구를 겨냥한 채 서 있었다. 김재규는 자신이 체포, 감금됐다는 사실을 다시 한 번 확인하지 않을 수 없었다.

"대통령은 죽었어. 너희들도 몸조심해!"

김재규는 허화평 보안사령관 비서실장과 신동기 수사관을 향해 타이르듯 말했다.

"부장님, 부장님께서는 지금 저희 사령관님의 지시로 체포되어 있습니다. 부장님은 지금 몹시 위험한 상황에 처해 있습니다. 여기는 보안사 분실입니다. 조용히 계시기 바랍니다."

"음…… 전두환이가 시켰단 말이지……. 전두환이가……."

안경까지 벗겨진 김재규는 머리를 뒤로 젖히며 눈을 지그시 감았다. 그때 전두환 보안사령관으로부터 지시가 떨어졌다.

"김재규를 서빙고로 옮겨 백동림하고 이학봉한테 인계하라."

전두환 보안사령관은 군 수사에 처음으로 거짓말 탐지기를 도입, 베테랑 수사관으로 이름을 떨치던 경남지구 보안부대장 백동림 대령과 보안사 대공처장 이학봉 중령에게 이미 귀경 명령을 하달해놓은 터였다. 당시 백동림 대령은 경남 창원에 주둔하고 있었고, 이학봉 처장은 부마사태로 부산 출장중이었다.

계엄사 합동수사본부장에 임명된 전두환 보안사령관의 움직임은 빨랐다. 지난 부마사태 때 이미 합동수사본부를 운용한 바 있는 전두환 보안사령관으로서는 기다렸다는 듯 일사천리로 작업을 진행시켜 나갔다.

군·검·경·정보부 등 모든 정보 수사기관을 한 손아귀에 틀어쥐게 된 전두환 보안사령관은 우선 10·26 박정희 대통령 시해사건 수사기구를 조직했다. 중앙정보부장이 대통령을 시해한 범인이라는 사실에 놀라움을 감추지 못한 전두환 보안사령관은 김재규의 범행이 그리 단순한 것이 아니라고 판단했다. 정보부를 중심으로 한 박정희 대통령 비판 집단이나 군 내부 세력의 동조, 그리고 미 CIA 사전 조정 등 배후 세력이 있을 것으로 단정한 것이었다.

> 합동수사본부장 직할로 보안사 참모장인 남웅종 준장 책임하에 3개 국을 둔다. 제1국은 백동림 대령을 국장으로 보안사 요원을 배치, 김재규를 정점으로 한 정보부 내부조직을 수사한다. 제2국은 육군 범죄수사단장인 우경윤 대령을 국장으로 헌병대를 배속, 군 내부 동조자를 조사, 체포한다. 제3국은 이기창 총경을 국장으로 치안본부 등 경찰 특수요원들이 업무를 전담, 정보부와 군 외의 대통령 시해 사건 동조자를 체포한다.

그날 새벽 1시경 김재규 체포를 확인, 보고한 정도영 보안처장은 육군 보안부대로 돌아와 밤참으로 라면을 끓여 먹고 있던 중 전두환 보안사령관의 호출 명령을 받고 달려갔다.

"정 장군은 최 장군과 함께 지금 즉시 국방부로 가라. 장관실에 가면 김계원이가 있을 것이다. 그 자를 무조건 체포해 서빙고 분실로 데리고 가 이학봉이에게 인계하도록."

전두환 보안사령관이 아직 계엄사 합동수사본부장에 임명되기 전,

김계원 대통령 비서실장 체포 역시 그의 독단적인 지시였다. 보안사 임시 캠프를 나온 정도영 보안처장, 최예섭 기획조정처장은 곧 국방장관 보좌관실로 갔다.

그때 김재규 수행원들을 유인, 체포하는 데 성공한 국방부 보안부대장 김병두 대령은 사령관에게 보고하기 위해 국방부 제1회의실로 오던 중 정도영, 최예섭 처장을 만났다.

"우린 김계원 실장을 잡으러 왔다."

그들은 함께 보좌관실로 들어가 조약래 보좌관을 만나 "우리는 김계원 비서실장을 잡으러 왔습니다. 좀 불러내 주십시오"라고 부탁했다.

"지금 장관님실에는 국무위원들과 참모총장님이 얘기를 나누고 계시지만, 김 실장은 보이지 않는데요."

"그럼 좀 기다려보도록 하지요."

보좌관실을 나온 그들은 청사 복도에서 대기했다. 2, 3분 뒤 얼굴이 새파랗게 질린 김계원 비서실장이 피신하듯 장관실로 급히 뛰어 들어가는 것이 보였다. 그들은 다시 조약래 보좌관실로 뛰어 들어가 "총장님을 좀 불러내주시오"라고 부탁했다.

잠시 후 정승화 총장이 나왔다.

"저희들은 사령관님 지시로 김계원 비서실장을 체포하러 왔습니다. 총장님께서 좀 불러내주십시오."

정도영 처장의 건의를 듣고 잠시 무엇인가 생각하는 표정을 짓던 정승화 총장은 고개를 저었다.

"김 실장을 체포하는 문제는 내가 나중에 별도로 지시할 테니까 그때까지 기다리라고 내가 그러더라고 자네들 사령관에게 얘기하게. 당장 체포하는 것은 보류하는 것이 좋겠다고 말이야."

총장의 지시였으므로 보안사 처장은 어쩔 도리가 없었다. 그들은 즉시 육군 보안부대장실로 돌아와 전두환 보안사령관에게 보고했다.

"그래, 총장이 그런 지시를 했단 말이지. 알았다! 다들 수고 많았어. 귀관들은 앉아서 눈이라도 좀 붙이도록 해."

중앙정보부를 장악하라

전두환 보안사령관은 정승화 총장을 이해할 수가 없었다. 왜 정승화 총장은 김계원의 체포에 동의하지 않는가. 김계원은 바로 시해 현장에 동석했던 사람이 아닌가. 설령 그가 대통령의 시해 범행에 적극 가담하지 않았다고 하더라도 그런 자리에 있었다면 자신이 방패막으로 나섰어야 될 게 아닌가. 그럴 경황이 없었다면 사후에라도 경호실의 병력을 동원한다거나 수도경비사령관과 합의해서 사태에 어울리는 조치를 취했어야 옳은 일 아닌가. ……뒤늦었지만 육본벙커나 국방장관실에서라도 '대통령 각하의 시해범은 바로 김재규다!' 하고 보고했어야 옳은 일 아닌가. 전두환 보안사령관은 꼬리를 물고 일어나는 의문 덩어리들로부터 헤어날 수가 없었다.

전두환 보안사령관은 10·26 그날 궁정동 '최후의 만찬장'에 참석했던 김계원 대통령 비서실장뿐만 아니라 현장 근처에 있었던 정승화 총장에게까지 의혹을 갖고 있었다. 결국 그 의혹은 전두환 보안사령관이 정권을 장악하는 계기가 된 12·12 쿠데타의 빌미가 됐으며, 역사의 물줄기를 돌려놓은 단초가 됐다.

한편 보안사 보안처장 정도영 대령과 기획조정처장 최예섭 준장이 27일 새벽 전두환 보안사령관의 지시에 따라 김계원 비서실장을 체포하기 위해 국방부 청사로 갔었으나 '별도 지시를 기다리라' 는 정승화 총장의 체포 중단 명령을 받고 돌아올 수밖에 없었다는 증언에 대해 당사자인 정승화 씨는 다른 주장을 하고 있다.

"무슨 소린가. 그날 국방부 회의실에서 김 실장을 잡으러 왔다는 사람들을 만난 적도 없다. 27일 새벽의 국방부 상황은 김 실장의 체포 문제를 생각할 여지도 없었다."

정승화 씨에 따르면 27일 새벽이 아닌 하오에 계엄사 합수본부장인 전두환 보안사령관이 총장 공관으로 찾아왔다고 한다.

"총장님. 아무래도 김계원 비서실장을 조사해야겠습니다."

"대통령 비서실장인데 신중히 해야 하지 않겠소?"

"어찌 되었건 김 실장은 사건 현장에 있었을 뿐만 아니라, 국군 서울지구 병원에 각하를 모셔왔을 때의 행적도 석연치 않습니다."

정승화 총장의 느낌에도 전두환 보안사령관은 김계원 비서실장에게 크게 의심을 두는 듯 보였다. 전두환 보안사령관은 거듭, "김재규가 자기는 모든 것을 김 실장에게 미리 얘기하고 거사를 도모했다고 자백했습니다. 국민들 이목도 있고 하니 조사해야겠습니다"라고 말했다.

정승화 총장은 전두환 보안사령관이 조사만 한다고 말했을 뿐 연행을 해야 한다는 표현을 쓰지 않았던 것 같다고 말한다.

"그래서 나중에 내가 직접 김 실장에게 전화를 걸어, '합동수사본부에서 김 실장에게 뭐 좀 물어볼 게 있나 보오. 응해주도록 하십시오' 라고 얘기한 거요."

한편 박정희 대통령과 차지철 경호실장, 김재규 중앙정보부장과 함께 궁정동 최후의 대행사에 참석했던 김계원 비서실장은 27일 저녁에 잠깐 시간을 내어 논현동 집에 들렀다. 그때 전두환 합동수사본부의 수사관이 찾아와 1차 심문조서를 받았다.

"그날 조서를 받을 때 녹음을 했는데 나중에 내가 구속된 뒤 그것을 다시 들어보니 내가 착각하여 진술한 부분이 많습니다. 예컨대 나는 총을 맞은 각하를 병원에 옮겨다놓은 뒤 걸어서 청와대로 왔다고 진술했는데, 나중에 생각하니 택시를 탄 기억이 나더군요. 그날 저는 너무 바빴어요. 아마도 모든 정부 인사 가운데 제가 가장 분주했을 것입니다. 여러 장관들에게 연락을 취하고 그들을 데리고 궁정동—병원—청와대—육본—국방부—청와대를 옮겨 다녀야 했고, 어떻게 된 것이냐고 묻는 사람들이 워낙 많아 누구한테 무슨 대답을 했는지도 모르겠어요. 더구나 그때 저는 상당히 취한 상태였거든요. 지금 생각해도 그날 밤 제가 한 행동은 크게 잘못된 점이 없다고 봅니다."

전국 일원에 비상계엄이 선포된 지 하루 만인 28일 오후, 김계원 비서실장은 청와대에서 전두환 보안사령관의 방문을 받았다. 전혀 사전 예고도 없는 방문이었다.

"궁정동 현장에 실장님이 계셨었는데…… 각하와 차지철 경호실장은 이미 돌아가셨고, 실장님만 살아남아 있으니 주위에서들 이상하게 생각하고 있습니다. 당분간 집에 좀 가 계시는 것이 어떻겠습니까?"

전두환 보안사령관은 좀 어려운 표정으로 정중하게 말했다. 김계원 비서실장 역시 청와대에 계속 머무는 것이 불편하다고 여기고 있던 터였다. 그는 전두환 보안사령관의 '권유'를 퍽 고맙게 생각했다고 한다. 전두환 보안사령관이 돌아간 뒤 곧바로 정승화 총장으로부터 전화가 걸려와 합동수사본부의 조사에 응해 달라는 통보를 받을 때까지만 해도 김계원 비서실장은 별로 대수롭지 않게 생각했다. 그는 우선 집에 가서 좀 쉴 수 있다는 생각이 앞섰다고 한다.

청와대를 나온 김계원 비서실장은 총리 공관으로 갔다. 27일 새벽 국방부의 심야 비상 국무회의에서 대통령 권한대행직을 의결받았지만 최규하 국무총리는 계속 총리 공관에서 업무를 보고 있었다.

"각하, 며칠 쉬어야겠습니다. 이제부터는 총리께서 대통령 권한대행인 만큼 모든 국정을 대행하시기 바랍니다. 보안사령관의 얘기도 있고 하니 저는 집에 가서 있겠습니다. 필요한 일이 있으면 언제라도 하명해주시고……."

바로 그 순간 김계원 비서실장의 의식에는 조금 전 정승화 총장의 전화 통고 내용이 생각났다. 왠지 가시처럼 마음에 걸려왔다. 총리 공관을 나서면 체포될지도 모른다는 직감이 들었다.

"각하, 한 가지 부탁이 있습니다. 박정희 대통령의 장례식엔 꼭 참석할 수 있도록 선처해주십시오."

그날 저녁 김계원 비서실장은 논현동 아들 집에서 잤다. 그 전에 부근에 있는 자택에 들렀는데 밤만 되면 시민들이 돌멩이를 던지기도 하고 욕설을 퍼붓기도 한다는 것이었다. 그로서는 적지 않은 시민들이 대통령의 죽음에 대해 유일한 현장 목격자인 자신에게 책임을 묻고 있다는 생각에 심적 부담이 크지 않을 수 없었다.

다음날 김계원 비서실장은 논현동 집으로 돌아왔다. 기왕에 당할 것이라면 피할 수 없다고 생각했다. 아니나 다를까, 30일 새벽 5시경 사복 차림의 사나이 세 명이 대문을 두드렸다.

"실장님, 뭐 좀 물어볼 게 있습니다. 자꾸 와서 번거롭게 할 수도 없고……, 일단 저희들과 함께 가셔서 말씀을 좀 해주시면 좋겠습니다. 상황 설명만 잠깐 해주시면 됩니다."

김계원 비서실장은 사나이들의 말과 같이 잠깐이 아니라는 것을 직감했다. 그는 체념한 상태로 "내가 준비할 것이 뭐 없겠나?" 하고 조심스럽게 물었다.

"그럼요. 몇 시간이면 다시 돌아오실 텐데요 뭐. 그냥 잠깐 다녀오시지요."

그날 연행된 뒤 김계원 비서실장은 구속돼 박정희 대통령 시해 사건의 공범으로 발표되었다.

김계원 비서실장의 연행을 허가했던 정승화 총장은 "워낙 큰 사건이므로 수사 대상자는 지위 고하를 막론하고 일단 수사를 해야 한다는 원칙에서 그렇게 한 것이다"라고 말한다. 그러나 수사가 진행되면서 정승화 총장은 박정희 대통령 시해 사건에 김계원 비서실장이 아무런 죄가 없다는 생각을 굳히게 됐다.

한편 정승화 총장에게 청와대 경호실 소속 33헌병대 병력을 보안사가 배속받아 궁정동을 접수하고 보안사의 자체 경비에 쓸 것을 건의, 허락을 받은 전두환 보안사령관은 추호도 지체하지 않고 궁정동 진압을 지시했다.

27일 새벽 2시가 조금 지난 시간 보안사 수사관 다섯 명이 33헌병대원 20명의 호위 아래 궁정동 안가로 진입, 정보부 경비원을 무장해제시키고 현장을 접수한 것이다.

전국 일원에 비상계엄령이 선포된 27일 새벽 4시경, 전두환 보안사령관은 부관 손삼수 중위를 불렀다.

"집으로 전화를 걸어 나한테 이상 없다고 이야기하고, 새벽에 라디오 뉴스를 들으라고 전해."

손삼수 중위는 즉시 연희동으로 다이얼을 돌렸다. 당번병이 받아 '이 시간에 어떻게 사모님을 깨울 수 있느냐' 라고 했다.

"괜찮아, 어서 받으시라고 해."

잠시 후 수화기에서 이순자 씨의 목소리가 들려왔다. 손삼수 중위로부터 남편 전두환 보안사령관의 전갈을 들은 이순자 씨는 "네, 그런 일이 있었어요, ……다행이네요" 하고 전화를 끊었다.

전두환 보안사의 합동수사본부가 처음 등장한 것은 그 해 10월 18일 부산에 대규모 시위가 일어나 비상계엄이 내려질 때였다. 당시 부산지역에 합동수사본부가 설치됐으나 정보부 부산 분실에 눌려 제대로 활동을 하지 못했다.

"27일 새벽 5시경 전두환 보안사령관은 사령부로 돌아왔다. 그날 새벽 4시를 기해 발효된 비상계엄에 의해 계엄사 합동수사본부장이 된 전두환 보안사령관은 우국일 참모장에게 지시했다.

"정보부, 치안본부, 검찰 책임자를 아침 7시 30분까지 소집하라."

전두환 보안사령관은 이어 계엄하의 포고령 기안에 대한 지침을 준 뒤, 중앙정보부의 기능을 정지시키도록 하라고 지시했다.

"아! 그리고 말이야. 정보부의 국장급 이상 간부들을 합동수사본부로 출두시켜 조사하도록 해."

그날 오전에 발표된 계엄 공고 제5호는 계엄사 합동수사본부의 업무 한계를 '모든 정보수사기관(검찰·군검찰·중앙정보부·경찰·헌병·보안사)의 업무를 조정 감독'이라고 규정함으로써 절대 권력자 박정희 대통령 사후의 권력 공백기에 전두환 보안사령관이 권력의 중심으로 자리잡는 틀을 만들었다.

실로 10·26 그날 그 사건 이후 전두환 보안사령관의 행동은 전광석화와 같았다. 권력의 추는 순식간에 육군 소장인 전두환 보안사령관에게 쏠리고 있는 것이었다. 그와 같은 권력의 흐름은 국내보다 외신을 타고 국외로 퍼져나갔다.

궁정동 총성이 울려퍼진 지 불과 1주일도 안 된 11월 1일 일본 『마이니치신문』은 일본 외무성 관리들의 말을 인용, 주목할 만한 분석 기사를 싣고 있다. 이 신문은 그로부터 1개월 12일 뒤에 발생하는 전두환 보안사령관이 이끄는 신군부의 12·12 쿠데타를 놀랄 정도로 정확하게 예견하고 있었다.

다음은 '전두환 계엄사령부 수사본부장, 한국의 실권을 잡다'라는 제목의 기사 요지이다.

외무성 소식통은 비상계엄령하의 한국에는 군부가 치안과 국정의 전반을 장악하고, 정승화 계엄사령관 등 군 수뇌가 중심적 역할을 맡고 있다고 분석했다.

소식통은 특히 전두환 보안사령관에 대해서는 박정희 대통령을 사살한 김재규 전 중앙정보부장이 군부를 쿠데타에 끌어들이려 했을 때 보안사령부를 동원, 저지하고 평온을 유지하려 했으며 군의 소장 엘리트를 여러 명 배출하고 있는 육사 11기를 졸업한 실력자로서 그의 동기생들이 실전 부대의 사단장을 맡고 있고, 10·26 사건 수사의 최고책임자로서 군 질서 유지의 중심인물이라는 점을 들어 군의 실권은 정승화 계엄사령관이 아닌 전두환 사령관에게 있다고 진단했다.

휘하의 참모들에게 긴급 지시를 내린 전두환 보안사령관은 사령부를 나서 아직도 총성의 여운이 사라지지 않은 궁정동 안가로 향했다. 어느 날 갑자기 역사의 추를 돌려놓은 참극의 현장에서는 현장 조사가 이루어지고 있었다.

박정희 대통령의 시신은 물론 없었고, 차지철 경호실장을 비롯해 정인형 경호처장, 안재송 부처장, 김용태, 김용섭 등 경호관들의 시신은 최초의 상태 그대로 놓여 있었다. 방바닥은 피가 흥건했고 차지철 경호실장이 화장실에서 나와 몸을 피했던 문갑, 그리고 텔레비전 수상기는 뒤집혀져 있었다. 차지철 경호실장은 문갑 옆에 뻗은 채 쓰러져 있었다.

"음, 경호 병력을 배치할 걸 그랬나!"

현장을 둘러보고 궁정동을 나선 전두환 보안사령관들은 손삼수 중위에게 들으라는 듯 혼잣말하듯 말했다. 그날 밤 연희동 집을 나설 때부터 전두환 보안사령관은 자신의 경호에 무척이나 신경을 쓰고 있었다.

청와대 경호실 소속 33헌병대 병력으로 궁정동을 장악한 전두환 보안사령관은 그날 새벽녘에 정승화 총장에게 찾아가 중간보고를 했다.

"무장 병력을 데려가지 않았으면 큰일 날 뻔했습니다. 궁정동 현장에 가보니 아직도 범행에 가담한 김재규 하수인들이 무기를 휴대한 채 외부인이 접근하지 못하도록 감시하고 있었습니다. 곧 그자들을 무장해제하고 체포하였습니다."

전두환 보안사령관은 놀란 표정을 감추지 못하며 계속 보고했다.

"우선 파악된 하수인들은 모두 체포하였으나 그 배후를 알 수 없으니 중앙정보부의 국장급 이상을 전부 연행해서 조사를 해야겠습니다. 이문동(정보부 본부)에는 특수무기도 있고 해서 혹시 위험이 있을 수도 있고, 한 사람 한 사람 소재지를 파악해서 연행하는 것은 시간도 걸리고 하니, 한 번에 소집해서 연행할 수 있게 계엄사령관인 총장님께서 국장급 이상을 전부 육본으로 소집하여주시면 좋겠습니다."

정승화 총장은 그 자리에서 좋다고 허락한 뒤 전화로 전재덕 정보부 차장을 불러냈다. 정승화 총장은 이미 비상상황을 시달하면서 군에서 자기의 부하로 근무한 바 있는 전재덕 차장에게 대충의 상황 설명을 미리 얘기해놓은 터였다.

"전 차장, 자네들 부장은 체포됐다. 정보부 업무에 공백이 생기지 않도록 하라. 그리고 국장급 이상은 날이 밝으면 아침 9시까지 육본 벙커 입구로 오라고 해."

"알겠습니다. 그러나 저는 제2차장(국내담당)이고 윤일균 제1차장

(대공담당)이 따로 있으니 그가 부장 직무를 대행해야 합니다."

정승화 총장은 비로소 정보부에 제1, 2차장이 있다는 것을 알고 다시 윤일균 차장에게 전화를 걸어 협조를 구했다.

다음날 아침 전두환 합동수사본부에서는 대형 버스 한 대를 이문동(정보부 본부)에 보냈다. 국장급 이상 정보부 간부들은 계엄과 관련된 모종의 회의가 육본에서 열리는 줄 알고 버스에 탔다.

그러나 육본 벙커 앞에 도착한 버스는 곧바로 무장한 헌병들에게 포위됐고, 20여 명의 정보부 간부들은 보안사 서빙고 분실과 육본 헌병대에 분산 수용됐다. 바야흐로 '나는 새도 떨어뜨린다', '여자를 남자로 만드는 일 외엔 못하는 게 없다'는 한국중앙정보부가 전두환 보안사에 의해 초토화되는 순간이었다.

박정희 대통령 시해 사건에 따른 계엄시국이었으므로 힘의 실체는 그 수사를 책임진 전두환 합동수사본부, 그것도 전두환 보안사령부로 쏠리지 않을 수 없었다. 일단 김재규 중앙정보부장이 박정희 대통령 시해범임을 확인한 뒤 전두환 보안사령관은 계엄사 합동수사본부장으로서 눈깜박할 사이에 상황을 장악하기 시작했다. 절대 권력자 박정희 대통령의 사망으로 유신의 심장이 정지된 권력의 진공으로 맨 먼저 진입한 것이 전두환 보안사령관과 그의 보안사령부였다. 전두환 보안사령관은 무엇보다도 정보부를 장악하는 데 추호의 머뭇거림이 없었다.

그날 오전 6시 30분 전두환 보안사령관은 합동수사본부 수사 2국장으로 차출된 우경윤 육군본부 범죄수사단장을 정보부로 파견, 박정희 대통령 시해 당시 궁정동 안가 식당에서 정승화 총장과 함께 식사를 했던 김정섭 정보부차장보를 연행해 왔다.

8시 30분경, 계엄사 합동수사본부가 된 전두환 보안사령부에서 합동수사본부 첫 회의가 열렸다. 회의에는 윤일균 정보부 제1차장, 전재덕 정보부 제2차장, 오택근 검찰총장, 손달용 치안본부장 등 국내 정보·수사기관의 수뇌들이 불려왔다. 그들은 회의장 입구에서부터 삼엄한 몸수색을 당했다. 전두환 보안사령관은 자연스럽고도 당당하게 윗자리에 앉았다.

“이렇게 와주셔서 감사합니다. 어젯밤 각하께서 돌아가셨습니다. 범인은 중앙정보부입니다.”

전두환 보안사령관의 인사말은 단호했다. 범인은 중앙정보부. 그 한마디가 함축하고 있는 의미는 적지 않았다. 일부러 그랬는지 아니면 그때까지 박정희 대통령 시해범 김재규가 휘하의 정보부 조직을 동원했다고 믿고 있었는지 모르지만 전두환 보안사령관은 정보부 전체를 범인으로 단정하고 있는 것이었다. 결국 그 말 한마디는 정보부가 무력화될 것이라는 선언을 하는 셈이 됐고, 그로부터 정보부는 힘의 공백을 맞게 되었다.

회의에서 보안사 법무참모는 미리 전두환 보안사령관으로부터 지시받은 바에 따라 각 기관에 지침을 하달했다. 물론 전두환 보안사령관의 일방적인 통고였다. 특히 정보부에 대한 전두환 보안사의 지침은 한겨울 찬바람이 불 정도로 매서웠다.

“중앙정보부는 앞으로 일체의 예산을 집행해선 안 된다. 단, 합동수사본부의 허가를 받아서 집행할 수 있다.”

전두환 보안사령관이 특별히 지시한 이 통고는 정보부에 대한 ‘사형선고' 와 다름없었다. 그는 어떤 국가의 조직도 예산집행권이 박탈되면 힘을 쓰지 못한다는 것을 정확하게 꿰뚫어 보고 있었다.

그 자리에서 전두환 보안사령관은 보안사 기획조정처장 최예섭 준장을 정보부 통제관으로 임명, 정보부의 예산·인사·일상 업무를 지휘하도록 조치했다.

"앞으로 모든 정보 보고는 오후 5시, 오전 8시 두 차례 합동수사본부에 제출하라."

그리고 각 정보기관에서 합동수사본부로 파견할 인원에 대한 전두환 보안사령관의 지시가 뒤따랐다. 이 지시에 따라 검찰에서는 이종남, 정경식, 이건개, 백삼기 등 10여 명의 검사들이 합동수사본부로 파견된다. 이때 파견된 검사 팀은 10·26 사건 수사와 정치 문제에 관한 보좌역 등을 수행, 80년 이후 제5공화국에서 대부분이 중용된다.

10·26 그날도 그랬지만 계엄사 합동수사본부장이 된 전두환 보안사령관의 행동은 역시 빠르고 단호했다. 당시 회의에 참석했던 인사들은 당시 전두환 보안사령관의 태도에 대해 아직도 감탄을 금하지 못한다.

"전두환 보안사령관이 과거의 상급자들을 앞에 두고 좌중을 제압, 상황을 간단하게 장악하는 것을 보고 깜짝 놀라지 않을 수 없었다. 사람이 갑자기 커 보일 정도로 자연스럽게 달라진 것은 단순히 합동수사본부장으로 격상되었기 때문만은 아니었다."

"10·26 사건의 상황을 신속하게 파악하여 주체적으로 대처한 자신감에 평소 이런 사태에 대비한 계획을 발전시켜 왔기 때문에 모든 지시가 정확하게 떨어졌다. 무엇보다도 전두환 보안사령관의 인간적 잠재력이 컸기 때문에 그런 역할을 무리 없이 수용한 것이다."

"당시 계엄사의 요체인 육본에서도 정치·경제·사회 등 각 부문별로 정보 담당 파트가 정해져 있긴 했다. 그러나 그들의 현실에 대한 정보 능력은 그저 신문에 난 정도의 것을 종합한 상식적인 수준이었다. 반면 보안사 정보팀은 당시의 부마사태와 야당의 움직임 등을 정보부와 경쟁적으로 체크하고 있었을 때였다. 그런데 그 막강한 정보부가 일순간 합동수사본부 산하로 들어와버린 것이다. 또 정보부 간부들은 모두가 서빙고 분실 등에서 보안사에 의해 조사까지 받았다. 10·26 사건은 조직적인 쿠데타가 아니라 개인적인 동기에 의한 대통령 시해 사건이다. 따라서 질서유지를 위한 계엄사령부의 기능보다 범죄수사를 담당한 합동수사본부가 중요한 역할을 할 수밖에 없었다. 특히 수사에 관해서는 합동수사본부에 전권이 위임된 상태였기에 최규하 대통령 권한대행, 노재현 국방장관, 정승화 계엄사령관, 전두환 합수본부장으로 이어지는 수직적 지휘계통은 사실상 무시되고 있었다."

전두환 보안사령관의 권세는 그것으로 그치지 않았다. 보안사 역사상 최약체를 이끌어 온 전두환 보안사령관은 그동안 보안사가 정보부한테 당한 힘의 약체를 분풀이하듯 일사불란하게 정보부를 제압해버린 것이었다. 실로 냉혹하다 할 정도로……. 그의 그와 같은 '냉혹함'의 당위성은 박정희 대통령 시해범 김재규를 '아버지를 죽인 패륜아'로 규정하는 것과 궤를 같이 하는 것이었다.

며칠 뒤 전두환 보안사령관은 직접 최규하 대통령 권한대행에게 건의하여 보안사의 대민활동을 부활시켰다. 민간에 대한 사찰이 중단됨으로써 정치적·사회적 영향력이 크게 줄어들어 보안사에서는 악몽처럼 기억되는 1978년의 '1·19 조치'를 일순간에 '뒤집기' 함으로써 전두환 보안사령관의 위상은 한껏 올라갔음은 말할 것도 없다.

전두환 보안사령관의 정보부에 대한 '앙갚음'은 그것으로 끝나지 않았다. 그날 아침 9시경 보안사 전국지구부대로 하여금 그 지역의 정보부를 접수, 통제하도록 지시한다. 정보부 서울 분실은 보안사 감찰실장 이상연 대령을 통제관으로 파견, 접수했다.

10월 28일 전두환 보안사령관은 그동안 정보부가 종합 관장해 온 대정부기관 정보 보고 채널을 합동수사본부로 일원화하도록 조치했다. 정보부를 대신하여 보안사가 모든 국가정보기관의 실질적인 중추 역할을 맡게 된 것이다. 그와 함께 정보부장 판공비를 계엄사의 격려비로 전환 사용하도록 조치했다.

그날 오후 3시 30분 전두환 보안사령관은 정보부 예산으로부터 5억 4천만 원을 인수, 그 중에서 2억 원을 계엄사로 보내고, 5천만 원을 국방부로, 나머지는 합동수사본부에서 사용하도록 조치했다.

어느 날 갑자기 절대권력자가 사망한 뒤 권력의 진공 상태는 컸다. 전두환 보안사령관은 그 진공 상태의 무한궤도를 거침없이 독주하고 있었다. 전두환 보안사령관의 아내 이순자 씨는 백담사 은둔 첫날 권력에의 무상을 뼈저리게 느꼈다고 말한다. 김재규 정보부장이 '야수와 같은 심정으로 유신의 심장을 쏘았다'는 궁정동 총성으로 박정희 대통령이 사망하고, 그 이틀 뒤인 그 해 10월 28일에는 벌써부터 전두환 보안사령관 주변에서 권력에의 유혹을 부추기는 조짐이 나타나고 있었다.

"형님, 국방부장관과 육군참모총장이 합동수사본부장을 해임하고 김재규의 입장을 해명해줄 우려가 있으니 조심하셔야 합니다."

전두환 보안사령관이 이끄는 군내 사조직 하나회 출신 13기 어떤 장군은 보안사로 찾아와 전 사령관을 부추기고 다녔다.

청와대 경호실을 장악하라

막강 권력의 정보부를 초토화시킨 계엄사 합동수사본부 전두환 보안사령관은 곧이어 '권력의 상징' 청와대 경호실에 칼질을 가하기 시작했다. 경호실장은 대통령과 그 가족의 신변 보호를 책임지는 단순하고 명백한 임무를 지닌 별정직으로, 경호관 수칙 제1조는 피경호자에 대한 총격이 가해질 때 육탄 방어 후 응사한다는 것이다.

1981년 힝클리라는 정신병자가 레이건 미국 대통령을 저격했을 때 비밀 경호원 메카디가 몸을 날려 총탄을 막아내는 순간에 재빨리 경호실장이 대통령을 방탄차로 밀어 넣어 위기를 넘긴 것이 그 좋은 예다.

존슨 대통령이 방한했을 때의 일화 한 토막도 그 예 중 하나다. 박정희와 존슨 한·미 양국 대통령이 워커힐 호텔에서 공연을 관람하던 도

중 무슨 이유에선지 갑자기 정전이 됐다. 수 초 후 다시 불이 들어왔을 때 박정희 대통령은 제 자리에 앉아 있었지만 귀빈인 존슨 대통령은 사라지고 보이지 않았다.

"어, 이 사람 어디 갔어?"

박정희 대통령이 묻고 경호원들이 어리둥절하여 주위를 살펴보았을 때 한 무리의 미국 경호원들이 커튼 뒤에 무엇인가 숨긴 듯 몸으로 감싸고 있었다. 그 속에 존슨 대통령을 숨기고 있었던 것이다.

10·26 그날 궁정동 대행사에 자리를 함께 했던 차지철 경호실장의 행태는 김재규 중앙정보부장으로 하여금 방아쇠를 당기게 한 동인이 됐다는 것은 널리 알려진 얘기다. 대통령 유고가 사망으로 밝혀졌을 때 정승화 총장, 전두환 보안사령관조차도 차지철 경호실장을 범인으로 의심했을 정도다.

그날 총격 직전 상황은 현장 목격자인 김계원 씨에 따르면 다음과 같다.

> 박정희: 미국의 브라운 장관이 오기 전에 김영삼을 구속 기소하라고 했는데 유혁인이가 말려서 취소했더니 역시 좋지 않아. 국방장관회의고 뭐고 볼 것 없이 법대로 하는데 뭐가 잘못이란 말이야. 미국놈은 범법해도 처벌 안 하나.
>
> 김재규: 김영삼은 사법 조치는 아니지만 이미 국회에서 제명된 걸로 처벌됐다고 국민들은 보고 있습니다. 같은 건으로 두 번 처벌하는 인상을 줍니다.
>
> 박정희: 중앙정보부가 좀 무서워야지. 당신네는 (신민당) 의원들의

비행 조사서만 움켜쥐고 있으면 무얼 하나. 딱딱 입건해야지.

김재규: 알겠습니다. 정치는 대국적으로 상대방에게 구실을 주고 국회에 나오라고 해야지, 그러지 않고서는 나오지 않을 것입니다.

차치절: 신민당 놈들 그만두고 싶은 놈은 한 놈도 없습니다. 언론을 타고 반정부적인 놈들이 선동해서 그러는 거지 문제가 없다고 봅니다. 그 자식들, 신민당이고 뭐고 나오면 전차로 싹 깔아뭉개겠어요.

김재규: (오른쪽에 있던 김계원을 오른손으로 툭 치면서) 각하를 똑바로 모시십시오. (차지철을 보며) 각하, 이따위 버러지 같은 자식을 데리고 정치를 하니 올바로 되겠습니까? (탕―. 권총 1발 발사)

차지철: 김 부장, 왜 이래! 왜 이래!

박정희: 무슨 짓들이야!

김재규: (박정희 대통령을 향해서 또 한 발 발사.)

김재규가 박정희 대통령을 향해 방아쇠를 당기고 있을 때 이미 총격을 받은 차지철 경호실장은 후닥닥 일어나 화장실로 뛰어 들어가고 있었다. 김재규는 차지철 경호실장의 등을 향해 다시 방아쇠를 당겼으나 격발이 되지 않았다.

궁정동 대행사에 참석했던 여자들이 비명을 지르는 가운데 박정희 대통령은 그대로 앉아 있었다. 총구로 정권을 장악한 그가 5년 전 부인 육영수에 이어 자신의 목숨까지도 총구로 절명하는 순간이었다. 그 순간 실내 등이 꺼졌다. 김재규가 바깥으로 뛰쳐나간 사이에 차지철 경호실장이 화장실에서 나왔다.

"각하, 괜찮겠습니까? …… 경호원! 경호원!"

실내에 불이 들어오고, 다시 대행사장으로 뛰어 들어온 김재규를 보고 차지철 경호실장은 문갑 뒤로 몸을 숨기며 피할 자세를 취했다. 김재규는 차지철 경호실장의 복부를 향해 방아쇠를 당겼다.

김재규는 재판 과정에서 차지철 경호실장이 캄보디아의 예를 들며 "탱크로 싹 밀어 몇 백만 명만 희생시켜버리면 사태는 간단히 수습된다"고 했다고 진술했다. 한 저널리스트는 "국민 몇 백만쯤 눈 깜짝하지 않고 죽일 수 있다고 이야기했을 때, 그의 귀기는 스스로의 목숨을 휘어 감고 충전할 것이다"라고 썼다. 차지철 경호실장. 어떤 이는 그를 가리켜 박정희 유신체제하의 부통령, 소통령이라고 하고 또 어떤 이들은 이승만 정권 말기 경무대 경무관이었던 곽영주에 비유하기도 한다. 그런가 하면 어떤 이는 그를 가리켜 '한국판 이디아민'이라고 불렀다.

그가 죽기까지의 수년 동안, 대통령을 끼고 돌면서 무소불위의 권력을 휘둘렀던 차지철의 행각은 부통령이라고 불림에 손색이 없었고, 곽영주나 아프리카의 괴짜에 비유될 만한 안하무인격의 인상을 지니고 있었다.

박정희 정권 말기를 '부통령'으로 행세했던 차지철 경호실장의 10·26 그날의 행태는 두고두고 비난의 대상이 되었고, 이후 청와대 경호실의 퇴락(?)의 원인이 되었다. 박정희 시대 최장수 경호실장을 지낸 박재규 전 경호실장은 그와 같은 행동을 취한 차지철 경호실장을 두고 "권력의 핵심에 들면 마음의 눈이 흐려진다고밖에 달리 할 말이 없어. 그러고 보면 차는 야간 낙하훈련 때면 곧잘 도망을 치곤 했어. 덩치에 어울리지 않게 담력이 없었지. 그런 차를 후임에 둔 내 책임이다"라고 후회하는 말을 했다.

결국 차지철 경호실장은 무저항 상태로 박정희 대통령과 함께 사살되고 말았다. 10·26, 그리고 12·12와 같은 대사건 후 경호실은 대폭적인 조직 개편이 이루어졌고, 한동안 퇴락의 비운을 맞이한다.

김계원 비서실장을 연행한 계엄사 합동수사본부 전두환 보안사령관은 곧이어 경호실 제2인자 격인 경호실 차장 이재전 중장을 향해 거세의 칼을 뽑아들었다.

다음은 정승화 당시 계엄사령관의 회고담이다.

> 이재전 장군은 합동참모회의 본부장직에 근무하다가 대통령 경호실장 차지철에 의해 1978년 경호실 차장으로 기용되었다. 청와대에 파견 근무를 하고 있던 현역 군인 중 최선임자였다. 차지철 실장은 군에 대한 그의 영향력을 증대시킬 목적으로 현역 장군 중 그 능력과 계급을 고려하여 합참본부장의 중책에 있는 이재전 장군을 발탁하여 차장으로 임명하고 소장급 장성을 그 휘하에 두었다.

경호실장이 사망했으므로 경호실 차장은 자연스럽게 경호실 책임자가 됐다. 그 경호실 책임자가 거세되면 경호실의 앞날은 불을 보듯 뻔한 노릇이다. 어느 날 전두환 보안사령관은 정승화 계엄사령관 겸 육군참모총장에게 건의했다.

"10월 26일 사건 당시 이재전 장군은 대통령 경호실 차장으로서 대통령이 시해당하였다는 사실을 알고 나서 차 경호실장으로부터 아무런 지시를 받을 수 없는 상황임을 짐작하고도 적절한 조치를 취하지 않았을 뿐만 아니라, 그 사실을 부하 간부들과 상의하거나 알리는 일조차 하지 않았다는 것은 직무를 유기한 죄인임이 분명하므로 이를 입건하여 죄의 유무를 가려야 되겠습니다."

정승화 총장은 10·26 사건이 대통령이 시해당한 중대한 불상사인 만큼 조금이라도 의심이 가는 사람은 일단 빠짐없이 조사 대상으로 하는 것이 옳다고 생각하였으므로 이재전 경호실 차장에 대한 조사를 승인했다고 한다.

그해 11월 5일, 전두환 합동수사본부가 10·26 사건에 대한 2차 발표를 앞둔 시점이었다. 그날은 박정희 대통령의 삼우제가 끝난 날이기도 했다. 그날 오후 2시경 청와대 경호실에 있던 이재전 경호실 차장은 전두환 보안사령관의 연락을 받았다.

"이 장군님. 좀 뵈었으면 좋겠으니 저의 사무실(경복궁 앞 보안사령부)로 내려와주십시오."

이재전 경호실 차장은 하급자가 함부로 사람을 오라 가라 하는 것이 좀 언짢았지만, 대통령 시해 사건에 대한 수사를 책임진 계엄사 합동수사본부장이었으므로 별말 없이 경호실 승용차를 타고 보안사로 갔다.

"최규하 대통령을 만났는데 청와대 경호실에 대해서도 조사를 하라는 분부입니다. 옆에는 정승화 총장도 계셨습니다."

전두환 보안사령관은 최규하 대통령과 정승화 총장이 함께 이재전 경호실 차장을 조사하라고 지시했다는 의미로 말하는 듯했다.

"우리 직원들과 함께 가셔서 몇 가지만 대답해주시면 됩니다."

이재전 경호실 차장은 그 정도의 대답이야 못 해주겠느냐는 생각으로 합동수사본부 요원들을 따라 나섰다. 보안사 문 앞으로 나오자 이재전 경호실 차장이 타고 왔던 차는 온데간데없고 전혀 낯선 차량이 대기하고 있었다. 순간 이재전 경호실 차장은 불길한 예감이 스쳤으나 어쩔 수 없는 상황이었다.

이재전 경호실 차장을 실은 차는 부리나케 달려 궁정동 안가에 도착했다. 10 · 26 직후 궁정동 안가 가동 정보부장실 건물은 전두환 합동수사본부의 '비밀 수사 장소' 로 사용되고 있었다. 며칠 전 대통령과 경호실장이 살해된 궁정동 주위는 무장 병력들이 삼엄한 경계를 서고 있었다.

"작업복으로 바꿔 입으시오. 여기 규율에 따라야 합니다."

이재전 경호실 차장이 안가로 들어서는 순간 두세 명의 합동수사본부 수사관들이 낡은 군복 한 벌을 내놓으며 명령조로 말했다.

"뭐야, 너희 사령관에게 전화를 대."

뭔가 잘못돼 가고 있다고 생각한 이재전 경호실 차장은 전두환 보안사령관과 이야기할 것이 있다고 거듭 소리쳤지만 그들은 "전화가 안 됩니다"라는 대답만 되풀이했다.

전두환 합동수사본부측은 이재전 경호실 차장에게 대통령과 경호실장이 사망한 사실을 알았으면서도 왜 아무런 조치를 취하지 않았느냐고 추궁했다. 당시 김계원 비서실장으로부터 대통령 유고 소식을 들었을 때 곧바로 궁정동으로 쳐들어가서 범인들을 잡아들이지 않은 것은 직무 유기라는 것이었다.

이재전 경호실 차장이 당시 자기가 취했던 조치들에 대해 설명하자 합동수사본부 수사관들은 "아무래도 서빙고에 한 번 다녀오서야겠습니다" 하고 협박하기도 했다.

이재전 경호실 차장은 '대통령이 사망한 상황에서 청와대 경호실 책임자의 첫 번째 임무는 권력의 공백이 생기지 않도록 조치를 취하는 것과 대통령의 유족을 보호하는 것' 이라며 '범인 체포를 위해 경호실 병력을 이끌고 궁정동으로 쳐들어갔거나 했으면 서울 시내는 불바다가 됐을 것' 이라고 주장했다.

이재전 경호실 차장에 대한 조사를 승인한 하루 뒤 전두환 보안사령관은 정승화 총장에게 조사 진행 상황을 보고했다.

"대통령이 시해된 사실을 알고도 이재전 장군은 아무런 조치를 취하지 않은 채 대통령 시해자의 눈치만 보고 있었고, 차장보 김복동 소장 등이 알면 어떤 행동을 취할 것인지 두려워 비밀로 하고 있었다는 점이 드러났습니다. 구속하여 철저한 조사를 하고 군사재판에 회부해야 하겠습니다."

정승화 총장은 이재전 경호실 차장을 구속할 만한 과오가 있다는 데 다소 의심이 갔지만 전두환 보안사령관의 건의대로 구속을 승인했다고 한다.

궁정동에 잡혀온 지 사흘째 되던 날, 합동수사본부 수사관들은 "편안히 모시라는 분부가 있었습니다"라며 이재전 경호실 차장을 육본 헌병대로 보냈고, 곧바로 육군 교도소에 수감했다.

다음은 정승화 씨의 회고이다.

나는 이재전 장군에 대한 조사가 진행되는 동안 몇 차례 전두환 장군에게 이 장군은 현역 중장이고 그가 범행에 가담한 사실이 없다면 예의에 어긋나거나 무리가 있어서는 안 될 것이라는 주위를 환기시켰다. 나는 수사관들이 비과학적인 방법으로 수사를 행하고 고문 등도 가한다는 소문을 들은 바가 있었다.

전 장군이 이 장군과 평소 사이가 좋지 않다는 것을 알고 있었으므로 특별히 관심을 표시하고, 공정하고 합리적인 조사를 하여 빨리 끝내도록 한두 차례 독촉하였다.

이재전 경호실 차장이 구속된 며칠 뒤 그의 부인이 총장 공관으로 정승화 계엄사령관을 찾아와 "남편이 몹시 시달리고 있는 것 같습니다. 고문이나 당하지 않는지 모르겠어요"라며 공정한 조사를 받게 해 달라고 부탁했다.

이재전 경호실 차장의 부인이 돌아간 뒤 정승화 총장은 전두환 보안사령관을 불러 "혹 이 장군에게 고문이라도 하지는 않았소?"라고 물었다.

"아닙니다. 절대로 그런 일은 없습니다."

정승화 총장의 바로 그와 같은 '주의 환기'나 수사 종결의 독촉이 전두환 보안사령관이 이끄는 신군부가 다름 아닌 정승화 총장 자신을 연행하는 12·12 쿠데타로 이어지는 이유가 된다는 것을 그 자신은 까마득히 모르고 있었다. 실제로 이재전 경호실 차장의 연행·구속·석방·예편 과정은 곧이어 발생할 12·12 쿠데타의 수순과 직결된다. 당시 전두환 합동수사본부가 12월 12일 정승화 계엄사령관을 연행, 구속한 사유는 세 가지였는데, 그 중 하나가 '이재전 장군 무단석방과 군

징계위 회부 금지 지시' 였다.

이재전 경호실 차장에 대한 조사가 진행되는 동안 합참의장 김종환 대장이 사석에서 정승화 총장에게 '이재전 장군에 대한 조사 내용에서 특별한 과오라도 밝혀진 바가 있는지' 궁금해했다. 김종환 대장은 이재전 경호실 차장이 평소 훌륭한 군인이었다는 점을 이야기하며 그를 염려했다.

"조사를 진행하고 있으니 그 결과를 보아 처리하겠지만, 큰 염려는 하지 않아도 될 것 같소."

11월 말경 이재전 경호실 차장에 대한 조사가 끝나고 전두환 합동수사본부는 정승화 총장에게 결과 보고를 했다. 정승화 총장은 곧 육본 법무감 신현복 장군을 불러 조사 보고서의 접수를 확인한 뒤, "이 장군을 군법회의에 회부할 만한 주요한 과오를 발견할 수 있는 거요?" 하고 물었다.

"더 자세히 검토해봐야 알겠지만, 지금까지 대충 훑어본 바에 따르면 법률상으로는 큰 문제가 있는 것 같지 않습니다."

"알았소. 객관적 입장에서 또 순수한 법률적 토대에 서서 공정한 검토를 하여 몇 가지 처리 사항을 제시하도록 하시오."

정승화 총장은 계엄사령관으로서 공정한 입장을 지키려는 신념 때문에, 합동수사본부가 다소 지나치게 조사를 한다고 느끼면서도 수사관의 입장을 그대로 받아들여 군 검찰로 하여금 공정한 검토를 한 다음, 그 결과를 보고 처리할 작정이었다고 한다.

군 검찰이 이재전 경호실 차장 사건을 심의하고 있는 동안 한미연합사령부 부사령관 유병현 대장이 정승화 총장을 만난 자리에서 이재전 장군 사건이 어떻게 처리될 것 같냐며 염려를 해왔다.

"유 장군의 심경을 충분히 이해하오. 나도 이 장군이 죄가 없기를 바라고 있는 심정, 유 장군과 같소. 지금까지 보고받은 조사 내용을 보면 군법회의까지는 가지 않아도 될 것 같소. 하지만, …… 아마도 도의적 책임을 면하기는 어려울 것 같아 군 징계위원회에 회부하는 결과가 될 것 같소."

얼마 후 육본 법무감이 이재전 경호실 차장 송치 서류의 심의 결과를 보고했다. 정승화 총장의 회고에 따르면 결론은 이재전 장군은 경호실 차장으로서 10·26 그날 김계원 비서실장으로부터 대통령이 사고로 서거했다는 말을 전해 들었으나, 국무총리와 청와대 비서실장 등이 사후 처리를 논의하고 있었고, 이재전 경호실 차장에게 경거망동이 없도록 요구, 그대로 따른 것이므로 직무유기를 했다고 보기에는 법률적으로 다소 무리가 있다. 또 직무유기로 무리하게 기소하더라도 1~2년 이상 구형할 수 없다. 따라서 기소각하, 기소유예, 기소 등 세 가지 안이 가능하지만, 그 세 가지 안 중 첫째 안이나 둘째 안이 타당할 것 같다는 것이었다.

"이 장군의 입장을 객관적으로 볼 때, 합동수사본부장 전 장군 등 일부가 주장하듯 경호실 차장으로서 이 장군이 김계원 비서실장의 이야기를 듣는 즉시 그 자신의 독단적인 결정으로 경호실 병력을 움직여 중앙정보부를 습격하는 사태가 벌어졌다면 이는 오히려 법질서를 무시하고 행동한 것이 되어 문제가 될 수 있었을 것이다.

경호실이 대통령 직속이기는 하나 대통령에게 그 직무를 돌볼 수 없는 유고가 생겼다면 그 순간부터 헌법 절차에 따라 국무총리가 이미 대통령의 유고 사실을 알고 그 사후 처리에 고심하고 있는 자리에서 이와 같은 단독 행동은 대통령의 안전 회복과는 아무런 관계가 없다. 오히려 국가 법질서를 어기는 결과밖에 될 수 없었을 것이라고 판단되었다."

정승화 총장은 법률적인 문제보다 경호실 부책임자로서 대통령이 시해되는 결과를 가져오게 한 데 대한 도의적 책임을 묻는 것이 오히려 타당하다고 판단했다고 한다. 그는 법무감이 "불기소나 기소유예 처분을 내리는 것이 타당할 것 같습니다"라고 보고했을 때 "그동안 끌려가 조사를 받은 것만으로도 그만한 벌을 받았다고 생각해요. 그러나 경호실차장으로서의 도의적 책임은 물어야겠지"라며 이재전 경호실 차장을 군 징계위원회에 회부하고 불기소 처분하는 것이 어떠냐는 의견을 내놓았다.

정승화 총장은 기소각하로 결심하고 이재전 경호실 차장을 징계위원회에 회부하도록 처리하였다. 그는 곧 참모차장 윤성민 중장을 불러 중앙징계위원회를 구성하고 이재전 중장 사건을 심의하도록 지시했다.

몇 시간 뒤 윤성민 차장이 보고했다.

"징계위원회 설치령에 의하면 징계 대상자가 예비역 편입을 할 경우 징계 효력이 없으므로 본인이 예편을 한다면 징계위원회를 개최할 필요가 없으니, 징계위원회 구성에 앞서 이 장군으로부터 예편원을 받는 것이 어떻겠습니까?"

정승화 총장은 즉석에서 그렇게 하도록 지시, 윤 차장에게 이재전 장군에 대한 예편원을 받도록 지시했다.

이재전 경호실 차장은 흔쾌히 '…… 생존자의 최고 책임자로서 도의적 책임을 지고 군복을 벗는다' 라는 예편원을 썼다.

12월 5일, 수사관들은 뚜렷한 이유를 설명해주지 않고 이재전 경호실 차장을 석방했다. 이재전 경호실 차장은 정복을 갖고 오라고 요구, 별 셋 계급장이 달린 정장 차림으로 육군 교도소 문을 나섰다.

한편 정승화 총장은 이재전 경호실 차장 사건과 관계없이 청와대 경호실의 조직과 기능을 축소시키는 작업을 가했다. 그해 2월 총장이 된 뒤에 그는 대통령령에 의해 '수도경비사령부 병력은 경호 목적상 경호실장이 지휘할 수 있다' 는 것을 알았다고 한다.

"도대체 민간인이 어떻게 군을 지휘할 수 있나!"

흥분한 정승화 총장은 언젠가는 이 언어도단의 대통령령을 고쳐야겠다고 벼르고 있던 터였다.

정승화 총장은 경호실장에 상황실장이던 정동호 대령을 준장으로 승진, 임명함으로써 경호실 차장이 중장급이던 경호실의 위치를 가차없이 격하시켰다. 청와대 경호실 내 서열 스물한 번째였던 정동호 준장이 경호실장 직무대리를 거쳐 경호실장에 임명됨으로써 자동적인 격하가 가능했다는 점도 있고, 최규하 대통령의 실세가 미약했다는 이유도 있어 그 당시 오랫동안 '권력의 상징' 으로 불려왔던 청와대 경호실의 상대적 퇴락의 요인이 됐다.

정승화 총장은 이어 경호실장이 경호 목적으로 수경사 병력을 지휘할 수 있도록 한 대통령령도 없애는 방안을 검토할 것을 지시했다.

경호실 차장이 차관급 상장에서 1급 상당으로, 처장은 1급에서 2급 상당으로 명시됨으로써 장관급이던 경호실장은 차관급으로 격하됐다. 군 장성이 맡고 있던 작전차장보와 행정차장보직은 폐지됐다. 이 인사로 경호실 작전차장보 김복동 소장은 ㅇ군단 부군단장으로 전보됐다.

이렇게 하여 청와대 경호실을 축으로 돌아가던 군부의 질서에 메스가 가해진 것이다. 박정희 정권을 떠받치고 있던 막강 권력의 정보기관인 중앙정보부와 청와대 경호실, 국군보안사령부. 10·26 뒤 전두환 보안사에 의해 중앙정보부가 접수됐고, 이어 전두환 보안사령관과 정승화 총장에 의해 청와대 경호실까지 격하됐다. 그러나 전두환 보안사령관이 이끄는 군내 사조직 하나회 회원인 정동호 준장이 경호실장이 됨으로써, 12·12 쿠데타 그날 경호실 병력이 거꾸로 대통령을 감금해버리는 친위 쿠데타가 발생할 줄은 정승화 총장 겸 계엄사령관은 짐작이나 했을까.

전두환, 한국의 실권 장악하다

박정희 대통령과 차지철 경호실장, 그리고 경호관 몇 명의 목숨을 앗아간 10·26 사건은 박정희 대통령의 부인 육영수 여사의 목숨을 앗아간 74년 8·15 사건과 함께 청와대 경호실이 생긴 이래 최악의 사건으로 꼽히게 될 것이다. 이미 역사의 한 페이지를 장식하고 있는 10·26 사건은 그만큼 많은 평가를 받아왔고 또 앞으로 더욱 많은 평가를 받게 되겠지만, 대통령이 시해당했고 그 대통령의 신변 보호를 책임지고 있는 최고 책임자가 함께 목숨을 잃었다는 것은 10·26 사건을 풀어낼 수 있는 여러 가지 접근법 중의 하나를 청와대 경호실이 갖고 있다고 해도 전혀 틀린 말은 아닐 것이다.

역사는 10·26 사건 자체만으로 기록될 수 없게 되어 있다. 10·26은 곧 박정희 유신정권의 종말을 의미하는 것이었고, 그후 최규하 정권을 잠시 거쳐 '박 정권의 사생아' 라는 전두환 정권을 탄생시키는 출발점이 됐다. 여기서 우리는 제5공화국으로 항진하고 있는 전두환 보안사 그룹이 박정희 대통령의 시해범 김재규를 수장으로 둔 정보부를 초토화시켰고, 그후 청와대 경호실까지 접수했다는 것을 언급한 바 있다.

도대체 '10·26 사건은 왜 일어나야 했을까' 라는 근본적인 질문에는 이미 많은 지면들이 할애됐으므로 생략한다고 해도, '10·26이 어떻게 일어났을까' 라는 측면을 분석하는 것도 10·26, 12·12, 나아가 전두환 정권의 탄생 과정을 제대로 읽어낼 수 있는 한 방법이 될 것이다.

"10·26 사건은 차지철 경호실장의 기독교적 결벽증 때문에 가능했습니다."

당시 한 경호 관계자는 10·26 사건에 대해 이렇게 분석한다.

"……이번 대통령이 희생된 연회 장소라는 것이 오로지 대통령이 여인들과의 유락 장소로 애용하던 곳으로서 그와 같은 장소 외에도 네 군데나 더 있었고, 이 유락 장소는 대통령이 사생활을 즐기던 장소로 보안에 철저를 기하였기 때문에 심지어 청와대 경호실 차장 이재전까지도 그 장소의 존재를 알지 못했으며, 이 비밀 장소를 알고 있는 사람은 피고인 김재규, 피고인 박선호, 차지철 등과 남효주 등 몇몇 심부름꾼 정도였다는 것입니다.

10·26 그날 밤과 같이 여자 두 사람과 남자 3인 또는 4인이 모이는 행사를 대행사라 하고, 대행사에서 그에게 뽑힌 여성 중 그가 지명하는 여성을 불러 여흥을 갖는 일을 소행사라 한다는 것은 그들 사이에는 완전한 공식 용어가 됐으며, 대행사는 월 2회, 소행사는 최소 월 8회

로 도합 월 10회씩 갖기를 십수 년에 걸쳐 계속했다는 것입니다."

차지철의 전임자인 박종규 경호실장 시절만 해도 그와 같은 대통령의 여흥을 위한 비밀스런 장소는 전적으로 경호실 관리 책임하에 있었다. 박종규 실장 자신도 박정희 대통령의 사생활에 대해서만은 피하고 싶은 일 중의 하나였다고 한다.

"경호실장 박종규는 세상에 내놓고 말할 수 없는 남모르는 고민과 갈등을 갖고 있었지요. 그건 바로 박정희 대통령의 사생활에 관한 것이었습니다. 경호실장은 '대통령 사생활' 에 연결되지 않을 수가 없지요. 그렇기 때문에 대통령에게는 내자보다도 더 가까운 관계예요. 대통령 사생활이 별 문제없이 끝나면 좋은데 꼭 박정희 대통령과 육영수 여사 간에 트러블을 만들잖아요. 그러면 중간에 낀 박종규 경호실장은 곤경에 처하는 거죠.

육영수 여사는 남편의 외도에 대해 무척 예민한 반응을 보이며 종종 박종규 경호실장을 나무라곤 했어요. 경호실장이 제대로 각하를 모시면 그런 일이 생기겠냐고요. 경호실장이 일부러 대통령을 망치게 하려고 하느냐고 몰아붙인 적도 있었다는 거죠."

박종규 경호실장과 가까왔던 몇몇 사람들이 『중앙일보』의 '청와대 비서실' 을 통해 증언한 바에 따르면, 육영수 여사의 힐책 때문에 박종규 경호실장은 이따금씩 가까운 사람들에게 청와대 본관 올라가는 것이 도살장 가는 것 같다며 고민을 토로한 적도 있었다고 한다.

박정희 대통령의 여자 문제, 육영수 여사, 박종규 경호실장과의 관계에 대해서는 박정희 대통령을 25여 년 동안 그림자처럼 보필하다가

철퇴를 맞았던 윤필용 전 수경사령관의 증언에서도 그 편린들을 엿볼 수 있다.

"방첩부대장을 맡고 있던 67년경일 겁니다. 하루는 육 여사가 오빠 육인수 씨 집에서 은밀히 만나자는 거예요. 그때 옥인동 육씨 집은 방첩부대에서 1백여 미터밖에 떨어져 있지 않았어요. 평소엔 그렇게 온화하고 차분한 분이 양 볼이 빨갛게 상기된 채 흥분해서 나한테 이렇게 말을 해요.

'윤 장군이 나를 좀 도와주어야겠어요. 간신 조조 같은 이후락 비서실장과 깡패 대장 박종규 실장이 각하를 망치고 있어요. 세상에 많고 많은 게 여잔데 그분에게 왜 꼭 탤런트나 영화배우를 데려다주어서 국민들이 수군거리게 만듭니까. 제가 여자라고 강짜 부리는 게 아녜요. 그 사람들 그런 걸 보면 정신 나간 사람들이에요.'

……전들 별 수 있습니까. 박정희 대통령의 여자 문제에 관해선 슬쩍 대답을 피했어요. 육 여사는 나름대로 이 부분에 정보망을 가지고 있었는데 박정희 대통령이 존경하던 군 선배의 아들인 당시 이모 시경 국장에게 많은 도움을 청했던 것으로 알아요. 육 여사의 미움이 이처럼 서릿발 같았으니 박종규는 경호실장직에서 도망가고 싶었을 거예요."

공교롭게도 74년 8·15 제29주년 경축식장에서 육영수 여사는 괴한의 흉탄에 숨졌고, 박종규는 경호실장직에서 물러나게 된다. 바로 그 자리를 차지한 것이 차지철 경호실장이다.

차지철은 단순히 신변 경호 차원의 경호실장직에 머물러 있기에는 이미 정치권력에 맛들일 대로 들인 인물이었다. 실제로 당시 국회 내무위원장이던 차지철 의원이 경호실장에 임명되는 것을 보고 많은 인사들의 시각은 그가 이제 비로소 제 길을 찾아간다고 했지만 일부에서는 국회에서의 비중이 너무 커진 것에 문제를 제기하기도 했다. 4선 의원에 국회 내무·외무위원장까지 거쳐 정계의 중진이 된 차지철 의원이 경호실장으로 간다는 것은 썩 어울리지 않는다는 얘기였다. 비록 그 자리가 장관급이기는 하지만 어디까지나 대통령의 신변 보호를 책임지는 역할임에는 분명하기 때문이었다. 만약 민주주의가 제대로 정착된 나라에서 의회 외무위원장까지 지낸 중진급 정치인이 대통령의 경호를 맡게 되었다면 세계 토픽감이 될 만한 에피소드일 것이라고 이야기하는 사람들도 있었다.

정계의 중진급 출신답게 정치적 파워 행사에 민감했던 차지철 경호실장은 박정희 대통령의 사생활 문제가 경호실장에게는 골칫거리라는 점을 정확하게 꿰뚫고 있었다. 더구나 그는 독실한 기독교 신자가 아닌가. 경호실이 관리하고 있는 궁정동 안가에서 치러지는 연회의 성격이 차지철 경호실장으로서는 견딜 수 없는 일이었다. 그가 바라는 것은 유신체제하의 부통령이었고, 박정희 대통령의 후계자였지, 기왕에 어떤 식으로든 스캔들에 휩싸이게 될 여자 문제가 아니었다.

'각하의 외로움은 이해하지만 여자 문제만은 관계하고 싶지 않다.'

차지철 경호실장은 결국 박정희 대통령의 여흥을 위한 연회 장소의 관리까지 정보부로 완전히 떠넘겨버렸다. 그러나 정보부가 관리를 맡은 이후부터 청와대 경호실 직원들의 궁정동 안가 접근은 철저히 봉쇄됐다. 경호의 사각지대가 생기게 된 것이다. 대통령이 안가에 머물 때는 경호실 상황실에서조차 대강의 소재만 파악하고 있을 뿐, 10·26

사건과 같은 만약의 경우에 대비한 정보가 전혀 없었던 경호에는 공백 시간이 생기게 됐다.

청와대 경호실과 정보부의 보이지 않는 알력으로 인해 누구도 이 문제를 제기하지도 않았고, 또 알려고도 하지 않는 것이 관행이 되어버렸다. 바로 이때 박정희 정권 말기의 혼란스런 권력의 실체를 정확하게 꿰뚫어 보고 그 준비 작업에 박차를 가하고 있던 장본인이, 경호실·정보부와 함께 박정희 정권을 떠받치고 있던 국군보안사령관 전두환 소장이었다.

10·26 직후 국정의 최고 협의기관은 최규하 대통령 권한대행의 주재하에 매일 오전 7시 총리 공관에서 열리는 시국 대책회의였다. 회의가 처음 열린 것은 10월 9일이었다. 최규하 대통령 권한대행 주재로 신현확 부총리, 박동진 외무, 구자춘 내무, 노재현 국방, 김성진 문공, 그리고 김종환 합참의장과 이규현 총리비서실장, 정승화 계엄사령관 등이 참석했다. 며칠 뒤에는 김치열 법무, 박찬현 문교, 이희성 중앙정보부장서리가 추가됐다.

11월 9일 최규하 대행은 각부 차관들로 구성되는 실무위원회를 국방부 아래에 두고 그 위원장은 국장부 차관으로 하라는 지시를 내렸다. 정승화 계엄사령관이 참석하지 않았을 때 결정된 사항이었다.

'국방부 산하에 그런 회의를 두면 군이 행정부를 영향권 아래에 둔다는 오해가 있을 수 있다' 면서 반대했다는 정승화 당시 계엄사령관은 이렇게 말한다.

"아마도 최 권한대행은 계엄하에서 군부 의견을 존중하고 군과의 협조를 증진한다는 의미에서 그렇게 결정한 것 같다. ……나는 이 문제를 놓고 잠시 생각해보았다. 박정희 대통령의 절대 권력하에서 정치와 행정의 핵심이 중앙정보부와 청와대 비서실에 집중되어 각 부처가 그 지침에 따라 움직이던 습관이 몸에 밴 탓인지 현재도 행정부 각 부처를 포함한 모든 기관들이 자신들의 책임과 권한을 충분히 행사하지 못한 채 계엄사령부의 눈치를 보고 있었다.

계엄업무에 필요한 사항은 계엄사령부에 별도로 지침을 내려 보냈으나 그와 관계없는 일반 문제들까지도 계엄사령부에 일일이 지침을 요구하는 등 지나치게 계엄 당국의 눈치를 보는 경향이 있었다."

절대 권력이 하루아침에 붕괴된 상태에서 권력의 추는 정승화 계엄사령관에게 쏠리는 듯했다. 그 무거운 바위 덩어리를 밀고 이른 봄 새싹 같이 일어나는 세력이 전두환 그룹이었다.

10·26 다음날 오전 계엄사 합동수사본부의 정보부 감독관으로 임명돼 정보부를 장악한 이는 최예섭 보안사 정보기획처장이었다. 전두환 보안사령관은 최예섭 준장이 정보부를 장악하러 가기 전에 다음과 같은 지침을 주었다.

"첫째, 정보부 내의 김재규 잔당을 색출하라. 둘째, 조직을 안정시켜 업무를 계속하도록 하라. 셋째, 정보부 조직을 개편하도록 하라."

당시 정보부는 윤일균 차장이 부장대리를 맡고 있었다. 합동수사본부 감독관으로 파견된 최예섭 준장은 정보부 해외 조직은 하태준 차장보, 국내 조직은 현홍주 차장보에게 책임을 맡겼다. 최예섭 준장이 신경을 쓴 것은 정보부의 해외 조직이 흔들리지 않도록 하는 것이었다.

전두환 보안사령관의 지침이 있었으되, 당장의 정보부는 전두환 보안사령관에 의해 '대역원흉', '아버지를 죽인 패륜아'로 규정되고 있는 김재규를 수장으로 두었던 '원죄'를 벗어나지 못하고 무기력증에 빠져 있었다. 합동수사본부의 처장급과 정보부의 국장급이 상호 협조하도록 돼 있었으나, 합동수사본부측이 일방적으로 지시하고 요구하는 것이 당연시되는 처지였다.

11월 2, 3일경, 노재현 국방장관이 정승화 계엄사령관을 찾아와, "최규하 권한대행께서 중앙정보부장으로 군에서 한 사람을 추천하라고 하시니 누구를 추천하면 좋겠소?" 하고 상의해 왔다.

그 자리에서 노재현 국방장관과 정승화 계엄사령관은 현 시점에서 정보부가 본연의 임무에 충실할 수 있는 사람은 첫째, 정보부 기능의 마비를 예방하고 둘째, 직원들의 사기를 회복하고 셋째, 내부정리를 하여 정보부가 본연의 임무에 충실할 수 있는 기초 작업을 할 수 있는 사람이어야 한다는 데 합의했다. 그리고 우선 현역을 부장서리로 임명했다가 정부가 안정되면 군에 복귀시킬 수 있도록 한다는 데 합의를 보았다.

중앙정보부장서리로 현역 중장급에서 이범준 국방부 군수차관보, 문홍구 합참본부장, 유학성 국방부 관리차관보 등이 언급됐으나 결국 이희성 참모차장을 추천, 최규하 대행이 임명하는 형식을 취했다.

정승화 계엄사령관과 이희성 정보부장서리는 전두환 합동수사본부에 예속돼 있는 정보부에 어느 정도 독립성을 부여하려고 했다. 그것은 전두환 보안사령관의 독주를 견제하는 한 방법이 될 수도 있었을 것이다.

11월 3일 정승화 계엄사령관은 계엄 공고 제13호를 발표, 합동수사본부의 업무 범위를 조정했다. 10·26 사건 다음날인 27일에 발표된 계엄 공고 제5호 2항에 의해 '중앙정보부법 및 대통령령 제511호, 6302호의 정보 및 보안 업무 조정·감독 규정에 의한 업무 수행'을 하도록 돼 있는 합동수사본부를 '중앙정보부법 제2조 1항(국내외 정보 수집 및 배포와 내란죄 등 수사·보안업무, 다른 정보기관 감독 등에 대한 업무 수행)'으로 축소 조정한 것이었다.

정승화 계엄사령관은 이어 11월 30일 계엄 훈령 제9호를 발표하여 합동수사본부가 수행하도록 돼 있던 정보부법 제2조 1항의 업무 가운데 '외환의 죄, 군형법 중 이적의 죄, 군사 기밀 누설죄, 암호 부정 사용죄, 군사 기밀 보호법, 국가보안법 및 반공법에 규정된 수사업무'를 정보부도 수행할 수 있도록 조치했다.

정승화 계엄사령관과 이희성 정보부장서리의 그와 같은 노력에도 불구하고 정보부의 '원죄'는 쉽게 씻어버릴 수 없었다. 실무 부서 수준에서 정보부는 이미 보안사의 하부 기관처럼 돼 있었다.

정보부가 자기 목소리를 찾으려는 움직임이 감지됐을 때 전두환 보안사령관은 휘하의 법무참모를 불렀다.

"계엄령이 해제되면 정보부가 또 오늘같이 권력을 남용할 텐데, 대통령령으로써 이를 규제할 수 없는지, 또 보안사가 정보부를 견제할 수 있는 방안을 연구해 보고하도록."

정보부가 아무리 무기력하다고 해도 한때는 '국가 안의 국가'가 아니라 '국가 위의 국가'라는 말까지 들으며 절대 권력자의 채찍과 고삐 역할을 했던 막강 권력의 산실이었다. 그 정보부를 접수했지만, 전두환 보안사령관으로서는 일말의 불안감이 없지는 않았던 모양이다.

'정보부 견제 방안을 연구하라' 는 전두환 보안사령관의 지시를 받은 보안사 법무참모는 법전을 아무리 뒤져보아도 중앙정보부법으로는 각 정보기관에 대한 감독 및 조정권을 부여받고 있는 정보부를, 법보다 아래인 대통령령으로 규제할 수는 없다는 결론을 내릴 수밖에 없었다. 며칠 뒤 법무참모는 전두환 보안사령관에게 자기가 얻은 결론을 보고했다.

"그런가! 할 수 없지. 귀관만 알고 있도록 해."

"계엄사령부 합동수사본부는 본 사건의 중대성에 비추어 그동안 진상 규명에 유능한 검찰 · 경찰 등 전 수사력을 동원하여 최대의 노력을 경주한 결과, 대역원흉인 김재규 일당의 범행 전모가 판명되었으므로 이에 범행 동기 및 계획과 사건 경위, 배후 관계 유무 등에 대하여 다음과 같이 발표한다.

원흉 김재규는 이미 발표한 바와 같이 업무 수행 과정에서 무능이 드러나 대통령 각하로부터 수차례에 걸쳐 힐책을 받았을 뿐 아니라 박정희 대통령 각하께 드리는 보고 및 건의가 차 경호실장에 의해 제동을 받아왔으며, 또한 자신의 비위 사실 때문에 각하로부터 경고 친서를 받은 사실이 있어 근간 요직 개편설에 따라 현시국과 관련, 자신의 인책 해임을 우려한 나머지 대통령과 경호실장을 살해하고 정권을 잡아보겠다는 망상으로 기회를 노려오던 중……."

11월 6일 오전 육군소장 계급장을 붙인 정장 차림의 전두환 보안사령관은 계엄사 합동수사본부장 자격으로 국민 앞에 처음으로 모습을 드러내 '박정희 대통령 살해 사건' 에 대한 전모를 밝혔다. 전두환 보안사령관의 첫인상은 그렇게 국민들의 뇌리에 박혔다. 10·26 전모를 밝히는 자리가 자리인 만큼 그의 입에서 튀어나오는 말들은 '대역원흉', '음모', '살인', '정권 장악' 등 살벌하기 그지없었다.

전두환 보안사령관과 관련, 이미 지난 11월 1일자 일본 『마이니치신문』은 한국정계에 대한 험난한 파란을 예고하고 있다.

'전두환 계엄사령부 수사본부장, 한국의 실권을 장악하다!'

일본 외무성 소식통을 인용, 보도하고 있는 이 신문은 계엄령하의 한국에서는 군부가 치안, 국정 전반을 장악하고 정승화 계엄사령관, 김종환 합참의장, 전두환 보안사령관 등 군 수뇌가 중심적 역할을 맡고 있다고 보도하고 있다.

계엄하의 언론 통제로 국내에서는 접할 수 없는 이 신문은 특히 전두환 보안사령관을 주목, ▲박정희 대통령을 사살한 김재규 전 중앙정보부장이 군부를 끌어들이려 했을 때 보안사령부를 동원하여 이를 저지하고 평온을 유지하도록 했다는 정보를 갖고 있다. ▲군의 젊은 엘리트를 배출한 육사 11기생의 실력자로서 동기생들이 실전 부대의 사단장으로 있다. ▲사건 수사의 최고 책임자로서 군의 질서 유지에 있어서 중심인물이라는 점 등을 들어 군의 실권은 정승화 계엄사령관 등 군의 장군들이 아니라 전두환 보안사령관에게 있다는 점을 강조하고 있다.

전두환 보안사령관, 그로부터 길고도 긴 쿠데타 기간을 거쳐 정권을 장악하고 최고 통치권자로 7년 통치를 하게 될 그가 국민 앞에 '선보이는 자리' 가 박정희 대통령 살해 사건에 대한 전모를 발표하는 장면이었다는 것은 전두환 정권 7년 철권통치와 관련, 시사하는 바가 없지 않았다.

"……본 사건은 군부 또는 여타 조직의 관련이나 외세의 조종이 개입된 사실이 전연 없으며, 다만 과다망상증에 사로잡혀 대통령이 되겠다는 어처구니없는 허욕이 빚은 내란 목적의 살인 사건이다. 본 사건을 수사함에 있어서 주범 김재규 등 국헌 문란 기도범 일곱 명을 비롯하여 증거 인멸 한 명 외 관련 혐의를 포착키 위해 111명을 추가 소환, 심문하여 세 명은 참고인으로 선정하고 나머지 78명은 훈방하였다."

'수사 결론' 을 내린 전두환 보안사령관은 곧이어 '당부의 말씀' 을 힘주어 낭독했다.

"수사를 지휘한 본인은 오직 사명감에 입각하여 소신을 가지고 사건을 파헤쳤습니다. 수사기간 중 여러 형태로 적극적인 협조와 편달을 해주신 국민 여러분과 관계 기관에 감사를 드리는 바입니다. 부탁 말씀은 내외 불순 집단의 조작된 유언비어에 국민 여러분이 현혹되지 않으시기를 바라 마지않습니다.

그리고 추가하여 말씀드릴 것은 계엄사령부에서는 본 사건의 중대성을 감안, 계엄법회의에서 공개 재판을 할 방침임을 밝혀드립니다."

권력 투쟁

정승화 대 전두환

79년의 계엄은 기왕에 박정희 대통령 살해 사건에서 비롯된다. 외신에서 보도하는 바와 같이 보이지 않는 힘의 추는 박정희 대통령 살해 사건에 대한 수사 총책임을 맡고 있는 전두환 보안사령관에게 쏠릴 수밖에 없는 형국이었다.

전두환 보안사령관이 이끄는 계엄사 합동수사본부로 힘의 추가 기울게 되자 정승화 계엄사령관 겸 육군참모총장을 중심으로 한 육본 군수뇌부 쪽과 눈에 보이지 않는 알력이 초래되었다. 실제로 정승화 계엄사령관은 아무런 견제장치나 완충장치 없이 직속 부하인 전두환 보안사령관을 직접 상대하면서 여러 가지 이견을 드러내고 있었다. 그들 간의 이견에 대해 정승화 계엄사령관은 계엄군의 역할을 축소시키려고 한 반면, 전두환 보안사령관은 확대시키려고 한 데서 비롯됐다고 평가하는 사람들이 많다.

첫 번째 이견은 김계원 대통령 비서실장, 이재전 경호실 차장 등 10·26 사건의 직·간접적인 관련자들에 대한 처벌 문제였다. 언급한 바와 같이 전두환 보안사령관은 이재전 경호실 차장을 구속했지만 정승화 계엄사령관은 '시해 사건 수사에는 성역이 없다'는 생각에서 허락은 했지만 속으로는 무리한 짓이라고 판단, 한 달 뒤 이재전 경호실 차장을 석방시켰다.

전두환 보안사령관이 김재규와 김계원 비서실장의 재산을 헌납 형식으로 몰수, 국고에 귀속시키겠다는 건의에 대해서도 허락은 했지만 정 계엄사령관으로서는 내심 지나친 일이라고 생각했다.

한 저널리스트는 다소 우유부단하기조차 한 정승화 계엄사령관의 당시 심리에 대해 "정승화 총장이 전 본부장의 이런 행동을 못마땅하게 여기면서도 적극적으로 견제하지 않은 것은 자신이 김재규와 연루되었다는 의심을 받고 있다는 것을 알고 심리적으로 좀 위축되었기 때문이기도 하였다. 선비처럼 깔끔한 정승화 총장은 그런 오해를 의식해서 수사에 관련된 사항에 대해서는 전 본부장에게 맡겨버린 것이다"라고 지적하기도 한다.

11월 10일 대통령의 개헌 약속 성명이 나오기 전에 군 단장급 이상의 지휘관들을 두 차례 나누어 소집한 정승화 계엄사령관은 10·26 사건과 관련한 자신의 무죄를 해명하기도 했다.

"항간에 떠돌고 있는 육군참모총장인 나 본인이 김재규의 범행에 관련되어 있을지도 모른다는 소문에 대해서도 해명했다. 10월 26일 저녁에 김재규 부장으로부터 저녁 초대를 받고부터 그를 체포할 때까지의 경위 등을 알려주었다. 김재규의 범행에 대한 전모 발표를 국민들이 몹시 기다리고 있는 데다가 꾸준히 나의 관련 여부에 대해서도 소문이 무성하였다."

10·26 뒤 정승화 계엄사령관은 여러 차례 전두환 보안사령관을 불러 범행 전모를 하루 빨리 발표하라고 독촉하기도 했다.

"26일 김재규의 초대로 궁정동에 갔던 경위를 간단하게 작성하여주시면 좋겠습니다."

전두환 보안사령관의 건의에 대해 정승화 계엄사령관은 "나 자신이 작성하는 것보다는 정식 조사를 받을 터이니 유능한 수사관을 내 집무실로 보내시오"라고 지시했다.

전두환 보안사령관은 "바쁘신데 그렇게까지 할 필요는 없습니다"라고 했으나 정승화 계엄사령관은 굳이 10월 29일 저녁 사무실에서 조사를 받기로 자청했다.

그날 저녁 육참총장 집무실에서 정승화 계엄사령관은 육군 법무감 신복현 준장과 합동수사본부 수사국장 이학봉 중령, 그리고 검사 한 명으로부터 10·26 사건과 관련한 조사를 받았다. 조사는 정승화 계엄사령관이 10·26 그날의 경위를 설명하고 검사가 받아 적은 다음 질문을 보충하는 형식으로 진행됐다.

"다음날 저녁 이학봉 중령과 그 검사가 완성된 조서를 가지고 왔기에 읽어보았다. 설명을 듣고 요점만 적은 것을 바탕으로 살을 붙여 완성한 것이었다. 내가 설명한 내용과 약간 차이가 있었으며, 또 문장도 요령부득이었으므로 마땅치 않아서 주의를 주었다. 요점을 다시 반복하여 설명해주었더니 이 중령과 검사가 죄송하다고 사과하면서 다시 잘 정리하여 다음날 가져오겠다고 했다. 나는 몇 가지만 보충 또는 수정하면 될 터이니 내일은 바쁜데 또 올 것이 아니라 서류만 보내라고 하였다.

다음날 저녁에 갖다놓은 조서를 읽어보니 대체로 설명한 내용과 일치하나 문장과 문맥이 마음에 들지 않는 곳이 몇 군데 있어서 약간 수정을 한 뒤 서명을 하여 보내주었다."

정승화 계엄사령관이 자신의 조서를 '몇 군데 수정' 한 것은 머지않아 12·12 사건의 한 단초로서 발표될 것이다. 정승화 계엄사령관 자신도, "얼마 후 이 같은 과정이 김재규 범행 조사 때 내가 조서를 받으면서 자신의 범행을 은폐하기 위해서 3차에 걸쳐 조사 내용을 번복하였다고 주장하는 꼬투리가 되었고, 많은 장병들에게 그들의 주장을 선전하는 재료로 둔갑하게 되었다"라고 주장하고 있다.

실제로 정승화 계엄사령관의 그와 같은 행동은 10·26 그날 궁정동 현장 가까이 있었다는 사실과 함께 12·12 '하극상에 의한 쿠데타적 사건' 의 원인 제공을 하기에, 어떤 이유로든 충분한 것이기도 했다. 10·26 사건과 관련해 많은 사람들이 서빙고로 끌려가 조사를 받은 것과 비교한다면, 아무리 계엄사령관이라는 권좌에 있다고 해도 조서가 '문장과 문맥이 마음에 들지 않는 곳이 몇 군데 있어서' 자신의 손으로 수정했다는 정승화 계엄사령관의 해명은 12·12 쿠데타 주도 세력 측의 '3차례에 걸친 조사 내용 번복' 이 아니었다고 해도 논리적·합리적일 수 없는 대목이라는 점은 지적돼야 할 것이다. 법은 만인 앞에 평등하다는 상식적인 이론을 들먹이지 않더라도…….

10·26 직후에 전두환 보안사령관은 10·26 사건과 관련, 정승화 계엄사령관에게 의심을 두지 않았던 것 같다. 박정희 대통령 살해 사건 전모 발표 직후 기자회견에서 전두환 보안사령관은 정승화 계엄사령관과 관련된 문제에 대해 다음과 같이 대답하고 있다.

— 정승화 육군참모총장이 이 사건과 관련됐을 것이라는 의문이 많이 제기되고 있는데 좀더 소상히 설명해 줄 수 있는가.

"김재규가 사건 당일 하오 4시쯤 정승화 총장에게 전화로 저녁 약속을 하고 궁정동으로 유인한 후, 사건 후에 설득하려다 실패하면 협박하려고 했었다. 육본으로 오는 차 안에서도 정승화 총장을 협박할 것인가 살해할 것인가를 두고 우물쭈물하며 옷을 갈아입고 신을 얻어 신는 사이 육본 벙커에 도착한 것이다. 발표문을 자세히 보면 정승화 총장의 일거일동이 잘 나타나 있다. 만약 정승화 총장이 중앙정보부로 갔더라면 더 큰 혼란이 왔을 것이다. 박흥주가 육본으로 가자는 데 동의한 것은 이미 김재규와 정승화 총장 간에 상의된 것으로 알고 그랬을 것이다."

— 비상 국무회의가 국방부에서 열린 이유와, 시간적으로 사건 발생 후 4시간이나 지연된 이유는?

"노재현 국방장관과 정 육군참모총장은 이 사건이 청와대 내에서 일어난 것으로 오해해 그런 곳으로 가기를 꺼려한 데다 중앙청은 보안이 잘 안 될 것으로 판단, 국방부에서 국무회의를 연 것이다. 비상계엄을 통금 후로 한 것은 통금시간 중에는 별다른 일이 없을 것이고 국민들이 놀랄까 봐 그렇게 한 것이다."

정승화 계엄사령관과 전두환 보안사령관이 두 번째로 충돌한 것은 군 인사문제 때였다. 이희성 중장을 정보부장서리에, 윤성민 중장을 참모차장으로 임명한 정승화 계엄사령관은 곧 후속 인사를 단행했다. 윤성민 중장 후임 군단장은 수도경비사령관 전성각 소장을, 제6군단장에는 육본 작전참모부장 강영식 소장을 각각 중장으로 진급, 임명했다. 수경사령관에는 육본 교육참모부 교육차장인 장태완 소장을 임명했다.

이와 같은 후속 인사이동은 80년 봄까지가 정부의 취약 시기라 판단하고 군 고위직 간부의 이동을 최소한도로 제한하겠다는 기본 방침에 따라 이루어진 것이었다. 이 인사에서 가장 중요한 서울 지역 계엄군의 임무를 맡고 있는 수도경비사령관을 교체한 것은 경비사령관 전성각 소장이 79년 말로 소장 계급 정년이 되기 때문이었다.

정승화 계엄사령관이 지적한 바와 같이 '가장 중요한 서울 지역 계엄군의 임무를 맡고 있는 수경사령관'에 장태완 소장을 임명한 것에 대해 제동을 걸고 나선 것은 전두환 보안사령관이었다.

당시 군 장성 진급, 인사에 보안사의 정보 보고가 참고가 된다는 것은 널리 알려진 바와 같다. 전두환 보안사령관은 정승화 계엄사령관, 노재현 국방장관 등을 찾아가 장태완 수경사령관 임명을 재고하도록 요청했다.

"보안사령관 전두환 소장은 장태완 장군이 수도경비사령관으로 적합하지 않다고 나에게 재고해줄 것을 요청하였다. 노 국방장관도 장태완 소장을 별로 마음에 들어 하지는 않았으나 특별한 이유가 없으므로 반대하지는 못하였다. 아마도 장관의 그런 태도는 전두환 장군의 인물평이 있어서가 아닌가 싶었다. 전두환 장군은 장태완 장군이 자기에게 만만치 않은 상대가 되어 반대하는 것이 아닌가 생각되었다."

전두환 보안사령관의 재고 요청을 묵살하고 정승화 계엄사령관은 장태완 소장을 수경사령관에 임명했다. 그후 전두환 보안사령관은 정승화 계엄사령관을 찾아가 "장태완 장군의 경비사령관 임명은 잘된 일인 것 같습니다"라며 "저는 더 좋은 적임자가 있지 않겠는가 싶어서 재고를 요청하였던 것인데 특별한 사람은 없는 것 같습니다"라며 자기 말을 수정했다.

전두환 보안사령관은 그렇게 자기 말을 수정하였지만 쉽사리 앙금이 가시지 않은 듯했다. 곧 발생할 12·12의 최대 걸림돌이 바로 장태완 수경사령관이 될 것이기 때문이었다.

정승화 계엄사령관과 전두환 보안사령관의 이견은 거기에 그치지 않고 정보 보고문제에서도 나타났다. 11월 들어 박정희 대통령 살해 사건에 대한 수사가 일단락되고 계엄사 합동수사본부가 수사 이외의 부분에까지 업무의 범위를 넓혀가려고 할 때 정승화 계엄사령관은 브레이크를 걸기 시작한다.

10·26 직후 전두환 보안사령관은 경찰과 정보부에 대해 1일 보고를 합동수사본부로 매일 올리도록 지시했다. 합동수사본부가 과거의 정보부와 같이 국내 정보기관의 정보를 종합, 계엄사령관·국방장관·대통령에게 보고하게 된 것이다.

정승화 씨는 말한다.

"합동수사본부는 계엄 초기에 김재규 일당에 대한 수사와 군사재판

회부 등으로 분주한 나날을 보냈다. 그러나 하루, 이틀 시간이 흐르면서 업무에 다소 마찰이 생기기 시작하였다. 예를 들면 합동수사본부가 경찰이 매일 작성하여 계엄사령부 치안처에 올리는 정보 보고서를 먼저 합동수사본부로 보고하게 하여 합동수사본부가 이를 종합, 보고해야 한다고 우겨 경찰과 옥신각신한다거나, 중앙정보부가 그 기능을 제대로 발휘하지 못하고 있는 것을 빌미로 대공업무나 정보업무 등 범죄수사와 관계없는 분야에까지 간섭을 하려 하는 등 좌충우돌하는 경향이 조금씩 드러났다.

그때마다 나는 관계 참모와 전두환 장군에게 업무 한계를 명백히 하고 서로 월권해서는 안 된다고 주의를 주었다. 그 성격이 모호한 업무는 그 책임과 권한을 다시 경계지었다. 그러나 나는 합동수사본부의 적극성을 높이 샀으므로 한편으로는 격려를 아끼지 않았다."

어느 날 계엄사 치안처장인 헌병감 김진기 준장이 정승화 계엄사령관에게 보고했다.

"치안본부에선 합동수사본부가 수사업무 이외의 업무에 대해서도 통제와 간섭을 너무 많이 한다고 불평이 심할 뿐만 아니라 정보 보고도 합동수사본부로만 제출케 하고 계엄사령부에는 직접 제출하지 못하도록 하니 어떻게 하면 좋을지 지시하여 달라고 합니다."

정승화 계엄사령관은 "그게 무슨 소리요. 합동수사본부가 왜 그러한 처사를 하오?"라고 물었다.

"합동수사본부는 자기들이 정보수집 능력이 부족하니 경찰 정보를 먼저 입수, 이를 종합하여 종합 정보 보고서를 작성하여 보고함으로써 마치 합동수사본부가 혼자 일을 다하는 것처럼 공을 차지하려는 것 아니겠습니까."

당시 일일 정보 보고서를 작성하여 계엄사에 보고하는 기관은 정보부·치안본부·보안사 등 세 기관이었다. 10·26 전 치안본부와 보안사는 그들이 만든 보고서를 각기 자기 직속 상부 기관과 정보부에 동시 보고한 다음 유관 기관에 돌리도록 되어 있었다. 정보부는 이를 종합 분석하여 다시 종합된 보고서를 작성, 중앙 주요 기관에 회람하여 왔다.

"계엄하에서도 그런 기능을 그대로 활용하는 것이 바람직하다고 나는 생각했다. 다만 계엄사령부 치안처에 이와 같은 정보 보고서가 최우선적으로 보내지면 될 것이었다. 정보 보고 계통에는 하등 변경된 것이 없는데도 보안사령부는 계엄사 합동수사본부가 계엄 전 중앙정보부가 하던 기능을 대행해야 하는 것처럼 생각하고 모든 정보 및 수사 기능을 통제 조정하겠다고 나선다는 것이었다."

정승화 계엄사령관은 김진기 헌병감에게 "합동수사본부가 정보부를 대행하는 것으로 착각하고 있는 것 같소. 업무 한계를 잘 몰라서 과도한 적극성을 보이는 것이니 양쪽을 잘 설득하여 양쪽 모두가 계엄사 치안처에 각각 보고서를 직접 제출케 하고 합동수사본부는 수사정보상 필요할 터이니 치안본부로부터 따로 같은 정보 보고서를 받도록 조치하시오"라고 지시했다.

전두환 보안사령관을 불러 주의를 환기시켜 주기도 한 정승화 계엄사령관은 계엄사 부사령관 윤성민 중장, 참모장 심경수 소장에게도 합동수사본부와 치안본부와의 관계 및 계엄사에 대한 각각의 책임 한계를 조종하도록 지시했다. 정보부도 수사업무에 한해서는 합동수사본부의 지시에 따를 것을 명령했다.

계엄사에서는 매일 아침 8시 30분에 처장회의를 열고 있었다. 이 회의에 전두환 합동수사본부 측에서는 육군보안대장 변규수 준장을 참석시키고 있었다. 11월 중순, 정승화 계엄사령관은 전두환 보안사령관에게 처장회의에 참석하라고 지시했다.

아무리 실권을 잡은 전두환 보안사령관이요 속으로 무슨 생각을 하고 있든 겉으로는 계엄사령관인 정승화 총장의 지시를 받을 수밖에 없을 터였다. 전두환 보안사령관은 매일 아침 계엄사 처장회의에 참석했다. 이 회의에서 정승화 계엄사령관은 가끔 전두환 보안사령관에게 "자네는 자네가 맡은 일만 하라"는 식으로 핀잔을 주기도 하였다.

처장회의에 며칠 동안 참석했던 전두환 보안사령관은 정승화 계엄사령관에게 "아침 시간에 계엄사 처장회의에 제가 매일 참석하면 저희 업무 수행에 지장이 있습니다. 종전처럼 변 준장이 참석케 하고 중요한 사안이 있을 때만 제가 직접 참석하도록 해주십시오. 사령관께서 필요하실 때 부르시면 언제나 바로 달려와 지시를 받도록 하겠습니다"라고 건의했다.

전두환 보안사령관의 건의가 전혀 터무니없는 것은 아니었다. 하루 한 번 이상 합동수사본부장은 지시와 보고를 하기 위해서는 계엄사령관을 찾거나 전화를 해야 한다. 정승화 계엄사령관은 전두환 보안사령관의 요구를 허락해주었다.

전두환 보안사령관의 독주

12·12 이후 정승화 씨는 전두환 씨에 대해 심기가 편치 않을 수밖에 없었을 것이다. 그의 회고 곳곳에서 그런 분위기를 느낄 수 있다.

"전두환 장군에 대해 계엄사령부의 일부 참모들은 월권과 독주가 심하다는 불평을 때때로 하였다. 나는 전 장군이 리더십에 너무나 신경을 쓰고 그동안 박정희 대통령의 큰 신임을 받았기 때문에 동료 장군들에게도 그렇게 보일 수 있다고 생각했다. 더구나 합동수사본부장이라는 중책까지 맡으니 주위의 불평을 더 사게 되는구나, 하는 정도로 받아들였다.

당시 외국 신문에는 전 장군이 군부의 숨은 실력자라느니 정규 사관학교 교육을 받은 군 장교들의 일부에 의해 실력자로 떠오르고 있다느니 하는 기사들도 실리고 있었다. 그러나 나는 전 장군이 내가 존경한 박정희 대통령이 사랑한 장군이기도 하여 다른 사람들과 마찰이 없었으면 하고 바랐다."

어느 날 전두환 보안사령관은 천만 원짜리 수표 20매가 든 봉투를 들고 계엄사령관실로 들어섰다.

"김계원 비서실장을 조사하는 과정에서 청와대 비서실을 수사하다가 아무 데도 기록되지 않은 돈 9억 원이 나왔습니다. 그냥 압수하여 가져오려다가 박정희 대통령이 가족을 위해 남겨놓은 재산이 없는 것 같아 그 가족이 앞으로 생계가 어려울 것이 염려되므로 그 돈 9억 원 가운데 6억 원은 박근혜 양에게 주고 1억 원은 합동수사본부의 수사비로 쓰도록 빼놓고 여기 가져왔습니다. 참모총장인 사령관님께서 일을 처리하는 데 필요할 것이라 생각됩니다."

그때 정승화 계엄사령관은 일이 그렇게 처리되어서는 안 된다고 직감했다고 한다. 당장 모두 회수해 오도록 지시할까 잠시 생각한 그는 박정희 대통령 가족에게 건네준 돈을 다시 찾아오는 것은 할 짓이 아니라고 판단, 완곡하게 경고했다.

"수사과정에서 그와 같은 돈이 나오더라도 함부로 처리하면 안 될 것이오. 일단 보고한 다음 국고에 환수시켜야 하며 필요하다면 적법 절차를 밟아 써야 하는 거 아니오. 박정희 대통령 가족에 대한 생계 대책은 앞으로 최 권한대행과 상의하여 국무회의 등에서 적당한 방법을 마련하여 예비비 등에서 처리할 수 있는 길이 있을 텐데 너무 서두는 것 아니오. 합동수사본부 비용도 필요하다면 예산으로 뒷받침될 것인데 그러한 방법으로 조달해서는 안 될 것이오. 나 자신도 마찬가지요.

……이번 일은 이미 끝난 것이니 그대로 인정하겠지만 앞으로는 그런 일이 없도록 하시오."

청와대 돈 처리가 끝난 며칠 뒤 정승화 계엄사령관은 노재현 국방장관에게 그 사실을 보고했다.

노재현 장관은 "나에게도 5천만 원을 가져왔기에 해군참모총장에게 각각 2천만 원씩 나누어주고 1천만 원은 국방부에서 썼는데……" 하며 약간 쑥스러운 표정을 지었다.

그때 정승화 계엄사령관은 '전두환이가 나에게 정확한 보고를 하지 않는구나. 앞으로는 주의 깊게 모든 일을 살펴봐야겠다' 라고 생각했다고 한다.

돈 문제가 나왔으니까 말이지만, 그해 11월 초 전두환 보안사령관은 김재규를 조사하는 과정에서 밝혀낸 돈 문제를 정승화 계엄사령관에게 보고했다고 한다. 김재규가 정보부장으로 있으면서 서울 주변에 있는 주요 지휘관들에게 지난 추석에 선물이라는 명목으로 꽤 많은 돈을 뿌렸다는 내용이었다. 보고서에는 김재규에게 돈을 받은 지휘관들의 리스트가 적혀 있었는데 해·공군 참모총장에게 각각 1백만 원, 3군사령관 이건영 중장에게 몇 백만 원, 수도군단장 차규헌 중장에게 몇 백만 원, 수경사령관 전성각 소장에게 몇 백만 원, 특전사령관 정병주 소장에게 5백만 원, 신현수 군단장에게 몇 백만 원 등이었다.

"김재규가 거사를 위한 목적을 가지고 계획적으로 돈을 뿌린 것 같지는 않습니다."

지난 추석 때 김재규가 준 돈이라면 정승화 계엄사령관도 받은 바 있었다. 전두환 보안사령관의 보고를 들은 정승화 계엄사령관은 "아, 그 돈 말이오. 나에게도 3백만 원을 보내왔던데 전 장군에게는 안 보내왔었소?" 하고 물었다.

"예, 저에게도 5백만 원을 보내와서 부하들에게 나누어주고 저도 좀 썼습니다."

정승화 계엄사령관이 정보부장으로부터 받은 돈 3백만 원은 12·12 후 '김재규로부터 거금을 받아 그의 거사를 도우려 했다' 는 내용으로 발표된다. 정승화 씨는 말한다.

"박정희 대통령 생전에 김재규 정보부장과 차지철 경호실장 같은 인물들은 박정희 대통령을 위해 충성을 한다는 명목을 앞세워 자신의 세력도 강화할 겸 해서 돈을 자주 뿌렸다. 일부 장군들 역시 소장장교들을 친위로 조직하기 위해 이와 같은 방법을 쓰고 있었다는 것도 나는 이전부터 잘 알고 있었다."

전두환 보안사령관의 독주는 거기서 그치지 않았고, 정승화 계엄사령관 역시 쉽게 물러서지 않았다. 11월 하순 전두환 보안사령관은 정승화 계엄사령관에게 부정축재자 조사를 건의했다.

"총장님, 이번 계엄 기간에 그동안 부정축재한 자들의 재산을 전부 몰수해서 국가에 귀속시키는 조치를 하시지요."

"부정축재자라면…… 어떤 사람들을 말하는 것이오?"

전두환 보안사령관은 "예를 들면……" 하고 수명의 이름을 열거해 나갔다. 주로 공화당 정부의 전·현직 고위 정치인, 일부 경제인 등 세간에 축재를 했다고 소문이 난 사람들이었다.

"나도 권력을 이용해 부당하게 축재한 자들에 대해 무엇인가 적당한 조치가 있어야겠다고 생각하고는 있지만, 계엄하라고 해서 법적 근거도 없이 무조건 그 재산을 압수하는 식의 방법으로야 되겠소."

정승화 계엄사령관의 완곡한 거절에 전두환 보안사령관은 "지금 부정축재자 수십 명을 골라서 그 재산을 압수하고 공개하는 것쯤은 우리 수사관들을 동원하여 간단히 처리할 수 있습니다"라며 거듭 허락할 것을 요청했다. 그는 "그렇게 하시면 정승화 총장님도 국민의 추앙을 받으실 겁니다"라고 덧붙이기도 했다.

"나도 부정축재가 국민 원성의 대상이라는 것을 잘 알고 있으며, 또 그러한 자들을 용서하고 싶은 생각은 추호도 없소. 그러나 정당한 법적 절차를 밟아야 할 것이오.

그 방법이 국민 모두가 납득하는 합당한 방법이라야 하는데 그러자면 우선 법이 앞서야 하고 그 법에 따라서 시행되어야 하지 않겠소. 지금은 혁명이 아니고 기존 헌법에 따라 계엄을 실시하고 있으니까 그러한 방법으로 처리하는 것은 안 될 것 같소. 새 대통령이 선출되고 새 정부가 서면 법 요건을 갖춘 후에 처리해야 할 것이오. 물론 그러한 절차를 밟는 것은 번거롭고 어려운 일인 줄 알지만 우리가 필요하다고 주장하면 이루어질 수 있지 않겠소."

전두환 보안사령관은 순순히 물러나지 않았다. 며칠 뒤 그는 다시 "총장님, 부정축재자 중 우선 몇몇 대표적인 인물을 골라서 본보기로 비밀리에 조사하면 어떻겠습니까?" 하고 건의했다.

"계엄하에서 국민들에게는 보통 때보다 더욱 엄하게 법질서 준수를 강요하면서 우리 스스로가 법을 파괴하고 지키지 않으면 앞으로 누구보고 법을 지키라고 강요하겠소. ……일단 조사해야 할 대상자 명단이

나 은밀히 작성하여 보고하도록 하시오."

전두환 보안사령관과 정승화 계엄사령관은 계속 티격태격하고 있었다. 정승화 총장 연행이 발단이 된 12·12 쿠데타의 조짐은 그렇게 도처에 나타나고 있었다. 부정축재자 재산 몰수 문제가 논의된 얼마 후인 12월 초 어느 날 전두환 보안사령관이 총장 집무실로 찾아왔다.

"이후락 씨가 해외로 나가기 위해 외무부에 여권 신청을 했는데 우선 보류하도록 조치하였습니다. 아마도 부정축재자 조사를 눈치 채고 해외로 도망치려는 것이 아닌가 모르겠습니다. 이후락 씨는 부정축재를 많이 한 것으로 소문이 나 있으니까 틀림없이 자기가 조사 대상이 될 것을 눈치 채고 해외로 도피하려는 것이니 여권을 발급해서는 안 될 것 같습니다. 어떻게 처리할까요? 이후락 씨를 출국시키면 앞으로 다른 대상자들도 해외로 나가는 것을 막기가 곤란하지 않겠습니까."

"그 사람…… 여행 목적이 무엇이라고 하오?"

"인도에서 개최되는 세계 불교신도 대회에 한국 대표로 참석하는 것이 목적이라고 이유가 붙어 있는데…… 그러한 대회가 있는 것은 확실합니다."

"그 대회가 사실이라면……."

정승화 계엄사령관은 이후락 전 중앙정보부장이 한국불교신도 회장이니까 그 대회에 참석한다는 것도 거짓말은 아닐 것이라고 생각했다고 한다. 결국 정승화 계엄사령관은 노재현 국방장관과 상의한 후 이씨의 출국을 허락했다.

이씨의 출국과 관련, 12·12 후 전두환 신군부 측은 "정 계엄사령관이 거액의 뇌물을 받고 이씨를 해외로 도피시켰다"라고 발표했다.

전두환 보안사령관 겸 계엄사 합동수사본부장이 '박정희 대통령 살해사건 전모'를 발표한 이틀 뒤인 11월 8일 정승화 육참총장 겸 계엄사령관은 담화문을 발표했다.

"친애하는 국민 여러분! ……본관은 계엄사령관으로서 앞으로의 계엄업무 수행 방향을 다음과 같이 밝히고자 하니 국민 여러분의 깊은 이해와 협조 있으시기를 간곡히 바라는 바입니다.

첫째, 우리 계엄군은 우리나라가 법치국가임을 재확인하면서 이유 여하를 막론하고 모든 불법 시위와 난동을 불허할 것이며, 사회불안과 혼란을 조성하는 무분별한 정치난동은 물론, 특히 공산주의자들을 이롭게 하는 일체의 경거망동을 결코 용납하지 않을 것입니다."

이틀 뒤인 11월 10일, 정승화 계엄사령관의 담화문이 서울 지역 신문에 '무분별한 정치선동 불용'이라는 제목을 달고 보도된 다음날, 최규하 대통령 권한대행의 특별 시국 담화문이 발표됐다.

"현행 헌법에 규정된 시일과 절차에 따라 대통령 선거를 실시하여 새로 선출되는 대통령에게 정부를 이양하겠다."

중앙청 제1회의실에서 라디오와 TV로 직접 중계된 가운데 발표된 최규하 권한대행의 담화문 내용은 정부 방침으로 확정한 것임을 강조했고, 새로 선출되는 대통령은 전임 대통령의 임기를 채우지 않고 현실적으로 가능한 빠른 기간 내에 각계각층의 의견을 들어 헌법을 개정하고 그 헌법에 따라 선거를 실시해야 한다는 것이었다. 한마디로 체육관에서 통일주체국민회의를 통해 대통령을 선출하겠다는 뜻이었다.

"신민당을 포함해 민주화를 염원하는 국민들의 의견을 사전에 듣지 않고 일방적으로 제시한 정치 일정에는 동의할 수 없다. 최규하 대행이 이끄는 내각은 과도 내각으로서 3개월 이내에 헌법을 개정하고 신헌법에 따라 2개월 이내에 직접 선거를 통해 대통령을 선출해야 한다. 그 이외의 어떠한 정치 일정에도 동의할 수 없다."

제1야당 세력이었던 신민당 김영삼 총재는 최규하 권한대행의 담화에 대해 강력한 반대 의사를 보였다. 그러나 김영삼과 신민당은 압력 그룹으로서 영향력을 미치기에는 미약했다.

재야에는 윤보선 · 김대중 · 함석헌 등 3인을 공동 의장으로 하는 '민주주의와 민족통일을 위한 국민연합'이라는 강력한 세력이 있었다. 국민연합에서는 11월 3일 광주학생 의거 50주년을 맞이해 성명을 발표할 예정이었으나 좀더 두고 보자는 쪽으로 기울어져 있었다. 그러나 성명서는 해외에 극비리에 배포됐다.

"민중적 분노의 목표가 되고 있는 한 독재자의 죽음이 장례식이라는 격식을 차렸다고 해서 미화될 수 없다. 따라서 박정희의 죽음으로 인해 독재의 한 시대를 땅에 묻으면서 11월 3일을 참된 민주주의를 건설하기 위한 위대한 출발점으로 확인하고자 한다. 1인 독재체제의 전면적인 해체와 민주적 헌정 질서의 확립을 해야 하고 부정부패를 근절하여 노동자, 농민 그리고 서민 대중의 생존권을 보장할 것을 호소한다.

양심적인 공무원과 국군은 국민의 편에 설 수 있도록 가능한 한 빨리 계엄령을 해제하고 박 정권의 정권유지 음모에 희생된 모든 정치범의 무조건 석방과 민주 인사의 가택 연금을 즉시 철회할 것을 바란다."

국민연합에서 성명을 발표하기로 한 날은 박정희 대통령의 영결식이 있는 날이었다. 중앙청 광장에서 거행된 박정희 대통령의 영결식장에서 최규하 권한대행은 "5년 전 영부인께서 불의에 돌아가신 비통이 채 가시기도 전에 아직도 나라와 겨레를 위해 하실 일이 많은데 각하 자신마저 불시에 가시었으니 이 얼마나 망극한 일입니까" 하고 비통해 하며 목이 메이고 복받치는 슬픔을 억제하면서 눈시울을 몇 번씩이나 적시며 당초 12분으로 예정했던 조사낭독을 17분이나 진행하면서 전 국민의 애도를 끌어내기 위해 안간힘을 썼다. 같은 날 국민연합에서는 성명을 낭독하는 것을 보류하고 해외에만 공표했다.

국민연합의 존재에 대해 국민들의 지지는 대단했다. 11월 10일 국민연합에서는 최규하 권한대행의 정치 일정에 즉각 반대 성명을 발표했다.

"이제 유신독재는 이 땅에서 사라졌다. 어떠한 이유로도 독재 망령이 나타나서는 안 된다. 최규하 내각은 즉각 물러가라. 새로운 거국내각을 구성하고 3개월 이내에 헌법을 새로이 정하라."

11월 13일 재야세력이라고 처음으로 표현된 인사들이 윤보선 전 대통령의 안국동 집에 모였다. 민주화청년협의회, 해직교수협의회, 자유실천문인협의회, 여성신도협의회, 해직기자협회 등의 대표들이 '나라와 민주화를 위하여' 라는 제목의 성명서를 발표한 것이다.

이 사건으로 『동아일보』 기자였던 이부영 씨가 포고령 위반으로 구속됐고, 전 연세대 교수 성래운 씨와 민주청년연합회 이우회 회장대리를 지명수배했다. 자유실천문인협의회 회원 김병걸 · 박태순 씨, 해직교수협의회의 백낙청 · 염무웅 · 김찬국 · 서남동 씨, 전 동아방송 기자 이병주 씨, 전 『조선일보』 기자 정태기 씨, 여성신도 회장 이우정 씨 등

9명이 경고 훈방 조치됐다.

확실히 유신은 끝나지 않았다. 유신체제에 저항했던 지식인들에 대한 탄압조치가 다시 정치권 밖의 민주화 세력에 대한 탄압의 신호탄으로 울린 것이다.

윤보선 씨는 최 권한대행에게 공개서한을 보내고 김대중 씨의 연금과 재야인사 및 지식인에 대한 탄압 중지를 요청했다. 서슬 퍼런 계엄령하에서 그나마 항의할 수 있었던 것은 그에게 전직 대통령이라는 직함이 있었기 때문이었다.

최 권한대행은 적극적인 변신을 시도하기 시작했다. 11월 15일 국회에서도 80년도 예산안을 제출하고 시정연설을 하는 자리에서 그는, 야당과 재야 세력을 의식한 듯 자신의 정치 일정을 다시 확인했다.

한편 10·26 사건 다음날인 10월 27일 미대사관 측에서는 국민연합 쪽의 몇몇 관계자들에게 면담을 제의했다. '10·26 사건의 영향을 받게 될 한국의 정정' 에 대한 미국의 견해를 피력한 미대사관 측은 "한국의 정치 상황은 문민화 쪽으로 가게 될 것이다. 따라서 재야 등 반유신 그룹에선 과격한 쪽으로 흐르지 말라" 라고 당부했다.

미대사관 측의 면담에서 자극받은 국민연합 상층부는 '한국은 결국 민주화로 갈 것' 으로 인식, 11월 3일 박정희 대통령의 국장 때까지는 어떤 행동도 취하지 말자는 공감대가 형성돼 있었다.

YWCA 위장 결혼사건

10·26 사건 후 민청(회장 이우회)은 이원화돼 있었다. 자연인 박정희의 죽음으로 기존의 유신 지지 세력이 그 공백을 메우게 될 것이라는 비관론과, 박정희=유신체제의 논리로 유신의 붕괴를 필연적 낙관론으로 보는 시각이 그것이었다.

이들은 국민연합을 형성하고 있는 재야 상층부와 의견 교환을 갖는다. 이미 미대사관 측의 입장을 전달받은 국민연합 상층부의 시각은 후자 쪽이었다.

국민연합의 인식은 곧바로 민청 쪽 안테나에 걸려 왔다. 민청 내부에서는 회의적인 견해가 지배적이었다. 바로 이때 터져나온 것이 최권한대행의 특별 담화였다.

민청 세종로 사무실에서 회장 이우회를 중심으로 8인 운영위원회가 열린 것은 최 권한대행이 시국 특별 담화를 발표하던 11월 10일이었다. 이 회의에서 군중집회 시도 방침이 결정됐다.

이날 민청의 군중집회 시도 방침은 곧바로 한국기독교학생회총연맹(회장 김정택)에 전달됐다.

민청, 기청에서는 빠른 시일 안에 대규모 집회를 연다는 방침 아래 민주연합 쪽과의 연대를 계획했다. 당시 민주연합의 대표 격이었던 윤보선 전 대통령 자택인 '안국동 8번지'가 주요 연락처가 됐다. '전달자' 역할은 윤보선 전 대통령의 부인 공덕귀 여사가 맡았다.

민청 측에서는 대회 준비를 서두르고 민청 부회장인 최열 씨가 대회 실천 계획을 맡았다. 그들은 계엄하에서 가능한 방법은 안전한 결혼식이 최적이라고 판단해 YWCA 강당, 종로2가 서울예식장, 기독교감리교 회관 등 4곳을 물색했다. 조건은 가능한 빠른 시일 안에 일반인이 많이 참석할 수 있는 토요일이나 일요일로, 대중시위를 유도하기 가능한 지역 등을 고려, 24일 YWCA 강당으로 결정했다.

신랑 역으로 민청 운영위원인 홍성엽(당시 25세) 씨가 자임하고 나섰다. 홍씨는 긴급조치 위반으로 복역한 적은 있지만 크게 '주목' 받지 않았고 위장 결혼식의 필수 조건인 부모님의 양해가 가능한 적격자였다. 홍씨의 홀어머니 역시 재야 단체인 구속자가족협의회 회원이었다.

민청 측에서는 곧 윤정민이라는 가공의 신부 이름을 넣어 청첩장을 만들었다. 청첩장은 기청의 교회 조직과 민청의 학교 선후배 등을 통해 뿌려졌고, 신랑 역의 홍씨 친지들에게도 전달됐다. 금요기도회에서 광고가 되기도 했다.

'홍성엽 군과 윤정민 양이 여러 어른과 친지를 모시고 혼례를 올리게 됨을 알려드립니다. 즐거운 자리에 함께 해 주시면 감사하겠습니다.—1979년 11월 24일 토요일 오후 5시 30분 YWCA 1층 강당'.

물론 청첩장이 위장 결혼식용이라는 것을 아는 사람은 홍씨 모친과 여동생 등 몇몇밖에 되지 않았다. 갑작스런 청첩장을 보고 조금쯤 의아한 생각을 가지고 참석한 사람도 없지 않았지만……. 하객은 1천여 명이 참석했다.

주례는 함석헌 옹, 사회는 기청 회장인 김정택 씨, 신랑 측 부조금은 최열 씨가 받았고, 신부 측은 민청 운영위원인 강구철 씨가 받았다.

그러나 바로 그 시각 전두환 보안사 안테나에는 이 결혼식이 위장이라는 것이 감지됐다.

결혼식은 예정보다 10분쯤 늦은 5시 40분에 시작되었는데 김정택 씨의 사회로 신랑 홍성엽 씨가 입장했고, 주례석에는 함석헌 옹이 아닌 준비위원장인 헌정동우회의 박종태(전 국회의원) 씨가 서 있었다.

신부 입장 순서가 됐다. 한쪽에서 낄낄거리는 웃음소리가 났다. 바로 이때 사회자 김정택 씨가 사과말을 했다.

"여러분 죄송합니다. 계엄령하에서 국민대회를 이런 방법으로 치를 수밖에 없는 실정이었습니다. 함석헌 선생님을 대회 의장으로 모시겠습니다. 이어 박종태 전 의원님께서 '통대 저지를 위한 국민 선언문'을 낭독하시겠습니다."

박종태 씨가 등단, 선언문을 낭독했다.

"부산·마산의 시민 봉기와 그 부산물인 10·26 사태를 계기로 전 국민의 민주화에의 열망은 이번에야말로 열화와 같이 타오르고 있다. 18

년간의 장기 독재에 결연히 저항해 온 피에 맺힌 민주화 투쟁이 그 최종적인 승리를 눈앞에 두고 있는 이 엄숙한 역사적 시점에 서서 오늘 우리는 아직도 미몽에서 깨어나지 못한 채 '선 대통령 선출, 후 개헌' 이라는 기만적인 정치 일정을 내세우며 유신 독재의 연장을 획책하고 있는 유신 잔당들의 가공할 음모를 단호히 분쇄하고 민권의 승리를 확고히 보장하기 위한 전 국민적인 각성과 분발을 촉구하기 위해 이 자리에 모였다.

독재자의 추종자들은 과거를 사죄하고 퇴진하는 것만이 역사에 순응하는 유일한 길이라는 것을 망각하고 유신 독재를 연장하기 위해 온갖 음모를 꾸미고 있다. 합헌적이라는 미명 아래 유신 독재의 사생아인 통대에 의해 대통령을 선출하려는 것은 무엇을 의미하는가.

일단 통대 선출을 통해 김종필-최규하 체제가 유신체제의 법통을 물려받은 뒤에는 파도와 같이 밀려오는 국민의 민초적 열망을 무산시키고 독재의 마수의 칼을 새롭게 갈아 자신들의 재집권이 현실적으로 가능하다고 판단되는 시기(따라서 가능한 한 늦은 시기)에 기만적인 개헌, 총선을 실시하겠다는 것에 지나지 않는다.

새로운 통대 대통령으로 내정된 최규하는 얼마 전에도 부산, 마산의 시민 봉기에 대해 이적행위라고 낙인찍었을 뿐 아니라 10 · 26 사태 하루 전까지도 유신만이 살 길이라 공언하던 장본인이며 모든 사람이 다 아는 유신 잔당의 선봉인 최규하가 유신 대통령으로서 절대 권력을 5년간 보장받고 빠른 시기에 유신체제를 청산하여 민주 헌정을 수립하고 엄정 중립의 자세로 총선거를 성실히 수행하겠다고는 하지만 어느 누가 이 말을 믿을 수 있겠는가.

……통일주체국민회의를 통한 대통령 선거는 단지 자신들의 부패한 특권 지배를 끝까지 온존시키려는 반민주적·반민족적·반국가적인 망국적 발상이다. ……김·최 체제가 끝까지 망국적인 정치 일정을 고집하고 통대 대통령선거를 강행하려 한다면 우리는 전 국민적인 민주봉기를 통해 시대착오적인 기만을 분쇄하고 유신독재의 잔재를 일거에 청산할 것임을 분명히 경고하는 바이다."

최규하 대통령 권한대행이 밝힌 '11·10 시국에 관한 특별담화'를 반대하는 국민 선언문을 낭독한 박종태 전 의원은 이어 결의문을 선창했다.

> 1. 우리는 현 시국을 혼란 없이 수습하기 위해 11월 12일자 민주주의와 민족통일을 위한 국민연합의 성명을 전폭적으로 지지하며 모든 민주 세력을 망라한 거국 민주내각 구성을 환영한다.
> 2. 국민적 화해와 단결을 위해 김·최 체제는 다음과 같은 조치를 위할 것을 요구한다.
>   첫째, 통대 대통령 선출 계획을 철회할 것.
>   둘째, 유신체제가 민주헌정을 파괴하고 민족사의 정당한 발전에 역행한 역사적 과오였음을 국민 앞에 솔직히 시인할 것.
>   셋째, 유정회 공화당 통대회의는 자진 해체하고 근신할 것.
> 3. 우리의 요구를 관철하기 위해 오늘 이 시각부터 1월 30일까지를 제1국민 민주항쟁 기간으로 선포하며 전 국민의 단호한 통대 선출 사기극 거부 의사를 표시하기 위해 11월 28일, 29일, 30일 오

후 6시 서울 광화문 네거리와 각 지방 중심도시의 중심가에 결
집해 통대선거 분쇄 시민대회를 개최한다.

결혼식장이 아닌 국민대회장에는 이어 사회자의 선창으로 "유신잔당 물러가라! 통대선거 결사반대! 거국 민주내각을 수립하라!" 등의 우렁찬 함성이 울려 퍼졌다. 잠시 후 참석자들은 가두시위를 시도했다. 그러나 경찰과 계엄군의 체포작전으로 가두로의 진출은 좌절됐고, 10·26 사건이 터진 한 달 후에 터져나온 첫 군중집회는 아수라장 속에 묻혀 갔다.

이날 YWCA 위장 결혼식 참석자 중 2백여 명(계엄사는 96명이라고 발표)이 긴급 출동한 '닭장차' 에 실려갔다.

이날 중부 경찰서로 연행된 YWCA 참석자들은 별로 대수롭지 않게 생각하고 있었다. 그것은 그들을 잡아간 경찰들도 마찬가지였다. 오히려 잡아가는 경찰들이 퍽 미안하고 마지못해 하는 기색이 역력했다고 한다.

"박통이 죽었는데 이럴 수가 있나?"

경찰서로 연행된 사람들이 큰소리를 쳤다.

"미안합니다. 조금만 기다리면 풀어줄 테니 걱정 말고 잠시만 참아주십시오."

다음날 아침 경찰서로 연행되어 온 YWCA 참석자들은 귀가 준비를 하고 있었다. 바로 그때 완전무장한 헌병 지프가 군용트럭 한 대를 이끌고 나타났다. 장교인 인솔자가 연행자들의 명단을 주욱 불러 내려갔다.

"트럭에 타십시오."

군인들은 처음엔 퍽 공손한 듯했다. 그러나 몇 분 후에 세상은 완전히 달려져 있었다. 트럭에 타는 순간 주먹과 발길질, 그리고 개머리판이 날아들었다. 그들은 트럭 뒤칸에서 쓰러졌다.

트럭이 달려간 곳은 전두환 보안사의 서빙고 분실이었다. 그 유명한 '서빙고' 호텔. 그들은 한 명씩 분리되어 지하실에 수감됐다. 당시 계엄사에서는 경찰서에 연행되어 온 YWCA 참석자들을 A, B, C급으로 분류했는데, 그 중 B, C급은 즉심 또는 훈방 조치하고 A급은 서빙고로 끌려온 것이었다.

당시 A급으로 분류된 인사는 자유실천문인협의회 대표 김병걸, KSCF 간사 박종열, 전 공화당 의원 양순직과 박종태, 동아투위 위원 임채정, 민청회장 이우회, 기청회장 김정택, 민청부회장 최열, 민청 총무 이상익, 민청간사 권진관 등 10명이었다. 27일 계엄사는 '전모 발표'를 통해 18명(구속 14명 · 불구속 4명)을 군사재판에 회부했고, 10명을 수배, 122명은 즉심 또는 훈방했다고 밝혔다.

전두환 보안사 서빙고에 수감된 인사들은 노소를 불문하고 심한 고문을 받았다. 그들이 고문을 받고 있다는 소식은 전두환 보안사령관, 정승화 계엄사령관도 듣고 있었다.

정승화 씨에 따르면 YWCA 위장 결혼식 사건 뒤 전두환 보안사령관이 수사 보고를 하는 자리에서 지나가는 말처럼 보고했다.

"수사관들이 젊은 아이들을 좀 심하게 다루었던지 함○○ 씨가 옆방에서 그 비명을 듣고 주눅이 들었다는 말을 들었습니다."

그때 정승화 총장은 마음에 짚이는 바가 있어 전두환 보안사령관에게 충고했다고 한다.

"전 장군, 부하들을 잘 타일러 불미스러운 일은 물론 절대로 고문을 해서는 안 됩니다."

다음은 YWCA 위장 결혼식 사건 때 검거되어 고문을 당했던 인사의 회고담이다.

> 경찰서에 잡혀간 사람은 비교적 고생을 덜했는데 계엄군에게 잡혀간 사람은 혹독한 고문을 당했다. 그것은 한마디로 인간 지옥이었다.
>
> 나는 강당 안에서 '선 개헌, 후 선거' 구호를 외치고 있었다. 헌병 복장을 한 병사 20여 명이 트럭에서 내리더니 우리들을 잡아끌어 트럭에 태웠다. 여기서부터 가혹행위가 시작되었다.
>
> "무릎 꿇어! 머리 숙이고!"
>
> 이 명령을 어기고 고개를 들면 어김없이 개머리판으로 머리를 후려쳤다. 기독교 학술연구원 김용복 박사는 비명과 함께 피를 흘렸다. 이것은 인간이 인간을 대하는 것이 아니었다. 인간은 이렇게 잔인할 수 있는 동물이었다. 나치의 독재가 독일에서만 가능한 것이 아니었다. 도오조 히데키 군벌이 이끄는 관동군이 결코 일본에서만 가능한 것이 아니었다.
>
> 서빙고에 있는 기관으로 끌려갔다. 도착하자 사진을 찍고 곧바로 지하실로 보내졌다. 한 사람에 군인 한 명씩 붙어서 옷을 벗겼다. 이때 다시 가혹한 폭력이 가해졌다. 군복을 입히고 고무신을 신게

했다. 취조실로 보내졌다. 2층이었다.

고문이 시작되었다. 고문은 조직적이었다. 몽둥이로 구타하는 자, 군홧발로 짓밟는 자, 얼굴만 골라서 때리는 자 등으로 구분이 되어 있었다. 두들겨 맞다 정신을 잃고 쓰러지면 의사가 와서 눈을 뒤집어서 검사했다. 정신이 깨어나면 다시 구타가 시작되었다. 얼굴과 머리에 상처가 났다.

"임마! 유신은 살아 있어. 유신정신으로 때리는 거야. 너희들 한두 놈쯤 죽이는 건 아무 일도 아니야."

옆에서 고문을 받던 사람이 견디지 못하고 쓰러졌다. 나는 죽어버린 줄 알았다.

"야 임마! 난 청와대에서 경호원을 했어. 박정희 대통령 각하가 얼마나 위대한 업적을 남기셨는 줄 아나, 응! 돌아가신 지 한 달도 안 되었는데 이렇게 소란을 피우고 야단이냐. 이 새끼 맛 좀 봐!"

아무리 박정권하에서 고문을 받고 투옥이 되었다 해도 이렇게 심한 고문은 처음이었다. 즉결재판에 넘겨졌다. 함께 잡혀온 사람들이 재판을 받았다. 모두가 얼굴이 부어 있었다. 소설가 이호철 씨는 군홧발에 40번이 넘게 밟혔다고 했다. 문학평론가 김병걸 교수도 몇 번씩 기절했고, 백기완 씨는 아예 입원했다.

YWCA 위장 결혼식 사건으로 서빙고에 잡혀 온 인사들에 대한 구타와 고문은 왜 그 정도로 심했던 것일까. 많은 인사들은 그후 80년 봄, 광주항쟁을 거쳐 집권하게 되는 전두환 정권의 본질을 바로 이곳에서 찾아보기도 한다.

『한국일보』의 「청와대」는 다음과 같이 분석하고 있다.

"YWCA 사건의 발생과 전개 과정을 체험한 재야인사와 소위 운동권학생 그룹은 10·26 사건 이후 새로운 대체세력으로서의 '신군부' 의 실존을 일찌감치 체험하게 됐다는 것이다. 따라서 이후 그들의 요구사항도 '유신잔당 퇴진' 이나 '거국내각 구성' 에서 '계엄해제' 로 모아지게 되는 것이다.

10·26 사건 이후 계엄사 쪽에 '리트머스 시험지' 를 갖다 대보았던 국민회의와 민청 등 재야 측은 이후 이들 '10·26 수습 담당자' 들의 성격을 나름대로 규정하게 된다. 이들은 서빙고 분실에서 '12·12 사태의 피해자' 측과 함께 조사를 받으면서 이 같은 확신을 더욱 짙게 갖게 됐다. 이후 80년 3~4월 '서울의 봄' 상황에서 이른바 운동권 강령도 유화적 태도를 포기하게 된다.

YWCA 사건 때 검거를 모면했던 많은 학생 및 재야인사들은 '5·17' 직후 김대중 씨 내란음모사건의 관련자로 대부분이 재수배, 검거당하게 된다. YWCA 사건 당시 소위 동교동 측 재야인사들은 이 집회에 대해 상당히 회의적 시각을 갖고 있던 관계로 거의 참여하지 않았음에도 불구하고."

그러나 YWCA 사건 가담자들에 대한 서빙고의 고문은 당시는 물론 오랫동안 알려지지 않았다. 사건이 발생하고 8년 뒤인 1987년 박종철 군 고문치사 사건 뒤의 고문규탄대회에서 김병걸 씨 등 3인이 증언하게 되는 것이다.

다음은 김병걸 씨, 박철수 군(당시 한신대 2학년 학생)의 증언 내용이다.

1979년 11월 25일 오후, 2명씩 포승줄에 묶여 10명이 먼저 계엄사 합동사사본부에 도착했다.

도착하자마자 지하 감방에 분산시켜 수용하고는 "옷 다 벗어!" 하면서 얄팍한 군 작업복을 던져주었다. 속옷을 다 벗고 군 작업복으로 갈아입자 내 방으로 다섯 명의 군인들(청와대 간호헌병과 수사관들)이 들어왔다. 그들은 들어오자마자 나를 둘러싸고 군화 발길질, 몽둥이질, 고무신으로 얼굴 후려치기 등 1시간 정도 인정사정 볼 것 없이 고문했는데, 엎어지고 나뒹굴고 쓰러져서 어디를 어떻게 맞았는지 기억조차 할 수 없는 끔찍한 일을 당했다. 그런 다음 정신 차릴 겨를도 없이 빨간색 양탄자가 깔린 조사실로 끌려갔는데, 조사받으며 당한 고문 때문에 나는 그 방을 고문실로 기억하고 있다.

수사관들은 조서를 받기 전에 내 머리채를 휘어잡아, 뒤로 확 젖히며 사건의 자금 출처부터 캐었다. 그 자금 출처가 '이북이냐, 조총련이냐' 하는 것이었다. 내가 아니라고 대답하자 감아쥔 내 머리채를 벽에다 몇 번 박아치기하며 '나는 혁명가입니다' 라고 말해봐! 하길래 내가 '아닙니다' 했더니, 벽에다 나를 기대어 세워놓고 군 홧발로 짓이기기 시작했다. 얼굴, 가슴, 다리, 옆구리 등을 사정없이 갈겨댔다. 쓰러지면 바로 서게 해서 갈기고, 또 쓰러지면 다시 세워 깔아뭉갰다.

그들은 겁에 질린 나에게 "'나는 애국자입니다' 라고 말해봐!, '나는 민주인사입니다' 라고 말해봐, 이 새끼야!" 하며 강요했다. 나는 도저히 고통을 이겨낼 수 없는 상황 속에서 계속 '아닙니다' 해도 군홧발 짓이기기는 사정없이 가해졌다. 자세한 시간을 기억할 수는 없었지만 2시간 정도를 그렇게 당했던 것 같다.
군홧발로 한참을 밟힌 후, 다음 고문이 시작되었다. 그들은 양 무릎을 꿇어앉히고 허벅지와 정강이 사이에 굵은 몽둥이를 끼워놓고 그 상태에서 허벅지를 군홧발로 지근지근 살이 뭉개지도록 짓밟는 것이었는데, 내가 고통을 못 이겨 비명을 지르며 나가자빠지거나 엎어지면 몽둥이로 등, 어깨, 허리 할 것 없이 마구 내리쳤다. 그리고는 '다시 OOO라고 말해봐!' 하는 말에 '아닙니다' 하고 대답하면 고무신짝으로 얼굴을 내리갈겼다. 이렇게 해서 첫날은 두 번이나 기절했었다.
이렇게 오랜 시간 먼저 고문을 가한 후 비로소 조사를 시작했으며, 조사가 끝난 후에는 스스로 걸어나갈 수가 없어서 두 명의 군인이 나를 끌어다 내 감방에 데려다주었다.
둘째 날도 첫날과 같은 고문을 한 후에야 조사를 하곤 했는데 조사 과정에서 받은 몽둥이질, 군화 발길질, 고무신짝으로 얼굴 후려치기 등은 이루 다 기억할 수가 없을 정도다.
3일간을 이렇게 계속해서 고문 조사를 받았다. 고문은 그후 수사 윤곽이 잡혀지면서 좀 나아지긴 했지만, 조사를 끝내고 지하 감방에 오면 우리를 감시하는 군인들(헌병들)이 가만히 내버려두지 않았다. 그들은 우리 감방 앞을 지나칠 때마다 마치 심심한데 잘되었다는 듯 시비를 걸거나 별 이유도 없이 군홧발로 공 차듯 걷어찼다.

매일 일정한 횟수는 아니었으나 한 5, 6회 가량 그 짓을 당했다. 이런 치욕과 울분의 1주일 동안은 팔을 마음대로 들어올릴 수도, 다리를 움직일 수도 없어서 화장실 갈 때도 부축을 받아 간신히 기다시피 다녔으며, 용변 보기도 큰일을 치르듯이 해야 할 만큼 힘에 겨웠다. 그것은 다른 사람들도 마찬가지였다. 그들이 석방된 후 자신들이 당한 고문을 들으니 대부분 내가 당한 이상의 모진 고문을 당했다.

같은 건물 안에서 조사를 받으면서도 밀폐된 방에서 각기 다루어졌기 때문에 서로들의 형편을 알 수 없었다. 이렇게 열흘을 지내고 나서부터는 고문을 따로 하지는 않았으나 아침 6시에 기상해서 오후 10시 취침할 때까지 식사시간과 화장실 가는 것 외에는 방 안에 바른 자세로 정좌하지 않으면 안 되었다. 조금만 눈이 옆으로 돌아간다거나 허리가 약간만 굽어져도 참을 수 없는 욕을 들으면서 군홧발로, 몽둥이로 얻어맞아야만 했다. 이때의 나의 손발은 군홧발에 밟혀져 시꺼멓게 멍이 들었고 다리의 살점이 떨어져나가 그 자리에 피가 엉겨붙어 있었으며 온몸에 피멍이 들어 신음과 공포 속에서 지냈다.

열흘 후부터는 의사가 진찰을 하러 왔고 여러 가지 알약(혈액순환 촉진제인 듯)을 주었다. 그것은 교도소에 이감시키기 전에 되도록이면 온몸의 멍든 자국들을 없애자는 의도에서 그런 약을 먹게 한 것 같다. 그리고 때때로 밖으로 데리고 나가 가벼운 운동을 하게 했다. 그날그날 담당에 따라 대우가 더 나빠지기도 했다.

13일째 되는 날부터는 피부의 상처를 가리기 위해 바르는 약이 제공되기도 했다. 나는 17일 만에 그곳에서 석방되었는데(불구속 입건 때문에) 그후 시내 백병원 원장에게 진찰을 받으러 갔더니 '지금의 이 상태로는 진찰조차 어려우니, 3일 내지 4일 정도 집에서 목욕을 하면서 안정하면 가라앉을 부분과 그렇지 않은 문제의 부분이 나타날 터이니 그때 가서 치료해 보도록 합시다' 하였다.

보안사에서 풀려나올 때 '이 안에서 지냈던 일이나 건물 위치, 얻어터진 사실 등은 국가기밀에 속하느니 만큼 밖에 알리면 이적행위가 되니 엄벌에 처해질 것이다' 라고 하면서 침묵하겠다는 각서를 요구했다.

1979년 11월 24일 YWCA 통대 선출 저지 국민대회 사건으로 현장에서 중부 경찰서로 연행된 사람은 약 80여 명 정도되며, 그날 밤 11시경 시내 각 경찰서로 분산 수용되었다. 그 중 24명은 용산 경찰서로 끌려가 다음날(25일) 새벽까지 조사를 받았고, 그 가운데 10명이 오전 8시쯤 합동수사본부로 넘겨졌다. 거기서 이틀 동안 조사를 받았는데 그때 고문당한 사실은 이렇다.

1. '앉아, 일어서' 를 수천 번 계속했고.
2. 나로선 제일 고통스러웠던 것으로 '무릎 꿇기' 가 있었는데 그것은 무릎을 꿇되 앞정강이를 붙인 채 엉덩이를 바닥에 대고 발목을 안쪽 복숭아뼈가 밖으로 향하게 한 자세로 앉아 있는 것이었다.
3. 꼴아박기(군대 속어로서 머리를 땅바닥에 박은 채 양다리를 쭉 펴고 양손은 허리에 얹어놓는 자세)를 시켜 장시간 견디지 못하고 자세가 흐트러지면 몽둥이로 내리쳤고,
4. 무릎 사이에 알루미늄으로 된 침대 각목을 끼우고 한쪽을 스팀

파이프에 고정시켜 꿇어앉은 자세에서 밑으로 누르고,

5. 엎드려뻗쳐 자세를 시킨 다음 엉덩이를 몽둥이로 지칠 때까지 후려치고,

6. 고무신으로 얼굴을 후려치거나,

7. 철장에 매달리기를 수십 번 시키는데 만약 힘에 부쳐 땅으로 떨어지면 그 벌로 창살 밖으로 다리를 내밀게 한 후 여러 차례 군화 발길질을 하였고,

8. '빈대 붙어 있기' 라는 것이 있는데 이것은 벽에 다리와 팔을 최대한 쫙 벌려 밀착시키고, 목은 바짝 뒤로 젖히는 동작을 시켜 기진맥진하게 만들었고,

9. 손바닥 그리고 손등을 몽둥이로 수십 번씩 내려치거나,

10. 조서받는 이틀 동안 꿇어앉혀 놓고 눈을 감지 못하게 하거나 다른 고문을 가해 잠을 전혀 못 자도록 했으며,

11. 벽에 등을 붙인 자세에서 양팔을 똑바로 위로 올려서 손바닥을 벽에 붙이게 한 후 한 걸음 앞으로 걸어 나오는 동작을 시키고,

12. 이외에도 '빨갱이 새끼', '간첩 새끼' 등의 욕설을 퍼부어댔고, 내가 있는 지하실에서 한강 하수구로 곧바로 통한다는 식으로 겁을 주었으며, 또한 지하 감방에서 계속 '으악!', '어머니!', '아부지!' 등의 고문으로 인한 비명 소리가 들려와 죽어나가는 게 아닌가 하여 극도의 불안 속에서 지내야만 했다.

이틀 동안을 이렇게 지내고 서대문 경찰서 유치장으로 넘겨질 때 위와 같은 고문 사실을 외부에 알리는 경우엔 어떤 처벌도 달게 받겠다는 각서에 날인하도록 강요했다.

대통령 최규하

"지난 10월 26일 저녁에 우리는 일찍이 이 나라에서 찾아볼 수 없었던 가장 훌륭한 지도자 박정희 대통령을 잃는 슬픔을 맛보았습니다. 그것도 고인의 총애를 받던 한 부하의 배신과 무지로써 빚어진 슬픔이었습니다."

1979년 11월 6일 3군단사령부 사령관 이건영 중장 회의실—.

대령 이상의 전 장교들이 모인 자리에서 정승화 총장 겸 계엄사령관은 1시간 여에 걸친 훈시를 하고 있었다. 그는 이어 위대한 지도자를 잃게 만든 김재규의 범행 내용에 대해 설명했고, 지도자를 잃었지만 우리는 절망에 빠지지 않고 국민들의 높은 지식 수준과 용기, 그리고 정치적 슬기로 이 어려움을 잘 극복할 것이라고 강조했다.

"과거 5·16 때와 달리 우리 국민들의 정치적 수준이나 경제적 능력,

그리고 기술 수준 등으로 미루어볼 때, 보다 국가를 발전시킬 수 있다고 확신하는 바입니다. 우리 군은 북괴와의 대결에 전 역량을 집중해야 합니다. 따라서 군은 정치나 경제 등 사회일반 부분은 국민에게 맡기고 군의 전 역량을 북괴침략에 대비하고 국민이 안심하고 정치발전이나 권익신장에 이바지할 수 있게 보장해야 합니다.

만일 군이 정치에 깊이 개입한다면 국민은 군을 불신할 것입니다. 국민의 불신을 받는 군은 전력이 약화되어 북괴에 대한 대비도 곤란하게 될 것이고, 정치는 혼란을 겪고, 경제는 자립의 문턱에서 다시 후퇴하는 어려움을 겪을 것입니다. 군은 정치적 중립을 지켜야 하고……."

훈시가 끝나고 지휘관들과 환담할 때도 정승화 총장은 거듭 군은 본연의 임무에 충실해야 한다는 점을 강조했다. 당시를 회고하는 정승화 씨는 "나의 이와 같은 소신에 군의 고급 간부들은 공감하는 것 같이 보였다. 모두가 숙연한 자세로 진지하게 받아들이는 것 같았다. 한 사람도 다른 의견을 말하지 않았다"라고 말한다.

그러나 정승화 총장은 한 가지 간과한 것이 있다. 3인의 군인 출신 대통령 치하에서 30년 통치시절을 보낸 지금 군의 정치적 중립이야 아무리 강조해도 지나치지 않을 터이지만, 육군의 최고 지휘관인 정승화 총장 자신이 훈시를 통해 정치를 이야기하면서 부하들에게는 정치적 중립을 강조하고 있는 것이다. 아무리 계엄시국으로 정승화 총장 자신은 정치에 관여하지 않을 수 없었다고 해도…….

10·26 사건 뒤의 정국은 정승화 계엄사와 전두환 합동수사본부에 업혀 다니는 꼴이었다.

당시 계엄사 측 관련 인사들에 따르면 정부 관료들이 필요 이상으로 계엄사를 떠받들고 있었다. 문교부 같은 부처에서는 대학생들을 진정시키기 위해 필요하니 계엄사령부에서 대학 총장들에게 무슨 지침을 하나 내려 달라고 부탁까지 할 정도였다는 것이다. 행정부처는 물론 법원까지도 '지침' 을 요구하는 경우가 허다했다.

힘의 추가 정승화 계엄사령부와 전두환 합동수사본부로 옮겨 간 사이인 11월 초, 국무위원들은 차기 대통령으로 최규하 대통령 권한대행이 가장 무난한 인물이라는 결론을 내리고 국방장관을 통해 정승화 총장의 의사를 물었다.

"나도 동감입니다. 육군은 내가 이해시키도록 하겠으니 합참의장과 해·공군 참모총장에게는 장관님께서 알려주시지요. 최 권한대행에게는…… 국무위원들이 잘 단합해서 설득하시지요."

정승화 총장의 대답을 들은 노 국방은 "좋은 생각이오. 그런데 국무위원들이 내 눈치를 살피는 듯하고 최 대행은 정치에 대한 욕심이 없는 분이라서 슬쩍 떠봤더니 사양하는 눈치인데, 정승화 총장 말대로 잘 설득해야 할 것 같소" 하고는 돌아갔다.

"나는 처음부터 정치에 군이 관여해서는 안 되겠다는 원칙을 확실히 세우고 있었다. 이 정치권력의 공백기에 새로운 정치권력을 창출하는 데 끼어들지 않으려고 온 노력을 기울였다."

정승화 총장의 회고와는 달리 정 총장 자신은 정치권력을 창출하는 과정의 선두에 서 있었다. 그와 같은 정승화 총장의 행태가 전두환 합동수사본부의 안테나에 걸려들지 않을 수 없었고, 5·16 직후부터 정치군인으로 성장해온 전두환 세력에게 12·12 쿠데타를 재촉하는 한

동인이 됐을 것이다.

대통령 후보 등록 마감일을 며칠 앞둔 11월 15일 총리공관으로부터 정승화 총장에게 오늘 조찬회에 참석해 달라는 연락이 왔다. 정승화 총장은 무슨 일인가 궁금해하면서 달려갔다.

그날 아침의 주요 의제는 김종필 공화당 총재 문제였다. 3일 전인 11월 12일 공화당은 남산 에이치 한 당사에서 소속 의원총회와 당무회의를 잇달아 열고 박정희 대통령 서거로 공석이 된 당 총재의 후임 선출 문제를 협의하고, 총재 상임고문인 김종필 씨를 만장일치로 뽑은 터였다.

"공화당의 일부 강경파 의원들이 총재인 JP를 대통령 후보로 출마시키기 위해 적극적으로 나서고 있고 그 기세가 자못 대단하여 오늘 있을 의원 총회에서 그렇게 가결될 것 같습니다."

정승화 총장과 조찬회 멤버들은 김종필 총재의 대통령 후보 출마 문제에 대한 대책을 논의한 결과 신현확 부총리, 구자춘 내무장관이 공화당 소속 의원들을 만나 설득하기로 의견을 모았다. 김 총재도 이미 양해한 사항이고 특히 군부에서 찬성한 일인데 이제 와서 번복하면 곤란하다는 점을 강조하도록 한 것이다.

그날 조찬회를 마친 노재현 국방장관과 정승화 총장은 같은 차에 타고 총리공관으로부터 육군본부로 돌아왔다. 차 안에서 대화를 나누는 가운데 정승화 총장이 이야기했다.

"아무래도 염려가 되니 계엄사령관인 내가 측면에서 공화당 중진의원 한두 사람에게 조언을 해두는 것이 좋겠습니다."

집무실로 돌아온 정승화 총장은 공화당 의원총회가 열리기 전에 서둘러 길전식 사무총장에게 전화를 걸었다.

"이미 모든 정계 중진들이 새 대통령으로 최규하 권한대행을 밀기로 합의한 것으로 아는데 이제 와서 공화당이 대통령 후보를 지명한다는 것은 정국에 혼란을 초래할 뿐입니다. 결코 그런 일이 일어나지 않도록 잘 설득해주십시오."

"이번 총회에서 후보를 논의하는 것은 당의 입장으로서는 어쩔 수 없는 일입니다. 그것은 당의 단합을 과시하는 것이 필요하기 때문입니다. 그러나 절대로 총재가 입후보하지 않을 것입니다. 정승화 총장의 뜻은 잘 알겠습니다. 또 총재나 다른 사람들에게도 잘 전하겠습니다. 안심하셔도 좋을 것입니다."

정승화 총장은 그때 김종필 총재가 당원들에게 자신의 신임을 과시하려는 정치극이라는 인상을 받았다고 한다. 그날 공화당 의원총회는 김 총재를 대통령 후보로 옹립할 것을 가결했고, 김 총재가 이를 수락하지 않는 형식으로 입후보를 포기했다.

정권창출에 끼어들지 않으려고 했고, 군의 정치적 중립을 강조했다는 정승화 총장의 정치에 대한 관심은 계속된다.

"나는 김대중 씨에 대해 이전부터 약간의 의혹을 갖고 있었다. 그가 국민 앞에 내세우는 이상은 그럴 듯했지만 실제로 정권을 쟁취하기 위해서 하는 행동에는 문제가 많았다. ……정권획득을 위해서는 방법을 가리지 않는 것 같았다. 그가 일본에서 좌경단체들의 후원을 받아 선동적인 정치행위를 하였다는 말도 들었다. 내가 알기로는 그가 8·15 해방 직후 공산주의 단체에 가담하여 활동한 적도 있었다."

10·26 사건 이후 정보부장서리에 임명된 이희성 중장은 정보부에

서 조사, 작성한 김대중 씨의 신상기록철을 정승화 총장에게 건네주었다. 정승화 총장은 그렇지 않아도 김씨에 대해 궁금하던 것이 많던 참이었고, 김씨의 신상자료철을 두 번, 세 번 읽어보면서 김씨가 신뢰가 가지 않는 인물이라고 생각하게 되었다고 한다.

"그(김대중 씨)는 6·25 전에 좌익 활동을 하다가 자수하여 보도연맹에 가입했었다. 6·25 때는 예비 검속되어 총살 대상으로 분류되었으나 실무자의 착오로 총살을 면했다. 그후 북괴군이 그의 고향인 목포를 점령하자 활약하다가 6·25 전에 돈을 빌려주었다가 못 받은 사람들의 고발로 내무서에 구금됐었으나 국군이 목포를 탈환하는 바람에 자유의 몸이 된 경력이 있었다.

그후 그는 부산으로 옮겨 와 사업을 시작했지만 이후 다시 1954년경 강원도 인제로 갔다는 것이다. 인제는 당시 행정력이 가장 취약한 최일선 수복지구였다. 그는 그곳에서 특유의 조직력과 선전술을 이용하여 1961년에 국회의원 보궐선거에 당선되었으나 5·16 의원 선서도 하지 못했다.

내가 특히 놀란 것은 1960년대에는 불순 인물과 '은밀히' 만난 사실이 있었다는 것 등에 대한 기록이었다. 이러한 기록을 보건대 북쪽의 공산집단과 대결하고 있는 우리의 형편에서는 그를 국가의 최고 통치자로 추대한다는 것은 문제 발생의 여지도 있다는 것이 나의 결론이었다.

나는 또 일본의 반한파 사회주의자 우스노미야 도쿠마가 1972년도에 북한을 방문하여 김일성과 회담한 그 기록을 일본에서 출판한 책을 통해 읽어본 일이 있었다. 거기에는 김일성이 우스노미야 도쿠마에게 김대중 씨가 대통령이 된다면 남북한 평화를 유지할 수 있는 길이 트일 것이며 김대중 씨가 대통령선거에 당선될 수 있도록 적극 도와달라고 부탁을 한 대목이 있었다."

정보부 자료를 읽어 본 정승화 총장은 김대중 씨를 놓고 여러 각도에서 분석한 결과 나름의 결론을 얻게 됐다고 한다. 즉, 김씨는 과거 약관 시절이었을 때에도 공산주의 정권과 관계를 맺은 일이 있다. 현재도 언행 등 김씨가 취하는 수단과 방법 등에서 신뢰가 가지 않는 인물이다. 그의 정치인으로서의 성장과정 등으로 미루어 볼 때 석연치 못한 점이 있다. 따라서 북쪽에 있는 공산주의자들과 투쟁을 계속하고 있는 우리의 상황으로 보아 국군을 지휘하는 위치를 차지할 수 없는 사람이다.

정승화 총장은 자신의 그와 같은 생각을 국민들에게 알려서 국민 모두에게 생각해보는 계기를 만드는 것이 당연한 그의 임무라고 느꼈다고 한다. 그는 곧 노재현 국방장관에게 자신의 생각을 이야기했다.

"글쎄, 꼭 필요한 것이긴 하지만 정치적 중립을 지켜야 할 현직 군인이 이야기하는 것보다는 시기를 보아 국방장관이지만 민간인인 내가 이야기하는 것이 더 좋을 성싶구먼."

노 국방이 반대 의견을 표시했지만 정승화 총장은 군복을 입은 자신이 국군 통수권자의 자질에 흠이 있어서는 안 된다고 말하는 것이 민간인 장관이 이야기하는 것보다 국민들에게 더 많은 관심을 갖게 하는 결과가 될 것으로 판단했다고 한다.

"그러나 나는 이러한 얘기를 공식적으로 할 수는 없다고 생각했다. 간접적인 방법과 경로를 통해 국민들이 자연스럽게 알게 되는 것이 좋겠다는 결론에 이르렀다.

나는 '계엄사령부에 협조를 아끼지 않고 있으면서도 어딘가 불안을 느끼고 있던' 언론계 대표들을 만나 계엄사령관으로서 계엄의 기본 방침을 알리고 언론계의 협조에 감사도 표할 겸해서 이 같은 사실을 알리기로 작정했다."

김대중 씨에 대한 자신의 결론을 확고히 내린 정승화 총장은 참모차장 윤성민 중장과 일부 참모들과 상의했다.

"중앙 일간지, 통신사 사장들과 편집국장, 국방부 출입 기자들을 식사에 초대하여 그 자리에서 자연스럽게 말하는 것이 좋겠습니다."

계엄사 보도처장으로 있는 육군 정훈감 박찬식 장군의 건의에 따라 11월 26일 정승화 총장은 우선 언론사 사장들을 초대하였다. 그들과 인사를 나눈 뒤 계엄하의 시국 이야기로 들어갔다.

"……반공을 국시로 하는 정부방침은 어떠한 일이 있더라도 변화가 있을 수 없고 또 그것은 온 국민이 충분히 이해하는 것으로 나는 알고 있습니다. 따라서 새로운 헌법이 재정되고 그 헌법에 의해서 대통령을 선출하게 될 때도 국가의 원수가 되는 사람의 자격은 용공의 혐의가 있거나 그러한 과거가 있는 사람이 되어서는 안 된다고 생각하고 있습니다.

우리 국군의 장교 임용 기준에도 용공의 과거가 있거나 혐의가 있는 자는 자격을 인정치 않습니다. ……하물며 이 나라 국군의 총수요, 반공국가의 원수인 대통령직에 공산주의자였거나 그 혐의가 있는 사람이 앉을 수 있겠습니까?

일반 국민은 입후보자의 숨은 과거를 잘 모르고 있는 경우가 있습니다. 그러므로 여러분들이 국민에게 이 같은 사실을 잘 알려줄 의무가 있다고 나는 생각합니다."

정승화 총장 이야기의 표적이 김대중 씨라는 것은 삼척동자도 다 알 만한 것이었다.

그때 참석자 중 누군가가 "대통령에 입후보할 가능성이 있는 정치인 중 구체적으로 누가 용공의 과거가 있는 사람인가?" 라고 물었다.

"김대중 씨는 과거 공산주의자였고, 그후에도 전향했다는 뚜렷한 증거가 없습니다. 국회의원으로 활동했고 대통령선거에 입후보하여 많은 표를 얻은 것은 사실이지만 그의 정치활동에는 석연치 않은 구석이 많습니다."

— 용공의 과거가 있는 자가 대통령이 되어서는 안 된다는 의견은 육군참모총장 개인의 의견인가?

"내 개인의 의견이지만 국군 장성들은 대개 이러한 나의 의견에 찬동하고 있으니, 따라서 이는 국군의 입장이라고 볼 수도 있을 것입니다."

정승화 총장은 이어 우리 정부가 국군의 장교 임관 자격에는 이를 엄격히 적용하고 있듯이 일부 공직에서도 사상문제를 도외시할 수 없다는 점을 강조했다.

— 용공의 과거가 선거법상 입후보 요건에 하자가 없고, 또 국민이 그를 선출한다면 어떤 태도를 취할 것인가?

"그의 출마에 대해서 현재의 법으로 어떠한 제한도 할 수 없기 때문에 문제가 심각하고 걱정이 된다. 해결하는 방법은 온 국민이 이 같은 사실을 올바르게 인식해서 우리의 국시인 반공이 무너지지 않도록 하는 것이다."

정승화 총장이 언론인과의 간담회에서 한 발언은 당시 국내에서는 보도되지 않았으나 정보 보고서 형식으로 돌아다녔다. 그의 그 발언은 김대중 씨에 대한 당시 군의 견해를 최초로 공개한 것으로 그 영향은 그후 오랫동안 남아 있었다.

김대중 씨의 공산주의 전력에 대한 발언과 관련, "소령 시절 사형선고를 받을 만큼 남로당 군사조직에 중요한 역할을 한 박정희 씨가 대통령이 된 데 대해서는 어떻게 생각하는가?"라는 질문에 정승화 총장은 "박정희 대통령은 6·25 때 한강을 넘어 남쪽으로 후퇴함으로써 그의 선택을 분명히 했었다"라고 잘라 말했다.

정승화 총장은 "나의 발언이 빠른 시간 내에 정가에 퍼져 정치인의 양식에 의해 좀더 깊게 검토되고 논의되기를 바란다"라고 했지만, 예하부대를 순시하며 '군의 정치적 중립'을 강조하고 있던 그가 가장 민감한 정치적 발언을 한 것이었다.

실제로 일부 예비역 장성 출신들까지도 '그 발언은 순수군인으로서의 정 장군에게는 유일한 흠이 되었다'라고 지적하기도 한다.

김대중 씨에 대한 정승화 총장의 발언이 정보 보고서 형식으로 돌아다니고 있을 때, 전두환 보안사령관이 총장실로 들어왔다.

"총장님과 언론인과의 대담이 상당히 큰 파문을 일으키고 있는 것 같습니다."

"음…… 그래요!"

"네, 앞으로 김대중 씨 세력이 총장님에게 어떤 모략을 해올지 모르겠습니다. 일단 보안사에 있는 김대중 씨의 용공혐의 자료들을 각 지구 보안사 파견대에 보내어 각급 주요 지휘관들에게 알리도록 조치하겠습니다.”

“그렇게 하시오.”

김대중 씨에 대한 견해는 이견이 심화돼 가던 정승화 총장과 전두환 보안사령관 사이에 드물게 일치하는 것이었다. 그로부터 5개월 후 전두환 보안사령관은 정권장악의 마지막 디딤돌이 될 5·17 전국 계엄 확대를 통해 김대중 씨를 연행한 뒤 ‘김대중 내란음모사건’을 발표하게 될 것이다.

언론을 장악하라

한편, 대통령후보 마감일까지 최규하 권한대행 한 사람만 등록함으로써 단일 후보가 되었다. 일부 인사들은 통일주체국민회의 대의원들의 투표 결과를 예상하면서 적어도 90퍼센트 이상은 득표를 해야 한다고 걱정하기도 했다. 계엄사 합동수사본부장 전두환 보안사령관도 그 중 한 사람이었다.

"총장님, 사전에 대의원들을 설득하여 득표율이 90퍼센트 이상 나오도록 해야 합니다. 당선되더라도 과반수를 겨우 넘기는 수준이라면 체면이 말이 아닐 수 있습니다. 그렇게 되면 강력한 통치도 어려울 것이니 그냥 두어서는 안 됩니다. 과거에는 중앙정보부에서 공작하였는데 지금은 정보부가 그러한 일을 담당할 수 없는 입장이라고 하니 보안사령부 요원을 시켜 그 일을 추진하도록 하겠습니다. 그래야만 90퍼센트 이상 압도적으로 당선될 수 있습니다."

"글쎄, 당선만 되면 되는 것이지, 꼭 90퍼센트 이상 얻어야 할 이유가 없지 않겠소. 그냥 두어도 대의원들의 양식으로 낙선시키지는 않을 것이오. 압력을 넣어 부정선거라도 했다는 인상을 주면 오히려 떳떳하지 못하고 특히 군이 선거에 관여했다는 결과가 나오면 앞으로의 정치 발전에도 이롭지 못할 것이니 오해받을 짓은 하지 마시오."

"그래 가지고야 되겠습니까. 경찰이 알아서 하겠지만 혹시 딴 짓을 할 수도 있으니까 경찰을 잘 감독하여 좋은 결과가 나오도록 유도하겠습니다."

"그럼 누구를 막론하고 선거를 방해하거나 엉뚱한 장난을 하지 못하게 잘 감독하도록 하시오."

그 해 12월 6일 오전 10시부터 통일주체국민회의는 제3차 회의를 열고 대의원 및 민관식 국회의장대리, 이영섭 대법원장 등 3부 요인과 주한 외교사절단 등 2백여 명의 내외귀빈이 참석한 가운데 개회식을 가졌다.

이어서 박영수 사무총장으로부터 출석 대의원 보고 및 후보 등록상황, 그리고 회의 주재 운영위원으로 곽상훈 · 김일환 · 이춘기 대의원을 지명한다는 보고를 들었다.

박정희 대통령의 서거에 따른 제10대 대통령 보궐선거를 치르게 되었다. 재야에서의 '유신 타도'의 구호가 아직 식지 않은 터에 유신의 산물인 '체육관 대통령'을 뽑는 것이었다.

물론 후보는 단독으로 추천된 최규하 씨 한 사람이었다. 2,549명의 대의원이 참가한 가운데 압도적 절대 다수의 득표로 당선됐다.

이날 최 대통령은 당선 인사에서 "지금 우리는 국내외적으로 큰 시련에 직면해 있다"라고 말하고 "본인은 전 국민의 화합과 협조를 통해 국가적 난국을 타결해나가고 민생안전과 경제의 안정적 성장을 도모하면서 경제·사회적 성장에 상응하는 정치적 발전을 이룩해나가는 데 최선의 노력을 경주할 것"이라고 다짐했다.

그날 저녁 세종문화회관에서 있은 최 대통령 당선 축하 모임 자리에서 정승화 총장을 만난 김치열 법무장관은 "김대중 씨에 대한 정승화 총장의 발언이 정계나 언론계에 상당히 폭넓게 퍼지고 있어요. 계엄사령관의 위치에서 발언한 것이라 더 영향력이 있는 것 같습니다"라며 의미 있는 충고를 해주었다.

"정승화 총장, 군 인사가 침체되어 이에 대해 정규 육사 출신들이 불만이 있는 것 같으니 신경을 좀 쓰도록 하시오."

1979년 11월 어느 날, 전두환 보안사령관 겸 계엄사 합동수사본부장은 정복 차림으로 김성진 문공장관을 찾아갔다.

"합동수사본부에 '언론반'을 두고 있는데, 군인들로서는 언론을 아는 데 한계가 있어요. ……언론을 잘 아는 사람을 합동수사본부로 파견해주시오."

전두환 보안사령관의 목소리에는 힘이 들어가 있었다. 10·26 박정희 대통령 시해사건 직후 군·검·경·정보부 등 국내 정보·수사기관을 장악한 전두환 보안사령관은 이제 거칠 것이 없다고 생각하는 듯했다.

10·26 사건 후 합동수사본부, 즉 보안사 보안처(처장 정도영 대령) 산하에 '언론반'을 구성하고 있었다. 언론반은 80년 봄 보안사 정보처(처장 권정달 대령)가 생기면서 그 산하에 '언론 대책반'을 편성할 때까

지 존재했으므로 '언론 대책반' 과 다름없었다.

보안사 정보처 산하 언론 대책반이 탄생하면서 80년 '언론 대학살' 작업을 맡겼다는 사실은 이미 국회 청문회 등을 통해 밝혀진 바 있지만, 전두환 보안사령관이 이끄는 신군부 세력이 일찍이 12 · 12 쿠데타 전부터 보안사 내에 언론반을 편성하여 여론의 동향을 분석하고 언론을 통해 그들의 입장을 은밀하게 홍보하고 있었다는 것은 아직 밝혀지지 않았다.

10 · 26 사건 발생과 동시에 제주도를 제외한 전국에 비상 계엄령이 선포되면서 언론은 계엄사의 검열을 받도록 포고령이 발동됐고, 계엄 기간 동안 국내의 모든 신문과 방송, 통신은 물론 국내에 들어오는 외신과 간행물, 외국신문 등도 검열을 거쳐야 배포될 수 있었다.

당시 언론인 출신으로 문공부에 재직하던 중 계엄사 보도검열단, 보안사 언론대책반에 소속돼 언론 대학살 현장을 가까이에서 체험한 바 있는 김기철 씨는 그때 분위기에 대해 이렇게 말한다.

"79년 10월 28일 서울 시청의 대회의실에 설치된 '계엄사 보도검열단' 으로 바로 출근했다. 넓은 방에는 '다' 자 형으로 책상이 놓여 있었고 야전군복 차림의 장교들이 분야별로 포진해 집무하고 있었다. 문공부에서는 이미 10여 명의 간부급 공무원을 파견, 주야로 교대근무하며 지원해주도록 조치해 놓았다."

계엄하에서 보도 검열 업무는 계엄사령관의 지시와 통제를 받도록 돼 있었다. 그러나 10 · 26 사건으로 발령된 계엄하에서는 사정이 달랐다. 10 · 26 비상계엄의 주 목적이 10 · 26 사건 수사에 있었기 때문에 수사의 전권을 쥐고 있는 전두환 합동수사본부 측의 입김이 언론 검열에 깊숙이 작용하고 있었던 것이다.

10·26 박정희 대통령 시해사건의 범인이 당시 김재규 중앙정보부장이었기 때문에 박 정권하에서 정치공작을 주도해온 정보부는 합동수사본부에 밀려 하수인적 위치에 있는 것이나 다름없었다. 보안사 내에 언론대책반을 따로 운영하고 있던 전두환 합동수사본부는 보안사 요원을 보도 검열단에 파견하여 검열 업무를 통제했다.

계선상으로 보도 검열단은 계엄사령단→계엄사 보도처장→보도검열단장으로 정승화 계엄사령관의 지시를 받고 있었지만, 현장에서의 보도 검열업무는 전두환 합동수사본부 측에서 나온 '통제관'의 통제를 받고 있었다. 합동수사본부는 통제관을 통해 언론을 장악, 여론을 조정할 수 있었다.

보도 검열은 계엄사 보도처의 주관으로 각 군에서 차출된 영관·위관급 장교들이 주축이 되어 실시됐다. 합동수사본부와 문공부에서 파견된 직원들은 지원업무를 맡고 있었다. 실제로는 문공부 직원들을 협조자로서 자문에 응해주는 후견인 역할을 할 수밖에 없었지만 보안사 요원들로 구성된 합동수사본부 요원들은 달랐다.

"검열 과정을 통해 외부에서는 알 수 없는 여러 가지 정보에 접할 수 있어 세상 돌아가는 형편을 미리 알 수도 있었다. 대통령 시해 사건이라는 엄청난 충격 속에서도 검열을 통해 느낀 당시의 국내 정국은 차분하게 가라앉아 있었던 것으로 기억되며, 이대로 시해 사건만 잘 처리하고 나면 계엄령도 곧 해제할 수 있을 것으로 느껴지기도 했고 보도검열단에서도 그렇게들 전망했다."

검열 초기 검열 업무에 참여한 인원은 모두 45명, 계엄사 보도처에서 26명, 합동수사본부에서 5명, 문공부에서 13명이 참가했다.

초기 보도검열단의 조직과 편성은 보도처장 산하에 검열단장(이병찬 대령)이 있고, 검열단장 밑에 신문반·방송반·통신반·간행물반·사진반 등 5개 실무반이 있었다. 이밖에 검열단장은 협의 결정하는 자문기구로 '조정위원회'를 두어 활용했다.

조정위는 검열단장, 합동수사본부, 문공부에서 파견된 직원 가운데 상위 직급자로 구성됐다. 그리고 검열단에는 최종 검열장치로 '통제반'이 구성돼 있었는데 검열의 적부성을 검토하고 자문에 응하기도 했다.

"문제는 이 통제반의 활용이었다. 통제반 요원은 합수요원으로 충당하도록 되어 있었지만 당시, 중앙정보부와 보안사령부에서 지원나온 사람으로 구성되었다. 검열관들은 스스로 판단하기 곤란한 사항이 생기면 판단을 보류한 채 통제반으로 넘겼다. 그리고 검열받으러 온 기자들이 이의를 달고 항의하면 '그것은 통제반에서 한 것이라 나는 모른다'라고 발뺌을 하기도 했다. 이렇게 되니 자연적으로 통제반 때문에 검열이 늦어진다는 불평이 생기게 되었고, 통제반의 엄격한 검열 심사 때문에 검열관이 괜찮다고 통과시킨 것이 삭제되는 일이 생기다 보니 검열단 내부와 언론사 사이에서 합수요원들에 대한 불평이 튀어나오기 시작했다."

그해 11월 30일 오후 보도검열단 김기철 씨는 황선필 공보국장으로부터 전화 연락을 받았다.

"김 과장, 수고가 많소……. 그런데 내일부터 합동수사본부 쪽에 가서 일을 해야겠소……. 내일 아침 9시까지 보안사 건물 209호실로 출근하시오."

김씨가 합동수사본부로 발령을 받은 것은 전두환 보안사령관 겸 계엄사 합동수사본부장이 김성진 문공장관을 찾아간 직후인 것으로 보인다. 김씨는 다음날 보안사로 출근했다.

"1979년 12월 1일 오전 9시. 보안사령부 출입문에서 위병의 안내를 받아 209호실로 첫 출근을 해야 했다. 별로 크지 않은 사무실 안에는 이미 이경식(당시 문공부 해외공보관 문화부장) 씨가 먼저 와 있었고, 또 한 사람, 나중에 알았지만 중앙정보부에서 나온 정용일 씨도 자리를 잡고 있었다. 결국 문공부에서는 이경식 씨와 나, 두 사람이 파견된 것임을 알게 되었다. ……10·26 후 처음 보도검열단으로 파견 명령을 받았을 때는 해야 할 일을 대충 짐작이라도 할 수 있었다. 그렇지만 합동수사본부에서는 도대체 어떤 일을 하게 될지 몹시 궁금했다. 그렇다고 물어볼 분위기도 아니었다."

209호실에는 책임 자격으로 합동수사본부 남모 중령이 있었다. 김기철 씨가 기억하는 남 중령은 조용하면서도 차분한 성격의 소유자였고 나직한 음성으로 업무를 다루어 군인 냄새를 전혀 풍기지 않는 사람이었다.

10·26 당시 보안사 직제에는 정보처가 없었다. 김재규 정보부장 시절인 78년 1월 19일 대민사찰 금지 조치로 당시 대민사찰 기구인 정보처를 방산처로 개편하여 방위산업체의 보안업무를 맡도록 한 것이었다. 정보처가 없는 상태에서 계엄사 합동수사본부로 탈바꿈한 보안사에서는 보도 검열 업무를 보안처에서 관장하도록 했다.

"10 · 26 사건 직후 합동수사본부(보안사)의 주도 세력들은 보안처 산하에 중앙정보부 직원 14명과 문공부 직원 두 명으로 구성된 언론대책반을 두고 언론 장악을 조심스럽게 탐색하고 있었다. 10 · 26 직후부터 설치된 보안사 산하의 언론대책반에서는 12 · 12 쿠데타 이후 '12 · 12 사태의 경위' 를 홍보하고 외신 기자들의 순화 작업을 계획하는 등의 일을 보안처장의 지시 감독을 대행하던 남모 중령과 함께 했었다."

김기철 씨가 기억하기에 당시 보안사 언론대책반에 요청하는 업무는 그리 많지 않았다고 한다. 할 일이 없을 때는 신문을 뒤지거나 꼬투리를 찾아 분석해주는 등의 일로 하루의 '밥값' 을 대신할 정도였다.

"내가 합동수사본부로 파견된 시점은 12 · 12 사태가 일어나기 10여 일 전이었다. 그 당시 어떤 낌새를 느끼거나 냄새를 맡을 수 있는 입장도 아니었지만 합동수사본부 안은 조용했고 태평스러웠다. 군 정보기관이기 때문에 어디에서, 누가, 무슨 일을 하는지 알 수 없을 정도로 모두가 폐쇄된 근무환경에서 일을 하고 있어서 나의 눈에는 모두가 조용한 것으로 비쳤는지도 모른다.

이처럼 사령부 안에서 12 · 12 사태의 낌새를 일체 느낄 수 없는 사이에 그 사태의 진원지가 합동수사본부였다는 것을 뒤늦게 알고는 '역시나' 싶었다."

12 · 12 직전 정국은, 곧 태풍의 눈으로 등장할 전두환에게조차 그렇게 조용하고 태평스러운 폭풍전야였다. 그 전야에 전두환은 폭풍의 소용돌이를 만들고 있었다.

신군부의 군 개혁안

한편, 같은 시기인 79년 11월 말, 광주의 육군 보병학교장 김윤호 소장은 10일간의 휴가를 내서 서울로 올라왔다. 10·26 사건 후 뭔가 심상치 않게 돌아가는 세상 이야기를 듣고 싶어서였다.

김윤호 소장은 1군단장 황영시 중장을 찾아갔다. 두 장군은 육사 동기생으로 의형제를 맺을 만큼 각별한 사이였다. 그들이 의형제를 맺은 것은 위관시절 당시 황영시 대위가 김윤호 대위의 집에 놀러갔을 때, 한약방을 경영하던 김 대위 부친이 황 대위의 관상을 보고 "뼈대가 있다"라며 의형제를 맺어 잘 지내보라고 한 것이 계기가 되었다. 동기생이지만 나이는 황 대위가 네 살이나 위여서 김 대위가 아우, 황 대위가 형이 됐다. 그때부터 김 대위는 황 대위를 형님으로 깍듯이 대해 오고 있었다.

김윤호 소장은 오랜만에 황영시 중장과 술자리를 가졌다. 평소 바른 소리를 잘 해 한직으로만 돌고 있던 김 소장은 황 중장에게 불만을 터뜨렸다.

"형님, 지방에 박혀 있으니 세상 돌아가는 것도 잘 모르겠어요. 그러나저러나 군 인사가 이래서야 되겠습니까? 어제 오늘의 일은 아닙니다만, 경상도 사람들끼리 다 해먹는다는 비난이 높습니다. 형님도 경상도 출신이지만, 실제로 군 인사가 경상도 출신들에게 편중돼 있어요."

황영시 중장은 경북 영주 출신이다. 경기 양평 출신인 김윤호 소장은 황 중장이 경북 출신이라는 것을 의식해 평소 가졌던 불평을 털어놓은 것이었다.

"이 사람아. 누가 그따위 소리를 해. 그런 소리 말고 우리 이번 기회에 군 개혁이나 한번 해보자."

황 중장은 갑자기 군 개혁 문제를 들고 나왔다. 군 개혁이라면 김 소장도 구미가 당기는 시안이었다.

"군 개혁이요? 거 듣던 중 반가운 소리군요. 좋습니다."

김 소장은 즉석에서 동의를 표했다.

"그래! 그럼 아우가 군 개혁의 방향과 줄거리를 한번 잡아봐."

"그러지요, 뭐. 형님, 군 개혁이라면 오죽 할 일이 많습니까. 그런데 방향을 잡으려면 시간을 좀 주어야겠습니다."

황 중장과 헤어진 김 소장은 이틀 동안 군 개혁안을 연구했다. 그는 군 개혁에서 숙군보다는 정군이 앞서야 한다고 생각했다.

"숙군은 이념적 또는 정치적인 이유에서 군을 정리하는 것이고, 정군은 부정부패 또는 비리 차원에서 군 인사권을 행사하는 것입니다. 예를 들어 여순반란사건 이후 있었던 군 내의 좌익세력 제거는 숙군에 해당하는 것이고, 6·25 사변 중 국민방위군 사건으로 인한 군 장성문책은 정군에 해당하는 것입니다."

김 소장은 군 개혁안으로 우선 몇 가지 원칙을 정했다. 먼저 노화된 군 지휘부를 물갈이해야 할 필요가 있다고 생각했다. 아직도 군 상층부에 구 일본군 출신이 많이 남아 있으므로 이들을 우선 퇴진시켜야 한다고 생각한 것이다.

다음은 육사 8기생 문제였다. 육사 5기생과 함께 5·16 쿠데타의 주도 세력이 된 8기생은 박 정권 이래 군의 요직을 독식해 왔기 때문에 이제는 꼭 필요한 인물만을 제외하고는 물러나게 해야 한다는 생각이었다.

그 밖에 군 인사에 있어서 사전 진급 운동, 부정축재 등 군 내부 부조리에 관계된 장성들과 6·25 때 보병대대 이상에서 근무하지 않고 사단사령부 이상이나 후방 근무만 한 자 그리고 정치적 배경으로 승지해 온 이른바 '정치군인' 등을 전역 대상자로 설정했다.

정군 뒤의 빈자리는 정규 육사 출신들을 잘 훈련시켜 배치한다는 것이 김윤호 소장이 세운 군 개혁안의 골자였다. 김 소장이 나름대로 세운 원칙하에 만든 군 인사개편 초안은 육군참모총장에 황영시, 참모차장 전두환, 보안사령관 노태우, 특전사령관 정호용, 그리고 유학성·차규헌·윤홍정·윤성님 중장 등은 군사령관에 임명한다는, 정치군인을 배제해야 한다는 원칙에도 불구하고 전두환·노태우 등 정치군인들을 군 요직에 앉힌다는 실로 아이러니하고, 파격적인 군 개편 안이었다. 하긴 그 군 개혁안이란 것이 기왕에 정치군인들의 주문에 따라 작성된 군 개편안이라는 한계가 있었으니까.

그밖에도 김윤호 소장의 군 개편안에는 현직 육군참모총장 정승화 대장을 국방부장관이나 합참의장으로 가게 하되 현역대장은 모두 퇴진시킨다는 복안이었다.

이틀 후 김윤호 소장은 군 개혁 초안을 들고 황영시 1군단장을 다시 찾아갔다. 황영시 중장은 김 소장이 마련한 군 개편 원칙과 인사 초안에 대해 별다른 이견이 없었다.

"음. 이 문제를 전 장군에게 의논해보는 것이 좋겠구만."

황영시 중장은 그 자리에서 전두환 보안사령관에게 전화를 걸었다. 황 중장은 전화기에 대고 "김윤호 장군이 지금 내 방에 와 있는데 전 장군이 한번 만나보시오"라고 말했다.

김윤호 씨는 "그들 두 사람(황영시 1군단장과 전두환 보안사령관)이 이미 군 개혁 문제에 관해 의견 교환이 있었던 모양이다"라고 말했다.

황영시 중장의 안내로 김윤호 소장이 보안사령부로 가 전두환 보안사령관을 만난 것은 그해 12월 초. 그러니까 12·12 쿠데타의 암운이 깃들고 있는 시점이었다. 김 소장은 전두환 보안사령관과 웬만큼 알고 지내는 사이였다.

"김 선배, 광주 분위기는 요즘 어떻게 돌아갑니까?

전두환 보안사령관은 10·26 직전에 일어났던 부마항쟁을 의식했는지 광주 쪽 분위기에도 몹시 신경이 쓰이는 눈치였다. 김 소장은 "평온하다"라고 대답했다.

전두환 보안사령관은 "김 선배께서 최규하 대통령에 대해 좀 아는 게 있습니까?"라고 물었다.

"글쎄요. 어느 정도는 알고 있지요."

김윤호 소장은 최규하 대통령이 외무부장관이던 시절 박정희 대통령 밑에서 청와대 섭외담당 비서관을 지낸 일이 있었다.

"그분은 인간적으로 원만하고 매사에 신중을 기하며 조심성이 있어요. 대통령이라는 자리가 국정의 최고 결정권자로서 결단을 내려야 할 때는 내려야 하는데, 그분은 대통령으로서는 너무 신중을 기하다가 실패할 분이라고 봅니다."

김 소장의 얘기를 듣고 있던 전두환 보안사령관은 동감을 표시한 뒤, "맞아요. 문제가 좀 있지요. 박정희 대통령 시해사건 때도 제일 먼저 알고도 움켜쥔 채 우물우물했습니다"라고 말했다.

전두환 보안사령관은 차기 대통령 문제 등 정치권 문제에 대해 비상한 관심을 갖고 있었다. 역대 보안사령관이라는 자리가 중앙정보부장과 함께 정치공작을 해 온 점도 없지 않지만 당시 전두환 보안사령관은 계엄사 합동수사본부장으로서 모든 수사권을 한 손아귀에 움켜쥐는 막강한 권력자였다. 군 개혁도 마찬가지겠지만 전두환 보안사령관이 차기 대통령에 대해 관심을 기울이고 있다는 것은 예사로운 일이 아니었다. 더구나 정보부는 이미 전두환 보안사에 의해 초토화되어버린 뒤가 아닌가.

전두환 보안사령관으로부터 차기 대통령에 대해 이야기를 듣고 있던 김윤호 소장은 자신이 마련해 온 군 인사안을 내놓았다.

"전 장군, 황영시 장군과도 이야기를 나눈 바 있지만, 내 생각에 군은 이 정도로 개혁해야 합니다. 물론 최규하 대통령이 순조롭게 받아들여줄지가 문제지만……."

전두환 보안사령관은 김윤호 소장이 건네준 군 개혁 초안을 한참 동안 들여다보고 있었다.

"김 선배, 이건 좀 곤란해요. 김 선배께서 잘 몰라서 그러시는데, 도대체 먹혀들어가지가 않아요."

군 인사안을 쭉 훑어본 뒤 전두환 보안사령관은 난색을 표했다. 김 소장은 의외라는 듯이 왜 안 되느냐고 반박했다.

"글쎄, 이 안은 노재현 장관이 자리를 내놓아야 가능한데, 노 장관이 물러날 기미를 보이지 않아요."

"정 그렇다면 최규하 대통령께 잘 말씀드려 노 장관을 국무총리로 가게 하면 되잖소."

"그렇게 해봤지요. 그런데 사람을 시켜 노 장관의 의중을 떠본 결과, 그 양반은 총리도 싫고 장관 자리에 그대로 눌러 있겠다고 하지 않겠어요."

"그렇다면…… 그 양반한테 무슨 욕심이 있는가 보군요."

"맞아요. 그런 것 같아요."

전두환 보안사령관과 김윤호 소장의 대화는 거기서 끝났다. 그 자리에서 나올 법한 정승화 총장에 대해서도 언급되지 않았다. 김윤호 씨는 최근 전두환 보안사령관이 정승화 총장에 대해 특별히 다른 말을 하지 않아 정승화 총장을 국방장관이나 합참의장으로 가게 하는 방안을 받아들이는 것으로 생각했다고 한다.

“이것으로 미뤄 볼 때 전두환 장군 그룹은 79년 12월 초까지도 정승화 총장을 시해사건 관련 혐의로 연행, 조사하겠다는 의도를 갖고 있지 않았던 것이 분명하다. 다만 자신들이 군의 헤게모니를 장악하기 위해서 군 지휘부 개편을 추진했고, 이 구도 속에서 정승화 총장의 지위 변경을 생각했던 것으로 보인다.”

12 · 12 쿠데타 직전 전두환 보안사령관과 김윤호 소장의 만남에 대해 쓰고 있는 『한국일보』의 「청와대」는 이렇게 정의를 내리고 있다.

12 · 12 후 장태완 수경사령관이 서빙고에 연행돼 조사를 받은 뒤 전두환 보안사령관을 만났을 때 들었다는 이야기도 이와 같은 맥을 같이한다. 장태완 전 수경사령관은 당시 전두환 씨가 “정승화 총장이 우리의 뜻대로 순순히 따랐으면 국방부장관으로 모시려고 했고, 장 장군도 군단장으로 나가게 할 생각이었다”라고 말했다고 증언한 바 있다.

물론 당시 전두환 장군 그룹이 총리, 국방부장관 등 일부 국무위원 임명까지 복안을 갖고 있었다고 해서 이를 그들이 이미 집권 구상을 하고 있었던 증거로 보고, 12 · 12 사전에 치밀하게 계획된 쿠데타라고 주장한다면 지나친 비약일 것이다. 당시와 같은 과도기 상황에서는 국방부장관 임명은 군이 좌우할 수밖에 없으며, 실권이 없는 총리자리라도 군부 개편에 활용될 수 있었기 때문이다.

그러나 앞의 증언들은 전두환 장군 그룹이 12 · 12 이전에 군의 헤게모니를 장악하기 위한 군 지휘부 개편을 다각도로 구상하고 있었다는 것을 잘 보여주고 있다.

그날 김윤호 소장은 “군 개혁에 도움이 된다면 내가 계속해서 조언을 하겠다”라는 뜻을 밝히고 보안사령관실을 나왔다. 그는 다시 황영시 1군단장에게 들러 전두환 보안사령관과의 대화 내용을 전한 뒤 곧바로 광주 보병학교로 귀대했다.

10·26은 단순 살인인가, 내란 음모인가?

▲이해찬 의원=전두환 씨가 중앙정부부장서리의 자격으로 각료회의에 참석한 것 아닌가?

▲신현확 증인=각료회의라는 말은 국무회의를 뜻하는가?

▲이 의원=각료간담회의라는 것이 중요한 사건이 있을 때마다 열렸는데 그것을 말하는 것이다.

▲신 증인=그 이전에도 전두환 씨가 각료회의에 참석한 적은 있었다. 그때그때 필요한 사람이 참석했었다.

▲이 의원=전씨가 각료회의에 참석한 것은 어떤 사안 때문에, 어떤 자격으로였는가?

▲신 증인=합동수사본부장의 자격이었던 것으로 생각된다.

▲이 의원=합동수사본부장이라면 계엄사의 실무자라고 생각되는데…….

전두환·이순자 부부가 내설악 백담사에서 은둔 초기를 보내던 88년 12월 6일, 국회 청문회에서는 그해 11월 30일의 정승화 당시 육군참모총장 겸 계엄사령관에 이어 신현확 국무총리를 증인으로 출두시켜 증언을 듣고 있었다. 청문회는 5공화국과 전씨 일가의 비리, 80년 김대중 내란음모사건과 광주학쟁 그리고 79년 12·12 사건으로 초점이 맞춰지고 있다. 요컨대 전두환 당시 보안사령관 겸 계엄사 합동수사본부장이 주도하는 신 군부의 집권 과정과 전두환 전 대통령의 통치기간 중 전씨 일가에 대한 비리의 진상을 캐고 있는 것이다.

전씨 그룹이 정권을 장악하게 된 최초의 단초는 뭐니뭐니해도 79년 12·12—. 신현확 국무총리에 따르면 10·26 후 12·12 사태 전까지 전두환 보안사령관은 계엄사 합동수사본부장 자격으로서 김재규 재판 과정 보고를 구실로 주요 각료간담회의에 참석했다고 한다. 반면 이 모임에 몇 차례 참석했던 정승화 계엄사령관은 최규하 대통령 권한대행의 권유에도 불구하고 참석을 중지했다는 것은 언급한 바와 같다.

"처음에 수사에 손을 댔을 때는 10·26이 계획적이고 뿌리가 깊은 정치적 사건이 틀림없다고 보았습니다. 그런데 김재규를 심문하면서 며칠 지나니까 그게 아니더군요. 이 같은 중대한 사건의 경우 매일 아침 제 책상엔 엄청난 양의 첩보 보고가 쌓이게 되는데 여러 가지 정보와 상황을 종합해볼 때 계획적인 사건은 아니라는 확신을 가질 수 있었지요.

사실 수사를 하면서 무수한 연루자가 나올 줄 알고 긴장을 했었는데 그게 아니어서 한편으론 싱겁기도 했어요. 하나는, 김재규가 처음에는 그 방에 권총을 가지고 들어가지 않았다는 점입니다. 그 사람은 양복 바지 안쪽에 호주머니를 크게 만들어 밤낮 권총을 넣고 다녔는데 그날만은 소지하지 않았다는 것은 계획된 사건이 아니라는 것을 반증해주고 있습니다.

또 다른 점은, (박정희 대통령) 시해사건 후 남산 중앙정보부로 가지 않고 용산 육군본부로 차를 몰았다는 겁니다. 치밀한 각본에 따라 결행된 사건이었다면 거사의 성공을 위해 당연히 남산으로 갔었을 것입니다. 육본으로 방향을 바꾼 게 김재규의 실수인 동시에 10·26이 우발적 범행이라는 것을 보여주고 있는 좋은 본보기입니다."

79년 당시 계엄사 합동수사부 수사 제1국장으로 박정희 대통령 시해범 김재규를 직접 조사한 책임자였던 백동림 대령은 '10·26은 단순 살인사건이었다' 라고 말한다. 백씨의 증언은 10·26 이후 45일 만에 터진 12·12 사건 당시 전두환 씨를 중심으로 한 신 군부의 핵심 멤버들이 정승화 총장을 총격전 끝에 연행하면서 들고 나온 '10·26 관련 혐의' 를 정면으로 뒤집는 것이다.

백씨는 김재규 정보부장이 궁정동 안가에서 박정희 대통령과의 자리를 마련한 비슷한 시간에 정승화 총장을 같은 장소의 다른 건물로 초대한 부분에 대해서도 언급한다.

"김재규는 그 전부터 정승화 총장과 식사를 하고 싶다는 뜻을 비쳤었고, 그날도 빨리 대통령과의 자리를 마치고 그쪽으로 가려고 했었던 것 같습니다. 그러니까 차장보를 보내 시간이 늦어질 것 같으니 말동무를 하고 있으라고 했던 것이지요. 김정섭 차장보는 영문도 모르고 와서 정승화 총장과 한담을 주고받으며 시간을 보냈지요. 하여간 분명한 것은 정승화 총장의 초대가 계획에 의해 이뤄진 것은 아니었으며 우연하게 그렇게 된 것뿐이라는 사실입니다."

— 그럼 처음부터 정승화 총장이 이 사건과 관련이 없다는 심증을 굳히고 있었다는 얘기입니까?

"예. 그렇습니다. 여러 가지 상황으로 볼 때 그건 명확한 사실이에요. 김정섭 씨와 나눈 대화 내용이나 총소리가 난 뒤 정승화 총장이 보였던 행동에서도 충분히 그의 무관함은 짐작할 수 있었습니다. 사전에 묵계가 있었다면 즉각적인 조처를 취했을 텐데 그는 '이게 무슨 총소리지?' 하고 의아해했을 뿐이었죠."

— 수사를 진행하면서 중간 단계를 거치지 않고 직접 전두환 장군에게 수사 결과를 보고하는 체계였습니까?

"예, 맞습니다. 전 합수본부장이 옛날 상관이라고 적당히 수사하지 말라고 당부하기도 했습니다. 김재규, 정승화 씨는 모두 보안사령관 출신으로서 제가 상관으로 직접 모셨었거든요."

10·26 사건에 대한 1차 수사 발표를 한 뒤 기자회견에서 전두환 합수본부장 역시 정승화 총장이 그 사건과 관련이 없다고 밝힌 것은 이미 언급한 바 있다.

12·12의 피해 당사자인 정승화 씨뿐만 아니라 당시 수사관 역시 정승화 총장의 10·26 관련 혐의를 부인하고 있지만, 12·12 가해자 측의 주장은 정반대다. 전두환 집권 과정에서 핵심 중의 핵심으로 활약했던 허화평 당시 보안사령관 비서실장은 "12·12는 임무 수행을 위한 우발 사태였다. 물론 두 가지 원이이 있었다. 그 첫 번째 요인은 10·26이고, 두 번째 원인은 정승화 총장을 계엄사령관에 임명한 일이다"라며 정승화 총장의 10·26 관련 혐의를 주장하고 있다.

정승화 총장 10 · 26 관련 혐의

"박정희 대통령의 죽음을 두고 반 유신세력은 '잘 죽었다' 고 받아들입니다. 따라서 죽인 데 가담한 사람이 누구든 간에 그 사람은 민주투사가 되고 동정을 받게 됩니다. 그러나 박정희 대통령의 죽음을 보는 또 하나의 입장은 그것이 '대한민국 대통령 시해사건' 이었다는 점입니다. 여기서 군의 본질적인 문제가 나옵니다. 군은 정당한 임무 수행을 위해서는 어떤 난관도 극복해야 합니다. 부여받은 임무가 '수사보고' 니까 누가 관련되어도 조사를 해야 합니다. 그런데 불행하게도 혐의자 중의 한 사람을 계엄사령관에 임명해놓았으니 문제가 복잡해진 겁니다.

위기시의 인사권자가 군을 알아야 한다는 것은 바로 이런 점에서 중요합니다. 최규하 대통령은 외교관 출신이니까 군에 대해서는 잘 몰랐습니다. 당시 국방장관이 조언을 잘 했어야 합니다. 정승화 씨는 사건 현장 근처에 있었으니 혐의가 벗겨질 때까지는 임명하지 말아야 한다고 건의했어야 합니다. 결정적인 시기의 군 인사가 이렇게 중요하다는 것은 항상 잊지 말아야 합니다."

허화평 씨는 당시 백동림 수사국장이 1차 수사를 하고 전두환 보안사령관에게 "정승화 씨는 아무것도 모르고 식사 초대를 받은 것 같다"라고 했으며, 다른 참모들도 정승화 총장이 직접 관련이 없다고 생각했던 것 같다. 최소한 피의자 관계는 아니라고 본 것이라는 질문에 대해서도 부인한다.

"그렇지 않습니다. 정승화 씨에 대한 수사가 마무리되지 않으면 군 내부의 김재규 추종 세력 문제도 해결이 안 됩니다. 그때 김재규는 재판 과정에서 큰소리를 땅땅 쳤습니다. 김재규를 잘 알고 있는 사람의 입장에서 볼 때, 그가 왜 그런 태도를 보이는지 의아스러웠습니다. 독불장군 성격도 아닌 사람이 왜 그렇게 강한 입장을 고집했는지 의문이 많았습니다. 선배를 그런 식으로 조사한다는 것이 곤혹스러웠지만 누군가는 해야 할 일이었습니다. 당시 정승화 씨는 현장과는 지척의 거리에 있었고 또 이미 불안한 상황이라 경계 상태였을 텐데 아무것도 모른다니 이해가 안 되는 일입니다."

10·26에 대한 기록자들은 김재규가 체포된 이후 그해 12월 18일 최후 진술에 이르기까지 '범행 동기'에 대해 3단계의 발전과정을 거쳤다고 기록하고 있다. 기록에 따르면 보안사 서빙고 분실에서 김재규는 차지철 경호실장과의 불화로 박정희 대통령으로부터의 신임 박탈과 이에 따른 자신의 인책 위협이 그 동인이었다. 검찰로 송치된 이후의

조사에서는 '혁명위원회를 구성해 정권을 잡기 위해' 박정희 대통령을 시해한 것으로 발표했다. 이후 12월 9일부터 시작된 재판 과정에서 김재규는 유신 철폐와 민주화를 위해 최소 희생의 길을 선택했다고 주장했다.

"김재규의 이 같은 '변화'는 그 과정마다의 주체를 살펴보면 상당히 수긍이 가는 점이 있다. 서빙고의 수사가 보안사의 전부였고, 이후 합동수사본부에 배속된 검사들에 의해 조사를 받았다. 공개재판이 진행되면서 김재규의 범행 동기는 변호인단의 입을 통해 육군본부 건물 밖으로 흘러나왔다."

『한국일보』 '궁정동 총소리'는 당시 보안사 서빙고 분실에서 첫 수사를 담당했던 한 수사관의 증언을 싣고 있다. 그 수사관은 백동림 당시 합동수사본부 수사국장의 휘하에서 일했으므로 두 사람의 증언은 일치하는 점이 많다.

"검찰의 공소장에 의하면 김재규가 차 실장으로부터 '대연회' 소식을 듣고 정승화 참모총장과 김정섭 중정차장보를 초대해놓고 즉각 자신의 집무실로 가서 거사에 사용할 총을 꺼내 장전하고 작동 여부를 확인했다는데 이는 사실과 다르다. 김재규는 사전 준비가 전혀 없었다. 김재규 체포 직후 서빙고 분실 조사에서 우리가 가장 관심을 기울였던 부분이 사전 계획 및 타세력과의 연계 여부였음에도 불구하고 그것을 뒷받침할 만한 진술이나 증거는 전무했다.

굳이 김재규의 사전 계획이라면 총을 쏘기 불과 10분 정도 전부터였음이 분명하다. 만찬 석상에서 자신의 집무실로 달려가면서 살의를 굳혔을 것이다.

김재규는 검찰에 송치되기 전까지 자신의 행동이 박정희 대통령을 시해하게 만든 결과를 초래한 데 대해 심한 죄책감을 느끼고 있었다. 16일간의 조사 기간에 유신이나 민주 혹은 국민혁명이라는 말은 김재규 자신으로부터 결코 들어본 적이 없다."

검찰로 송치된 뒤 김재규는 다소 자유스러워진 분위기 속에서 재조사를 받았다. 그때부터 김재규는 유신 타파를 거론하기 시작한다. 당시 검찰 수사팀의 일원이었던 한 검사는 말한다.

"처음엔 궁정동에서 방아쇠를 당긴 이유가 차 경호실장에 대한 모욕감 때문이었다고 얘기했다. 서빙고에서의 진술과 일치했다. 김재규가 서빙고 쪽에서 조사를 받으면서 다소 고생을 했던 것은 짐작하고 있었다. 당시 공개된 김재규의 조사받는 모습의 사진을 보면 그의 얼굴이 다소 긴장되어 있음을 발견하게 된다.

며칠 지난 뒤 김재규는 박정희 대통령을 '유신의 심장'으로 비유하면서 박정희 대통령을 제거함으로써 민주화를 이루려 했다고 진술했다. 깜짝 놀랐다.

박정희 대통령을 제거한 후 최대한 빨리 계엄을 선포하고 혁명위원회를 구성하려 했다는 것이었다. 정권을 잡으려 했다는 이야기도 했다. 그러나 앞뒤가 전혀 맞지 않았고, 진술의 일관성이 없었다."

그때 김재규는 변호인은 물론 가족들까지도 일체의 면회가 차단된 상태였다. 변호사의 면회가 허락된 것은 11월 20일, 변호인단과 면회를 하면서 김재규의 진술은 더욱 발전한다. 강신옥 변호사 등 변호인단에게 자신의 거사 동기와 이후 구상에 대해 설명하는 것이다.

"김재규는 자신의 행위에 대한 정당성과 10·26 혁명에 대한 자부심이 강했다. 그는 자신이 중앙정보부장직에 있으면서 박정희 대통령도 살리고 나라도 구하기 위해서는 유신을 없애는 일석이조의 방안을 계속 생각해 왔었다고 말했다.

나는 물론 함께 갔던 변호인들도 몹시 감명을 받았다. 당시로서는 꺼내기 어려운 말이기도 했지만 그 태도가 당당하기도 했다. 김재규는 '박정희 대통령 시체 위에 올라서 대통령이 되고 싶지는 않았다' 면서 '10·26 혁명을 완수해야 할 사람은 내가 아니다' 라고 결론짓듯이 얘기했다."

다음날인 11월 30일 김재규는 궁정동 상황을 설명하면서 10·26에 대한 자신의 사전 계획성을 주장했다.

"차 실장으로부터 '대연회' 연락을 받고 곧바로 '유신의 심장을 제거하겠다' 는 결심을 했다는 것이다. 보안사 서빙고 분실에서의 진술을 180도 반전시키고 있는 것이다. 초기 진술에서의 단순·우발적 '살인사건' 이 '계획된 거사' 로 옮겨지고 있는 것이다."

말인 즉, 김재규의 진술은 '자리에 따라 오락가락했다' 라는 것이고 합동수사본부 측의 설명에 따르면 횡설수설했다. 합동수사본부 측 인사 2백여 명으로부터 증언을 듣고 '10·26, 12·12, 광주사태' 를 기록한 천금성 씨에 따르면 김재규는 보안사 서빙고 분실에서 시해 주범의 입장으로 옴짝달싹도 못한 채 취조를 받는 동안 오랏줄이 점점 자신의 목을 죄어 들어오는 것을 피부로 느낄 수 있었을 것이라고 한다.

"정승화는 내 심복이다. 왜 그날 저녁 남산으로 가지 않고 육본으로 갔겠느냐? 당장 내일 아침이면 계엄사령관이 너희들 대장인 전두환을 적절히 조치할 것이다."

김재규는 애매한 정승화 총장을 물고 늘어졌다고 한다. 그래도 안 되니까 결국에는 수차례에 걸쳐 거액의 자금도 준 바 있다고 안 할 소리까지 했다. 바로 이 부분에서 수사관들의 촉각이 곤두섰다.

당시 10·26 사건의 수사를 맡고 있던 이학봉 수사국장은 김재규의 그와 같은 진술을 전두환 합수본부장에게 즉각 보고했다.

"그래? 김재규가 그랬단 말이지!"

전두환 본부장은 이 수사국장의 얼굴을 유심히 쳐다본 뒤 한동안 생각에 잠겼다.

전두환 본부장은 '시해 사건'이 터진 그날 자정 무렵 국방장관 보좌관실을 나올 때 정승화 총장이 뒤따라 나오면서 자신에게 한 얘기를 떠올렸을 것이라고 한다.

'전 본부장, 김 부장을 안가에 정중히 모시도록 하시오!'

천금성 씨의 그와 같은 심증은 "대통령을 시해한 주범을 정중히 모시라니 이게 무슨 뜻인가 하고 그 순간 잠시 혼란에 빠졌다"라는 전씨의 회고에 근거한 것이다.

더구나 김재규가 박정희 대통령을 직접 저격한 장본인이라고, 방금 김계원 비서실장이 화장실에서 귀엣말로 일러주는 것을 노재현 국방장관과 함께 들은 정승화 총장이 아닌가. 더구나 전두환 본부장은 노국방으로부터 '김재규가 대통령을 시해한 범인이니 즉각 체포하라'라는 지시까지 받고 있었다.

그런데도 왜 정승화 총장이 김재규를 잘 모시라고 넌지시 말하는가. 그렇다면 김재규의 진술 중에서 '정승화 총장은 내 심복이니 몸조심하라' 라는 대목은 사실일지 모른다. 이때부터 전두환 본부장은 극도로 처신에 주의하면서 정승화 총장에 대한 여러 가지 정보를 수집하기 시작한다.

전두환 본부장은 이학봉 수사국장에게 다시 한 번 정승화 총장의 진술을 받아낼 것을 지시했다. 그때부터 전 본부장은 계엄하에서의 제반 시국 상황과 관련한 각종 정보나 수사 관계 보고조차 정승화 총장에게 하지 않았다. 전 본부장과 정승화 총장 사이에 겉으로 보이지 않는 한판 승부가 시작된 것이다.

이 무렵 정승화 총장은 합동수사본부 수사관들에게 10·26 직후 자신이 진술한 기록을 갖고 오라고 지시했다. 이 요구는 수사관으로서 거절할 성질이 아니었다. 정승화 총장은 합동수사본부를 지휘하고 있는 계엄사령관이기 때문이었다.

정승화 총장으로부터 기록을 다시 넘겨받은 수사관들은 아연실색했다고 한다. 이학봉 당시 수사국장은 말한다.

"기록을 받아보니 모두 엉망이었습니다. 정승화 총장이 진술한 내용은 모두 타자로 정리되어 있었는데, 정승화 총장은 자신이 질술한 부분의 이곳저곳 문장을 다른 타자문으로 덧붙이거나 풀칠하여 고치는 등 진술을 번복하고 있었습니다."

앞에서 보았듯, 합동수사본부 측의 주장에 대해 정승화 총장의 증언은 다르다.

진술 번복 등 10 · 26 관련 혐의에 있어서 정승화 총장과 합동수사본부 측의 증언이 상반된 가운데, 합동수사본부 측에 따르면 정승화 총장은 김재규로부터의 자금 수수설과 관련된 추가 진술을 이런저런 이유를 갖다대면서 기피했고, 전두환 본부장의 '결심' 이 굳어져가는 가운데 정승화 총장의 기피는 10 · 26 재판 중 김재규의 최후 진술일(12월 13일)을 앞둔 12월 초순까지 계속됐다고 한다.

강창성 의원(민주당): 12 · 12 사태에 관련이 돼 있기 때문에 묻는다. 전두환 제1사단장이 보안사령관으로 부임할 때가 79년 3월 5일이다. 당시 국방부장관으로 재임중이었나.

노재현: 그렇다.

강창성: 그때 장관이 보직을 상신한 것 아닌가. 내가 알기로는 보안사령관 등 중요한 보직을 상신할 경우 며칠 전에 대통령의 의중을 물어보는 사전 내신 절차가 있는 것으로 알고 있는데, 그때 사전 내신 결재를 받았나.

노재현: 구두로 말씀드렸다.

강창성: 그때 박정희 대통령이 노 장관에게 전 사단장이 사단장으로 나간 지 얼마 되지 않아서 너무 이르지 않느냐고 말하지 않았나.

노재현: 그런 식의 얘기는 안 했고 다만 "그 사람 사단장 나간 지 얼마 안 됐지" 라고만 말했다. 그러나 당시는 전 장군이 사단장으로 나간 지 1년도 더 지난 상태였고, 보안사령관 자리가 더 중요한 자리라서 보안사에 근무시키는 것이 좋겠다고 건의했다.

강창성: 그렇게 마음에 드는 것은 아니지만 장관의 의견에 따르겠

다는 식으로 대통령이 얘기했나.

노재현: 원래 박정희 대통령은 장관이 건의하면 썩 마음에 내키지 않아도 결재를 해주는 사람이었다.

강창성: 차지철 경호실장으로부터 연락이 없었나. 불만을 가졌을 것으로 생각되는데……. 그때 차 실장은 전 장군이 하나회인데다 정치적 야욕이 있는 사람이라서 가까운 곳에 두어도 되겠느냐는 입장을 취한 것으로 알고 있다. 김재규도 전 장군 임명에 반대 입장이 아니었나. 노 장관의 입장을 뒷받침한 사람이 서종철 장군이라고 알고 있는데 맞는가.

노재현: 그렇지 않다. 말이 나온 김에 얘기를 좀 하자면 당시 진종채 장군이 보안사령관이었는데 차 실장과의 사이가 너무 좋지 않다보니 보안사의 보고 사항이 대통령에게 올라가지도 않았다. 업무에 차질이 많이 생겼다. 장관으로서는 업무가 정상적으로 추진되기를 바라는데 보고 자체가 안 되니 이것을 해결하기 위해 새 사람을 물색 중 전 장군이 적합하다고 판단해서 건의한 것이다.

강창성: 전두환 · 노태우 장군이 서종철 장군의 전속 부관으로 근무하고, 이후 전두환 장군이 노 장관의 부관을 한 인연이 있다. 전 장군이 그렇게 빨리 보안사령관이 된 것은 두 분의 힘을 크게 입은 것이라는 얘기가 있었다.

폭풍전야

내란 음모의 시작

12 · 12에 대해 김영삼 대통령이 '군사반란사건'으로 규정한 뒤인 지난 해 9월 9, 10일 국회 국방위원회(위원장 신상우 의원)는 12 · 12에 대한 국정조사를 벌였다. 제5공화국 창건의 모태가 됐던 12 · 12의 실체적 진실을 규명하기 위한 국정조사에는 피해자인 정승화 계엄사령관 겸 육군참모총장, 장태완 수경사령관, 김진기 헌병감, 그리고 노재현 국방장관이 증인으로 나섰고 가해자인 합동수사본부(보안사) 쪽에서는 황영시 1군단장, 유학성 국방부군수차관보, 정도영 보안처장, 이학봉 보안사 대공과장(합동수사본부 수사국장), 허삼수 인사처장, 허화평 비서실장이 증언대에 섰다.

증인들 중 노재현 국방장관이 특히 눈길을 끌었다. 12 · 12에 대해 가해자든 피해자든 많은 증언들이 쏟아져 나왔지만, 피해자이면서 결국

가해자 쪽의 손을 들어주었던 노 장관은 일체 입을 다물고 있었기 때문이다.

국정조사에서 노재현 장관은 자신이 전두환 당시 제1사단장을 보안사령관으로 천거했다고 했는데, 정승화 역시 자신이 진종채 보안사령관 후임으로 전두환 소장을 추천하여 박정희 대통령의 허가를 받았다고 밝힌 바 있다.

"나와 장관은 경호실장의 발호로부터 군을 지키고 대통령에게 용이하게 접근하여 군의 권익을 대변해줄 수 있는 인물을 찾고 있었는데, 대통령의 두터운 신임을 받고 있는 전 소장이 적임자라고 생각했던 것입니다."

노 장관은 10·26 후 정승화 총장의 조사 문제에 관해서도 증언했다.

"정 장군은 10·26 직후에 이미 조사를 다 받아서 서류가 정리된 상태였습니다. 전두환 장군은 유능한 수사관을 시켜 세 번이나 정승화 총장에 대한 조사를 마친 상태였습니다. 아무런 혐의가 없다는 수사결과를 국민에게까지 발표했습니다."

강창성—그후 전 장군은 노 장관에게 정승화가 혐의를 받을 만한 요소가 있다고 얘기했다고 하는데, 맞나.

노재현—10월 27일 계엄사령관이 임명되면서 합동수사본부를 설치했고, 그 수장에 보안사령관을 앉혔다. 10·26은 굉장히 중요한 사건이었기 때문에 국민들에게 빨리 진상을 알려야 했다. 그래서 11월 6일 정승화 장군을 포함, 모든 조사를 마치고 국민들에게 결과를 발표하고 끝난 일이다.

발표장에서 어느 기자가 "정승화 장군의 관련설이 끝없이 나도는데 어떻게 된 것이냐"라고 전 장군에게 묻자 "절대로 그런 일 없다"라고 대답했다. 그때 전 장군은 자세한 서류를 가지고 있었는데 11월 13일에 계엄사 보통 군법회의에 송치를 끝낸 상태였다.

한편 가해자인 합동수사본부 측의 증인으로 나선 이들의 주장은 정승화 총장의 '혐의'가 구체적이었다고 증언한다. 정승화 총장이 박정희 대통령 살해현장인 궁정동 정보부 안가 별채에 있었고 김재규와 행동을 함께한 사실을 은폐했다고 주장한다. 노재현 장관은 10월 27일 아침에 이 사실을 보고받았다고 증언했지만 수사기관인 합동수사본부에는 28일에 가서야 알렸다는 것이다.

합동수사본부 측 증인들은 김재규 체포 직후 정승화 총장이 김재규와 함께 있었다는 사실을 알아내고 정승화 총장의 수사를 건의했으나 전두환 합동수사본부장의 지시로 수사에 착수하지 못했다고 한다.

다음은 이학봉 당시 합동수사본부 수사국장의 증언이다.

"27일 새벽 1~2시경 김재규로부터 얘기를 듣고 그날 오전에 정승화 총장에 대한 수사 건의를 했으나 합수본부장이 '계엄사령관 취임 직후라 곤란하다'고 해 착수하지 못했다. 그후 11월 4일경 다시 건의했다. 이에 합수본부장은 위에다 얘기하니 난색을 표시하더라고 해서 그만두었다. 일자는 기억하지 못하지만 얼마 뒤 세 번째로 수사 착수를 건의했다. 합수본부장은 '최규하 대통령이 정식 취임해 정국이 안정되면 수사하자. 그러나 연말은 넘기지 말자'라고 얘기했다. 수사 건의를 계속한 것은 수사 과정에서 속속 새로운 사실이 드러나 혐의점이 보다 뚜렷해졌기 때문이다."

육본 교육참모부차장 장태완 소장이 수경사령관에 취임한 것은 79년 11월 16일이다. 정승화 총장이 장 소장을 수경사령관에 임명하려고 했을 때 전두환 보안사령관이 반대 의견을 개진했었다는 것은 이미 언급한 바와 같다. 정승화 씨는 장 소장이 수경사 참모장으로 근무한 적이 있고 일선 사단장도 거쳐 적임이라고 생각했다고 밝혔다.

전두환 합동수사본부 측이 장 소장의 수경사령관 임명에 반대 의사를 표시한 것은 그 인사가 정승화 총장 자신의 지지 기반을 강화시키기 위한 것이라고 인식했기 때문이었다. 이에 대해 정씨는 "장 장군과는 아무런 개인적 친분관계도 없었다"라고 부인했다. 당시 육본 헌병감 김진기 준장도 "정승화 총장은 군내에 인맥을 만드는 스타일의 사람이 아니었다"라고 주장했다.

전두환 합동수사본부 측의 '12·12 쿠데타의 최대 걸림돌 중의 하나' 였던 당시 수경사령관 장태완 씨는 말한다.

"나는 총장과 가까운 친분관계에 있지도 않았다. 굳이 고향을 빌린다면 총장의 고향은 경북 금릉이고 나의 고향은 그곳에서 약 30킬로미터 떨어져 있는 안동이다. 그러므로 동향 출신이라고 말할 수는 있을 것이다.

그러나 내가 총장을 알게 된 것은 1969년 총장이 제1군사령부 참모장으로 있을 때였다. ……제1군사령관 한신 장군에게 발탁되어 제1군사령관 작전처차장 겸 제1군검열단장으로 있으면서 참모장이었던 정승화 총장과 함께 근무한 일이 있다.

그러나 나는 대부분 각 군단 및 사단 지휘 검열에 나가 있었기 때문에 한두 번 참모장에게 결재를 받으면서 약 10여 분 동안 접촉한 일밖에 없었으므로 거의 생소한 사이라고 해도 과언이 아니다. 그나마 내가 제1군사령부에 근무한 지 3개월 만에 정 참모장이 육본 관리참모부장으로 떠났기 때문에 그후의 접촉관계는 전혀 없었다.

그러다가 1979년 초에 정승화 장군이 육본 참모총장으로 부임했으며, 나는 교육참모부 차장으로 있었기 때문에 참모부장이 없을 때 참모총장실에서 있는 일반 참모회의에 한두 번 부장대리로 참석한 일 외에는 접촉한 일이 없었다. 그런데다 나는 정승화 총장이 부임한 지 한 달이 채 못 되었을 때 육·해·공군 장교 교육제도 연구위원장으로 국방부에 파견되어 근무하게 되었다.

내가 육본으로 복귀한 것은 그로부터 약 10개월 후인 79년 10월 초였다."

정승화·장태완 씨 두 당사자의 부인에도 불구하고, 장씨의 이야기에 따르면 두 사람은 동향 출신이었고 몇 번씩이나 같은 부대에서 상하관계로 근무한 적도 있었다.

10·26 직후 정승화 총장의 군 인사가 자신의 지지기반을 강화하기 위한 것으로 인식, 전두환 보안사령관을 리더로 하는 하나회 그룹이 반대했다는 것은 언급한 바와 같지만, 실제로 새로 발탁되는 장군들은 하나같이 하나회와는 비타협적인 인물들이었고 유학성 당시 육본 군수차관보 등 그들을 후원하는 장군들은 배제됐다.

정승화 총장의 군 인사에 대해 하나회 측의 해석은 좀 이색적이다. 그들은 당시 청와대 안팎은 물론 수도권의 모든 대(對) 전복(쿠데타 방지) 부대가 정승화 총장의 인맥으로 포진됐다고 주장한다. 합동수사본부 측은 방첩과 함께 보안사 2대 임무 중 하나인 대 전복 차원에서도 정승화 총장을 주목하지 않을 수 없었다는 것이다. 또한 합동수사본부 측의 주장에 따르면 정승화 총장 인맥은 곧 대통령 살해범 김재규 군맥으로 궤를 같이 하고 있다.

어느 시점부터인지 합동수사본부는 김재규의 박정희 대통령 살해를 정권 장악을 위한 행위로 판단하고 있었다. 정치세력이나 국민의 지지가 없고 병력도 없는 중앙정보부장으로서는 군을 동원해 혁명정부를 수립하려 했다고 판단한 것이다. 김재규가 수사과정에서 밝힌 '3단계 혁명론' 과 같은 맥락이다.

합동수사본부가 가장 신경을 곤두세운 것은 정승화 총장을 정점으로 하는 김재규 군맥이었다고 한다. 12·12 직후 발표문과 같이 합동수사본부 측이 주장하는 당시 김재규 군맥은 다음과 같다.

정승화 계엄사령관 겸 육군참모총장은 김재규와 동향이며 김재규가 그를 총장으로 천거, 임명시켰다.

정승화 1군사령관이 총장에 임명된 것은 79년 2월 1일이다. 정씨는 자신의 총장 임명이 김재규 정보부장과 관계가 없으며, 다만 노재현 국방장관으로부터 사전 통보를 받기 5분 전에 김 부장으로부터 축하 전화를 받은 적이 있다고 밝혔다.

김재규 부장의 전화를 받고 30분 뒤 차지철 경호실장이 당시 1군사령부를 방문 중이던 경호실차장 이재전 중장을 통해 "차 실장이 이 말을 꼭 전해달라고 저에게 당부하였습니다" 라며 정 장군에게 축하의 뜻을 전했다.

"어느 모로 보나 후임 총장은 정 장군이 되어야 하는데, 노 국방이 정 장군을 빼고 자기 동기생인 박희동 장군을 추천했답니다. 그런데 각하께서 친히 인사기록 카드를 뽑아 정 장군을 지명했습니다. 차 실장은 장관이 그럴 수 있느냐고 흥분했습니다."

그때 정승화 총장은 대통령 주변이 심상치 않다고 느꼈다고 회고한 바 있다.

"나는 단박에 차 실장의 이야기는 나와 노 국방 사이를 갈라놓으려는 이간질이라고 생각했습니다. 상식적으로 생각해도 장관이 한 사람만 추천할 수는 없어요. 나중에 저간의 사정을 들어보니 나와 박 장군과 김종환 장군이 후보로 추천되었더군요. 국방장관과 육군참모총장이 사이가 나빠지면 나라가 망하는데, 경호실장이란 자가 없는 말을 꾸며서 그런 짓을 하는 것을 보고는 아찔했답니다. 취임식을 마치고 김재규 부장에게 인사차 들렀더니, 대통령에게 나의 충성심을 강조했다고 하더군요."

합동수사본부 측은 정승화 총장의 그와 같은 주장을 믿지 않고 있다. 차지철 경호실장은 김종환 합참의장을, 노재현 장관은 박희동 3군사령관을, 김재규 정보부장은 정승화 1군사령관을 밀었다고 합동수사본부 측은 주장한다.

정승화 씨는 김재규를 성격적으로 싫어하며 총장으로 임명되기 전에는 만난 적도 몇 번 없었다고 말한다. 그는 김재규 후임으로 제3군단장이 되었는데 전임자가 도처에 '김재규'란 이름을 새겨놓은 것을 보고 명예욕이 지나친 사람이라는 인상을 받았다고도 했다. 정승화 총장의 그러한 주장 또한 합동수사본부 측은 믿지 않았다.

이건영 3군사령관—김재규가 정보부장이 되었을 때 차장으로 데려갔다가 승진시켰다.

장태완 수경사령관—정승화 총장과 동향. 한신 1군사령관 시절 정승화가 참모장, 장 장군이 작전처차장으로 같이 근무한 경력이 있고, 정승화 총장의 '월권'으로 인해 수경사령관으로 전격 발탁됐다.

정병주 특전사령관—김재규의 안동 농림학교 후배이자 김재규 보안사령관 시절 참모장을 지냈다. 내란음모사건의 피고인 김계원 전 대통령비서실장과 동향 출신(경북 영주)이다.

신현수 6군단장—김재규의 안동 농림 후배.

황영시 1군단장—한신 1군사령관 시절 정승화가 참모장, 황 장군은 작전참모로서 같이 근무한 경력이 있고, 황 군단장의 동서와 정승화 총장이 의형제 사이로 서로가 존중해주는 관계이다. 정 장군이 총장 취임 직후 가장 자주 방문한 부대가 황 장군의 1군단이 꼽힐 정도였으나 제1차 계엄 확대회의 이후 황 장군은 정승화 총장과 거리를 두기 시작했다.

차규헌 수도군단장—정승화 총장이 방첩주대장 시절 정보처장. 정 부대장이 임기를 끝내지 못하고 육본 특전감으로 전보됐을 때 박정희 대통령에게 청원, 정 장군을 사단장으로 나가도록 도왔다.

그밖에 서울외곽 대 전복부대인 수도기계화사단(사단장 손길남 소장), 30사단(박희모 소장), 26사단(배정도 소장), 20사단(박준병 소장) 중 박준병 소장을 제외한 3인의 사단장이 모두 비육사 출신으로 유사시에 정승화 총장 쪽으로 움직일 가능성이 높은 것으로 합동수사본부 측은 파악했다.

"대 전복 차원에서 보면 이는 엄청난 조직이었다. 설사 당시 정승화 총장이 내란음모사건에 관계가 없었다 해도 이것은 큰일이었다. 더욱이 박정희 대통령 사망 후 군을 모르는 대통령이 취임한 상황에서 한 사람에게 주요 대 전복부대가 집중되는 것을 막아야 했다. 이들 지휘관들이 김재규, 정승화와 깊은 관련이 있는 인물이란 점에서 정승화 총장 연행에 비밀 유지를 고려하지 않을 수 없었다."

전두환 합동수사본부는 10·26을 내란음모의 끝이 아니라 시작으로 보고 있었다. 그 '새로운 시작'을 군의 동원으로 보았기 때문에 군 내 김재규·정승화 추종 세력에 대한 추적이 합동수사본부의 초미의 과제였다는 것이다.

10·26 후 부활된 보안사 정보처 정보과장과 처장을 지낸 바 있는 한용원 씨는 다음과 같이 지적한다.

"당시 하나회 세력은 정승화 총장 측근 세력이 의도적으로 정치장교 퇴진 여론을 조성하고 있었고 정승화 총장 자신도 예하부대를 순시하면서 군의 정치 중립을 강조하여 자신들을 궁지로 몰고 있다고 생각했다. 그리고 그들은 정치장교들을 예편시켜야 한다는 주장이 바로 자신들을 공격 대상으로 하고 있다고 여겼다. 하나회 세력은 정승화 총장과 그 측근 세력들이 자신들의 세력 기반을 강화시키고 하나회 세력을 분산·약화시키려 한다고 확신했다."

정승화 씨의 주장은 다르다. 그는 다시 정치 장교의 퇴진 여론을 자신이 무마했다고 주장하고 있다.

"육군의 일반장교들 사이에는 중앙정보부 파견장교나 청와대 파견

장교들에 대해서 마땅치 않게 생각하는 공기가 있었다. 박정희 대통령이 서거하여 권력의 주변이 무너지기 시작하니까 자연히 이들에 대한 불만이 높아갔다.

청와대나 중앙정보부에 파견돼서 군인의 순수성을 잃어버린 장교들을 마땅히 예편시켜야 한다는 주장이 일기 시작했다. 이들 순수 군인들의 주장이 일리가 있기는 했다. 그러나 청와대나 중앙정보부에 파견된 장교들이라고 해서 그 모두가 스스로 운동해서 그렇게 된 것은 아니었다. 오히려 유능하고 쓸모가 컸기 때문에 점찍혀 뽑혀간 장교들이 더 많았다. 그러한 곳에 파견되었더라도 군인으로서 자신의 본분을 잃지 않고 오직 자기 직무에만 충실하려고 노력한 장교도 많이 있었다. 그들을 모두 도매급으로 취급한다는 것은 잘못이라고 나는 믿어왔다.

나는 이와 같은 군의 분위기를 완화하고 군의 단결을 도모해야겠다고 생각하고 12월 초 군사령부를 순회하면서 훈시를 통해 나의 뜻을 이해시키려고 했다."

실제로 정승화 씨의 회고 속에는 군의 정치중립을 강조한 대목이 곳곳에 나타난다. 정승화 총장의 그러한 주장에도 불구하고, 군의 정치적 중립을 강조하는 정승화 총장의 처지를 잘 아는 군관계자들은 어느 땐가 그가 정치장교들을 선별적으로 조치할 것으로 보고 있었다. 최근 정승화 씨 자신도 정국이 안정된 다음인 80년 봄쯤에는 지탄받는 장교들을 처리할 생각이었다고 밝힌 바 있다.

장태완 소장의 수경사령관 임명에 대해서는 앞에서 언급한 바 있지만, 전두환 합동수사본부 측에서는 10·26 후 정승화 총장의 '월권' 의 첫째로 수경사령관의 전격 교체를 꼽고 있다.

수경사는 원래 박정희 대통령이 자신의 경호와 관련되는 부대를 주한미군의 통제하에 둘 수 없다는 판단하에 미군 측과 갈등 끝에 창설한 부대였다. 말하자면 대통령의 안전을 위한 특정 임무 부대인데, 대통령령 제9218호에 따라 유사시 경호실장의 통제를 받는 부대다. 따라서 수경사는 편제상 육참총장 휘하에 있지만 사령관의 임명은 대통령의 결제사항이라는 것이다.

정승화 총장은 최규하 대통령의 재가 없이 전성각 사령관을 전격 교체, 정태완 소장으로 임명했다. 합동수사본부 측은 그와 같은 정승화 총장의 행위가 월권이며 자기세력 확대를 위한 조치로밖에 볼 수 없다고 주장한다.

합동수사본부 측은 또 정승화 총장은 유사시에도 육참총장이 수경사를 지휘할 수 있도록, '대통령령 제9218호' 의 수정작업을 지시했는데, 이것은 그가 대통령의 경호 업무에 관여하겠다는 의도로 보여 합동수사본부로서는 긴장하지 않을 수 없었다고 주장한다.

정승화 씨는 총장이 되고 나서야 비로소 대통령령에 의해 수경사 병력은 경호 목적상 경호실장이 지휘할 수 있다는 것을 알았다고 한다. 그는 "도대체 민간인이 어떻게 군을 지휘할 수 있느냐" 고 흥분했으며 언젠가는 이 '언어도단의 대통령령' 을 고쳐야겠다고 벼르던 중에 12·12라는 역사의 소용돌이에 휘말려들게 됐다고 회고한다.

12·12를 향한 진군

때는 79년 12월 5일. 수경사령관으로 부임한 장태완 소장이 계엄사 수도본부소장까지 겸하고 있었기 때문에 눈코 뜰 새 없이 바쁘게 일하고 있을 때, 보안사령관 비서실장 허화평 대령이 찾아왔다. 사전에 방문한다는 연락이 있었으므로 장 수경사령관은 사령관실에서 허 대령을 만나보았다.

"저희 사령관님의 전달사항을 가지고 왔습니다."

소파에 앉은 허화평 대령은 "저희 사령관님께서 각별히 안부 인사를 드리라고 했습니다" 하면서 하얀 이중 봉투를 꺼내 장태완 수경사령관에게 건네주었다. 그 자리에서 장 사령관은 봉투를 뜯어보았다.

'형님, 얼마 되지 않지만 집의 김장에 보태 쓰시면 감사하겠습니다.'

전두환 보안사령관의 만년필로 쓴 메모지와 함께 1백만 원짜리 수표 한 장이 들어 있었다.

다음은 장태완 씨의 회고이다.

"내가 수경사 참모장 때에 하나회 계열이자 전두환의 동서인 김상구(육사 14기) 방공포대장을 입창시킨 일이 있었는데 그 일로 나에게 깊은 유감을 갖고 있었을 그가 거액의 수표를 그것도 부대 김장비에 보태 쓰라는 것이 아니라 나 개인의 김장값으로 보태라고 보내왔으니 나로서는 의아했다.

김상구 중령 관련 사건이 있은 이후 내가 전두환 장군을 만난 일은 전혀 없었다. 그러다가 수경사령관으로 부임한 후 보안사령관인 그를 계엄 업무회의에서 처음으로 만났다.

당시 그는 나에게 수경사령관 취임을 축하한다는 말을 했다. 이 자리에서 김상구 중령의 일로 아직 나를 서운하게 생각하고 있는가, 하고 넌지시 그의 마음을 떠보았다. 그랬더니 그는 웃으면서 '아닙니다. 다 지나간 일입니다. 그 친구가 잘못한 일인데 뭘 그러세요' 하고 말했다. 이러한 대화로 김상구 중령의 일을 넘겨버렸지만, 그가 나에게 김장값까지 보내 줄 정도로 친숙한 이가 아닌데 하며 나로서는 여전히 이상하게 생각할 수밖에 없었던 것이다."

장태완 수경사령관의 표정을 살피던 허화평 대령이 잠시 후 입을 열었다.

"저희 사령관님께서 사령관님의 부임을 환영하는 식사 자리를 마련하겠다고 하십니다. 어느 날이 좋으신지 그 일시를 알아가지고 오라고 했습니다."

12·12 쿠데타에 얽힌 미스터리 중 아직도 풀리지 않고 있는 부분은 전두환 합동수사본부 측이 언제부터 정승화 총장 연행 계획을 구체화시켰느냐는 점이다. 그들의 계획에는 물론 정승화 총장과 가까운 인물로 꼽히는 수도권 지역 지휘관들을 연희동 술집으로 초대하는 일도 포함된다.

지금까지의 기록에 따르면 12월 6일 9사단장 노태우 소장과 실행 합의설, 12월 10일 하루 전 정승화 총장의 '전두환 보안사령관의 동해안 경비사령관 전보설이 알려진 직후' 등 몇 가지 주장이 있지만 장태완 씨의 증언은 그와 같은 '12·12 최초 계획설' 들을 뒤집은 것이다. 장씨의 증언을 수용할 경우, 전두환 합동수사본부 측은 적어도 12월 5일 이전에 12·12 계획을 구체화시켰다는 얘기가 된다. 이는 당시 계엄사 보도검열단, 합동수사본부에 파견 근무를 했던 김기철 씨의 '신 군부는 10·26 직후부터 집권을 꿈꿨다' 라는 증언과 일맥상통하는 부분이다.

민주당 측에 의해 당시 정권 탈취 프로그램의 '기안자' 로 지목되고 있는, 장태완 수경사령관에게 전두환 보안사령관의 초대를 전하는 허화평 당시 보안사령관 비서실장의 주장도 의미심장하다.

"12·12가 없었다면 5공화국이 없었을 것이라고들 말하는데 그 말은 10·26이 없었다면 12·12가 있을 수 없었을 것이라는 점을 간과한 것이다. 정권 탈취 프로그램이란 주장에는 코멘트할 생각조차 없다. 12·12로 피해를 입었다고 생각하는 측에서 하고 있는 주장들 또한 역사에 정사로 기록되기는 어려울 것이다."

당시 장태완 수경사령관은 부임 초기였으므로 아직 단위 부대와 초소 순방도 모두 끝내지 못한 터여서 전두환 보안사령관의 술자리 초대를 유보시켜야겠다고 생각했다.

"이 봉투에 관해서는 내가 직접 자네 사령관에게 이야기하겠네. 우리들은 서로 협력할 사이에 있고 또 내가 새로 부임했으니 부대 파악이 끝나는 대로 내가 먼저 자리를 마련해야지 전 장군이 먼저 한다고 하면 말이 되나. 그러니 이 문제는 내가 부대 파악을 끝내는 대로 연락하겠다고, 그렇게 전해주게."

전두환 보안사령관 비서실장 허화평 대령이 장태완 수경사령관을 찾아가 1백만 원짜리 수표 한 장을 김장값으로 건네주고 '수경사령관 부임을 환영하는 식사' 모임을 제의하던 날, 노태우 제9사단장은 집무실에 앉아 있었다. 천금성 씨의 『10 · 26, 12 · 12, 광주사태』(이하 『12 · 12』로 줄임)에 따르면 '집무실 의자에 깊숙이 앉은 채 여러 가지 상념에 잠겨 있었다.'

노태우 사단장은 거의 한 시간 가까이 그런 자세로 앉아 있었는데, 그의 무릎 위에는 박정희 대통령의 시해범인 김재규와 8명의 관련 피고인에 대한 첫 공판 기사가 만재된 신문이 펼쳐져 있었다. 1면에는 가죽 수갑이 채워진 양쪽 팔을 헌병에게 잡힌 채 한복 차림에 입을 굳게 다물고 법정으로 들어서는 김재규의 사진이 실려 있고, 사진 바로 위에는 '변호인단, 민재이관 요구'라는 2단 크기의 제목이 가로질러 있었다.

"10 · 26 사건 이후, 노태우 소장은 한 번도 사단을 비워본 적이 없었다. 그러나 그렇게 영내에서만 지내다 보니 한편으로는 세상 돌아가는 모양에 일말의 불안감이 서서히 머리를 들고 일어나는 것을 억제할 수 없었다. 신문 보도를 통해서 난 혹은 공무로 서울을 다녀온 측근 참모들의 말을 귀담아 듣고 있노라면 어떻게 된 셈인지 이 나라의 장래가 위태롭게 돌아가고 있다는 느낌을 떨쳐버릴 수가 없었다. ……노태우 소장은 이번 주말쯤에는 서울로 나가볼까 생각했다."

다음날인 12월 6일, 최규하 대통령 권한대행이 통일주체국민회의에서 대통령으로 당선된 그날 정승화 육참총장은 어느 모임에서 김치열 법무장관을 만났다.

"정승화 총장, 정규 육사 출신 장교들이 요즈음 군 인사의 적체 현상에 대해 불만이 있는 것 같아요."

김 장관의 귀띔을 받은 정승화 총장은 "당시의 군내 분위기나 나의 위치로 보아서 일부 집단에 대한 반란은 절대로 불가능하다고 마음을 놓았다"라고 한다. 그는 "다만 노태우 소장 같은 정치장교들이 그들을 비호해주던 박정희 대통령이 사라진 뒤 불안을 느끼고 있었고, 내가 그들을 탐탁치 않게 생각하고 있다는 것을 잘 알고 있었을 것이다"라고 말한다.

같은 날 제71방위사단장 백운택 준장은 전두환 보안사령관의 연희동 자택을 방문했다. 백 준장은 전두환 보안사령관, 노태우 9사단장 등과 함께 육사 11기 동기생으로 일찍이 육사 생도 시절부터 '오성회', '칠성회'의 회원이었다.

전두환 보안사령관 내외는 연희동 자택 바깥채에 기거하고 있었다. 『12 · 12』에 따르면 전에 없던 일이었다.

전두환 보안사령관은 "요즘 신변에 위협을 느끼고 있다"라고 말했다. 그의 말에서 백 준장은 10 · 26 사건 수사가 진행됨에 따라 김재규 추종 세력이나 구명 그룹이 자신에게 어떤 위협을 가할지 모른다고 생각한 것 같았다고 한다.

"형님, 형님이 조만간 동해경비사령관으로 전보된다는 말이 떠돌고 있으니 몸조심하십시오."

12·12 쿠데타의 한 동인이 됐던 전두환 보안사령관의 동해경비사령관 경질설이 등장한다.

"미묘한 기류가 감돌고 있는 시기에 전두환 본부장의 귀에 사태에 불을 댕기는 보안사령관 경질설이 나돌았다. 전 본부장이 보안사령관직에서 다른 보직으로 물러나게 되면 그때 맡고 있던 합동수사본부장 자리도 자동적으로 내놓아야 했다."

지금까지의 기록물들에 따르면 전두환 보안사령관의 경질설은 12월 9일 정승화 총장이 노재현 국방방관한테 건의한 이후였던 것으로 되어 있다. 그러나 12·12 가해자 측 2백여 명을 만나 인터뷰를 하고 『12·12』를 썼던 천금성 씨는 "12·12의 진상을 정리하기 위해 만났던 많은 관련자들에게서 그날 이전에 이 경질설을 알고 있었음을 확인한 바 있다"라고 한다. 천씨의 이 증언은 『12·12』에도 기록되지 못한 내용이다.

"유력한 증언들을 취합해보면, 이 경질설은 벌써 11월 중순부터 파다해 있는 것으로 드러난다. 그리고 수도권의 웬만한 장성들이면 이 설을 둘러싼 진동을 대부분 감지하고 있었다."

천씨에 따르면 백운택 준장뿐만 아니라 당시 육군정보참모부차장이었던 최성택 장군, 국군 서울지구 병원장 김병수 장군도 전두환 보안사령관 경질설을 12월 9일 이전에 알고 있었던 사람들이었다.

하루 뒤 노태우 9사단장은 서울에서 온 전화를 받았다. 전두환 보안사령관이었는데 내일 시간을 내어 꼭 들러 달라는 내용이었다.

12월 8일(일부 기록에는 6일이었다고 한다), 10·26 후 처음으로 서울에 나타난 노태우 소장은 먼저 노재현 국방장관을 방문한 뒤 육군본부로 가서 정승화 총장에게 인사를 드렸다.

정승화 총장은 "전방도 별일 없지요? 여기 일도 모든 게 잘 돼 나가고 있소"라고 태평한 어조로 말했다.

육본을 나온 노태우 소장은 필동 수경사령부를 방문했다. 장태완 수경사령관이 "비상계엄하인데 어쩐 일이오?" 하고 탐탁치 않다는 투로 물었다.

"총장님 뵙고 가는 길에 잠깐 들렀습니다."

"아, 그래요. 노 소장, 수경사는 참 중요한 부대요. 노 소장이 9사단장을 마치면 내 후임으로 천거할 생각이오."

다른 것이 있다면 천거가 아닌 피탈이었다는 점이지만, 닷새 후면 장 수경사령관의 그 말은 현실화될 것이다. 노태우 소장은 "감사합니다"라고 대답한 뒤 자리에서 일어섰다.

노태우 소장은 그 길로 계엄사 합동수사본부의 전두환 보안사령관을 찾아갔다. 전두환 보안사령관을 만난 노 소장은 "오는 길에 장관님과 총장님을 만나뵈었다"라고 전하면서 "그저 모든 게 잘 돼 나가고 있다고만 말하더라"고 얘기했다.

"뭐, 잘 돼 나가고 있다고? ……오늘 노 장군을 서울로 나오게 한 것도 바로 그 문제 때문이었어. 정승화 총장의 그 말과는 달리 요즈음의 사태는 아주 위험하게 치닫고 있다네.

정승화 총장의 말과는 반대로 어쩌면 우리 군이, 아니 이 나라가 잘못돼 나가고 있는 것만 같아. 정부는 이제 겨우 새 대통령을 선출하였을 뿐인데…… 그러니까 아직 틀도 안 잡힌 셈이지. 그렇더라도 우리 군부와 김재규 무료 변호인단이 일사불란해야 하는데 만고의 패륜아 김재규가 오히려 영웅시되고, 심지어는 혁명 투사로까지 추앙을 받고 있는 판이야. 변호인들이 면회를 다녀와서는 김재규가 처벌을 받지 않을 것이라고 말하고 있고, 일각에서는 김재규에 대한 구명운동까지 벌어지고 있어…….

무조건 잘 돼 나간다는 정승화 총장의 말에도 커다란 문제가 있는 것 같아. 백운택 장군도 그저께 와서 그러는데 예비역 장교교육 때 정승화 총장의 훈시를 받아 백 장군이 대독을 했더니, 그걸 듣고 난 다음에 분위기가 영 뒤숭숭했다는 거야. 그 장교들의 얘기인즉, 박정희 대통령의 시해사건에 관련된 정승화 총장이 훈시라니 그게 도대체 말이 되겠느냐는 거야. 도무지 정신을 차릴 수가 없다는 얘기였어."

전두환 보안사령관의 얘기에 노 소장은 '우리 사단 장병들의 반응도 마찬가지' 라고 대답했다.

"바로 그거야. 오늘 노 소장을 나오게 한 것도 그 때문이고. 어때? 기왕 오랜만에 외출을 나온 김에 몇 사람 만나보지 않을래?"

전두환 보안사령관은 자신의 경질설에 대해서는 입 밖에도 내지 않고 시중의 여론을 수집해보라고 했다.

전두환 보안사령관과 헤어진 노태우 소장은 시내로 나와 손주환 『중앙일보』 사회부장을 만났다. 두 사람은 일찍이 손 부장이 국방부 출입 기자 시절 중령 계급장을 달고 있던 노 소장과 아는 사이였고, 그 이래로 서로의 직분을 떠나 기탄없는 대화를 나누어 온 사이였다고 한다.

손주환 부장으로부터 많은 이야기를 들은 노태우 소장은 이어서 서울대학교 K 교수, J 교수 등도 만났다. 몇 명의 군 장성과 평소 잘 아는 대학생들로부터도 여러 가지 의견을 들었다.

"그 여론을 종합하니 노태우 소장은 시국이 심상치 않다고 생각했다. 무엇인가 검은 먹구름이 잔뜩 몰려올 듯한 어지러운 정세였다. 여론에서 느낄 수 있는 분위기로는 시해범 김재규가 영웅 대접을 받기 직전이었다. 이러다가는 이 상황이 장차 어떤 방향으로 뻗어나갈는지 가늠할 수가 없었다.

어떤 교수는 흥분을 가라앉히지 못한 채 오히려 마주 앉은 노태우 소장을 마구 나무라기까지 했다. '당신은 명색이 우리나라 군부의 유수한 지휘관이면서 이 난국에 팔짱만 끼고 있을 거냐' 고 공박까지 하는 것이었다.

또 전두환 사령관을 잘 알고 있는 어느 참모 부인은, '도대체 전 장군은 무얼 하고 있느냐' 면서 거침없이 힐난의 화살을 쏘아대더라고도 했다."

나름대로 여론을 수집해 더 이상 다른 사람을 만날 필요가 없게 됐다고 판단한 노태우 소장은 오후 다섯 시경 보안사령부로 돌아왔다. 전두환 보안사령관을 만난 노 소장은 "다들 큰일 나겠다며 발을 구르는 게 내가 얻어들은 여론의 종합" 이라고 했다.

"현재 시해범 일당에 대한 공판이 진행 중일세. 그런데 지금으로서는 터놓고 밝힐 수 없는 문제가 있어. 노 장군이 그 문제를 한번 브리핑 받아보는 게 좋겠네."

전두환 보안사령관은 비서실장 허화평 대령으로 하여금 10·26 사건에 대한 브리핑을 하도록 지시했다. 상황실에서 진행된 브리핑은 2시간 가까이 걸렸다고 한다. (일부 기록과 증언에 따르면 노 소장은 전두환 보안사령관의 권유로 브리핑을 먼저 받고 여론을 수집했다고 한다.)

브리핑을 받은 뒤 노태우 소장은 정승화 총장이 10·26 사건에 관련돼 있는 것 같다는 인상을 받았다. 상황실을 나오면서 "어때?" 하고 묻는 전두환 보안사령관의 질문에 노 소장은 "정승화 총장은 사건 동기를 만든 장본인이더군" 하고 대답했다.

"잘 본 거야. 정승화 총장은 그 책임을 면할 수가 없어. 김재규 하수인이야. 그날 정승화 총장이 취한 행위에 비하면 오히려 측은할 정도지. '저 옆방에 육군참모총장도 와 계신다'는 김재규의 말 한마디에 하수인들은 그 일이 미리 계획된 것이고, 따라서 군부 전체와도 손이 닿아 있다는 오판을 하게 된 거야. 게다가 정승화 총장은 우리 수사관들이 수사를 하면 할수록 의심살 짓만 하고 있어."

전두환 보안사령관의 얘기를 듣고 있던 노태우 소장은 "그럼 어떻게 하지?" 하고 물었다.

"당연히 나로서는 이렇게 생각하네. 정승화 총장에 대한 수사는 필요불가결한 것이라고. ……이렇게 하면 어때? 우리가 정승화 총장을 모시고 그분의 진의를 직접 들어보는 게? 그분은 그래도 이 나라의 육군참모총장이야. 우리가 자연스럽게 그분의 진의를 들어본 다음에 부드럽게 참모총장으로서 도의적인 책임을 지라든가……, 그분이 옳은 처신을 하도록 우리들이 진심으로 충고해주자는 걸세. 이렇게 하면 어떨까? 우리 군에서 신망이 있고 정의로우며 청렴결백한 지휘관들이 한 자리에 모이면. 물론 정승화 총장과 사이도 가깝고 또한 의기투합을 할 수 있는 지휘관들 말이야."

12·12 가해자 측의 증언과 논리에 따르면 12·12의 시작은 그렇게 이루어지고 있었다. 1987년 노태우 씨는 민정당 당원교육장에서 특강을 통해 당시의 일들에 대해 언급한다.

"당시 합동수사본부장으로서 수사 책임을 지고 있던 총재 각하께서는 정승화가 육군참모총장과 계엄사령관직에 있기 때문에 난관에 봉착했다. 수사관들이 공갈, 협박을 여러 차례 받을 정도였다. 긴급조치 9호를 바로 해제함으로써 사회 혼란도 가중되었다. 수사 과정에서 우려한 대로 김재규 일당이 정승화 장군을 배경으로 뭉치기 시작했다. 그렇게 되면 군대가 두 쪽이 나서 싸우게 되는데 나라가 망하고 김일성한테 진수성찬을 차려주는 것이나 마찬가지였다. 전 대통령 각하께서는 이에 대해 무척이나 고민했고, 본인도 같이 머리를 맞대고 해결책을 모색하기 시작했다. 여러 가지 생각을 했으나 최종적으로 군에서 정승화 장군과 친했던 사람들의 뜻을 모아보기로 했다."

전두환 보안사령관과 12·12에 대해 최초로 합의를 이룬 노태우 소장은 "그러면 날짜를 어떻게 잡지?" 하고 물었다.

"오늘이 12월 6일이니까 12일로 하면 어때? 마침 13일이 개각 예정일이야. 만약 정승화 총장이 우리들의 의견에 승복해서 명예로운 퇴진을 결심한다면 그 개각 날짜에 맞추어 정승화 총장이 건강 문제 등을 구실로 물러난다고 자연스럽게 넘길 수도 있지 않겠나?

전두환 보안사령관의 얘기를 들은 노태우 소장은 "그렇게 하지. 그러면 날짜가 12월 12일이군"이라고 확인했다.

그들은 12·12의 거사일을 개각 예정일에 맞추었다고 했으나 그 저변에는 더욱 치밀한 면이 있었다. 11일이 장군 진급 심사일이고 다음 날 그 결과가 발표될 것이므로, 12일 저녁이면 관례대로 군 내의 곳곳에서 승진 축하 회식이 벌어지게 되어 있었다. 무엇보다도 그날은 10·26 사건 공판의 사실 심리가 끝나기로 되어 있는 날이었다.

유인작전

군인 전두환은 용의주도한 인물이었다. 일찍이 육사생도 시절부터 '용(勇)'을 꿈꾸었고, 훗날 자신의 장성의 의미를 '용성'이라고 이름붙였을 정도로 그는 남다른 처세술과 함께 리더십도 뛰어난 편이었다.

"30대대 대대장 시절의 박격포 영내 배치만 해도 그렇고, 그가 1사단장으로 재임 중 제3땅굴을 찾아낸 것만 해도 그렇다. 더욱이 김재규를 체포하던 날, 그는 체포 행동대원인 보안사 군사정보과장 오일랑 중령에게 신분을 육본 헌병대장으로 위장할 것과 만약의 경우에 대비하여 별도로 차량 1대를 호송차 뒤에 따르게 했는데, 과연 김재규를 태우고 가던 승용차가 남영동 네거리에서 고장을 일으켜 예비차를 적절하게 써먹은 일도 있었다.

그는 어떤 사안을 처리할 때는 언제나 일어날 수 있는 모든 가능한 사항을 염두에 두고 그에 대한 철저한 대비책을 세운 다음에야 착수하는 빈틈없는 군인이었다. 수도 서울 한복판에서 우리 국군 사이에 교전을 벌이는 상황을 하지하책으로 판단했던 전 장군은 거사에 대비, 수도권 병력의 향방을 사전 점검했다."

12·12를 독자적으로 계획하면서 전두환 보안사령관이 가장 우려한 것은 정승화 총장 추종 세력이었다. 정승화 총장 연행이라는 12·12 실행 때 그들이 병력을 동원하여 반격에 나서지 않을까 하는 점이었다.

정승화 총장 추종 세력 가운데 가장 거슬리는 것은 장태완 수경사와 수도권을 빙 둘러 포진하다시피 주둔하고 있는 정병주 특전사였다. 여기에 중앙 기동부대 기능을 하고 있는 보병 20사단도 포함된다.

"이들 부대들은 모두 수도원 방위에 언제든지 투입 가능했고, 육군본부의 명령만 떨어지면 언제든지 출동하여 임무를 수행할 수 있는 능력을 갖고 있었다. 전 장군은 이런 부대들의 지휘관을 한 명, 한 명 저울질해 보았다."

특전사 제1여단장 박희도 준장 — 경남 창령 출신으로 육사 12기. 전두환 보안사령관이 이끄는 군내 사조직 하나회 회원. 특히 전두환 보안사령관으로부터 제1공수특전단의 지휘권을 인수받은 전두환 인맥.

특전사 3여단장 최세창 준장 — 대구 출신의 육사 14기. 하나회 회원. 전두환 보안사령관과 미 레인저 특수교육을 받은 군사 유학 동기.

특전사 5여단장 장기오 준장 — 전두환 보안사령관과 군사 유학 동기.

정병주 특전사령관이 전두환 합동수사본부 측 제압을 위해 공격 명령을 내릴지도 모를 공수 1·3·5 여단장은 전두환 인맥이었다. 그 밖의 여단들―7·9·11여단―은 1·3·5여단과는 달리 서울과는 좀 먼 거리에 주둔하고 있어 유사시 서울에 영향력을 발휘하기는 어려웠다.

특전사를 장악할 수 있다고 판단한 전두환 보안사령관은 장태완 수경사를 점검해보았다. 수경사 예하 30경비단과 33경비단이 문제였으나 그것은 염려할 것이 없었다. 30경비단장 장세동 대령과 33경비단장 김진영 대령은 하나회 회원으로 전두환 측근 중의 측근이었다.

다음은 수경사 본대 헌병단 헌병단장 조홍 대령이 문제로 나타났다. 그는 하나회 회원도 아니었고, 따라서 전두환 인맥도 아니었다.

전두환 보안사령관과 노태우 9사단장 사이에 12·12의 합의가 이루어지던 날, 장태완 수경사령관실에는 예하 헌병단장 조홍 대령이 들어서고 있었다.

"사령관님, 오늘 제가 전두환 보안사령관실에 인사하러 갔더니 보안사령관께서 오는 12월 12일 오후 6시 30분에 사령관님과 정병주 장군님, 그리고 헌병감 김진기 장군님(계엄사 치안처장 겸임)을 모시고 단합 만찬을 가지려고 하는데 건의드려 보라는 말씀이 있었습니다."

12·12는 이미 시작되고 있었다. 전두환 보안사령관은 휘하의 허화평 비서실장에 이어 조홍 수경사 헌병단장을 보내 장태완 수경사령관을 유인하고 있는 것이었다.

기록물들은 12·12 최초의 계획 시점을 전두환 보안사령관과 노태우 9사단장 사이에 합의가 이루어진 날로 묘사하고 있지만, 장태완 당시 수경사령관의 증언은 다르다.

"허화평 보안사 비서실장이 나에게 김장값을 가지고 와서 전두환 장군이 나의 수경사령관 부임을 환영하는 식사 자리를 수일 내에 마련하겠다는 말을 전한 것이 12월 5일이었고, 조홍 대령이 나에게 와서 전 장군이 12월 12일 오후 6시 30분에 단합 만찬에 초대하기로 했다는 말을 전한 것은 12월 8일이었다.

이렇게 볼 때, 12·12 군사쿠데타 계획은 12월 5일 훨씬 이전부터 꾸며지고 있었으며, 그 계획이 확정되고 거사일을 12월 12일로 정한 것은 조홍 대령이 12월 8일 전 장군이 정한 파티 일시를 전해준 것으로 볼 때 그들은 12월 5일 이전에 이미 모든 거사 준비를 완전히 끝내고 있었음을 알 수 있다."

증언들을 종합해보면, 전두환 보안사의 12·12는 확실히 12월 5일 훨씬 이전부터 계획된 것 같다. 그리고 노태우 9사단장이 전두환 보안사령관을 방문한 12월 8일에 D데이 12·12가 정해졌을 것이다.

"장태완·정병주 두 사령관은 문제가 되고 있는 정승화 총장의 신임을 받고 있었다. 항간의 소문에 따르자면 정승화 총장은 곧 있을 군 수뇌부 인사에서 정병주 장군을 군단장으로 보낸다고 했다. 장태완 장군도 이와 비슷한 언질을 받고 있었다. 그러니 만큼 두 사령관의 정승화 총장에 대한 충성심은 절대적이었다. 전 장군도 이 점은 잘 알고 있었다."

12·12 가해자 측의 증언을 토대로 쓴 천금성 씨의 기록에 대해 최대 피해 당사자인 정승화 당시 육참총장은 "그들(가해자 측)이 만든 공적서"라고 규정하고 있다. 정씨는 또 "발간을 전제로 12·12 당사자들이 자랑스럽게 증언해서 만들었지만 아무리 해도 변명이 안 되니 발간을

포기한 것으로 안다"라고 그 신뢰도를 부정하면서, "정확히는 모르겠지만 현재 각 신문에 연재하는 12·12에 대한 비화들이 모두 이 기록을 주요 근거로 해서 기술되지 않았나 하는 느낌인데, 정확하지 못한 기록을 기초로 했다면 문제가 아닐 수 없다"라고 말한다.

실제로 천씨의 기록은 본인이 시인했다시피 전적으로 수용하기 어려운 곳이 없지 않다. 장태완, 정병주 두 사령관에 대한 기록도 그런 부분이 보인다.

장·정 두 사령관이 정승화 총장의 신임을 받고 있다는 것은 주지의 사실이지만 군단장으로 내정됐거나 언질을 주었다는 것은 납득하기 어렵다. 장태완 소장이 수경사령관으로 부임한 것은 그해 11월 16일, 한 달도 채 되지 않은 수도권 주요 지휘관을 곧 군단장으로 보낼 언질을 주었다는 것은 시기적으로 납득하기 어려운 점이 없지 않다.

가해자 측 당사자들의 일방적인 증언으로 기록된 천씨의 『12·12』에는 반론의 여지가 없지 않다고 해도, 당시 상황을 파악하는 데 일단 도움이 되는 자료임은 틀림없다. 「전·이 부부의 백담사 그날」편은 천씨의 기록과 기타 신뢰할 만한 자료, 그리고 관련자들의 새로운 증언들을 토대로 기록한다.

헌병단장 조홍 대령은 경남 함안 출신으로 육사 13기이다. 초급 장교 시절에 전방 근무를 마치고 줄곧 육본 헌병감실과 수경사 헌병단에서 근무해 온 그는 언급한 바와 같이 전두환 보안사령관의 하나회 회원이 아니었다.

당시에는 육군본부에서 수도군단장 차규헌을 심사위원장으로 장군 진급 심사가 한창 진행되고 있었는데, 장태완 수경사령관에 따르면 당시 장군 진급에서 보안사령관의 입김은 절대적이었고, 그 다음으로 심사위원장이 영향력을 행사할 수 있는 풍토였다고 한다. 조 헌병단장은 장군 진급 대상자였다.

정승화 총장 연행이라는 12·12를 연출, 총 지휘하고 있는 전두환 보안사령관으로서는 최대 장애물로 나타난 정병주 특전사령관과 장태완 수경사령관을 무력화시키기 위해 절치부심하고 있었다. "수경사령부와 특전사령부의 예하부대장을 회유하는 데 성공함으로써(30경비단으로 초대하는 것) 수도권에 가장 영향을 끼칠 수 있는 두 사령부의 병력을 힘을 못 쓰게 (혹은 장악)했지만, 전두환 장군은 그래도 두 사령관이 건재하는 한 불씨가 남아 있다고 보았다. 그래서 전 장군은 이들 두 장군을 무력화할 계책을 따로 마련했다."

천씨의 기록에 따르면 장태완, 정병주 두 사령관을 무력화시키기 위해 노심초사하던 전두환 보안사령관에게 마침 좋은 구실이 생겼다. 수경사 헌병단장인 조홍 대령이 하루 전에 있었던 장군 진급 심사에서 승진이 결정된 것이었다. 전두환 보안사령관은 무릎을 쳤다. 조 헌병단장을 활용해 장태완 수경사령관뿐만 아니라 정병주 특전사령관, 김진기 헌병감까지 무력화시킬 묘책이 떠오른 것이었다. 이른바 이이제이식 전술이었다.

조홍 헌병단장이 심사에 통과했다는 정보를 가장 먼저 입수한 전두환 보안사령관은 참모장 우국일 준장을 불렀다. 우 참모장은 비하나회원이다.

"수경사 조 대령이 장군으로 진급을 했는데, 내가 축하주를 한잔 낸다고 하고 사령관 장태완을 모시고 내일 저녁(12일 — 천금성 씨는 12·12 하루 전인 11일 조 대령이 장 수경사령관을 초대한 것으로 기록하고 있으나 장씨 본인은 12월 8일에 조 대령이 찾아왔었다고 증언한다) 연희동 ○○ 요정으로 나오라고 약속하게. 이 약속은 꼭 얻어내야 해. 참, 그리고 그동안 오래 만나지도 못했으니 이 기회에 특전사령관도 함께 오시도록 하는 게 좋겠어. 오랜만에 회포나 풀어야지."

"알겠습니다."

우국일 참모장이 사령관실을 나가려고 할 때 전두환 보안사령관이 그를 다시 불러 세우고 "헌병감 김진기 준장에게도 연락해. 조 대령과는 인수, 인계할 사이니까 합석하는 게 좋겠군" 하고 지시했다. 12·12라는 유사시에 반대편에 설 만한 장성들을 연희동 요정으로 유인하려는 책략이었다.

"10·26 시해사건 때 김진기 헌병감은 오일랑 중령과 함께 김재규를 체포하는 데 일조한 바 있지만, 전 장군으로서는 김 헌병감이 걸렸다. 육본 헌병감이면 아무래도 정승화 총장의 직속 부하이기 때문이었다. 또 김 헌병감은 무슨 낌새를 챘는지 삼청동 총리공관에다 육본 헌병들을 추가 배치하여 경계를 강화하고 있었다. 그래서 여러 모로 언짢은 존재였다."

휘하의 헌병단장 조홍 대령으로부터 전두환 보안사령관의 연희동 초대를 전해 들은 장태완 수경사령관은 퍼뜩 드는 예감이 '혹 이 친구가 입김이 있는 장군들을 모시고 진급 청탁을 하는 것이 아닌가' 하는 불쾌한 생각이 들었다고 한다.

"그런데 자네가 왜 그런 연락을 하지? 자네 혹 이번에 진급하려고 장난하는 거 아냐? 자네 혼자 진급하겠다고 경거망동한다면 자넨 장군 될 자격이 없어. 그리고 지금 내가 자네 술을 얻어먹게 됐나. 처지가……."

장태완 수경사령관이 호되게 꾸짖자 조홍 헌병단장은 그런 게 아니라고 극구 부인했다. 장 수경사령관은 사흘 전 허화평 비서실장이 찾아와서 전두환 보안사령관의 초대를 전한 바도 있어서 언젠가는 한번 가져야 할 일이라고 생각하고 "그럼 좋아!" 하고 허락했다.

12·12의 성공을 위해서는 장태완·정병주 두 사령관뿐만 아니라 부대 특성상 보병 제20사단도 주의를 기울이지 않을 수 없었다. 20사단은 평소 특전사 이상으로 강도 높은 충정(시위 진압) 훈련을 받아온 육본 기동부대이며, 무엇보다도 작전권이 육본으로 이관돼 있는 부대였으므로 치안 질서 확립이 요구되는 국내 어느 곳이라도 언제든 출동하며 계엄업무를 수행할 수 있었다. 그러나 전두환 보안사령관이 20사단을 걱정할 것은 없었다. 20사단장 박준병 소장은 바로 전두환의 하나회 회원이었기 때문이다.

노태우 9사단장과 D데이 12·12를 잡고, 장태완 수경사령관을 초대하는 데 성공하던 날 전두환 보안사령관은 박준병 20사단장에게 전화를 걸어 "내일 오전 10시를 전후해서 연희동 우리 집으로 좀 오시겠어요?" 하고 초대했다.

다음날 박준병 사단장은 약속 시간에 맞추어 연희동 전두환 보안사령관의 집을 찾았다. 전두환 보안사령관은 정승화 총장의 10·26 사건 관련 사항을 설명하고, "이 문제에 대해 박 장군은 어떻게 생각하시오? 미국의 케네디 대통령 암살 사건도 영원히 미궁에 빠져 있지 않소" 하고 박 사단장의 의향을 물었다.

박준병 사단장은 전두환 보안사령관의 그 말 한마디에 모든 것을 다 헤아릴 수 있었다고 한다. 그는 "역사에 오점으로 남는 일은 하지 않아야 한다"라고 대답했다.

"박 장군, 나는 반드시 정승화 총장에 대한 조사를 하고 싶소. 나흘 전 대통령도 선출됐고, 13일에는 새 내각도 출범하니 지금이 알맞은 시기인 것 같소. 박 장군 의견은 어떻습니까?"

전두환 보안사령관의 얘기를 듣고 있던 박준병 사단장은 "당연하다"고 대답했다.

"문제는…… 참모총장에 계엄사령관인 그를 조사하려면 대통령의 재가가 있어야 한다는 거요. 박정희 대통령 각하라면 이런 경우 수사기관의 장이 건의하면 받아들이셨는데, 최 대통령은 취임한 지도 며칠 안 되고 군부에 대한 최초의 단안이기도 하니까 어쩌면 주저할지도 모르겠소."

"그렇다면 정승화 총장에 대한 조사의 필요성을 수사본부장인 전 장군님 개인의 의견이 아니라 수도권 전역의 주요 지휘관 ……부하들로부터 존경을 받고 신망도 높은 모든 지휘관들의 공통된 의견이라는 것을 부연하면 되지 않겠습니까?"

박준병 사단장이 앞질러 가자 전두환 보안사령관은 "바로 그거요!" 하고 만족을 금치 못했다.

전두환 보안사령관의 연희동 집에서 12·12 '경복궁 모임'을 통보

받고 그 자리에서 찬성한 것으로 알려진 박준병 20사단장은 정승화 총장 연행 조사에 대한 구체적인 계획에 대해서는 사전에 알지 못했다고 말한다. 그는 전 장군의 집에 가서 들었는지, 아니면 나중에 전화로 통보받았는지는 확실히 기억이 나지 않는다며, 12일 퇴근하는 길에 잠시 30경비단장실로 들렀으면 한다는 말을 듣고 경복궁에 갔었다고 했다.

전두환 보안사령관이 박준병 사단장에게 12·12를 통보하던 79년 12월 9일, 그날은 일요일이었다. 하루 전날 전두환 보안사령관을 만나 12·12를 합의한 노태우 9사단장은 귀대하는 길에 1군단장 황영시 중장을 방문했다. 그는 10·26 이후 처음으로 부대를 이탈하면서 직속 상관인 황 군단장에게 정식으로 외출 허가를 받은 것으로 알려지고 있다.

노태우 사단장은 그 자리에서 전두환 보안사령관과 합의한 12·12 계획에 대해 이야기했다. 그 자리에서 노 사단장은 "정승화 총장에게 용퇴하도록 건의하자"라는 얘기 이외에 어떤 '제안'을 했던 것으로 알려지고 있다. 이는 전두환 보안사령관 그룹이 이미 10·26 직후 군부 개편 구상을 하면서 차기 참모총장으로 황 군단장을 내정했고, 12·12 다음날 아침 황 군단장이 육군참모차장으로 임명된 사실과 무관하지 않을 것이다.

참고로 전두환 보안사령관 그룹의 군부 개편 구상에 대해 장태완 당시 수경사령관 같은 이는 "그것은 집권 구상이었다"라고 말한다. 그럴 것이 당시 전두환 보안사령관 그룹은 군부 개편뿐만 아니라 국무총리, 국방장관 등 일부 국무위원을 임명하는 문제까지 구상하고 있었기 때문이다.

장태완 수경사령관은 12·12 후 보안사 서빙고 분실로 연행돼 조사를 받은 뒤, 전두환 보안사령관을 만난 적이 있었다. 그때 전두환 보안사령관은, 정승화 총장이 우리의 뜻대로 순순히 따라줬으면 장관 또는 그 이상으로 모시려 했고, 장 선배님은 군단장으로 나가게 할 생각이었다고 말했다고 한다.

정승화 총장은 전두환 보안사령관 그룹의 군부 개편 구상에서 합참의장 아니면 국방장관으로 올라 있었다. 장태완 수경사령관은 "이것은 그들이 12·12 이전부터 군부 개편과 집권 구상을 하고 있었음을 입증해준 말"이라고 주장하고 있다.

황영시 군단장은 최근 12·12 가해자 측에 의해 '정승화 총장 인맥'으로 분류된 인물이다. 반면 73년 당시 보안사령관으로 윤필용 사건 수사 총책임자로 하나회를 수사했던 강창성(현 민주당 의원) 씨는 황 군단장이 하나회 후원 세력이었다고 주장하고 있다.

노태우 사단장의 이야기를 끝까지 듣고 있던 황영시 군단장은 한참 후에, "잘 알겠네. 그렇지 않아도 박정희 대통령 시해사건이 있고 난 다음부터 지금까지 난국을 수습하고 나라를 구해낼 길은 우선 그것뿐이라고 나도 생각하고 있었네. 나라를 구하는 일이니 후배들이 하는 대로 나도 따라 하겠네"라고 흔쾌히 대답했다고 한다.

D데이를 사흘 앞둔 이날 전두환 보안사령관은 더욱 중요한 일로 바쁜 하루를 보내고 있었다. 그는 육군본부 CID 단장(범죄수사단장) 우경윤 대령을 보안사령관실로 조용히 불렀다. 그는 우 대령을 정승화 총장 체포 작전에 활용할 계획이었다.

12·12의 연출자요, 총감독은 뭐니뭐니해도 전두환 보안사령관이다.

12·12에는 군인 전두환의 용의주도함이 농축돼 있다. 김영삼 대통

령은 12·12를 '군사반란사건' 이라고 규정했지만, 정승화 총장 연행조사는 12·12 '쿠데타' 의 동인이 된 '하극상' 의 알파와 오메가라고 할 수 있다. 전두환 보안사령관은 바로 그 정승화 총장연행 책임자로 육군 범죄수사단장인 우경윤 대령을 선택한 것이다.

"그(전두환 보안사령관)는 유력한 인사를 체포할 적이면 언제나 체포조를 2중으로 썼다. 첫 번째 사람이 실수를 하더라도 제2의 수사관이 이를 보완할 수 있게 했다. 김재규 체포 때도 보안사의 처장급을 총동원하다시피 하였으며, 여기에 헌병감(김진기 준장)까지 지원하게 했었다.(김 헌병감에게 김재규 체포를 지시한 사람은 전두환 보안사령관이 아니라 정승화 총장이었다)

제1 체포책은 보안사 인사처장 허삼수 대령이었다. 그러나 아무리 후보 계획(체포시 지원 병력)이 완벽하다 하더라도 허 대령 혼자만으로는 안심할 수가 없었다. 제2 체포책으로는 가능하다면 정승화 총장의 주변인물이 좋았다.

그래서 머리에 떠오른 사람이 우경윤 대령이었다. 육본 범수단장이란 직책은 두말 할 필요도 없이 육참총장의 '치안국장' 이었다. 정승화 총장 체포에 우 대령의 동의만 얻는다면 성공을 확신할 수 있다고 그는 믿었다.

그러나 우경윤 대령은 뒤로 돌아서자마자 전 장군의 음모를 정승화 총장에게 일러바칠 위험성도 있었다. 그런데도 전 장군은 이 모험을 감행했다. 전씨는 장군 진급에서 누락된 우 대령의 심리 상태를 절묘하게 이용, 정승화 총장의 허를 찌른 느낌도 준다."

당시 육군 범수단장은 전두환 보안사령관의 계엄사 합동수사본부에 배속돼 있었다. 육사 14기 출신인 우경윤 대령은 전두환 보안사령관을 따르고 있는 후배 장교 중 한 사람이다. 12월 11일 장군 진급 심사에서 진급 예정자로 올라 있던 우 대령은 자신이 이미 심사에서 탈락될 것이라는 정보를 입수하고 있었다.

우경윤 씨는 천금성 씨와의 인터뷰에서 전두환 보안사령관이 자신을 정승화 총장 연행 책임자 중의 한 사람으로 포섭할 때 본론을 끄집어내기에 앞서 "만약에 말이야……"라는 전제를 다섯 번도 더 달았다고 털어놓았다. 그만큼 전두환 보안사령관은 신중하게 12·12를 추진하고 있었다.

"만약에 말이야, 만약에, 참모총장님을 꼭 체포해야 할 일이 생긴다면, 이건 만약인데 말이야, 총장님을 체포할 사람은 경윤이 너밖에 없다고 보는데, 만약의 경우 어떻게 생각해?"

살얼음을 밟는 것 같은 전두환 보안사령관의 조심스러움에 비해 우경윤 대령의 대답은 예상 외로 간단했다.

"사령관님께서 꼭 하라고 하면 하겠습니다."

우경윤 대령은 전두환 보안사령관의 우려와는 달리 12·12의 비밀을 누설하지 않았다. 그는 굳게 입을 봉하고 전두환 보안사령관의 별도 지시가 있을 때까지 대기 상태에 있었다. 우경윤 씨는 "전두환 장군의 판단이었고, 또 그의 지시였으니까 그렇게 하는 것만이 옳은 일인 것으로 확신했다"라고 말한다.

전두환 보안사령관은 그 전에 휘하의 보안사 인사처장 겸 합동수사본부 총부국장인 허삼수 대령에게 정승화 총장 연행의 책임을 맡도록 지시한 터였다. 이른바 제1체포책이었다.

허삼수 대령은 물론 하나회 회원이다. 육사 17기인 허 대령은 소위 임관 뒤 휴전선의 관측 장교로 4년간 근무한 것 외에는 줄곧 군 수사기관인 보안사에서만 근무해 온 '보안사통' 이었다. 67년부터 3년 동안 주월사령부 보안부대(부대장 김복동 대령)의 사이공 담당 대공분실장을 지내기도 한 그는 조사와 수사 부분에서는 베테랑 급이었다. 79년 3월 전두환 보안사령관이 보안사령관으로 취임하면서 모 군단 보안부대장으로 있던 허 대령을 인사처장으로 임명했다.

12·12 그날, 정승화 총장을 연행하라는 전두환 보안사령관의 지시가 있던 날 저녁 두 연행 책임자 허삼수 대령과 우경윤 대령은 따로 만나 깊이 의논했다.

그날 아침 1공수여단장 박희도 준장은 여단 CP(지휘 본부)에 머물고 있었다. 계엄하였고, 휘하의 병력 중 1개 대대가 아직도 계엄군으로 마포구덕에 주둔하고 있었으므로 그는 부대를 비울 수가 없었다. 육사 12기로 하나회 핵심 멤버인 그는 전두환 보안사령관으로부터 1공수 지휘관을 물려받은 전두환의 특전사 인맥이다.

박희도 여단장은 1주일에 한 번씩은 전두환 보안사령관을 찾아볼 정도로 가깝게 지내는 후배였다. 같은 육사 12기로 '3박' 으로 일컫는 박준병·박세직·박희도 장군들 중 다른 2박은 "박 장군" 으로 호칭했으나 박희도 장군만은 전두환 보안사령관이 "희도야" 라고 부를 정도로 그는 "전두환 사람" 이다. 그날 전두환 보안사령관 전속 부관 황진하 소령으로부터 1공수여단 CP로 전화가 걸려 왔다.

"12일, 18시 30분입니다. 장소는 경복궁 30단장실입니다."

12·12 암호명 '생일집 잔치'의 장소는 경복궁에 위치한 수경사 30경비단장실(단장 장세동 대령)로 정해졌다. 전두환 보안사령관이 언제, 누구와 함께 경복궁 30단장실을 12·12 쿠데타의 CP로 정했는지 확인할 수는 없지만, 그 이면에는 30경비단의 지리적 이점을 최대한 이용하려는 책략이 있었던 것으로 알려지고 있다.

수경사 30경비단은 전두환 보안사령관이 중령 시절인 67년 8월부터 2년 4개월 동안 대대장(당시는 30경비대대)으로 근무한 바 있는 부대였다. 그때 전 중령이 박정희 대통령의 양아들이라는 소문이 나돌기도 했다. 30경비단의 임무는 청와대 초소의 경비업무이다. 수경사 휘하에는 30경비단 외에도 청와대 외곽을 경계하는 33경비단(단장 김진영 대령), 그리고 대통령의 근접 경호를 맡은 특수대대가 있다.

"30경비단은 최규하 대통령이 거주하던 삼청동 총리공관에 이르는 들머리길에 위치하고 있다. ……전 장군이 '생일잔치'의 장소로 이 30경비단을 정한 것은 그 자신이 이 부대의 기능과 특성을 잘 알고 있다는 사실 이외에도 만약의 경우 출동하는 청와대경호실 요원들을 견제할 수도 있을 뿐만 아니라, 최규하 대통령에 대한 행동 제약도 쉽게 할 수 있으리라는 판단에서였다. 그리고 실제로 사태가 악화일로로 치닫자 전 장군은 이 같은 입지조건을 유감없이 활용, 삼청동 총리 공관에 있던 최 대통령을 외부와 차단시켰던 것이다."

암호명 '생일집 잔치'. 12·12 '군사반란사건'은 쥐도 새도 모르는 사이에 일사천리로 진행돼 가고 있었다. 경복궁 모임의 암호명 '생일집 잔치' 이야기가 나왔으니까 말이지만, 이 암호명은 천금성 씨가 당시 경복궁 멤버 중의 한 명이었던 71방위사단장 백운택 준장의 증언을 듣고 기록한 것이 처음이었다. 그 후 12·12 비화를 다루는 대부분의 기록들로 인해 '생일집 잔치'로 굳어지는 인상이지만, 12·12 주도 측에서는 그런 암호명이 존재하지 않았다고 부인한다.

당시 전두환 보안사령관의 수행 부관 손삼수 중위는 전두환 보안사령관을 그림자처럼 따라다니면서 수족처럼 움직였던 장본인이다. 손 중위는 그런 암호명은 들어본 일이 없다고 한다.

"백운택 장군은 당시 실병지휘관이 아니어서 그날 경복궁 모임 참석 대상에 포함되지 않았으나 우연히 보안사령부에 들렀다가 합류하게 된 것으로 안다."(백운택 장군의 경복궁 모임 참여 과정은 뒤에 언급될 것이다.)

박희도 1공수여단장에게 경복궁 모임을 알려준 전두환 보안사령관은 12월 10일을 전후해 3공수여단장 최세창 준장, 5공수여단장 장기오 준장 등에게도 직접 통보했다.

정승화 총장의 반격

한국 현대사를 뒤바뀌게 할 전두환 보안사령관 그룹의 12·12가 카운트다운 되고, CP가 경복궁 30경비단으로 정해지고, 경복궁 모임 멤버들이 하나둘씩 초청되고 있던 12월 9일 상오 태능 골프장.

12·12의 표적이 되고 있는 정승화 총장은 그 사실을 아는지 모르는지 노재현 국방장관과 한가롭게 골프를 치고 있었다. 합참의장 김종환 대장을 비롯해 공군참모총장 윤자중 대장, 해군참모총장 김종환 대장 등도 함께 골프채를 휘두르고 있었다.

노재현 장관과 정승화 총장은 같은 조였으며, 라운딩은 10시경에 시작됐다. 코스 중간쯤에서 노 장관과 단둘이 있게 됐을 때 정승화 총장은 나지막하지만 다소 힘이 들어간 어조로 뜻밖의 건의를 했다.

“전두환 장군을 바꿔야겠습니다. 김재규 재판이 끝날 때까지 기다리려고 했는데, 월권과 마찰이 너무 심해 아무래도 안 되겠습니다.”

노재현 장관은 놀란 듯 잠시 말이 없었다. 잠시 후 노 장관은 “나도 전 장군의 월권행위가 지나치다는 것을 알고 있소”라며 말을 이었다.

“원래 전 장군이 그런 사람 아닙니까. 다행히 내 말은 잘 듣는 편이니까…… 좀더 달래서 써보고 정 안 되면 그때 가서 바꾸기로 합시다.”

전두환 보안사령관 그룹이 12·12를 진행하는 동안 정승화 총장의 반격이 개시된 것이다. 물론 그때까지 정승화 총장은 자신을 연행, 조사하기 위한 전두환 보안사령관 그룹의 12·12에 대해 까맣게 모르고 있었다.

그때 정승화 총장 주위에서는 전두환 보안사령관이 그의 직무와 관계없는 일까지 너무 관심을 가져 “정규 육사 출신들을 주의하라”는 보고를 자주 올리고 있는 터였다. 정승화 총장도 위기의식을 느꼈던 것 같다. 정승화 총장은 “나는 그때까지 군내의 정치장교 문제를 다독거리려고 애써 왔다”고 말한다.

“박정희 대통령이 시해당한 10·26 사태가 발생하자 가장 불안해한 사람은 당시 청와대나 중앙정보부 같은 특수기관에 파견돼 있던 사람들(대부분 전두환 보안사령관 계열의 하나회)로서 이들은 10·26이 발생하자 군에서 성장하기 어렵다고 생각했을 것이다. 더구나 군 내부에서도 그들을 군에서 내쫓아야 한다는 여론이 많이 일고 있었다. 그래서 계엄사령관인 내가 직접 각 군 사령부를 순회하면서 훈시를 통해서 ‘그들은 명령에 따라 보직을 받고 있는 것이다. 그러므로 그들이 가 있는 자리가 문제가 아니라 군인으로서 지녀야 할 품성을 잃고 본분까지 상실하고 있는 그런 사람들이 문제인 것이다. 이에 대해서는 내가 개별적으로 정리할 것이므로 믿어 달라' 고 설득했다."

그렇게 군 간부들을 설득했다는 정승화 총장이 12·12 직전 전두환 보안사령관의 경질을 건의하고 나섰다. 정승화 총장은 자신이 전두환 보안사령관의 경질을 결심하게 된 것은 "전 장군이 너무 좌충우돌해 타 부처와 마찰을 빚는 바람에 단안을 내렸던 것" 이라고 말한다.

지금까지의 12·12 정설에 따르면 정승화 총장은 전두환 보안사령관을 비교적 하위인 동해안 경비사령관으로 좌천시킬 작정이었다고 한다. 반면 정승화 씨는 최근 전두환 보안사령관의 동해안 경비사령관 경질설에 대해 아는 바가 없으며, 다만 보안사령관직에서 물러나게 하려 했을 뿐이라고 말한다. 보안사령관직에서 물러나게 되면 자연히 계엄사 합동수사본부장직에서도 물러나게 될 것이다.

"나는 보안사령관 경질 문제를 노 장관 외에는 그 누구에게도 말한 적이 없다. 더욱이 전 장군을 동해안 경비사령관으로 보내려 했다는 설에 대해서는 전혀 아는 바가 없다. 나는 전 장군의 보직을 바꾸어야겠다고 결심하고 12월 9일 태능 골프장에서 노 장관에게 말을 꺼냈다가 그가 두고 보자며 받아들이지 않자 그대로 덮어두었을 뿐이다. 전 장군을 어디로 보낼 것인가는 장관이 경질 건의를 받아들인 후에나 생각할 문제여서 사전에 그의 차후 보직에 대해서는 전혀 검토하지 않았다."

정승화 씨뿐만 아니라 당사자인 전두환 씨도 자신의 동해안 경비사령관 좌천설에 대해서는 부인하고 있다. 88년 국회 청문회에 증인으로 출두한 전씨는 12·12 등에 대한 증언에서 "본인에 대한 전보발령설이

이 사건(12·12 쿠데타)과 관련이 있지 않은가 하는 의문이 있는 모양이지만 본인은 그 당시에는 그와 같은 일은 들은 바가 없습니다"라고 잘라 말했다.

전두환 보안사령관 경질설에 대해서는 12·12 가해자 측도 강하게 부인하고 있다.

"전 사령관의 좌천설은 낭설이다. 당시 보안사는 사령관 교체에 대한 어떤 조짐도 포착한 게 없었다. 일부 인사들이 자기들끼리 그런 말을 했는지는 모르지만, 공식적인 혹은 공개 석상에서의 얘기는 없었다. 그리고 13일에는 개각이 예정돼 있었던 것으로 기억한다. 개각과 군 인사를 동시에 하는 일은 없지 않은가, 또 11일에 장군 진급심사가 있었다. 군의 정기 인사는 진급심사가 끝난 뒤에 한다. 대개 12월 20일경이다.

그리고 만약 전 사령관의 교체 움직임이 있었다면 그것은 강 한가운데에서 사공을 바꾸는 일이 된다. 당시는 김재규 전 중앙정보부장의 박정희 대통령 살해사건 및 내란음모 사건의 재판이 핵심 이슈였다. 재판이 끝날 때까지는 합동수사본부장을 바꾸지 않는 게 상식이었다고 본다."

본인들은 물론 12·12 가해자 측도 부인하고 있었지만, 79년 12월 초부터 이미 전두환 보안사령관 경질설은 국방부와 육본 주변, 그리고 군부 일각에 파다하게 퍼져 나가고 있었다. '12·12'의 가해자 측 기록자 천금성 씨에 따르면 한 발짝 더 나아가 그해 11월 중순부터 전두환 보안사령관 경질설이 나돌았다고 한다.

"유력한 증언들을 취합해보면, 이 경질설은 벌써 11월 중순부터 파다해 있는 것으로 되어 있다. 그리고 수도권의 웬만한 장성들이면 이 설을 둘러싼 진동을 대부분 감지하고 있었다."

천씨가 자신의 주장을 뒷받침할 수 있는 것으로 71방위사단장 백운택 준장의 증언을 들고 있다는 것은 이미 언급한 바와 같다. 12월 6일 전두환 보안사령관의 연희동 집을 방문한 백운택 준장이 "형님이 조만간에 동해안 경비사령관으로 전보된다는 말이 떠돌고 있으니 몸조심하십시오"라고 전했고, 그 자리에서 전두환 보안사령관은 "나도 들었어"라고 대답했다는 것이다.

백운택 씨뿐만 아니라 육본 정보참모부 차장 최성택 소장(육사 11기, 하나회 창립 멤버), 국군 서울지구 병원장 김병수 공군 준장도 전두환 보안사령관 경질설을 일찍부터 알고 있는 장성들이었다.

천씨의 기록이 사실이라면 전두환 보안사령관은 정승화 총장이 노재현 국방장관에게 '합동수사본부장 경질'을 건의한 12월 9일 이전인 12월 6일 전후에 알고 있었다는 결론이 된다.

"12·12가 나기 한 달 전쯤 정승화 총장이 위컴 미 8군사령관을 비롯해 국방부와 육본의 장성들을 만찬에 초대한 적이 있었어요. 그날 위컴 장군이 축배를 제의하면서 실력자 정승화 장군의 초대에 깊이 감사를 드린다는 인사말을 했어요. 정승화 총장은 심각한 표정을 지으며 그렇지 않아도 내가 막후 실력자라는 이야기가 나돌아 곤혹스러운데 위컴 장군까지 그런 소리를 하시면 어떻게 하느냐고 정색을 하는 거예요.

사실 정승화 총장은 쓸데없는 오해를 받을까 봐 안보회의 같은 데에도 국방장관만 참석하고 본인은 가지 않았습니다. 정승화 총장은 정치적인 사람이 결코 아닙니다.”

— 12·12 후 합동수사본부의 발표는 정승화 총장이 10·26과 관련된 조사를 받으면서 자신에게 불리한 대목은 다 고치는 등 수사를 방해했다고 했습니다.

“그것은 모두 그쪽의 일방적인 이야기일 겁니다. 아무튼 정승화 총장이 계엄사령관이라면, 막강한 권한을 갖고 서둘러 조치를 했었더라면 12·12 같은 불미스러운 사태는 일어나지 않았을 거예요.”

— 전두환 보안사령관의 동경사 전출 건 말입니까.

“그것도 그렇고…… 전 장군을 좌천시키기로 했으면 말이 나왔을 때 서둘러 했어야지 괜히 시일을 끌다가 당한 것이지요.”

— 전 사령관의 전출 건을 알고 계셨나요.

“그럼요. 동해안으로 간다고 들은 일이 있었지요. 그래서 잡음이 해소되겠구나 싶었지요.”

— 그 잡음이라는 게 뭡니까.

“내가 보기에 전 장군이 월권행위를 많이 저지르고 있었어요. 전 장군이 원래 그런 걸 좋아해요. 어깨에 힘주고 모양내고 부하들 많이 거느리고…… 그런 사람인데 보안사령관에다가 합수본부장을 겸하고 있었으니 위세가 당당할 수밖에요. 게다가 당시 중앙정보부는 보안사 요원들이 나가 감사를 하기도 했어요. 자연히 전 장군은 많은 정보를 움켜쥐게 되었지요. 우리는 정승화 총장이 자꾸만 전 사령관에게 권한을 빼앗기고 있다고 생각했어요. 전 사령관이 자기 세력을 확대하려는 조짐도 보였고…… 많은 장성들이 이래서는 안 된다고 생각하던 차에 12·12가 일어났던 것입니다.”

12·12 당시 합참본부장이었던 문홍구 씨는 "12 · 12가 발생하기 일주일쯤 전에 전두환 보안사령관이 동해안 경비사령관으로 간다는 소문을 듣고 잘 됐다고 생각했던 기억이 있다"라고 회고했다.

'전두환 보안사령관 경질설'에 대해 본인들의 부인에도 불구하고 12·12 당시 진압군의 일원이었던 문씨의 증언은 쿠데타군의 일원이었던 백운택 씨의 증언과 같은 맥락이다.

12월 초에 전두환 보안사령관이 동경사령관으로 전보될 것이라는 정보는 미군 측에서도 입수하고 있었다.

"계엄령하에서 최규하 대통령은 얼굴 마담일 뿐이고, 계엄령이 해제된다고 하더라도 결국은 군부가 정권을 계속 장악할 것이라는 점이 명백했다. ……79년 10·26에서 12·12 사태에 이르기까지 서울에는 온갖 소문들이 난무하고 있었다. 그래서 사실과 허구를 구별하기가 어려울 때가 많았다.

그러나 우리에게 일관되게 들어오는 정보는 10 · 26 사태 때의 정승화의 역할에 대해 군부의 일부 세력들이 불만으로 여긴다는 것이었다. 물론 정 총장이 육군참모총장이자 계엄군사령관이었기 때문에 그의 당시 행동을 심도 있게 수사할 수 있는 상황은 아니었다.

그의 해명은 우리들에게 만족할 만했으며 그리고 사건 이후 김재규 정보부장의 체포로 이어지는 그의 행동은 아주 적절해 보였다. 그러나 그럼에도 불구하고 다른 조짐이 보였다. 계엄령하의 보안사령관으로서 모든 수사권을 갖고 있는 전두환이 10·26 사태에서의 정 장군의 역할을 더 자세히 수사하라는 압력을 받고 있다는 정보였다."

당시 주한미대사관 무관이었던 제임스 V. 영(예비역 대령)은 최근 『월간 조선』을 통해 당시의 비화를 기록하고 있다. 그의 기록에는 전두환 보안사령관의 동경사 전보설에 대해서도 언급하고 있다.

"11월 말과 12월 초 우리는 한국군 내부의 일부 인사이동에 대한 보고를 받기 시작했다. 12월은 보통 정례적인 한국군 인사이동이 발표되는 때이지만, 그때 우리는 당시의 불확실한 상황 때문에 그 정상적인 인사이동은 뒤로 미루어지리라고 예상하고 있었다. 아무튼 한 가지 소문은 정 장군이 전두환을 서울 보안사령부에서 속초 근처의 동해안경비사령부로 전출시킬 것이라는 것이다.

이것이 사실이라면 그것은 보안사령관으로서의 그 막강하고도 (정승화 총장에게) 위험한 위치 때문에 전두환을 무대에서 제거하려 한다는 것을 의미했다. 그리고 그러한 전출은 전의 군 경력을 사실상 끝장내는 것이나 다름없었다.

또한 미국의 군사 정보계가 전두환의 전출 가능성을 알고 있다면 전두환 자신도 그 사실을 잘 알고 있을 것이 명백했다. 보안사령관인 그에게는 보안사의 수많은 현지 요언들의 보고, 특히 육군본부 내부로부터의 현지 보고가 있었을 것이기 때문이다."

제임스 영은 일본 대사관이 미국 정보기관들보다 한국군 내부의 상황을 더욱 정확하게 꿰뚫어 보고 있었다며, 그 중 한 가지 사례로 "10·26 직후 일본 대사관의 무관 하기노 대령은 '전두환 보안사령관이 가장 막강한 자리에 있으며, 동해안으로 가라는 명령을 받는다면 그에 반발할 것' 이라고 예견했다"라고 전했다.

주한 미 대사관 무관 제임스 영, 일본 대사관 무관 하기노 대령 등의 증언은 전두환 보안사령관 경질설이 노재현 국방장관과 정승화 총장의 태능 골프장 회동 이전인 11월 말에서 12월 초였으며, 그렇다면 11월 중순부터 일부 군 장성들 사이에 경질설이 나돌았다는 주장에 신뢰성을 더하고 있었다.

12월 6일 연희동을 방문한 백운택 준장은 전두환 보안사령관의 동경사령관 좌천설을 전한 뒤 은근히 부추겼다.

"형님, 국방부장관이나 정승화 총장은 왜 일반 출신(정규 육사를 제외한 군 장교들)을 더 선호하지요? 이러다간 우리들은 모두 밀려나고 말겠습니다. 이대로 가만히 있을 겁니까?"

전두환 보안사령관은 "나도 알고 있어"라고 짧게 대답한 뒤 가만히 눈을 감고 생각에 잠긴 채 백운택 준장의 말을 중단시켰다. 천씨는 "백 준장의 바로 이 말이 이른바 12·12의 최초 시발이 아닌가 하고 생각하고 있다"라고 주장한다.

천씨 주장의 논거는 전두환 보안사령관 경질설이 12·12의 직접적인 동인이 됐다는 것을 시사하고 있다. 실제로 전두환 보안사령관 경질설이 12·12의 동인이 됐다는 주장은 그동안 12·12의 기록들의 정설로 굳어져 온 것 같다. 문제는 전두환 보안사령관 경질설에 대한 정승화 총장의 최초 발설 시점이 기록마다 각각 다르다는 데 있다.

일부 기록들은 '전두환 보안사령관의 경질과 그 정보의 누출, 전달 과정'에 주목하면서, 이와 같은 작업이 12·12가 반란 혹은 쿠데타냐 아니면 '국가 존망이 위급한 상황에서…… 구국의 일념'(87년 11월 12일 관훈 클럽 초청 연설에서 노태우 당시 민정당 대통령 후보의 주장)으로 일으킨 거사냐 하는, 12·12의 역사적 평가에도 결정적 판단과 자료를 제공할 것이라고 주장하고 있다. 이와 함께 기록들은 12월 9일 태능 골프장에서 정승화 총장이 노재현 국방장관에게 전두환 보안사령관의 전보를 건의한 것이 최초의 발설이었으며, 그때부터 '정보의 누출, 전달과정'을 집요하게 추적하고 있다.

기록에 따르면 정승화 총장과 노 국방의 태능 골프장 회동 내용을 전두환 보안사령관에게 전달한 사람으로 김용휴 국방차관을 지목하고 있다. 과거 보안사령관을 지낸 한 인사는 다음과 같이 말한다.

"당시 보안사령부에 근무했던 모 과장(중령)에게서 들은 말인데, 12월 10일 오전 전두환 보안사령관이 이 정보를 입수했다고 한다. 정보를 전달한 사람은 국방부 고위급인 김모 씨로서 그는 12·12 직후인 12·14 개각에서 장관으로 임명됐다. 나에게 이 말을 해준 사람의 얘기로는 김씨가 전 장군에게 직접 정보를 제공했다는 사실을 허화평 당시 보안사령관 비서실장에게 들었다고 했다."

김모 씨는 김용휴 국방부 차관이다. 하루 전날인 일요일 태능 골프장에서 정승화 총장으로부터 전두환 보안사령관을 전보시키자는 건의를 듣고 "두고 보자"고 했던 노재현 장관은 월요일 출근해서 김 차관에게 얘기했고, 김 차관은 즉시 보안사령부로 전두환 보안사령관을 찾아가 이 얘기를 알려줬으며, 그 공로로 12·14 개각에서 그는 총무처장관으로 전격 발탁됐다는 요지다.

김씨는 "12월 10일 오전에 그동안 소문으로만 나돌던 전두환 보안사령관 경질에 관한 정확한 정보가 보안사령부에 알려진 것은 사실일 것"이라고 아리송한 대답을 하기도 했다.

전두환 보안사령관 경질 정보 전달자로 김씨가 유력하게 지목된 데는 천금성 씨의 주장도 한몫거들고 있다.

"그 사람이 12월 10일쯤 보안사령부로 전 사령관을 방문한 것은 분명합니다. 당시 전 사령관의 전속 부관이었던 H 소령에게서 들은 말입니다. 김씨와 전 사령관 둘만이 얘기했기 때문에 구체적으로 무슨 말이 오갔는지는 듣지 못했습니다. 하지만 그 자리에서 보안사령관 경질에 대한 정보가 오간 것이 틀림없습니다."

천씨는 당시 보안사 참모들로부터 그런 사실을 확인할 수 있었다고 주장한다. 또한 김씨를 전두환 보안사령관 경질 정보 누설 당사자로 지목하고 있는 기록들은 당시 전두환 보안사령관보다 상위직인 국방부차관이자 군의 대선배인 그가 공무가 아닌 일로 전두환 보안사령관을 급히 찾아갔다는 사실을 단순한 우연으로 해석할 수는 없을 것이라고 주장한다.

실제로 12·12 과정에서 김씨의 행적에 그와 같은 '혐의'를 둘 만한 점이 곳곳에서 발견되었다. 12·12 당시 육본 참모였던 예비역 장성은 바로 그와 같은 점을 지적하기도 한다.

"김씨가 10·26 직후에 전두환 보안사령관을 경계하라고 노재현 국방장관에게 여러 번 건의한 것으로 알고 있다. 그러나 나중에는 전 장군과 가깝게 됐다. 김씨가 인사 정보를 누설했는지 나로서는 확인할 수 없지만, 12월 12일 밤 계엄사 지휘부를 합수본부 쪽으로 돌아서게 하는 데 앞장선 것은 분명하다."

전두환 보안사령관 경질설의 진원지인 정승화 씨는 김씨의 정보 누설에 대해 '전혀 모르는 일'이라며 "다만 그 사람이 군 인사 청탁을 많이 하고 다녀 내가 제동을 건 적이 몇 번 있다"라고 말한다.

육군참모총장을 지낸 뒤 중장으로 예편한 김씨는 5공 때 계속 장관직을 유지했고 여러 요직을 거친 뒤 남해화학 사장 시절 회사에 거액의 피해를 입힌 배임혐의를 받고 미국으로 도피했다.

김용휴 차관의 정보 전달과 관련, 전직 보안사령관 출신의 한 인사의 얘기는 더욱 비약하고 있다.

"12월 10일 김씨로부터 경질 정보를 입수한 후에 전 장군이 노태우 사단장을 급히 불러 이 문제를 상의했다는 말을 들었다. 노 사단장과 12·12에 대해 합의한 시점이 12월 8일이 아니라 12월 10일이라는 것이다. 국가 반란에 해당되는 그 같은 엄청난 일을 꾸미면서 거사일을 최초 계획한 시점에서 어떻게 나흘이나 지난 때로 잡을 수 있겠는가. 내가 입수한 정보는 정통한 곳으로부터의 것이다. 12월 10일 급박한 소식이 들어오자 '내가 죽느냐, 네가 죽느냐' 하는 상황에서 12·12가 결정된 것이 틀림없다.

전두환 보안사령관 경질 정보 누설자로서는 김용휴 씨 외에도 몇 명이 꼽히고 있다. 그 중 한 사람이 당시 육본 인사운영감 김홍한 소장(종합 9기)이다. 당시 육군의 인사를 담당하는 핵심 포스트의 자리에 있었고, 12·12 직후 육본 인사참모부장으로 임명된 뒤 5공 시절 군단장과 2군사령관 등의 군 요직을 거쳤다는 것이 그의 제보설을 뒷받침하는 논거가 되고 있지만, 그가 당시 정승화 총장으로부터 인사 기안 지시를 받지 않았다면 그 같은 주장은 허구가 될 것이다.

정보 제공자의 또 한 사람은 정관용 씨이다. 그는 5공 시절 청와대

사정수석과 총무처장관·내무장관을 지냈다. 당시 총무처 고위급이었던 그는 육본으로부터 전두환 보안사령관에 대한 인사 발령 통보가 총무처로 전달됐을 때 이를 곧바로 전두환 보안사령관에게 제보했다고 한다.

정씨는 당시 총무처 인사국장을 그만둔 뒤 대전 공무원교육원 부원장으로 근무하고 있었기 때문에 서울 사정을 잘 모르고 있었다고 해명한 바 있다. 정씨는 김용휴 씨의 제보설에 대해서도 "김용휴 씨가 출국하기 직전 사석에서 만난 적이 있는데, '나는 그런 적이 없는데 어떻게 해명할 수도 없고 큰일' 이라면서 곤혹스러워했다" 라고 전했다.

정승화 총장의 전두환 보안사령관 경질 발설에 대한 시점과 정보 전달자에 대해서는 언급한 바와 같이 각각 다르지만, 자신의 경질설에 대한 정확한 정보를 입수한 전두환 보안사령관에게 12·12를 결행케 하는 직접적인 동인으로 작용했다는 주장에는 대부분의 기록과 증언들이 일치하고 있다.

지금까지의 증언과 자료들을 종합해보면 전두환 보안사령관 경질설에 대한 시점은 12월 6일이나 혹은 그 이전이었던 것 같다. 당시 자신의 경질과 관련된 정보를 입수한 전두환 보안사령관은 다음날 육사 동기로 가장 친한 친구인 전방의 9사단장 노태우 소장을 불렀고, 같은 날 휘하의 비서실장 허화평 대령은 장태완 수경사령관에게 김장값으로 1백만 원짜리 수표를 전하면서 식사나 하자고 초대 의사를 비쳤다.

장태완 수경사령관의 초대가 유인책이었다면 그때는 벌써 12·12가 구체적으로 계획됐을 것이다. 그리고 12월 8일 보안사령관실에 나타난 노태우 소장과 12·12에 대한 구체적인 합의를 보았고, D데이를 사흘 앞둔 12월 9일 현재 전두환 보안사령관 그룹은 12·12를 향해 급속도로 항진 중이었다.

같은 날 정승화 총장은 전 그룹의 움직임에 대해 아는지 모르는지 노재현 국방장관에게 전두환 보안사령관 전보를 건의했다. 정승화 총장의 경질 건의는 다음날 곧바로 전두환 보안사령관에게 전해졌다. 지금까지 소문으로 나돌던 경질설이 비로소 확인되면서 전두환 보안사령관으로 하여금 12·12에 대한 의지를 더욱 확고히 하는 계기가 됐을 것이다.

전두환 보안사령관 경질설 누설 과정과 관련, 강창성 전두환 보안사령관은 "전두환 측은 원래 거사일을 12월 16일로 잡았다가 12월 10일 상오, 문제의 정보를 입수하고 12일로 거사를 앞당긴 것으로 안다"라고 말했다. 또한 경질설의 키를 쥐고 있던 정승화 당시 총장은 "사회도 안정을 찾아가고 있었기 때문에 김재규 1심 재판이 끝나는 12월 15일에서 20일 사이를 인사 기점으로 잡고 있었다"라고 말한다.

정씨의 이야기는 12·12 가해자 측의 주장과 일맥상통하는 면이 없지 않다. 가해자 측은 1월 13일에는 개각이 예정돼 있었고, 개각과 군 인사를 동시에 하는 일은 없으며, 또 11일이 장군 진급 심사일이고, 군의 정기 인사는 대개 진급 심사가 끝난 뒤인 12월 20일경에 있어야 하므로 12월 12일의 전두환 보안사령관 교체는 있을 수 없다고 주장하고 있다. 뿐만 아니라 당시는 김재규 전 중앙정보부장의 박정희 대통령 살해사건 재판이 핵심 이슈였고, 재판이 끝날 때까지는 합동수사본부장을 바꾸지 않는 게 상식이라는 주장과도 논리적으로 합치되는 부분이다.

김치열 당시 법무장관은 정승화 총장이 노재현 국방장관과 태능 골프장에서 회동한 다음날 최규하 대통령에게 전두환 보안사령관의 전보 인사 건의를 올렸다고 증언하고 있다.

"정승화 총장이 12월 10일쯤 최 대통령에게 전 사령관의 전보 인사 건의를 올렸다. 심각하고 급박한 내용에도 불구하고 최 대통령은 아무 조치 없이 48시간 이상 시간을 끌었다. 의심이 들면 불러서 다시 상의했어야 했는데 급박한 시간을 그냥 흘려보내는 사이에 정보가 빠져나가 12·12 사태를 불렀다."

김씨의 증언이 사실이라면 12·12 가해자 측과 피해자 측은 그 시점에서 서로 피하려야 피할 수 없는 소실점으로 치닫고 있었다. 정승화 씨는 "최 대통령에게 당시 건의를 올린 사실이 없다"라고 부인한다. 이에 대해 김씨는 "나도 소문만 듣고서 하는 말이 아니다"라며 자신의 증언이 확실한 것이라고 거듭 확인해주고 있다.

한국 현대사를 돌려놓은 12·12는 주도 세력들이 주장하는 바와 같이 우발적으로 일어날 성질의 것은 아니었다. 그들은 '구국의 일념'에서 일으켰다고 하지만, 만약 실패할 경우 '대역죄'로 단죄될 수 있는 상황이었던 만큼 전두환 보안사령관을 주축으로 하는 그들 주도 세력들은 나름대로의 결단 과정이 없지는 않았을 것이다.

한 소식통에 따르면 전두환 보안사의 참모들인 비서실장 허화평 대령과 인사처장 허삼수 대령 등이 정승화 총장을 축출하기 위한 시나리오를 작성하기 시작한 것은 그해 11월 초였다.

그들은 거사의 지도자로 전두환 보안사령관을 옹립하기로 결정하고 모의를 확대해 나갔다. 이 과정에서 보안사 대공처장 겸 합동수사본부 총무국장 이학봉 중령, 수경사 30경비단장 장세동 대령 등 영관급 장교와 9사단장 노태우 소장, 20사단장 박준병 소장 등 장성급이 합류했다. 그들 모두가 전두환 보안사령관이 회장으로 있는 군내 사조직 하나회 회원들이었다.

당시 합동수사본부 수사1국장을 맡아 박정희 대통령 시해사건을 수사했던 백동림 씨는 그들의 움직임을 주시했던 사람 중의 하나였다.

"당시에 육사 후배인 보안사 인사처장 허삼수 대령과 수사과장 이학봉 중령이 나를 건너뛰어 사령관실을 자주 들락거리기에 알아보니 5 · 16과 삼국지를 연구하고 다닌다는 것이었다. 나는 그들을 서빙고로 불러 호되게 기합을 준 적이 있다."

장태완 수경사령관도 당시 휘하의 정규 육사 출신 장교들의 움직임에 대해, "내가 12 · 12 한 달쯤 전에 수경사령관으로 부임해보니 계엄하인데도 30단장 장세동 대령과 33단장 김진영 대령이 술집에 자주 들락거려 영내에 대기하라고 특별 지시한 바 있다"고 전한다.

보안사령관 비서실장 허화평 대령, 보안사 인사처장 허삼수 대령, 대공처장 이학봉 중령, 수경사 30경비단장 장세동 대령, 33경비단장 김진영 대령 그리고 청와대경호실 작전담당관 고명승 대령과 보안서 정보처장 권정달 대령은 이른바 5공화국 창출에 지대한 공을 세운 '7공자'로 불릴 그룹이다. '개국 공신'이라는 최상의 호칭으로 불리게 될 이들 '7공자' 그룹은 전두환 보안사령관을 정점으로 한 개혁 주도 세력의 핵심 멤버로 12 · 12에서 이듬해 5 · 17로 이어지는 격변기를 그들의 뜻대로 요리했던 장본인들이다. 12·12가 성공한 뒤 해가 바뀌고 80년 이른바, '시계 제로' 상태인 '안개 정국'의 '안개'를 피워내고 다시 그 '안개'를 걷어낸 전두환 보안사령관의 충실한 수족 중 수족이 바로 '7공자' 그룹이었다.

영원한 비밀은 없는 법. 10·26 사건 후 육사 11기와 12기를 비롯한 정규 육사 출신 장교들이 잦은 회합을 갖고 뭔가 꾸미고 있다는 풍문이 나돌기 시작했다. 물론 하나회가 중심이 된 정치장교들의 모임들에 관한 것이었다.

89년 미국 측이 국회 광주특위에 보내온 「1980년 5월 광주에서 일어난 제반 사건에 대한 미국 정부의 성명서」는 그들 정규 육사 출신 장교들의 움직임에 대해 언급하고 있다.

"1979년 11월 말경 위컴 장군은 한국 육군사관학교 제11기 및 12기 출신 장교들 간에 약간의 불만이 있다는 것을 듣고 유병현 연합사부사령관과 노재현 국방부장관에게 이 같은 사실을 알려주었으나 그들은 이것이 루머라고 간주했다."

'용인의 달인'이었다는 박정희 대통령은 10·26 그날 육사 2기 동기이며 동향인으로 오른팔이었던 김재규 중앙정보부장의 총구에 암살당함으로써 그의 시대는 종지부를 찍었지만, 전두환 보안사령관을 키워놓음으로써 사후에도 그의 독재체제를 계속 유지할 수 있었다. 전두환 정권이 박정희 정권의 '사생아'였다는 것은 새삼스런 얘기가 아니다. 그것은 태생학적으로 군부를 모태로 하고 있다는 점에서 출발하지만, 그 탄생 과정에서부터 유사한 과정을 거쳤다. 박정희 대통령 시해사건이 났던 10·26 그날 밤 그 총망 중에서 전두환 보안사령관은 허화평 비서실장을 통해 보안사 정치담당 장교인 한용원 중령에게 "5·16에 대해 연구해 보고하라"라는 지시를 내릴 정도였다. 백동림 당시 합동 수사본부 수사국장의 증언에서 보는 바와 같이 그들은 그후에도 계속 '5·16'을 연구하고 '삼국지'를 연구했다.

결국 12·12 과정을 추적해보면 5·16 쿠데타와 일맥상통하는 점이 숱하게 발견되는 것도 결코 우연만은 아닐 것이다. 5·16 직전 박정희 소장을 중심으로 한 군부 일각에서 쿠데타 모의를 하고 있다는 정보를 입수한 장도영 당시 육참총장, 현석호 국방장관 그리고 장면 정권은 루머라고 일축했다. 12·12 직전 최규하 정부의 노재현 국장, 정승화 총장도 다를 바 없었다.

미국 측에 의해 전두환 보안사령관을 정점으로 하는 정규 육사 출신들의 움직임이 심상치 않다는 첩보를 입수한 노재현 국방장관, 정승화 총장은 그와 같은 중요한 첩보들을 루머로 일축해버렸다. 뒤늦게야 전두환 보안사령관 경질을 서두르고 나선 정승화 총장의 경우는 또 그렇다고 해도 노재현 국방은 더욱 이해할 수 없는 행동을 보이고 있었다.

미군 측에서 전두환 보안사령관을 조심하라는 제보를 한 것은 여러 경로를 통해 확인되고 있다. 그들은 일찍이 전두환 소장이 보안사령관으로 부임하기 전부터 전 소장과 그들 그룹을 주목하고 있었다. 다음은 당시 주한미대사관에서 본국 팬터곤으로 보낸 한 보고서 중 일부이다.

"현재 한국군의 고위 장성들은 8기 이전이다. 그들이 퇴역한다고 해도 육사 11기의 승진 전망이 크게 밝아지는 것은 아니다. 이들 소장과 장교들 대다수는 좌절감에 빠져 있다. 일들은 자신들이 선임자보다 교육 훈련을 더 받았는데도 승진은커녕 계급 정년에 걸릴 것이라는 사실을 알고 있다. 이런 요인만으로도 이들은 모종의 해결책을 강구하게 될 것이다. 이 과정에서 주도적인 역할을 할 사람은 현재 문산 근처의 한국군 1사단을 지휘하는 전두환과 그 동기생 노태우, 정호용 등……."

제임스 영에 따르면 CIA와 미 정부 당국은 10·26 이후 전두환 보안사령관 측의 움직임을 한국군 수뇌부에 알려줬으나, 12·12를 막는 데는 실패했다고 토로하고 있다.

"같은 시기(전두환 보안사령관을 동해안 경비사령부로 전출시킬 것이라는 정보를 입수할 무렵) 미 대사관의 참사관실에서는 워싱턴 국무부로부터 무선통신을 받았다. 그 무선통신의 메시지는 간단했다. 한마디로 '전두환을 조심하라' 는 것이었다.

참사관실의 한 관계자는 그 메시지를 듣고는 나를 찾아와서 전두환에 대한 정보가 있는지 알아보려는 눈치였다. 국무부는 우리가 그 동안 보고해 왔던 정보의 양을 감안한다면 정말 전두환에 대해 피상적으로밖에 알지 못하고 있었다.

위컴 장군은 11기의 불만과 움직임을 노재현 국방장관, 한미연합사 부사령관 유병현 장군 등 한국 국방부의 고위 관리들과 논의했으나 그때 모두들 그 보고들을 믿을 만하지 못한 것으로 판단했다는 사실이 공식적으로 밝혀졌다. 우리는 12·12 사태 또는 이와 비슷한 무엇인가가 있을 것이라는 점을 예상했다. 그러나 막지 못했다. 우리보다 더 많은 정보를 입수했던 정승화 장군 쪽도 이런 가능성에 대처하지 못했던 것은 마찬가지였다."

제임스 영의 증언은 당시 합참본부장 문홍구 중장도 뒷받침하고 있다. 문씨에 따르면 당시 위컴 장군은 전두환 보안사령관 그룹의 심상치 않은 움직임을 노재현 국방장관, 그리고 문씨 등에게 제보했고, 문씨도 직접 노 장관에게 제보했다고 한다. 정승화 총장도 다른 경로를 통해 보고받고 있었다. 다음은 문씨와 『신동아』와의 일문일답이다.

— 당시 군부 내에서는 일부 군 장성들의 동태가 심상치 않다는 소문이 들리기도 했다는데 그런 정보를 들으신 적이 있습니까?

"10·26 직후 국방부에서는 혹시 쿠데타 같은 것이 발생할까 봐 많이 염려를 했어요. 그래서 국방장관과 각군 참모총장들은 휘하 장군들과 자주 모임을 갖고 단합대회 같은 것도 열고 그랬습니다. 다행히 별로 동의하는 기색이 없어서 군 상층부에서는 안도의 한숨을 내쉬고 있었지요.

바로 그 무렵입니다. 11월 중순경으로 기억되는데 하루는 위컴 사령관에게서 메모가 왔어요. 육사 출신 장성들이 모여 무슨 일을 계획하고 있는 것 같으니 내사를 해보라는 내용이었습니다."

— 그래요, 장군님에게만 보냈나요?

"아니, 노 장관에게도 보냈어요. 그러나 정승화 총장에게는 보내지 않은 것으로 알고 있습니다. 그 메모를 받고 노 장관에게 갔어요. 자기도 받았다고 하면서, 아까 전두환 사령관을 불러서 물어보았는데 절대로 그런 일이 없다고 단호하게 대답하더라는 거예요. 노 장관으로서야 합수본부장인 전 장군에게 물어볼 수밖에 없었겠지만 전 장군이 사실대로 말할 리가 있겠어요.

조 장관이 하도 자신 있게 이야기하기에 나는 그냥 물러나왔어요.

내 자리로 돌아와 정보국장 김용금(육사 7기) 장군을 불러 이런 일이 있는 모양인데 알고 있느냐고 물어보니 자기도 들었다고 그래요. 미 8군에 근무하는 한국인 2세 교포들에게 들었다는 거예요. 그 사람들 중에는 한국 내의 여러 가지 정보를 수집하는 정보원들이 있었습니다. 나는 김 장군을 데리고 다시 장관실로 갔어요. 상당한 근거가 있는 것 같으니 철저히 조사해봐야 할 것 같다고 주장했지요. 그랬더니 노 장관이 아니라고 하는데 자꾸 우긴다고 하면서 엄청나게 화를 내는 거예요. 노 장관은 끼고 있던 돋보기를 확 집어던지기도 했어요. 그 바람에 책상 한 귀퉁이가 움푹 파였지요.

나중에 국방부 총무과장을 만났는데 '아니 장관을 얼마나 화나게 했으면 책상이 움푹 파일 정도로 물건을 집어던졌습니까?' 라고 물으면서 '그 책상 원래대로 만드느라 애먹었습니다' 라고 하더군요. 그로부터 열흘인가, 보름 후에 12·12가 터졌습니다. 장관이 전두환 장군에게 감쪽같이 속았던 것이지요.

정승화 총장도 김진기 헌병감에게 비슷한 내용의 첩보를 전해 들었다지요. 그러나 조사해보니 아무 일도 없다면서 덮어버렸다고 해요. 그때 나는 평소 잘 알고 있던 미 8군의 정보장교를 만나 좀더 자세한 정보를 알아보려고 했는데 여의치 않아 차일피일 미루다 12·12를 당했지요."

역사적 사건(비록 '역사적' 이 아니라고 해도)에 주역이 있고 조역이 있는가 하면, 가해자가 있고 피해자가 있는 것은 당연한 결과일 것이다. 또 정보를 누설하는 배신자도 있고 비겁자도 있을 수 있다. 12·12 전 과정을 들여다보면 노재현 국방장관만큼 이상한 행동을 한 이도 드물 것이다. 군을 잘 모르는 군 통수권자를 보필하는 국방장관으로서 그는 자기 역할을 제대로 수행하지 못했다. 더구나 12·12 그날 밤 그의 행태는 그가 어떤 식으로 변명한다고 해도 비겁자로 낙인찍히기에 충분했다.

문홍구 당시 합참본부장의 증언과 관련, 93년 9월 9일 국회 국정감사에 증인으로 출두한 노 국방장관은 위컴 미 8군사령관의 쿠데타 제보사실을 부인했다.

정대철 의원(민주당) ─ 11월 중순 위컴 미 8군사령관이 문홍구 장군을 만나 육사 출신 장성이 뭔가를 꾸미고 있다는 것을 귀띔해준 것이 있다고 한다. 들은 적 있나?

노재현 ─ 없다. 위컴 장군과는 1주일에 한 번씩 조찬회를 했는데 아무런 말이 없었다. 위컴 장군의 상대는 나나 합참의장 아니면 총장이다. 합참본부장에게만 그런 말을 할 수 있겠나. 사실무근일 것이다.

노재현 장관은 부인하고 있지만, 위컴 미 8군사령관의 쿠데타 제보사실을 문홍구 합참의장뿐만 아니라 제임스 영 당시 주한 미대사관 무관, 그리고 한국 국회에 보낸 미국의 공식 문서에서도 같은 증언을 하고 있다. 그리고 '군사반란사건' 도 쿠데타일 것이요, 쿠데타가 반역이라면 반역의 책임은 반역자들에게만 있는 것이 아니라 그것을 막지 못한 위정자들에게도 그 반역의 무게만큼 1차적인 책임이 있을 터이다. 책임 있는 자리에 있었던 이들에게는…….

정승화 계엄사령관의 호출

12월 11일은 장군 진급 심사일. 수도군단장 차규헌 중장이 진급 심사위원장이었다. 관악산 벙커에 들어가 열흘 이상 동안의 장군 진급 심사를 끝낸 차규헌 중장은 오랜만에 바깥으로 나올 수 있었다. 그가 집에 돌아왔을 때 전두환 보안사령관으로부터 전화가 걸려왔다.

"중요하게 상의드려야 할 일이 있습니다. 저녁식사라도 함께 하시는 것이 어떻겠습니까?"

"그렇게 하지. 며칠 동안 머리를 좀 썼더니 골치가 다 아파."

그날 오후 차규헌 중장은 육본에 들러 진급 심사 결과를 정승화 총장에게 보고한 뒤 곧바로 보안사령부로 갔다. 차규헌 중장을 만난 전두환 보안사령관은 10·26 사건에 대한 정승화 총장의 혐의 사실을 설명하고 12일 저녁 모임의 참석 의사를 타진해 승낙을 받아냈다.

"모든 책임은 합수부장인 제가 지겠습니다. 저는 대통령 각하께 윤허를 받아내도록 하겠습니다. 군단장님께서는 1군단장 황영시 중장과 함께 만약의 경우 정승화 총장을 설득해주십시오. 총장님과 두 분 군단장님은 가까운 사이가 아닙니까."

차규헌 중장은 "알겠네. 허나, 유혈 사태가 일어나서는 절대로 안 되네"라고 다짐을 주었다.

"그러니까 군단장님께서는 그 예방에 전력해주십시오. 특히 특전사령관 정병주와 수경사령관 장태완, 이 두 장군이 문제입니다. 정 사령관은 무슨 계획이 있는지 어제는 평소 때 만져보지도 않던 비화통신까지 점검했다고 합니다. 그들은 정승화 총장의 총애를 받고 있으며, 또 정승화 총장에게 맹목적인 충성을 하고 있는 자들입니다."

그러나 12월 10일 전후로 수도권 주요 지휘관들과 접촉한 전두환 보안사령관은 정승화 총장 연행수사에 대한 구체적인 계획(모임 장소와 시간 등)을 알리지 않았다. 12·12 계획은 전두환 보안사, 그중에서도 하나회 인맥이 주도적으로 짰고, 수도권 지역 하나회 인맥을 통해 은밀하게 진행되고 있었다.

노태우 전 대통령은 85년 민정당원 교육장에서 12·12에 대해 언급하고 있다.

"……전 대통령 각하가 무척이나 고민을 했고 본인도 같이 고민하며 해결책을 모색하기 시작했다. 여러 가지 생각을 했으나 최종적으로 군에서 정승화 장군과 친했던 사람들의 뜻을 모아보자고 했다. 이 자리에 있는 유학성, 박준병, 본인 등은 평소 정승화 장군과 관계가 깊었으며, 한때 본인은 정 장군을 깍듯이 모셨고 사랑도 많이 받았다.

함께 모여서 건의하기로 결론을 내렸는데 그것은 사실 대담한 건의였다. 그래서 12월 12일 상기한 장군들이 모였던 장소가 경복궁이었다. 우리 계획은 정승화 장군을 최규하 당시 대통령이 계시던 총리 공관에 모셔다가, "정 장군이 참모총장 및 계엄사령관으로 버티고 있는 한 김재규 일당의 움직임과 모의를 분쇄할 수 없다. 이 수사상의 난관을 무너뜨릴 수 있는 가장 능률적인 길은 두 자리(총장, 계엄사령관)를 내놓는 길밖에 없다"라고 건의하자는 것이었다. 두 자리를 내놓는 대신 장관, 합참의장 등 어떤 자리를 정승화가 차지해도 좋다고 말하려 했다."

12·12 가해자 측은 정승화 총장 연행에 비밀 유지가 필요했다고 주장하고 있다. 10·26 사건의 내란음모라는 사안의 중대성도 그렇지만, 비밀 유지가 안 될 경우 정승화 총장 측에서 어떤 반응을 보일지 알 수 없다는 것이다. 그들은 또 노재현 국방부장관의 태도가 모호해 사전에 보고를 할 수 없었다고 말한다.

전두환 전 대통령은 89년 12월 31일 국회 청문회 증언에서 "정승화 총장을 수사할 적기를 포착하기 위해 정국을 주시하는 한편 군 내 여론 수집을 위해 11월 중순부터 몇몇 중진 장성들과 접촉을 계속해 왔다"고만 밝힐 뿐, 30경비단 참석자들에게 언제 시간과 장소를 알려주었는지는 언급하지 않고 있다. 전두환 보안사령관이 선배 장성들에게 알린 내용은 "12일 저녁 6시경 수도권 주요 지휘관들의 의견을 모아 정승화 총장의 퇴진 및 시해사건 조사 협조를 촉구할 모임을 가질 예정이니 참석해 달라"는 정도였다.

전두환 전 대통령이 증언한 바와 같이 그는 1군단장 황영시 중장과는 11월 중순부터 자주 만나 시국 문제와 군부 개편에 대한 구상에 대해 협의해 왔으나, 12·12에 관한 구체적인 얘기는 하지 않았다. 노태우 9사단장이 황 중장에게 12·12 모임을 알리고 참석을 요청한 것은 9일이었다. 10일 전후에는 전두환 보안사령관이 국방부 군수차관보 유학성 중장을 직접 만나 시국에 대한 인식을 확인하고, 모임에의 참석을 요청한 것으로 알려지고 있다.

한국현대사가 뒤바뀔, 운명의 12월 12일, 그날이 밝아 왔다. 그날 오전 10시 정승화 총장은 몇 시간 후면 자신의 위치가 어떻게 바뀌게 될 것인지도 모른 채 노재현 국방부장관과 함께 중앙청 국무총리실에서 장군 진급 예정자에 대한 최규하 대통령의 결재를 받고 있었다.

최규하 대통령의 결재가 끝난 뒤 정승화 총장은 곧바로 자신의 육본 집무실로 돌아와 참모차장과 인사참모부장을 불러 장군 진급 예정자를 발표하라고 지시했다. 대통령의 결재가 난 준장 진급자는 50여 명, 소장 진급 예정자는 10명이 채 되지 않았다. 준장으로 진급될 명단에는 정승화 총장의 처남 신대진 대령(육사 15기)도 포함돼 있었다.

그날 오후 노재현 국방부장관의 연락을 받고 정승화 총장은 곧장 국방부 장관실로 갔다.

"대통령께서 새 내각을 구성하는데 내무장관은 군인 출신으로 한 사람 추천하라고 하시기에 김종환 합참의장을 추천했어요. 총장 의견은 어때요?"

"……좋은 기회인 것 같습니다. 김 장군이 내무장관이 되면 내무부와 군인의 협조도 더욱 원만해지지 않겠습니까."

정승화 총장은 "노 장관은 그대로 유임하는가"라고 물었고, 노 장관은 "그렇게 되는 것 같다"라며, 총리도 신현확 씨가 유임되고 그 외 몇몇 장관이 유임되는 것 같다고 말했다. 몇 시간 후면 내각도, 그들의 운명도 어떻게 바뀌게 되리라는 것은 꿈에도 생각하지 못한 채, 그들은 개각 발표는 내일 중에 있을 것이라고 한가하게 얘기하고 있었다.

그들의 대화는 김재규 재판으로 옮겨졌다. 김재규에 대한 1심 재판도 최후 진술만 남았으므로 예정대로 진행된다면 80년 4월경에는 사형 집행까지 끝날 것 같다는 이야기를 주고받았다. ……그가 이왕이면 최후 진술에서 용공 세력들에 대해 경계하는 말을 국민들에게 남긴다면 사형수가 죽기 전에 한 말이고 또 중앙정보부장까지 지낸 사람이기 때문에 국민으로 하여금 반공에 대한 경각심을 일으키게 하는 데 큰 도움이 될 것이라는 얘기도 나누었다.

'그가 나라의 장래를 걱정한다면 나라를 위해서 마지막 봉사 한마디쯤은 할 만도 하지 않은가!'

장관과 헤어진 정승화 총장은 집무실로 돌아오자마자 전두환 보안사령관을 불렀다. 오후 4시 30분경이었다.

갑자기 정승화 총장이 찾는다는 연락을 받은 전두환 보안사령관은 깜짝 놀라지 않을 수 없었다. 그때 그는 정승화 총장 연행 몇 시간을 앞두고 최종적인 점검을 하고 있는 중이었다.

'……탄로 난 것은 아닐까.'

전두환 보안사령관은 자신을 호출한 상대가 곧 연행할 정승화 총장이라는 사실에 긴장하지 않을 수 없는 터였다. 만약 정보가 새나갔다면 그의 반응이 어떨 것인가. 상명하복을 목숨처럼 여기는 군대에서 하극상의 결과란 불을 보듯 뻔한 노릇이었다.

전두환 보안사령관이 막 출발하려고 할 때 육사 11기 선두 주자이며 하나회 창립 멤버인 육본 정보참모부차장 최성택 소장이 방문했다. 12·12 쿠데타는 전두환 소장의 보안사, 그중에서도 하나회에 의해 기획된 작품이었다는 것은 언급한 바와 같지만, 직무상 국내외 각종 정보를 다루는 육본의 책임자인 최 차장은 같은 하나회 창립 멤버이면서도 전두환 보안사령관 그룹의 12·12 쿠데타 계획에 대해 까마득히 모르고 있었다. 12·12는 그만큼 철저한 보안 속에서 진행되고 있는 터였다.

최성택 차장은 보안사로 오기 전에 국군 서울지구 병원장인 김병수 공군준장을 만났다. 김 준장은 최 차장의 경남고 6년 후배이다.

최성택 차장이 김병수 준장을 만난 것은 최근 군내에서 파다하게 떠돌고 있는 전두환 보안사령관의 경질설 때문이었다.

"나도 그런 소문은 들었습니다, 선배님."

김병수 준장에게 동기생 전두환 보안사령관의 경질설을 확인한 최성택 차장은 곧장 보안사로 달려온 것이었다.

"어서 오게. 나 지금 총장이 불러서 가는 길인데, 차 타고 가면서 이야기하자."

최성택 차장을 앞세우고 사령관실을 나온 전두환 보안사령관은 비서실장 허화평 대령을 불렀다.

"총장이 불러서 간다. 무슨 일인지 모르겠다. 이학봉에게 가능한 빨리 총장실로 오라고 해."

보안사 대공처장으로 합수부 수사1국장을 겸하고 있는 이학봉 중령은 그때 서빙고 분실에 가 있었다. 몇 시간 후면 총장 연행에 동원될 서빙고 분실 팀을 집합시켜 놓고 세부지침을 전달하고 있던 이학봉 중령은 허화평 비서실장의 연락을 받자마자 곧바로 서빙고 분실 요원 몇 명을 거느리고 육본을 향해 달려 나갔다.

전두환 보안사령관이 타고 갈 차는 지프였는데, 운전석 옆자리에는 부관 손삼수 중위가 수행하고 있었다. 지프차가 보안사를 출발, 육본으로 향하는 동안 전두환 보안사령관은 여전히 긴장하지 않을 수 없었다.

차 안에서 전두환 보안사령관은 "총장한테서 무슨 정보가 없었나?"라고 최성택 차장에게 물었다.

"그런 건 없었고, …… 전 사령관을 동해안 경비사령부로 전보시킨다는 소문이 돌더군."

"그 외는…… 총장이 왜 나를 불렀을 것 같나?" 전두환 보안사령관은 육본 정보참모부 차장인 동기생 최성택 소장에게 무엇인가 정보를 얻기 위해 계속해서 같은 질문을 했다.

"글쎄. 어제가 장군 진급 심사일이었으니까, 인사 문제를 미리 알리려고 부른 게 아닐까."

"……."

전두환 보안사령관은 입을 꾹 다물고 있었다. 그가 갑자기 침묵을 지키자 최성택 차장은 불만을 늘어놓았다.

"김재규 재판이 막바지에 와 있는데 합수부장을 경질시키려고 하는 이유가 뭔가. 전 사령관을 멀리 한직으로 보내 날개를 꺾으려는 의도가 분명해. 그렇다고…… 전 사령관은 당하고만 있을 건가? 시국도 정확하게 보고 또 국가 안보의 일선에서 우리(정규 육사 출신 장교들)가 큰 기여를 하고 있는데 말이야."

전두환 보안사령관은 계속 침묵을 지키고 있었다. 몇 시간 후의 거사를 앞둔 그는 여전히 동기생으로 하나회 창립 멤버인 최성택 차장에게 귀띔조차 하지 않았다.

"손 중위, 오늘은 나에게서 떨어져 있지 말고 총장실 바로 앞에서 대기하도록 해."

육본이 가까워지고 있을 무렵 전두환 보안사령관은 앞좌석에 앉아 있는 수행 부관 손삼수 중위에게 지시했다. 평소 전두환 보안사령관이 총장을 면담할 때 손 중위는 부속실에서 대기하곤 했는데, 오늘은 부속실이 아니라 총장 집무실에서 부속실을 거치지 않고 바로 복도로 통하는 문 앞에서 기다리라는 뜻이었다.

"야, 차 빼지 말고 그대로 대기하고 있어."

육본 현관 앞에 도착한 손삼수 중위는 운전병을 향해 지시한 뒤 기관단총을 윗옷 품속에 감추고 전두환 보안사령관을 따라 총장 집무실로 올라갔다. 10·26 사건 이후 손삼수 중위는 전두환 보안사령관을 경호하기 위해 기관단총을 늘 차 안에 싣고 다녔다.

부속실에는 이학봉 중령이 서빙고 분실 요원 6, 7명을 대동하고 먼저 와서 기다리고 있었다. 부속실로 들어선 전두환 보안사령관은 이 중령에게 눈길을 한 번 주고는 말없이 스쳐갔다. 그들의 표정에는 긴장이 흐르고 있었다. 전두환 보안사령관은 부속실 요원들에게 일일이 악수를 청했다. 그는 평소에도 악수를 잘 하는 장군이었다. 부속실 여군 하사까지 빼놓지 않고 악수를 나눈 뒤 곧장 총장 집무실로 들어갔다.

당시 전두환 보안사령관의 표정을 유심히 살펴봤던 한 부속실 요원은 "여느 때와는 달리 얼굴이 백지장처럼 창백했다. 순간 나는 이 양반이 요즘 시해사건으로 무리를 해서 그런가 하고 생각했다. 뭔가 예감이 좋지 않았다"라고 한다.

"오늘 저녁 총장님한테 무슨 행사가 있나요?"

이학봉 중령과 서빙고 요원들은 부속실 요원들에게 같은 질문을 몇 번씩이나 반복했다.

한편, 전두환 보안사령관을 맞는 정승화 총장은 의외로 한가한 표정이었다. 한두 시간 후의 거사를 앞두고 갑자기 호출당한 터라 잔뜩 긴장해 있던 전두환 보안사령관과는 대조적으로 그는 너무나 평온하고 느긋한 모습이었다. 전두환 보안사령관으로서는 비로소 안도의 한숨을 쉴 수 있었다.

"아, 전 장군. 내일 김재규가 최후 진술을 한다지요? 최후 진술에서 김재규가 용공 세력에 대해 경계하는 말을 넣도록 합수부가 해주면 어떻겠소. 대공업무의 총책임자가 남기는 말이니까 국민들에게는 대단한 효과가 있을 거 아니오."

정승화 총장은 전두환 보안사령관에게 자리를 권한 뒤 노재현 국방부장관과의 대화를 전하면서, '김재규 가족이나 변화사와 접촉해볼 수 없겠느냐' 고 넌지시 물어보았다.

"글쎄요. 지금 재판이 진행중인데, 우리가 그런 영향력을 행사할 수 있겠습니까. ……김재규의 현재 처지로 보아 좀 어렵긴 하겠지만, 가능한 대로 노력해보도록 하겠습니다."

"그러시오. 그럼."

잠시 고개를 끄덕거리던 정승화 총장은 갑자기 생각났다는 듯 "전 장군, 요즘은 왜 나한테 들르지 않아요?" 하고 물었다.

"……."

전두환 보안사령관은 그때 가슴이 뜨끔했다고 후에 술회한다. 그러고 보니 10·26 사건 수사가 진행되면서 전두환 보안사령관은 정승화 총장을 자주 만나지 못했다.

"예. 수사 마무리 때문에 바빠서 찾아뵙지 못했습니다. 저 대신에 육본에는 보안부대장이 나와 있지 않습니까."

"아, 그건 달라요. 합동수사본부장인 전 장군이 자주 들러서 상황에 대한 보고도 직접 해줘야 하지 않겠소."

"예, 앞으론 그렇게 하겠습니다." 전두환 보안사령관의 대답은 어차피 건성일 수밖에 없었다. 한시바삐 이 불안한 순간이 지나가기를 바라면서.

"그래, 요즈음 여론은 어때요? 잘 돌아가지요?"

"예."

대답은 했지만 전두환 보안사령관은 '참 한가한 사람이군' 하는 생각이 들었다고 한다. '결국 이런 잡담이나 하려고 불렀단 말인가' 하는 생각이 들기도 했다.

그때 막 자리에서 일어서려던 전두환 보안사령관의 머리에 순간적으로 한 가지 기지가 떠올랐다.

"총장님, 그렇지 않아도 오늘 보고드릴 게 있습니다."

정승화 총장은 아무런 의심도 없이, "그래요. 뭔데, 얘기해 보시오" 하고 흔쾌히 대답했다.

"지금은 준비가 되어 있지 않습니다. 구두로 보고드릴 성질은 아닙니다, 총장님. 지금 정리 중인데 이따 저녁에 저희 정보처장이 그 보고서를 공관으로 갖다드려도 되겠습니까?"

전두환 보안사령관은 '순간적인 기지'라고 했지만 철저한 위계가 아닐 수 없었다. 그는 오늘 저녁 정승화 총장 연행 책임자로 보안사 인사처장인 허삼수 대령과 육본 범죄수사단장 우경윤 대령을 꼽아두고 있었다.

12·12를 계획하면서 정승화 총장 연행 장소는 육본 총장 집무실, 출퇴근하는 도로상, 한남동 총장 공관 등 세 곳이 검토 대상으로 떠올랐다. 그러나 총장 집무실과 도로상에서 강제 연행하다가 소동이라도 벌어지면 육본 측의 반격이 뒤따를 것이라는 우려가 나왔다. 육본과 인접한 미 8군도 신경이 쓰일 수밖에 없는 부분이었다.

12·12 '하극상'의 최후 보류인 정승화 총장 연행의 장소·방법을 결정짓지 못해 무던히도 애를 태웠는데, 정승화 총장의 느닷없는 호출로 그 모든 것이 확연하게 결정됐다. 정승화 총장과 만나고 나서 헤어지려는 그 순간 전두환 보안사령관의 머릿속에는 이미 연행 장소와 방법이 떠오른 것이었다. 연행 책임자인 보안사 인사처장 허삼수 대령과 범수단장 우경윤 대령을 총장 공관으로 보내고, 허 대령을 정보처장으로 위장시킨다는 계획이었다. 보안사 인사처장이 보고한다고 하면 이

상하게 여길 터이므로.

주사위는 던져졌다. 우연일까, 필연일까. 역사는, 운명은 그렇게 얄궂게 흘러가고 있었다.

"오늘 저녁, 공관으로 말이오? 나 시간이 없는데…… 내일 아침 일찍 이리로 보내주면 안 되겠소? 오늘 저녁엔 약속이 있거든."

정승화 총장의 얘기는 사실이었다. 그는 하루 전날 준장으로 진급한 둘째 처남 신대진 대령의 진급을 축하하기 위해 강남 처가에 가기로 예정되어 있었다.

전두환 보안사령관의 피를 말리는 순간순간이 아닐 수 없었을 것이다. 실제로 그는 이 기회를 놓치면 안 된다고 생각했다고 한다.

"예. 중요한 보고입니다. 보시면 압니다. 그렇지 않아도 시간이 좀 있으면 제가 이리로 갖고 오려고 했습니다만…… 총장님께서 오늘 저녁에 꼭 보셔야 할 내용입니다."

전두환 보안사령관의 얘기를 듣고 있던 정승화 총장은 "그럼, 일찍 보내도록 하시오" 하고 마지못해 허락했다. 정승화 총장에게는 자신도 모르는 사이에 일생일대의 실수가 터져 나오는 순간이었다. 자신을 체포하기 위한 수사관들이 들이닥치리라는 사실은 까마득히 모른 채…….

"네, 알겠습니다."

전두환 보안사령관은 별다른 눈치를 보이지 않고 총장 집무실에서 물러갔다.

"무슨 일입니까. 깜짝 놀랐습니다."

"말도 마라. 나도 혼났다."

보안사로 돌아오는 차 안에서 전두환 보안사령관과 이학봉 중령은 뛰는 가슴을 쓸어내리지 않을 수 없었다. 전두환 보안사령관은 "이 중령, 역사는 창조되는 거다. 그리고 중요한 것은 용기야. 용기 있는 자만이 위기를 극복할 수 있어"라고 자신에 차 있었다. 이 중령의 뇌리에는 그 말이 오래도록 남아 있었다.

"허 대령, 지금 즉시 우경윤이를 불러와."

보안사로 돌아온 전두환 보안사령관은 비서실장 허화평 대령에게 허삼수 대령과 함께 정승화 총장 연행 책임자인 범수단장 우경윤 대령을 불러오라는 지시를 내렸다. 12·12 쿠데타를 알리는 신호탄이었다.

우경윤 대령이 보안사로 오는 동안 전두환 보안사령관은 휘하의 허화평 대령, 이학봉 중령과 함께 사령관실에서 몇 십 분 후에 전개될 총장 연행 작전을 다시 한 번 점검했다.

행동 개시는 6시 30분에 한다. 그 시간 전두환 보안사령관 자신은 이학봉 중령을 대동하고 삼청동 총리 공관으로 가서 최규하 대통령에게 재가를 받을 보고를 한다. 보고 자료는 허삼수 비서실장이 이미 작성, 준비해놓고 있었다. 요지는 김재규 재판 과정에서 정승화 총장의 혐의가 새로 드러나 연행 조사가 불가피하다는 것이었다.

같은 시간, 경복궁 수경사 30단장실에는 거사 참여 장성들이 집결하고, 연희동 요정에는 작전에 장애 요인이 될 특전사령관·수경사령관·헌병감 등이 초대될 것이다. 그곳에는 전두환 보안사령관 대신 우국일 보안사 참모장이 참석한다.

보안사 인사처장 허삼수 대령과 육본 범수단장 우경윤 대령을 책임자로 하는 체포대의 편성도 이미 끝나 있었다. 연행 책임자를 지원할 요원들은 보안사 서빙고 분실에서 차출했다. 정승화 총장을 연행할 때 일어날 수 있는 만약의 충돌을 대비해 후보 계획조는 합수부에 배속된 33헌병대 가운데 60명의 병력을 차출한다. 동원 차량은 일제 슈퍼살롱 두 대와 마이크로버스 한 대, 헌병백차 한 대…….

시곗바늘은 오후 6시를 가리키고 있었다. 모든 계획은 순조롭게 진행돼가고 있었다. 점검을 끝낸 전두환 보안사령관은 행동개시의 시간만 기다리고 있었다. 바로 그때 보안사 인사처장 허삼수 대령과 범수단장 우경윤 대령이 사령관실로 들어왔다. 그 자리에는 허화평 비서실장도 함께 하고 있었다.

"나, 방금 총장을 만나보고 오는 길이다. 지금 두 사람은 총장 공관으로 가라. 정보처장을 보내겠다고 했다. 급한 보고사항이 있다고 말이야. 허 대령이 정보처장이라고 해."

허삼수 · 우경윤 대령에게 지시하는 전두환 보안사령관의 표정은 쇳덩어리같이 무뚝뚝하게 굳어 있었다.

전두환은 대통령 재임 중이던 87년 4월 21일 저녁 작가 이병주를 청와대 상춘재로 초청, 저녁식사를 하면서 12 · 12 쿠데타 이전의 상황에 대해 이야기했다. 이는 12 · 12를 이해하는 데 한 단초가 될 수 있다.

"내가 청와대에 온 것이 1980년 8월 28인데, 사람팔자라는 것이 참 희한해요. 나는 어릴 때나 군 장성으로 있을 때나 정치라는 것을 싫어했습니다. 대통령이 되겠다는 건 꿈도 꿔본 일이 없었어요. 80년 당시에 바람이 불어서 내가 대통령직을 맡지 않을 수 없는 환경이었어요.

나로서는 피할 수도 없게 되었어요. 내가 대통령이 되도록 해준 공로자라면 두 사람이 있습니다. 첫째는 정승화 장군입니다."

"박 대통령이 저격당했을 때 바로 옆집에 있었어요. 79년 10월 27일 새벽에 보안사 수사관들이 김재규를 잡아가서 조사를 해보니 사건 당시 정승화 총장이 옆에 있었음을 알게 되었어요. 당시 중앙정보부 차장보와 함께였습니다. 차장보를 따로 잡아넣고 나서 보안사 수사관들은 정승화 총장도 바로 잡어넣어야겠다고 했어요. 내가 그때 보안사령관을 맡은 지 7개월째였는데, 그래서는 군부에 큰 동요가 생기겠다는 우려를 하지 않을 수 없었습니다. 북한의 남침 위협이 걱정이었어요. 군대는 안정이 되어 있어야 한다고 생각하면서 체포서류에 서명을 했는데 내 방에서 돌아서 나가는 수사관을 불러서 서류를 다시 가져오라고 했어요. 보고서를 없애버리고 내가 지시할 때까지 기다리라고 했습니다. 그랬더니 수사관은 시기가 지나면 증거가 인멸되어 안 된다고 했어요. 그래서 나는 군에 동요가 있어서는 자칫하면 남침을 유발할 위험성이 있다. 군의 안정은 계엄사령관으로 하여금 유지하게 해야 하는데, 가령 중앙정보부에 대해서 보복을 한다고 거기에 찾아가서 불을 지른다든지 난리를 부리는 사태가 일어날 때 어떻게 할 것이냐고 관계자에게 얘기했습니다. 정승화가 아니라 계엄사령관이라는 직책이 군의 안정을 위해 필요하다고 판단한 것입니다. 국민이 이성을 찾고 사회가 안정을 되찾으려면 군에 대한 안정이 유지돼야 한다고 믿었습니다. 그후 최규하 대통령이 취임하고 시간이 흘러 어느 정도 나라가 안정을 되찾게 되었습니다. 그래서 내가 노재현 당시 국방부장관에게 찾아가서 정승화 계엄사령관을 조사해야 되겠다고 했어요. 그랬더니 노 장관은 이

제 좀 조용해졌는데 또 시끄럽게 하면 되겠느냐고 했습니다. 그래서 내가 '장관님은 정치적으로 해도 되겠지만 나는 수사책임자로서 법적으로 조사해야 할 사람을 조사하지 않으면 계엄령이 해제되고 국회가 열렸을 때 나를 직무 유기로 문책하라고 하면 어떻게 하겠습니까' 하면서 나에게 주어진 권한과 임무이니 조사해야 되겠다고 했어요."

"그러나 노 장관은 하지 말라고 했습니다. 그래서 다시 최규하 대통령에게 갔어요. 자기는 모르겠으니까 국방부장관에게 얘기하라고 했어요. 그해 12월에 두 번이나 찾아갔습니다. 이런 일을 나 혼자 결심하기에는 너무 엄청난 일이기 때문에 몇몇 분들과 함께 의논을 했습니다. 우선 정승화 장군의 심복으로 지금의 감사원장인 황영시 장군이 있었어요. 두 분은 나와도 가깝고 내가 상관으로 모신 적도 있었던 분입니다. 다음으로 차규헌 수도군단장, 유학성 군수차관보, 그리고 노태우 대표가 정승화와는 모두 친한 사이였습니다. 이 네 사람과 상의를 했습니다. 수사관들의 수사 결과가 이렇게 나왔고, 거기에 대해서 장관의 생각은 이러이러한데 어떻게 하는 것이 좋겠는가를 물었습니다.

내 생각은 정 장군의 관련 여부에 대한 조사는 합법적으로 매듭짓고 넘어가야 한다, 그렇지 않으면 내가 직무 유기의 죄를 짓는 것이 된다, 하는 것이었습니다.

정승화 장군이 참모총장이 된 것은 김재규가 추천해서였습니다. 처음에 당시 국방장관은 박정희 대통령께 박희동 장군을 추천을 했고 김재규는 정승화 장군을 건의했는데 정승화 총장으로 낙착이 된 것입니다. 정승화 총장 문제를 짚고 넘어가야겠다고 했더니, 그렇지 않아도 자신들이 정승화 총장과 친하기 때문에 자기들 밑에 있는 연대장이나 사단장들이 그것을 알고 자기들을 쳐다보는 눈이 다른 것 같다, 흑백을 가리고 넘어가는 것이 본인들에게도 좋을 것 같다는 의견들이었습니다.

보안사령관은 원래 독자적인 병력을 가지고 있지 않습니다. 만약 정승화 장군을 데려다가 조사했을 때 군복을 벗어야 할 일이 나온다면 예편을 하도록 해야지, 그렇지 않으면 자기가 가진 병력을 가지고 나를 도로 잡아넣으면 내가 결과적으로 하극상을 일으키는 셈이 되는 것입니다. 그래서 내가 조사를 하고 돌려보내면 이분들이 정승화 장군과 친하니까 이분들이 정승화 장군에게 옷을 벗고 나가는 것이 좋겠다고 설득을 해서 조용하게 처리하려고 그랬던 것입니다. 그래서 이분들을 불러서 상의를 한 것입니다.

정승화 총장이 제일 신임하는 심복이 육군본부 범죄수사단장이었습니다. 총장은 헌병을 가지고 움직이는데 그 범죄수사단장이 우경윤 대령이었어요. 당시 곧 장성이 될 사람이었지요. 이 사람과 보안사의 처장, 그리고 수사관들을 총장 공관으로 보냈는데 정승화 총장 측이 수사관들에게 저항을 해서 한남동에서 총격전이 벌어졌어요."

12·12에 대해 아직도 가해자 측은 박 대통령 시해사건의 수사를 마무리짓는 과정에서 발생한 우발적 사건이라고 주장하고 있고, 피해자 측은 정권 탈취를 위한 행동으로 계획된 쿠데타라는 시각이다. 전두환의 증언은 물론 전자 쪽이다.

전두환의 증언에 대해 노재현 당시 국방부장관은 국회 국방위원회 국정감사에서 증인으로 출두, "그때까지 정승화 총장을 연행하리라고는 상상도 못 했다"라며 전적으로 부인하였다.

"대단히 잘못된 것이다. 그분에게 무슨 문제가 있다고 하면 나에게 보고를 해서, 그날처럼 밤에 하는 것이 아니라 적절한 시점을 택해 조사를 하면 된다. 더구나 장교 두 사람이 사병을 데리고 무장을 한 채 공관에 들어가서 연행했다는 것은 생각할 수도 없는 문제다. 정 장군이 10·26 직후에 전부 조사를 받은 뒤라 이미 서류가 정리된 상태였다. 전두환 장군은 유능한 수사관을 시켜 세 번이나 정승화 총장에 대한 조사를 마친 상태였다. 그리고 아무런 혐의가 없다는 수사 결과를 국민들에게 발표했다.

11월 6일 정승화 장군을 포함, 모든 조사를 마치고 국민들에게 결과를 발표하고 끝난 일이다. 발표장에서 어느 기자가 '항간에 정승화 장군의 관련설이 끝없이 나도는데 어떻게 된 것이냐' 라고 전 장군에게 묻자 '절대로 그런 일이 없다' 라고 대답했다. 그때 전 장군은 자세한 서류를 가지고 있었는데 11월 13일에 계엄사 보통 군법회의에 송치를 끝낸 상태였다."

전두환은 그해 12월에 최규하 당시 대통령을 두 번이나 찾아가 정승화 총장 연행조사를 건의한 적이 있다고 하지만 최규하는 직접 들은 기억이 없다고 한다. 전두환 보안사령관으로부터 직접 들은 기억이 없다는 것은 다른 루트를 통해 전달됐을 수도 있다는 얘기도 된다.

전두환 보안사령관의 정승화 총장 연행 재가 건의에 대해 이학봉 씨는 비교적 사실에 가까운 증언을 하고 있다.

"시해 사건 수사에 대해서는 자신 있게 말할 수 있다. 79년 11월쯤(노재현 국방부장관은 10월 29일이었다고 정확하게 날짜를 기억하고 있다.) 전두환 본부장이 노재현 국방부장관에게 정승화 총장의 연행에 대해 상의한 적이 있었다. 그러나 최규하 대통령에게 직접 보고한 적은 없었던 것으로 알고 있다. 그러나 노재현 국방부장관이 최규하 대통령에게 보고했을 수도 있다."

당시 보안사령관 비서실장 허화평 씨는 "당시 상황이 워낙 숨 가쁘고 복잡하게 돌아가고 있었기 때문에 전 본부장이 최규하 대통령과 노재현 국방부장관을 언제 만났는지는 기억할 수 없으나 육군 소장이 계엄사령관을 조사하겠다는 것이 보통 일이 아닌데 상부와 사전 상의가 없을 수 있겠는가"라고 반문한다.

"김재규에 대한 수사는 그의 건강 악화로 제대로 되지 않았다. 합수부에선 군내의 김의 배후가 완벽하게 밝혀지지 않았다고 판단했다. 명색이 국가 원수 피살 사건인데 성역은 있을 수 없고, 군 내의 연루자 여부에 대한 문제를 찜찜한 상태로 놓아두면 군이 안정될 수 없다고 판단했었다."

전두환은 정승화 총장이 김재규 계열의 인물이었다고 직설적으로 표현하고 있다. 그런 시각은 12·12 가해자 측의 일반적인 주장이기도 했다. 10·26 후 5공 창출까지의 키 플레이어 역할을 한 것으로 알려진 허화평 씨는 "12·12는 임무 수행을 위한 우발 사태였다. 물론 두 가지 원인이 있었다. 그 첫 번째는 10·26이고, 두 번째 원인은 정승화 총장을 계엄사령관에 임명한 일이다"라고 자체 분석을 하고 있다.

"정승화 씨에 대한 수사가 마무리되지 않으면 군 내부의 김재규 추종 세력 문제도 해결이 안 됩니다. 그때 김재규는 재판 과정에서 큰 소리를 땅땅 쳤습니다. 김재규를 잘 알고 있는 사람의 입장에서 볼 때 그가 왜 이런 태도를 보이는지 의아스러웠습니다. 독불장군도 아닌 사람이 왜 그렇게 강한 입장을 굽히지 않는지 의문이 많았습니다. 선배를 그런 식으로 조사한다는 것이 곤혹스러웠지만 누군가는 해야 할 일이었습니다. 당시 정승화 씨는 지척의 거리에 있었고 또 이미 불안한 상황이라 경계 상태였을 텐데 아무것도 모른다니 이해가 안 되는 일입니다."

증언들을 종합해보면, 당사자들의 부인에도 불구하고 노재현 국방부장관은 전두환 보안사령관으로부터 정승화 총장 연행 조사에 대한 건의를 받았고, 최규하 대통령 역시 어떤 경로를 통해서든 보고를 받았던 것 같다. 물론 시기적으로 전씨의 증언과 같이 그해 12월에 두 번씩이나 보고받지는 못했다고 해도.

군 통수권 선상에 있는 노재현 국방부장관과 최규하 대통령은 전두환 보안사령관의 정승화 총장 연행 의도를 알고도 전혀 손을 쓰지 않았다. 심지어 정승화 총장이 전두환 보안사령관의 동해안 경비사령관 전보라는 카드를 내밀기는 했지만 노재현 국방부장관으로부터 거절당한 가운데 12·12 '군사반란사건' 이 불거져 나왔고, 한국 현대사는 돌이킬 수 없는 상황에 빠지고 말았다.

12 · 12 전야

그해 12월 11일 저녁, 국군보안사령관 겸 계엄사 합동수사본부장 전두환 소장의 연희동 자택에는 전두환 보안사령관과 부인 이순자, 그리고 네 자녀가 앉아 가족회의를 열고 있었다. 창밖으로 겨울바람이 스산하게 요동치고 있는 가운데 집안은 무거운 침묵이 감돌고 있었다.

전두환 보안사령관의 연희동 자택은 10년을 넘게 살아온 정든 집이었다. 군무를 마치고 귀가하면 아내에게는 언제나 자상한 지아비요, 자녀들에게는 인자하기만 한 아버지인 전두환 보안사령관은 그날따라 전에 없이 굳은 표정이었다.

전두환 보안사령관 옆자리에 앉아 있는 이순자 씨는 내내 묵묵히 고개를 돌려 칠흑의 겨울밤을 바라보고 있었다.

'보통 사람보다 두 배는 더 사려 깊으시고 누구보다도 강철 같은 의지를 지니신 아버지가 저런 표정을 다 짓고 계시다니……'

그때 부쩍 성서에 심취해 있던 장남 전재국은 자기도 모르게 눈물이 핑그르르 돌았다. 네 자녀를 가만히 응시하고 있던 전두환 보안사령관이 한참 만에 입을 열었다.

"아버지는 시골 빈농에서 태어나 이처럼 군 장성이 되었으니 지금까지의 삶에 결코 후회는 없다. 만일 이 아버지에게 불행한 일이 일어나서 세상의 온갖 모욕과 멸시가 주어진다고 하더라도 너희들은 좌절하거나 용기를 잃지 말고 꿋꿋이 살아나가야 한다. 알겠느냐?"

전두환 보안사령관의 어조는 무겁고 단호했으며 얼굴에는 굳은 결의와 함께 비장감이 감돌고 있었다. 이순자 씨와 자녀들은 무엇인가 끔찍한 일이 금방이라도 일어날 것 같은 공포 때문에 몸조차 가눌 수 없었다.

"너희들은 만약 옳지 않다고 믿고 있으면서도 그 흐름에 묵묵히 휩쓸려가야 한다고 생각하느냐? 아니면 남자로 태어난 이상 목숨을 바쳐서라도 자신이 정의라고 믿는 사실을 정확하게 세상에 밝히기 위해 그 역사의 역류 현상을 바꾸려고 시도해야 한다고 생각하느냐?"

막연하게 다음 말을 기다리고 있던 전재국은 더 이상 다음 얘기를 들을 필요가 없었다.

"하십시오, 아버님."

장남이 먼저 말했다. 그것은 어머니 이순자와 세 동생의 뜻이기도 했다. 순간, 계속 침통해 보이던 전두환 보안사령관의 얼굴이 대낮처럼 환해졌다.

"하십시오, 아버님. 아버님은 분명히 해내실 겁니다."

12·12 하루 전날인 그해 12월 11일 저녁, 가족회의에서 전두환 보안사령관이 가족들의 의향을 물었던 '불행한 일이 일어날지도 모르지만 목숨을 바쳐서라도 시도해야 할 일'은 과연 무엇이었을까. 두말 할 나위 없이 12·12일 것이다.

노재현 당시 국방부장관은 국회 국정 감사에서 12·12에 대해 "개인적으로 정 장군을 연행한 것은 하극상이고, 육본을 점령한 것은 반란이라고 생각한다. 또 그후 일련의 사건을 볼 때 넓은 의미에서 쿠데타가 아닌가 하고 생각한다"라고 증언했다.

전두환 보안사령관은 89년 말 국회 청문회에 출두, 정승화 총장 연행 조사를 노재현 국방부장관과 최규하 대통령에게 건의했다는 내용을 증언하게 된다.

"당시 상황으로서는 설혹 정 총장이 주범이라 해도 수사 착수가 어려운 지경이었습니다. 상황은 이렇게 되어가는데 시해사건 관련설, 사건 당시와 직후의 불투명한 행동 등으로 군 내부에서도 정 총장에 대한 의혹은 더해갔습니다. 이런 상황에서 저는 수사의 총책임자로서 중대한 결심을 하지 않을 수 없었습니다. 합수본부장으로서 대통령 시해사건이야말로 중대한 사건인 만큼 지위 고하를 막론하고 수사에 성역이 없다는 신념하에 신명을 걸고 정확히 전모를 밝혀야 한다는 사명감을 느꼈기 때문입니다.

그때 남은 작업은 정승화 총장의 혐의를 조사하여 그 의혹을 말끔히 없애는 일이었습니다. 만일 이에 대한 흑백이 가려지지 않는다면 군에 대한 국민의 신뢰는 물론 군 자체의 기강이 흔들리는 동시에 마침내는 군이 분열될 수도 있다는 우려까지 하지 않을 수 없었던 것입니다. 11월경 본인은 모든 상황을 국방부장관에게 보고하고 정승화 총장의 연행 조사를 건의했더니 '좀 두고 보자' 고 했고, 그 후 최규하 대통령에게 건의드렸더니 '국방부장관과 상의하라' 고 말씀하셔서 본인으로서는 더욱 어려운 처지에 놓이게 되었습니다."

노재현 국방부장관은 계엄사령관 체포시에는 대통령의 결재가 있어야 하고, 대통령의 결재가 없는 계엄사령관 체포는 불법이고 하극상이라고 분명한 어조로 못 박고 있다. 노재현 장관은 정승화 총장 연행에 대해 10·26 직후 이미 조사를 다 받아서 서류가 정리된 상태였으며, 전두환 보안사령관은 아무런 혐의가 없다는 수사 결과를 국민에게까지 발표했다고 강조한다.

그럼에도 불구하고 전두환 보안사령관이 '목숨을 걸고 시도할 일'이 있다면 그것은 단순한 정승화 총장 연행조사뿐만 아니라 12·12 그 자체였던 것이다. 그가 계엄사 합동수사본부장으로서 수사에 성역이 없으며, 박 대통령 시해사건에 혐의가 있는 정승화 총장을 연행 조사하는 것으로 끝낼 생각이었다면, 상부(국방부장관·대통령)에 한두 번 건의해 거절당했다고 포기할 것이 아니라 계속 건의해 합법적인 절차를 수행하면 될 일이었다. 그러나 전두환 보안사령관 등 신군부의 12·12는 '불행한 일이 일어날지도 모른다' 는 것을 예상하면서도 '목숨을 걸고 시도해야 할 일' 이었고, 하루 전날 가족회의에서 보는 바와 같이 전두환 보안사령관의 12·12는 사전에 계획된 것이었다.

12·12 주도 세력 중 제2인자는 당시 9사단장 노태우 소장이었다. 12·12가 제5공화국을 창출하는 한 단초였다면, 결과적으로 전 장군 후임으로 보안사령관이 됐고, 5공 시절의 집권 여당인 민정당 대표, 그리고 후계자로 지목돼 대통령직까지 인수했으므로 노태우 소장이 2인자임에는 의심의 여지가 없다.

노태우 시대인 제6공화국 중반기쯤, 그러니까 박철언이 '황태자'로 불릴 당시 필자는 서울 동대문 이스턴 호텔에서 황모(경북고 출신)라는 월계수 간부 한 사람을 만나 '노 대통령과 박철언 장관 사이에 얽힌 비화' 들을 들었다. 인구에 회자되다시피 월계수회는 박철언이 이끌었던 사조직으로 '노태우 대통령 만들기'에 중요한 역할을 했을 뿐만 아니라 제6공화국 출범 이후 '황태자, 떠오르는 태양 박철언의 내일'을 위해 계속 존재했던 단체였다.

"노 대통령은 취임 후 친·인척을 등용하지 않겠다고 천명했습니다. 노 대통령은 실제로 그런 약속을 지키기 위해 친·인척에게 제동을 걸기도 했습니다. 김복동 씨의 경우를 보세요. 두 분 사이를 봐요. 노 대통령과 사이가 가깝다면 박 장관님보다 김씨가 훨씬 가까운 사이죠. 노 대통령과 김복동 씨는 육사 11기 동기생으로 처남 아닙니까. 하지만 김복동 씨가 대구에서 국회의원 선거에 출마하려고 했을 때, 그것을 막은 장본인이 바로 노 대통령 아닙니까.

노 대통령의 친·인척 중에 단 한 사람의 예외가 있었다면 그분은 박철언 장관님이죠. 박 장관님은 노 대통령의 처 고종사촌 동생이지만 노 대통령은 그분을 중용했습니다.

왜인 줄 압니까. 그것은 두 분 사이에, 세상에 알려지지 않는 끈끈한 인연이 있기 때문입니다. 12·12 말입니다. 12·12라는 것이 보통 일이었습니까. 그것은 전두환·노태우 대통령 같은 분들로서는 목숨을 건 일이었습니다. 실제로 그분들은 목숨을 걸어놓고 그 일을 해냈다고 해요.

그때 말예요. 12·12 직전에 노 대통령이 박 장관님을 조용하게 불렀답니다. 당시 박 장관님은 검사였지요. 목숨을 건 12·12를 앞두고 노 대통령은 박 장관님께 모든 재산을 맡기고 가족들을 잘 보살펴달라는 뒷일을 부탁했다고 해요. 만에 하나 일이 잘못되면 반역이 될 터이고, 노 대통령은 물론이지만 박 장관님도 목숨을 걸어야 할 판이지요. 박 장관님은 선뜻 응낙하고 그 일을 맡았죠. 노 대통령과 박 장관님 사이에는 12·12 때 그와 같이 목숨을 걸었던 인연이 있었기에 박 장관님의 오늘이 있었던 겁니다."

황 씨의 얘기는 더 이상 확인할 길이 없고 또 어느 정도 사실에 근접한 것인지 의문이지만, 적어도 그가 노 대통령과 박철언의 후배인 경북고 출신이며 월계수회 간부라는 점을 감안할 때, 박철언 측근의 한 시각을 엿볼 수 있는 한 자료는 될 수 있을 것 같다.

전두환·노태우 시대는 대구 출신 인맥, 특히 경북고 인맥의 전성기였다. 이름하여 'TK' 라고 불리며 한 시절을 구가한 당시 박철언 장관은 '황태자', '떠오르는 태양' 으로 불렸고, 바로 그때 월계수회는 '박 장관의 내일' 을 향해 움직이는 사조직이었다. TK 출신으로 월계수회 핵심 간부였던 황씨는 노 대통령과 박 장관 사이에 얽힌 '비화' 들을 조심스럽게 털어놓으면서 자긍심에 차 있었다.

박철언 검사가 제5공화국 신군부와 접촉하게 된 것은 80년 국보위 시절 5공 헌법 기초에 참여할 때였다. 5·18 광주항쟁을 무력으로 진압한 뒤 국보위가 탄생할 무렵, 전두환·노태우 등 신군부 주도 세력은 인물난에 상당한 고초를 겪어야 했다.

그런 고초는 오래 가지 않았다. 전두환은 "처음에는 인물들이 모일까 고민도 많이 했지만 그건 기우에 불과했다. 막상 제상을 차려놓으니 사람들이 벌떼처럼 모여들더라"라고 했다.

국보위가 탄생하고 5공 헌법 기초를 다듬을 인사를 물색하던 중 전두환 보안사령관의 머리에는 그들이 생도 시절 자주 만났던 '빡빡머리 아이'가 떠올랐다고 한다.

"아, 거 빡빡머리 있잖아. 그 친구가 꽤 명석하지. 검사로 있다는 얘기를 들었는데, 그 친구 지금 어디서 근무하나."

'빡빡머리'란, 생도 시절 전두환, 노태우, 김복동, 박병하, 최성택 등 오성회(하나회 전신) 멤버들이 외박 때나 휴가 때 돌아가며 친구들 집을 방문한 적이 있는데 그때 김복동 생도의 집에서 종종 만났던 김복동의 고종사촌동생으로 당시 고등학생 박철언을 가리킨다. 그후 박철언은 서울대 법대에 진학하고 사법고시를 통과, 검사가 됐다는 얘기를 듣고 있었다. 더구나 초급장교 시절 노태우는 김복동의 동생 김옥숙과 결혼, 김복동뿐만 아니라 노태우까지 친·인척이 된 터였다.

박철언 검사는 곧 불려와 신군부와 합류하게 됐다. 5공은 법의 왜곡이 극도에 달했던 시대였다. 한 저널리스트의 지적과 같이 이 정권은 모든 문제를 법으로 해결하려 했고, 법은 정권의 도구로 전락했으며, 모든 정치·사회 문제의 하수 처리화된 법정의 권위는 땅에 떨어졌다.

5공의 사법정책에 가장 큰 영향을 끼친 사람으로 알려진 이는 청와대 정무비서관과 안기부장 보좌관을 거친 박철언이다. 말하자면 신군부와 합류한 뒤 박철언은 일약 출세가도를 달렸다.

87년 8월 '대구 변호사회 최서박'의 명의로 언론기관에 뿌려진 한 통의 진정서는 검찰 내부의 사정에 정통한 사람이 쓴 논리 정연한 고발장이다. 이 문서는 당시 장세동 안기부장 특별보좌관이던 박철언에 대해 길게 언급하고 있다.

"박철언 검사는 경북고등학교 출신으로 사법시험 8회 합격자인데 사법시험 8회 동기생들은 그 중 우수한 인재들도 겨우 지방검찰청 부장검사로 재직 중인데도 불구하고, 박 검사는 10기 가까운 선배들을 뛰어넘어 검사장으로 승진되었습니다.

박철언 검사는 노태우 대표의 친·인척이면서도 전두환 대통령과의 개인적 친분으로 제5공화국 출발 당시 국보위에 파견되어 제5공화국 헌법 기초에 참여한 공로로 청와대와 국가안전기획부에 근무하고 있는데 국가안전기획부로 옮기고 나서는 김석휘 법무부장관 등에게 자리를 검사장으로 승진시켜 줄 것을 여러 차례 요구하다가……."

5공 시절 국보위 법사위원, 청와대 정무비서관, 안기부장 특별보좌관 등 요직을 두루 거친 박철언은 6공에 들어와서 다른 대통령 친·인척이 배제된 가운데 대통령 정책담당 보좌관이라는 권력의 핵심에 중용됐다. 당시 박철언은 전두환 핵심 인맥에서 노태우 핵심 인맥으로 절묘하게 변신해간 사람으로 시중의 이야깃거리가 됐다.

한 잡지기사는 박철언에 대해 다음과 같이 프로필을 적고 있다.

"박 보좌관은 5공화국 출범 때 개혁작업에 깊숙이 참여한 인물로 그동안 베일에 가려 있다가 이번에 등장했다. 노 대통령 부인 김옥숙 여사와는 6촌간으로 노 대통령을 막후에서 보필해 왔다. 그는 대통령 선거 때 '미래민족연구소' 라는 사조직을 운영, 중요한 역할을 수행했다. 또 경북고 출신들의 비공식 모임에서 '박 사장' 으로 통하면서 선거에 적지않은 역할을 해 온 것으로 알려졌다. 대구 출신으로 경북고와 서울대 법대를 졸업, 올해 나이 46세로 '컴퓨터 두뇌' 의 소유자이다. 개혁 주도 세력의 한 사람인 그는 80년 국보위 법사위원을 시작으로 지난 8년 동안 대북관계와 국내 정치 문제를 심층에서 다뤄왔다.

그는 과거 청와대 시절 정무비서관으로 허화평 정무수석 아래서 중요 역할을 수행했으면서도 한 번도 표면에 나타나지 않고, 허씨가 퇴진한 뒤 정순덕 수석 시절에도 마찬가지였다. 장세동 경호실장이 안기부장으로 승진, 전 대통령에게 부탁해 그를 특별보좌관으로 데려갔을 정도로 '주도세력' 내에서 실력을 인정받았다."

당시 안기부에서 박 특별보좌관과 가까이 지냈던 한 인사는 "박 씨는 5공화국의 법적인 문제 처리에 깊이 관여하였다"라며 "검찰과 법원의 인사에도 관여하였고, 직접 대법원장에게 전화를 걸어 형량에 대해서 청탁을 하기도 하였다. 박씨는 대단히 권력 지향적인 사람이다. 머리가 명석하고 판단력이 정확한 것은 사실이지만 목적을 위해서 수단을 가리지 않는 면도 있다"라고 지적한다.

5공 시절 검찰총장과 법무장관은 중요한 사건의 처리 방법에 대해 박철언에게 직접 물어보기도 했다고 한다. 당시 박철언이 법조계에 그와 같이 막강한 영향력을 행사할 수 있었던 것은 그의 명석한 두뇌 외에도 전두환 대통령, 장세동 안기부장 등 실력자들과 가까운 데다 후계자로 지목되고 있던 노태우 민정당 총재와 인척이었다는 점에 기인한 바가 컸다.

전두환 핵심 인맥에서 노태우 핵심 인맥으로 절묘하게 변신한 박철언은 6공 시절 화려한 시대를 맞게 된다. 노 대통령은 다른 친·인척의 공직 취임에는 제동을 걸면서도 박씨에 대해서만은 전에 없던 대통령 정책보좌관이라는 자리까지 만들어 청와대에 입성시키는 한편, 민정당 전국구후보 17번으로 국회의원이 된 뒤에도 계속 대통령 보좌관 직책을 겸하도록 했다.

박철언은 노 대통령의 친·인척 배제 공약에 자신이 포함되는 것을 반대한다. 한 인터뷰에서 그는 "나는 5공 때부터 그만한 자리에 있었다"는 식으로 5공에 이은 6공의 출세가도를 합리화시킨 바 있고 노 대통령도 같은 논리로 해명한 바 있지만, 그들의 해명을 곧이곧대로 믿는 사람은 드물었다.

노 대통령이 박철언은 대통령 정책담당 보좌관으로 발탁한 데 대해 여러 가지 해석이 오갔다. 위인설관식 인사를 했다는 것에 대해 많은 사람들이 있을 수 없는 일이 일어났다며 그런 무리를 할 수밖에 없었던 이유가 더 중요하다고 말했다. 그 '이유'가 무엇이었을까. 사람들은 '이유'를 들먹이면서도 그 내막에 대해서는 일체 함구해 왔다. 그 '이유' 중에는 박철언 씨 측근으로 월계수회 간부였던 황씨의 증언에서 보듯 '12·12에서의 박철언 씨의 역할'이 개입한 것은 아니었을까.

'황태자', '떠오르는 태양'으로 회자됐던 박철언의 화려한 시절은 오래 가지 않았다. 아이러니하게도 박철언 자신이 주도적으로 이끌었던 3당 합당 이후, 김영삼 대표와 '투쟁' 을 거듭하면서 추락을 거듭한 것이다. 결국 민정당에서 탈당, 국민당 국회의원으로 설 자리를 찾아 나섰던 그는 김영삼 정부가 출범한 직후 슬롯머신 사건으로 구속, 그가 그토록 막강한 영향력을 행사했던 법조계로부터 준엄한 질타를 당했다.

12 · 12는 곧 영욕의 출발이었다. 대부분의 신군부 세력에게 그랬지만, 12 · 12는 한 유능한 법조인에게 화려한 월계관을 씌워주는 계기가 되기도 한 반면, 날개 달린 추락의 한 진원지가 되기도 했다.

12 · 12 작전 개시

"총장을 연행한다거나 체포한다는 용어는 쓰지 않도록 하라. 아마 순순히 응해주실 거야. 총장이 응하는 경우 경복궁 30단으로 모시고 와. 경복궁에는 총장님과 가까운 장군들이 기다리고 계실 것이다."

79년 12월 12일 오후 6시. 경복궁 옆 국군보안사령부. 전두환 보안사령관이 정승화 총장 연행 책임자 우경윤·허삼수 두 대령에게 마지막 지시를 내리고 있었다. 본격적인 '12·12' 카운트다운이었다.

"공관 경비 병력과는 충돌이 있어선 안 돼."

"예, 알겠습니다."

"한 시간 후에 총장 공관에 도착하라. 나는 지금 대통령에게 정승화 총장에 대한 재가를 받으러 간다. ……차질 없이 임무를 수행하도록!"

"잘 알겠습니다."

두 대령은 거수경례를 붙이고 서둘러 보안사령실을 나왔다. 복도를 걸으며 두 대령은 '대통령에게 정승화 총장에 대한 재가를 받으러 간다'는 전두환 보안사령관의 마지막 얘기를 되새겼다.

그때 두 대령은 '그렇다면 정승화 총장은 체포하라는 거로군!' 하고 생각했다.

"별 문제는 없겠지요. 수사관에게는 높은 사람도 응하는 게 상례 아닙니까."

허삼수 대령이 육사 4기 선배인 우경윤 대령을 돌아보았다.

"그렇긴 하지만, 공관에는 경계 병력이 있잖아. 만약 총장이 그들을 부르기라도 한다면 충돌이 없을 수야 없지. 후보 계획을 잘 세워두어야겠어."

"그래야겠지요."

허삼수 대령은 우경윤 대령의 말에 동의를 표했다. 후보 계획이란 정승화 총장 체포 작전을 펼 때 상대방이 항거할 경우를 대비, 예비 병력을 뒤따르게 하는 것이었다.

"그럼…… 이렇게 하지요. 현재 합수부에 배속돼 있는 헌병감실 기획과장 성환옥 대령과 33헌병대장 최석립 중령을 오라고 하는 겁니다. 최 중령에게는 1개 소대 병력을 데리고 오라고 하고 후보 계획을 맡기면 어떻겠습니까. 그 병력을 공관 지역 외곽에 대기시키고 있다가 만약의 경우에 우리를 지원하도록 말입니다."

"그렇게 하지."

전두환 보안사령관의 입에서 12·12 카운트다운 명령이 떨어지고, 우경윤·허삼수 두 연행 책임자가 후보 계획을 세운 10분쯤 뒤에 성환옥 대령과 최석립 중령이 보안사에 도착했다. 육본 헌병대장 이종민 중령과 33헌병대 1개 소대 병력도 마이크로버스를 타고 그들의 뒤를 따라왔다.

수경사 33헌병대는 원래 대통령 경호실에 배속돼 있었으나 10·26 직후 전두환 보안사령관의 건의로 정승화 총장이 계엄사 합동수사본부장 휘하로 배속한 부대인데, 합수부에서 33헌병대를 동원한 것은 정승화 총장 연행 과정에서 공관 경비병들과의 충돌에 대비한 것이었다.

허삼수·우경윤 대령을 비롯 성환옥 대령, 최석립 중령은 전두환 보안사령관 겸 합수부장이 이끌고 있는 군 내 비밀결사 하나회 핵심 멤버이다. 반면 이종민 중령은 하나회가 아니었고 전두환 보안사령관과는 특별한 인연도 아니었다. 그는 사전에 12·12에 대해 귀띔조차 받지 못했다.

총장 연행 책임자 성환옥 대령과 육사 동기생인 그는 진급이 늦어 그해 연말 대령 진급 예정자로 확정돼 있었다. 하나회 회원인 성환옥 대령이 동기생인 이종민 중령에게 진급을 축하해주겠다고 불러내 총장 연행 작전에 참가시킨 것으로 알려지고 있다.

합수부에서 굳이 비하나회원인 이종민 중령을 정승화 총장 연행 작전에 참여시킨 것은 그가 육본 헌병대장으로 육군참모총장 공관 경비병들의 직속상관이기 때문이었다. 그를 데리고 가는 것이 총장 공관 경비병들에게 접근하기가 수월할 터였다.

정승화 총장 연행을 위한 모든 계획은 완료됐다. 우경윤·허삼수 두 대령은 곧 행동 개시에 들어갔다. 허삼수 대령은 출발에 앞서 총장 공관으로 전화를 걸었다. 총장 수행부관 이재천 대위와 연결이 됐다.

"나, 보안사 정보처장이야. 총장님께 급히 보고드릴 사항이 있으니 공관으로 찾아뵙겠다."

보안사 인사처장인 허삼수 대령은 전두환 보안사령관의 지시에 따라 정보처장으로 위장했다. 그때 보안사 정보처장은 권정달 대령이었다. 그는 하나회 회원이 아니었고 12·12 거사 과정에서 배제돼 있었다. 전두환 보안사령관은 일찍이 보안사에서 잔뼈가 굵은 베테랑 수사관 허삼수 대령에게 정승화 총장 연행 책임을 맡길 생각이었으면서도 총장에게 인사처장이 보고한다고 하면 이상하게 여길까 봐 정보처장이 와서 보고드릴 것이라고 했다.

"총장님께서는 7시에 외출하시기로 되어 있는데요."

"급한 일이야. 오늘밤 내로 보고해야 돼. 우리 사령관님께서 말씀드렸다고 하던데……."

"알겠습니다. 그럼 늦지 않게 와주셨으면 합니다."

"그러지."

허삼수·우경윤 대령은 행동을 서둘러야 했다. 두 대령은 8명의 보안사 요원들과 함께 두 대의 일제 슈퍼살롱에 나눠 탔다. 보안사 요원들은 대부분 서빙고 분실 수사관들이었다. 33헌병대 1개 소대 60명은 마이크로버스에 분승, 슈퍼살롱 뒤를 따르도록 했다. 헌병대는 헌병백차에 탄 헌병장교가 인솔했다. 육군 헌병감실 기획과장 성환옥 대령, 33헌병대장 최석립 중령, 그리고 육본헌병대장 이종민 중령 등 3인 장교들이었다.

허·우 두 대령은 사복 차림이었고 나머지 헌병장교들은 국방색 작업복을 입고 있었다. 모두 권총을 차고 있었다.

"출발하지!"

누군가의 입에서 출발 신호가 떨어졌다. 두 대의 슈퍼살롱에 이어 헌병백차, 마이크로버스는 길고 긴 어둠을 몰고 보안사를 빠져나가고 있었다.

거의 비슷한 시각 보안사령관 비서실장 허화평 대령이 서류 봉투를 들고 사령관실로 들어섰다. 사령관실에는 전두환 보안사령관과 보안사 대공처장 겸 합수부 수사1국장 이학봉 중령이 대기하고 있었다.

"보고 자료 준비됐습니다."

"그래, 그럼 출발한다."

전두환 보안사령관은 자리에서 일어났다. 그의 뒤를 이어 이학봉 중령이 그림자처럼 따라붙고 있었다.

보안사는 순식간에 숨 막히는 긴장 속으로 빠져 들어가고 있었다. 주위에는 짙은 어둠이 깔려 있었다. 보안사 건물 현관 앞에는 검은 승용차 한 대가 시동을 걸어둔 채 대기하고 있었다. 전두환 보안사령관이 타고 뒤이어 이학봉 중령이 빨려 들어가듯 올라타자 검은 승용차는 미끄러지듯 삼청동 총리 공관 쪽으로 달려갔다.

같은 시각 경복궁 30경비단. 짙은 어둠 속의 물샐틈없는 경비 속으로 난데없이 성판을 단 지프들이 잇따라 정문을 통과하고 있었다. 현관에서 33경비단장 장세동 대령과 30경비단장 김진영 대령이 이 밤의 방문

객들을 맞이하고 있었다. 장·김 두 대령 역시 하나회 핵심 멤버이다.

지프에서 내린 장성들은 장세동·김진영 대령의 안내로 곧바로 단장실로 갔다. 경비단장실에는 수도군단장 차규헌 중장, 국방부 군수차관보 유학성 중장, 제3공수여단장 최세창 준장, 5공수여단장 장기오 준장이 먼저 와 있었고, 이어 1군단장 황영시 중장과 9사단장 노태우 소장이 들어서고 그 뒤로 20사단장 박준병 소장이 도착하고 있었다.

경복궁 모임에 참석한 장성들은 모두 전두환 보안사령관과 사전에 약속이 된 인사들이었다. 그날 오후 3시경 황영시 1군단장은 직속상관인 3군사령관 이건영 중장에게 전화로 "볼일이 있어 서울에 갔다 오겠다"고 보고했다. 그는 노태우 9사단장 등 예하부대 지휘관들과 함께 한강 하류 초평도에서 있었던 군단의 대전차 방어 훈련에 참석했다가 오후 5시경 노사단장의 지프를 타고 경복궁 모임에 참석했다.

차규헌 중장은 그날 저녁 직속상관인 3군사령관에게 장군 진급 심사 결과를 설명하기 위해 용인 사령부를 방문하겠다고 약속했으나 3군사령부가 아닌 보안사령부로 달려가 경복궁 모임에 참석했다.

제1공수여단장 박희도 준장은 일요일인 9일 아침에도 여단 CP에 머물고 있었다. 여단 병력 중 1개 대대가 아직도 계엄군으로 마포 구청에 진주하고 있었으므로 그는 여단을 비울 수가 없었다. 그는 CP에서 보안사령관 전속 부관 황진하 소령의 전화를 받았다.

"18시 30분입니다. 장소는 경복궁 30경비단장실입니다."

박준병 20사단장은 9일 아침 연희동 전두환 보안사령관의 집에서 회동, 경복궁 모임을 약속했다는 것은 언급한 바 있지만 본인의 얘기는 조금 다른 것 같다.

"전 장군의 집에 가서 들었는지 아니면 나중에 전화로 통보받았는지는 확실히 기억이 안 나지만 12일 퇴근하는 길에 잠시 30경비단장실로 들렀으면 한다는 말을 듣고 경복궁에 갔었습니다. ……정승화 총장 연행 조사에 대한 구체적인 계획에 대해서는 사전에 알지 못했어요. 나는 서울에 주둔하고 있던 한 부대의 지휘관으로 개인적으로 참여한 것입니다."

박준병은 또 12·12는 '수사 과정에서 일어난 우발적 사건' 이며, '내가 아는 한에 있어서는 상황이 그런 형태로 전개되리라고는 생각을 안 했던 것이 사실' 이라고 주장하고 있다.

제71방위사단장 백운택 준장의 경복궁 모임 참여에 대해서는 몇 가지 특이한 증언들이 있다. 그날 그는 새로 마련한 사격장에서 시사를 한 뒤 오후 5시경 보안사령관실로 전화를 걸었다. 경복궁 모임 약속일이라는 것을 재확인하기 위해서였다. 그때 비서실장 허화평 대령과 통화했다는 얘기가 있는가 하면 수석부관 소령과 통화했다는 얘기도 전한다.

"나 백 준장인데, 오늘 형님과 '생일집 잔치' 에 초대받았는데 몇 시인가?"

육사 동기생이지만 백운택 준장은 나이가 두 살이나 위인 전두환 보안사령관의 리더십을 스스로 인정해 '형님!' 으로 깍듯이 모시는 터였다. 경복궁 모임의 암호명이 '생일집 잔치' 로 알려진 것도 백운택 준장의 증언 때문인 것으로 알려졌다.

"오늘 저녁 6시 30분입니다."

백운택 준장은 참모들에게 육사장교와 저녁 약속이 있다고 거짓말을 한 뒤 개인 승용차를 타고 서둘러 훈련장을 빠져나왔다. 그가 보안사 정문에 도착한 것은 그날 저녁 6시경. 전두환 보안사령관 수행부관 손삼수 중위가 정문에 나와 있었다.

"경복궁 경비단으로 모이고 있습니다."

백운택 준장은 그렇게 증언하고 있지만 손삼수의 얘기는 또 다르다. 손삼수에 따르면 백운택 준장은 실병 지휘관이 아니어서 당초 경복궁 모임 대상에 포함되지 않았으나 12·12 그날 우연히 보안사령부에 들러 합류하게 됐다고 한다.

손삼수 중위는 그날 허화평 비서실장의 지시를 받고 보안사 정문에서 장군들을 안내하고 있었다. 그때 백운택 준장이 나타나 허화평 비서실장에게 어떻게 할 것인지 묻자 허 실장이 "30단으로 같이 모셔라"고 지시, 안내했다고 한다. 그러나 또 다른 증언에 따르면 백 준장은 12·12 하루 전날 자신의 부관에게 군용 점퍼를 뒤집어 입었을 때 민간인 점퍼처럼 되도록 개조해 달라고 부탁해 거사 당일 입고 나올 정도로 진작부터 대비를 했다고 한다.

백운택 준장의 12·12 전날 준비는 전두환 보안사령관의 가족회의, 노태우 9사단장의 준비와 함께 시사하는 바가 없지 않은 것 같다. 3인의 장성들이 육사 11기 동기생으로 생도 시절부터 의기투합한 하나회 창설 멤버라는 점과 함께…….

그날 오후 6시 30분경 경복궁 30경비단장실에는 약속한 장성들이 하나도 빠짐없이 모두 참석해 있었다. 그들은 12·12 '신군부 세력이 일으킨 군사반란사건'의 지휘관들이었고, 당사자들의 증언에 따르면 "모두가 의기투합할 수 있고 정승화 총장의 돈독한 신임을 받는 지휘관들이었다."

장성들은 하나같이 긴장된 표정들이었다. 약속한 장성들은 모두 모였지만, 정작 모임을 주선한 전두환 보안사령관의 모습은 약속시간이 지났는데도 보이지 않았다. 모두가 궁금하지 않을 수 없었다.

경복궁 30단장실로 들어서는 백운택 소장은, "보안사령관이 아직……" 하면서 장세동 대령을 돌아보았다.

"대통령 각하의 부르심을 받고 삼청동 총리 공관으로 가셨습니다."

30경비단장 장세동 대령은 보안사령관 비서실장 허화평 대령과 핫라인을 유지하고 있었다. 장세동 대령의 얘기를 듣고 있던 차규헌 수도군단장과 황영시 1군단장, 유학성 군수차관보는 오늘밤 모임의 핵심이라 할 보안사령관 겸 합동수사본부장 전두환 소장이 보이지 않는 이유를 알겠다는 듯 동시에 고개를 끄덕거렸다.

"각하의 재가를 받으러 갔군!"

차규헌 군단장이 말했다. 백 소장이 "각하께서 윤허를 해주시겠지요?" 하고 세 3성 장군을 번갈아 쳐다보았다.

차 군단장이 "그야 당연한 일이지"라고 단언했다.

비상계엄 상태에서 18개의 별들이 지휘소를 이탈해 한자리에 모인 그날 밤. 모임 장소의 주인공이라고 할 수 있는 장세동 대령이 양주 한 병을 내놓았다.

한편, 같은 시각 연희동 비밀 요정. 군인 냄새를 풍기는 일단의 사복 차림들이 띄엄띄엄 차에서 내려 대문으로 들어서고 있었다. 특전사령관 정병주 소장, 헌병감 김진기 준장이 수경사 헌병단장 조홍 대령의 안내를 받아 들어서고 있는 것이었다. 정원에서 대기하고 있던 보안사 참모장 우국일 준장이 그들을 맞았다.

전두환 보안사령관이 우국일 참모장에게 특전사령관과 수경사령관, 헌병감 유인작전의 책임을 맡긴 것은 그날 오전. 막 출근해 업무를 처리하고 있던 우국일 참모장은 전두환 보안사령관의 부름을 받고 2층 사령관실로 올라갔다. 보안사에서 뼈가 굵은 우국일 참모장은 전두환 보안사령관이 이끌고 있는 사조직 하나회 회원이 아니었다.

"우 장군, 오늘 저녁에 계엄 업무로 수고가 많은 수도권 지휘관 몇 분을 위로하기 위해 초대했는데 갑자기 대통령의 결재를 받으러 들어오라는 연락을 받았소. 나는 삼청동 공관에 들렀다가 갈 테니 우 장군이 나 대신 먼저 나가서 양해를 구하고 접대를 좀 해주시오. 내가 늦어질지도 몰라. 혹시 내가 늦어지면 먼저 식사를 하도록 해요."

"예, 알겠습니다. 시간과 장소는요?"

"그건 수경사 헌병단장 조홍 대령이 알고 있소. 조 대령이 알려줄 거요. 그 집은 우리가 평소 거래하던 곳이 아니고 처음 가는 집이니까 현찰을 넉넉하게 준비해가도록 하시오."

전두환 보안사령관은 거사 내용에 대해서는 일체 언급하지 않았다. 직책상으로 보안사 제2인자인 우국일 참모장은 사전에 전혀 귀띔조차 받지 못한 채 12·12 쿠데타의 중요한 한몫을 담당하게 된 것이었다.

12·12는 전두환 보안사 안에서도 하나회가 주도한 '군사반란사건'이었다. 우국일 참모장이 하나회 회원이었다면 특전사령관과 수경사령관, 헌병감의 발을 묶어두는 그 중요한 임무를 맡기면서 거사 내용을 사전에 알려주지 않았을까.

연희동 회동

전두환 보안사령관은 거사 내용은 물론 참석자 명단조차도 정확하게 거명하지 않고 단지 수도권 지휘관이라고만 했다. 전두환 보안사령관의 지시를 받은 우국일 참모장은 '특전사령관과 수경사령관 정도가 참석하는 것이로구나!' 라고 짐작하면서 사령관실을 나왔다.

전두환 보안사령관의 용의주도함, 12·12 주도 세력의 치밀한 사전 계획은 여기에서도 번득이고 있다. 그들은 특전사령관과 수경사령관, 헌병감 유인 작전을 비하나회 회원인 우국일 참모장이 맡도록 하여 그들 모두의 발을 묶어두는 일거양득의 효과를 올리자는 계산을 한 것이었다. 작전 속의 작전이라고 할까. 우국일 참모장은 "전두환 보안사령관은 군의 정치 개입에 비판적인 입장을 피력했던 나에게 거사의 내막을 사전에 전혀 귀띔조차 하지 않은 채 나를 이용했다"고 말했다.

잠시 후 보안사 참모장실로 수경사 헌병단장 조홍 대령이 찾아왔다. 그는 약속 장소의 약도와 전화번호가 적힌 메모지를 가지고 왔다. 연희동에 있는 요정이었고 전화번호는 '34-7107' 이었다.

특전사령관과 수경사령관, 헌병감 등 수도권 주요 지휘관의 연희동 비밀 요정 초대작전은 보안사령관 비서실장 허화평의 책임하에 이루어졌다. 여기에 조홍 대령이 우국일 참모장과 마찬가지로 12·12 내막을 전혀 모른 채 조연으로 참가한 것으로 알려진다.

조홍 대령이 전두환 보안사령관으로부터 연희동 초대작전의 임무를 맡은 것은 12·12 하루 전날이었다고 한다. 전두환 보안사령관은 그의 진급 사실을 알려주면서 "내가 진급 턱을 톡톡히 낼 테니까 수경사령관과 헌병감에게 연락해서 모시고 오라"고 해 영문도 모른 채 연락책을 맡게 됐다는 것이다. 그는 전두환 보안사령관이 진심으로 진급을 축하해 주기 위해 자신의 직속상관인 장태완 수경사령관과 같은 헌병병과 상급자인 김진기 헌병감을 초대해 한잔 사는 줄로 알았다고 한다.

장태완 수경사령관의 증언은 다르다. 즉, 장태완 수경사령관이 조홍 대령으로부터 전두환 보안사령관의 초대를 전해받은 것은 12월 8일이었다는 것이다. 그 자리에서 조홍 대령은 '보안사령관께서 오는 12월 12일 오후 6시 30분에 사령관님과 특전사령관 정병주 장군님, 그리고 헌병감 김진기 장군님을 모시고 단합 만찬을 가지려 한다는 건의를 드려보라는 말씀이 있었습니다' 라며 구체적인 내용까지 알고 있었다고 한다.

그날 정병주 소장은 서울 근교에 있는 한 특전여단에서 연말 지휘관 회의에 참석하고 있었다. 한창 회의가 진행 중일 때 특전사령관 비서실장 김오랑 소령이 들어와 “보안사령관께서 저녁을 같이 하시자는데요” 하고 전했다. 김오랑 소령에게 연락을 취한 것은 보안사령관 비서실장 허화평 대령이었다.

“나는 회의 후 지휘관들과 함께 저녁을 같이 할 계획이었으나 10·26 이후 보안사령관을 못 만났고, 세상일도 궁금해서 초청에 응하기로 했다.”

김진기 헌병감은 하루 전날 수경사 헌병단장 조홍 대령을 통해 전두환 보안사령관의 저녁 식사 초대를 받았다고 한다.

“마침 조 대령이 진급했으니 그것을 축하하고, 또 나에게는 그 동안 수고도 많이 했으니 저녁이나 같이 하자는 것이었다. 나는 그때까지 영내에서 생활하고 있었다.

13일에는 재경 주요 지휘관 회의가 열리도록 돼 있었고 그 준비로 바빴기 때문에 시일이 적절치는 않았으나 모처럼의 초대라 거절할 수가 없었다. 저녁을 빨리 마치고 돌아올 셈으로 초대에 응했다. 그 식사 모임에 장태완, 정병주 장군이 참석하는지는 전혀 모른 상태에서 약속 장소로 갔다. 조홍 대령의 안내로 그곳에 들어갔다.”

그날 수경사령관 장태완 소장은 퍽 우울했다. 수경사 참모 중에서 가장 우수하다고 판단, 장군 진급 심사 전에 정승화 참모총장에게 추천까지 했던 박동원 대령이 진급에서 탈락한 것이었다. 그는 그 소식을 그날 오전 11시 45분경 정승화 총장으로부터 직접 전화로 들었다.

"장 장군, 이거 미안하게 됐어."

정승화 총장의 첫말이었다. 영문을 몰랐던 장태완 수경사령관은 "무슨 말씀입니까, 총장님?" 하고 물었다.

"자네 작전참모 박동원 대령이 이번 진급에서 빠졌어."

"탈락됐습니까?"

"응. 이번엔 내가 조치를 취할 수 있는 범위 내에 있지 않았어. 장 장군, 나도 박 대령을 잘 아네. 박 대령을 불러 위로해주고 내년에는 내가 꼭 진급시켜준다고 전해주게. 내가 총장을 당장 그만두는 것도 아니니까."

장태완 수경사령관은 정승화 총장의 말 중에 진급 심사위원회에서 진급 정원의 2배수에 해당하는 후보자 명단에 박동원 대령이 포함돼 있지 않아 총장도 어쩔 수 없었다는 것을 알았다. 정승화 총장과 통화를 끝낸 장태완 수경사령관은 과연 총장이 관심을 갖고 있는 진급 대상자가 탈락했다면 대신에 다른 누가 진급했는지 알아보았다. 수경사에서는 장태완 수경사령관이 우선순위로 꼽았던 박동원 대령이 탈락하고 헌병단장 조홍 대령이 진급자 명단에 포함돼 있었다. 조홍 대령은 육사 13기, 박동원 대령은 14기로 1기 후배였지만 특과병과는 전투병과인 보병보다 진급이 늦는 것이 통례였다.

진급 대상자 명단을 살펴본 장태완 수경사령관은 생각나는 것이 있었다고 한다. 장군 진급 심사가 시작되기 직전인 11월 말쯤, 계엄업무 중에 만난 전두환 보안사령관이 장태완 수경사령관에게 다가와 말했다.

"형님! 박동원 작전참모를 진급시키면 큰일 납니다. 박 대령은 전임 사령관인 전성각 장군이 월남에서 함께 근무한 적이 있다고 해서 데려다가 작전참모를 시킨 것인데 그놈은 대위 때부터 김대중을 지지한 자예요. 그러니 진급을 시키면 안 됩니다."

장태완 수경사령관은 며칠 후 진급 심사위원장인 차규헌 수도군단장을 만났는데, 역시 전두환 보안사령관과 같은 얘기를 들어야 했다.

"나는 두 사람이 입을 모은 듯이 박 대령이 김대중의 지지자라고 한 말이 마음에 걸려 사령부로 돌아와서 그의 인사자격표를 가져오라고 해서 들여다보았다. (당시 김대중 지지자라고 하면 군내에선 '사상 불온자'라는 뜻으로 쓰였다.) 원적은 함경도, 서울 경기중·고등학교 졸. 육사 14기 대표 화랑, 월남전에서 중대장으로 을지·충무무공훈장을 탄 일이 있다. 그는 동기생 중에서도 자타가 공인하는 출중한 인물이었다."

박동원 대령이 을지무공훈장을 수여받은 것은 월남전에서 맹호 5중대장 시절 한국군의 첫 전과를 올린 결과였다. 그는 대령까지, 동기생 중에서 줄곧 1차로 진급할 정도로 육사 14기의 선두주자였다.

장태완 수경사령관은 박동원 대령을 불러 은밀하게 물어보았다.

"박 대령! 보안사령관 쪽과 좋지 않은 일이 있었나? 있으면 말을 해봐."

"대위 때 동기생들과 육군대학 정규과정 교육을 받으면서 군 내에 사조직인 하나회라는 것이 있다는 말을 듣고 공개비판한 일이 있었습니다."

박 대령의 대답을 들은 장태완 수경사령관은 알겠다는 듯 고개를 끄덕이면서 "그럼 김대중을 지지하는 발언을 한 일이 있었나" 하고 물었다.

"우리가 육대에서 공부하고 있을 때 3선 개헌이 완료된 시점에 있었는데, 이때 동기생들에게 '우리는 군인이자 대통령을 선출할 수 있는 국민들이다. 대통령이야 누가 당선이 되든 상관없는 일이야. 군대란 정치와 관계없이 맡은 바 국방의 의무에 충실하고 국민이 선출한 대통령의 통수권 행사에 절대적으로 따르면 되는 것이지' 하고 나의 생각을 말한 적은 있어도 김대중 문제에 대해서는 일언반구도 한 적이 없습니다."

박 대령과 면담을 마친 장태완 수경사령관은 정승화 총장에게 박 대령의 신상 문제를 보고했다.

"보십시오. 그자들은 다같은 정규 육사 출신들이면서도 하나회만 두둔하고 있습니다. 박동원 대령이야말로 육사 14기 중에서 대표적 인물로 자타가 공인하고 있는 우수한 장교입니다."

"젊은 장교라면 야당 대통령 후보에게 투표할 기백도 있어야지. 그게 바로 민주선거 아닌가. 박 대령은 내가 데리고 있어봐서 잘 알아. 우수한 장교야. 걱정하지 말고 나한테 맡겨둬."

육군 최고지휘관인 참모총장의 자신에 찬 대답에도 불구하고 진급 심사에서 박 대령은 탈락하고 말았다. 장성 진급 심사에서 그만큼 보안사령관의 끗발이 세다는 얘기도 된다.

장태완 수경사령관이 박 대령의 장군 진급 탈락으로 몹시 기분이 우울해 있던 그날 오후 6시경 전속부관 천연우 대위가 집무실로 들어왔다.

"사령관님. 오늘 오후 6시 30분에 보안사령관님의 만찬 초대가 있습니다. 가시지요."

"뭐, 벌써 떠나? 장소가 어딘데?"

"네, 연희동인데 지금쯤 떠나셔야 시간이 맞을 것 같습니다."

장태완 수경사령관은 곧바로 자리에서 일어나 대기하고 있는 차에 올랐다. 그때까지도 장태완 수경사령관은 모임 장소가 어딘지 모르고 있었으므로 부관이 안내하는 대로 따라만 갈 뿐이었다. 차는 고급 주택들이 즐비한 골목길로 들어서고 있었다. 그때 장태완 수경사령관은 혹시 전두환 보안사령관의 집으로 가는 것이 아닌가 하는 생각이 들었다고 한다.

"어디로 가는 거야? 전 장군 집으로 가는 거라면 사과라도 한 궤짝 사야 안 되겠어."

"아닙니다. 저 주택가 안쪽에 있는 요정이라고 했는데 이제 다 온 것 같습니다."

차는 곧 어느 고급 주택 앞에 멈추었다. 부관 천연우 대위는 "바로 이 집이 요정입니다" 라고 하며 으리으리한 주택을 가리켰다.

"나는 마음속으로 '참 괴상한 곳이 다 있군. 비육사 출신 장교들은 감히 상상도 못할 이런 비밀 요정에 하나회 장교라고 거리낌 없이 출입하다니……. 윗사람들이 젊은 후배들에게 고약한 버릇을 가르쳐놓았군' 하는 생각을 하며 차에서 내려 널찍한 잔디 정원에다 갖가지 화초로 장식해놓은 2층 석조 건물의 대문으로 들어섰다. 그러자 기다리고 있었다는 듯이 40대 초반의 마담이 다가와서 나를 맞아주었다."

장태완 수경사령관보다 먼저 와 있던 특전사령관 정병주 소장, 헌병감 김진기 준장은 보안사 참모장 우국일 준장과 함께 정원에 앉아서 담소를 나누고 있었다. 장태완 수경사령관이 나타나자 보안사 우국일 참모장이 자리에서 일어나 인사를 했다.

"참으로 죄송합니다. 저희 사령관님이 갑자기 대통령 각하의 호출을 받고 가셨습니다. 늦어도 8시까지는 돌아오시겠다고 하시면서 먼저 주연을 시작하시라는 말씀이 있었습니다."

"뭐 그런 사정이라면 서두를 것 있소. 어두워질 때까지 여기서 화초 구경이나 하다가 전 장군이 도착하면 함께 하지."

전두환 보안사령관 대신 장군들을 안내하는 보안사 참모장 우국일 준장도 그랬지만 장태완 수경사령관 역시 그때까지는 전두환 보안사령관한테 전혀 의심을 갖지 않았다.

"뭐, 늦게 오는 전두환이 때문에 우리가 기다릴 필요가 있나. 들어갑시다."

특전사령관 정병주 소장이 퉁명스럽게 말하고 먼저 방으로 들어갔다. 쌀쌀한 날씨에 바깥에 오래 있는 것도 수월한 일은 아니었다. 장태완 수경사령관, 김진기 헌병감도 뒤따라 들어갔다.

정병주 특전사령관. 몇 시간 후면 장태완 수경사령관과 함께 자신이 아끼며 키워왔던 부하들에게 총격을 당해 피를 흘리며 '개처럼 질질 끌려' 보안사 서빙고 분실에 갇히는 신세가 될 그는 30년 군 생활 동안 몇 번에 걸쳐 전두환 보안사령관의 직속상관인 인연도 있다.

1928년 경북 영주에서 태어난 정병주는 안동 농림학교를 졸업한 뒤 육사 9기로 입교했다. 영주는 장군을 많이 배출한 고장이다. 10·26 사건 당시 대통령 비서실장으로 궁정동 현장을 지켜보았던 김계원 대장을 필두로 정병주 특전사령관의 반대편인 경복궁 모임에 참석하고 있는 황영시 대장(육참총장·감사원장 지냄), 그리고 정병주·김계일 소장, 강무원 준장 등이 영주 또는 그 이웃 마을인 풍기 출신이다.

역사의 운명뿐만 아니라 한 개인의 운명 또한 그렇게 얽히고 설키는 것일까. 같은 영주 출신 장성 가운데 김계원 전 대통령비서실장이 10·26 사건으로 군복을 벗게 돼고, 79년 12월 12일 같은 시간에 황영시 1군단장과 정병주 특전사령관은 각각 한 치 앞의 운명도 보지 못한 채 경복궁과 연희동 비밀 요정에 있고, 몇 시간 후면 그들의 운명은 전혀 다른 각도로 흘러가게 된다.

인맥

기왕에 운명이라고 했으니, 정병주의 운명에 깊숙이 자리한 또 한 명의 장성이 있었다. 박정희 대통령과 동향인 경북 선산 출신으로 10·26 궁정동 현장에서 박대통령과 차지철 경호실장에게 방아쇠를 당긴 3성 장군 출신 김재규 중앙정보부장이 바로 그 사람이다. 김재규는 안동 농림학교 출신으로 정병주 장군의 1년 선배이다. 김계원, 김재규, 그리고 정병주는 군 생활 동안 곳곳에서 만나게 되고, 한 인맥을 형성하게 된다. 여기에 전두환 장군이 끼어들고 있는 것은 우연일까, 필연일까.

50년 6·25 전쟁 발발과 함께 전장에 투입됐던 정병주 대령은 64년 1군 산하 6사단 참모장으로 근무하고 있었다. 당시 사단장은 김재규 준장이었고, 직속상관인 1군사령관은 김계원 장군이었다. 김계원—김재규—정병주의 비극적인 인맥 형성은 이 무렵부터 단단하게 맺어졌다.

'하늘은 박정희를 태어나게 하고 김재규를 탄생시켰다' 라는 말이 회자되고 있듯이 박 대통령과 김재규의 운명적 인연은 널리 알려진 바와 같다. 두 사람은 같은 고향에 같은 일본군 출신이며, 같은 교사 경력을 지닌 육사 2기 동기생이었다. 나이 차이는 아홉 살이나 돼 박 대통령은 김재규를 나이어린 친동생처럼 아꼈다.

정병주 대령의 6사단 참모장 시절 박 대통령은 종종 김재규의 6사단을 찾곤 했다. 밤늦게 검은색 지프에 6병들이 정종 박스를 싣고 와 밤새워 통음하고는 날이 밝기 전에 슬그머니 돌아가는 것이었다. 그 술자리에 정병주 대령이 끼곤 했다.

66년 정병주 대령은 6사단 2연대장으로 부임했다. 김재규는 소장으로 승진해 6관구사령관이 됐고, 6사단장 후임으로 박현식 준장이 취임했다. 그때 '깐깐한' 박현식 사단장과 '털털한' 정병주 연대장 사이는 원만치 못했다. 정 연대장은 고향 선배인 김계원 육군참모총장을 찾아가 자신의 보직 문제 등 고충을 토로하곤 했다.

"정 그렇다면 자네, 공수단을 해보지 않겠나. 자네라면 할 수 있을 거야. 한번 해봐."

정병주는 이듬해인 67년 차규헌 준장의 후임으로 공수단장이 됐고 다음해는 별을 달면서 '공수단 대부' 의 길로 들어서게 된다. 정 대령이 공수단장으로 부임했을 때 그의 휘하에는 전두환 중령이 단장으로 근무하고 있었다. 전 단장은 그 후 수경사 30대대장, 서종철 육참총장 수석부관, 주월백마부대 연대장을 거쳐 다시 공수단으로 돌아와 정병주 1공수단장과 해후하게 된다.

과묵하지만 호방한 성격의 무장 정병주 공수단장의 휘하에는 많은 장교들이 모여들었다. 그는 특히 전두환 단장을 비롯 노태우, 정호용, 박희도, 장기오, 최세창 등 정규 육사 출신들에게 각별한 관심을 보였다. 정 공수단장과 육사 9기 동기생인 문홍구 중장은 정병주 특전사령관과 함께 진압군의 일원으로서 끝까지 전두환 신군부 측과 맞서다가 보안사 서빙고 분실로 끌려가게 될 인물이다. 문씨는 정 장군에 대해 누구보다 잘 알고 있는 한 사람이다.

"정병주 장군은 늘 정규 육사 출신들이 똑똑하다고 말하곤 했다. 내가 일반 장교 출신 중에 육사 출신보다 우수한 인재들이 많다고 해도 받아들이려 하지 않는 것 같았다. 그는 박희도, 최세창 등을 특히 아꼈다."

70년 강무원 대령은 육본 인사참모부 진급 및 분리과장으로 근무하고 있었다. 강 대령 역시 경북 영주 출신으로 정병주 장군의 후배였고, 정 장군의 부인이 항렬이 하나 위인 종씨여서 한 집안처럼 가까운 사이였다. 정 장군이 6사단 참모장으로 있을 때 강 대령은 같은 사단 인사참모와 대대장을 지낸 인연도 있었다.

어느 날 강 대령은 정병주 1공수여단장의 청파동 집을 찾아갔다. 정 단장은 '인사통' 인 고향 후배인 강 대령을 보자 반색을 하며 맞아주었다.

"자네, 마침 잘 왔네. 내 밑에 있는 최세창이를 진급시켜야겠는데 어떻게 했으면 좋겠나?"

"현 보직이 뭡니까?"

"인사참모지."

"인사참모로는 어렵습니다. 작전참모 같으면 한번 붙어볼만 하겠습니다만……."

"그런가. 잘 알았네."

"선배님은 고향 후배보다 육사 친구들이 더 중한 모양이군요. 선배님이 그러신다고 그 친구들이 그 고마움을 제대로 알기나 하겠습니까."

"이 사람아. 그게 무슨 소리야. 유능한 부하 키우자는 거지. 무슨 덕보자는 건가."

당시 1공수여단장 부단장은 김계일 대령이었다. 김 대령 역시 영주 출신으로 김계원 대통령 비서실장의 동생이었다. 정병주 단장은 72년도 진급 심사위원이었던 김계일 부단장에게 최세창 작전참모를 반드시 진급시켜야 한다고 신신당부했다.

"사실 나는 그때 최세창보다는 최 중령의 동기였던 임동원 중령을 밀 생각이었지요. 그러나 정병주 장군은 최세창이가 되어야 한다며 막무가내였습니다."

그렇게 아끼고 키웠던 바로 바로 그 최세창이 3공수여단장으로 부하들을 끌고와 직속상관인 정병주 특전사령관을 체포하는 '보은'을 하게 된다. 10·26 그날 밤 궁정동 안가에서 박대통령이 오랜 세월 총애했던 김재규 정보부장의 총에 맞아 차지철 경호실장과 함께 숨졌듯이 정병주 특전사령관 역시 그가 가장 아끼고 키워왔던 직속 부하 최세창 3공수여단장에게 치욕의 하극상을 당하게 되는 것도 운명의 장난이라면 장난일까.

68년 1·21 사태와 울진·삼척 공비 침투 사건은 공수부대를 확장하는 계기가 됐다. 주한 미군측은 미군의 작전통제권 밖에 있는 공수부대의 확장을 경계했다. 부득이 1공수여단, 제2, 3유격여단식으로 운영돼 오던 특수부대들을 통합하여 이듬해 특전사령부가 창설됐다. 초대 사령관은 조문환 소장이었다.

1·21 사태 이후 차지철 당시 공화당 의원은 공수부대에 큰 관심을 갖고서 지원을 아끼지 않았다. 차 의원은 5·16때 공수부대 대위로 한강다리를 넘어온 '공수맨'이다. 국회외무위원장과 내무위원장을 지내며 차의원은 공수부대 사람들을 자신의 집에 자주 초청했다. 차지철―정병주의 교류가 이루어진 것도 이 무렵이었다.

71년 정병주 준장은 주월 백마부대 연대장을 거쳐 귀국한 전두환 대령에게 1공수여단장 자리를 물려주고 5사단장으로 부임했다. 원래 정 단장 후임으로는 부단장이던 김계일 대령이 유력했으나 김 대령은 그해 11월 국회연락장교단장으로 나갔다.

"정병주 장군이 당시 공수단장 자리를 내게 물려주려고 했던 것은 분명하지요. 결국 전두환에게 밀린 셈인데, 거기에는 하나회 측의 입김도 작용했을 거라고 봅니다."

'박정희 사람' 정병주 장군에 대한 박 대통령의 배려는 깊었다. 73년 어느 날 박 대통령은 3군사령부를 순시하는 자리에서 도열한 장성 가운데 서 있는 정 준장을 발견했다.

"어이, 정병주, 아직도 별 하나야?"

이듬해인 74년 정 준장은 소장으로 진급했다. 정 소장은 잠시 육본 군수참모차장으로 갔다가 차지철 경호실장 밑에 차장으로 부임했다.

본인은 부인한다고 해도 '공수맨' 차지철-정병주의 인연이 작용한 것은 물론이다. 그러나 같은 '공수맨'으로 같은 '박정희 사람'이었으되, 차경호 실장과 정 차장은 성격과 업무 스타일에서 서로 맞지 않아 여러 차례 맞닥뜨리게 된다.

그해 말 정 소장은 경호실 차장 자리를 동기생인 문홍구 소장에게 넘겨주고 그의 고향이나 다름없는 공수부대로 돌아온다. 운명의 특전사령관에 취임한 것이었다. 조문환, 조천성의 뒤를 이어 3대 특전사령관이었다.

10·26 사건 그날 밤 정병주 특전사령관은 부산에 있었다. 열흘 전에 터진 부마사태를 진압하기 위해 그는 계엄군인 예하 공수부대를 이끌고 내려와 있는 중이었다. 그날 밤 정병주 특전사령관에게 비상사태를 급보한 이는 윤흥기 9공수여단장이었다. 윤 준장은 예하부대장 중 유일하게 정병주 특전사령관의 명령을 따르는 부하였다.

10·26 후 정병주 특전사령관은 정승화 총장에게 예편 의사를 밝혔으나 정승화 총장이 극구 만류했다. 김계원—김재규—정병주로 이어졌던 인맥으로서 한 끝에서 '박정희 사람' 정병주 특전사령관은 대통령의 양쪽 날개와도 같은 권부의 수장 김재규 정보부장이 박대통령의 심장을 향해 방아쇠를 당기고, 그 현장의 목격자였던 김계원 대통령 비서실장이 군복을 벗고 감옥에 갇히는 것을 지켜보면서 스스로 책임감을 절감했을 것이다. 그는 또 '공수맨'으로 자신을 아꼈던 차지철 경호실장이 김재규 부장의 총구에 죽어간 권력의 암투 현장도 목 안의 가시처럼 느껴졌을 것이다.

훗날 정병주 특전사령관은 당시의 심경을 다음과 같이 토로한다.

"김재규 부장은 저의 학교 선배지요. 박 대통령과 차지철 실장은 제가 가까이에서 모신 분들 아니었습니까. 김계원 장군도 제가 좋아했던 분이고요. 이런 분들이 한꺼번에 그렇게 되니까 뭐가 뭔지 모르겠고……."

정병주 특전사령관은 전형적인 무골에 부하를 아끼는 텁텁한 성품으로 '공수단의 대부'가 되었다. 12·12 주도 세력의 '유인 작전'으로 정병주 특전사령관, 장태완 수경사령관과 함께 연희동 비밀 요정에 초대받은 김진기 헌병감은 정병주 특전사령관에 대해 '이 시대의 진정한 무인의 한 사람'이라며 '누구보다도 군인이기를 원했고, 또 누구보다도 순수한 군인이며, 군인으로 보이는 장군'이라고 말하고 있다.

정병주 특전사령관의 휘하에는 '공수단의 대부' 답게 많은 장교들이 거쳐 갔다. 그들 중 대부분은 12·12 오늘 정병주 특전사령관이 있는 연희동 비밀 요정이 아니라 맞은편 경복궁쪽에 포진하고 있었다. 전두환 1공수여단장(71~75년), 노태우 9공수여단장(74~77년), 정호용 7공수여단장(74~76년), 특전사 참모장(77년) 그리고 그의 예하부대장인 박희도 1공수여단장, 최세창 3공수여단장, 장기오 5공수여단장 등이 그들이다. 바로 '공수단의 대부' 정병주 특전사령관이 아끼고 키워왔던 정규 육사 출신 장교들로서 전두환 보안사령관을 리더로 하는 군내 사조직 하나회 그룹 회원들이다.

그들 모두가 '박정희 사람'들이다. '박정희 사람'이었지만 그들이 보는 눈은 달랐다. 정병주 특전사령관이 그들을 아끼고 키워왔다면, 그것은 호랑이 새끼를 키운 결과에 다름 아니었다. 정병주 특전사령관과 그들은 군의 출발부터 군맥이나 권력지향성에서부터 전혀 달랐던 것이다.

더구나 지금은 때가 심상치 않았다. 정병주 특전사령관을 '뭐가 뭔지 모르도록' 만든 10·26 사건 수사를 책임맡고 있는 전두환 보안사령관 겸 합동수사본부장과 그의 그룹은 감옥 안에 있는 김재규를 '어버이를 죽인 만고의 패륜아'로 보고 있고, 그 현장 목격자인 김계원 전 대통령비서실장마저 구속돼 김재규의 공범으로 발표됐다. 정병주 특전사령관은 김계원—김재규—정병주 라인의 끝에 서 있는데, 운명의 12·12 오늘밤 전두환 보안사령관이 이끄는 하나회 그룹은 정승화 총장마저 10·26 사건에 혐의를 두고 연행 조사를 하겠다고 저토록 부산하게 움직이고 있지 않은가.

여기는 전두환 보안사령관 그룹의 유인 작전인 줄도 모르고 정병주 특전사령관, 장태완 수경사령관, 김진기 헌병감이 초대에 응하고 있는 바로 그 연희동 비밀 요정. 이날 밤 초대의 주인공 전두환 보안사령관 대신 보안사 참모장 우국일 준장의 안내를 받아 방 안으로 들어간 장태완 수경사령관은 뜻밖에도 예하 헌병단장 조홍 대령이 와 있는 것을 보고 이상하게 생각했다.

"나는 그가 이 자리에 오는 것을 사전에 알지도 못했을 뿐 아니라 며칠 전에 그가 보안사령관의 만찬 연락을 전해 왔을 때 이 자리에 나타나지 말라고 했는데 나보다 먼저 와 있으니 괘씸하기 짝이 없었다. 더구나 직속상관의 동료 장성들이 한잔 하는 자리에 사전 허락도 없이 동석하려는 행위가 나의 기분을 상하게 만들었던 것이다."

본인의 진술과 같이 장태완 수경사령관이 정병주 특전사령관이나 김 헌병감보다 민감한 반응을 보일 수밖에 없었던 것은 조홍 대령이 휘하의 헌병단장이기 때문이었다. 비상계엄하에서 부하가 직속상관인 자신의 허락도 없이 이탈했고, 더구나 자신의 술자리에 먼저 와 있는 것도 마땅치 않았다. 또한 장태완 수경사령관이 휘하 참모 가운데 가장 유능하다고 판단, 총장에게까지 진급을 적극 추천한 박동원 대령이 탈락하는 대신 조홍 대령이 진급 심사에 통과된 것도 미운 털이 박힐 만했다.

장태완 수경사 내분의 문제는 그렇다고 해도 장태완 수경사령관은 휘하 헌병단장 조홍 대령이 이날 밤 '유인작전'의 조연으로 출연하고 있다는 것을 그때까지 전혀 눈치 채지 못하고 있었다.

물론 조홍 대령 자신도 전두환 보안사령관의 위계에 빠져 이날 자신의 행위가 '유인작전'의 조연이라는 사실을 까맣게 모른 채 직속상관의 지시도 아랑곳하지 않고 그 자리에 참석하고 있었다. 그날의 초대가 전두환 보안사령관이 자신의 진급을 축하해주기 위해 다름 아닌 자신의 직속상관인 장태완 수경사령관과 그의 동료 장성을 초대해 한잔 사는 줄로 착각하고 있었던 것이다.

"조 대령, 자네가 왜 여기 왔어? 장군 진급했다고 한턱 내려고 왔나. 어서 돌아가. 고약한 친구로군."

장태완 수경사령관은 자기가 생각해도 '좀 지나칠 정도로' 조홍 대령에게 면박을 주었다.

조홍 대령으로서는 무안할 수밖에 없었다. 그의 '진급을 축하해주러 온 직속상관'이 다른 장성들이 보는 앞에서 면박을 주다니 그로서는 무안하고 섭섭하지 않을 수 없었다. 그렇다고 자리를 떠날 수는 없는 일이었다. 장태완 수경사령관은 이날 조홍 대령의 처지에 대해 이렇게 설명한다.

"후에 밝혀진 일이지만 그가 그곳에 와 있었던 것은 나와 특전사령관 등을 거사 완료 예정 시간인 8시 30분까지 술자리에 잡고 있으라는 전두환의 밀명을 받은 공작책이었다. 그러므로 조 대령은 자신의 밀명을 완수해야 했기 때문에 면박을 주어도 나갈 생각을 하지 않고 그대로 서 있었다."

갑자기 분위기가 어색해졌다. 그때 선임자인 정병주 특전사령관이 호방하고 텁텁한 그의 성격답게 분위기를 수습하고 나섰다.

"아, 수경사령관이 출타를 했으니 헌병단장이 직접 호위해 드리려고 온 것이 아닙니까. 장 장군, 조 대령도 이번에 별을 달게 됐으니까 우리 함께 축하해줍시다."

분위기가 좀 누그러지기 시작했을 때 민 마담의 안내를 받으며 20대의 앳된 여인들이 장군들을 접대하기 위해 들어섰다. 그들을 보며 장태완 수경사령관은 짐짓 놀라움을 감추지 못했다고 한다.

"또 한 가지 내가 놀란 것은 좌중에 배치되어 있는 여인들도 평범한 양장에다 화장도 그리 눈에 띄지 않게 하고 나이도 20대 초반으로 보였는데 접대 여인 같지가 않았다. 그리고 이것도 후일에 안 일이지만 내가 이 집 대문 안으로 들어설 때 맞아준 민 마담이란 여인은 전두환 장군이 가는 곳마다 따라다니는 여인이었다."

연희동 비밀 요정은 장태완 수경사령관이 생각하고 있는 것과는 달리 전두환 보안사령관이 처음 거래하는 집이었다. 물론 민 마담이 소유하고 있는 요정도 아니었다. 민 마담이라는 40대 여인에 대해 우국일 참모장은 특별히 기억나는 것은 없지만 전두환 보안사령관이 직접 불렀던 것 같다고 말한다.

술은 10·26 궁정동 현장에서 박 대통령과 비서실장, 김재규 중앙정보부장, 차지철 경호실장이 마셨던 바로 그 양주였다. 접대 여인들이 장군들의 술잔에 술을 따랐다.

"자, 우리 다 함께 앞으로의 단합을 위해 건배합시다."

정병주 특전사령관의 제의로 장군들은 건배를 한 뒤 한 잔씩 쭉 비웠다. 장군들은 그동안 비상 시국 때문에 너무 격조했다는 등 한담을 나누기 시작했다.

12 · 12 쿠데타

한남동의 총소리

1979년 12월 12일, 정승화 총장 연행 책임자 우경윤·허삼수 두 대령과 보안사 수사관들, 그리고 성환옥 대령과 최석립·이종민 두 중령이 이끌고 온 예비 병력들을 태운 승용차와 마이크로버스는 총장 공관이 있는 한남동에 도착하고 있었다. 다섯 명의 정승화 총장 연행 지휘자들을 태운 슈퍼살롱은 총장 공관 진입로 조금 못 미친 곳에서 일단 정지했다.

"뒷일을 잘 부탁합니다."

"걱정마십시오."

앞선 슈퍼살롱에서 내린 장교들은 예비 병력의 지휘자들인 성환옥 대령과 최석립·이종민 중령이었다. 그들은 뒤따르고 있는 마이크로버스의 헌병 1개소대와 합류했다.

우경윤·허삼수 두 대령을 태운 슈퍼살롱은 곧장 총장 공관으로 진입했다. 정문 경비병들은 조금 전에 7시경 보안서 정보처장이 보고하러 오기로 돼 있으니 통과시키라는 지시사항과 함께 보안사 차량번호까지 적어놓고 있었다. 차번호를 확인한 경비병들은 아무런 의심도 없이 통과시켰다. 외곽 경계병력인 해병대원들은 슈퍼살롱에 탄 수사관들이 합동수사본부 요원이라는 것을 알고 경례까지 붙였다.

정문을 통과한 슈퍼살롱은 미끄러지듯 공관 현관 앞으로 달려가 멈추었다. 그곳에는 정문으로부터 연락을 받은 총장 당번병 김영진 병장이 대기하고 있었다. 김 병장은 허삼수·우경윤 두 대령을 응접실로 안내했다.

김영진 병장은 두 대령을 안내할 때 느낌이 이상하다고 생각했다. '장군들도 함부로 총장님을 만나지 못하는데 일개 대령들이 감히 일과 후에 불쑥 나타나다니……' 하는 불쾌감이 일었다.

"대령이 무슨 보고를 하겠다고!"

두 대령을 안내하면서 김영진 병장이 혼잣말로 중얼거렸다. 허삼수·우경윤 대령은 김 병장의 중얼거림을 듣지 못했는지 아무런 반응이 없었다.

같은 시각, 공관 입구 슈퍼마켓 부근에서 대기하고 있던 마이크로버스 두 대와 헌병백차가 서서히 움직이기 시작했다. 정문 초소 경비병이 차를 세우고 헌병백차에 탄 지휘관에게 다가왔다.

"무슨 일입니까?"

"육군참모총장 공관 교대 병력이야."

"몇 명입니까?"

"58분의 3(사병 58명 장교 세 명)이다. 계엄 상황이기 때문에 공관 경비를 강화하라는 지시다."

"연락받지 못했는데요. 확인해 봐야겠습니다."

경비조장으로 보이는 해병대 중사가 전화통을 집어들었다. 그 순간 마이크로버스에서 헌병들이 뛰어내렸다. 그들은 경비실로 우루룩 차고 들어갔다.

"꼼짝 마라. 움직이면 쏜다!"

경비병 세 명은 순식간에 무장 해제를 당하고 묶여졌다. 경비대 본부에 연락할 겨를도 없었다. 잽싸게 공관 경비병을 무장해제시킨 헌병 지휘자는 33헌병 아홉 명을 배치한 뒤 공관 안으로 진입해 들어갔다.

정문 경비병들이 제압된 것을 확인한 육군헌병감실 기획과장 성환옥 대령과 헌병대장 이종민 중령, 보안사 수사관 두 명은 공관 정문에서 내려 초소 안으로 들어갔다. 경비병들은 직속상관인 이 중령을 보고 별 의심 없이 경례를 붙이며 부동자세를 취했다. 그때 보안사 수사관 두 명은 권총을 뽑아들고 경비병들이 들고 잇는 M16소총을 빼앗고 무장을 해제했다.

"다들 순순히 말 듣는 게 좋아."

보안사 수사관들의 위협에 영문을 모르고 따라온 이종민 중령도 어쩔 수 없다는 듯 그들의 지시에 따르라는 제스처를 했다. 수사관들은 경비병들을 초소에 딸린 내무반으로 몰아넣었다. 그곳에는 근무 대기조 헌병 몇 명이 남아 있었으나 반항할 여유도 없었다.

"엎드렷, 꼼짝하지 마라." 경비 병력들을 제압한 뒤 보안사 수사관들은 M16 총구를 내려뜨리며 내무반을 감시했다. 나머지 영관급 보안사 수사관 두 명은 허삼수·우경윤 대령의 뒤를 따라 공관 안으로 들어갔다가 다시 나와 현관 옆 오른쪽에 위치한 부관실로 들어갔다. 다른 네 명의 보안사 수사관들은 승용차 트렁크에 싣고 온 M16을 꺼내들고 공관 건물을 향해 엎드려쏴자세를 취한 채 공관 안으로 들어간 허삼수·우경윤 대령과 총장 부관실로 들어간 두 수사관들을 엄호했다. 공관 정문 앞에는 총장의 검은 색 레코드 로열 승용차가 대기 중이었다.

공관 2층 거실에는 이날 저녁 6시에 퇴근한 정승화 총장이 부인 신유경 여사와 함께 외출 준비를 하고 있었다. 방을 막 나서려는데 TV에서 7시 뉴스가 나오고 있었다. 정승화 총장은 저녁식사를 마친 후 잠시 뉴스를 보고 장군 진급 확정소식을 영동에 살고 있는 장모에게 직접 알리기 위해 막 외출을 하려는 중이었다.

그때 밖으로부터 차 소리를 들은 정승화 총장은, '보안사령관이 보고가 있다고 했는데, 정보처장이 온 게로군!' 하고 생각했다.

TV 앞에 앉아 10분쯤 지났을 때 인터폰이 울렸다. 수행부관 이재천 소령이었다.

"총장님, 보안사 정보처장과 육본 범죄수사단장이 급히 보고드릴 일이 있다고 찾아왔습니다."

"알았다. 곧 내려가겠다."

정승화 총장은 퇴근 직전 전두환 보안사령관이 다녀갈 때 했던 말을 떠올리며 무슨 급한 일인가, 궁금증이 일었다. 그는 곧 뉴스 보는 것을 중지하고 외출복 차림 그대로 1층 응접실로 내려갔다.

육군참모총장 본관 관리 담당 반일부 준위는 이날 오후 6시 조금 넘은 시간에 총장 수행부관 이재천 소령이 보안사 정보처장으로 위장한 인사처장 허삼수 대령의 전화를 받는 것을 옆에서 지켜보았다.

이 소령이 아주 공손하게 전화를 받고 있었다. 보안사 쪽에서 긴급히 보고할 내용이 있다고 말하는 모양이었고 이 소령이 총장은 외출하기로 돼 있으니 그 전에 빨리 오라고 대답하는 것을 보고 반 준위는 몹시 못마땅하게 생각했다. 정승화 총장이 장모 댁에 갈 예정이라는 것을 알고 있었으므로 이 소령이 너무 쉽게 보고시간을 허용한다고 생각한 것이었다. 또 한편으로 반 준위는 정규 육사출신들이 선후배 관계를 너무 중시하는 것을 보아온 터였으므로 이 소령의 저자세가 불쾌했다고 한다.

총장 공관 1층 응접실은 회의실로도 쓸 수 있는 넓은 홀이었다. 이재천 소령이 허삼수·우경윤 대령을 홀로 안내하고 있을 때 반 준위는 부관실에 있었다. 그때 두 대령을 수행하고 온 것 같이 보이는 사복 차림의 보안사 수사관 두 명이 부관실로 들어왔고, 뒤이어 총장 경호장교인 김인선 대위가 부관실로 들어왔다.

"당신들 뭐요? 나가 있어요!"

보안사 수사관들을 향해 김 대위가 호통을 쳤다. 잠시 밖에 나갔던 김 대위는 뭔가 심상치 않은 분위기에 기분이 상해 있었고, 부관실까지 들어온 보안사 수사관들을 보는 시선도 곱지 않았다. 두 수사관들은 쭈뼛쭈뼛하더니 밖으로 나갔다. 몇 분 있다가 두 수사관은 다시 부관실로 들어왔다. 반 준위는 그들이 바깥 날씨가 추워서 다시 들어온 것으로 생각했다.

"커피 들겠소?"

두 수사관들은 고개를 끄떡였다. 반 준위는 주방에 커피를 주문하기 위해 밖으로 나왔다.

정승화 총장이 응접실로 내려오자 허삼수·우경윤 대령은 차렷자세로 거수경례를 했다. 정승화 총장은 소파에 먼저 앉은 다음 두 대령에게 앉으라고 자리를 권했다. 다음은 정승화 총장의 회고담이다.

"부관이 안내하는 대로 1층 홀에 들어서니 얼굴은 잘 알지 못하지만 보안사령부에 근무하는 것으로 알고 있는 사복 차림의 한 장교와 국방부 합동조사대장인 듯한 장교(육본 범죄수사단장이었던 우경윤 대령을 착각하는 것 같다)가 거수경례를 하고 보고차 왔다고 인사하였다. 나는 부관의 말대로 보안사령부의 정보처장인 것으로 알고……."

허삼수·우경윤 대령은 정승화 총장 오른쪽에 앉았다. 우 대령이 먼저 웃으면서 "총장님 이번에 저도 진급시켜 주시는 줄 알았더니 안 시켜주셔서 좀 서운합니다" 하고 말했다. 얼굴에는 웃음을 띠고 있었지만 그의 목소리는 어딘지 모르게 딱딱하게 굳어 있었다.

"그렇던가. 진급 정원이 제한돼 있어 자격 있는 사람들을 모두 진급시키지 못해 나도 발표할 때마다 역시 서운해요. 1년 더 열심히 하면 내년에는 좋은 소식이 있겠지."

정승화 총장도 웃으면서 말하고 허삼수 대령을 향해, "그래, 급한 보고라니, 뭔가?" 하고 물었다.

허삼수 대령은 자세를 고쳐 앉고 정색을 했다.

"총장님께서 김재규로부터 돈을 많이 받으셨더군요. 그래서 총장님의 진술을 좀 받아야 할 일이 생겼습니다. 협조해 주셔야겠습니다."

"내가 돈을 받았다고? 김재규한테?"

분위기는 갑자기 험악해졌다. 정승화 총장은 "누가 그따위 소리를 하던가?" 하고 화를 버럭 냈다.

"……."

허삼수·우경윤 대령은 우물쭈물했다. 그때 정승화 총장은 김재규가 재판의 최종 단계에서 살아보겠다고 자기를 물고 들어가느라 무슨 헛소리를 한 것이 아닌가 하는 생각이 들었다.

"김재규가 그렇게 주장해?" 정승화 총장이 다그쳤다.

"글쎄, 저는 잘 모르겠으나 상부로부터 총장님의 진술을 녹음하여 오라는 지시를 받고 왔습니다." 허삼수·우경윤 대령 중 누군가가 말했다.

"좋아. 그렇다면 하지. 녹음기 가져왔나?"

"총장님 여기서는 곤란합니다. 저희들이 준비해 오지도 않았고……. 녹음 준비가 되어 있는 곳까지 가셔야겠습니다."

정승화 총장은 자세를 바꾸었다. 순간적으로 그의 얼굴은 변해 있었다. 그때 정승화 총장은 김재규의 허위 주장을 믿고 전두환 보안사령관이 최규하 대통령에게 은밀히 보고해 자기를 조사하도록 지시를 받은 것이 아닌가 하는 생각이 들었다.

"이놈들, 누가 그따위 지시를 해? 내가 지금 계엄사령관인데, 대통령 이외에 그런 지시를 할 사람이 없어. 대통령이 그런 지시를 해?"

"네, 대통령 각하의 지시가 있었습니다." 허 대령은 거짓말로 대답하면서 들고 온 노란 봉투를 집어들었다. 대통령의 재가 서류인 것처럼 보이기 위한 제스처였다.

"만약 그렇다면 대통령이 직접 전화라도 했을 텐데, 내가 직접 확인하기 전에는 그런 조사에는 응할 수 없어. 어이, 부관, 부관—."

정승화 총장이 밖을 향해 부관을 소리쳐 부르면서 벨을 눌렀다. 수행부관 이재천 소령과 당번병 김영진 병장이 부관실에서 응접실로 뛰어들어왔다.

"부관, 총리 공관이나 (국방)장관에게 전화 대."

"네, 총장님." 이재천 소령은 다시 황급히 부관실로 뛰어갔다. 정승화 총장은 훗날, "이때까지만 해도 나는 대통령이 나를 오해하고 조사하도록 지시한 것으로 짐작했다"고 회고한다.

탕, 탕탕—.

이재천 소령이 부관실로 들어간 순간 총장 공관에서는 서너 발의 총성이 울렸다. 부관실 쪽이었다. 그와 동시에 허삼수·우경윤 대령이 정승화 총장의 양팔을 끼고 응접실 바깥으로 끌고 나갔다.

"가시죠, 총장님."

한편 허삼수·우경윤 대령을 현관에서 응접실로 안내한 당번병 김영진 병장은 분위기가 심상치 않다고 느끼고 있었다. 응접실에서 홀로 나와 보니 홀에는 사복한 사나이 6, 7명이 들어와 있었다. 공관 1층 전체가 낯선 사람들로 꽉 찬 느낌이었다고 한다.

뭔가 심상치 않은 일이 벌어질 것만 같았다. 김영진 병장은 불안감을 누르며 바깥을 보았는데 낯선 승용차 두 대가 현관 앞에 서 있었다. 뿐만 아니라 야전 점퍼 차림의 사나이들이 M16을 공관 현관 쪽을 향해 겨눈 채 엎드려쏴자세를 취하고 있는 게 아닌가. 김 병장은 응접실 칸

막이 뒤로 가서 정승화 총장과 허삼수·우경윤 대령 사이에 오고 가는 이야기를 엿들었다. 아니나 다를까. 그것은 단순한 보고가 아니었다.

총장이 돈을 받았다느니, 진급을 시켜 주지 않아 서운하다느니 하는 이야기가 튀어나오는 것을 보고 김영진 병장은 파랗게 질렸다. 바로 그때 정승화 총장이 벨을 눌렀고, 김 병장과 총장 수행부관 이재천 소령이 동시에 응접실로 튀어나갔다. 그리고 이 소령이 부관실로 뛰어들어간 몇 초 뒤 총소리가 난 것이었다.

반일부 준위가 보안사 수사관들에게 커피를 끓여주기 위해 부관실에서 나온 것은 그 시각 이었다. 주방으로 나가던 그는 1층 홀에서 나오는 김영진 병장과 마주쳤다.

"반 준위님, 홀로 가 보세요."

김 병장은 덜덜 떨면서 말했다. 10·26 이후 또 한 차례 한국현대사를 뒤바꿔버린 총소리는 반일부 준위가 1층 홀로 뛰어들어가려는 순간, 총장 공관 부관실에서 처음 울렸다.

총장 수행부관 이재천 소령이 부관실로 달려온 것은 반일부 준위가 보안사 수사관들한테 커피를 대접하기 위해 복도로 나간 직후였다. 부관실로 달려온 이 소령은 다급한 동작으로 경비 전화통을 붙잡았다.

그때 부관실에 있던 보안사 수사관 2인은 자리에서 벌떡 일어나 출입문을 가로막았다. 부관실로 다시 들어온 뒤 그들은 밖의 상황에 신경을 곤두세우고 있는 중이었다.

"부관, 어딨나?"

응접실 쪽에서 다시 고함소리가 들렸다. 총장 경호장교 김인선 대위가 권총을 뽑아 들었다. 그와 동시에 보안사 수사관들도 권총을 뽑았다.

탕. 탕―.

김인선 대위가 출입문을 막고 서 있는 보안사 수사관들을 밀치고 뛰어 나가려는 순간 수사관 중의 한 명이 들고 있는 권총이 불을 뿜었다. 첫 총성은 두 발이었고 계속해서 이어졌다. 전화통을 붙잡고 있는 이 소령을 향해서도 방아쇠를 당긴 것이었다.(이 소령은 복부에 총을 맞았는데 다행히 간을 스치고 지나갔고, 김 대위는 척추와 눈 주위를 스치는 몇 발을 맞았다.)

"권총을 든 그를 밖으로 나가게 놔둘 수는 없었다. 나는 재빨리 권총을 뽑아 김 대위를 밀치면서 엉덩이와 다리를 향해서 발사했다. 이어 이 소령을 향해서도 한 발을 쏘았다. 그러나 불발이었다. 나는 다른 권총을 꺼내 다시 발사했다. 같이 있던 동료 수사관도 두 사람을 향해 권총을 발사했다."

보안사 수사관 중의 한 명은 10·26 사건이 발생한 직후 역사의 현장인 궁정동 안가로 들어가 참혹하게 널브러져 있는 경호실 요원들의 시체를 직접 확인했던 수사관으로, 일개 수사관 신분이었으나 목숨을 건 하극상 사건에 가담한 이상 총장 연행에 실패할 경우 관계자들이 모두 죽을 수밖에 없다고 생각, 총장 연행이 여의치 않게 돌아가는 것을 보고 가차없이 방아쇠를 당긴 것이었다.

"총장님, 가시죠."

총성과 동시에 응접실 소파에 앉아 있던 허삼수·우경윤 두 대령은 벌떡 일어나 좌우로 갈라서면서 양쪽에서 정승화 총장의 팔을 끼고 바깥으로 끌고 나갔다. 반일부 준위와 공관 당번병 김영진 병장이 응접실로 뛰어 들어온 것은 바로 그때였다. 그들이 정승화 총장을 떼어놓기 위해 막 달려드는데 공관을 뒤흔드는 총성이 다시 울렸다.

"사격 중지!"

정승화 총장의 외침을 듣는 순간 반일부 준위와 김영진 병장은 허삼수·우경윤 두 대령을 가로막았다. 한 대령의 손을 떼어내려고 달려들어 몸싸움을 할 때 그의 품에서 작은 권총이 툭 떨어졌다.

반일부 준위와 김영진 병장은 정승화 총장과 허삼수·우경윤 대령 사이에서 떨어져 나왔다. 2층에 설치된 비상 전화 생각이 퍼뜩 든 김영진 병장은 2층으로 뛰어 올라갔다.

반일부 준위 역시 비상을 걸어 총장 공관 경비병에게 알려야겠다는 생각이 들어 밖으로 후다닥 뛰쳐나갔다. 부관실 문을 열었지만 안으로 굳게 잠겨 있었다. 정문 경비실로 직접 가기 위해 현관으로 나왔다. 현관 앞에는 정승화 총장의 외출에 대비하여 총장 공용 살롱이 있었는데, 그 차는 온데간데없고 보안사 수사관들이 타고 온 승용차가 대신 서 있었다.

잠시 상황을 살피던 반일부 준위는 정문 경비실을 향해 달려갔다. 그때 청와대경호실요원 복장을 하고 야전 점퍼를 입고 M16을 든 사나이들이 반일부 준위를 향해 방아쇠를 당겼다.

"저놈도 죽여버려."

뒤에서 고함소리가 들리는 순간 반일부 준위를 향해 총알이 핑핑 날아오는 것이었다. 반 준위는 엉겁결에 현관 돌기둥을 잡고 뒤로 피했다.

청와대경호실 복장의 한 사나이가 공관 1층 유리창을 M16 개머리판으로 부수고 응접실로 뛰어들어가는 것이 보였다. 어떻게 해서라도 경비병에게 알려야 한다고 생각한 반일부 준위는 정문 쪽으로 내달렸다.

상황은 반일부 준위가 생각하는 것과 전혀 딴판으로 돌아가고 있었다. 경비실 옆에는 내무반이 붙어 있어 반 준위가 막사의 낮은 창문을 통해 그 안을 보았는데, 경비병들은 바닥에 엎드려 있고 사복 차림을 한 합동수사본부 수사관들이 M16으로 그들을 겨누고 있는 것이 아닌가. 옆의 취사병 내무반도 마찬가지였다. 정문에 서 있는 경비병들도 낯선 얼굴들이었다. 합동수사본부에서 이미 바꿔치기를 한 모양이었다.

그때 내무반에 있던 수사관과 반일부 준위의 눈빛이 마주쳤다. 수사관은 기다릴 것도 없이 총부리를 돌려 드르르 사격을 가해왔다. 순간 반 준위의 머리에는 총장 공관 외곽경비를 맡고 있는 해병대가 떠올랐다.

그는 담 쪽으로 냅다 뛰었다. 마당 가운데 있는 원형의 정원을 가로질러 뛰어가는 동안 총알이 핑핑 귓가를 스치고 지나갔다. 죽느냐 사느냐 기로에 놓인 반 준위의 눈에는 아무 것도 보이는 게 없었다. 그는 생각할 겨를도 없이 해병대와 인접한 공관 담을 훌쩍 뛰어넘었다. 그 담은 축대 위에 쌓은 것으로 총장 공관 쪽에서 보면 담장 하나 높이였지만 실제로는 꽤 높았다. 그는 자신의 몸이 한참동안 떨어지고 있는 느낌이 들었다. 다행히 축대 밑에는 낙엽이 수북이 쌓여 있어 크게 다치지는 않았다.

축대 아래 땅바닥에 고꾸라질 듯 내려선 반일부 준위는 곧바로 일어나 해병대 막사로 달렸다. 반 준위는 그때까지도 김재규를 지원하는 세력이 정승화 총장을 납치하러 온 것이라고 생각하고 화급을 다투지 않을 수 없었다. 막사 사무실에는 한남동 공관 경비대장 황인주 해병대 소령이 근무하고 있었다.

"총장님께서 납치되셨습니다."

"뭐라구? 방금 그 총소리가 그럼……. 그렇잖아도 총소리가 나서 이상하게 생각하고 비상을 걸고 있던 중인데……."

황인주 소령은 이날 저녁 초소 순찰 중, 국방장관 공관 위병초소를 순찰하고 있을 때 난데없는 총소리를 듣고 손목시계를 보았다. 시곗바늘은 정확하게 7시 20분을 가리키고 있었다. 총성은 육군참모총장 공관 쪽에서 들려왔다. 5, 6발이 연달아 울린 것으로 보아 단순한 오발사고는 아닐 것이었다.

"비상~. 기동타격대 비상~."

황인주 소령은 즉시 위병초소에 비상을 발동하고, 경비 전화를 통해 경비대 상황실로 기동타격대의 비상을 발동한 뒤 경비대 막사를 향해 달렸다. 육·해군총장, 합참의장, 해병대사령관, 외무·국방장관 공관 등 6개 공관이 몰려 있는 이곳 한남동 공관촌은 60여 명의 해병대 병력이 정문과 외곽의 경비를 책임지고 있었고, 비상시에 대비해 1개 분대의 기동타격대가 운용되고 있었다. 막사로 달려온 황 소령은 경비대장실 탄약고에 보관 중인 실탄을 개봉, 기동타격대 조장에게 분배하라고 지시했다. 반일부 준위가 뛰어들어온 것은 바로 그때였다.

총장 공관 응접실—. 정승화 총장이 허삼수·우경윤 두 대령에게 붙잡혀 끌려나가고 있을 때 M16을 들고 청와대경호실 복장을 한 사나이가 총을 쏘면서 홀의 대형 유리창을 깨뜨리고 응접실로 뛰어들고 있었다. 보안사 수사관 P상사였다. 그는 정승화 총장에게 직접 총구를 겨누며 가까이 다가왔다.

"빨리 따라갈 것이지 무얼 꾸물대."

P상사는 총구로 정승화 총장을 위협하며 고함을 버럭 질렀다. 정승화 총장의 안경이 총구에 걸려 카펫에 툭 떨어졌다. 정승화 총장은 허리를 굽혀 안경을 주워 끼었다.

응접실에는 아무도 보이지 않았다. 이날 공관 안에는 정승화 총장 가족외에 수행부관 이재천 소령, 경호대장 김인선 대위, 당번병 김영진 병장, 그리고 보초헌병 한두 명과 정원관리인 한 명, 운전병 세 명이 있었는데, 그중 김 병장만이 한쪽 구석에서 어찌할 바를 모른 채 떨고 있었다.

정승화 총장으로서는 모든 것을 체념하지 않을 수 없었을 것이다. 그는 뭔가 오해가 생겨 최규하 대통령이 자신을 조사하라고 지시한 것이라는 생각이 들었다.

"그러면 가자."

육군 총수인 육참총장 정승화 대장은 보안사 연행조를 따라 나서지 않을 수 없었다. 허삼수·우경윤 두 대령에게 붙잡혀 보안사 수사관 P상사가 총구로 떠미는 대로 응접실을 나서는 것이었다.

정승화 총장이 공관에서 그렇게 간단하게 끌려나온 것은 아니었다. 정승화 총장 연행 과정에서 전두환 합동수사본부측 정승화 총장 연행 책임자 중 한 명인 육군 범수단장 우경윤 대령이 누군가가 쏜 총알에 옆구리 관통상을 입고 쓰러진 것이었다.

이른바 12·12의 발단으로 비화될 우경윤 대령 피격은 12·12 사건의 진상을 밝히는 데 중요한 대목 중 하나이다. 그러나 아직까지도 12·12 미스터리 중의 하나로 남아 있는 우 대령 피격에 대해 가해자·피해자 측의 주장은 엇갈리고 있다.

당시 총격으로 하반신이 마비돼 휠체어 생활을 하고 있는 우경윤 씨는 자신이 어느 순간에, 누군한테 피격을 당했는지 일체 입을 다물고 있다. 아직은 얘기할 시기가 아니라는 것이다.

우경윤 대령 피격 상황에 대해 천금성 씨의 가해자 측 증언 기록에 따르면 허삼수·우경윤 두 대령이 강제 연행하려 하자 정승화 총장은 "이놈들! 내가 육군참모총장이야!" 하고 호통을 치면서 반항한 것이 시발점이 됐다. 허삼수·우경윤 두 대령은 물러서지 않았다.

"헌병! 헌병!"

정승화 총장은 안 되겠다 싶었던지 헌병을 불렀다고 한다.(정승화씨는 자신이 헌병을 부른 적이 없다고 반박하고 있다.) 그때 우경윤 대령은 정승화 총장의 오른팔을 단단히 끼면서 귀에 대고 나지막이 속삭였다.

"총장님, 제가 바로 헌병입니다. 그리고 여기 있는 헌병들은 모두 제 지시를 받습니다."

우경윤 대령의 얘기가 끝나기도 전에 정승화 총장이 다시 "밖에 아무도 없어?" 하고 고함을 질렀다. 그때 현관문이 열리면서 한꺼번에 네 명의 경비병이 응접실로 뛰어들어왔다. 가해자 측 증언 기록은 그들이 공관에 배치돼 있던 기존 경비병들이었다고 주장한다.

"이놈들을 체포해!"

정승화 총장의 지시에 멈칫하던 경비병들이 두 대령 사이에 끼인 정승화 총장을 빼내기 위해 두 명씩 나뉘어 달려들었고, 그 순간 밖에서 총성이 울렸다고 한다.

권총 소리였다. 어느 경비병이 엉겁결에 쏜 모양이었다. (우경윤 · 허삼수 수사관은 이 당시 공관 외곽에 대기하고 있던 후보 계획은 아직 아무런 움직임도 없었다고 증언했다.) 그 총성을 시발로 갑자기 공관의 공기가 얼어붙었다.

결국 정승화 총장을 가운데로 하고 양쪽으로 각각 세 명씩 뒤엉킨 상태가 되었다. 그 모양으로 응접실 문어귀까지 이동되었다. 경비병들은 이때 권총을 뽑지 않았다. 그들은 총장이 가운데 끼어 있으니 함부로 방아쇠를 당길 수 없다고 판단했던 것이다. 대신에 죽어라고 두 수사관을 떼어내려고만 애를 썼다.

밀고 당기는 상황이 1, 2분 동안 계속되었다.

그 순간 우경윤 수사관이 두 경비병에 의해 정승화 총장으로부터 떨어져 나왔다. 자연 우 수사관과 정승화 총장 사이에 틈이 생겨났다. 다시 한 발의 총소리가 났다. 그와 함께 우 수사관이 앞으로 풀썩 넘어졌다. 총알은 밖으로 부터가 아니라 응접실 안으로 부터였다고 두 수사관(우경윤 · 허삼수)은 기억했다.

가해자측 증언 기록, 12 · 12 사건에 대한 계엄사 발표문은 물론 이지만 12 · 12 주도 세력의 2인자로 부상한 노태우 전 대통령 역시 85년 민정당 대표위원 시절 한 월간지와의 인터뷰에서 우경윤 대령 피격에 대해 언급하고 있다.

"정승화 총장을 모시러 간 사람을 총장 공관 경비대가 총격을 가해

쓰러뜨렸어요. 그것이 발단이 된 겁니다. 지금 총상을 입은 당사자는 하반신을 못 쓰고 있어요."

노 씨의 주장은 첫 번째부터 빗나가고 있다. 허삼수·우경윤 대령이 '정승화 총장을 모시러 간 사람' 이 아닌 것은 확실하기 때문이다. 정승화 총장측은 노씨의 주장에 대해 당시 공관 안에는 총을 쏠 수 있는 경비병들이 없었으며 우 대령은 자기 편끼리의 오인 사격에 의해 피격됐을 것이라고 반박하고 있다.

김영진 당시 공관 당번병의 증언.

"당시 공관 안에는 (정승화 총장) 가족 외에 부관, 경호대장, 당번병, 보초헌병 한두 명, 정원 관리인 한 명, 운전병 세 명이 있었습니다. 평소에도 무장을 하는 사람은 김인선 대위 한 사람뿐입니다. 따라서 제일 먼저 총을 맞았습니다. 우 대령을 쏠 사람이 어디 있고 총이 어디 있습니까. 12·12 사건 이후에 합동수사본부측에서 김인선 대위 등을 불러 조사를 했지만 결국 자기들끼리 오인 사격한 걸로 결론을 내린 것으로 알고 있습니다. 우 대령 몸에서 나온 총알을 조사하면 단번에 알 일이지요."

정승화 씨 역시 우경윤 대령 피격에 대해 "우 대령을 쏜 사람이 있었다면 그쪽이 가만히 있었겠느냐" 고 반문하며, "우 대령이 총을 맞았다면 내가 끌려간 뒤일 것이다. 우리 경비병들은 그 전에 이미 무장이 해제돼 있었으니, 수사관들끼리 오인 사격을 하여 다친 것이 아닐까. 내가 위험을 받아 정문을 열게 한 적도 없다. 순순히 연행에 응했다" 고 얘기하고 있다.

뒤에 밝혀진 사실이지만 정승화 총장측에서 권총을 갖고 나타난 사람이 있긴 했다. 정승화 총장이 허삼수 대령과 2인의 보안사 수사관에게 떠밀려 현관으로 끌려나올 때 공관 2층으로 통하는 계단에서 정승화 총장의 차남 태연 군이 권총을 들고 내려온 것이었다. 한때 이 장면을 두고 태연 군이 권총을 쏘았다는 얘기까지 나돌았으나, 태연 군은 아래층에서 총소리가 나자 걱정이 돼 아버지에게 권총을 가져다주려고 했다고 해명됐다.

"이놈, 당장 올라가지 못해!"

아들이 총격전에 휘말리는 것을 우려한 정승화 총장이 태연 군을 향해 호통을 쳤다. 계단 중간쯤 내려왔던 태연 군은 다시 2층으로 올라갔다.

당시 공관 부관실에서 총장 수행부관 이재천 소령, 경호장교 김인선 대위 등에게 총격을 가했던 보안사 수사관 Q씨는 "총장 경호장교와 수행부관을 제압한 후 문을 박차고 뛰어 나왔을때 어떻게 된 일인지 바로 문 앞에 우 대령이 쓰러져 있었다"고 증언하고 있다.

우경윤 대령의 부상 상태를 확인할 겨를도 없었던 Q 수사관은 "우리 처장님 어디 계십니까?" 하고 허삼수 대령의 위치를 물었다. 우 대령은 고통스러운 표정을 지으며 응접실 안을 가리켰다. Q 수사관은 응접실 안으로 뛰어들어갔다. 그때 부관실에서 뒤따라 나온 동료 수사관 P 상사는 현관 밖으로 나간 공관 관리장교 반일부 준위를 제압하기 위해 뒤쫓아 나갔다.

Q 수사관이 뛰어들었을 때 응접실에서는 정승화 총장과 허삼수 대령이 옥신각신하고 있었다. Q 수사관은 정승화 총장에게 달려들어 권

총을 들이댔다.

"총장님, 다 끝났습니다. 가시죠."

정승화 총장은 Q 수사관을 노려보며 "넌 뭐야?" 하고 고함을 쳤다.

"합동수사본부 수사관입니다."

Q 수사관은 정승화 총장을 출입구 쪽으로 밀고 갔다. 그때 P 상사가 응접실 대형 유리창을 M16 개머리판으로 부수고 뛰어들어왔다. 당시 공관 당번병 김영진 씨에 따르면 P 상사가 응접실로 뛰어들어온 즉시 M16 개머리판으로 정승화 총장을 후려쳤다고 한다.

정승화 총장의 차남 태연 군이 권총을 들고 2층 계단에서 내려온 것은 그때였다. 정승화 총장 측 증언과 달리 Q 수사관은 자신이 태연 군을 향해, "너 이 자식, 큰일 나! 빨리 올라가!"라고 소리쳤다고 한다. 겁을 집어먹은 태연 군은 곧 2층으로 올라갔다.

"가시지요."

정승화 총장은 허삼수 대령과 P, Q 두 보안사 수사관의 총구에 떠밀려 현관을 나왔다. 현관 앞에는 정승화 총장의 승용차 대신 까만 승용차가 대기하고 있었다. 허삼수·우경윤 두 대령이 타고 왔던 일제 슈퍼살롱이었다. 정승화 총장은 수사관들에게 떠밀려 슈퍼살롱에 태워졌다.

"뒷자석에 두 사나이가 양쪽에서 나를 낀 채로 타고 운전수 옆자리에도 한 사람이 탔다. 차는 공관 문을 빠져나갔다. 떠밀려 차에 탈 때 주위를 보니 낯 모르는 자들이 총을 든 채 서성대었고 공관에 근무하는 경비병이나 부관 등 근무자는 한 사람도 보이지 않았다. 공관 입구에 있던 입초병도 보이지 않았다.

차가 공관을 나와 바로 곁에 있는 국방부장관 공관 앞으로 통과할 때 보초를 서고 있던 해병 헌병이 차를 세웠으나, 차 안에 탄 사나이들이 '육군참모총장' 이라고 소리치니까 가라는 손짓을 했다. 나는 차 안에서 차 밖을 보았으나 어디로 향하는지 자세히 알 수가 없었다.

그렇게 멀리는 가지 않은 것으로 여겨질 때 무장 입초병이 서 있는 정문 앞에 차가 섰다. 잠시 확인하더니 문이 열렸다. 차가 안으로 들어서더니 그다지 크지 않은 2층 건물 앞에 섰다. 차에서 내리자마자 나는 양쪽에서 팔을 잡힌 채 2층의 어느 방으로 끌려갔다."

한편 그날 오후 5시 30분경 정승화 총장 연행 책임자 허삼수·우경윤 대령을 한남동 육군참모총장 공관으로 보낸 전두환 합동수사본부장은 보안사 대공처장 겸 합동수사본부 수사국장인 이학봉 중령을 대동하고 삼청동 총리 공관으로 향했다. 12월 6일 통일주체 국민회의에서 11대 대통령으로 당선된 최규하 대통령은 하루 뒤인 13일 청와대에 정식 입주할 예정이었고, 12·12 그날에는 아직 총리 공관에 머물고 있었다.

총리 공관 비서실은 하나회 회원인 정동호 대통령 경호실장이 지키고 있었다. 그는 하나회 회장인 '큰형님' 전 본부장을 정중하게 총리 공관 1층 접견실로 안내했다.

군부의 지휘관들 사이에 어떤 상황이 벌어졌는지 전혀 예상치 못하는 최규하 대통령은 온화한 표정이었다. 그는 부동자세로 거수경례를 붙이는 전두환 본부장에게 앉으라고 자리를 권했다.

"중요한 보고가 있다지요?"

"각하, 박정희 대통령 시해 사건 수사에 관한 사항입니다. 각하께서 꼭 재가를 해주시리라 믿습니다."

"무슨 사항인데 그러시오?"

"김재규를 조사하는 과정에서 정승화 총장이 깊이 관련돼 있는 사실이 드러났습니다. 시해 사건 종결을 위해서는 정승화 총장에 대한 조사가 불가피합니다. 조사를 할 수 있도록 재가를 해주시면 합니다."

"보고가 있다더니 그것이오?"

"네, 그렇습니다. 각하. 정승화 총장에 대한 조사가 늦어져 김재규에 대한 공판이 순조롭지 못합니다."

"아, 공판이 늦어지고 있다는 건 나도 알아요. 그런데, 이 일은 전두환 본부장이 보고할 사항이 아닌 것 같소. 국방장관을 통해 정식 보고를 하는 것이 좋겠소."

"각하, 그렇지가 않습니다. 박정희 대통령때도 수사기관의 장이 보고하면 그대로 재가하셨습니다. 윤필용 장군이나 박림항 장군 같은 경우가 바로……."

"내가 결재를 안 하겠다는 것이 아니오. 전두환 본부장, 계엄시에 계엄사령관이 막중한 자리라는 것은 잘 알고 있지 않소. 계염사령관은 국무회의의 의결을 거쳐 임명된 만큼 그의 신변 변동에 관한 일은 국방장관의 의견을 들어보지 않을 수 없어요. 그러니 국방장관을 오라고 하시오."

"각하, 시해 사건을 수사하는 데 국방장관의 의견을 꼭 들으실 것까지는 없습니다. 나중에 보고만 드리면 됩니다. 각하! 각하의 정치적 결단이 필요합니다."

전두환 본부장의 집요한 설득에도 6척 거구의 최규하 대통령은 전혀 동요하는 빛이 없었다. 그는 국방장관을 통해 정식 보고를 해야 한다는 입장으로 초지일관했다.

총장 겸 계엄사령관을 연행, 조사해야 한다는 것은 보통 일이 아니다. 더구나 합동수사본부장은 계염사령관의 지휘하에 있지 않은가. 전두환 본부장은 직속 상관을 연행하겠다고 재가해 달라고 하고 있다.

합동수사본부장은 이런 어마어마한 문제를 먼저 국방장관에게 보고하고, 국방장관이 자체 판단을 거쳐 대통령에게 보고해야 할 것이었다. 기왕에 직속 상관을 연행하겠다고 결심한 전두환 본부장은 그와 같은 정상적인 절차를 무시하려 들었고, 최규하 대통령은 고수하려고 했다.

아무리 통수권자인 대통령이라고 해도 육군의 총수인 총장 겸 계엄사령관을 연행, 조사한다는 것이 어디 마음대로 결정할 수 있는 것이겠는가. 그런 중요한 결정을 내릴 때는 반드시 국무위원의 의견을 듣도록 돼 있다. 또한 최 대통령으로서는 불과 며칠 전에 대통령으로 당선됐지만 아직 취임도 하지 않았고, 새 내각도 구성되지 않은 터에 정상적인 절차를 무시할 수는 없었을 것이다. 더구나 군 내부 사정을 잘 파악하고 있지도 않은 최 대통령으로서는 국방장관의 조언을 듣지 않고 판단하기는 어려운 일이 아닐 수 없었다. 그는 쉽게 물러날 기세가 아니었다.

재가를 해달라 국방장관을 데려오라는, 대통령과 합동수사본부장의 대화는 한 시간 이상 평행선을 긋고 있었다. 아무리 직속 상관이요, 천하의 육참총장 겸 계엄사령관을 연행하겠다는 결심을 굳힌 전두환 본부장이라고 해도 초조해지지 않을 수 없었다. 이미 휘하의 허삼수 대령과 우경윤 대령은 정승화 총장을 연행했을 것이다. 여기서 대통령의 재가를 받지 못한다면 어떻게 되는가.

대통령의 재가 없이 총장 겸 계엄사령관을 연행했다면 절차상 문제가 될 뿐만 아니라 군의 정식 지휘계통을 밟지 않았으므로 하극상이 되는 것이다. 군 수뇌부에서 반발을 할 것이고, 사태는 걷잡을 수 없이 커져 어디로 번져나갈지 예측할 수 없는 일이다. 전두환 본부장은 거듭 재가를 요청했지만 최규하 대통령은 도대체 요지부동이었다.

같은 시각, 접견실 밖에서 대기하고 있던 이학봉 중령은 전화를 받고 있었다. 헐떡이는 목소리의 주인공은 정승화 총장을 연행하러 갔던 보안사 인사처장 허삼수 대령이었다.

'…… 할 수 없이 정승화 총장을 강제 연행해 서빙고 분실에 데려다 놓았다. 총장이 신경질적인 반응을 보이는 바람에 총성이 몇 번 있었다. 우 대령이 복부에 관통상을 입었는데 어떻게 됐는지 모르겠다.'

7시 15분, 이학봉 중령은 접견실로 들어가 전두환 본부장에게 귓속말로 허삼수 대령의 얘기를 전했다. 7시 50분경에는, 한 비서관이 들어와 전 본부장에게 보안사에서 전화가 왔다는 쪽지를 전했다. 전 본부장이 밖으로 나와 전화를 받았는데 비서실장 허화평 대령의 다급한 보고였다. 총장 공관에서 총격전이 벌어졌으며, 총장 연행은 성공했으나 우경윤 대령이 중상을 입었다는 내용이었다.

아직 대통령의 재가도 받기 전인데 '돌아올 수 없는 다리'를 건너고 말았다. 예기치 않은 사태 진전에 전두환 본부장의 얼굴 색이 하얗게 변했다. 그는 다시 접견실로 들어갔다.

최규하 대통령이 머물고 있는 삼청동 총리 공관은 묘한 분위기를 연출하고 있었다. 전두환 보안사령관과 그를 수행하고 온 이학봉 중령은 간담이 서늘해 지고 있는 터에 최 대통령과 비서관들은 도대체 영문을 모른 채 그들의 행동을 지켜 보지 않을 수 없었다.

얘긴 즉 허삼수 대령으로부터 정승화 총장 연행 과정에 대한 상황을 연락받은 이학봉 중령은 당황하지 않을 수 없었다. 발등에 불이 떨어진 것이다. 얼굴이 흑빛으로 변한 이 중령은 전두환 보안사령관 수행부관 손삼수 중위에게 "급한 일이 생겼다. 사령관님께는 서빙고로 갔다고 전해" 하고 황급히 총리 공관을 빠져나갔다. 얼마 뒤 보안사령관 비서실장 허화평 대령으로부터 전화가 걸려왔다. 손 중위가 받았는데 사령관을 바꿔 달라는 것이었다.

"지금 대통령 각하께 보고 중이어서 곤란한데요, 실장님."

"무슨 소리야, 쪽지를 넣어서라도 바꿔."

허화평 대령의 급한 목소리를 들은 손 중위는 한 비서관에게 사정 이야기를 했다. 난감한 표정으로 머뭇거리던 비서관은 접견실로 쪽지를 들여보냈다. 곧 전두환 보안사령관이 나와 전화를 받고 얼굴빛이 싹 변해, "알았다" 하고 수화기를 내려놓은 뒤 접견실로 다시 들어가는 것이었다.

겉만 보고 속을 알 수 없는 것이니, 같은 총리 공관 안에 있었지만 최규하 대통령과 비서관들은 전두환 보안사령관과 그 수행원들의 바쁜 움직임을 보고 과연 그 시간이 현대사의 한 분기점이 되리라는 것을 상상이나 했을까. 역사는 그렇게 가깝고도 먼 곳에서 이뤄지고 있었다.

연희동 비밀 요정, 7시 20분경.

특전사령관 정병주 소장, 수경사령관 장태완 소장, 헌병감 김진기 준장은 전두환 보안사령관을 기다리며 술잔을 기울이고 있었다. 전 사령관은 약속 시간 1시간이 지나도 오지 않았다. 술이 두 순배도 채 돌기 전에 민 마담이 문을 열고 들어와 김 헌병감에게 귓속말로 전화가 왔다고 전했다. 계엄사 치안처장을 겸직하고 있는 김 헌병감은 연희동에 도착한 즉시 육본 헌병감실 당번병에게 요정의 전화번호를 알려놓았던 것이다.

김진기 헌병감은 민 마담을 따라 밖으로 나갔다. 정병주 특전사령관과 장태완 수경사령관은 민 마담이 왜 김 헌병감에게 귓속말을 하는지 영문을 모른 채 계속 술잔을 나누고 있었다.

전화를 받은 김진기 헌병감은 황급히 방으로 들어왔다. 1분도 채 안 된 시간이었다. 그의 안색은 싹 변해 있었다. 장태완 수경사령관이 "무슨 일이오, 김 장군?" 하고 물었다.

"총장 공관에서 총격 소리가 들렸다고 하는데, 무슨 일이 생긴 것 같습니다."

무슨 말인지 알아듣지 못할 말을 던져놓고 김 헌병감이 총알같이 뛰어나갔다.

"무슨 소리야!"

장태완 수경사령관이 자리를 박차고 일어나 즉각 총장 공관으로 다이얼을 돌렸다. 신호음이 잠시 들리고 누군가 전화를 받긴 했으나 통화가 잘 이뤄지지 않았다. 수화기에서 이상한 응답이 흘러 나온 것이다.

"앰뷸런스, 앰뷸런스……."

장태완 사령관이 "이봐, 나 수경사령관인데 부관 바꿔라" 하고 다급하게 소리쳤으나 전화가 뚝 끊어지고 말았다. 순간 장 사령관은 총장 공관에 무슨 변고가 생긴 것이 틀림없다고 직감했다. 물론 전두환 그룹이 정승화 총장을 강제 연행했으리라고는 상상도 할 수 없는 노릇이었다.

장태완 사령관이 수화기를 내던지고 방으로 들어가려고 할 때 차 안에서 대기하고 있던 전속 부관 천연우 대위(육사 28기)가 헐레벌떡 뛰어들어왔다.

"사령관님, 지금 부대상황실에서 무전이 왔는데, 총장님 공관에서 총격전이 벌어졌답니다. 총장님 생사도 모르고 누구의 소행인지도 파악하지 못하고 있다고 합니다."

부관으로부터 보고를 받은 장태완 사령관은 방으로 뛰어들어가 "우리가 여기 이러고 있을 때가 아니오. 총장님 공관에서 불상사가 생긴 것 같으니 빨리 부대로 돌아갑시다" 하고 소리치며 밖으로 뛰쳐나갔다.

정병주 특전사령관이 뒤쫓아 나와 "여보 장 장군, 어떻게 된 거야?" 하고 물었다.

장태완 사령관은 즉답을 피한 채 "정 선배, 빨리 갑시다" 하고 재촉했다. 정병주 사령관에게 위급한 상황에 대해 즉답을 하지 않은 이유에 대해 장태완 씨는 "나는 정 장군과 오래 전부터 잘 알고 지내는 사이였다. 그러나 서로 마음을 줄 정도로 가까운 사이는 아니었다"라고 말한다.

"그게 무슨 소리야. 장 장군, 생명을 같이 하자구."

정병주 사령관은 장태완 사령관의 손을 꽉 잡아쥐었다. 순간 장 사령관은 육감을 통해 정 사령관을 믿을 수 있다고 느끼며 어느 정도 안심이 됐다고 한다. 그러나 그는 정 사령관에게 총장 공관의 총성에 대한 얘기는 하지 않은 채 연희동 요정을 떴다.

영문을 몰라 어리둥절하던 정병주 특전사령관은 보안사 참모장 우국일 준장을 돌아보았다.

"무슨 일인지 자네 부대에 빨리 연락해서 알아보게."

우국일 준장은 곧 보안사로 전화를 걸었다. 당직참모인 보안처장 정도영 대령이 전화를 받았다. 우 준장은 비하나회 회원이고, 정 대령은 하나회 회원이다.

"총장 공관 지역에서 총성이 들렸다는 긴급 연락을 받고 수경사령관과 헌병감이 부대로 돌아갔다. 무슨 일 있나?"

"그런 보고를 받은 적이 없는데요."

"사령관님은 지금 어디 계시나?"

"삼청동 공관에서 결재를 받고 계실 겁니다. 사령관님께서 그곳으로 가신다고 했으면 곧 가시겠지요. 좀 기다려보십시오."

전화를 끊은 우국일 준장으로서는 통화 내용을 그대로 정병주 특전사령관에게 전할 수밖에 없었다. '김진기 헌병감과 장태완 사령관의 행동으로 봐서 무슨 심상치 않은 일이 벌어졌을 것이다.' 궁금증이 풀리지 않은 정 사령관은 특전사령부에 전화를 했다. 금방 표정이 딱딱하게 굳어진 정 사령관은 우 준장에게 아무 말도 없이 뛰쳐나갔다.

장태완 수경사령관이 지프에 탔을 때는 휘하의 헌병단장 조홍 대령과 부관 천연우 대위가 그를 기다리고 있었다.

"부대로 간다. 전속력으로 몰아."

장태완 사령관은 이어 천연우 대위를 향해 상황실을 무전으로 호출하라고 지시했다. 상황부터 파악해야 하기 때문이었다. 지프는 비상라이트를 켜고 사이렌을 울리며 필동 수경사를 향해 질주했다.

"차 안에서 나 나름대로 사태를 헤아려보았다. 두 가지 생각이 번뜩 머리에 떠올랐다. 먼저 짚이는 것은 오늘 대령에서 준장으로 진급된 사람들의 명단이 발표된 날이라 정승화 총장을 가까이에서 모시며 지냈던 대령 중에서 진급을 못한 과격한 자가 과음을 하고 총장 공관을 찾아가 술김에 소동을 부린 것이 아닐까. …… 총장에게 너무 기대하고 있다가 탈락이 되자 이에 분개한 자가 사고를 저지른 것이 아닌가 하는 것이었다.

두 번째로는 혹 군사쿠데타일지도 모른다는 생각이었다. 10·26 이후 최규하 대통령은 아직 군을 장악하지 못한 상태인 데다 정국은 불안한 상태이고 군 내에는 정규 육사출신들의 수상한 모임이 빈번하게 이루어지고 있다는 첩보도 있었다.

특히 비상계엄하에 수도방위의 핵심지휘관 및 참모라고 할 수 있는 세 명의 장군들을 요정에다 초청한 장본인인 전두환은 나타나지 않았다. 혹 전두환과 그 지원세력들이 이 기회에 전군의 군령자이자 계엄사령관인 정승화 총장을 제거하고 정권을 장악할 목적에서 시도한 쿠데타일지도 모른다는 생각이 강하게 들었다."

장 사령관은 옆자리에 앉아 있는 헌병단장 조홍 대령에게 슬쩍 물었다. 조 대령은 전두환 보안사령관의 연희동 비밀 요정 유인작전에 자의든 타이든 조연으로 참여한 장본인이었다.

"자네는 총장 공관의 사태를 어떻게 생각하나?"

느닷없는 질문에 조홍 대령은 잠시 머뭇거리다가 입을 열었다. 장 사령관의 눈에는 뭔가 생각하고 있었던 것 같이 보였다.

"글쎄요. 대통령 시해 사건 이후 사회가 어수선해진 틈을 타고 침투한 무장간첩의 소행이 아니겠습니까."

장태완 사령관의 생각과는 거리가 먼 대답이었다. 장 사령관은 말없이 돌아 앉았다.

지프는 계속 사이렌을 울리며 어두운 밤거리를 질주하고 있다. 장태완 사령관은 차내 전화와 무전을 이용하여 계속 사령부 상황실에 상황을 파악해 봤으나 아직 정확한 상황은 파악하지 못하고 있었다. 장 사령관의 마음은 질주하는 지프 만큼이나 다급해졌다. 결단은 내려야 한다고 판단했다.

"우선 APC '경장갑차' 한 대와 헌병특공대 1개 소대를 총장 공관에 보내 현지 상황을 파악하고 긴급사태에 대비토록 하라. 전 예하부대에 비상을 발령하고 모든 지휘관과 참모들은 상황실에 집합하라."

7시 40분경, 장태완 사령관은 상황실에 있는 참모장 김기택 준장에게 긴급 작전지시를 내렸다.

총격전, 전군 비상령

같은 시각, 한남동 공관에서 막 저녁식사를 끝내고 휴식을 취하던 해병대사령관(당시 정식 명칭은 해군 제2참모차장이었으나 해병대 안에서는 '사령관'이라고 불렀다) 김정호 중장은 근처 어딘가에서 울리는 듯한 수발의 총성을 듣고 반사적으로 튀어 일어났다. 전투복을 갈아입고 무장을 한 그는 해군본부에 기동타격대 출동을 요청한 뒤 부관과 전령을 대동하고 공관을 나왔다.

한남동 공관 단지 경비대 막사. 정승화 총장 연행 책임자 허삼수·우경윤 두 대령과 보안사 수사관들을 뒤따라와 공관 단지 영내에 대기중이던 33헌병대는 총장 공관에서 울리는 총성과 동시에 행동 개시에 들어갔다.

"……모두 경비대 막사로 가라!"

33헌병대장 최석립 중령은 해병경비대의 지휘체계와 통신을 무력화시키기 위해 부하들을 이끌고 공관 단지 경비대 막사로 향했다.

같은 시각, 한남동 공관 단지 경비대장 황인주 소령은 상황실에서 기동타격대에 실탄이 분배되고 있는 장면을 확인한 뒤 병력들을 지휘하기 위해 육참총장 관리장교 반일부 준위와 함께 밖으로 나오고 있었다. 내무반 복도를 통해 막사 밖으로 나서려는 순간 반대편 방향에서 몰려오는 일단의 병력과 마주쳤다. 육군헌병 복장을 한 병력들이었다.

"야! 너희들, 총장 공관에 올라가지 않고 여기서 뭘하나?"

육참총장 공관 경비헌병인 줄 알고 반일부 준위가 소리쳤다. 반 준위의 고함이 채 끝나기도 전에 반 준위와 황인주 소령을 향해 M16 개머리판과 군홧발이 벌떼같이 날아들었다. 바로 육참총장 공관에서 총성이 울림과 동시에 행동 개시에 들어간 33헌병대 병력이었다.

황인주 소령과 반일부 준위에게 달려들어 한참 동안 개머리판으로 찍어대고 발길질을 가하던 33헌병대는 공포탄을 쏘면서 황 소령의 무장을 해제했다. 사태는 그것으로 끝나지 않았다. 그들은 먹이를 만난 듯 황 소령을 경비대장실로 몰아넣고 다시 개머리판으로 무수히 구타를 했다. 황 소령은 뒷머리가 찢어지고 전신에 타박상을 입었다.

반일부 준위 역시 어찌나 심하게 맞았던지 손톱이 다 빠질 정도였다. 더 이상 버티지 못하고 쓰러진 반 준위의 허리에 총구를 겨눈 뒤 몇 명이 올라타고 밟아댔다. 반 준위는 곧 의식을 잃고 말았다.

황인주 소령과 반일부 준위를 간단하게 제압한 33헌병대 일부 병력은 경비대 내무반으로 우르르 몰려들어갔다. 그들은 경비 교대 대기

중이던 경비병들을 총구로 위협, 경비대장실로 끌고가 엎드리게 한 뒤 소등을 한 상태에서 무차별 구타를 가하기 시작했다. 한편 총장 공관 2층에는 오랜만에 친정 나들이를 하기 위해 외출 준비를 끝낸 정승화 총장의 부인 신유경 씨가 남편이 용무를 끝내고 올라오기만을 기다리고 있었다. 그런데 아래층에서 총소리가 잇달아 들려오자 신씨는 깜짝 놀라지 않을 수 없었다.

육참총장 공관에서 난데없는 총소리라니, 그것도 보안사 수사관들이 급한 용무가 있다고 해서 정승화 총장이 내려간 터에……. 앞뒤 가릴 것 없이 신씨는 아래층으로 뛰어 내려갔다.

정승화 총장은 이미 밖으로 끌려나간 뒤였다. 신씨는 허겁지겁 부관실로 들어가 보았는데, 책상 앞에 있던 전화기가 떨어진 채 덜렁덜렁 매달려 있었다. 바닥은 피바다였다. 총장 경호대장 김인선 대위가 피를 흘리며 쓰러져 신음하고 있었고, 부관 이재천 소령은 보이지 않았다. 뒤에 신씨가 본인한테 직접 들은 얘기지만, 그때 총알이 간을 약간 스친 이 소령은 침대 밑으로 기어들어가 숨어 있었으므로 눈에 띄지 않은 것이었다.

신씨는 부관을 찾기 위해 주방까지 가보았으나 아무도 보이지 않았다. 총장도 없고 부관도 없다. 뭔가 일어나서는 안 될 일이 일어난 것 같았다. 그때 2층에 있는 아들이 염려된 신씨는 '죽어도 그 아이와 같이 있어야겠다!' 고 결심하고 계단을 뛰어 올라갔다.

탕, 탕탕―.

그때 다시 총소리가 울렸다. 신씨는 자기를 향해 쏜 것 같은 기분이 들어 정신없이 2층으로 뛰어 올라갔다. 그렇게 2층 거실에서 한참 동안 떨고 있는 사이, 한순간 공관이 조용해졌다. 마음이 급해진 신씨가 다시 1층으로 내려오자, 응접실에는 아주 덩치 큰 사나이가 현관쪽으로 '열십자'를 하고서 쓰러져 있었다. 당시 신씨가 보았던 '아주 덩치 큰 사나이'는 말할 것도 없이 정승화 총장 연행 책임자 중 한 사람인 육군범수단장 우경윤 대령이다.

피바다가 된 1층에서 뛰어 올라온 신씨는 외부와 연락을 취하려고 했으나 전화선이 모두 단절돼 있었다. 신씨는 비상전화를 붙잡았다. 마침 비상전화 한 대가 살아 있었다. 당번병 김진영 병장이 걸어주는 전화로 한미연합사 부사령관 유병현 장군과 통화를 했다. 유 장군 부인이 먼저 전화를 받아 유 장군을 바꿔준 것이었다. 신씨는 방금 괴한들이 나타나 정승화 총장을 납치해 갔다고 알렸다.

"…… 즉시 가서 조치를 취하겠습니다."

유 장군의 대답을 들은 신씨는 반쯤 넋이 나간 상태에서 다시 육군 참모차장 윤성민 장군 집으로 전화를 걸었다.

윤성민 차장은 이날 오후 7시경 차장 공관으로 퇴근, 저녁식사를 끝내고 잠시 휴식을 취하고 있다가 신씨로부터 다급하게 걸려 온 전화를 받은 것이었다. 신씨의 목소리는 울부짖음에 가까운 비명소리였다.

"차장님, 지금 여기서 총격전이 벌어졌어요. 괴한들이 총장님을 납치해 갔어요. 살려주세요."

"뭐라구요, 어떤 놈들입니까?"

윤성민 차장의 질문에 대답할 사이도 없이 전화는 뚝 끊어져버렸다. 신씨로부터 살려달라는 비명을 듣는 순간 윤 차장은 '총장 공관에 공비가 침투했구나!' 하고 생각했다. 그 길로 윤 차장은 군화를 신고 권총을 찬 뒤 공관을 박차고 나갔다.

윤성민 차장에게 총장 납치 사실을 전한 신씨는 이어서 노재현 국방부장관 집에 전화를 했다. 장관 공관으로 두 번이나 전화를 걸었으나 두 번 모두 부관이 수화기를 들었다. 첫 번째 통화에서는 거기서도 총소리가 들려왔고, 곧 수습하러 나간다고 하더니 두 번째는 장관이 이미 나갔다고 했다.

신씨는 다시 이희성 중앙정보부장서리 집으로 전화를 했는데, 부인이 받았다.

"저도 남편한테 연락을 받았는데 공기가 수상하니 오늘은 집에서 자지 말고 나가라고 했어요."

한편, 정승화 총장 부인 신유경 씨로부터 총장이 납치됐다는 전화를 받고 공관을 뛰쳐나온 윤성민 차장은 걸어서 헌병감실로 갔다. 차장 공관이 국방부청사 뒤편에 있었으므로 육본 헌병감실까지는 도보로 5분도 채 안 걸리는 거리였다. 그는 우선 헌병감실 상황실로 달려갔다. 상황을 판단하기 위해서는 정보가 필요했기 때문이다. 상황실에 도착해, "무슨 일 없나?"라고 물어보았으나 총장 납치 건에 대해서는 전혀 모르는 상태였다.

윤 차장은 다시 헌병감실로 갔다. 물론 헌병감 김진기 준장은 자리에 없었다. 당직 근무자들의 얘기론 시내에 저녁식사 약속이 있어서 나갔다는 것이었다. 헌병감실에도 아직 자세한 보고가 들어와 있지 않은 상태였다.

헌병감실을 서둘러 나온 윤 차장은 육본 B2 벙커로 달려갔다. 그 곳에는 상황장교만 근무하고 있었다.

"전군 비상! 각 부대 지휘관은 즉시 귀대하여 병력을 장악하고 육본 당직실로 보고하라."

윤성민 차장은 육본 B2 벙커에서 육본 참모들을 비상 소집한 뒤 이날 오후 8시를 기해 전군에 '진돗개 하나'의 비상계엄령을 하달했다. 그러나 아직 정확한 상황이 파악되지 않고 있는 상황이었다.

B2 벙커의 윤성민 차장이 대충 개요를 파악한 것은 오후 7시 30분이 지나서 수경사와 예하 정보부대로부터 잇따른 보고가 들어오고, 총장 공관과 다시 통화를 한 뒤였다. 정승화 총장을 납치해 간 차량이 검은색 일제 슈퍼살롱이라는 것을 파악한 뒤 수도권 일원의 모든 군·경 검문소에 그 차량을 찾으라는 긴급 지시를 내리긴 했으나, 역시 정확한 상황을 파악한 것은 아니었다.

윤성민 차장이 전군에 비상경계령을 내린 뒤 밤 8시가 지나면서 육본 B2 벙커에는 비상연락을 받은 육본 수뇌들이 속속 도착하고 있었다. 김종환 합참의장, 유병현 한미연합사 부사령관, 문홍구 합참본부장, 김용휴 국방차관, 하소곤 육본작전참모부장(갑종 1기), 안종근 군수참모부장(공병 3기) 등.

육본 수뇌들이 가장 궁금해하는 것은 총장을 납치해 간 괴한의 정체였다. 그러나 아직 정황 판단이 서지 않고 있어 수뇌부의 불안을 가중시켰다. 북한의 공비가 침투한 것인가, 아니면 내부 소행인가. 육본 수뇌부 대부분은 공비가 총장 공관에 침투해 총장을 납치, 살해했을 가능성이 크다고 판단했다.

수뇌부는 즉시 전방 부대에 북한군의 동태를 파악해 보고하라는 지시를 내렸고, 휴전선 일대 북한군의 움직임에는 아무런 이상이 감지되지 않는다는 보고가 올라왔다. 한미연합사 측에서도 같은 응답이었다.

결국 육본 수뇌부의 촉수는 내부 소행 쪽으로 기울었고, 그렇다면 어느 집단의 짓인가에 모아졌다. 북한에 의한 사건이 아니라는 데 한편으로 안도하면서도 여전히 총장을 납치해 간 괴한의 정체를 파악하지 못한 수뇌부는 불안과 긴장을 늦출 수 없었다.

총장 공관과 거듭 통화한 결과, 보안사 정보처장 권정달 대령과 육군범수단장 우경윤 대령의 소행이라는 보고가 있었지만, 아직 확인되지 않고 있었다. 정승화 총장을 납치해 간 괴한 중 한 명이 보안사 정보처장 권정달 대령이라는 것은 보안사 인사처장 허삼수 대령이 총장 공관에서 정보처장 행세를 했기 때문에 잘못 알려졌던 것이다.

상황이 미확인된 상태에서 윤성민 차장은 3군사령관 이건영 중장한테 전화를 걸었다.

경기도 용인의 3군사령부. 경기지역 계엄분소장이기도 한 이건영 사령관은 손재식 경기도지사 등 행정기관장 및 지역 유지들을 사령관 공관으로 초청, 계엄 간담회를 가진 뒤 함께 저녁식사를 하고 있었다. 3군사령부 측에서는 이 사령관을 비롯 참모장 신재성 소장(종합 2기), 헌병대장 조명기 대령(육사 13기), 그리고 민사참모가 참석하고 있었다.

오후 8시 15분경, 식사가 거의 끝나갈 무렵 부관이 들어와 "윤성민 참모차장님의 급한 전화입니다"라고 하면서 수화기를 건네주었다. 이 사령관이 전화를 받았으나 윤 차장이 아닌 참모차장 부관이 나와 "차장님은 지금 장관님과 통화중이십니다"라고 하면서 잠깐만 기다리라고 했다.

"이봐, 부관, 도대체 무슨 일이야?"

잠시 기다리는 사이 이 사령관이 물어보았다.

참모차장 부관이 총장 공관에서 발생한 상황에 대해 설명해주었다. 보안사 정보처장 권정달 대령, 육본 범수단장 우경윤 대령이라고 신분을 밝힌 자들이 총장 공관에 들어와 총장을 납치해 갔으며, 그 과정에서 총격전이 벌어졌고, 서울 일원에 '진돗개 하나' 비상령이 내려졌다는 것이었다.

참모차장 부관으로부터 사건 개요를 듣고 '큰일났구나!' 하고 있을 때 윤성민 차장의 목소리가 들렸다.

"참모총장님이 납치됐어요. 총장 공관에서 총격전도 있었어요. 범인은 아직 정확히 모르고 어떤 집단의 소행인지 정확히 파악이 안 돼요. 우선 병력장악과 함께 경계를 철저히 하도록 해주십시오."

"알겠습니다. 지금 곧 사령부로 들어가 조치를 취할 테니 상황이 정확히 파악되는 대로 알려주세요."

전화를 끊은 이건영 사령관은 신재성 참모장에게 즉시 부대로 돌아가 참모 비상소집, 지휘관 정위치 파악 및 조치를 취하라고 지시했다. 이 사령관은 이어 조명기 헌병대장을 불렀다.

"우리 3군 관할하에 있는 서울 외곽 도로의 전 검문소에 검문검색을 강화하고, 총장님 행방을 확인토록 하라. 특히 서울에서 휴전선으로 통하는 도로의 검문검색을 강화하도록 하라."

삼청동 총리 공관. 총리 공관을 경비 중인 헌병 병력은 전군에 비상령이 하달되기 전에 이미 비상 상태에 돌입하고 있었다. 한남동 총장 공관에서 총격전이 벌어지고 있다는 정보를 먼저 입수한 경찰계통의 보고가 총리 공관으로 왔고, 곧이어 육본 헌병감실에서도 경비전화로 총리 공관 특별경호대장인 구정길 중령에게 총장 공관 상황을 알려온 터였다.

총리 공관은 육본 헌병감실에서 파견된 특별경호대가 경비를 맡고 있었다. 10·26 직후 최규하 국무총리가 대통령 권한대행을 맡게 되었을 때 계엄 당국에서는 기존 경찰병력 외에 헌병 20명으로 특별경호대를 편성하고, 1사단 헌병대장 구정길 중령을 경호대장으로 임명, 총리 공관에 상주시켰다. 구 중령은 사실상 최 권한대행의 경호실장 역할을 했고, 청와대경호실은 10·26 사건 이후부터 그때까지 거의 제 기능을 하지 못하고 있었다.

총리 공관 경비 헌병들에게 비상이 걸린 직후, 경호대장 구 중령은 김진기 헌병감의 전화를 받았다. 연희동 주연에 참석했던 김 헌병감은 총장 공관의 총격전과 총장 납치소식을 접한 뒤 뛰쳐나와 막 헌병감실로 돌아와 있었다.

"총장이 납치됐다는데, 구 중령도 알고 있겠지?"

"네, 알고 있습니다."

"보안사령관이 그쪽에 갔다는데, 지금 뭘하나?"

"각하께 보고 중입니다. 접견실에 들어간 지 1시간이 넘었습니다."

"알았다. 무슨 일 있으면 즉시 보고하도록."

전화를 끊은 김진기 헌병감으로부터 10여 분 후에 다시 전화가 왔다. 김 헌병감은 구 중령에게 총장 연행이 육군 지휘계통을 벗어난 불법행위라는 것을 최광수 비서실장에게 알리라고 지시했다. 구 중령이 곧장 공관으로 들어가 최 실장에게 김 헌병감의 뜻을 전하고 돌아왔을 때, 김 헌병감으로부터 세 번째 전화가 걸려왔다.

"구 중령, 전두환 보안사령관을 검거할 수 있겠나?"

"예, 지금은 가능합니다."

김진기 헌병감은 10·26 사건 당시 김재규 정보부장을 체포, 보안사에 인계해주었던 장본인이다. 김 헌병감은 "알았다. 다시 연락하겠다. 근무 잘하라"라고 지시한 뒤 전화를 끊었다.

한편 비서실장 허화평 대령의 전화를 받고 접견실로 다시 들어간 전두환 보안사령관은 대통령 면담을 마치고 밖으로 나오고 있었다. 그의 얼굴은 무섭게 굳어 있었다. 당시 삼청동 총리 공관에 있었던 한 비서관 출신은 "그때 전 사령관의 표정은 스스로 자살을 하든지 누굴 죽이든지 할 것 같은 무서운 느낌을 주었다"고 전한다.

전두환 보안사령관으로서는 최 대통령의 재가를 쉽게 받아낼 수 없다고 판단하지 않을 수 없었다. 그렇다면 대통령의 요구대로 국방부장관을 찾아야 할 것이다. 장관 공관에 전화를 해보았으나 부재 중이다. 노재현 국방부장관의 행적은 어디에도 나타나지 않았다. 바로 그때, 총리 공관의 비상벨이 요란스럽게 울렸다. 전군에 '진돗개 하나' 비상령이 걸린 것이다.

총리 공관 경호대장 구정길 중령은 김진기 헌병감으로부터 전두환 보안사령관을 검거하라는 최후 통첩이 내려오기를 기다리고 있었다. 그때 전두환 보안사령관은 총리 공관을 총총히 빠져나갔다. 그때까지 김 헌병감으로부터 전화가 걸려오지 않고 있었다.

12·12 사건 자료들은 바로 이 순간을 두고 육본지휘부에서 상황 판단이 조금만 더 빨랐더라면 총리 공관에서 전두환 보안사령관의 검거가 가능했을 것이라고 기록하고 있다. 역사에 가정이란 있을 수 없지만, 만약 그렇게 됐더라면 한국 현대사의 모습도 달라졌을 것이다.

여기서는 역설도 가능하다. 육본지휘부에서 전두환 보안사령관을 검거하려고 해도 12·12 주도 세력들이 그렇게 쉽게 당하지는 않았을 것이다. 그들은 이미 치밀한 계획하에 12·12를 진전시키고 있지 않은가.

청와대경호실의 친위 쿠데타

전두환 보안사령관이 최규하 대통령을 면담하기 위해 삼청동 총리 공관으로 떠났을 때, 경복궁 30단장실에 모인 합수부 측은 청와대경호실 작전담당관 고명승 대령에게 전화를 걸었다. 전화를 건 사람은 30경비단장 장세동 대령이다.

"고 대령님, 지금 상황은 잘 알고 있겠지요. 방금 본부장님께서 총리 공관으로 들어갔습니다. 적절한 조치가 필요합니다."

"알았소."

고명승 대령은 즉시 무장을 하고 총리 공관으로 달려갔다. 공관 주변에 도착한 고 대령은 경비가 삼엄한 것을 보고 놀라지 않을 수 없었다. 경비 병력은 모두 18명이었는데, 두 명씩 조를 짜서 공관 안팎에 빈틈없이 배치돼 있는 것이 아닌가. 경비 병력은 김진기 헌병감 통제하에 있는 공관 상주 병력이었고, 경호대장 구정길 중령의 지휘를 받고 있었다.

청와대경호실이 유명무실해졌다고 해도 고명승 대령은 경호실 작전담당관이다. 그가 보기에 전에는 삼청동 총리 공관에 이렇게 삼엄한 경비를 펴지 않았다. 앞일을 혼자 판단하기 어렵다고 생각한 고 대령은 즉시 경복궁으로 30경비단장 장세동 대령한테 전화를 걸었다.

"장 대령, 큰일났소. 총리 공관에 삼엄한 경비를 펴고 있는 것이 심상치가 않아요. 무슨 대책이 필요하오."

장세동 대령과 전화로 상의한 뒤 고명승 대령은 경호실로 무전을 쳤다. 무전 신호가 떨어지는 즉시 고 대령은 제101경비단 단장 최영덕 총경과 제55경비대대 부대대장 권중원 소령을 차례로 불러냈다.

"총리 공관 경호를 강화해야 돼. 즉시 병력을 출동시키도록 해."

고 대령의 지시가 떨어진 지 5분도 채 안 돼 최 총경은 101경비단의 1개 소대, 권 소령은 55경비대의 2개 대대를 이끌고 달려왔다.

그때 총리 공관에는 최규하 대통령을 비롯 최광수 비서실장, 정동열 의전수석, 서기원 공보수석, 신두순 비서관 등이 남아 있었다. 대통령 비서실 팀이 늦게까지 공관에 남아 있었던 것은 다음날 최 대통령의 청와대 이사 준비 때문이었다.

"……알겠나? 각자 맡은 곳으로 가서 경계를 철저히 하도록."

고명승 대령은 101경비단과 55경비대 병력을 총리 공관 외곽에 배치하고 총리 공관 안팎의 동태 파악에 신경을 곤두세우고 있었다. 총리 공관 경비병들은 아직 청와대경호실 쪽 병력의 움직임을 눈치채지 못하고 있었다.

그때 경복궁 장세동 대령으로부터 고 대령에게 무전이 날아와, "그쪽 상황은 어떻습니까?" 하고 물었다.

"공관 쪽은 아직 별다른 이상이 없소. 경호실 병력으로 공관 안팎을 경계하고 있소."

전두환 본부장이 공관으로 들어가 대통령을 면담한 지가 1시간도 더 지났을 때였다. 면담 시간이 길어지자 고명승 대령은 공관 안에서 무슨 일이 생기지 않을까 걱정이 앞섰지만, 경호실 병력으로 공관 외곽을 포위하고 있었으므로 불의의 일은 생기지 않을 것이라고 판단했다. 공관 경비에 대한 조치를 끝낸 고 대령은 전체적인 상황을 알아보기 위해 경복궁으로 갔다.

고명승 대령이 막 경복궁 30단장실로 들어섰을 때 수도군단장 차규헌 중장이 "고 대령, 야 이놈아. 지금이 어떤 상황인데 자리를 비우나. 당장 돌아가지 못해" 하고 호통을 쳤다. 정규육사 1기 그룹인 노태우·백운택 소장도 "빨리 돌아가 공관을 사수하라" 하며 마구 꾸짖었다.

쫓기듯 30단장실을 나온 고명승 대령은 허겁지겁 택시를 불러 타고 총리 공관으로 돌아왔다. 상황은 그가 판단하는 것보다도 긴박하게 돌아가는 모양이었다. 경복궁에서 삼청동 총리 공관까지 택시를 타고 오는 동안 고 대령은 비상조치를 취해야겠다고 생각했다. 그가 생각하는 비상조치란 구정길 중령이 지휘하는 경호대 병력이 문젯거리가 될 것 같아 정리해야겠다는 것이었다.

총리 공관에 도착한 고명승 대령은 구정길 중령을 불러 "구 중령,

공관 경계업무가 어느 때보다도 막중한데 대통령 경호는 경호실 요원이 맡아야 당연하지 않나. 어떤가? 우리 경호실 병력과 합동으로 경호하도록 하지" 하고 은근히 협조를 구했으나, 구 중령은 한마디로 거절했다.

"아닙니다. 저희 병력만으로도 충분합니다."

고명승 대령은 구정길 중령이 경호실 요원에게 필요 이상의 신경을 쓰고 있다고 판단했다. 김진기 헌병감으로부터 구 중령에게 전화가 걸려온 것은 바로 그때였다.

고명승 대령은 전화 내용을 엿들었다. 옆에서 정확하게 들을 수는 없지만 "네에? 그렇게요?" 하고 구정길 중령이 놀라는 표정으로 보아 김진기 헌병감이 불길한 지시를 내리고 있다고 판단했다. 12·12 가해자 측 기록은 "불길한 지시란 구 중령이 지휘하는 헌병으로 하여금 최 대통령과 만나고 있는 전 본부장에 대해 물리적 제재를 가하는 것을 말한다"고 쓰고 있다. 말인 즉, 김 헌병감이 전 본부장을 검거할 수 있겠느냐고 물어봤던 내용과 일치하는 대목이다.

그때, 경호실장 직무대리 정동호 준장(육사 13기, 하나회)이 총리 공관 앞으로 달려왔다. 그는 시내에 나가 있다가 비상이 걸렸다는 소식을 듣고 고명승 대령과 통화한 뒤 부랴부랴 달려온 것이었다.

고명승 대령은 정동호 실장대리와 비상조치에 대해 상의했다. 12·12 그날 하나회는 하나회끼리 통한다. 정 준장으로부터 OK 사인을 받은 고 대령은 공관 헌병에게 총리 공관 특별경호대장 구정길 중령을 불러달라고 했다. 헌병의 연락을 받은 구 중령은 비서실에서 나왔다. 고 대령과 구 중령은 구면이었으나 정 준장과는 초면이었다.

정동호 준장이 먼저 "나, 경호실장 직무대리 정동호 장군이다. 보안사령관이 보내서 왔다"라고 자기 소개를 했다. 구정길 중령 역시 "총리 공관 특별경호대장으로 파견나온 구정길 중령"이라고 응답했다.

"구 중령, 지금부터 공관의 경비 및 경비 업무 일체를 우리에게 넘겨줘야겠다. 보안사령관의 지시다."

"죄송합니다, 장군님. 저는 계엄사령관의 지시를 받고 있습니다. 계엄사령부에서 업무 변경 지시를 한다면 곧 이행토록 하겠습니다. 그러기 전에는 곤란합니다."

"뭐야. 이놈 이거, 안 되겠구먼. 이놈아. 내가 경호실장이야. 대통령 경호를 대통령경호실에서 맡겠다는데 뭐가 안 된다는 거야. 구 중령, 지금 비상령이 내려져 있는 상황이라는 것을 모르나. 이런 상황하에서 대통령이 있는 곳에 경호실 병력이 배치되는 것은 당연한 일 아닌가 말이야."

정 준장에 이어 고명승 대령까지 합세하고 나섰지만 구 중령은 강경하게 "절대로 그렇게 할 순 없다"고 잘라 말했다. 바로 그때 고 대령은 101경비단장 최영덕 총경과 55경비대장 권중원 소령을 불렀다. 고 대령의 입에서 짧은 한마디 명령이 떨어졌다.

"구 중령을 무장 해제시켜!"

고명승 대령의 명령이 떨어지는 순간 최영덕 총경과 권중원 소령이 권총을 뽑아 들고 구정길 중령을 위협, 경비 초소 숙직실 안으로 밀어넣고 무장을 해제했다. 초소 안에 있던 총리 공관 특별경호대 소속 헌병 두 명과 경찰 두 명도 순식간에 무장 해제됐다.

청와대경호실 병력이 특별경호대장 구정길 중령과 경비병 네 명을 제압하는 일은 전광석화와 같이 빠르게 진행됐다. 경호실 병력을 지휘하고 있는 고명승 대령은 "이 시간부터 두 사람이 공관 경계를 담당한다"라며 최영덕 총경과 권중원 소령에게 임무를 부여했다.

그때 정동호 경호실장 직무대리가 정문 경비 초소로 나와 고명승 대령에게 말했다.

"지금부터 공관의 생사문제는 고 대령 책임이다. 무장 해제시킨 4명에 대해서는 어떤 일이 있더라도 내 명령 없이는 풀어주지 마라."

"알겠습니다."

고명승 대령은 공관 내부 여섯 개 초소에 배치돼 있는 특별경호대 소속 헌병들도 모두 경호실 병력으로 대체시켰다. 그들은 물론 청와대 경호실 소속 101경비단과 55경비대 병력들이었다.

총리 공관은 청와대경호실 병력으로 사실상 외부 세계와 차단됐고, 대통령은 완전히 고립된 상태였다. 당시 경호실 병력을 총지휘했던 고명승 씨는 최근 "당시 나의 임무는, 첫째 만일의 상황에 대비해 공관 안에 계신 대통령을 안전하게 모시는 것이었고, 둘째 전두환 본부장의 신변을 보호하는 것이었다"라고 증언하고 있다.

고명승 씨의 증언이 사실과 다르다는 것은 지금까지 밝혀진 12·12 진상만으로도 금방 알 수 있다. 대통령 경호담당 특별병력을 대통령의 지시 없이 무력으로 제압하고 공관을 차단시킨 터에 '대통령을 안전하게 모시는 것' 이 과연 누구로부터 대통령을 안전하게 모시는 것인지 논리가 맞지 않는다. 정동호 경호실장대리, 고명승 경호실 작전담당관은 하나회 멤버이다. 전두환 본부장을 정점으로 하는 하나회 세력이 대통령의 재가 없이 정승화 총장 겸 계엄사령관을 강제 연행했고, 대통령에게 사후결재를 받기 위해 위협하고 있는 터에 그 하나회 세력이 대통령을 안전하게 모시려고 했다는 것은 도대체 앞뒤가 맞지 않는 것이다. 그들의 임무는 어디까지나 '전두환 본부장의 신변을 보호하는 것' 일 뿐이었다.

많은 12·12 관련 기록들이 이 부분을 빠뜨리고 있지만, 이 사건은 큰 의미를 띠고 있다.

청와대경호실은 대통령과 그 가족의 신변 보호를 책임지는 단순하고 명백한 임무를 위해 설립된 기관이다. 그 청와대경호실 병력이 전두환 본부장의 신변을 보호하기 위해 공관을 외부 세계와 차단, 대통령을 고립시켰다는 것은 12·12가 5, 6공을 거친 뒤 '군사반란사건' 으로 규명됐고, 아직도 그 성격 규정 자체에 불만을 갖고 거부하는 세력이 없지 않지만, 그 자체만으로도 또 하나의 친위 쿠데타에 다름 아닐 것이다.

하나회, 장태완 수경사령관 포위

장태완 수경사령관이 필동 수경사에 도착한 것은 저녁 8시경이다. 그는 지금 연희동 요정에서 괴한에 의한 총장 공관 총격전과 정승화 총장 납치 소식을 듣고 허겁지겁 뛰어오는 길이다. 지프에서 내린 장태완 수경사령관은 즉시 지하 상황실로 달려갔다.

수경사에서는 장태완 수경사령관이 지프 안에서 지시했던 사항들이 그런 대로 진행되고 있었다. 그러나 상황실에 대기하고 있는 예하 지휘관은 방공포병단장 황동환 대령 한 명뿐이었다.

수경사는 원래 박정희 대통령이 자신의 경호와 관련된 부대를 주한 미군 통제하에 둘 수 없다며 미국 측과 갈등 끝에 창설된 부대로, 말하자면 대통령의 안전을 위한 부대이다. 수경사 휘하에는 청와대 초소를 경비하는 30경비단(단장 장세동 대령)과 외곽 경계 임무의 33경비단(단장 김진영 내령), 그리고 근접 경호를 맡은 특수대대가 있다. 수경사 실병지휘관은 물론 30경비단장과 33경비단장, 헌병단장, 그리고 방공포병단장 등 4개 연대장급 단장들이다.

연희동을 박차고 나와 필동으로 달리는 지프 안에서 "모든 지휘관과 참모들은 상황실로 집합하라"고 지시한 바 있는 장태완 수경사령관이 수경사에 도착했을 때 30경비단장 장세동 대령과 33경비단장 김진영 대령의 모습은 보이지 않았다. 장태완 수경사령관은 몰랐으나 장·김 두 대령은 경복궁 30단장실에 있었다.

청와대 초소와 외곽경계 임무를 책임진 두 핵심 지휘관이 보이지 않자 장태완 수경사령관은 상황장교를 불러, "30단장과 33단장에게 연락했나?" 하고 다급하게 물었다.

"네, 연락했습니다."

"지금 비상계엄하인데 도대체 이 친구들이 어딜 갔기에 나타나질 않아! 어디서 술이라도 퍼마시는 거 아냐."

장태완 수경사령관은 이어 헌병단장 조홍 대령이 있는지를 확인해 보았으나, 보이질 않았다.

"헌병단장 어디 갔나?"

연희동에서 수경사까지 지프를 함께 타고 온 조홍 대령이 아무 말도 없이 사라져버린 것이다. 장태완은 조홍 대령이 수경사에서 이탈하여 보안사로 피신해 간 것을 나중에 알았다고 회고한다.

수경사 예하 4개 실병 지휘관 중 세 명이 보이지 않는다. 그들 3인 가운데 장세동 30단장과 김진영 33단장은 하나회 핵심 멤버이다. 조홍 헌병단장은 이날 전두환 본부장 측의 특전사령관·수경사령관·헌병감 유인작전에 조연으로 참여했던 인물이다. 실병 지휘관으로 장태완 수경사령관 휘하에는 갑종 출신 방공포병단장 황동환 대령 한 명밖에 없었다.

장태완 수경사령관은 그때 비로소 총장 공관 총격전과 정승화 총장 납치가 하나회 집단의 소행이라는 것을 직감적으로 느꼈다고 한다. 장세동·김진영·조홍 대령이 하나회 조직원이라는 것을 알고 있었기에 가능한 판단이었다.(장·김 두 대령은 하나회 핵심 멤버이지만 조홍 대령은 하나회 회원은 아니며, 이날 전두환 본부장 측의 경계대상세력 유인작전에 다만 조연급으로 가담한 것으로 알려지고 있다.)

장태완 수경사령관은 정승화 총장 납치가 하나회 소행이라는 것을 직감했으나 당장 외부로 노출시키지 않고 김기택 참모장을 불렀다.

"참모장, 30단장과 33단장들을 빨리 소집시키고, 서울 외곽에 있는 19개 검문소의 검문검색을 강화해 총장님을 확인, 구출토록 하시오. 또, 별명이 없는 한 외부로부터의 인원 및 부대의 출입을 금지시키고, 확실한 부대 파악을 한 뒤 지휘 기능에 만전을 기하도록 하시오."

2층 집무실에서 군복으로 갈아입은 장태완 수경사령관은 다시 총장 공관에 전화를 걸었으나 여전히 불통이었다. 육군본부와 국방부에 전화를 걸었으나 역시 정확한 상황을 파악하지 못했다. 상황실로 다시 내려가 보고를 받았으나 상황 파악 진척이 전혀 이루어지지 않고 있었다.

그때 장태완 수경사령관은 상황실장인 김진선 중령을 의심했다고 한다. 충북 괴산 출신으로 작전참모 보좌관인 김 중령은 육사생도 시절 유명한 럭비선수 출신이다. 하나회 멤버인 김 중령은 직속상관인

작전참모 박동원 내령을 통해서 하달하는 장태완 수경사령관의 작전 명령과 상황 조치를 전달하고 확인하는 실무책임을 맡고 있었다.

상황을 정확하게 파악할 수 없는 상황실에 더 의존할 수 없다고 판단한 장태완 수경사령관은 총장 공관 일대를 장악하기 위해 다시 병력을 출동시키기로 결심했다. 그러나 장태완 수경사령관이 당장 출동시킬 수 있는 병력은 사령부 내의 헌병단뿐이었다. 상황이 급박한 터라 주저할 여유가 없었다.

장태완 수경사령관은 헌병 1개 소대, 전차 한 대, APC 한 대, 2.5톤 트럭 한 대, 사이카 두 대, 구급차 한 대를 특수임무조로 편성했다. 조홍 단장이 행방불명이었으므로 헌병단 부단장 신윤희 중령을 총지휘관으로 임명, "총장 소재 확인 및 구출, 현지 상황을 즉시 보고하라"는 임무를 주고 급파했다.

수경사는 대통령 안전을 위한 특정임무부대이다. 합수부에 의해 육참총장이 납치되고 대통령이 고립된 상황에서 수경사의 원활한 임무수행은 당장에 합수부 측을 진압할 수 있는 요건이 된다. 전두환 본부장도 그와 같은 점을 우려해 누구보다도 먼저 장태완 수경사령관을 연희동 요정으로 유인한 터였다.

12·12는 합수부 측이 행동을 개시한 초장에 결판난 것이나 다름 없었다. 당장 합수부 측을 진압할 수 있는 수경사만 해도 장태완 수경사령관은 하나회 측에 의해 완전 포위된 형국이었다. 하나회 측에 가담한 부하들을 사전에 제압하지 못한 장태완 수경사령관은 결국 하나회 측 부하들에 의해 고립된 상태에서 강제 진압을 선언, 무덤을 자초한 결과만 초래했다.

수경사 내 하나회 그룹으로 장세동 대령, 김진영 대령, 김진선 중령, 그리고 전두환 본부장 측의 반대세력 유인작전에 가담한 조홍 대령에 이어 출동부대의 총지휘관 신윤희 중령이 등장한다.

장태완 씨는 훗날 통탄한다. "내가 총지휘관으로 임명한 신윤희 중령은 육사 21기이며, 그가 조홍 대령과 함께 하나회 멤버인 줄은 몰랐다. 그는 수경사 내부의 반란군 측 통합책임자였고 사령부 진압 및 사령관을 체포하는 책임을 전담하고 있던 자로 나중에 판명되었다."

육본 지하 B2 벙커. 저녁 8시가 지나면서 육본 측 수뇌부가 속속 모여드는 가운데 연희동 주연에 참석했던 김진기 헌병감이 심각한 표정으로 뛰어들어오고 있었다.

윤성민 참모차장이 김진기 헌병감을 보고, "우경윤이가 어떤 놈이야?" 하고 물었다.

"육본 범죄수사단장입니다. 지금은 합수부에 배속되어 있습니다."

"뭐야, 그렇다면 전두환의 장난이야!"

대뜸 단정을 내린 윤성민 차장은 장태완 수경사령관한테 전화를 걸었다. 그는 총장 공관 현장에 나가고 없었다. 정병주 특전사령관이 전화로 연결됐다.

"지휘관들은 모두 정위치에 있습니까?"

"1공수여단장 박희도와 3공수여단장 최세창의 행방이 묘연합니다."

박, 최 두 사람이 전두환 본부장계임을 잘 알고 있던 윤 차장은 불안해졌다. 10·26 직후 육본 옆에 천막을 치고 있던 9공수 1개 대대도 10여 일 전에 원대복귀한 뒤였다.

참모총장 유고시에 군 통치권한은 참모차장이 자동적으로 직무대행을 하게 돼 있다. 그러나 국방부장관과 대통령의 계통을 밟아야 한다. 상급자의 지시가 없어 답답해진 윤성민 참모차장은 다시 총리 공관으로 전화를 걸었다. 몇 마디 이야기를 나누고 대통령과 통화하려고 했으나 최광수 비서실장이 받았다.

"지금은 통화가 불가능합니다!"

최규하 대통령이 전두환 본부장 측에 의해 완전 포위된 사실을 전혀 모르고 있는 윤성민 차장으로서는 더욱 답답할 수밖에 없었다. 총장이 없고 상황이 지극히 불투명한 상태에서 그는 각 군사령관들에게 전화를 걸었다.

"총장이 유고이므로 내가 지휘한다. 군사령관은 내 지시를 받아라. 작전은 절대 수행하지 마라. 내 육성에 의해서만 부대 출동을 하라."

서울 장지동 특전사령부 상황실. 당직사령은 김영조 대위였다. 저녁 8시경 김 대위는 육본에 있는 정병주 특전사령관으로부터 전화를 받았다.

"사령관인데, 별일 없나?"

"네, 없습니다."

정병주 특전사령관이 전화를 끊은 뒤 곧바로 육본 상황실 상황장교 김종철 소령한테 전화가 걸려왔다.

"전군에 비상이야! 중요한 사건이 터졌어."

"사건이라니…… 뭡니까?"

"총장이 공관에서 납치됐다. 그래서 전군에 비상이 걸린 거야."

총장이 납치됐고, 전군에 비상이 걸릴 정도라면 뭔가 큰 사건이 터진 게 틀림없었다.

김영조 대위가 잔뜩 긴장하고 있을 때 다시 전화가 걸려왔다. 정병주 특전사령관이었다.

"방금 비상발령 통보를 받았겠지. 좌천 여단장들에게 모두 전화를 걸도록 해라. 부대 정위치에서 병력을 지휘하고 출동 준비를 하라고 해. 알겠나? 나는 지금 즉시 귀대한다."

"알겠습니다, 사령관님."

자리에서 벌떡 일어난 김영조 대위는 작전처 교육과 선임하사인 최건국 상사에게 작전처장과 작전과장에게 비상연락을 취하라고 지시했다.

이날 낮 육본 작전실무자회의를 마친 특전사 작전과장 박중환 중령은 교육과장 장규 중령, 사령관비서실장 김오랑 소령과 함께 부대 뒤에 있는 간이주점에서 소주잔을 기울이고 있었다. 저녁 8시가 조금 지났을 때 누군가 밖에서 문을 두드렸다. 교육과 선임하사 최건국 상사가 숨을 헐떡거리며 서 있었다.

"과장님, 진돗개 하납니다."

최 상사의 한마디에 박중환 중령, 장규 중령, 김오랑 소령은 자리를 박차고 일어나 그대로 귀대했다. 사령부에 도착하자 상황장교 김영조 대위가 총장 납치와 전군 비상, 사령관 귀대 예정을 간단하게 보고했다. 그때 장군 진급이 확정된 작전처장 신우식 대령이 달려왔다. 육사 14기인 신 대령 역시 하나회 멤버였다.

“처장님, 이건 단순한 피습 사건이 아닌 것 같습니다. 상황을 파악해 다시 보고드리겠습니다.”

박중환 중령이 신우식 대령에게 보고하고 있을 때, 육본 작전처장 이병구 장군에게 긴급 지시가 떨어졌다.

“각 여단으로 연락하라. ……지휘관들은 정위치를 지키고, 언제라도 출동할 준비를 갖추고 있으라.”

갑자기 벌집을 쑤신 것처럼 특전사에서 비상출동 준비를 하고 있던 저녁 8시 30분경, 정병주 특전사령관이 부리나케 도착했다. 전두환 본부장 측으로부터 연희동 요정에 유인돼 있던 그는 총장 납치소식을 듣고 육본으로 갔다가 막 귀대하는 길이었다.

윤성민 참모차장으로부터 전화가 걸려온 것은 바로 그때였다. 막 수화기를 내려놓고 있는데, 예하 3공수여단장 최세창 준장이 사령관실로 들어왔다. 최 준장은 경복궁에 참석하고 있다가 막 돌아온 것이었다.

최세창 여단장이 특전사 보안부대장 김정룡 대령을 동행하고 온 것도 심상치 않았다. 아니나 다를까. 정병주 특전사령관과 마주 앉은 최 여단장은 경복궁 분위기를 설명한 뒤 “이 일은 필연적입니다. 경솔하게 판단하지 마십시오”라고 충고했다.

“그게 무슨 소리야. 총장님을 왜 잡아갔나?”

자리를 박차고 벌떡 일어선 정병주 특전사령관이 고함을 버럭 질렀다.

육본지휘부의 반격

해병대의 반격

한편, 한남동 해병 경비대 막사에 합수부 측 33헌병들이 들이닥쳐 경비대장 황인주 소령을 무장 해제시켜 경비대장실로 끌고간 직후, 황 소령의 지시로 탄약고에서 실탄을 분배받고 있던 해병대 기동타격대 병력들은 직속상관 황 소령이 난데없이 출현한 육군 헌병들에 의해 붙잡혀가는 것을 목격하고 놀라지 않을 수 없었다.

"대장님이 납치됐다!"

누군가 외치는 순간 해병대 병력들은 주위로 산개해 경비대 막사를 포위했다. 일부 병력은 사령관에게 보고하기 위해 해병대사령관 공관 쪽으로 달려갔다. 마침 느닷없는 총성을 들은 해병대사령관 김정호 중장이 전투복 차림으로 공관에서 뛰어나오고 있는 중이었다.

"사령관님, 육군 헌병 복장을 한 괴한들이 나타나 경비대 막사를 점거했습니다. 경비대장님은 그들에게 납치되었습니다."

"뭐야. 육군 헌병 복장이라구. 처음 총성이 난 곳은 어딘가?"

"네, 육군참모총장 공관 쪽입니다."

병사들에게 보고를 받는 순간, 김정호 사령관은 '63년 1·21 사태 때 김신조 부대와 같은 무장공비가 육군헌병 복장을 하고 육참총장 공관에 침투한 것이 아닌가' 하는 생각이 들었다. 10·26 사건 이후 북한의 동태에 특히 신경이 쓰이던 때였다. 합수부 측에서 정승화 총장을 강제 연행 중이라는 것은 꿈에도 생각하지 못한 김 사령관은 큰일났다 싶어 자신이 직접 병력을 지휘하기로 했다. 일단 공관 내에 침투한 괴한들의 퇴로를 차단, 모두 체포해버릴 생각이었다.

"알았다. 지금부터 내가 지휘한다. 누구든지 움직이는 물체가 있으면 수하를 하고, 응하지 않으면 즉각 사살하라."

"네, 알겠습니다."

복창을 한 휘하 경비대 병력 중 네 명의 병사가 김정호 사령관을 호위하고 나섰다. 누가 지시한 것도 아니었으나 칠흑같이 캄캄한 야간 긴급 상황에서 잘 훈련된 해병대원들은 사령관을 보호하기 위해 반사적으로 둘러싼 것이었다. 일종의 인간방패 개념이었다.

"먼저 공관 입구 정문부터 봉쇄하도록 한다."

"정문은 이미 점령됐습니다."

"알았다. 우선 정문 상황을 다시 확인한 뒤 공격, 탈환하라."

김정호 사령관의 명령이 떨어지는 순간, 경비대 장종세 상사가 네 명의 특공조를 편성했다. 육참총장 공관에서 정문으로 통하는 도로를 차단하고 있던 대부분의 해병대 기동타격대 병력들도 김정호 사령관

쪽으로 합류했다.

장종세 상사가 이끄는 특공조는 낮은 포복으로 공관 정문을 향해 접근해 갔다. 정문에는 아홉 명의 합수부 측 헌병들이 지키고 있었다. 그들은 특공조가 접근해 오는 것을 전혀 눈치채지 못하고 있었다. 일촉즉발의 순간이었다. 정문 10미터 전방까지 접근해 간 특공조는 숨을 죽인 채 기다리고 있다가 장 상사의 지시가 떨어지는 순간 일제히 사격을 하면서 정문 안으로 뛰어들었다.

"손들엇!"

정문을 점거하고 있던 합수부 측 헌병들은 저항 한 번 하지 못한 채 그대로 제압당했다. 헌병 지휘관 신모 대위가 목 부분에 관통상을 입고 쓰러졌고 박윤관 상병 등 33헌병대 헌병 두 명도 팔과 다리 등에 총상을 입었다. 병원으로 옮겨진 박 상병은 다음날 숨졌다. 나머지 여섯 명은 포박당했다.

정문을 탈환한 해병대 측은 초소 안에 묶여져 있던 경비병 세 명을 풀어주고 정문을 바리케이트로 차단했다. 합수부 측에서 정승화 총장을 강제 연행한 승용차가 정문을 통과한 지 불과 7분 뒤였다.

7시 40분경, 육본 헌병 기동타격대와 국방부 50헌병대 병력들이 도착, 공관 안으로 진입을 시도했다. 피아가 구분되지 않는 상황이었다. 김정호 해병대 사령관은 정확한 상황 판단이 되기 전까지는 일체 외부 병력의 진입을 차단하라고 지시해놓은 터였다. 김 사령관의 지시에 따라 정문을 지키던 해병대 경비병들은 육본 기동타격대와 국방부 50경비대 병력이 접근했을 때 위협사격을 하며 물리쳤다.

경비대 막사 경비대장실. 경비대장 황인주 사령관을 비롯 10여 명의 해병대 경비병들을 무장 해제시킨 채 억류, 한참 구타를 하고 있던 합수부 측 33헌병대는 밖에서 잇따라 울리는 총성을 듣고 당황하지 않을 수 없었다. 전혀 예측 밖의 상황이 벌어지고 있는 것이었다. 상황이 자기들에게 불리하게 돌아가자 겁이 났던지 중대장으로 보이는 한 대위가 구타를 중지시키고 황 소령에게 다가왔다.

"황 소령님, 나하고 같이 나가 해병대 경비병들의 사격을 중지시키도록 합시다. 이대로 가다가는 쌍방 모두 큰 피해를 입지 않겠습니까."

"뭐야, 당신 지금 나하고 같이 나가면 내 부하들에게 맞아 죽어. 나가도 나 혼자 나갈 테니 여기서 꼼짝말고 기다려."

상황은 역전됐다. 황인주 소령이 큰 소리로 꾸짖으며 나가버리자 합수부측 헌병들은 제지할 엄두를 내지 못하고 있었다. 막사에서 나온 황 소령은 해병대 병력이 있는 쪽으로 달려갔다. 김정호 사령관이 전투복 차림으로 지휘하고 있었다. 황 소령으로서는 구세주를 만난 기분이었다.

"황 소령인가? 대체 무슨 일이야? 상황보고를 해봐."

"알았다. 상부의 지시가 있을 때까지 단 한 명도 밖으로 내보내지 말고 전원 체포, 무장 해제하라."

황인주 소령으로부터 그 동안의 상황을 간단히 보고받은 김정호 사령관은 굳은 어조로 명령을 내렸다.

8시경, 육참총장 공관 쪽에서 마이크로 버스 한 대가 전조등을 켠 채 내려오고 있었다. 헌병대장 최석립 중령의 지휘를 받으며 육참총장 공관에서 '화려한 작전' 을 펼쳤던 33헌병대 병력들이었다.

"모두 산개하라. 사격 준비!"

국방부장관 공관 바로 앞에서 병력들을 지휘하고 있던 황인주 소령의 입에서 날카로운 명령이 떨어졌다. 순식간에 해병대 경비병들은 도로 양 옆으로 산개, 버스를 향해 엎드려총자세로 총구를 겨냥했다. 경비병 두 명이 M16 총구를 세우고 도로 한가운데로 나가 버스를 세웠다. 사태는 계속 합수부 측에 불리하게 전개됐다.

"움직이지 마라. 전원 무장을 해제한다. 만약 움직이는 놈이 있으면 발사한다!" 도로 양쪽으로 산개한 경비병들의 총구를 보고 합수부 측 병력들은 순순히 명령에 따르지 않을 수 없었다. 경비병들은 버스에 올라가 무장을 해제했다. 버스 안에는 33헌병대 병력 24명, 보안사 요원 세 명 등 27명이 타고 있었다.

합수부 측 버스를 제압한 황인주 소령은 경비병 여섯 명을 배치, 병력과 장비를 감시하도록 지시했다.

"황인주 소령, 막사를 탈환하라."

"네, 알겠습니다."

김정호 사령관의 명령을 받은 황인주 소령은 즉시 병력을 이끌고 경비대 막사로 향했다.

탕. 탕탕.

합수부 측 헌병들도 당하고만 있지 않았다. 막사 안팎에 흩어져 있던 33헌병들이 위협사격을 가하며 거센 저항을 했다. 당장 제압하기 어렵다고 판단한 황인주 소령은 정문 탈환 때 합수부 측으로부터 빼앗은 무전기로 막사 안에 있는 헌병중대장을 불러냈다.

"나, 황 소령이다. 잘 들어라. 너희들은 완전히 포위됐다. 저항해도 소용없다. 버스에 탄 병력들도 무장 해제됐다. 기회를 주겠다. 전원 무기를 버리고 나오라."

헌병중대장은 황인주 소령의 지시를 거부했다. 막사 안의 합수부 측 병력들은 꼼짝달싹하지 않고 있었다. 황 소령은 이미 무장 해제당한 33헌병중대장을 불러와 막사 안의 동료 중대장을 설득시켰다. 그제야 막사 안의 33헌병대원들은 무기를 버리고 나왔다.

"새끼들, 진작에 나올 것이지 뭘 꾸물거려."

그들이 나오자 기다렸다는 듯 해병대 경비병들의 주먹과 발길질, M16 개머리판이 벌떼같이 날아들었다. 공관 단지 상황은 전반적으로 역전되어 해병대 경비병들이 조금 전에 당했던 앙갚음을 하고 있는 것이었다. 해병대 경비병들은 그들을 흠씬 두들겨 팬 뒤 그들이 타고 왔던 마이크로버스에 몰아넣고 감시했다.

그때 33헌병대를 끌고 왔던 육본 헌병감실 기획과장 성환옥 대령은 혼자 정문 쪽으로 나오고 있었다.

"손들어! 움직이면 쏜다."

성환옥 대령을 발견한 해병대 경비병들은 순식간에 그를 체포해버렸다. 경비병들은 성 대령을 김정호 사령관 앞으로 끌고 갔다. 한편 33헌병대장 최석립 중령은 정문이 해병대 경비병들에게 재장악되기 직전 공관을 빠져나가 가까스로 체포당할 위기를 모면했다.

한남동 공관 단지와 인접한 한남대교, 남산 1호 터널, 그리고 약수동 쪽으로 통하는 도로 등은 모두 차량들로 뒤엉켜 극심한 체증을 일으키고 있었다. 꼼짝달싹할 수도 없이 갇혀버린 시민들은 또 교통사고거니 하고 체증이 풀리기만을 기다리고 있었다.

아닌 게 아니라 교통사고가 나긴 했다. 한남동 터널 쪽 고가도로가 내리막길을 이룬 중간 부분에서 차량들이 뒤엉켜 있는 것이었다. 선두에 있는 차는 노란 색깔의 택시였는데 전면 유리창이 박살난 채 운전기사의 모습이 보이지 않았다. 급정거를 한 듯 택시 위로는 대여섯 대의 차들이 추돌로 인해 망가져 있었다. 운전자들은 보이지 않았다.

그때 시민들은 고가도로의 가드 레일이나 교각을 향해 총알이 날아오고 있다는 것을 알게 됐다. 총성도 간헐적으로 요란하게 울렸다. 총탄은 고가도로의 두터운 콘크리트 난간을 향하고 있었는데, 마치 영화 속에 나오는 추격전의 한 장면 같았다.

제3한강교 쪽에서도 마찬가지였다. 총알은 '외무부장관 공관' 이라는 안내판이 세워진 골목에서 날아오고 있었다. 평소 해병대원들이 경비를 서고 있는 곳이었다. 그곳은 외무장관 공관뿐만 아니라 국방부장관, 육·해·공 3군 총장, 합참의장, 해병대사령관 등의 공관이 밀집해 있는 곳이었다. 시민들로서는 의아할 수밖에 없었다. 군부 수뇌와 외무장관이 거주하는 공관 단지 쪽에서 총격전이 벌어지고 있다니, 뭔가 심상치 않은 일들이 벌어지고 있는 것이 틀림없었다.

시민들의 놀라움은 극에 달했고, 도로는 순식간에 아비규환을 이루고 있었다. 총소리에 놀란 차량들이 급히 차를 돌리려다 반대 차선에는 오는 차량과 충돌 사고를 빚는 등 아수라장으로 돌변해버린 것이다.

아수라장을 이루기는 12·12 사건 현장의 핵이라 할 수 있는 한남동 공관 단지가 더했다. 전군에 비상이 걸리기 직전 긴급연락을 받고 출동한 육본 기동타격대와 국방부 50헌병대가 '아군'인 해병대 경비병들의 위협사격으로 공관 단지 안에 접근조차 하지 못하고 있을 때, 수경사 특수 임무조가 헌병단 부단장 신윤희 중령의 지휘로 APC 네 대를 앞세우고 나타났다. 그들은 장태완 수경사령관의 지시를 받고 급히 출동한 것이었다.

바로 그때 육본 의장대 병력과 시경 기동타격대가 나타나 합세했다. 9시경은 박종곤 해군헌병감이 지휘하는 해군본부 헌병대 기동타격대가 도착해 피아를 구분할 수 없을 정도로 뒤엉켜버렸다.

한편, 특수임무조를 출동시킨 뒤 그들로부터 연락이 오기만을 초조하게 기다리고 있던 장태완 수경사령관은 거의 30분이 지났는데도 연락이 없자 무전으로 신윤희 중령을 불러냈다.

"이봐 신 중령, 도착한 즉시 보고하라고 했잖나. 지금 어디 있는 거야. 상황은 어때?"

"네, 그렇지 않아도 막 도착해 작전계획을 수립하고 있는 중입니다, 사령관님."

신윤희 중령은 뚱딴지같은 대답을 했다. 화를 낼 수도 없는 장태완 수경사령관은 '역시 비전투병과는 별수없구나!' 라는 생각이 들었다.

"참모장, 부대 수습과 전투 태세를 확인하도록 하시오."

8시 40분경, 참모장 김기택 준장에게 지시한 뒤 장태완 수경사령관은 휘하의 정보참모 박웅 대령과 전속부관 천연우 대위를 대동하고 사령관실을 나왔다. 그때까지 정승화 총장이 이미 연행돼 갔다는 사실을 확인하지 못하고 있던 장태완 수경사령관은 직접 현장으로 나가봐야겠다는 생각을 하고 총장 공관으로 향했다.

장태완 수경사령관이 탄 지프가 막 장충단 고개를 넘고 있을 때 무전기에서 신호음이 울렸다. 육참차장 윤성민 중장이 장태완 수경사령관을 찾는 무전이었다.

"여보 장 장군, 지금 어딨소?"

"네, 총장 공관으로 가고 있는 중입니다. 제가 여러 차례 차장님께 전화를 걸었는데 통화할 수가 없었습니다. 근데, 지금 총장님께서는 어떻게 되셨습니까?"

"총장님은 보안사 권정달 대령과 우경윤 대령에게 납치돼 어디론가 갔다 하오. 그러니까 공관에는 총장님이 계시지 않으니 빨리 사령부로 돌아와서 수습책을 강구합시다."

윤 차장과 통화하고 있는 사이에 지프는 총장 공관 입구인 한남동 입구 굴다리 부근에 도착하고 있었다. 공관 단지 일대에는 계속 간헐적으로 총성이 이어지고 있었다.

장태완 사령관은 한남동 공관 앞 고가도로 부근에서 커브를 돌아 공관 입구에서 차를 내렸다. 윤성민 참모차장과 통화하면서 보안사 정보처장 권정달 대령과 육본 범수단장 우경윤 대령이 정승화 총장을 납치해 갔다는 얘기를 들었을 때 장태완 수경사령관은 즉시 전두환 보안사령관 소행이라는 단정을 내렸다. 윤 차장도 장태완 수경사령관의 단정에 동조했다.

"차장님, 보안사 짓이지요."

"그런 것 같소. 빨리 사령부로 돌아오시오."

장태완 수경사령관은 예하 30단장 장세동 대령, 33단장 김진영 대령 그리고 헌병단장 조홍 대령이 비상소집에 응하지 않은 것을 보고 전두환 보안사령관의 하나회 소행이 아닐까 의심하고 있던 터였다.

한남동 공관 입구 부근에는 여러 부대에서 출동한 병력과 민간인들이 뒤섞여 일대 혼란을 빚고 있었다. 정문 초소에서 경비를 담당하고 있는 해병대 병력이 외부 병력의 접근을 막기 위해 M16으로 위협사격을 가하는 가운데 공관 입구 가까운 고가도로 밑에는 또 다른 병력들이 납작 엎드려 대응사격 자세를 취하고 있었다.

"여기 수경사에서 나온 병력 있나?"

고가도로 밑으로 다가선 장태완 수경사령관은 휘하의 수경사 특수임무조 병력을 찾았다. 잠시 후 교각 근처에서 수경사 헌병단 부단장인 신윤희 중령이 나타났다.

"네, 사령관님. 신 중령, 여기 있습니다."

"신 중령, 자네 왜 밀고 들어가지 않고 이러고 있는 거야?"

"해병대 병력들의 사격이 심해 접근하지 못하고, 여기서 만일의 사태에 대비하고 있습니다."

"총장님은 어떻게 되셨나?"

"잘 모르겠습니다."

"무슨 소리야. 저 안에 들어가 있는 놈들은 모조리 때려잡도록 해. 해병대도 저항하면 밀어버려."

상황을 정확하게 파악하지 못하고 있던 장태완 수경사령관은 해병대 병력까지도 정승화 총장을 납치해간 측과 한 편인 줄 알고 있었다. 그때 해군 기동타격대를 이끌고 온 박종곤 해군헌병감이 장태완 수경사령관 앞으로 달려왔다.

"당신, 누구요?"

"네, 해군 헌병감입니다. 공관 해군 경비대로부터 급보를 받고 출동했습니다."

"뭐요, 그럼 들어가서 사태를 진압하지 않고, 왜 여기서 이러구 있는 거요? 당신도 저놈들과 같은 패거리 아냐."

"……."

장태완 수경사령관이 거세게 몰아치자 박종곤 해군 헌병감은 잠시 멈칫했다. 박 헌병감도 역시 정확한 상황를 파악하지 못하고 있는 상태였다. 두 사람의 대화는 뚝 끊어졌다. 장태완 수경사령관이 다시 현장 상황을 파악하고 있는 동안 육본 기동타격대를 이끌고 출동한 육본 사령 황관영 준장, 육본 비서실장 최인수 준장과 마주쳤다.

황관영 장군과 최인수 장군의 얘기인 즉, 지금 헌병감실 기획과장 성환옥 대령이 마이크로버스에 헌병 4개소대를 태우고 사건 진압차 총장 공관으로 진입했으나 총장을 납치한 범인들은 이미 외부로 탈출한 후여서 돌아 나오려고 했는데, 해병대 병력들에게 포위당하는 바람에 억류돼 있다고 했다. 따라서 수경사 병력으로 구출작전을 시도하려고 했으나 해병대 병력들이 외부 병력의 진입을 저지하고 있어 들어가지 못하고 있는 상태라는 것이다.

"그래요. 그럼 내가 알아보고 조치하지."

장태완 수경사령관은 즉시 무전을 쳐 성환옥 대령과 통화를 했다. 육사 18기 출신인 성 대령은 하나회멤버이다. 장태완 수경사령관이 수경사 참모장 시절 예하 헌병대 부대장으로 근무한 일이 있어 서로 잘 아는 사이였다.

"성 대령, 어떻게 된 거야?"

정승화 총장 연행조의 후보 계획으로 지휘 병력을 끌고와 해병대 병력에 의해 억류돼 있는 성 대령은 시치미를 잡아떼고 조금 전 황관영 장군과 최인수 장군의 얘기와 같은 말을 되풀이했다. 그는 심지어 "사령관님, 저희들을 빨리 구출해 주십시오"라고 호소하기까지 했다.

"알았다. 곧 조치하도록 하지."

성 대령의 얘기를 곧이곧대로 믿어버린 장태완 수경사령관은 서둘러 박종곤 해병 헌병감을 만나 "지금 우리 헌병들이 해병대 경비 병력들에게 억류당하고 있다는데, 어떻게 된 일이오. 빨리 풀어주도록 하시오" 하고 협조를 구했다.

"이유 없이 억류하고 있는 것이 아닙니다. 내가 보고받기에는 바로 그자들이 범인 방조자들입니다."

"뭐요!"

박종곤 헌병감의 얘기를 듣고 잠시 혼란이 일어난 장태완 수경사령관은 두 가지 의문점이 들었다. 첫째는 성 대령이 헌병감실 기획과장이었으나 합수부에 파견돼 있기 때문에 우경윤 대령의 정승화 총장 납치를 돕기 위해 출동했을지 모른다는 것이었고, 둘째는 장태완 수경사령관이 육본 헌병감실에 문의했을 때 총장 공관 상황을 모르고 있었는데, 성 대령이 어떻게 상황을 알고 헌병 병력을 이끌고 다른 부대보다 먼저 출동했는가 하는 것이었다. 장태완 수경사령관의 의문은 박종곤 해병 헌병감의 귀띔이 뒷받침해주고 있었다.

"황 장군, 최 장군, 아무래도 그게 아닌 것 같소!"

장태완 수경사령관은 자신의 의문점을 가지고 황관영·최인수 두 장군과 대화를 했으나 어떤 단정을 내리지는 못했다.

"황 장군, 나는 참모차장 연락을 받고 들어가보아야 하는데, 당신이 현장에서 잘 지휘하시오. 성 대령 문제는 해군 헌병감과 상의해서 진의를 가려 처리해주시오."

장태완 수경사령관으로서는 이곳에 더 이상 머물러 있을 수가 없었다. 총장은 이미 납치돼 행방불명인 상태이고 참모차장으로부터 속히 귀대하라는 지시를 받고 있었기 때문이었다. 현장을 떠나기 직전 장태완 수경사령관은 신윤희 중령을 불러, "신 중령, 나는 돌아간다. APC로 확 밀어붙여 저 안에 남아 있는 잔당들을 모두 진압해버리도록. 알겠나? 그리고 출동한 우리 병력과 장비들을 곧 복귀시키도록 해" 하고 재차 명령했다.

불길한 예감

경복궁 30단장실. 12·12 주역들이기도 한 수도권 주요 지휘관들은 처음 앉았던 자리에 그대로 앉아 있었다. 국방부 군수차관보 유학성 중장, 제1군단장 황영시 중장, 수도군단장 차규헌 중장, 제9사단장 노태우 소장, 20사단장 박준병 소장, 71방위사단장 백운택 준장, 1공수여단장 박희도 준장, 3공수여단장 최세창 준장, 5공수여단장 장기오 준장, 그리고 수경사 30경비단장 장세동 대령과 33경비단장 김진영 대령이 그들이다.

뭐니뭐니 해도 12·12의 핵 중의 핵은 전두환 보안사령관 겸 합동수사본부장. 최규하 대통령에게 정승화 총장 연행 재가를 받기 위해 삼청동 총리 공관으로 떠난 전두환 합수부장이 한 시간이 넘도록 돌아오지 않자 사뭇 불만이 팽배해져 가고 있었다.

"이거 너무 오래 얘기를 끄는 거 아냐. 뭐가 그리 복잡할 게 있다구." 백운택 준장이 말했다. "그러게. 최 대통령은 과단성이 좀 부족해"라고 노태우 소장이 맞장구를 쳤다.

경복궁 멤버 중 '큰 형님'인 육사 11기 동기생 그룹에서 불만의 목소리가 나오자 장세동 대령이 "잘 되겠지요" 하고 분위기를 누그러뜨렸다.

12·12 가해자 측 기록에 따르면, 이때 박희도 1공수여단장이 "정승화 총장님께서 여기로 오시면 황영시 1군단장과 차규헌 수도군단장 두 군단장님과 유학성 군수차관보님, 세 분 장군님께서 설득을 하십시오. 아마 세 분이 말씀하시면 정승화 총장님도 들으실 것입니다"라고 진언했다고 한다. 가해자 측의 12·12 논리인 즉, 정승화 총장을 자기들이 있는 경복궁 30단장실로 모셔 10·26 사건에 대한 혐의 책임을 지고 용퇴를 건의하려고 했다는 것이었다.

"말을 하고 말고 간에 사람이 와야지!"

차규헌 수도군단장이 투덜거렸다. 시간은 7시 15분. 그때 전화벨이 울렸다. 장세동 대령이 받았는데, 허화평 보안사령관 비서실장이었다.

"상황이 아주 잘못됐습니다. 정승화 총장님이 순순히 응하지 않아 시비가 벌어졌고 모시러 간 사람들도 다쳤습니다. 다행히 총장님을 따로이 모시긴 했습니다만, 결국 강제 연행이 돼버렸습니다. 총장님은 허삼수에 의해 서빙고에 모셔져 있습니다."

뜻밖의 보고에 경복궁 단장실에 있던 지휘관들은 깜짝 놀랐다. 일이 이렇게 엉뚱하게 삐어나갈 줄은 아무도 예측하지 못한 것이었다. 잠깐 와서 자신의 입장을 해명했으면 무난했을 것을……. 모두들 그렇게 단순하게 생각하고 있었다. 그리하여 떳떳하게 명예로운 퇴진의 길을 택함으로써 군의 명예를 회복시켜 주었으면……. 그게 모두의 염원이었고 또 순리라고 생각했었다."

경복궁에 전군 비상발령 소식이 날아든 것은 바로 그 시각이었다. 당황한 경복궁 멤버들은 어떤 행동도 취할 수가 없었다.

비록 비상이 걸리긴 했지만, 당장이라도 대통령께서 재가만 내린다면 그대로 문제가 해결될 일이라고 그때까지도 그렇게 기대하고 있었다. 그리고 그것은 재가를 받기 위해 총리 공관에 가 있는 전두환 본부장이 돌아오면 또 모두 해결이 날 문제이기도 했다. 그들은 모두 '전 본부장은 틀림없이 재가를 받아낼 것이고, 또 최규하 대통령은 재가를 하지 않을 아무런 이유가 없다' 고 믿고 있었다.

전두환 본부장이 경복궁으로 돌아온 것은 저녁 8시 40분경. 그가 돌아오기만을 학수고대하고 있던 경복궁 멤버들은 반갑다 못해 자리에서 벌떡 일어섰다. 그러나 낭보를 가지고 돌아올 줄 알았던 전 본부장의 얼굴은 하얗게 질려 있었다.

"각하께서 재가를 보류하고 계십니다. 국방부장관과 같이 오라고 하시는데, 장관님의 행방이 묘연합니다."

순간 경복궁에는 긴장과 함께 무거운 침묵이 흘렀다. 잠시 후 즉석 대책회의가 열렸다.

백운택 준장 — 상황이 이상한 방향으로 돌아가는 것 같습니다. 어쩌면 유혈 사태가 일어날지도 모르는 형편이니, 여기 계시는 지휘관들은 행동통일을 해야겠습니다.

황영시 1군단장—문제는 각하의 재가 아닌가.

전두환 본부장—그렇습니다.

잠자코 얘기만 듣고 있던 전두환 본부장이 무겁게 입을 열어 "각하께서는 이 보고를 저 혼자만의 의견인 줄로 오해하고 계시는 것 같습니다. 장관을 찾는 것도 그런 이유일 겁니다"라고 말했다.

"그럼 나하고 같이 가보지!"

황영시 1군단장이 자리를 털고 일어났다. 황 군단장과 전두환 본부장은 곧 경복궁 30단장실을 나와 삼청동 총리 공관으로 향했다.

두 장군이 총리 공관에 도착한 것은 청와대경호실 작전담당관 고명승 대령이 총리 공관 특별경호대를 제압하고 막 병력 배치를 마친 후였다. 바꿔 말하면 합수부 측 청와대경호실에 의해 최규하 대통령이 합수부에 의해 완전히 차단, 고립된 직후였다.

총리 공관에 대한 경비는 삼엄했다. 막 공관 입구로 들어가던 전두환 본부장이 고명승 대령을 보고 "고 대령, 병력 동원이 너무 과한 거 아냐!" 하고 머뭇거릴 정도였다.

"사령관님, 이 정도로는 많지 않습니다."

"그래!"

전 본부장은 가만히 고개를 끄덕이며 황영시 1군단장과 함께 공관으로 들어갔다. 두 장군이 공관 안으로 들어가는 것을 물끄러미 바라보던 고명승 대령은 재빨리 돌아서서 총리 공관을 포위하고 있는 병력에게 지시했다.

"지금부터 어떤 차량이든, 누가 탄 차량이든 내 명령 없이는 통과시키지 마라."

밤 9시 30분경. 대통령과 두 번째 면담을 마친 전두환 본부장은 황영시 1군단장과 함께 한 시간 가량 뒤에 다시 나왔다. 두 장군의 모습을 보고 공관 경비를 지휘하고 있던 고명승 대령이 달려왔다.

"고 대령, 병력이 많은 것 같지는 않다!"

이렇게 말하는 전두환 본부장의 얼굴은 한 시간 전 공관 안으로 들어갈 때보다 더욱 긴장된 모습이었다.

"알겠습니다."

고 대령이 대답했다. 황영시 1군단장, 전두환 본부장은 서둘러 공관을 떠났다. 그때 정동호 경호실장이 총리 공관 앞에 나타나 고명승 대령을 불렀다.

"본부장님 일이 빨리 끝날 것 같지 않아. 고명승 대령이 판단해서 병력을 추가로 배치하도록 하지."

경기도 용인 3군사령부. 3군사령부는 서울에서 가장 근접한 야전군으로 예하부대들이 수도권 근접 거리에 배치되어 있어 수도 방위에 중대한 위치를 차지하고 있다. 특히 쿠데타 등 수도권에서 발생하는 중대 변란에 투입될 수 있는 4개 충정 부대를 보유하고 있어 정치적으로도 매우 민감한 영향을 타는 야전군이기도 했다. 따라서 12·12 밤 상황에서 3군사령부의 움직임은 대세 향방의 관건이 될 수밖에 없었다.

3군사령관 이건영 중장은 신재성 참모장으로부터 그동안의 상황과 전군 비상 발령에 대한 보고를 받은 뒤 즉시 예하부대 지휘관들의 위치를 체크했다. 참모들의 도움을 받으며 예하 연대 단위까지 일일이 전화를 걸어 지휘관의 정위치 여부 및 부대 동향을 꼼꼼히 파악해 나가는 것이었다.

"뭐야, 사단장이 자리에 없다니! 지금 전군에 진돗개가 발동된 것도 모르나. 이 친구들이 이거."

이 사령관은 왠지 불길한 예감이 들었다. 예하 1군단장 황영시 중장, 수도군단장 차규헌 중장, 9사단장 노태우 소장, 20사단장 박준병 소장의 위치가 파악되지 않는 것이었다.

황영시 1군단장, 차규헌 수도군단장, 노태우 9사단장, 박준병 20사단장 등 4인의 장군들은 수도권의 실병력을 지휘할 수 있는 간부들이다. 비상시국에 수도권 주요 지휘관들인 4인의 장군이 정위치를 이탈했다는 것은 예사로운 일이 아니다. 더구나 박준병 20사단장은 전두환 보안사령관을 만나러 갔다고 하지 않는가.

이건영 3군사령관의 예감이 적중한 것이었다. 12·12 고소고발사건을 수사하는 과정에서 당시 보안사 대공처장으로 정승화 총장 내란방조사건 수사실무 책임자였던 이학봉은 12·12 당일 수도권 주요 지휘관들의 경복궁 30경비단 모임에 대해 "실병력을 지휘할 수 있는 군 간부들을 모이게 한 것" 이라고 진술했다. 이학봉의 이같은 진술은 경복궁 모임에 대해 "정승화 총장 연행 · 조사가 수도권 군 지휘관의 중론임을 보여주기 위한 것이었다"라는 신군부 측의 주장과 달리 실제로는 정승화 총장 체포 과정에서 '만약의 사태' 가 발생할 경우 병력을 출동시킬 수 있기 위한 사전포석이었음을 보여주는 것으로 풀이된다.

신군부 측과 군 수뇌부 사이의 싸움은 이미 시작되고 있었다. 3군사령부 예하 황영시 1군단장, 차규헌 수도군단장, 노태우 9사단장, 박준병 20사단장 등 4인의 장군은 바로 12·12의 '만약의 사태'가 발생할 경우 병력을 출동시키기 위해 경복궁 30단에 가 있었고, 4인의 장군이 실병력 지휘관이라는 것을 누구보다도 잘 알고 있는 이 3군사령관은 그들의 위치 확인에 나선 것이었다.

"나, 군사령관이다. 잘 들어라. 병력 장악을 확실히 하고 절대 내 육성명령 없이는 부대를 움직이지 마라. 알겠나?"

이건영 3군사령관은 예하부대 지휘관들에게 다짐을 받아두곤 했다. 윤성민 참모차장에게 다시 전화가 걸려 온 것은 바로 그때였다.

"이 장군, 사태를 좀 파악했습니까?"

"난 아직 모르겠습니다. 막 30사단에도 확인해 봤는데 우리 부대가 동원된 것은 하나도 없어요. 그런데 20사단장은 전화가 안 되고 1군단장은 자리에 없습니다."

"그럴 겁니다, 이 장군. 1군단장하고 차규헌, 유학성 장군은 지금 30단에 가 있다고 해요."

"뭐요. 그 자들이 30단에 가 있어요?"

"예, 그래서 말인데, 절대 충돌이 있으면 곤란하니까 이 장군이 20사단장에게 육성명령 아니면 부대를 움직여서는 안 된다고 일러놓으세요."

"20사단장은 보안사령관에게 갔다고 하던데……."

"그러니까 빨리 조치를 내려야 합니다. 병력 장악을 확실히 하고 전방 경계를 강화해야 될 것 같습니다."

"알겠습니다."

상황이 파악될수록 불길한 예감은 더욱 짙어만 갔다. 윤성민 차장과의 통화를 끊낸 뒤 이건영 사령관은 다시 예하부대 지휘관들을 전화로 불러냈다. 30사단장 박희모 소장, 20사단 참모장 노충현 대령, 33사단장, 1군단 참모장 정진태 준장, 5군단장 최영구 중장, 6군단장 강영식 중장, 수도군단 참모장 등이 차례로 불려나왔다. 이 사령관은 그들에게 부대 장악 및 무단 병력 이동 금지를 재차 강조, 단속을 강화했다. 그러나 이 사령관이 이날 밤 통화한 내용은 보안사에 의해 철저히 도청, 녹음되고 있었다.

육본 B2 벙커. 윤성민 참모차장을 비롯 육본 참모들로 이루어진 육본 군 수뇌부는 총장을 납치해 간 '괴한' 들이 보안사 정보처장 권정달 대령, 육본 범수단장 우경윤 대령이라는 보고가 올라왔을 때 반신반의하지 않을 수 없었다. 그때까지 군 수뇌부에서는 십중팔구 북괴 무장공비의 소행으로 생각하고 있었기 때문이었다.

군 수뇌부는 곧 그 '괴한들의 정체' 를 기정사실화하지 않을 수 없었다. 수경사와 예하 정보부대로부터 정보가 들어오고, 총장 공관과 거듭 통화하는 과정에서 권정달 · 우경윤 대령이 합수부 소곡이라는 것이 밝혀지고 그들 배후에 전두환 보안사령관이 있다는 것이 이내 알려졌기 때문이었다. 윤성민 차장이 이건영 3군사령관과 통화한 결과와 같이 예하부대 지휘관들의 소재를 확인하는 과정에서 몇몇 수도권 주요 지휘관들이 경복궁 30단장실에 가 있다는 사실도 파악됐다.

군 수뇌부는 분노했다. 대통령의 재가 없이 무장 병력을 동원, 총장을 강제 연행한 것은 군사반란행위에 다름 아니라고 단정지었다. 전차와 무장 헬기를 동원해서라도 '반란군' 측을 진압하고 정승화 총장을 원상회복시켜야 한다는 강경론이 비등했다. 윤성민 차장 역시 강경진압을 하겠다고 선언했다.

윤성민 차장은 우선 '반란군' 측 지휘관들과 병력의 움직임을 체크했다. 20사단장 박준병 소장과 71방위사단장 백운택 준장이 '반란군' 측에 가담했다면 서울 근교에 주둔하고 있는 그들의 병력이 문제가 아닐 수 없다. 윤 차장은 박·백 두 사단장이 '반란군' 측에 가담했다는 것은 확인했으나 아직 경복궁 30단에 가 있다는 사실은 모르고 있었다.

10·26 사건 때 태릉 화랑대에 진주했던 20사단은 일부가 원 주둔지로 복귀했으나 사단본부와 1개 연대는 남한산성에 위치한 종합행정학교에, 1개 연대는 태릉 불암산 71방위사단으로 이동해 있었다. 윤성민 차장은 종합행정학교장 소준열 소장을 전화로 불러냈다.

"소 장군, 지금 상황은 알고 있겠지요. 20사단장 박준병 장군이 저쪽에 가담했어요. 당장 그 자를 체포하도록 하시오."

박준병 20사단장에 대한 체포 지시를 내린 뒤 윤성민 차장은 다시 특전사령관 정병주 소장을 불렀다.

"정 장군, 병력을 확실하게 장악하고 있겠지요? 부대를 확실하게 장악하고, 자중하도록 하시오."

윤성민 차장과 정병주 특전사령관은 육사 9기 동기생이다. 이날 윤 차장은 특전사 병력들의 움직임에 무척 신경을 썼다. 윤 차장은 정병주 특전사령관에게 거듭 예하병력을 확실하게 단속하고 자중하라고 신신당부한 뒤, 71방위사단장 백운택 준장을 체포하라고 지시했다.

잠시 후 소준열 종합행정학교장으로부터 보고가 왔다. 20사단 본부에 도저히 접근이 안 된다는 것이었다. 윤 차장은 거듭 다그쳤다.

"뭐야, 왜 접근을 못해요. 당장 체포하라니까……."

윤성민 씨는 최근 박준병·백운택 두 사단장 체포 명령을 내리는 과정에 대한 질문에 "전화로 했다. 소준열 장군이 그날 저녁 나한테 얼마나 기합을 많이 받았는지, 못 잡는다고……"라고만 대답했다.

소준열 교장뿐만 아니라 정병주 특전사령관도 병력 이동이 어렵다는 보고를 해왔다. 윤성민 차장은 더욱 확실한 군령을 행사하기 위해 상부 지시를 받으려 했으나 국방부장관은 물론이고 대통령이 머물고 있는 삼청동 총리 공관으로부터도 아무런 지시를 받을 수 없었다.

설득작전

밤 9시경 경복궁 수경사 30경비단장실. 33단장 김진영 대령은 3공수여단장 최세창 준장, 5공수여단장 장기오 준장과 함께 얘기를 나누고 있었다. 보안사 인사처장 허삼수 대령, 보안사령관 비서실장 허화평 대령과 함께 '육사 17기 트리오'로 불리는 김 대령은 생도 시절 대표 화랑을 지냈고 '장래의 육군참모총장감'으로 불리는 17기의 리더로 주목을 받아 온 장본인이다. 그는 군생활 20여 년 동안 12·12 핵 중의 핵 전두환 보안사령관을 모셔올 정도로 철저한 '전두환 맨'이다.

'전두환 맨 김진영' 대령에 대해서는 12·12 가해자 측 기록에도 "전 장군이 전방의 사단장으로 부임하기 직전, 청와대경호실 작전차장보로 있었을 적에 김 대령이 알고 있는 전 본부장은 '내가 전에 모시고 있던 어느 장군은 이러이러한 성미가 장군다웠어' 라든지, '정말 그분의 용맹은 본받을 만했다' 라고 매양 장점이나 강점만을 기억해 내어 찬양하는 인품" 이라고 쓰고 있을 정도.

김진영 대령이 전두환 보안사령관과 미특수전학교 동기생들인 최세창·장기오 두 공수여단장들과 한창 얘기를 나누고 있을 때, 30단장 장세동 대령이 "잠깐 나와 봐" 라고 김 대령을 불러냈다. 장 대령의 얼굴빛이 심상치 않다고 느낀 김 대령이 밖으로 따라 나오며 "왜요, 무슨 일 있습니까?" 하고 물었다.

"큰일 났어. 허 대령이 총장 연행에는 성공했지만, 우 대령은 피격됐다는 연락이 왔어. 게다가 후보계획으로 따라간 지원 부대마저 완전포위됐다는구만."

"그게 무슨 말씀입니까. 누가 포위됐다구요?"

"성환옥 대령이 33헌병대를 이끌고 후보 계획으로 따라가지 않았나. 성 대령이 억류돼 있다는 거야."

"그래요. 그럼 구출해야지요."

"김 대령이…… 수고를 할 텐가?"

"여부가 있습니까. 내가 가야지요."

"그럼 우리 30단 병력 1개 중대를 김 대령이 지휘해서 한남동으로 가보도록 해."

장세동 대령은 곧 휘하의 30단 병력 중 1개 중대를 김 대령에게 인계했다. 수경사 33경비단장인 김진영 대령은 남의 부대인 30단 병력을 이끌고 곧 한남동으로 출동하기 직전, 자기 부대로 전화를 걸어 병력을 장악하는 용의주도함도 잊지 않았다.

"나 단장인데, 사령관이든 누구든 어떤 명령이나 지시가 있더라도 내 육성명령이 없이는 절대로 병력을 움직이지 마."

"내 명령만 따르라."

특전사 1공수여단 CP. 여단장 박희도 준장이 경복궁 30단으로 간 뒤 부여단장 이기룡 대령과 일직사령 이풍길 소령은 CP에 마주앉아 부마사태로부터 10·26, 그리고 12·12 오늘에 이르기까지 수행했던 공수부대의 계엄업무에 관한 이야기를 나누고 있었다. 물론 그들은 지금 서울에서 일어나고 있는 일에 대해 까마득히 모르고 있었다. 박 여단장이 부대를 떠나면서 부여단장에게 부대를 지키고 있으라고 지시했으므로 그냥 대기하고 있는 것이었다.

오후 6시가 조금 지난 뒤, 경복궁에 참석하고 있는 박희도 여단장으로부터 전화가 걸려왔다.

"나, 30단에 있는데 부대는 별일 없나?"

"아무 일도 없습니다."

이기룡 부여단장은 뭔가 박희도 여단장에게서 일어난 사안이 중대하다고 느꼈다. 경복궁으로 떠나면서 부여단장에게 부대를 지키고 있으라고 지시한 것도 그렇고, 갑자기 전화를 걸어와 부대 이상 유무를 묻는 것도 심상치 않았다.

"경호용으로 1호차를 그곳으로 보내겠습니다."

수화기를 내려놓은 이기룡 부여단장은 곧 전속부관 김 중위, 통신대장 장삼채 대위에게 개인 무장을 시켜 여단장을 경호하라고 지시, 1호차(운전병 신양선 하사)에 태워 경복궁 30단으로 급파했다.부대 경계를 강화한 것은 물론이다. 그리고 아무 일도 일어나지 않은 채 시간이 흘러갔다.

저녁 8시경, 육본 사령실로부터 느닷없이 '진돗개 하나' 가 발령됐다. 이기룡 부여단장은 '진돗개 하나' 가 박희도 여단장 거취와 관련이 있다는 생각을 하면서 일직사령에게 즉시 전 영외 거주자들에게 비상연락을 취해 귀대하라는 지시를 내렸다.

기왕에 육본으로부터의 '진돗개 하나' 발령은 특전여단에 있어서는 곧 출동을 의미한다. 한남동 총장 공관에서 총격전이 벌어지고, 정승화 총장이 납치되고, 납치범들이 권정달(실제로는 허삼수 대령이었으나)·우경윤 두 대령이라는 것이 밝혀졌을 때 육본지휘부에서 가장 신경을 쓰지 않을 수 없는 부대가 특전사였다. 정승화 총장 납치범들의 배후 조종자로 파악된 전두환 보안사령관이 공수단 출신이었으므로 공수단의 움직임이 윤성민 참모차장의 신경을 자극한 것이었다.

"알겠나? '진돗개 하나' 발령. 전원 비상대기하란 말야."

1공수여단 일직사령 이풍길 소령은 예하 수비대를 비롯 각 대대에 일일이 '진돗개 하나' 를 전달하고 비상대기를 지시했다. 잠시 후 박희도 여단장으로부터 다시 전화가 걸려왔다.

"부여단장, 방금 '진돗개 하나' 받았나?"

"네, 받았습니다."

"그럼 부여단장은 지금부터 내가 지시하는 대로 실시하라. 전 영외 거주자들에게 연락해 즉시 귀대하도록 조치하라. 귀대하는 대로 전 병력에게 실탄을 분배하라. 내가 명령하면 언제라도 출동할 수 있도록 승차한 상태에서 대기하라."

"알겠습니다."

"내가 명령할 때만 움직여야 해. 다른 사람의 명령은 절대로 받아서는 안 돼."

박희도 여단장의 지시를 받은 이기룡 부여단장은 일직사령관과 함께 준비 태세를 갖추어 나갔다. 하사관 이상의 모든 영외 거주자들이 귀대를 완료한 것은 그로부터 불과 30분 안팎이었다. 부대는 갑자기 술렁거리기 시작했고, 귀대한 대대장들이 내막을 알기 위해 CP로 몰려들었다. 10여 분 뒤에 박 여단장으로부터 다시 전화가 왔다.

"부여단장은 지금 즉시 작전참모(권대포 소령)를 대동하고 육본으로 가라. 우리 여단이 육본으로 진입할지도 모르니까. 육본으로 가서 헌병대장 이종민 중령을 만나 협조를 얻어놓도록. 혹시 진입할 때 오인사격 사태가 발생할지도 모르는 일이니까. 알겠나?"

이 부여단장은 무조건 "네, 알겠습니다" 하고 대답한 뒤 수화기를 놓고 참모들을 집합시켰다. 인사참모 송 소령, 정보참모 강 소령, 작전참모 권 소령, 그리고 일직사령인 군수참모 이 소령 등이 눈깜박 할 사이에 집합했다. 여단 헌병대장 백남석 대위도 뛰어들어왔다.

"잘 들어라. 나와 작전참모는 지금 육본으로 간다. 여단장님 지시다. 헌병대장도 나와 같이 가자. 경호차도 따라붙어. 정확한 건 모르지만, 매우 중대한 일이 발생한 모양이다. 현지 시간부로 전 병력에게 개인 실탄을 분배한 뒤, 차량에 승탑시켜라. 명령이 떨어지면 출동할 수 있도록 만전을 기하라."

지시가 끝난 뒤 이기룡 부여단장은 "귀관들은 여단장님의 목소리를 알고 있겠지?" 하고 확인하는 것도 잊지 않았다.

"네, 알고 있습니다."

"그럼, 내 목소리도, 또 작전참모 목소리도 잘 알고 있겠지. 세 사람 외에는 그 누구의 명령도 받아서는 안돼. 이건 여단장님의 지시다."

참모들에게 박희도 여단장의 지시를 전한 뒤 이기룡 부여단장은 곧바로 지프에 올랐다. 지프는 3대였다. 선두에는 무장 헌병들이 탔고, 그 뒤로 이 부여단장과 권작전참모, 세 번째 지프에는 주임상사와 경호병들이 타고 있었다. 지프는 부대를 출발, 캄캄한 겨울밤 차가운 공기를 가르며 육본을 향해 떠났다.

박희도 여단장, 이 부여단장을 비롯 작전참모 등 핵심 간부들이 부대를 비운 상태에서 일직사령 이풍길 소령은 예하 대대장들에게 여단장·부여단장의 지시를 전달하면서 출동 준비를 서두르고 있었다. CP로 몰려온 대대장들이 "무슨 일로 '진돗개' 인가", "여단장님은 어디 계시는가", "부여단장님은……" 질문 공세를 받자, "저는 잘 모르겠습니다. 여단장님 지시대로만 따를 뿐입니다" 하고 대답했다.

1공수 각 대대는 박희도 여단장의 지시대로 5분 이내에 출동할 수 있도록 실탄을 분배하고, 승차대기 상태로 대기하고 있었다. CP에 전화가 걸려온 것은 바로 그때였다.

상대방은 신분을 밝히지 않은 채 대뜸 "지금 너희 부대에는 여단장도, 부여단장도 없지?" 하고 물었다.

"네, 부재 중이십니다."

"나 특전사령관 정병주 소장인데, 지금 여단장도 부여단장도 없기 때문에 이 시간부터는 1공수여단을 내가 지휘하겠다. 부대는 어떻게 하고 있나?"

상대는 1공수뿐만 아니라 특전사의 최고 지휘관이었다. 이 소령은 부대 상황을 소상하게 보고했다.

"뭐야, 출동대기 상태라구! 지금 그렇게 긴박한 상황은 아니야. 지금부터 내가 지시하는 대로 이행하라. 실탄을 전부 회수하고, 병력은 모두 하차시켜 내무반에 들어가 쉬게 하라. 차량은 즉시 9여단으로 보내도록. 알겠나? 5분 내에 이행하고 그 결과를 나한테 직접 보고해."

누구의 명령인데 못 한다고 하겠는가. 이풍길 소령은 무조건 "네, 알겠습니다" 하고 대답했으나 뒤처리가 난감하지 않을 수 없었다. 특전사 최고 지휘관인 정병주 특전사령관의 명령을 따라야 하는가, 특전사 예하 1공수 최고 지휘관인 박희도 여단장의 명령을 따라야 하나. 사령관과 여단장의 지시가 다른 것을 보면 뭔가 일이 벌어지고 있는 것이 틀림없었다. 사령관과 여단장은 서로 다른 길을 가고 있었다.

이풍길 소령은 정보참모 강소령과 1공수 보안반장 이봉중 소령과 의논했다. 조언을 구했으나 강·이 두 소령은 입을 꾹 다물고 있었다. 1공수 보안반장 이봉중 소령은 보안사로부터 아직 아무런 지시를 받지 않은 상태였다.

"알겠다. 나는…… 사령관님보다는 여단장님의 명령이 우선이라고 생각한다. 나는 여단장님의 최초 지시를 따르겠다. 책임은 모두 내가 진다."

결론을 내린 이풍길 소령은 경복궁에 가 있는 박희도 여단장으로부터 연락이 올 때까지 조치를 유보했다. 결심을 굳히긴 해도 불안하기는 마찬가지였다. 박 여단장, 정병주 특전사령관이 모두 직속상관이었으나 특전사 최고 지휘관의 명령을 어겼다는 생각, 일이 잘못됐을 때 닥쳐올 앞날을 생각하면 아찔하지 않을 수 없었다.

마음이 다급해진 이풍길 소령은 작전보좌관 박창규 대위에게 "여단장님을 찾아라. 무전을 모두 열어 놓고 여단장님을 찾아봐" 하고 지시한 뒤, 당번병에게도 "평소 여단장님께서 잘 가시는 곳마다 모조리 전화를 걸어서라도 여단장님을 찾아" 하고 지시했다.

정병주 특전사령관이 지시한 5분이 훨씬 지났다. 그때 사령부로부터 전화가 걸려 왔다. 특전사 일직사령인 군수처보좌관 이승주 대령이었다.

"차량은 9여단으로 보냈나?"

"그건 왜 물어보십니까. 보내지 않았습니다."

"안 보냈다구. 사령관님 명령을 거부하는 건가."

"그런 말씀 하지 마십시오. 아무리 사령관님의 지시라고 해도 저의 직속상관인 여단장님의 확인을 얻은 후에 이행하겠습니다."

이풍길 소령은 전화를 끊어버렸다. 사령부로부터 계속 전화가 왔으나 이 소령은 아예 받지 않았다.

수경사령관 장태완 소장이 한남동 총장 입구를 출발하여 필동 사령부에 도착한 것은 밤 9시가 조금 지날 무렵이다. 지하 상황실에 가보았으나 예하 30경비단장 장세동 대령, 33경비단장 김진영 대령, 헌병단장 조홍 대령의 모습은 전혀 보이지 않았다.

"도대체 세 경비단장 놈들은 어딜 가서 처박혀 있기에 지금까지 나타나지 않고 있어?"

참모장 김기택 준장이 "예, 30경비단에 있는 모양입니다" 하고 힘없는 어조로 대답했다.

"뭐야, 사령관이 비상소집 명령을 내린 지가 언젠데 지금까지 경비단에 있단 말야."

"30, 33경비단장만 있는 것이 아니라 유학성·황영시·차규헌 장군 그리고 노태우·박준병 장군, 제1, 3, 5공수여단장, 71방위사단장이 모여 있는 것으로 알고 있습니다.

김기택 참모장의 보고는 장태완 사령관에게 충격이 아닐 수 없었다. 피가 끓어올랐다. 당장 30단으로 달려가서 박살을 내고 싶은 분노가 머리 끝까지 치밀어 올랐다. 분노를 스스로 억제하기 어려워 잠시 김 참모장의 보고를 중단시킨 뒤 줄담배를 연거푸 서너 대씩 피우며 마음을 진정시켜야 했다.

"나쁜 놈들! 정치군인으로 안하무인 격으로 놀아나더니 이젠 모반까지 해."

분노를 혼자 다스리기에는 사태가 너무 심각했다. 잠시 이 중대한 일을 어떻게 진압, 수습할 수 있을까 생각에 잠겼던 장태완 수경사령관은 30경비단장실로 전화를 걸었다.

"나, 사령관이다. 단장 바꿔."

잠시 후 상대방에서 수화기를 들었는데 장세동 30단장이 아니라 국방부 군수차관보 유학성 중장이었다. 장태완 수경사령관은 애써 흥분을 가라앉힌 뒤 입을 열었다.

"선배님. 지금 전군에 비상이 걸려 모든 장병들이 외출, 외박이 금지

됐는데, 남의 부대에 여러 사람들을 모아놓고 무슨 작당을 하고 있는 겁니까? 어떻게 총장님을 그렇게 할 수 있어요. 선배님, 저보다 그쪽에 계신 분들이 총장님과 더 가깝지 않습니까. 이 비상시국에 계엄사령관인 총장님을 납치해다가 뭘 어쩌자는 겁니까. 빨리 총장님을 원상복귀시키십시오. 이번 일은 없었던 것으로 하겠습니다. 선배님, 거기서 나와야 해요. 사령관인 저도 해가 진 후에는 특별한 일이 없는 한 그 부대에 가질 않습니다."

"어이, 장 장군! 그렇게 흥분하지 말고 이리로 와. 이리 와서 우리하고 얘기 좀 하자구."

유학성 차관보의 얘기를 듣는 순간 장태완 수경사령관은 참았던 분노가 꾸역꾸역 치밀어 올랐다. 그의 입에서는 욕설이 마구 튀어나왔다.

"이 반란군 놈의 새끼야. 너희놈들 거기 그대로 있어. 내 전차를 몰고 가서 싹 깔아서 모조리 죽여버릴 테니까!"

장태완 수경사령관이 욕설을 퍼붓자 유차관보가 쑥 들어가고 난데없이 1군단장 황영시 중장이 나왔다. 때는 최규하 대통령에게 정승화 총장에 대한 연행 재가를 받으려다 실패하고 돌아온 전두환 합수부장을 중심으로 경복궁 30단장실에서 사후대책을 논의하고 있던 시기였다.

"장 장군, 왜 흥분하고 그래. 진정해."

장태완 수경사령관을 달래기부터 시작한 황영시 1군단장은 유학성 중장과 같은 말을 되풀이했다.

"그러지 말고 이쪽으로 와서 우리와 같이 일하도록 해요."

"아니, 형님. 내가 정승화 총장님을 한 번이나 제대로 모신 적이 있습니까. 형님이 나더러 정승화 총장님을 잘 모시라고 한 적이 있지 않습니까. 그랬으면 형님이 잘 보필해야지 이래서야 됩니까. 정승화 총장님과 가까운 형님이 어떻게 그럴 수 있어요. 이번 사건은 없었던 것으로 하고 총장님을 빨리 원상회복시키도록 하십시오."

"장 장군, 그럴 수는 없어. 이건 박 대통령 시해사건 수사를 위해서 불가피한 일이야."

도무지 진전이 없이 유학성 차관보와 같은 말이 오고가는 사이 장태완 수경사령관은 다시 화가 치밀었다.

"좋아, 이놈들. 꼼짝말고 거기 있어. 내가 포를 갖고 가서 네놈들의 머리통을 모두 날려버릴 테니."

장태완 수경사령관의 욕설을 듣고 있던 황영시 1군단장은 "이봐, 장 장군, 장 장군, 잠시만 기다리게. 여기 수도군단장이 있으니까, 바꿔주겠어. 얘길 들어봐" 하고 말했다.

"관둬!"

고함을 버럭 지르며 장태완 수경사령관은 수화기를 '쾅' 하고 내려놓았다. 장태완 수경사령관과 유학성 차관보·황영시 1군단장은 호형호제하며 지내는 사이였으나 직속상하관계로 근무한 적은 없었다.

반면 수도군단장 차규헌 중장과는 좀 달랐다. 74년부터 차 수도군단장이 수경사령관으로 있을 때 장태완 수경사령관은 참모장으로 1년 동안 근무한 인연이 있었다. 군의 상하관계는 부모와 자식의 관계같이 인연이 깊을 수밖에 없다는 것이 평소 장태완 수경사령관의 지론이었다. 흥분 상태에 있는 장태완 수경사령관이 이미 반란군 편에 서 있는 차 수도군단장과 통화를 하다 보면 또 폭언을 할지도 모른다는 조심성 때문에 전화를 끊어버린 것이다. 뿐만 아니라 차 수도군단장이 윤필용 전 수경사령관과 함께 하나회 후견인이라는 것을 이미 알고 있는 장태완 수경사령관으로서는 통화를 한다고 해도 더 이상의 진전이 없으리라는 생각도 들었다.

출동 명령

여기는 서울 송파구 장지동 특전사령부였다. 연희동 요정에서 전군비상 소식을 접한 특전사령관 정병주 소장은 일단 육본 B2 벙커로 갔다가 상황을 대충 파악한 뒤 곧바로 자대로 복귀, 수도권 예하 공수여단들을 점검했다. 정병주 특전사령관은 이미 예하 1공수여단(여단장 박희도 준장), 3공수여단(여단장 최세창 준장), 5공수여단(여단장 장기오 준장)의 여단장들이 전두환 보안사령관의 경복궁 모임에 참석, 자신의 명령계통에서 벗어난 사실을 모르고 있었다. 물론 이들 여단장과 통화를 시도했으나 소재조차 파악할 수 없었다.

정병주 특전사령관과 통화가 가능한 여단은 5공수여단과 바로 이웃한 곳에 주둔하고 있는 9공수여단 윤흥기 준장뿐이었다. 갑종 35기 출신의 윤 여단장은 육사 출신으로 전두환 보안사령관과 하나회라는 사조직으로 끈끈한 인간관계를 맺어온 1·3·5여단장과는 달랐다.

"12·12 당일 낮에는 인천 북구에 있는 5공수여단에서 특전사 모임이 있었어요. 그래서 정병주 특전사령관을 비롯 각 여단장들이 모두 5공수여단에 모였습니다. 그곳에서 점심식사를 하고 오후 내내 시범 및 전술 토의를 했지요. 나의 9공수는 5공수에서 불과 몇 킬로미터밖에 떨어지지 않아 사령관과 각 여단장에게 저녁식사를 대접할 요량으로 쪽지를 돌렸는데, 전부 'NO' 였습니다."

사령관과 각 여단장들의 일정이 그랬으므로 9공수 윤흥기 여단장의 저녁식사 모임 계획은 당초 성사되기 어려운 노릇이었다. 당시 윤 여단장은 9공수 안에 위치한 관사에서 숙식하고 있었다. 윤흥기는 "아마도 당시 특전사 여단장들 가운데 영내 거주자는 나 혼자였던 걸로 기억한다. 다른 사람들은 모두 출퇴근했었다"라고 말했다. 정병주 특전사령관이 예하 여단을 점검할 때 유일하게 윤 여단장과 통화가 가능한 것은 바로 그와 같은 사정과 무관하지 않았다.

정병주 특전사령관으로부터 전화가 걸려오기 직전, 9공수 윤흥기 여단장에게 날아든 한 통의 전화가 있었다. '진돗개 하나' 발령 직후였는데, 9사단장 노태우 소장의 전화였다.

"그때만 해도 전화 사정이 지금보다 좋지 못할 때라 잡음이 심하게 나 무슨 얘길 하는지 정확히 몰랐다. 다만 병력 출동 어떻고 해서, 9사단 지역에 간첩이 나타났나 하는 생각도 들었다. 우리 공수부대가 기동타격대 역할을 하니까, 상부에서 군령으로 9사단 지역으로 출동하라면 할 뿐이었다.

노태우 소장, 윤흥기 준장 두 장군은 오래 전부터 잘 아는 사이였다.

일찍이 50년대 말 육군정보학교 어학과정(영어반)을 1년 동안 같이 다녔다. 당시 노태우 소장은 중위, 윤 준장은 대위였다. 두 번째 인연은 노태우 소장이 78년 1월 9사단장으로 옮겨갈 때, 그 9공수여단 자리를 물려받은 사람이 윤 준장이었다. 노태우 소장은 76년 9공수 창설 여단장으로, 9공수·9사단장을 지냈으므로 훗날 그가 대통령이 된 6공화국 때는 이른바 '9·9인맥' 이라는 말이 회자될 것이었다.

노태우 9사단장의 전화를 받고 윤홍기 9공수여단장은 어딘가 미심쩍은 구석이 없지 않았다. 다음은 윤씨의 회고이다.

"노태우 소장으로부터 그런 알쏭달쏭한 전화를 받고 부대 여단장실로 들어설 때만 해도 전두환을 비롯한 일부 군인들이 그런 엄청난 짓을 저질렀다는 것은 상상도 못했다. 나중에 가서야 다른 사람 말고 노씨 말에 따라달라는 뜻이었구나로 이해되긴 했지만."

윤홍기 여단장은 곧 참모장 신수호 대령에게 전화를 넣어 "참모장, 방금 노태우 9사단장이 전화를 걸어와 병력 출동 뭐라고 하는데, 참모장은 뭐 들은거 없나?" 하고 확인해 봤다.

감을 잡기 어려운 것은 신수호 참모장도 마찬가지였다. 정병주 특전사령관으로부터 전화가 걸려온 것은 바로 그때였다.

"윤 장군은 자리를 지키고 있구만. 비상이 걸렸는데 연락이 되는 여단장 놈들이 하나도 없다!"

정병주 특전사령관의 전화가 뚝 끊어졌다. 정병주 특전사령관으로부터 다시 전화가 걸려온 것은 9시가 넘어서였다.

"즉각 실탄을 갖고 육군 본부로 출동하라. 한강 다리를 건널 때 수경사 헌병들이 막으면 장태완 수경사령관에게 직접 전화를 걸어라."

정병주 특전사령관은 장태완 수경사령관의 전화번호를 가르쳐주었다. 그는 덧붙여 강조했다.

"이것은 국방부장관의 명령이오."

정병주 특전사령관은 정승화 총장이 납치된 상황을 염두에 두고 하는 말이었으나, 서울에서의 그런 상황을 까마득히 모르고 있는 윤흥기 여단장으로서는 굳이 '국방부장관 명령' 이라고 강조하는 것이 인상 깊게 느껴졌다고 한다.

한 달 보름여 전 10·26 사건이 발생했을 때 윤흥기 여단장의 9공수는 육본에 진주한 적이 있었다. 그때 윤 여단장은 통금시간이 지난 뒤 부대를 이동시켰다. 이동경로는 부대 주둔지→경인고속도로→영등포→노량진→한강 인도교→육본이었다. 정병주 특전사령관으로부터 출동 명령을 받은 윤 여단장은 10·26 때의 이동경로를 그대로 따를 생각이었다.

"나중에 알고 보니 한강 인도교가 일반 민간 차량으로 꽉 막혀 우리 부대가 회군하지 않고 갔더라도 한강을 건너는 데 상당한 시간이 걸렸으리라는 생각이 들었다."

정병주 특전사령관으로부터 출동 명령을 받은 직후, 또 한 통의 전화가 윤흥기 여단장에게 걸려왔다. 육본 인사처장 이병구 준장이었다. 이 작전처장은 "9공수는 출동 준비를 하라" 고 간단하게 육본의 명령을 내렸다.

"그렇게는 가기 어렵습니다. 명령계통을 밟아주십시오."

윤흥기 여단장이 '명령계통' 을 요청한 것은 그럴 만한 일이 있었다.

10·26 당시 9공수는 정승화 총장의 직접 지시를 받고 육본으로 출동, 구설수에 오른 적이 있었기 때문이다. 참모총장→특전사령관→여단장이라는 명령계통에서 특전사령관이 제외됐기 때문이었다.

이 육본 작전처장과의 통화에서 윤흥기 여단장은 차량 지원 문제도 얘기했다. 당시 9공수 예하에는 4개 대대가 있었는데, 1개 대대는 충남 서산 지역으로 훈련을 나갔고 영내에는 3개 대대 병력이 주둔하고 있었으나 여단에는 3개 대대를 수송할 차량이 없었다. 3백 5명쯤 되는 1개 대대 병력은 항상 5분 대기조로 대기하고 있었으므로 이동이 가능하지만, 나머지 2개 대대 병력을 움직이려면 차량 지원이 있어야 가능하다.

"3군수 지원사령부(부평에 주둔)로 하여금 우리 여단에 차량을 보내주도록 조치해주십시오."

윤흥기 여단장의 요청에 이병구 작전처장은 대뜸 "알았소. 곧 조치해 주겠소" 하고 전화를 끊었다.

이병구 작전처장에게는 '명령계통'을 따졌지만, 정병주 특전사령관으로부터 직접 출동명령을 받았으므로 9공수는 차량 지원 문제만 해결된다면 당장 출동해도 정상적인 지휘 계통을 따른 것이었다. 그러나 윤흥기 여단장은 출동을 서두르지 않았다.

"정 사령관이 그쪽 돌아가는 상황을 알려 주지 않고 무조건 출동하라고만 해 사안이 그리 심각한 것인지는 나도 몰랐다. 그저 10·26 때처럼 차량 통행이 뜸해지는 밤 12시쯤 이동할 요량이었다. 또한 그토록 출동이 늦어진 데는, 3군수 지원사령부로부터 지원 차량이 오지 않았기 때문이었다. 나중에 생각해 보니 9공수의 출동을 막으려는 '경복궁' 쪽의 입김이 그쪽 3군수 지원사령부에 미친 때문이 아니었나 싶다."

윤홍기 씨는 "내게 상황을 정확히 말해주지 않은 게 그 양반(정병주 사령관)의 실책"이라고 알 듯 모를 듯한 아쉬움을 토로했다. 군 지휘관이 직속상관으로부터 명령을 받으면 곧바로 실행하는 게 당위일진대, 윤씨의 아쉬움은 좀 납득하기 어려운 면도 없지 않았다. 그럼에도 불구하고 윤씨의 아쉬움은 예사로운 면이 없지 않아 더욱 혼돈스럽게 한다.

"정승화 총장이 전두환 패거리들에게 납치됐다는 걸 귀띔해줬다면 나는 그런 예비지식을 바탕으로 사태를 역전시킬 어떤 행동에 나섰을지도 모른다. 행동까지는 아니더라도 적어도 고민은 했을 것이다."

사태는 벼랑을 향해 치닫고 있었다. 윤성민 참모차장이 소준열 행정학교 교장에게내린 박준병 20사단장과 백운택 71방위사단장 체포명령, 그리고 정병주 특전사령관의 9공수 출동명령에 이어 12·12 가해자 측 기록은 3군사령관 이건영 중장이 3군 전 예하사단을 출동시키도록 명령했다고 쓰고 있다.

"수경사령관 장태완 소장의 병력이 경복궁과 보안사령부가 위치한 종로구 일대를 포위하고 있다는 정보도 있었다. 장 소장은 이미 시내의 주요 언론기관과 방송국·검문소 등도 완전히 장악했다고 장담했다. 정병주 특전사령관과 장태완 수경사령관은 경복궁과 보안사령부에 모인 지휘관들을 체포 즉시 사살해도 무방하다고 시달하고 있었다."

이 기록에 따르면 정병주 특전사령관은 경복궁 쪽에 전화를 걸어 "1개 여단(1공수)을 제외하고 모든 여단이 내 지휘 아래 있어" 하고 큰 소리쳤다고 한다.

육본지휘부가 바쁘게 움직이고 있을 때, 그들의 동정을 예의주시하고 있는 부대가 있었다. 바로 전두환 합수부장 휘하의 국군보안사령부였다.

이 무렵 보안사 보안처장 정도영 준장은 육본 보안부대장 변규수 준장으로부터 전화를 받았다.

"육본에 윤성민 차장이 지휘소를 설치하고 있소. 특전사령관 정병주 소장은 30분 전에 부대로 돌아갔소."

"알았소. 계속 연락 바라오."

중요한 보고라 전두환 사령관에게 보고하기 위해 정도영 처장이 서둘러 전화를 끊으려고 할 때 변규수 준장의 목소리가 들렸다.

"아마 육본 지휘소를 수경사로 옮기려는 모양이오. 나도 함께 따라가 볼까요?"

"현지에서 판단해볼 때 어때요?"

"그야 저들과 행동을 같이 해야 그들의 동태를 파악할 수 있을 것이오."

"그래, 그렇게 하오. 조심해야 할 거요. 저들은 보안사 참모건 보안부대장이건 무조건 공격 대상으로 삼고 있으니까. 계속 연락 바라오."

변규수 육본 보안부대장과의 통화가 끝났을 때 보안사에는 정병주 특전사령관이 9공수여단을 출동시켰다는 보고가 날아들었다. 보고자는 특전사 보안부대장 김정룡 대령이었다. 보고 내용인즉, 밤 8시 30분경 특전사 상황실장 박중환 중령이 육본으로부터 비상명령을 직접 하달받았다.

"기동타격대 부대를 출동시키라고 사령관에게 전하라."

3층 상황실에 있던 박중환 중령은 벌떡 일어나 2층에 있는 사령관실로 뛰어내려가 육본 명령을 보고했다. 그땐 이미 정병주 특전사령관이 9공수에 출동명령을 내린 뒤였다.

"벌써 9여단장에게 지시를 내려뒀어."

정병주 특전사령관이 보리차를 마시며 문제 없다는 듯 고개를 끄덕였다는 12·12 가해자 측 기록은 "결국 9공수여단의 출동은 특전사령관 정병주 소장의 지시에 의해서였다. 정병주 특전사령관이 육군본부로부터 자신의 집무실로 돌아온 저녁 8시 30분, 그 무렵에 이미 독단적인 지시를 내렸던 것이다"라고 쓰고 있다.

특전사령관 집무실에는 그때 정보처장 탁나현 준장, 작전처장 신우식 대령과 특전사 보안부대장 김정룡 대령(육사 16기·하나회)이 함께 있었다. 바로 그 자리에서 정병주 특전사령관이 9공수에 출동명령을 내렸다는 것인데, 만약 사실이라면 문제는 여기서부터 육본지휘부 쪽은 삐걱거리고 있었다.

김정룡 특전사 보안부대장은 전두환 보안사령관 휘하에 있을 뿐만 아니라 하나회 회원이었다. 정병주 특전사령관의 출동명령을 지켜보는 또 한 명, 신우식 특전사 작전처장 역시 하나회 회원이었다. 말하자면 출동명령을 내리는 정병주 특전사령관은 하나회에 포위된 꼴이었다.

아니나 다를까. 잡음이 곧 일어났다. 정병주 특전사령관이 9공수에 출동을 지시하는 것을 옆에서 지켜본 신우식 작전처장이 만류하고 나선 것이었다.

"9여단 출동은 잘못된 판단입니다. 그러면 저쪽에서도 병력을 출동시킬 것이 아닙니까. 저쪽 지휘관들의 성격을 잘 아시지 않습니까. 모두가 공격적인 성품들 아닙니까. 그렇게 되면 여단끼리 충돌이 일어납니다. 어느 여단이라고 할 것 없이 아군끼리 큰 유혈사태가 일어날 텐데……. 사령관님은 누구를 위한 사령관님입니까. 9여단 출동은 절대로 반댑니다."

"뭐야. 그러는 신 대령도 이상해!"

정병주 특전사령관이 권총에 손을 얹으며 말했고, 신우식 작전처장은 더 이상 말을 붙이지 못하고 머뭇거리다 물러났다.

신우식 작전처장과 함께 특전사령관 집무실에서 나온 김정룡 특전사 보안부대장은 다른 방으로 와서 곧바로 정도영 보안사 보안처장에게 특전사 상황을 보고했다. 12·12의 대세는 이미 그렇게 판가름나고 있었다.

포섭 그리고 진압

33경비단장 김진영 대령이 30경비단 병력을 이끌고 한남동으로 출동할 무렵 경복궁 30단장실은 갑자기 긴장이 고조됐다. 장태완 수경사령관과 정병주 특전사령관의 위협적인 전화가 걸려오고, 보안사 상황실에는 특전사 보안부대로부터 급박한 보고가 날아들었기 때문이었다. 정병주 특전사령관의 출동명령으로 9공수가 부대를 출발, 경복궁을 향해 진격 중이라는 급보는 그들을 아연실색하게 만들었다.

12·12 가해자 측 기록에 따르면 정병주 특전사령관이 즉시 출동해서 경복궁에 있는 전두환 패거리들을 싹 쓸어버리라고 지시했고, 수도기계화사단 전차부대도 중앙청 방면으로 출동시킨다는 말도 나돌았다.

같은 시각, 김진영 33단장이 탄 지프를 선두로 몇 대의 트럭들이 뒤

따르고 있었다. 물론 트럭에는 30단 1개중대 병력이 타고 있었다. 지프가 막 중앙청 앞을 통과할 때, 무전기에서 신호음이 울렸다. 33단으로부터 온 무전이었다.

"무전으로 말씀드리기는 곤란합니다. '거미줄'로 나오기 바람."

지프를 세운 김진영 단장은 뒤따르던 30단 중대장을 불러, "대위가 병력을 인도해 가라. 한남동 제3한강교 앞에서 U턴해 단국대학교 정문 앞에서 대기하도록. 알겠나" 하고 지시했다. 30단 병력을 한남동으로 보낸 뒤 김 단장은 '거미줄을 잡기' 위해 곧장 종로경찰서 안내실로 향했다.

"단장님, 사령관님께서 이제부터는 자신의 지휘를 받으라고 하십니다."

김진영 단장의 직속상관인 장태완 수경사령관이 33단을 장악하겠다는 것이었다. 김 단장은 휘하의 33단을 지휘할 수 없게 됐음을 알고 실망하지 않을 수 없었다. 마음은 급했다. 당장 한남동에서 정승화 총장 연행 예비 부대를 구출하는 것이 급선무가 아닌가. 그때 김 단장은 적어도 자기가 지휘해 온 부대만큼은 다른 지휘관의 손에 넘어가지 않으리라는 확신이 있었다고 한다.

"좋아. 사령부 지시가 있으면 출동해도 좋다. 그러나 공격지점이 어디든 내 명령 없이는 하지 마라. 명령이 떨어지면 일단 출동은 하되, 다시 내 명령을 기다리도록 하라."

김진영 단장은 다시 지프를 몰아 서울운동장, 장충단을 거쳐 국립극장 앞으로 향했으나 차량들이 밀려 더 이상 앞으로 나아갈 수가 없었다.

"저쪽으로 가."

김진영 단장의 지시가 떨어지자 지프는 중앙선을 넘어 반대편 차선으로 질주했다. 아무도 지프를 막는 '장애물' 은 없었다. 김 단장은 한남동 쪽 남산 1호 터널 고가도로 앞에서 지프를 세웠다.

총장 공관 외곽을 경계하는 해병대 병력이 쏘는 총알은 고가도로까지 날아왔다. 김진영 단장은 고가도로 아래 교각 쪽으로 걸어갔다.

"대령님, 그쪽으로 가시면 안 됩니다."

교각 아래 엎드려 있던 해병대 중령이 막았다. 4, 50명가량의 해병대 병력이 엎드려 있었다. 해군본부 경비대에서 출동한 총장 공관 경계병 지원 병력이었다. 그들은 김 단장을 다른 병력들과 마찬가지로 공관 경비를 지원하기 위해 출동한 것으로 착각하고 있었다.

해병대 병력을 돌아본 김진영 단장은 곧바로 앞으로 나아갔다. 공관 입구 고가도로 부근에서 김 단장은 수경사 특수임무조를 지휘하고 있는 헌병단 부단장 신윤희 중령과 마주쳤다.

수경사 특수임무조는 장태완 사령관이 휘하의 헌병 1개 소대, 전차 1대, 경장갑차 한 대, 2.5톤 트럭 한 대, 사이드카 두 대, 구급차 한 대로 편성, 총장의 소재확인 및 구출 임무를 주어 파견한 병력이다. 말하자면 김진영 단장은 마이크로버스 속에서 포위된 정승화 총장 납치 부대를 구출하러 간 지휘관이었고, 반대로 신윤희 헌병단부단장은 그들을 체포하러 온 특수임무조 총지휘관이었다.

당장의 임무는 그랬으나 김진영 단장은 육사 17기 대표화랑 출신이고 신윤희 부단장은 21기로 4기 후배이다. 뿐만 아니라 김 단장, 신 부단장은 전두환 보안사령관이 이끄는 하나회 회원이다.

신윤희 부단장을 만난 김진영 단장은 가슴이 철렁했으나 태연한 척 하며 '성환옥 대령이나 최석립 중령 못 봤나?" 하고 물었다.

"성 대령님은 못 보았고 최 중령은 조금 전 공관 안으로 들어가는 걸 보았습니다."

그때까지 상황을 제대로 파악하지 못한 신윤희 부단장은 아무런 의심 없이 대답했다.

신윤희 부단장은 한남동으로 출동했을 때 정승화 총장 납치 부대 지휘관인 33헌병대장 최석립 중령을 만났다. 최·신 중령은 육사 29기, 21기로 선후배일 뿐만 아니라 같은 헌병병과에 같은 하나회 회원이다.

"어떻게 된 겁니까?"

"나도 잘 모르겠어."

최석립 헌병단장은 장갑차까지 끌고 나온 신윤희 부단장을 보고 가슴이 뜨끔했다고 한다. 그때 최 헌병단장이 들고 있는 무전기에서 헌병감실 기획과장 성환옥 대령의 목소리가 흘러나왔다. 물론 성 과장의 목소리를 신 부단장도 옆에서 들을 수 있었다.

"헌병감실 기획과장인 성 대령이 무슨 일로 여기에 나와 있을까? 헌병감실 기획과장이라면 직접적인 지휘 병력은 없지 않은가. 그리고 그는 지금 합동수사본부에 배속되어 있지 않은가. 설령 병력이 있다고 하더라도 자신이 지휘할 형편은 아니지 않은가. 틀림없이 무엇이 있구나 싶었다."

12·12 가해자 측 기록은 "장태완 수경사령관의 명령대로라면 신윤희 중령은 응당 성 대령과 최 중령을 공격했어야 옳을 일이었다"라고 쓰고 있다. 신 부단장은 이미 합수부 쪽으로 기울고 있었다. 최석립 헌

병단장을 만난 뒤 신 부단장은 사령관으로부터의 임무를 망각한 채 한남동 일대의 교통을 정리하던 중 김진영 단장과 조우한 것이었다.

김진영 단장은 신윤희 부단장에게 다가서며 "잠깐 나 좀 봐, 신 중령" 하고 소매를 끌었다.

"신 중령, 저 안에 갇혀 있는 헌병들에게 공격해서는 안 돼. 내가 저 헌병들을 구출하러 왔어."

김진영 단장의 이야기를 듣고 상황을 대충 파악한 신윤희 부단장은 "잘 알겠습니다. 그렇지 않아도 선배님이 도착하시기 전에 장태완 사령관의 공격 명령이 있었지만 따르지 않았습니다" 하고 말했다.

"잘했어. 계속 그래야 돼."

김진영 단장은 흐뭇했다. 정승화 총장 납치 부대의 진압부대 지휘관이 구원부대 지휘관에게 포섭되는 순간이었다.

한남동 일대는 여전히 아수라장을 이루고 있었다. 기존의 해병대 경비 병력을 비롯하여 육본 헌병대·의장대, 국방부 헌병대, 수경사 헌병대, 시경 기동대, 거기에 김 단장이 끌고 온 30단 병력까지 얽히고 설켜 피아를 구분하지 못할 지경이었다.

신윤희 부단장을 포섭해 놓은 뒤 김진영 단장은 공관 입구 초소 쪽으로 걸어갔다. 그는 해병대 경비병에게 "수고한다. 별일 없나" 하고 천연덕스럽게 물었다. 대령 계급장을 본 경비병은 의심할 여지도 없이 거수 경례를 붙였다. 초소로 들어간 김 단장은 공관 안으로 전화를 넣었다. 공관 안에는 육본 본부사령 황관영 준장이 있었다.

"장군님, 경복궁 30단장 장세동 대령과 통화해보십시오. 군 고위 지휘관들은 모두 거기에 계십니다. 일반 전화번호는 73국에 이판사판(2848)입니다."

"알았다."

황관영 준장과 통화한 뒤 김진영 단장은 다소 마음이 놓였다. 황 준장이 장 대령과 통화만 하면 사태의 흐름을 이해할 수 있을 것이라고 판단한 것이다. 김 단장이 막 초소를 나왔을 때 장태완 수경사령관과 육본 작전참모부장 하소곤 소장의 모습이 보였다.

순간 김진영 단장은 '저들의 눈에 띄면 나는 죽는다!' 라는 생각이 들어 얼른 그곳을 빠져나갔다. 장태완 수경사령관은 휘하의 김 단장이 경복궁에 가담하고 있음을 알았고, '발견 즉시 사살해도 좋다' 는 명령을 내려두고 있었다.

몸을 숨기기 위해 주유소 부근 살롱으로 들어간 김 단장은 경복궁으로 전화를 걸어 장세동 30단장이 황관영 준장과 통화한 사실을 확인했다. 김 단장이 다시 경복궁 30단으로 돌아온 것은 밤 10시가 넘은 뒤였다.

한편 경복궁에 있는 유학성 국방부 군수차관보, 황영시 1군단장과 통화를 끝낸 장태완 수경사령관은 더 이상 대화가 무의미하다고 판단, 병력을 동원해 진압하는 방법밖에 없다는 결정을 내렸다.

"저들이 이 비상시국에 상관의 허락도 받지 않고 근무지를 무단이탈하여 반란 음모를 꾸미고 있다는 것은 군형법 제5, 6조의 반란죄에 해당되고 제2장의 이적의 죄, 제5장의 수소이탈의 죄, 그리고 제6장의 군무이탈의 죄 및 항명의 죄 등을 범하고 있는 것이었다. 바로 이런 자들을 일망타진하기 위해 타 부대의 병력을 동원하기 위해서는 우선 국방부장관에게 보고하고 행동을 취하는 것이 순서였다."

밤 9시 30분경. 장태완 수경사령관은 우선 참모장에게 전화를 넣었으나 통화가 되지 않아 직접 국방부장관실에 전화를 걸었으나 부재중이었다. 장씨는 그때, "장관이 정말 원망스럽기 짝이 없었다"라고 회고한다. 그는 다시 김용휴 국방차관에게 전화를 걸었다.

"차관님, 장관님을 찾아 이런 국가 변란시에 제가 배속받아 사용할 수 있는 4개 사단 중 우선 26사단과 수도기계화사단, 그리고 서울 근교에 있는 4개 공수여단 중 세 놈은 저쪽 편에 가 있으니까 하나회 멤버가 아닌 윤흥기 장군이 지휘하는 9공수여단을 저 놈들이 먼저 끌어내기 전에 저에게 보내도록 조치해주십시오."

"알았어. 그 못된 놈들이 장난하는 모양인데 장 장군이 잘 해야 돼. 장태완이 파이팅!"

김용휴 차관으로부터 격려를 받은 장태완 수경사령관은 마음이 놓이지 않아 3군사령관 이건영 중장에게 전화를 걸었다. 그는 현재까지의 상황을 전하고 26사단과 수도기계화사단을 각각 서울운동장과 장충동 일대로 보내줄 것을 간청했다.

"장 장군, 알았어. 윤필용, 전두환 그 못된 놈들이 장난을 하는 모양인데 장 장군이 잘 해야 돼. 황영시 1군단장, 차규헌 수도군단장 이 두 놈들은 나의 허락도 없이 근무지를 무단 이탈한 죽일 놈들이고. 내 그 놈들의 지휘하에 있는 예하부대들을 절대 서울로 이동하지 못하도록 잡아둘 테니까 걱정 말고 그놈들을 빨리 소탕해야 돼."

이건영 사령관의 격려는 장태완 수경사령관에게 무척 큰 힘이 됐다.

장씨 본인에 따르면 그때까지 바짝바짝 타고 있던 갈증이 좀 풀리는 듯했다고 한다. 이어 윤성민 참모차장으로부터 전화가 걸려왔다.

"총장님이 안 계시니까 차장님께서 모든 군 명령권을 독단적으로 행사해주십시오. 국방부는 어디까지나 군정단위 아닙니까."

장태완 수경사령관이 참모차장 직제의 권위와 기능을 추켜올렸으나 가타부타 응답이 없었다. 10여 분 후인 밤 9시 50분경, 정병주 특전사령관으로부터 전화가 걸려 왔다.

"장 장군, 어떻게 돼가고 있소?"

장태완 수경사령관은 수경사에서 진행되고 있는 상황을 설명하고 두 가지 문제점을 말했다.

"첫째는 내가 초저녁에 3군사령관 이건영 장군에게 요청한 진압 병력인 26사단과 수기사단을 아마 장관님의 승인을 받고 난 후에나 출동시켜줄 모양인데 장관님이 어디 있어야지. 일설에는 장관님이 8군으로 피신해 있다는 말도 들리는데, 도대체 이래 가지고서야 김일성이가 남침해 온다면 6·25 때보다 나을 것이 뭐가 있어요."

"여보, 나 조금 전에 노 장관과 통화를 했어."

정병주 특전사령관은 노재현 국방부장관과 통화했던 전말을 얘기해주었다. 말인즉, 먼저 문홍구 합참의장한테 전화가 와서 받았는데 대뜸 "이 애들의 병력이 움직이기 시작했으니 신중을 기해줘. 지금 여기에는 장관님도 계셔" 하고 말했다는 것이다.

정병주 특전사령관이 뭐라고 말할 사이도 없이 수화기에서는 다소 화가 난 노재현 장관의 목소리가 들렸다.

"너 정병주야?"

"네, 그렇습니다."

"야, 너희 여단이 국방부로 쳐들어온다는데 막아 다오. 지금 유학성, 황영시가 장난하고 있어."

"장관님, 장난하는 놈은 장관님이 가지고 있는 수사기관을 가지고 모조리 잡으십쇼."

정병주 특전사령관으로부터 노재현 장관과의 통화 내용을 들은 장태완 수경사령관은 계속 자신의 이야기를 했다.

"오늘밤 승패는 형님이 그곳 공수여단을 움직이지 못하도록 잡아두는 것과 26사단, 수기사단 두 개 사단이 저놈들보다 먼저 출동해서 진압시키는 방법밖에 없는데, 지금 그곳 여단 사정은 어떻습니까?"

"1공수가 출동하고 있다는 참모의 보고를 받고 박희도 장군에게 전화를 걸었더니 없다고 하기에 부단장 이길룡 대령을 바꾸어 즉각 중지하라고 했더니 나의 지시에 따른다고 했어요. 믿을 수가 없어서 이순길 부사령관과 헌병대장을 즉시 1공수에 파견했소."

정병주 특전사령관은 이어 최세창 3공수여단장을 불러 유사시에 명령을 즉각적으로 실행할 수 있도록 상황을 잘 판단할 것을 지시했다고 전했다. 정병주 특전사령관의 이야기를 잠자코 듣고 있던 장태완 수경사령관은 '저 양반도 이제 끝장이군' 하는 생각이 들었다고 한다.

"최세창 3공수단장도 박희도 1공수, 장기오 5공수단장들과 함께 30경비단장실에 모여 있다가 전두환 합수본부장으로부터 부대 출동 지시를 받고 부대로 돌아온 자에게 그런 지시를 했다는 얘기를 들은 순간 '이제 공수단이 가장 위험한 존재가 되었구나' 하는 느낌이 들었던 것이다.”

잠시 후 정병주 특전사령관한테 다시 전화가 왔다. 내용인즉, 이순길 특전사 부사령관이 1공수 출동을 만류했는데 박희도 여단장이 “부사령관님, 저는 이미 이 길을 택하기로 결심했습니다”라고 말하며 출동을 강행하더라고 무전으로 전해 왔다는 것이다.

“정 선배님, 그 하나회 조직원인 제1, 3, 5공수여단장들은 전두환이가 시키는 대로 하는 자들이니까 믿지 마시고 일반 장군 출신 윤흥기 장군의 9공수를 곧바로 나한테 보내주십쇼. 나는 지금 2개 경비단장과 헌병단장, 그리고 그들 휘하병력들이 전부 반란군에 가담해 있기 때문에 본부 행정병력 1개 중대밖에 없습니다.

정병주 특전사령관과 통화를 끝낸 뒤 장태완 수경사령관은 윤성민 참모차장에게 전화를 걸어 ‘특전사령관과 상의가 되었으니 9공수를 곧 수경사로 배속시켜 달라’ 고 건의했다. 잠시 후 정병주 특전사령관한테서 연락이 왔다.

“방금 참모차장님으로부터 지시를 받았는데, 9공수를 수경사령관한테 즉시 배속시키라고 해요. 그리 알고 있어요.”

“고맙습니다. 그런데 시경 보고(밤 10시경)에 따르면 박희도 1공수가 김포에서 수십 대 차량에 분승하고 서울 쪽으로 이동 중이라고 하는데, 우선 본인으로서는 그 병력을 저지할 만한 병력이 없으니 비상수단으로 한강상의 교량을 전부 바리케이트로 막겠습니다. 민간 차량으로 전 교량을 메우게 해서 장애물로 활용하면 1공수의 도강을 막을 수 있겠는데, 9공수가 출동하면 어느 교량을 사용하겠습니까?”

"제1한강교가 좋지 않겠소."

"좋습니다. 9공수가 제1한강교에 도착하면 윤홍기 여단장이 차에서 내려 한강 검문소까지 와 육성으로 도착 보고를 하면 확인 후 바리케이트를 풀고 통과시키겠습니다."

밤 10시경, 장태완 수경사령관은 한강상의 전 교량을 바리케이트로 막으라는 지시를 내렸다.

장태완 수경사령관은 다시 26사단장에게 전화를 넣었다. 수도권 인근에 주둔하고 있는 26사는 유사시 수경사령관이 배속받아 지휘할 수 있는 부대로서 일찍이 장태완 수경사령관이 사단장으로 근무했던 부대이다. 사단장인 배정도 소장(종합 6기)은 장태완 수경사령관의 오랜 친구이기도 했다.

"배 장군, 출동 준비는 다 됐소?"

"다 됐는데, 도대체 어떻게 된 일이오."

장태완 수경사령관은 자초지종을 설명하고 "1군단장과 수도군단장이 그쪽 편에 가담해 있으므로 병력을 동원해서 손을 쓰지 않으면 큰일 나요. 상부 명령이 하달되면 즉시 사단 병력을 수경사 근처 장충단으로 출동할 수 있도록 준비해주시오" 하고 부탁했다.

"알았소. 당장 지원할 테니 그리 알고 있으시오."

다음은 수기사단장 손길남 소장(종합 29기)과 통화했다. 수기사 역시 비상시에 수경사령관이 동원할 수 있는 부대였다. 장태완 수경사령관은 상부 지시가 있으면 즉각 동대문운동장으로 출동시켜줄 것을 당부했고, 손 사단장은 그렇게 조치하겠다고 대답했다.

최규하 대통령의 버티기

경복궁 30단장실. 최규하 대통령의 재가를 받기 위해 두 번째로 황영시 1군단장과 삼청동 총리 공관으로 갔던 전두환 보안사령관 겸 합수부장이 들어서고 있었다. 그의 얼굴은 여전히 하얗게 질려 있었다.

황영시 군단장이 "역시 진전이 없어" 하고 혀를 끌끌 차며 "각하께서는 주저하기만 하고. 자꾸 장관만 찾으면서 재가를 미루고 있구먼" 하고 말했다.

"그렇다면 전 본부장만의 건의가 아니라는 것을 우리 모두가 가서 말씀드리면 어떻겠나."

차규헌 수도군단장이 제의했다. 대통령에게 집단으로 가서 건의해 보자는 것이었다. 그러나 그게 어디 말처럼 쉬운 일인가. 군 최고 통수권자인 대통령에게 집단행동이 될 수도 있고 정승화 총장이 원상 복귀할 경우 중대한 책임이 따를 수도 있는 문제다. 그러나 사태는 이미 걷잡을 수 없는 막다른 곳으로 치닫고 있었다.

전두환 보안사령관을 필두로 유학성·차규헌·황영시 중장, 백운택·박희도 준장이 자리에서 일어섰다. 그런데 노태우 9사단장이 일어날 생각을 하지 않고 좀 미적거리는 눈치였다.

다음은 11기 동기생인 백운택 71방위사단장의 증언이다.

"황 군단장이 돌아와 설득이 안 된다고 하니 경복궁에 모여 있던 장군들이 모두 자리에서 일어선 거예요. 모두 가서 상황을 설명하고 그래도 안 되면 협박이라도 하려는 심정이었지요. 그런데도 노 장군은 가만히 앉아 있는 겁니다. 내가 '뭘 하느냐' 고 물었지요. 그래도 그는 뭉기적 거리고만 있었어요."

백운택 사단장과 노태우 사단장을 돌아보던 전두환 보안사령관이 분위기를 바로잡았다.

"그래, 상황 파악도 할 겸 노 장군은 그냥 이곳에 남아 있는 게 좋겠어."

경복궁을 나서는 6인의 장군들은 두 대의 승용차에 분승, 삼청동 총리 공관으로 향했다.

시간은 밤 10시로 치닫고 있었다. 그때 광화문 쪽에서 전차의 캐터필러 구르는 소리가 들렸다. 경복궁의 합수부 측에서는 아연실색하지 않을 수 없었다. 장태완 수경사령관의 명령을 받은 전차대가 경복궁을 공격해 오는 것으로 지레 짐작했기 때문이었다.

다음은 노태우 전 대통령의 회고담이다.

"수경사 쪽에 대고 아무리 그렇지 않다고 말해도 듣지 않는 겁니다. 무조건 총장을 풀어내라, 그렇지 않으면 경복궁에 모인 패거리들을 다 때려죽이겠다는 것입니다. 드디어 밤 9시가 넘어 광화문 쪽에서 전차의 캐터필러 소리가 들려오기 시작했습니다. 그만 온몸에 힘이 쫙 빠지더군요. 드디어 올 것이 왔구나, 그런 생각뿐이었습니다. '우리들은 역사적인 진실을 밝히기 위해 노력했을 뿐인데…… 그 뜻도 이루어 보지 못하고 이렇게 개죽음을 당하는구나!' 생각하니 참으로 비감했습니다.

이제 얼마 안 있으면 장태완의 명령을 받은 부하들이 총탄을 퍼부으며 이곳으로 들이닥칠 거라고 생각하며 나는 가만히 소지하고 있던 권총을 만지작거렸습니다. 그것은 장태완 부하들에 대한 공격에 의해서가 아니라 이 총탄으로 나 스스로가 자결하자는 생각에서였습니다. 그들 부하들도 충성스러운 이 나라의 군인인데, 그리고 그들은 아무것도 모르고 상관의 명령 하나만으로 이렇게 행동을 하고 있을 뿐인데, 어찌 그들을 향해 총탄을 발사할 수 있겠느냐는 그런 생각이었습니다. 차라리 내 손으로 자결하는 게 낫겠다, 후일 언젠가는 진실이 밝혀질 것이다, 이렇게 생각한 것입니다."

노태우의 증언과 같이 광화문 쪽에서 전차의 캐터필러 소리가 들린 것은 사실이었으나 그 시각은 10시가 넘었을 때였다. 전차대는 서대문 북쪽에 주둔하고 있던 33경비단 소속이었는데, 노씨의 증언대로 경복궁을 공격하기 위한 것이 아니라 장태완 수경사령관의 명령을 받고 필동 수경사로 집결하기 위해 이동 중이었다.

노태우의 증언에 경복궁 멤버였던 백운택은 펄쩍 뛰었다.

"아니, 뭐라구. 자결을 하려 했다구. 언제 그랬다고 합디까? 거 말 같잖은 소리. 그는 그날의 사태를 유발시킨 장본인 아니오. 아, 다른 사람들은 어떻게 되든 수습을 하려고 이리 뛰고 저리 뛰고 하는 판인데, 가만 앉아서 사태가 불리해지자 그래 무책임하게 자결이나 꿈꾸었단 말이오."

경복궁 장성들이 총리 공관에 도착한 것은 밤 10시 30분경이었다. 공관에 도착하자 장세동 30단장으로부터 미리 연락을 받은 정동호 경호실장이 그들을 공관 안으로 안내했다.

총리 공관 접견실에는 신현확 국무총리가 저녁 7시부터 와 있었다. 바로 그 날짜로 국회에서 총리 인준을 받았기 때문에 다음날 발표 예정인 조각 명단을 대통령과 최종적으로 협의하고 있었던 것이다.

공관 접견실은 전투복 차림의 장군들로 꽉 찬 느낌이었다. 전두환 합수부장이 장군들을 한 사람씩 최규하 대통령에게 소개했다. 대통령을 중심으로 왼편에는 신 총리, 전 본부장, 백운택 장군이 앉았고 오른편에는 유학성 · 황영시 · 차규헌 장군의 순서로 앉았고, 대통령과 맞은편에는 박희도 장군이 앉았다.

장군들의 복장에 대해서는 증언이 엇갈린다. 12 · 12 가해자 측에서는 이날 장군들은 공관에 들어오기 전에 소지하고 있던 권총을 승용차에 풀어놓고 있었고, 백운택 장군은 연대장 시절 부인한테 생일선물로 받은 지휘봉을 차 안에 놓고 들어갔다가 어디에 둔 줄 몰라 찾아 헤매는 촌극을 빚기도 했다고 기록하고 있다. 한편 접견실 상황을 시종 지켜보았던 신현확 씨는 87년 국회 광주특위에 증인으로 출석, "장성들의 복장은 군인들이 보통 입는 작업복(전투복) 차림이었다"라고 회고했고, 권총을 차고 있지 않았느냐는 질문에 대해 "군인들이 대통령실이나 총리실에 들어올 때 권총 차고 들어오는 것은 못 봤다"라고 원칙적인 답변을 했다.

반면 이날 총리 공관에 있었던 한 비서관 출신은 "그들은 분명히 권총을 찬 채 들어왔으며 전투복에 권총을 찬 모습은 아주 위압적이었다"라고 증언했다. 당시 공화당 총재였던 김종필 씨는 "다음날 아침에 최규하 대통령에게 전화를 해 간밤의 상황을 물었더니 '지난밤에 죽을 뻔했다' 고만 말하며 확실한 답변을 피했다. 그는 상당한 충격을 받은 것 같았으며 난처한 입장에 처했다는 것을 느낄 수 있었다"라고 증언했다. 당시 중앙정보부장서리로 12·12 다음날 대장으로 승진, 정승화 총장에 이어 육군참모총장 겸 계엄사령관이 된 이희성 씨 역시 광주특위에 증인으로 출석, "제가 최규하 대통령이 용감했다고 한 것은 초저녁부터 군인들이 와서 강요를 해도 승복을 안 한 분이었기 때문이 아닙니까"라고 증언했다.

당시 보안사령관 비서실장이었던 허화평 씨는 합수부 측이 집단으로 총리 공관으로 몰려간 것에 대해 나름대로 설명을 덧붙인다.

"최 대통령에게 협박을 했다기보다는 읍소하러 갔다고 보면 됩니다. 당시 수사관들 사이에서는 이 과정을 거치지 않을 수 없다는 것이 일반적인 견해였습니다. 최 대통령도 당연히 재가를 해주리라고 생각했습니다. 그래서 부담없이 재가를 받으러 갔던 것이지 그렇지 않았더라면 다른 방법을 강구했을 겁니다. 최 대통령도 합리적인 사람이니 그간의 배경을 이야기하면 다 되리라고 생각했는데, 예상 외로 쉽게 안 되서 일이 뒤엉킨 것입니다."

"각하, 재가를 해주셔야 합니다. 시간이 지연되면 큰일납니다. 정승화 총장의 혐의는 분명합니다. 그리고 정승화 총장을 그대로 두시면 군의 지휘체계가 확립되지 않습니다. 윤허를 내리십시오."

경복궁 멤버 중 최선임자인 유학성 중장이 먼저 말했고, 차규헌 중장이 "이것은 수도권 전 지휘관의 공통된 의견입니다"라며 거들었다.

최 대통령은 쉽사리 재가를 할 기색이 아니었다. 대통령은 이미 총장 공관의 총격전과 총장 납치에 대해 보고를 받아서 알고 있었다.

"김재규를 조사하는 도중에 박 대통령 시해사건에 정병주 특전사령관이 관련됐다는 증언이 나왔으므로 정병주 특전사령관을 연행 조사하는 것은 당연합니다. 결재를 해주십시오."

장군들은 결재 서류를 내놓고 재가를 요구하는데 최 대통령이 전 본부장을 향해, "총격전은 어떻게 된 일이오?" 하고 물었다.

"제가 결재를 받으러 오면서 연행하러 보냈더니 거기서 서로 오해가 나서 총격전이 일어났습니다."

"결재도 받기 전에 가서 왜 그런 총격사건이 일어나도록 했단 말이오? 대통령의 재가가 없는데 먼저 행동을 한 것은 위법 아니오. 이 결재는 정상적인 절차를 밟지 않고 바로 대통령에게 갖고 왔으니 나는 결재할 수 없어요. 더욱이 이 자리에서 들은 이야기만 갖고서는 진상을 알 수가 없지 않소. 사건의 경위를 다 들어보고 내용을 판단한 다음에 결재하겠소. 또 책임자의 이야기를 듣는 절차를 밟아서 결재할 테니 장관을 찾도록 하시오."

그때 전두환 본부장은 밖에서 대기 중이던 이학봉 수사국장에게 다시 국방부장관을 찾아보라고 지시했다. 이 국장이 백방으로 전화를 돌려보았으나 노재현 국방부장관의 행방이 묘연했다.

이날 저녁, 공관에 있던 노재현 국방부장관은 인접한 총장 공관에서 총성이 들리자 그대로 담을 넘어 미 8군 영내를 거쳐 국방부청사에 잠시 들른 다음 지하실 계단 컴컴한 곳에 숨어 있었다. 10·26 사건 때 김진기 헌병감이 김재규를 체포했을 때 데리고 왔던 바로 그 통로였다. 노재현 씨 본인은 아직도 정확한 이야기를 피하고 있지만 혹자는 이날 총장 공관에서 총성을 듣고 시내로 가 있었다고 한다.

9시 30분경 김용휴 차관과 통화한 노 국방은 국방부 청사로 돌아온 뒤 육본 B2 벙커에서 육본측 수뇌부와 합류했다. 총장 공관에서 최초 상황이 발생한 뒤 정위치로 돌아오는 데 2시간이나 공백이 생긴 것이다. 이날 노 국방의 행적에 대해 역사의 기록은 아직도 질타의 목소리가 높다.

군 지휘계통상 막중한 위치에 있는 국방부장관이 상황 초기에 2시간 동안이나 지휘가 불가능한 곳에 있었다는 것은 소수의 합수부 측이 정식 지휘계통을 따르는 다수의 육본 수뇌부 측을 제압하고 승리할 수 있었던 결정적 요인 중 하나였다는 것이다.

실제로 전군비상 발령 소식을 듣고 속속 육본으로 몰려온 수뇌부는 곧 정승화 총장이 합수부측에 의해 강제 연행된 것을 알았고, 원상회복시키기 위해 전력할 수밖에 없었다. 대통령은 재가하지 않았고 장태완 수경사령관, 정병주 특전사령관 등은 열성적으로 정승화 총장 회복을 선언했다. 그들에게는 언제라도 출동 가능한 병력이 있었다. 합수부로서는 곤경에 처했고, 바로 이때 국방부장관이 나타나 강력한 지휘력만 보였더라면 사태는 훨씬 쉽게 풀렸을 것이라는 게 중론이다. 노재현 국방부장관은 B2 벙커에 돌아온 뒤에도 지휘권을 제대로 행사하지 못했다.

육본지휘부 대 합동수사본부

이날 노재현 장관은 이웃한 총장 공관에서 총소리가 나는 걸 듣고 부인과 아들 등 가족과 함께 공관 담을 넘어 단국대 체육관으로 가서 피신해 있었던 것으로 알려지고 있다. 간신히 합참 작전국장 이경율 소장과 통화가 돼서 이 장군의 차를 불러 타고 강북 강변로를 동서로 배회하다가 여의도 소재인 이 장군의 집으로 가 가족들을 내려놓고 김용휴 국방차관과 통화한 후 10시경 국방부로 들어가 그의 증언과 같이 합수부 측의 소행이라는 보고를 듣고 공수단이 곧 쳐들어온다는 첩보를 접한 뒤 미8군 벙커로 옮겨간 것이다. 노씨 본인은 그곳에서 총리 공관으로 전화했다고 하지만, 일부 증언과 기록에 따르면 다시 국방부로 돌아와 총리 공관으로 전화를 걸었던 것으로 알려지고 있다.

전두환 본부장의 지시에 따라 이학봉 수사국장이 이곳저곳으로 전화를 넣고 있는 사이에 노재현 장관의 전화가 극적으로 최규하 대통령과 연결됐다.

"장관, 어떻게 된 일인지 빨리 이리 와서 설명을 좀 하시오."

"네, 각하. 곧 그리로 가겠습니다."

최규하 대통령이 노재현 장관과 간단히 통화를 마친 뒤 옆에 앉아 있던 유학성 중장이 수화기를 넘겨 받았다. 유 장군은 지금까지의 상황을 간단히 설명한 뒤 "급히 좀 오셔야겠습니다" 하고 건의했다.

"알았어. 곧 가지."

그러나 노재현 장관은 나타나지 않았다. 그는 대통령과 통화한 후 삼청동 총리 공관으로 가려고 했으나 국방부 장성들이 "지금 그곳에 가면 합수부 측의 입장을 받아들이는 꼴이 된다"며 만류하는 바람에 망설이고 있었다.

한편, 12·12 가해자 측 기록에 따르면 최 대통령이 노재현 장관과 통화하는 것을 지켜보고 있던 전두환 본부장은 백운택 준장의 귀에 대고 속삭였다.

"백 장군, 현관과 정문에 정동호 경호실장과 고명승 대령이 있을 테니 빨리 나가서 국방부장관이 도착하면 못 들어오게 조치하게. 장관이 도착하면 무조건 내게로 먼저 안내하도록 해."

대통령의 재가를 쉽게 받아내기 위해서는 전두환 본부장이 노재현 장관을 먼저 만나 상황 설명을 해줄 필요가 있다고 판단했기 때문이라는 것이다. 백운택 준장은 복도로 나가 인터폰으로 고명승 대령을 불렀다.

"국방부장관이 도착하면 공관에 들여보내지 말고 보안사로 안내해."

노재현 장관을 기다리고 있는 사이에 최 대통령이 "육군참모차장을 대주게" 하고 합수부 측 장성들에게 지시했다. 백운택 준장이 육본 B2 벙커로 전화를 걸었다. 육본 작전참모부 차장 김재명 소장(육사 10기)이 연결됐다. 이때 육본지휘부는 수경사로 지휘부를 옮기고 김 소장을 비롯 육본 작전처장 이병구 준장(육사 11기), 정보처장 이규식 준장 등만이 상황실을 지키고 있을 뿐이었다.

"참모차장님 계십니까?"

"나, 백운택입니다."

김재명 소장과 백운택 준장은 서로 잘 아는 사이로, 김 소장이 연대장 시절 백 준장이 예하 대대장을 지낸 인연이 있었다.

"자네가 웬일인가? 자네 지금 어디 있나?"

"총리 공관에 있습니다."

"아니, 자네가 왜 거기 가 있나?"

"잠깐 기다리십시오. 1군단장 바꿔드리겠습니다."

백 준장은 대통령보다 먼저 황영시 1군단장을 바꿔주었다.

"나, 1군단장인데."

"어떻게 된 일입니까?"

"일이 꼬여간다. 정승화 총장이 간단히 조사에만 응했으면 끝날 일이었는데 이렇게 됐다. 김 장군은 연합사 측 사람들과 잘 알 테니 서로 오해가 없도록 해줬으면 좋겠어."

"이곳에 모여 있던 간부들은 모두 수경사로 이동했습니다. 만일에 지휘부와 연락하려면 수경사로 전화를 하십시오. 연합사 측은 제가 알아서 처리하겠습니다."

결국 최규하 대통령은 윤성민 참모차장과 통화를 못 했다.

광화문 네거리에서 들려온 전차의 굉음을 듣고 나서 1시간 이상을 기다렸으나 노재현 장관이 나타나지 않자 전두환 본부장은 초조한 얼굴로 1공수여단장 박희도 준장을 가만히 불러냈다.

"안 되겠어. 정승화 총장 추종세력들이 병력을 동원했어. 아무 병력도 무기도 없는 우리들을 공격할 모양이야. 자, 박 장군! 부대로 돌아가라. 가서 병력을 장악하고 있어. 부대를 비우면 부대 병력이 정병주 사령관의 손으로 넘어가버려."

전두환 본부장은 이미 병력을 동원해야겠다는 결심을 굳힌 상태였다. 그는 총리 공관에 두 번째 재가를 받으러 오기 전 3공수여단장 최세창 준장과 5공수여단장 장기오 준장에게 부대로 돌아가 병력을 장악할 것을 지시해놓은 터였다.

"그건 염려 마십시오. 부단장에게 만약의 경우 출동하게 될지 모르니 준비해 두라고 미리 지시해 두었습니다. 설사 사령관의 명령이 내려오더라도 제 지휘 없이는 병력을 절대 움직이지 말라고 했습니다."

"음, 그건 아주 잘한 일이다. 특전사 정 소장, 수경사 장 소장은 정승화 총장의 심복들이야. 그래, 빨리 부대로 돌아가라. 박 장군은 차를 안 가지고 왔지. 내 차를 이용하도록 해."

"네, 알겠습니다."

전두환 본부장에게 거수경례를 붙인 뒤 박희도 여단장은 아무도 모르게 총리 공관을 떠났다. 그 시각 서울 시내 일원에는 요소마다 수경사 요원들이 배치돼 있었다. 전 본부장과 작별을 고하고 총리 공관을 나온 박 여단장은 전 본부장의 승용차를 타고 자대로 복귀하는 길에 경복궁 30단장실에 잠깐 들렀다. 노태우·박준병 두 사단장과 장세동 30단장이 일어나 그를 맞이했다.

"아직도 재가를 안 하시던가?"

노 사단장이 잔뜩 근심스러운 표정으로 물었다.

"예."

"장태완이가 우릴 밀어붙이라고 명령을 내렸다는데."

그때 옆에 있던 박준병 사단장이 기가 차다는 표정을 지으며 "이럴 줄 알았으면 나도 진작에 사단 병력을 이끌고 나왔지. 그냥 맨몸으로 나왔겠어요. 이러는 게 아닌데" 하고 투덜거렸다.

노태우 사단장은 아무래도 총리 공관의 일이 궁금한 모양이었다. 그는 다시 박희도 여단장을 향해 "각하께서는 아직까지 장관만 찾고 계신가?" 하고 물었다.

"글쎄 말입니다. 장관님은 각하와 통화까지 하고, 곧 공관으로 출발하시겠다고 했는데 아직까지 나타나지 않는 겁니다. 각하께서는 고집스럽게 장관만 찾고 계십니다. 통화를 한 지 한 시간도 넘었는데 이상합니다."

박희도 여단장의 이야기를 듣고 있던 노태우 사단장은 "그래, 박 장군은 부대로 돌아가겠단 말이지?" 하고 물었다.

"예, 본부장님 지시를 받았습니다. 저한테 국방부와 육본을 장악하라고 하셨습니다."

"음, 그래!"

노태우 사단장은 박희도 여단장의 손을 굳게 잡아주었다.

"지금 시내에는 수경사 병력들이 쫘악 깔렸는데, 무사히 귀대할 수나 있을는지도 걱정이 돼."

곁에 섰던 박준병 사단장도 육사 12기 동기생인 박희도 여단장의 손을 꽉 잡았다.

"자네가 공관에 가 있는 동안 자네 여단에서 온 일직사령의 전화를 받았네. 육본과 특전사에서 연달아 명령이 내려와도 직속상관의 명령을 받아야 한다며 그쪽 명령을 듣지 않았다는 거야. 내가 잘한 일이라고 말해주었지. 너희 여단장이 지금 공관에 가 있는데 곧 연락이 갈 터이니 그동안 누가 무슨 소리를 하더라도 듣지 말고 기다리고 있으라고, 그렇게 말해두었네."

"응, 고맙네 친구."

노태우·박준병 사단장과 작별을 나눈 박희도 여단장은 장세동 30단장과도 악수를 나누고 곧 경복궁을 출발했다. 밤 11시경이었다.

한편, 전두환 본부장은 대통령의 재가를 받는 데 시간이 걸릴 것으로 판단, 다른 장성들보다 먼저 총리 공관을 나와 보안사로 돌아왔다. 노 장관이 오면 공관 경비병들에 의해 보안사령관실로 안내될 것이다.

보안사에는 전군의 움직임을 한눈에 들여다볼 수 있는 통신 시설이 돼 있다. 특히 보안사 보안처(처장 정도영 대령)는 군 내부의 보안 유지와 대 전복임무 즉, 쿠데타 방지를 주요 임무로 맞고 있기 때문에 평소에도 군 내부의 움직임을 소상하게 파악하고 있는 부처이다. 바로 그 보안처장실은 12·12 사태를 맞아 이미 전군의 움직임을 세밀히 파악하는 상황실로 운영되고 있었다. 김영삼 대통령이 규정한 대로 12·12

가 '군사반란사건' 이라면 쿠데타 방지를 주요 임무로 하고 있는 보안사 보안처는 쿠데타를 감행하는 부처로 돌변하는, 또 하나의 친위 쿠데타를 일으키는 아이러니를 연출하고 있는 것이다.

정도영 보안처장으로부터 그동안의 상황에 대한 보고를 받은 전두환 본부장은 심각해지지 않을 수 없었다. 상황은 긴박하게 돌아가고 있다. 육본 측에서는 이미 9공수여단에 출동명령을 내렸고 수기사 등이 출동 준비를 하고 있었다. 10시경에는 광화문 네거리에서 전차의 캐터필러 굉음이 울려퍼졌다. 이 전차들은 33단에 배속된 전차 1개 중대(전차 12대)로 주둔지인 독립문 부근에서 필동 수경사로 이동 중이었고, 전차대대장 차기준 중령(육사 12기)은 장태완 사령관의 지시에 따라 이 전차 중대를 사령부로 집결하라는 명령을 내렸다.

노태우 9사단장을 비롯한 경복궁 장성들은 지축을 울리는 전차의 굉음에 아연실색했다. 장태완 수경사령관이 전차를 앞세워 쳐들어오는 것으로 생각, 노 사단장은 자결을 결심할 정도로 전율하고 있었던 것이다. 이때 30 · 33단장 장세동 · 김진영 두 대령은 보안사 정보망을 통해 전차 이동 상황을 신속하게 파악했다.

이보다 앞서 한남동 총장 공관에서 경복궁으로 돌아온 33경비단장 김진영 대령은 곧 자기 부대로 전화를 걸었다. 전화는 불통이었다. 나중에 확인한 사실이지만 이때 장태완 수경사령관의 측근 참모들은 김 대령의 33단 장교들을 한 방에 가두어놓고 위협을 하는 한편, 김 대령을 발견하는 즉시 무조건 사살해도 무방하다는 명령을 내려놓고 있었다는 것이다.

"저는 부대로 돌아가겠습니다. 가서 장태완 수경사령관을 제지하겠습니다."

김진영 단장은 분연히 일어섰다. 그때 노태우 사단장이 가로막으며, "김 대령, 그건 안 돼. 벌써 사살 명령이 내려져 있어. 좀더 기다려 봐" 하고 만류했다. 전차의 굉음이 울린 것은 바로 그때였다.

장세동·김진영 두 대령은 전차대가 경복궁을 목표로 공격하는 것이 아니라 필동으로 이동 중이라는 것을 알아냈다. 바로 그때 전두환 본부장으로부터 전화가 걸려와 김진영 대령이 받았다.

"김 대령 부대의 전차는 몇 대야?"

"12대입니다."

"수경사에는 ○○ 대나 되지 않나. 밀고 나오면 곤란하겠지?"

"저쪽에서는 절대 사격을 하지 않을 겁니다. 저쪽 전차대대장은 다행히 제가 아끼는 후배입니다. 몇 번이나 알아듣게 말해주었습니다. 안심하십시오."

"알았다. 유혈사태만은 피해야 할 텐데."

전두환 본부장과 통화한 뒤 김진영 단장은 급히 지프를 몰고 광화문으로 달려가 전차 행렬을 가로막았다. 전차대가 장태완 수경사령관의 지휘로 들어가면 큰일이라고 판단한 것이다. 김 단장은 전차 중대장에게 상황을 대충 설명하고 회군을 종용했다.

"정 갈 테면 나를 깔고 가."

김진영 단장이 완강하게 버티자 전차 중대는 할 수 없이 주둔지로 되돌아 가고 말았다.

같은 시각, 삼청동 총리 공관에 남아 있던 유학성·황영시·차규헌 중장과 백운택 준장 등 4인의 경복궁 장군들은 일단 자리에서 일어섰다. 대통령 집무실을 나오기 전에 4인의 장군들은 최규하 대통령을 다시 설득했으나 요지부동이었다.

"각하, 재가가 늦어지면 큰일납니다."

유학성 중장이 거듭 간청했으나 최 대통령은 "지금 이렇게 조용한데 뭐" 하고 스르르 눈을 감아버리는 것이었다.

대통령 앞에서 물러나온 4인의 장군들은 총리 공관을 나와 곧바로 경복궁으로 가지 않고 전두환 본부장이 있는 보안사로 향했다. 그들이 보안사를 택한 것은 경비 전화가 불통됐고, 장태완·정병주 두 사령관의 공격 시간이 임박해 있다는 긴장감 때문이었다고 한다. 보안사령관실에는 전두환 본부장을 비롯 유학성·황영시·차규헌 중장과 백운택 준장 등 5인의 장군들이 다시 합세했다. 노태우·박준병 사단장은 아직 경복궁에 있었다.

12·12 가해자 측에서는 당시 전두환 본부장의 심경을 다음과 같이 기록하고 있다.

"내가 목숨을 잃는 것은 두렵지 않다. 다만 비극적인 시해사건을 명쾌하게 밝히지 못하는 일이 한스러울 뿐이다. 그러나 무엇보다도 저 충성스런 지휘관들에게 큰 죄를 짓는 것이야말로 가슴 아픈 일이다."

대통령 집무실을 꽉 채우고 있던 6인의 장군들이 물러간 뒤, 그때까지 옆에서 한마디 말도 없이 지켜보고 있던 신현확 총리가 최 대통령을 향해 조심스럽게 말했다.

"결재를 먼저 해주어서는 안 됩니다. 우선 권한을 밝혀야 합니다.

군이 만약에 둘로 분열되면 이 나라에 큰 문제가 생깁니다. 분열을 막기 위해서는 양쪽의 이야기를 다같이 들은 다음에 진상을 파악해야 합니다. 그런 뒤 정상적인 절차를 밟아 결재를 하는 것이 좋겠습니다."

"알았소."

굳은 표정으로 앉아 있던 최규하 대통령은 다시 입을 굳게 다물었다.

같은 시각, 삼청동 총리 공관의 경계를 장악하고 있던 고명승 대령에게 한 통의 전화가 걸려왔다. 경복궁에 있는 노태우 9사단장이었다.

"고 대령, 이 시간 이후부터 대통령을 면담하려는 사람은 누구를 막론하고 보안사령관부터 만나도록 해. 알았나?"

"네. 알겠습니다."

청와대경호실 작전담당관이기도 한 고명승 대령은 노 사단장의 말이 무엇을 뜻하는지 직감적으로 알아차렸다. 확실한 조치가 있어야겠다고 판단한 고 대령은 곧바로 정동호 경호실장에게 연락, 1개 제대 병력을 증강시키도록 하고 이미 나와 있는 다섯 대의 기동타격대 차량 외에 세 대를 더 추가로 배치해 달라고 요구했다.

"참으로 매섭고도 긴 겨울밤이었다. 고명승 대령은 이 긴 겨울밤이 영원히 계속될 것 같은 착각 속에 빠져 있었다. 그는 경복궁으로 전화를 했다. 장세동 대령이 나왔다. '형님, 이제 모든 게 끝장인 것 같아요' 장 대령이 먼저 고 대령에게 말했다. '그래도 이건 의로운 죽음이야. 난 훌륭한 지휘관들과 함께 내 운명이 마감되는 걸 기쁘게 생각한다', '옳습니다. 형님' 나눈 말은 그것뿐이었다."

12 · 12 가해자 측 기록은 당시 합수부 측 군인의 활약상을 눈물겹게 묘사하고 있다. 역사는 그렇게 되풀이되는 것일까. 마치 18년 전 박정

희 소장이 이끄는 일단의 군부 세력들이 5·16 쿠데타를 일으켜 성공한 뒤, 그 주도 세력들이 집필한 '5·16 혁명사'의 한 대목을 보는 것 같았다.

육본지휘부의 이동

"그때 수경사령관은 언론기관을 장악하고 있었고, '경복궁에 있는 장군들을 다 죽여라. 심지어는 전차로 깔아뭉개 죽여라' 하고 명령했다. 밤 8시에서 12시까지 죽음의 그림자가 우리 앞에 다가오고 있었다."

노태우의 증언에 대한 사실 여부를 뒤로 미룬다고 해도 사태는 점점 대결 국면으로 치닫고 있었다. 수경사 병력은 이날 밤 늦게 시내 언론기관과 방송국, 검문소 등을 접수하는 한편 경복궁과 보안사를 원거리에서 에워쌌다. 합수부 측은 장세동 대령의 30경비단 병력과 보안사 및 대통령 경호실 병력에 의존하여 경복궁 일대를 확보하고 있었다.

합수부 측은 육본 측에 선 부대의 핵심 지휘관과 참모들을 각개격파하기 시작했다. 보안사 상황실을 본부로 잡고 육본 측의 병력 출동을 막는 데 온갖 방법을 다 동원하는 것이었다. 전군에 거미줄처럼 쳐진 보안사의 통신체계를 이용하여 사전에 육본 측 전화를 도청, 수뇌부 측의 명령을 받고 출동 준비를 하고 있는 부대 지휘관과 참모들을 설득하여 부대 출동을 와해시켜 나갔는데, 이 과정에서 하나회 조직이 결정적인 역할을 한 것은 물론이다. 또한 각 부대에 나가 있는 보안부대장들이 설득 임무를 맡기도 했고 보안사 참모들이 동기생·선후배 등 자신들의 인맥을 찾아가 설득하기도 했다. 무엇보다도 전두환 보안사령관의 직접적인 설득이 주효했다.

정규육사 그룹의 지도자로서 전두환 보안사령관이 그동안 군내에 쌓아두었던 인맥과 조직은 결정적인 순간에 수뇌부 측의 합법적인 명령을 무시하고 합수부 측으로 돌아서게 하는 데 결정타가 된 것이다. 12·12가 전두환 보안사령관의 승리로 귀결된 원인은 바로 여기에 있었다. 이날 밤이 지나면 육본 측의 적법한 명령을 따른 장군들은 거의 물러나게 되고, 전두환 보안사의 지시를 받은 지휘관들은 중용되어 5·6공 13년 동안 한국 경영 일선에 나서게 될 것이었다.

보안사 측에서 육본 측 부대 출동을 막기 위해 설득작전에 주도적으로 나선 이는 보안사령관 비서실장 허화평 대령이었다. 허씨는 이날 밤 자신의 역할에 대해 부인하지 않는다.

"전화통 붙잡고 고생했지요. 돌발사태인데다 그런 문제에는 참모도 있을 수 없고 성격이 다른 부대의 지휘관들이 엉켜 있다 보니 전적으로 비서실장의 일이었습니다. 제일 손쉬운 방법으로 동창들한테 연락해, 일이 이렇게 됐으니 함부로 움직이지 말고 협조하라고 했습니다."

한편 장태완 수경사령관은 이건영 3군사령관에게 전화를 걸어 애타는 목소리로 부르짖었다.

"26사단과 수기사 출동은 어떻게 됐습니까? 저놈들이 1공수를 이동시키는 중이며 전방 병력 9사단도 움직일 낌새입니다. 빨리 출동명령을 내려주십시오."

"알았어요, 장 장군. 허나, 그 문제는 장관님의 허가를 받아서 실시하겠소."

"장관님은 계시지 않습니다. 아무리 찾아봐도 어디 계신지 모르겠습니다. 사령관님이 스스로 결단을 내려주십시오."

"아니요. 잠시만 기다려봐요. 장 장군, 내가 장관님을 한번 찾아보도록 하겠소."

이건영 3군사령관은 미8군으로 전화를 걸어 노재현 국방부장관을 찾았다. 마침 8군에 피신 중이던 노 장관과 연락이 됐다. 이 사령관으로부터 보고를 받은 노 장관은 병력 출동에 부정적이었다.

"전방 경계가 중요하니 병력은 아직 움직이지 마시오. 서울 상황을 좀더 지켜본 뒤에 방침을 정합시다."

같은 시각 장태완 수경사령관은 제1한강교 쪽으로 오던 1공수여단이 한강 인도교가 민간 차량으로 막혀 있는 것을 보고 김포 쪽으로 돌아갔다는 보고를 받고 한시름 놓고 있었다. 그러나 어느 교량을 이용하든 그들은 서울로 진입할 것이다. 장태완 수경사령관은 작전참모 박동원 대령에게 1공수가 어느 교량을 통과할 것인가 검토하라고 지시했다.

"행주대교를 통과할 것 같습니다. 그곳은 저희 수경사 관할구역 밖이고 검문소도 설치되어 있지 않습니다."

작전참모로부터 보고를 받은 장태완 수경사령관은 '그렇다면, 수색 방면이 아니면 구파발 쪽이 될 것' 이라고 판단, 30사단장 박희모 소장에게 부랴부랴 전화를 걸었다.

"김포 1공수가 박 장군 관할인 행주대교 쪽으로 갈지 모르니 잘 차단해주시오. 아, 그리고 총장 불법 연행에 노태우 9사단장이 가담해 있어요. 앞으로 9사단이 출동하면 그쪽으로 올지 모르니 구파발의 대전차방벽에 연해서 부대를 배치하고 전차와 106밀리 무반동총과 로켓포를 동원해 9사단 진출을 막아줘야겠소."

"알았소."

"이건영 3군사령관한테는 이미 말해놓았는데, 황영시 군단장도 전두환과 한 패거리이니 그의 지시를 절대 듣지 말아야 합니다. 그자는 반란군 편이오."

장태완 수경사령관은 위기상황이라고 판단했다. 이 위기 극복의 관건은 26사와 수기사의 조기 서울 출동에 있었다.

육본 B2 벙커.

육본 측은 경복궁 30단에 모여 있는 합수부 측 장군들과 전화를 통해 정승화 총장을 원상회복시키지 않으면 병력을 동원해서 전원 체포하겠다고 강경하게 요구했으나 합수부 측에서는 10·26 사건을 수사하는 과정에서 불가피한 조치라며 육본 측 요구를 거절하고 나왔다.

"그게 무슨 말이오. 적법 절차도 없이 총장을 연행한 것은 불법행위가 아닌가. 조사할 일이 있으면 일단 석방시킨 뒤, 절차를 밟아서 하면 될 것 아니오."

윤성민 참모차장이 나서 설득했으나 합수부 측은 이를 일축해버렸다. 합수부 측이 완강하게 나오자 육본 측은 납치된 정승화 총장이 이미 살해된 것이 아닌가 하는 의구심까지 들었다. 육본 측이 합수부 측의 조직적인 쿠데타라는 것을 강하게 느끼기 시작한 것은 이 무렵이었다.

"정 그렇다면 이쪽으로 와서 경위를 설명하시오."

윤성민 차장이 지시했으나 합수부 측은 오히려 "이쪽으로 와서 보면 상황을 이해할 수 있을 것이니, 우리가 그쪽으로 갈 것이 아니라 그쪽에서 이리로 오시오" 하고 응수했다.

육본 측과 합수부 측이 전화로 공방전을 벌이고 있는 동안 처음에는 강경론이 비등했던 육본 측은 점차 다른 분위기로 변하고 있었다.

"잘못했다가는 유혈사태가 벌어질 가능성이 있습니다. 유혈사태만은 피해야 합니다."

합수부 측은 목숨을 걸 처지에 있는 반면 육본 측에서는 한 발 물러서서 대처하고 있는 것이었다. 12·12 그날 고립무원 속에 빠져 홀로 고군분투했던 당시 수경사령관 장태완은 "이것이 바로 진압 실패의 결정적인 원인이 되고 말았다"라고 통탄하고 있다.

육본 측의 강경론이 퇴색해 가는 가운데 윤성민 차장은 합수부 측에 전화를 걸어 병력 출동을 자제하자고 제의했다.

"아군끼리의 병력을 동원하는 것은 피차 좋을 것이 없어요. 병력 동원만은 자제해야 합니다. 만약 아군끼리 대규모 충돌을 발생시킨다면 김일성에게 밥상을 차려주는 꼴이 되고 맙니다. 자칫하다간 서울 시내가 불바다가 되고 수많은 희생자가 날 것은 뻔한 일이 아니오. 그렇게 되면 나라가 망해요. 우리 서로 병력 동원은 자제하는 것으로 합시다."

"그야 여부가 있겠습니까."

12·12는 이미 작전이다. 합수부 측에서 거절할 리 만무였다. 합수부 측은 육본 측의 요구를 전적으로 동의한다고 말했다. 이 부분에 대해 장태완 씨는 "합수부 측에서는 육본 측 요구에 전적으로 동의하는 것처럼 기만해놓고 실질적으로는 자기들의 계획이 만일 실패로 돌아가면 자신들의 운명이 어떻게 된다는 것을 잘 알고 있었으므로 날이 새기 전에 병력을 동원하여 육본 측을 제압하고 정승화 총장의 연행을 기정사실화하겠다는 결심을 굳히고 있었기 때문에 그런 말에 응할 리 없었다"라고 분석하고 있다.

"1공수여단 출동. 공격 목표는 육본."

육본 B2 벙커에 급보가 날아든 것은 밤 10시가 조금 넘은 시각. 육본 지휘부의 간부들의 얼굴이 일순간 흙빛으로 변했다. 육본에서는 방어할 병력이 없다. 육본이 수도권에서 즉각 지원 받을 수 있는 부대는 수경사와 특전사였으나 수경사의 주요 전투 병력이라고 할 수 있는 30단과 33단 및 헌병단 주력이 이미 합수부 측으로 넘어가버린 상태였고 특전사 역시 제1, 3, 5공수여단이 합수부 편이었다.

특전사령관 정병주 소장이 "사령관의 지시 없이 병력을 움직이지 말라"는 지시를 거듭 내려보냈으나 그의 명령은 먹혀들지 않았다. 1공수부여단장 이기룡 대령은 이미 각 대대장들을 불러놓고 출동명령을 하달하면서 사령부의 지시를 받지 말라고 단단히 일러두기까지 했다. 결국 1공수는 사령관의 명령을 묵살하고 제1대대가 육본을 점령하기 위해 선두 부대로 출동한 것이었다.

1공수에 출동명령이 떨어진 것은 밤 9시 45분. 경복궁 30단에 참석해 있던 박희도 여단장으로부터였다. 1공수 1대대는 출동명령이 떨어진 지 15분 만에 위병소를 떠났다.

발등에 불이 떨어진 육본 B2 벙커는 술렁거리기 시작했다. 간부들은 불안한 기색이 역력했다. 육본 측에서는 상대를 진압할 엄두를 내기는커녕 무엇보다도 우선 자위책이 급선무로 떠오른 것이다. 윤성민 차장의 주재로 긴급회의가 열렸으나 뾰족한 방안이 없었다. 다만 한 가지 방안이 있다면 1공수를 원대로 복귀하도록 종용하는 것뿐이었다.

육본 측이 믿는 것은 눈에 보이지 않는 '적법한 지휘권' 그것뿐이었다. 육본지휘부와 특전사 측에서는 1공수 원대복귀를 강력하게 지시하고 나왔다. 육본 작전처장 이병구 준장은 1공수 상황실에 전화를 걸어 "이봐, 너희 여단장과 연락이 되었다고 하잖나. 당장 원대복귀시키도록 하란 말이야" 하고 지시했다.

천만다행으로 신월동까지 출동, 진출했던 1공수는 여단 상황실의 지시를 받고 회군했다. 육본 측은 일단 한숨을 돌렸으나 1공수가 언제 다시 출동할지 모르는 일이라 불안은 가시지 않았다. 이때 전두환 보안사령관이 직접 30단 전차를 앞세우고 육본으로 공격해 온다는 첩보가 날아들어 육본 측을 더욱 긴장시켰다.

윤성민 차장은 다시 대책회의를 열었다. 이 회의는 노재현 국방부장관도 지켜보고 있었다. 일부 장군들은 B2 벙커를 고수해야 한다는 주장을 했으나 전투 병력의 보호를 받을 수 있는 곳으로 가야 한다는 의견이 우세했다.

문제는 어떤 병력에 기대느냐 하는 것이었다. 특전사와 수경사가 그 대상으로 떠올랐다. 두 부대는 전투 병력을 갖추고 있을 뿐만 아니라 사령관들이 정승화 총장과 가깝다는 점도 감안됐다는 것이 당시 참석 인사의 증언이다. 두 사령부 중 어느 곳을 택하느냐를 놓고 잠시 동안 논란이 있었으나 특전사는 이동 거리가 멀고 시내에서 위치가 많이 떨어져 있어 지휘권 행사가 어렵다는 점 때문에 배제되고 수경사로 이동하는 것으로 의견이 모아졌다.

육본지휘부를 육본이 아닌 다른 부대로 이동한다는 것은 이미 후퇴의 의미나 다름없었다. 12·12 대세에 결정적인 영향을 미치게 될 운명적인 결정은 이렇게 갑작스러운 것이었다.

당시 육본지휘부와 수경사 이동에 대해 장태완은 '육본이 전군 지휘 통신망을 갖추고 있는 육본 벙커를 떠난 것은 큰 오판' 이라고 지적한다. 정승화 역시 비판적이다.

"육군본부 벙커에서는 적의 직접적인 공격을 당해도 상당 기간 버틸 수 있어요. 그런데 경솔하게 이를 포기한 것은 크나큰 실책이었습니다."

반면 육본 B2 벙커에서 수경사로 지휘부를 옮기는 대책회의에 참석했던 당시 헌병감 김진기 씨는 다르게 설명한다.

"정승화 총장은 그 결정을 비판하는 모양인데 우리는 수경사가 안전하다고 보았어요. 10·26 이후 육군본부를 방어하기 위하여 불러다놓은 공수여단 병력이 공교롭게도 그 며칠 전에 돌아가버렸어요. 그래서 수경사로 옮긴 것인데, 이때 우리는 노 국방부장관한테 안전한 미8군 영내로 가 있으라고 권했어요. 거기서 전두환 장군을 불러 사태를 수습하도록 권했지요. 육군본부에서 노 국방은 바로 미8군으로 갔어요."

육본지휘부는 신속하게 필동 수경사로 이동했다. 장태완은 10시 45분경이라고 하고, 윤성민은 밤 11시 40분경이었던 것으로 기억한다고 말했다. 육본 측 장군들은 각자 자신의 차를 이용했는데 참모차장 윤성민 중장을 비롯하여 인사참모부장 천주원 소장, 정보참모부장 황의철 소장, 교육참모부장 채항석 소장, 군수참모부장 김시봉 소장, 통신감 이정랑 소장, 인사군정감 신정수 소장, 헌병감 김진기 준장 등 육본의 일반 및 특별 참모들과 이들의 부관들이었다. 차장급 이하는 대부분 육본 B2 벙커에 잔류했다.

국방부 소속 장군들은 국방부장관실로 가거나 자신들 방으로 갔고, 합참간부들 중에서는 유일하게 합참본부장인 문홍구 중장만이 육본지휘부와 함께 수경사로 갔다.

수경사에 도착한 육본지휘부는 즉시 2층 수경사령관실에 지휘부를 설치했다. 그때 육본지휘부의 한 간부는 상황실로 들어가 병력 동원을 독려하고 있는 장태완 수경사령관을 보는 순간 '아, 이제는 살았구나' 하는 생각이 들었다고 한다. 그만큼 육본지휘부는 불안에 떨고 있었다.

전두환 합수부 측이 육본지휘부 이동을 알게 된 것은 육본보안부대장 변규수 준장의 보고에 의해서였다. 변 보안부대장이 보안사 보안처장으로 전군의 움직임을 체크하고 있는 정도영 준장한테 우선 보고를 했다는 것은 이미 언급한 바와 같다.

육본지휘부가 수경사로 이동해오기 조금 전, 그러니까 장태완 수경사령관이 이건영 3군사령관과 통화를 끝낸 직후 누군가 급히 사령관실로 달려와 귀띔을 했다.

"사령부에 파견돼 있는 보안사 요원들이 상황실에 드나들면서 사령관님의 작전조치 사항들을 자꾸 엿듣고 보안사에 보고하는 것 같습니다. 그들을 가만두어서는 안 됩니다."

순간, 장태완 수경사령관은 '아차, 내가 실수했구나. 보안조치를 벌써 취했어야 할 일인데' 하고 자신의 어리석음을 탓했다고 한다.

"내가 그 점을 미처 생각지 못한 것이 큰 잘못인데, 지금 즉시 우리 사령부에 파견돼 있는 전 보안대원들을 감금시키고 철저히 감시하라."

장태완 수경사령관이 지시를 내린 얼마 후에 육본지휘부가 도착했다. 장태완 수경사령관은 참모장에게 육본지휘부를 안내하도록 지시한 뒤 다시 30사단장 박희모 소장에게 전화를 걸었다.

"박 장군, 당신도 이러한 상황하에서는 나의 지시를 받도록 돼 있소. 지금 김포 방면의 1공수가 행주대교 쪽으로 갔으니 새벽 1시 이전에 구파발 쪽 아니면 수색 쪽으로 갈 거요. 박 장군 사단도 방패 사단(반란 진압 사단으로 유사시에 수경사에 의명, 배속된다)이니까 철저하게 저지시켜줘야 하오."

박 소장은 사단장으로 부임한 지 얼마 안 되었기 때문에 장태완 수경사령관의 설명이 큰 도움이 됐다고 하면서 복종의사를 보였다. 장태완 수경사령관은 조금 안심이 됐다.

육본지휘부가 수경사령관실에 설치된 직후 장태완 수경사령관은 지하 상황실과 함께 2층 집무실로 올라갔다. 장 수경사 팀은 육본지휘부팀과 인사를 나눈 뒤 그동안의 상황 진전과 문제점 등을 브리핑해주었다.

바로 그때 수경사 위병소에서는 지프 한 대가 미끄러지듯 달려오고 있었다. 육본지휘부보다 조금 늦게 도착한 육군보안부대장 변규수 준장이었다. 수경사 위병소는 헌병들이 삼엄하게 경비하고 있었다.

"나 육군보안부대장인데 지휘부가 이쪽으로 이동해서 따라왔다. 들어가게 하라."

"잠시만 기다리십시오."

경비헌병의 대답은 전과 다르게 퉁명스러웠다. 변 보안부대장을 정지시킨 뒤 위병소 헌병중위는 곧 사령관실로 전화를 걸었다. 육본지휘부에 브리핑을 하고 있던 장태완 수경사령관이 받았다.

"육군보안부대장이 와 있습니다. 어떻게 할까요?"

"잠시만 기다려."

수화기를 막은 뒤 장태완 수경사령관은 윤성민 참모차장을 돌아보았다. 다음은 장태완의 증언이다.

"나중에 안 일이지만, 합수부 측에서 육본지휘부가 수경사로 이동했다는 것을 안 것도 바로 변 장군의 보고가 있었기 때문이었고, 그가 육본지휘부보다 뒤늦게 수경사로 달려온 것도 육본지휘부의 동태를 알아서 합수부 측에다 알리기 위해서였다. 나는 얼마 전에 수경사에 있는 보안사 요원들을 모두 감금시키라는 조치를 취한 바 있고, 또 그가 여기까지 뒤따라 온 저의를 뻔하게 알 수 있었기 때문에 내 생각대로라면 당장 연금시키라는 지시를 내리고 싶었다. 그러나 상대는 장군이다."

장태완 수경사령관은 윤성민 차장에게 변규수 보안부대장의 출현을 알린 뒤 "어떻게 조치했으면 좋겠습니까?" 하고 물었다.

"연금시키시오."

윤성민 차장은 더 생각할 것도 없다는 듯 일언지하에 지시를 내렸다. 장태완 수경사령관은 그대로 위병장교에게 지시했다.

수경사 위병소.

장태완 수경사령관의 지시를 받은 헌병중위는 지프로 다가가 권총을 뽑아 들고 변 보안부대장에게 겨눈 뒤, "꼼짝마라. 내려!" 하고 나직하게 말했다. 전혀 무방비 상태에서 순식간에 당한 변규수 보안부대장과 수행장교, 운전병은 곧 지프에서 내린 뒤 무장 해제됐다. 헌병들은 그들을 포승줄로 묶어 수경사 헌병단 유치장에 구금시켰다.

"이봐, 내 계급을 보라. 내가 도망칠 신분이 아니잖는가. 도대체 누가 구속 영장도 없이 나를 이렇게 구금하라고 했는지 당장 말해."

변규수 보안부대장이 호통을 쳤다. 헌병중위는 "상부 지시에 따른 겁니다" 하고 간단하게 대답한 뒤 물러나왔다. 변 보안부대장은 다음 날 새벽 상황이 종료될 때까지 유치장에 갇혀 있다가 풀려났다. 장태완은 훗날 "내 부하들이 변 장군을 예의 바르게 연금조치를 하지 못한 데 대해 진심으로 사과하고 싶다"라고 말한다.

밤 11시경. 정승화 참모총장 수석부관 황원정 대령(육사 18기)이 육본지휘부와 함께 수경사로 와 있던 합참본부장 문홍구 중장을 찾아와 결연한 어조로 말했다.

"장갑차와 전차, 그리고 병력을 저에게 조치해주시면 제가 직접 인솔하여 서빙고로 쳐들어가 총장님을 구출해 오겠습니다."

"그래! 알겠네. 잠시만 기다려 봐."

황원정 대령으로부터 정승화 총장 구출작전 건의를 받은 문홍구 본부장은 곧 장태완 수경사령관을 찾아 황 대령을 지원해주라고 말했다.

"좋습니다. 전차 2, 3대 정도의 지원은 가능할 겁니다."

대답하고 장태완 수경사령관은 즉시 전차 문제를 알아보았다. 그러나 전차는 한 대밖에 준비되지 않는다는 보고였다. 장태완 수경사령관은 황 대령을 불러 조심스럽게 전했다.

"알겠습니다. 한 대라도 좋으니 끌고가겠습니다."

수경사령관실을 박차고 나간 황원정 대령이 총장 구출작전에 필요한 준비를 위해 바삐 뛰어다니고 있을 때 문홍구 본부장은 미 8군 벙커에서 걸려온 노재현 국방부장관의 전화를 받았다.

"수경사에 모여 있는 장군들이 지금 병력 동원에 관해서 협의를 하고 있는 모양인데 절대로 병력 동원은 하지 말아요. 전두환이와 전화통화했는데 원만하게 타협될 것 같소. 박 대통령 시해사건에 관련된 정승화 장군 한 사람에 관한 문제라고 하니까 장군들에게 흥분하지 말고 있으라고 해요. 보안사령관은 무지한 인간이 아닌 것으로 알고 있으니까 내일 아침에는 아무 일도 없을 테니 그리 알고들 있어요."

노재현 장관은 문홍구 본부장뿐만 아니라 합참의장 김종환 대장, 중앙정보부장서리 이희성 중장에게도 같은 내용의 전화를 했다. 노 장관의 전화를 받은 문 본부장은 황원정 대령이 준비하고 있는 서빙고 전차 공격을 중지시켰다.

다음은 장태완의 증언이다.

"문 장군은 그러한 (노 장관에게 전화가 걸려왔다는) 말을 나에게 전해 주지 않았다. 이런 사실은 13년이 지난 지금에 와서야 처음 안 사실이지만, 만일 그 당시 내가 장관과 통화할 수 있었다면 그날 밤의 상황은 어떤 방향으로든 변화가 있었을 것으로 생각한다. '문 본부장이 황 대령의 총장 구출작전을 중지시킨 일에 대한' 이유에 대해선 나도 알 수 없었다. 나도 이때 서빙고 공격에는 적극성을 보이지 않았다. 왜냐하면 정승화 총장이 서빙고에 감금되어 있다 하더라도 우리가 구출을 전개하면 다른 곳으로 빼돌릴 것이 뻔했기 때문이었다. 그래서 나는 주모자들이 모여 있는 경복궁과 보안사령부를 공격해서 이들을 체포하는 것이 더 급하다고 판단하고 있었던 것이다. 뿐만 아니라, 나의 휘하의 병력과 전차 등 주력 부대의 대부분이 합수부 측에 가담해버린 상태에서 그나마 남아 있는 병력을 분산시켜서는 안 되었기 때문에 서빙고 공격을 고집하지 않았다."

바로 그때 헌병감 김진기 준장이 수경사령관실로 뛰어 올라왔다. 김 헌병감은 매우 심각한 표정으로 장태완 수경사령관의 귀에 대고 말했다.

"헌병 1개 소대만 차출해 주쇼. 그럼 내가 헌병들을 이끌고 삼청동 총리 공관으로 가서 대통령 각하를 모셔 오겠소."

장태완 수경사령관은 이심전심으로 고마움을 느꼈다. 연희동 비밀요정 회동 멤버이기도 한 장태완 수경사령관과 김진기 헌병감은 일찍이 53년부터 54년까지 미 육군보병학교에서 유학을 같이 했고, 그 후에도 특별한 우정을 나누어 온 사이였다. 장태완 수경사령관은 김 장군의 건의를 쾌히 응락하고 김기택 장군에게 헌병 1개 소대를 차출해 김 헌병감에게 인계해주라고 지시했다.

"고맙소. 그럼 난 저쪽 상황을 알아보고 오겠소."

김진기 헌병감은 즉시 밖으로 뛰어나갔다. 얼마 후 다시 돌아온 김 헌병감은 난색을 표했다.

"무슨 일이오, 김 장군?"

"아, 글쎄, 총리 공관이 지금 정동호 경호실장대리와 고명승 경호실 작전과장이 지휘하는 청와대경호실 수개 중대병력이 출동해서 이중, 삼중으로 배치되어 빈틈없는 경계를 하고 있지 않습니까. 차량까지 철저히 통제하고 있으니, 대통령을 모셔 온다는 것은 도저히 불가능할 것 같소."

대통령 모시기 작전도 수포로 돌아간 밤 11시경, 장태완 수경사령관은 참모장에게 수경사 전 장교들을 집결시키라고 지시했다. 그는 사령부 내에 잔류하고 있는 전 장교들에게 자신의 비장한 결의와 최후의 작전 지시를 하달할 생각이었다.

당시 수경사에서 근무하고 있는 장교의 총수는 450여 명. 그중에서 390여 명 정도가 합수부 측에 가담하고 사령부 기밀실에 모인 장교는 60여 명에 불과했다. 장태완은 "많은 장교들이 합수부 측으로 돌아간 것은 수경사 내의 하나회 조직과 육사 선후배 동기생들의 연줄, 그리고 보안사 요원들의 맨투맨식 설득에 의한 것이었다"라고 회고한다.

수경사에 잔류하고 있는 60여 명의 장교들이 집결했다. 장태완 수경사령관은 비장한 결의를 전했다.

"내 생명과 같이 사랑하는 동지 여러분! 동지들이야말로 배신할 줄 모르는 참된 군인이오. 여러분이 우리 사령부를 대표하는 그야말로 충정심에 불타는 간부들이라는 것은 지금 바로 서로에게 증명해주고 있습니다. 조금 전까지 450여 명의 우리 사령부 전 장교들은 서로 형제처럼 정을 나누며 일단 유사시엔 일기당천의 전투력으로 생사를 초월하여 주어진 사명 완수를 위해 그동안 우리 모두가 같은 한솥밥을 먹으면서, 같은 내무반 같은 관사에서 기거, 숙식을 함께하며 전투복을 땀으로 범벅을 만들어 온 전우들입니다. 그런데 이 국가 초비상 시국하에 수도의 치안 질서 유지와 국민들에 의한 진정한 민주 정부 수립을 위해서 최대한으로 협력하고 본연의 임무로 조속히 복귀해야 할 우리 수경사가 수도의 계엄사무까지 관장하고 있는 차제에 여기 모인 60여 명의 동지 외에 390여 명의 장교들이 경복궁 30경비단에서 국가 반란을 모의하는 그 무리들과 함께 작당하여 여기 있는 사령관 이하 사령부에 남아 있는 우리들에게 총부리를 겨누고 있다니 이 얼마나 통탄스러운 일이오."

장태완 수경사령관의 훈시는 비장했다. 그는 일단 합수부 측의 반란 기도를 장교들에게 전한 뒤, 최후의 명령임을 강조했다.

"모든 것이 다 이 사령관의 지휘 능력과 덕이 부족한 소치이며, 또한 내가 취임한 지 불과 24일밖에 안 되어 이러한 암적 요소들을 사전에 제거치 못한 것이 전적으로 나의 책임임을 이해해주길 바라면서 다음과 같은 가슴 아픈 최후의 명령을 하달하니, 우리 모두 천지신명께 맹세하고 맡은 바 소임을 완수해줄 것을 믿어 의심치 않는 바이오."

장태완 수경사령관은 최후의 명령 일곱 가지 사항을 전달했다. ①

제30경비단장 장세동 대령, 33경비단장 김진영 대령, 헌병단장 조홍 대령 등을 발견 즉시 체포 또는 사살하라. ②현재 30경비단에서 반란을 모의하는 자들의 명단을 공개하니 발견 즉시 체포 또는 사살하라. ③여기 없는 동료 장교들에 대해서는 최선을 다하여 설득시켜 본대로 귀대시켜라. 그러면 모든 것을 불문에 부치지만 끝까지 역모에 가담하겠다면 그도 가차없이 사살하라. ④각 외곽 검문소는 출입을 철저히 통제하고 검문 검색을 강화하며 수상한 자는 별도 조사 후 조치하라. ⑤방송국 및 각 검문소 병력을 증강하라. ⑥현재 반란군에 가담하고 있는 청와대 뒷산 팔각정 주변에 배치된 병력을 제33경비단 부단장이 가서 설득하여 은밀히 사령부로 철수시키도록 노력하라. ⑦사령부에 남아 있는 전차 네 대(기타 대대 주력인 32대는 합수부 측에 가담), TWO(대전차 유도탄), 3.5인치 로켓포 등 사용 가능한 모든 화포는 탄약상자를 개방하여 완전히 차량에 탑재하고 자체 방어에 임한다. 그리고 야포단(김포에 주둔)의 모든 포는 경복궁을 조준하라.

장태완 수경사령관의 최후의 작전명령에 따라 작전참모 박동원 대령은 상황실장 김진선 중령을 비롯한 검문소반 · 방공반 · 경비반 등의 소령급 반장들, 그리고 야포단 부단장 이승남 중령(육사 18기) 등을 한자리에 모아놓고 작전명령을 구체화한 다음 각 예하에 하달했다. 야포단에도 전화를 걸어 출동 대기시켰다.

바야흐로 수경사에는 전운이 감돌기 시작한다. 예하 부대에 전투태세 명령을 내린 장태완 수경사령관은 육본지휘부가 설치된 2층 사령관실로 올라갔다. 윤성민 참모차장과 마지막 담판을 하기 위해서였다—

'지금 시간은 자정이 다 되어 가고 있습니다. 육본지휘부가 이곳에 옮겨와서 지금까지 단 한 가지 상황도 유리하게 진행시켜준 것이 없습니다. 전화만 가지고 국방부, 3군사령관, 심지어 반란군 두목들과 통화를 하셨지만 제대로 된 결과가 뭐 있습니까. 이젠 시간적 여유도 없습니다. 지금 우리 수경사의 기능도 완전히 마비된 상태이고 저놈들이 동원한 병력들이 서울 시내로 진입할 시간도 멀지 않았습니다'.

전두환 일당의 반란군부가 정권을 장악하면 역사는 또다시 후퇴할 것이 뻔하여 이를 막기 위해서라도 나는 30경비단에 도사리고 있는 그들과 대결할 수밖에 없었다.

결국 패자가 된 장씨의 주장에 지나지 않지만, 그는 그날 밤 고립무원 속에서 고군분투한 것은 사실이었다. 휘하의 수경사 장교들과 윤성민 참모차장에게 자신의 결의를 전달한 장태완 수경사령관은 참모장 김기택 준장에게 출동지시를 내린 것이다.

"조금 전에 기밀실에서 지시한 대로 전차를 비롯하여 행정병들을 포함한 전 병력들을 즉시 전투조로 편성하라. 목표는 경복궁의 30경비단과 보안사령부다. 공격 개시선은 퇴계로 아스토리아 호텔 앞이다. 즉시 공격 개시선상으로 모든 부대를 전개하라. 출발은 내가 선도하며 중앙청 부근에다 적절한 진지를 점령한 다음 전차포, TOW, 106밀리 무반동 총, 3.5인치 로켓포로써 양개 목표에 대해 동시에 집중 사격으로 수백 발의 포탄을 집중시킨 후 일제히 돌격을 감행하여 역모자들을 사살 또는 포획하고 반란을 진압한다. 즉시 본 명령을 시달하고 출동을 대기하라."

장태완 수경사령관이 참모장에게 출동명령을 하달하는 것을 보고 있던 윤성민 차장의 얼굴은 흙빛으로 변했다.

“여보, 조금만 더 기다려요. 최후로 제1, 2, 3군 사령관에게 병력 출동 협조를 구해볼 테니까.”

밤 10시 40분경 윤성민 차장은 곧 3군사령관 이건영 중장과 통화를 했다. 이때 윤 차장과 함께 이 사령관과 통화를 한 장군은 육본 작전참모부장 하소곤 소장이다. 하 소장은 다른 육본 참모들보다 좀 늦게 수경사에 도착했다. 육본지휘부를 이동하면서 B2 벙커 상황실에서 뒤처리할 일이 있었기 때문이었다.

“내가 수경사에 도착했을 때 장태완 수경사령관이 윤성민 참모차장에게 수도기계화사단과 26사단을 동원해줄 것을 요청하고 있었다. 장태완 수경사령관은 자신의 부하들이 다 저쪽으로 넘어가버려 동원할 병력이 없다는 것이었다. 우리들은 당황하지 않을 수 없었다. 수경사에 상당한 병력이 있을 것으로 생각했던 우리의 판단에 큰 차질이 생긴 것이다. 이렇게 된 이상 충정사단 병력 동원을 적극 검토하지 않을 수 없었다. 그러나 전방의 병력을 동원하는 것은 쉬운 일이 아니었다. 우선 전방의 상황을 고려하지 않을 수 없고, 한미연합사와 협의하는 문제가 있었다. 또 통수계통상 허가를 받아야 했다. 그러나 우리는 상황이 급했기 때문에 일단 수기사와 26사단에 출동 준비만 시켜놓기로 했다.”

윤성민 차장과 하소곤 작전참모부장은 이건영 사령관에게 “수기사와 26사단의 출동 준비를 하되 별명이 있을 때까지는 절대로 움직이지 않도록 하라”라는 명령을 하달했다.

윤성민 참모차장과 하소곤 작전참모부장, 이건영 3군사령관의 대화 내용을 듣고 있던 장태완 수경사령관으로서는 석연치 않았다. 그들을 당장 출동시키겠다는 것이 아니라 출동 준비를 하라는 것이었다. 장태완 수경사령관이 수화기를 받아 들었다.

"사령관님, 26사와 수기사 출동은 어떻게 되었습니까?"

"장 장군, 지금 야전군 부대를 동원하면 김일성의 남침 가능성을 배제할 수가 없는 형편이 아닌가. 그리고 부대 출동은 상부 허락이 있어야 하구."

말인즉, 국방부장관의 허락 없이는 부대 출동이 곤란하다는 것이다. 이 사령관과 통화를 끝낸 장태완 수경사령관은 그 입장은 이해하지만 퍽 서운한 감정이었다고 한다. 이후 두 장군은 통화를 하지 못했다.

이보다 앞선 밤 10시 16분경. 한편으로는 병력 동원을 독려하면서 예하 부대에 지휘계통을 이탈해 경복궁에 가담한 장세동 30단장과 김진영 33단장을 보는 즉시 사살하라는 명령을 내린 장태완 수경사령관은 합수부 측이 수도 외곽에서 병력을 불러들이지만 않는다면 수경사 자체 병력만으로 진압작전이 가능하다고 판단, 3군 예하의 병력들이 서울로 들어오지 못하게 조치해 달라고 부탁하기 위해 이건영 3군사령관한테 전화를 건 일이 있었다. 그때 두 장군의 통화 내용은 비교적 정확하게 알려져 있는데, 이날 밤 총장 공관의 상황 그리고 장태완 수경사령관과 육본지휘부 측의 대응이 잘 드러나 있다. 말투로 보아 좀 횡설수설하는 것 같은 장태완 수경사령관은 이때 술이 좀 취했거나 몹시 흥분하고 있었던 것 같지만, 그만큼 진상에 훨씬 가깝게 느껴지기도 한다.

"장태완입니다. 소식 들었지요?"

장태완 수경사령관의 인사가 끝난 뒤 이건영 사령관은 먼저 "자세한 내용을 좀 이야기해보게" 하고 말문을 열었다.

"오늘 밤에 전두환 보안사령관이 저녁을 낸다기에 갔습니다. 18시 30분에 안내된 곳이 연희동 어디 서울 중심가에서 굉장히 멀리 떨어진 데라요. 간판도 없는 민간집 비슷한데 가보니까 전두환 장군은 '육본에 들렀다가 그 다음에 청와대에 들렀다' 고 하면서 안 오고 저희들끼리 거기서 1시간 반 정도 8시 가까이 되도록 술을 먹자니까……. 술을 막 시작했지요."

"장 장군하고 누구 누구하고?"

"정병주하고 헌병감하고요. 근데 헌병감이 들어오더니 총장님이 피습당한 것 같다고 그래요."

"총장이 뭐라고?"

"총장이 피습된 것 같다. 이렇게 돼 가지고 제가 확 나가서 총장님 공관에 전화를 걸으니까 공관의 경비대장 김 대위가 나오더니 '지금 빨리 구급차를 좀 보내주시고…… 총장님이 피습당했습니다' 이렇게 경황없이 이야기를 해요. '알았다' 그러면서 제가 전화를 딱 끊고 바로 거기서 차를 몰고 부대로 들어오면서 바로 부대 출동 태세를 갖춰놓고 병력을 우선 총장 공관으로 급파시켰지요. 그리고 구급차를 보내고 동시에 빨리 총장님을 구출하려고 대략 상황을 보니 파악이 안 돼요. 그래서 우선 총장님부터 구해놓고 보자고 공관으로 갔더니 해병대 애들하고 우리 헌병들이 끌려가 있는데 우리 헌병 들어간 놈들이 총장님을 피습한 건지 원래부터 경비를 담당하고 있는 해병대가 총장을 피습한 건지 그건 모르겠는데…… 아무튼 해병대가 우리 헌병을, 그 안에 한 50명 있는 것을 딱 포위해 가지고 마이크로 버스에서 안 내보내고 있어요."

"우리 헌병이?"

"못 나오고 있어요."

"해병 헌병 때문에?"

"예, 육군총장 공관에서 총소리가 났기 때문에 자기네는 무조건 안 내보낸다 이거죠. 그래서 마침 해군 헌병감이 오고 이러는데…… 30단에 유학성 장군이 와 있다, 저를 자꾸 찾는다 하길래 예감이 이상해서 말입니다. 제가 빨리 상황실에 들어왔습니다. 들어와 가지고 30단에, 청와대 앞에 있는 우리 30단에 유학성 장군이 있다 해서 전화를 바꾸니까 오래된 것처럼, 아마 1시간도 전에 와 있었던 모양이죠. '유 장군님, 왜 남의 부대에 와서 이럽니까?' 제가 예감이 이상해서 물으니까 '에이 장 장군, 거 알면서 왜 그래. 이리 와' '이리 오기는 어딜 와. 당신이야말로 왜 그래요? 왜 한밤중에 남의 부대에 와서 지랄하고 있어? 쏴 죽인다' 했더니 황영시 장군한테 전화를 바꿔요. 황 장군이 있다가 '장태완이 너 왜 그래. 알 만한 사람이 나하고 다 통할 수 있는 처지인데 왜 그래? 너 이리 와' '아니 왜 이러십니까. 왜 그 우리 좋은 총장님을 어쩌자고 납치해 가고 왜 이라요? 정말 그라면 내 죽여' 했더니 '차규헌이도 와 있고 다 왔는데 마 이리 와' '무슨…… 혼자 다 해먹어. 난 죽기로 결심한 놈이야' 이렇게 됐습니다. 지금 출동 준비를 갖추고 있는 중인데 말입니다."

"그러면 말이야."

"보니깐, 이놈아들이 장난하고 있는 것 같습니다. 그런데 제가 전화를 올리는 것은 총장님은 납치돼 가지고 생명에는 지장이 없다고 그라는데 참모차장하고 모두 저짝에서 전화가 오기를 기다리면서 어떻게 되느냐고 묻습니다. '어떻게 되긴 나는 30단이고 다 쏴 죽인다' 했더니…… '하여튼 3군 사령관님하고 상의를 하셔 가지고 나쁜 놈들, 썩어빠진 놈들 사단이 들어오는 것 있으면 차단하도록 해주십시오. 서울 내부는 제가 하겠습니다' 이렇게 정병주 장군한테 제가 전화를 걸었습니다. '아까 우리가 같이 왔는데 임마들이 장난하는 건데, 당신하고 나하고 꾀임에 빠진 것 같은데, 이놈들 다 죽이자' 이렇게 돼 있습니다."

이야기는 주로 장태완 수경사령관이 하고 이 사령관은 듣는 편이었다. 이건영 사령관이 중간에 말을 자르곤 했으나 장태완 수경사령관은 계속 자기 얘기만 하고 있는 것이다. 이야기 도중에 이 사령관은 "정 장군은 자기 부대에 돌아가 있나?" 하고 물었다.

"자기 부대 다 장악하고 있어요."

"그런데 말이야. 30단이 장 장군 명령권 내에 있는 거 아니야?"

"그런데 거기는 제가 자극을 안 하는 기요. 거기에 몽땅 모여 있는 것 같은데 말입니다. 그놈들 거기 모여 있으면 뭐합니까. 제가 단장한테 전화를 걸어 가지고 이리 오너라 하든지, 지시를 하든지 처음에는 단장보고 당장 쏴 죽이라고 했거든요. 그런데 단장이 모두 그놈아들한테 눌려 있는 것 같애요."

"현재는 말이야. 다른 30사단이나 33사단이나 부대 동원에 대해서는 각각 지휘관한테 내 명령 없이는 출동하지 말라고 지시는 해놨어요. 그래서 여기선 부대는 하나도 동원 않는데 쌍방이 충돌 없이 잘 돼야지 그렇지 않으면 굉장한 불상사가 생겨."

"그까짓 거 충돌이고 뭐고 몇 놈은 죽어도."

"글쎄, 잘못된 놈은 죽어도 좋은데."

"하여튼 내부에선 제가 죽든 살든 할 테니까요. 사령관님은 바깥을 좀 맡아주십시오."

"그렇게 해요. 이거 뭐 좀 불순한 장난이 있는 것 같아."

"완전히 장난이라요. 전두환이하고 이놈아들이 모두 작당해 가지고 장난하는 것 같애요. 그리고 여기도 보니까 단장들 몇 놈들이 자취를 감추고 없는데요. 그놈아들한테 전부 사전공작을 한 모양인데, 중대장들도 다 있고 참모장 다 있고 부지휘관도 다 있기 때문에 완전히 장악하고 전차고 뭐고 완전히 장악하고 있습니다. 30단 하나 빼두고요."

"그런데 그 육군 상황실에 말이야. 거기 지휘부에 합참의장님이나 장관님이 모두 계실 것 아닌가."

"거기 보니까 국방차관 계시고요, 저하고는 통화를 했는데 말이죠. 그리고 그 다음에 연합사 부사령관하고 그 다음에 저하고 윤성민 장군하고 통화했습니다. 그런데 지가 제 계획을 얘기했습니다. 지가 당장 돌파하겠다고 하니 상황을 좀 봐가지고 하라는 겁니다. 하여튼 그건 제가 아직 부대 출동 준비가 덜 돼서 그런데 그건 당신들 명령받지 않고 해결된다. 앞으로 저에게 명령이 필요 없습니다. 지가 알아서 할 테니까요. 이놈들 다 죽여야 되겠어요."

"알았어. 이거 굉장히 불순한 장난이 있어 큰일이야. 불행한 사태야."

장태완 수경사령관은 정병주 특전사령관이 예하 부대를 다 장악하고 있고, 자기도 30단만을 제외한 예하 부대를 완전히 장악하고 있다고 큰소리치고 있으나 실제로는 전혀 달랐다. 그는 예하 부대를 전혀 장악하지 못한 채 충정 부대의 출동에 매달려 있는 상태였다.

신사협정 그리고 병력 동원

장태완 수경사령관과 통화를 끝낸 이건영 3군사령관은 계속해서 김학원 1군사령관(육사 5기), 진종채 2군사령관과 통화하며, 상황설명 및 정보교환과 함께 전방 경계 강화와 부대 장악 철저를 서로 다짐하고 있었다. 윤성민 차장과 하소곤 육본 작전참모부장으로부터 전화가 걸려 온 것은 바로 그때였다. 윤 차장은 3군 예하 충정 부대인 수기사와 26사 출동 준비를 지시했다. 두 부대가 출동하면 서울에서는 대규모 충돌을 각오해야 한다. 3군사령부는 아연 긴장감이 감돌기 시작했다.

한편 윤성민 차장은 이건영 3군사령관에게 충정 부대 출동 준비를 지시한 뒤 김학원 1군사령관, 진종채 2군사령관과 통화를 했으나 사정이 여의치 않았다. 제1, 2군사령관이 병력 출동에 대한 윤 차장의 요청을 수락한다고 해도 거리와 시간상으로 맞지가 않았고, 특히 2군은 출동 가능한 병력도 전혀 없는 실정이었다.

윤 차장으로부터 출동 준비 지시를 받은 이건영 3군사령관은 곧 예하 6군단장 강영식 중장(육사 10기), 5군단장 최영구 중장(육사 7기)을 전화로 불러 26사와 수기사가 출동 준비를 하되 별도 명령이 있을 때까지 절대로 병력을 움직이지 말라고 지시했다. 강·최 두 군단장은 즉시 예하 26사단장과 수기사단장을 불러 출동 준비를 하달했다. 충정부대 두 사단이 즉각 출동 준비 태세에 들어간 것은 물론이다.

26사, 수기사에 출동 준비 명령이 하달되어 가고 있을 때 하소곤 육본 작전참모부장도 26사단장 배정도 소장에게 직접 전화를 걸어 출동 준비를 하고 대기하라는 육본 명령을 전달했다.

"알겠습니다, 형님. 그자들을 용서하지 않겠습니다. 언제든지 명령만 내려주십시오."

배정도 장군으로부터 패기만만한 대답을 들은 하소곤 부장은 다시 수기사단장 손길남 소장을 전화로 불렀다.

"손 장군, 출동명령을 내리면 얼마 만에 들어올 수 있겠소?"

"3, 40분이면 가능합니다."

"알겠소. 모든 준비를 갖춰놓고 기다리도록 하시오."

충정부대 2개 사단 출동 준비는 무리없이 진행되어 가고 있었다. 육본을 비롯하여 3군 군단을 거친 명령이 내려왔으므로 지휘계통 문제에는 아무런 하자도 없었다. 이제 출동 명령만 떨어지면 2개 사단은 서울로 진격할 것이다. 일촉즉발의 순간이 서서히 다가오고 있었다.

육본지휘부로서는 2개 사단이 출동하면 지휘와 통제도 문젯거리가 아닐 수 없었다. 하소곤 작전참모부장은 장태완 수경사령관에게 어떻게 할 계획이냐고 물었다.

"걱정 마시오. 일단 병력을 장충동 근처까지만 불러주면 내가 알아서 하겠소."

문제는 육본 측이 전혀 신경을 쓰지 않고 있는 곳에서 발생하고 있었다. 육본지휘부와 3군사령부, 그리고 3군사령부와 예하 군단, 사단 간의 통화 내용이 보안사에 의해 철저히 감청되고 있었던 것이다. 각급 부대로 파견나가 있는 보안대는 감청 내용을 그때그때 보안사로 보고했다. 보안사 보안처장실에 임시로 설치된 상황실에서는 육본지휘부와 예하 부대의 움직임을 손바닥 들여다보듯 훤하게 파악하고 있는 것이었다.

보안사와 합수부 측에서는 육본지휘부가 2개 사단과 9공수여단을 동원하려고 분주히 움직이고 있다는 것을 알고 대경실색했다. 그들은 즉시 보안사 조직과 정규 육사 선후배 관계, 그리고 하나회의 인맥을 가동해 육본지휘부 측의 병력 출동 움직임을 저지하기 시작했다.

"고립무원의 상태에 놓인 나는 울분이 치밀어 땅을 치며 통곡이라도 하고 싶은 심정이었다. 그러나 이 중요한 때에 그러한 모습을 남에게 보일 수 없어 계속 결연한 자세를 취해 나갔다."

결연한 자세를 취하긴 했으나 장태완 수경사령관은 자신들의 병력 출동 움직임이 보안사에 의해 일일이 체크되고 있는 것을 모르고 있었다. 통곡하고 싶은 심정은 오히려 패배자가 된 뒤, 모든 사태를 알게 된 뒤의 일이었는지 모른다.

"후에 안 일이지만 내가 전방 부대의 병력을 동원하기 위해 제3군사령관을 위시하여 특전사령관, 각 사단장들과 통화할 때마다 이를 도청한 보안사에서는 각 사단과 군사령부에 파견되어 있는 보안대장들과 하나회원 참모급들에게 지시를 내려 병력 동원을 방해하고 있었다. 즉 그들은 해당 지휘관들에게 수시로 쿠데타 성공 가능성의 허위보고를 하여 지휘관들의 결심을 흐리게 만들면서 쿠데타 성공을 위해 유리한 방향으로 유도해 나갔던 것이다."

합수부 측에서는 각 인맥을 동원하여 육본 측 병력 출동 움직임을 하나씩 분쇄해 나가는 한편 경복궁에서 보안사로 지휘부를 옮긴 뒤 수경사 육본지휘부 측에 전화를 걸어 서로 병력을 동원하지 않는다는 신사협정을 은근히 제의했다.

육본지휘부의 분위기가 바뀌기 시작한 것은 이때부터였다. 하소곤 육본 작전참모부장의 증언과 같이 수경사에 상당한 병력이 있을 것으로 알고 지휘부를 옮겼던 육본 측은 수경사 실병력이 대부분 합수부 측으로 넘어간 것을 알고 당황하기 시작했으며, 점차 사태가 불리하게 돌아간다는 것을 인식하지 않을 수 없었다. 육본지휘부 측이 합수부 측의 신사협정에 쉽게 동의한 것은 진퇴양난의 기로에서 택할 수밖에 없었던 고육지책이었다. 그러나 합수부 측은 신사협정으로 육본지휘부 측의 발을 묶어놓고 한편으로는 병력 출동을 서두르고 있었다.

성동격서란 이런 경우에도 적용되는 것이 아닐까. 군 지휘계통 관계나 그 정당성 내지 12·12에 대한 성격 규정을 떠나 '전쟁'에서의 승리를 위한 합수부 측의 작전은 훌륭한 것이었다.

특전사 9공수여단이 육본 작전참모부 작전처장 이병구 준장으로부터 출동 준비 암시를 받은 것은 전군에 비상이 하달된 직후인 오후 10시경. 정병주 특전사령관으로부터 병력들에게 실탄을 지급하고 육본으로 출동하라는 지시를 받은 것은 그 직후였다.

그러나 9공수는 밤 11시 30분이 지난 후에도 출동하지 못하고 있었다. 병력을 수송할 차량이 없었기 때문이다. 1개 대대가 충남 서산으로 야외훈련을 나가 있었고, 여단에는 5분 대기조인 1개 대대만을 수송할 수 있는 차량밖에 없었다. 9공수에서는 당연히 육본을 향해 차량을 지원해주라고 요청했고, 육본에서는 1공수가 보유하고 있는 차량을 9공수에 보내라고 1공수 상황실에 지시했다.

육본지휘부로서는 합수부 측에 가담한 박희도 준장의 1공수 출동을 막고 육본 지휘하에 있는 9공수의 출동을 지원하기 위한 일석이조의 계책을 노린 것이었다. 합수부 측은 곧 육본지휘부 측의 계책을 파악했고, 1공수에서는 육본의 지시를 받아들일 리 만무했다. 결국 1공수로부터 차량이 오지 않는 가운데 9공수는 출동을 하지 못하는 사이에 시간만 물 흐르듯 흘러가고 있었다.

육본지휘부에서는 부랴부랴 3공수 지원사령부에 차량 지원을 지시했다. 9공수가 출동하면 합수부 측으로서는 낭패일 수밖에 없었다. 전군부의 움직임을 모조리 파악할 수 있는 통신시설이 갖춰져 있는(당시 보안사 보안처장 정도영 씨의 증언) 보안사에서는 이 사실을 알고 3군지사에 압력을 가하기 시작했다. 보안사의 입김이 들어간 3군지사에서는 머뭇거리지 않을 수 없었다.

3군지사는 부평에 9공수는 인천에 주둔하고 있었다. 3군지사에서 육본 측의 명령을 이행했을 경우 차량이 도착하고도 남을 시간이 훨씬 지나갔다. 그러나 3군지사에서는 쉽사리 차량이 오지 않았다. 그렇지 않아도 9공수여단장 윤흥기 준장은 밤 12시쯤이나 출동할 생각이었다.

"정병주 사령관이 그쪽 돌아가는 상황을 알려주지 않고 무조건 출동하라고만 해서 사안이 그리 심각한 것인 줄 나도 몰랐다. 그저 10·26때처럼 차량 통행이 뜸해지는 밤 12시쯤 이동할 요량이었다. 또한 그토록 늦어진 데는 3군지사로부터 지원 차량이 오질 않았기 때문이었다. 나중에 생각해 보니 9공수의 출동을 막으려는 '경복궁' 쪽의 입김이 그쪽 3군지사에 미친 때문이 아니었나 싶다."

합수부 측에서는 계속 보안사 상황실의 잘 짜여진 통신망을 이용, 육본 측의 명령을 받고 주저하는 부대의 핵심 지휘관들과 참모들을 맨투맨 식으로 설득하고 있었다. 물론 보안사 참모들이 정규 육사 선후배와 동기생 연줄을 찾아 설득에 나섰고, 때로는 전두환 보안사령관이 직접 나서기도 해 합수부 측의 육본 측 병력출동 분쇄작전은 곳곳에서 먹혀 들어가고 있는 것이었다.

당시 헌병감으로 전두환 보안사령관의 연희동 비밀요정유인작전에 말려들어갔던 김진기 씨는 "수경사 병력의 주축인 30·33 두 경비단이 이미 저쪽으로 가버린 마당에 장태완 사령관은 소수의 본부병력을 빼고는 달리 손을 쓸 길이 없었다. 이건영 3군사령관을 비롯한 육군 수뇌부는 수도권 가까이에 위치한 몇몇 부대에 동원령을 내리려 했으나 잘 먹혀들질 않았다"라고 말한다.

보안사의 육본 측 병력출동 분쇄과정을 거쳐 육본지휘부 측에서 누구보다 합수부 측 타도에 앞장 선 장태완 수경사령관이 그토록 오매불망하며 기다리던 수도기계화사단(사단장 손길남 소장)을 비롯해 30사단(박희모 소장), 11사단(전재현 소장) 등이 육본의 합법적 명령보다는 하나회라는 끈끈한 인맥을 중심으로 뭉쳐진 전두환 그룹의 말을 따라 병력을 움직이지 않았다. 박희모 30사단장 같은 이는 오히려 합수부 측으로 돌아서서 예하 90연대(연대장 송응섭 대령)를 서울로 출동시키게 된다.

장태완 수경사령관도 시간이 갈수록 뭔가 상황이 이상하게 돌아가고 있다는 것을 눈치 챈 듯했다.

"나는 그동안 여기저기에 계속 병력지원을 요청하는 전화를 걸고 있었으나 처음에는 병력지원을 해주겠다고 했던 지휘관들이 시간이 흘러감에 따라 그 태도가 바뀌어 상부의 지시가 없다는 이유로 병력지원이 곤란하다는 입장을 취하고 나오는가 하면, 아예 나의 전화를 받지 않기 위해 자리를 피한 지휘관도 있었다."

상황은 점점 육본지휘부 측에 불리하게 전개되고 있다는 것이 피부로 느껴지는 듯했다. 육본과 특전사에서 밤 10시에 병력출동을 지시했다는 9공수도 감감 무소식이었다. 화가 난 장태완 수경사령관은 정병주 특전사령관에게 전화를 걸었다.

"선배님, 큰일 났어요. 지금 1공수가 서울로 진격한다고 하는데 아무도 병력을 지원해주려고 하지 않으니 우린 이제 어떻게 합니까. 선배님이 보내준다고 한 9공수도 아직 아무런 소식이 없어요."

"아, 걱정 말어. 내가 곧 9공수를 보내줄 테니까."

"자신이 있어서 하는 말입니까?"

"9공수여단장은 믿을 수 있으니까 걱정할 필요 없어."

정병주 특전사령관은 여전히 큰소리치고 있었다. 장태완 수경사령관은 반신반의했으나 "그럼 더 이상 애를 태우지 말고 빨리 출동시켜 주십쇼" 하고 전화를 끊었다.

"야, 왜 아직까지 안 떠나고 있는 거야. 빨리 출동해."

장태완 수경사령관의 독촉 전화를 받은 직후인 11시 30분경. 정병주 특전사령관은 9공수여단장 윤흥기 준장에게 전화를 걸어 호통을 치고 있었다.

"차량 지원이 늦어 지금 기다리고 있는 중입니다. 차량 도착 즉시 출동하겠습니다."

"그럼 차량이 준비된 병력부터 출동시켜."

"알겠습니다."

수화기를 놓는 즉시 윤흥기 여단장은 이미 차량에 탑승, 대기중인 예하 5대대(대대장 주원탁 중령)를 이끌고 위병소를 나섰다. 11시 40분경이었다. 목표 이동 경로는 주둔지→경인고속도로→영등포→노량진→한강대교(인도교)→용산→육본이었다.

다음은 당시 9공수참모장 신수호 씨의 증언이다.

"11시가 넘어 정병주 특전사령관으로부터 왜 빨리 떠나지 않고 머뭇거리고 있느냐는 독촉 전화를 받았다. 차량 지원이 늦어 대기 중이라고 답변하자 1개 대대라도 먼저 출발하라고 재촉했다. 그래서 윤 여단장이 1개 대대병력을 이끌고 통금 직전에 여단 정문을 나섰다. 3군지사로부터 차량 지원이 오면 참모장인 내가 다른 2개 대대 병력을 이끌고 뒤따라가기로 했다."

9공수가 출동한 같은 시간, 최세창 3공수여단장은 전두환 보안사령관의 명령을 받고 정병주 특전사령관을 체포하기 위해 여단 병력을 이끌고 사령부를 공격하고 있었다. 물론 윤흥기 9공수여단장은 이러한 사실을 까맣게 모른 채 서울로 이동하고 있었다.

윤흥기 여단장이 예하 5대대를 이끌고 위병소를 통과한 직후부터 9공수 상황실에는 정체불명의 전화가 빗발치기 시작했다. 십중팔구는 병력 출동을 중지하라는 전화였다.

"거, 누구요?"

"뭐야, 빨리 병력이나 돌려."

대부분이 이런 식의 전화였는데, 어떤 전화는 마구 욕설을 퍼부으며 협박을 하기도 했다. 다음은 참모장 신수호 씨의 증언이다.

"9공수가 출동했다는 소식이 서울 쪽에 알려졌기 때문일까. 윤 여단장이 떠난 직후부터 상황실로 몰려오는 전화가 폭주했다. 출동을 독려하는 전화도 있었고, 출동해서는 안 된다는 전화도 있었다. 어디라고 상대를 밝히지 않는 전화도 많았다. 이 와중에서 그때 상황실을 지키던 작전보좌관 박광희 소령이 윤 여단장에게 돌아오라는 무전을 쳤던 것이다. 부대 안으로 들어선 윤 여단장은 '누가 돌아오라고 시켰느냐' 고 다그쳤다. 그때 박 소령이 머뭇거리며 대답을 잘 못했다. 그러자 윤 여단장은 똑바로 근무하라고 화를 냈다. 참모장인 내게도 마찬가지 표정이었다. 마침 그때 3군지사로부터 지원 차량들이 들어왔다. 그래서 여단장에게 '먼저 가시라, 저도 곧 뒤따라가겠다' 고 말씀드렸다."

9공수가 출동했다는 정보는 곧바로 유선을 타고 보안사 상황실에 날아들었다. 이미 합수부 측 지휘부가 돼버린 보안사령관실에 모여 있는 경복궁 멤버들은 9공수 출동 소식에 상당히 놀랐다고 한다.

당시 보안사의 한 관계자에 따르면 9공수가 영등포 쪽으로 움직였다는 보고를 받은 전두환 보안사령관은 의자 뒤고 몸을 젖히며 "에이!" 하고 얼굴을 찡그리더라고 한다.

"71방위사단장 백운택 준장은 어디론가 전화를 하려고 옆의 비서실로 뛰어가고 정도영 보안처장은 9공수쪽과 통화하려고 자리를 떴다. 그때는 아직 최규하 대통령으로부터 정승화 총장 연행 재가를 받지 못한 상황이었으므로 9공수 출동 소식이 합수부 쪽에 모인 장성들을 긴장시킨 게 사실이다."

9공수 출동은 육본지휘부 측은 물론이고 합수부 측으로서도 대세를 판가름하게 될 중요한 '사건'이 아닐 수 없었다. 9공수가 서울로 무사히 출동하기만 하면 합수부 측의 계획은 꼼짝없이 무위로 끝날 공산이 컸고, 상대적으로 육본지휘부 측으로서는 지금까지 밀리기만 하던 상황에서 대세를 장악할 수 있었을 것이었다.

장태완 전 수경사령관은 당시 9공수의 출동은 사태를 역전시킬 수 있는 결정적인 계기가 될 수도 있는 상황이었기 때문에 합수부 측에서 당황했을 것은 당연하다는 식으로 얘기한다. 더구나 통행금지 시간이 가까운 때라 출동 부대가 저지를 받지 않고 달릴 경우 40분 내지 50분이면 서울로 진입할 수가 있었다. 또한 9공수 병력이 서울에 진입했을 경우 30경비단 병력과 청와대경호실 병력으로 저항한다 해도 일당백의 특수전 훈련을 받은 공수부대의 적수가 될 수 없었다는 것이다.

정도영 당시 보안사 보안처장은 12·12 전반적인 흐름에 9공수의 출동이 갖는 의미를 이렇게 분석한다.

"우리 보안사에서 9공수 출동에 특별히 신경을 썼던 것은 공수여단 병력의 특수성 때문이었다. 전방 군부대가 출동하더라도 중무장에 거리가 멀어 시간이 걸리게 마련이다. 그러나 공수여단은 경장비인 M16으로만 무장, 이동이 신속하고 일단 시위전이 벌어지면 일당백의 정예 병력이라 상당한 정도의 피를 흘릴 게 뻔했다. 합수부 쪽에서 이를테면 경복궁에 포진한 30경비단이 전차나 벌컨포 등 중화기를 갖고 있다 하더라도, 또한 노태우 소장의 9사단과 이상규 소장이 이끄는 2기갑여단 전차대대의 화력이 막강하다 하더라도 일단 시가전이 벌어질 때 무고한 시민이 다칠 걸 생각하면 함부로 대포를 쏠 수도 없었다. 무엇보다도 군부끼리 피를 흘리는 사태만큼은 피해야 했다. 그래서 9공수가 출동한다는 소식을 듣고 전두환 장군을 비롯한 12·12 주체들이 상당히 긴장했던 게 사실이다."

정도영 보안처장은 당시 보안사 1처장으로 보안사 처장급들 가운데 최선임자이다. 당시 보안사 주요 간부는 2처장(정보처장) 권정달 대령, 3처장(대공처장) 이학봉 중령, 6처장(인사처장) 허삼수 대령 등이었다. 정 보안처장은 12·12 그날 보안처장실에 임시 상황실을 설치, 군 병력의 이동 상황을 수시로 체크했던 인물이다. 당시 보안사에서 얼마나 철저하게 사태에 대처했던가에 대해서는 정씨의 증언에서 읽을 수 있다.

"보안사 보안처장으로서 군부의 동향을 파악하는 게 나의 주요 업무였다. 이 속에는 군 병력 이동 상황 체크가 당연히 들어 있다. 무장을 한 1개 분대가 사전 통지 없이 초소를 통과한 경우라도 보안처장인 내게 보고가 들어오게끔 돼 있었다. 12·12 당일의 긴박한 상황에서 보안처장실이 임시 상황실로 운영된 것은 그런 이유에서였다. 내 방에 각 과장·계장들의 전화통을 다 모이도록 해 일일이 뛰어다니며 보고하는 번거로움을 생략했다.

12·12 가해자와 피해자 측의 증언들을 종합해보면 육본지휘부와 합수부 측은 쌍방의 병력 출동이 어떤 결과를 가져올지 너무나도 잘 알고 있었다. 그들은 서로 병력을 동원하지 않는다는 신사협정을 맺기도 했다. 여기에서 반발한 이는 장태완 수경사령관이었다. 그는 육본지휘부 측의 타협적 자세와는 달리 수도권 충정 부대를 대상으로 병력 출동을 독촉하고 있었다. 충정 부대란 대규모 시위나 쿠데타 등 국가 변란 진압 작전에 투입될 수 있는 부대로 수경사·특전사 및 수도권 주변에 배치된 4개 사단이 해당된다. 유사시 수경사령관은 이들 부대를 배속받아 지휘를 하게 된다.

합수부 측은 장태완 수경사령관의 병력동원 시도에 자극을 받은 한편 정승화 총장 연행을 기정사실화하고 군의 주도권을 장악하기 위해 육본 측의 병력 출동을 적극 저지하는 한편 자기 측 병력을 본격적으로 동원하기 시작했다. 전두환 합수부장은 제1, 3, 5공수여단장들에게 잇따라 지시를 내렸다. ▲3공수여단은 특전사령부를 공격해 정병주 사령관을 체포하라. ▲1공수는 육본과 국방부를 공격, 접수하라. ▲5공수는 효창 운동장으로 출동, 대기하라.

경복궁 30단에서 전 본부장의 명령을 받은 3공수여단장 최세창 준장과 5공수여단장 장기오 준장은 전군에 비상령이 떨어진 직후 휘하의 부대를 장악하기 위해 귀대했고, 1공수여단장 박희도 준장은 조금 늦게 자대로 복귀했다.

합수부 측은 뒤이어 9사단(사단장 노태우 소장)과 30사단(사단장 박희모 소장)의 각 1개 연대, 제2기갑여단(여단장 이상규 준장)의 1개 전차대대도 중앙청으로 출동하라고 지시했다. 육본지휘부 측의 9공수가 출동했다는 급보가 날아든 것은 합수부 측에서 병력 동원 지시가 떨어진 뒤였다.

9공수 출동 소식은 합수부 측 장성들을 대경실색하게 만들었다. 그럴 것이 시간상으로 9공수는 합수부 측에서 동원한 병력보다 먼저 서울에 진입할 것이고, 1차 공격 목표는 합수부 측 본거지인 보안사와 경복궁 30경비단일 것은 불 보듯 뻔한 노릇이기 때문이었다.

전두환 보안사령관은 이 위기를 벗어나기 위해 김용휴 국방차관에게 전화를 넣었다.

"9공수가 영등포를 지났다면서요. 정 그렇다면 우리도 출동하는 수밖에 없지 않습니까."

"아, 아, 전 사령관. 기다려요. 내가 9공수여단장 윤흥기 준장에게 병력을 돌리도록 전화했어요."

김용휴 차관의 얘기를 들은 전두환 보안사령관은 목소리에 힘을 주어 "아시겠지요? 출동을 하면 서울은 쑥대밭이 됩니다" 하고 못을 박았다. 전두환 보안사령관이 도전적으로 9공수 출동을 중지하라고 말할 수 있었던 데에는 그럴 만한 까닭이 있었다. 육본지휘부 측과 합수부 측 사이에 쌍방 간에 병력을 동원하지 않기로 신사협정을 맺은 것이 빌미가 된 것이다.

9공수 출동 문제를 들고 나온 전두환 보안사령관은 김용휴 차관에게 신사협정 위반이라며 격렬히 항의한 것으로 보인다. 그러나 바로 이 시각 합수부 측의 1공수는 박희도 여단장의 지휘하에 행주대교를 건너고 있었고, 특전사에서는 최세창 여단장이 지휘하는 3공수에 의해 직속상관인 정병주 사령관의 체포작전이 끝나가고 있었다. 뿐만 아니라, 노태우 소장의 전방 9사단 및 30사단의 각 1개연대와 제2기갑여단 1개전차대대는 중무장을 한 채 중앙청을 행해 남하 준비를 하고 있는 중이었다.

"김 대령, 알겠나. 김 차관이 9공수를 돌리겠다고 했으니까 주의 깊게 확인한 후 보고하도록."

김 차관과 통화를 끝낸 전두환 보안사령관은 예하 국방부 보안부대장 김병두 대령을 불러 지시했다. 김 대령은 10·26 그날 김재규 체포에 일조를 했고, 또한 김재규 경호원들의 무장을 해제시킨 장본인이다. "우리가 이러고 가만히 죽치고 있다가는 큰일나지 않겠어. 어떻게든 손을 써야지."

전두환 보안사령관이 김 차관에게 전화를 걸어 9공수 회군을 독촉하는 동안 침통한 분위기에 빠져 있던 합수부 측 다른 장성들도 제각기 전화통을 붙들고 여기저기 전화를 걸어 9공수 출동을 저지하기 위해 안간힘을 썼다. 유학성·황영시 두 중장은 육본지휘부의 본거지가 된 수경사령관실로 전화를 걸어 윤성민 차장에게 격렬하게 항의했다.

"이봐. 왜 병력을 서로 동원하지 않기로 한 신사협정을 깨는 거야. 이건 약속 위반이 아닌가. 빨리 9공수 출동을 중지시키고, 병력을 복귀시키도록 하게."

윤성민 씨는 유 · 차 두 중장에 대해 '두 사람과는 호형호제하고, 대선배지만 허물없는 사이' 라고 말한다. 유 · 차 두 중장이 육본지휘부에 항의하는 동안 백운택 준장은 전화통이 부족해 사령관 부속실로 뛰어나가 어디론가 전화를 걸기도 했다. 보안사 보안처장 정도영 대령은 사령관 비서실로 가서 특전사 작전처장 신우식 대령에게 전화를 걸었다. 두 대령은 육사 14기 동기생으로 하나회 회원이다.

"무슨 수를 써서라도 9공수 출동을 막아야 해, 알겠어?"

신 대령은 아직 9공수 출동을 모르고 있는 듯했다. 정 대령으로부터 그동안의 상황을 전해 들은 신 대령은 "알았어. 최선을 다해 막아보도록 하지" 하고 대답했다.

진압군 출동 저지작전

보안사령관 비서실장실에서는 허화평 비서실장이 육사 동기생·선후배·하나회 등 각 인맥을 통해 각 부대와 계속해서 연락을 취하고 있었다. 비서실장실에 있던 정도영 대령은 보안처장실로 돌아왔다. 합수부 측의 임시 상황실이 되어버린 보안처장실도 분주하게 움직이고 있었다.

보안처장실에는 보안사 핵심 간부들이 줄곧 진을 치고 앉아 있었다. 정승화 총장을 연행했던 인사처장 허삼수 대령은 다음날 새벽 상황이 종료될 때까지 백지장같이 하얀 얼굴을 하고 앉아 있었다. 이날 밤 사태의 기폭제가 된 정승화 총장 연행의 장본인이었다는 책임감과 함께 정승화 총장을 연행하러 갔던 우경윤 범수단장의 총상 등이 허 대령을 내내 위축시킨 것으로 보인다. 허 대령 옆에는 정보처장 권정달 대령도 앉아 있었다. 당시 보안사 관계자의 얘기에 따르면 "권 대령은 초저녁부터 술을 많이 마셨기 때문에 술 깨느라고 입을 붕어처럼 만들어 연신 숨을 빨아들였다 내뱉었다 했다"라고 한다. 감찰실장 이상연 대령도 줄곧 보안처장실의 상황을 지켜보았던 인물이다.

"야, 병력이 출동한다는데 뭐하고 있는 거야. 차 앞에 깔려 죽는 한이 있더라도 막아야 할거 아냐. 그곳 상황실에 지금 누가 있어?"

보안처장실에서는 한 간부가 9공수 보안반장 임모 소령을 향해 고함을 지르고 있었다.

"참모장 신수호 대령이 있습니다."

9공수 보안반장의 보고를 전해 들은 보안처장실에서는 곧바로 신수호 대령의 인적사항 파악에 들어갔다. 신 대령은 갑종 155기이다. 그때 보안처 2과장 오일랑 중령이 달려와, "신 대령은 저하고 동기생이고 친한 사이입니다" 하고 말했다. 오 중령은 10·26 그날 밤 김진기 헌병감과 함께 김재규를 체포했던 장본인이다.

"그래, 거 참 천우신조로군. 오 과장, 빨리 상황을 설명해줘라. 나보다는 동기생 사이가 나을 거 아냐."

9공수 참모장 신수호 대령을 설득하기 위해 전화를 건 오일랑 중령은 "야, 신수호! 너 큰일 났다. 만약 너희 여단이 한강을 건너 서울로 진입하면 그건 너나 여단장이 엄청난 잘못을 저지르는 게 되는 거야. 알겠어. 빨리 여단장에게 무전을 쳐 부대를 복귀시키도록 해" 하고 설득 겸 협박을 했다.

"무슨 소리야. 쓸데없는 소리 마라. 여단장이 상부 명령을 받고 나갔는데 다치기는 내가 왜 다치냐. 부대를 복귀시키는 것도 그래. 참모장인 내가 어떻게 복귀시킨다는 말이야. 난 못해.

신 대령은 그때까지 서울의 상황을 정확하게 모르고 있었다. 오일랑 중령은 정승화 총장 연행 배경에서부터 총장 공관의 총격전 현재까지의 과정을 설명해주었다.

"나는 동기생인 9공수 참모장 신수호 대령이 상황실에 있다는 것을 알고 내가 설득해보겠다고 나섰다. 정승화 총장이 김재규의 박대통령 시해 사건에 깊이 관련되어 있다는 사실과 그날 밤 총장 공관에서 있었던 총격전의 경위를 설명했다. 그리고 이미 정병주 사령관이 체포된 사실 등 대세가 합수부 쪽으로 완전히 기울어 있다고 알리고 병력을 복귀시키지 못하면 역사의 죄인이 될 것이라고 말했다. 그는 알았다면서 바로 부대 복귀 무전을 치겠다고 했다."

오일랑 씨의 증언에 대해 신수호 씨의 증언은 좀 다르다. "보안사 측의 설득이 있기 전에 이미 9공수 병력이 윤성민 참모차장의 명령으로 회군하고 있었다"라고 하는 것이 신씨 증언의 요지이다.

"내가 나머지 병력을 이끌고 여단장을 뒤따라가려고 하는 순간 윤성민 참모차장으로부터 전화가 왔다. 우리 여단이 출동한 뒤부터 상황실로 무수한 전화가 걸려 왔는데 신분을 밝힌 것은 윤 참모차장뿐이었다."

신씨에 따르면 9공수 상황실로 전화를 걸어온 윤성민 차장이, "내가 지휘하고 있다. 9공수를 복귀시키라"라고 지시했다고 한다. 윤 여단장이 떠난 지 10분도 채 안 된 시점이었다.

윤 차장의 9공수 복귀 명령과 그 배경에 대해 당시 수경사령관 장태완 씨는 전혀 몰랐다고 말한다.

"윤성민 차장은 9공수 병력이 출동한 사실을 모르고 있다가 합수부 측 장군들로부터 거센 항의을 받았다. 그 이유는 육본지휘부가 수경사로 이동한 얼마 후에 윤성민 차장이 쌍방에서 병력을 동원할 겨우 수많은 희생자가 나고 서울이 불바다가 될지 모른다는 생각에 합수부 측과 서로 병력을 출동시키지 말자고 약속한 모양이다. 이러한 협상을 합수부 측과 했다는 사실과 또 출동 중인 9공수에 대해 복귀 지시를 내린 조치에 관해서 일체 나에게 극비로 하고 있었기 때문에 나는 모르고 있었다. 그런 협상이 있었기 때문에 합수부 측에서 병력을 출동시키지 않기로 한 약속을 육본 측이 먼저 파괴했다고 격렬하게 항의해 오자 그런 지시를 내렸던 것이다. 이때까지도 9공수가 무엇 때문에 출동하는지 확실한 상황을 모른 채 육본으로 출동하여 그곳의 지시를 따르라는 정병주 특전사령관의 출동 독촉에 움직이고 있던 윤흥기 여단장은 출동을 포기하고 도중에 대기시켜 놓았던 병력도 모두 부대로 복귀시키고 말았다. 이러한 실책들이 결국 합수부 측에 승리를 가져다주고 말았다."

윤성민 차장으로부터 복귀 명령을 받았을 때 9공수 참모장 신수호 대령은 이미 참모총장 공관에서 어떤 일이 벌어져 총장이 유고라는 사실을 대강이나마 전해 들었고, 뭔가 일이 심상치 않게 돌아간다고 생각했다.

"윤 참모차장의 전화 지시를 받고 나는, 부여된 임무를 확인하기 위해 특전사령부에 전화를 걸었다. 회군하더라도 명령계통을 밟아야 되겠고, 상황이 도대체 어떻게 돌아가고 있는지를 알아보겠다는 판단에서였다. 그런데 특전사 상황실의 전화가 연결되지 않는 것이었다.

아무리 전화를 걸어도 받질 않았다. 그 시간에 사령관의 체포작전이 실시되고 있었다는 것을 나중에야 알았다. 나는 윤 참모차장의 명령을 바탕으로 독자적으로 판단을 내리고, 상황실의 박 소령에게 여단장님께 돌아오라는 무전을 치라고 지시했다. 조금 후 부대가 돌아오고 있다는 보고가 들어왔다. 그때 보안사 오일랑 중령으로부터 전화가 왔었다. 오 중령은 나와 갑종학교 155기 동기라 서로 말을 놓고 지내는 편이었다. 그의 말인 즉 10·26 관련 수사 마무리 과정에서 정승화 총장을 모셔가려다 충돌이 있었으나 지금은 합수부 쪽에서 대세를 장악하고 있다는 것이었다. 그런 형편에 9공수 여단이 서울로 진입하면 유혈사태가 벌어질지도 모르고, 그럴 경우 9공수 쪽이 큰 실수를 하는 것이니 병력을 되돌리도록 무전을 치라는 얘기였다. 이미 윤 여단장에게 돌아오라는 무전을 친 상태였지만 좀더 정확한 판단을 하기 위해 그걸 알리지 않고 잠자코 오 중령의 말을 듣고 있던 나는 '병력이 돌아오도록 무전을 쳤다' 고 그를 안심시켰다. 그랬더니 '정말이냐?' 며 뛸 듯이 반기면서 '너만 믿겠다!' 하고서 전화를 끊었다."

9공수 5대대 병력을 이끌고 출동하던 윤흥기 여단장이 복귀 명령을 무전으로 받은 것은 경인고속도로 부천 인터체인지 조금 못 미친 곳이었다. 병력을 실은 차량은 일단 인터체인지로 빠져나가 굴다리를 통해 다시 고속도로로 올라와 회군했다. 역사에 가정은 없다고 하지만, 복귀명령을 알리는 무전이 조금만 늦게 왔어도 9공수 5대대는 부천 인터체인지를 통과했을 것이고, 고속도로로 진행 중이었다면 도중에 인터체인지가 없어 아무리 그 사이에 복귀명령을 받았다고 해도 9공수는 일단 영등포까지는 가야 했다. 만약 그렇게 됐을 경우 9공수는 마침 행주대교 쪽으로 출동 중인 1공수와 조우했을 것이고 그 다음 상황이 어떻게 전개됐을지는 아무도 몰랐다.

자대로 복귀한 윤홍기 여단장은 놀라는 표정으로 참모장 신수호 대령에게 "병력을 어떻게 복귀시켰어?" 하고 물었다. 신 대령은 윤성민 참모차장의 지시와 보안사 오일랑 중령과의 통화 내용을 설명했다.

"큰일났군."

윤홍기 여단장은 한동안 망연자실한 표정이었다.

잠시 후 윤홍기 여단장은 이곳저곳에 전화를 넣었다. 특전사령부와는 통화가 이루어지지 않았다. 다음에는 이웃에 주둔하고 있는 5공수 장기오 여단장에게 전화를 걸어 어떻게 된 것이냐고 물었다.

"나도 잘 모르겠어요. 나는 형님과 같이 행동하겠어요. 형님이 출동하면 나도 출동하고, 안 하면 나도 안 해요."

장기오 여단장과 통화한 뒤 윤홍기 여단장은 이희성 정보부장서리로부터 전화를 받았다.

"윤 장군, 앞으로도 절대로 병력을 출동시켜서는 안 돼. 알겠나."

12·12 가해자 측 기록에 따르면 9공수가 자대로 복귀한 뒤 참모장 신수호 대령으로부터 보안사 보안처장실로 전화가 걸려 왔다고 한다.

"병력이 막 부대로 들어오고 있습니다. 어떻게 할까요?"

정도영 처장은 "무조건 무장을 풀고 병사들을 취침시키도록 해!" 하고 말했다.

한동안 합수부 측을 위기로 몰아넣었던 9공수 출동에 대한 상황 종료가 알려지는 순간 보안사 보안처장실에 진을 치고 있던 정보처장 권정달 대령, 보안처 2과장 오일랑 중령, 그리고 감찰실장 이상연 대령은 서로 손을 잡았다. 얼굴이 백지장 같았던 인사처장 허삼수 대령도 그제야 안도의 숨을 내쉬었다. 정도영 보안처장은 부리나케 사령관실로 뛰어 올라갔다.

"방금 9공수가 복귀했습니다."

보고를 받은 전두환 보안사령관은 자리에서 벌떡 일어나며, "그래, 9공수 참모장이 누구야, 신수호? 몇 기지?" 하고 반색을 했다. 전두환 보안사령관을 둘러싸고 있던 유학성·차규헌·황영시 중장과 백운택 준장 모두 가슴을 쓸어내리며 환한 웃음을 지었다.

"9공수 쪽으로부터 회군하기로 했다는 얘길 듣고 우린 모두 안도의 한숨을 내쉬었다. 출동부터 복귀까지 걸린 시간은 약 40분쯤으로 기억한다. 9공수가 원대복귀했을 때는 이미 대세가 판가름난 것으로 보인다. 정병주 특전사령관도 9공수가 부대로 돌아오기 전에 이미 체포된 상황이었다."

당시 보안사 보안처 2과장이었던 오일랑의 증언과 같이 9공수 회군을 기점으로는 대세는 이미 판가름났다고 해도, 합수부 측으로서는 아직 완전히 마음을 놓기에는 일렀다. 이미 육본지휘부로부터 출동 준비 지시가 내려가 있고, 유사시에 지휘권을 갖고 있는 장태완 수경사령관이 출동을 독려하고 있는 충정부대 수기사와 26사의 존재를 무시할 수가 없는 것이었다. 노재현 국방부장관이 미8군 벙커에서 3군사령관 이건영 중장과 처음으로 통화한 것은 밤 11시 25분경이다. 윤성민 참모차장으로부터 수기사와 26사단의 출동 준비 지시를 받은 이사령관이 각 예하 지휘관들에게 같은 지시를 내린 직후였다.

"이 사령관, 각 예하 부대에 절대로 명령 없이 병력을 움직이지 않도록 철저히 조치해야 해요."

"그렇게 전부 지시했습니다."

"아, 그 대신 병력이 필요할 때는 내가 전화를 걸 테니까, 내 전화 이외에는 절대로 따라서는 안 돼요."

"그렇게 하겠습니다. 그런데 지휘관이 몇 사람 없습니다."

"누구누구?"

"황영시가 저녁때 잠깐 어디 나갔다 오겠다고 저한테 허가를 받고 나갔고 말입니다. 차규헌이가 전화 통화하더니 없고 말이지요. 9사단에 우리 노태우가 없고, 20사단장이 지금 없습니다."

"20사단장이 누구야?"

"박준병입니다. 계엄 때문에 서울에 나가 있는 사단장입니다."

"응. 그런데 그 부대의 부지휘관들은 전부 병력을 장악하고 있나?"

"병력은 장악하고 부대 이동은 없습니다. 지휘관만 없습니다."

"그 부지휘관들 말이야. 여하한 일이 있어도 군사령관 명령 없이는 병력 움직이면 안 된다. 군사령관 명에 의해서만 병력 움직이도록 말야. 그렇게 해야 하오."

노재현 국방과 이건영 사령관의 통화 내용에 따르면 이때 이 3군사령관은 윤성민 참모차장으로부터 수기사와 26사의 출동 준비 지시를 받은 것을 보고했다. 이에 대해 노 국방은 어떤 일이 있어도 자신의 명령 없이는 병력을 동원하지 말라고 분명히 못박았다. 육본지휘부와 합수부 측 사이에 서로 병력을 동원하지 말기로 신사협정이 이루어진 것은 바로 이 무렵이었다.

3군 예하 2개 사단이 출동 준비 태세에 들어갔다는 것은 즉각 각급 보안사 조직에 의해 합수부 상황실로 보고되고 있었다. 합수부 측 지휘부인 보안사령관에 있던 유학성 북방부 군수차관보는 윤성민 참모차장에게 전화를 걸어 격렬하게 항의했다.

"수기사하구 26사가 출동한다며? 이건 약속 위반이야. 왜 약속을 깨고 병력을 동원해."

13일 0시 25분경, 유학성 차관보의 항의를 받은 윤성민 차장은 다시 이건영 3군사령관에게 전화를 걸었다.

"유학성 장군하고 통화를 했는데, 6개 사단이 출동 준비가 돼 있다, 이런 말씀입니다."

"아, 아니, 지금 장관님 전화를 받았는데 일절 병력을 출동시키지 말라고 그랬어요."

"그래서 말이오. 확실히 하나하나 확인을 또 하시랍니다."

"우리 출동 안 해요. 아까 26사단하고 수기사만 출동 준비를 하라고 그랬어요. 그것만 지시가 내려가 있어요."

"그러니까 지금 사단장이 없고 군단장이 없는데, 참모장 또는 작전참모에게 경거망동 않도록 해야 합니다. 그리고 말입니다. 사단장은 빨리 군사령부 참모들을 보내든가 해가지고 장악을 해서 절대 유혈이 안 나도록 해야 할 것 같습니다."

"알았습니다. 그런데 말이예요. 육본에서 명령계통이 일률적으로 나와야지 여러 곳에서 나오면 안 돼요."

"우리는 수경사에 있는데, 여기서 할 것입니다."

윤 차장과 통화를 마친 이건영 사령관은 제2기갑여단장 이상규 준장(육사 12기)을 불렀다.

"이상이 있으면 내가 직접 전화를 할 테니까 절대 부대를 옮기면 안 돼. 알겠나?"

"예, 알겠습니다."

"부대를 단단히 장악하고 있도록. 어디 다른 데서 전화가 오더라도 절대 움직이면 안 돼."

이건영 사령관은 다시 1군단 참모장 정진태 준장(12기, 하나회)에게 전화를 걸어 '앞으로 외부에서 누가 무슨 부대 출동 명령을 내리더라도 내가 직접 연락하기 전에는 부대 출동은 하지 말라. 완전히 부대를 장악하라' 고 지시했다. 이 사령관은 계속해서 전방 9사단(사단장 노태우 소장) 참모장 구창회 대령(18기, 하나회)을 불렀다.

"총장님이 직접 계엄군을 움직이게 되어 있는데 지금 총장님이 전화 못 할 입장에 있으니까 절대 누구 얘기 듣고 움직이면 안 돼. 사단장도 없으니 그렇게 알아둬."

이건영 사령관은 각급 지휘관이 합수부 측에 합류한 예하 부대의 부지휘관급들에게 자신의 명령 없이는 절대로 병역을 움직이지 말라고 거듭 다짐을 받았으나, 결과적으로 그는 정보만 내주고 또한 합부수 측의 병력 출동을 부채질하는 꼴이 됐다. 이 사령관이 다짐을 받고 있는 그들 중 대부분이 바로 전두환 보안사령관이 이끌고 있는 하나회의

회원이다.

육본지휘부 측의 움직임을 손바닥 들여다보듯 환하게 꿰뚫어 보고 있는 합부수 측은 상대방이 삐걱거리고 있다는 것을 알고 있었다. 이 사령관으로부터 병력을 절대로 움직이지 말라는 다짐을 받은 이들은 이미 합수부 측의 명령을 받고 9사단 1개연대와 제2기갑연대 1개전차 대대를 서울로 출동시키기 위해 준비를 하고 있었다.

9공수 출동 봉쇄작전에 눈코 뜰 새가 없던 합수부 임시 상황실장 정도영 보안사 보안처장은 특전사 작전처장 신우식 대령과 통화한 뒤 30사단장 박희모 소장에게 전화를 걸었다. 박 사단장은 정도영 처장이 2군단지역 보안부대장일 때 그 부대의 참모장으로 있어 교분이 두터운 사이였다.

"정도영입니다, 사단장님. 오는 저녁 상황은 잘 알고 계시겠지요? 사단장님께서는 절대로 병력을 출동시켜서는 안 됩니다."

박희모 사단장은 이때 장태완 수경사령관으로부터 병력을 동원, 1공수와 9사단 병력의 서울 진입을 막으라는 지시를 받고 있었다. 박 사단장은 정승화 총장이 자신을 수도권 주요 사단인 30사단장으로 임명할 때 장태완 수경사령관의 의견을 많이 참작했다는 것을 익히 알고 있는 터였다.

정승화 총장을 연행한 것은 사단장님도 아시다시피 시해사건 수사의 마무리 작업입니다. 처음에는 잠깐 진술만 받으려고 했는데 정승화 총장이 신경질적으로 나왔기 때문에 일이 이렇게 확대된 것입니다. 지금 김재규 일당의 공판이 진행 중이지 않습니까. 수사를 진행하다 보니 정승화 총장 관련 혐의가 짙어졌다, 그 말씀입니다. 그래서 협조를 구하려 했을 뿐인데, 무조건 반대하는 정승화 총장의 추종 세력에 의해 전군에 비상이 내려진 겁니다. 만약 오늘 저녁에 병력이 출동하여 그들 추종세력들이 얘기하는 것처럼 서빙고 분실을 점령하고 정승화 총장을 탈취한다든가 합수부의 수사를 방해하게 된다면 틀림없이 서울 한복판에서 쌍방의 출동으로 유혈사태가 일어날 것입니다. 그렇게 되면 김일성의 남침을 초래하게 되고, 따라서 우리 대한민국은 영원히 사라지고 말 것입니다. 사단장님, 보안사령관님에게 전화해보시면 압니다."

육본지휘부와 합수부 쌍방으로부터 상반된 지시를 받은 박희모 사단장은 심각한 고민에 빠졌다. 결국 그는 합수부 측의 지시를 받아들여 병력을 움직이지 않았다. 박 사단장이 장태완 수경사령관의 지시대로 병력을 동원, 행주대교와 구파발 지역을 봉쇄했더라면 1공수와 9사단, 2기갑 여단의 서울 진입은 불가능했을 것이라고 보는 견해도 많다. 뿐만 아니라 박 사단장은 나중에 황영시 단장의 지시를 받고 예하 90연대(연대장 송응섭 대령)의 출동을 허용하기까지 했다.

박희모 사단장과 통화한 뒤 보안사 정도영 보안처장은 26사단장 배정도 소장에게 전화를 걸었다. 이때 26사는 수기사와 함께 육본지휘부로부터 출동 준비 지시를 받아놓고 있었다. 합수부 측으로서는 26사·수기사에 신경이 곤두서지 않을 수 없었다.

유사시 26사·수기사를 배속받아 지휘권을 행사할 수 있는 장태완 수경사령관은 한남동 총성 이후 수차례에 걸쳐 배정도 26사단장과 손길남 수기사단장, 이건영 3군사령관, 윤성민 참모차장에게 전화를 걸어 그들 두 충정 부대를 출동시켜줄 것을 독촉하고 있었다.

장태완 수경사령관과 손길남 수기사단장, 배정도 26사단장은 육군종합학교 출신이다. 그들은 호형호제하며 매우 가깝게 지내는 사이였다. 특히 수기사는 전 사단 병력이 전차와 장갑차로 무장되어 있어 일단 서울로 진입하면 합수부 측으로서는 곤경에 빠질 수밖에 없다.

9공수를 복귀시킨 합수부 측으로서는 또 하나의 골칫거리인 26사와 수기사 출동을 어떤 방법으로든 봉쇄해야 했다.

정도영 보안처장이 전화를 걸었으나 배정도 26사단장은 부재 중이었다. 그때 배 사단장은 사단 진지 공사장에 나가 있었다. 26사 보안부대장 김현 중령의 보고에 따르면 배 사단장은 진지 공사 진척이 늦어져 그날 낮 모 연대장을 기합 주고, 더욱 화가 난 터라 아예 천막을 치고 현장에서 야숙할 생각이었다.

"결국 26사단의 출동이 이루어지지 않은 것은 사단장이 진지 공사장에 나가 있었기 때문이었지만, 설령 배 사단장이 직접 출동 지시를 받았다고 하더라도 병력 출동은 이루어지지 않았을 것이다. 그것은 배 사단장이 과거에 청와대 대통령경호실에서 근무한 적도 있었고, 또한 전두환 본부장이 정승화 총장을 연행하는 일은 처음부터 당연한 것이라고 생각하고 있었기 때문이었다."

12·12 가해자 측 기록에 따르면 정도영 보안처장은 26사의 상황을 김현 보안부대장으로부터 전해 듣고 일단 안심해도 좋다는 판단을 내렸다고 한다. 정 처장이 다음에 전화를 넣은 곳은 수기사이다.

수기사 보안부대장은 최우천 중령이었다. 그날 저녁 8시경 최 중령은 손길남 사단장으로부터 "진돗개 하나를 접수했는데, 상황을 잘 모르겠다"는 요지의 전화를 받았다.

"제가 상황을 파악한 후에 찾아뵙도록 하겠습니다."

최우천 중령은 수기사가 막강한 화력을 가진 충정부대였으므로 보안부대장인 자신으로서는 '진돗개 하나'의 내용이 무엇이든 일단 사단장과 함께 행동하는 것이 옳다고 판단했다고 한다. 최 중령은 부리나케 사단장실로 달려갔다.

"장태완 수경사령관한테 전화가 왔는데 말이야, '나쁜 놈들이 장난을 하는 것 같다, 동요하지 말고 3군사령관이나 내(장태완 수경사령관)가 요청할 때 응해 달라, 청와대 앞에서 유학성·차규헌·황영시 이렇게 셋이서 나를 만나자고 하는데 다 잡아 죽이겠다. 장관 등 모두가 지금 육본 벙커에 있다' 이렇게 막 고함을 치면서 병력을 지원해 달라는 거야."

최 중령으로서는 이미 정도영 보안처장을 비롯하여 허삼수 인사처장, 허화평 비서실장들과 수차례 통화를 했으나 무슨 '계획'이 있다는 말을 들은 일은 없었다. 그는 계속 손길남 사단장 곁에 붙어 있다는 말은 듣고 있었다.

1시간여 후, 윤성민 참모차장으로부터 손길남 수기사단장에게 전화가 걸려왔다.

"이건 예비지시다. 3군사령관의 지시가 가거든 병력을 출동시켜도 좋다."

손길남 사단장에게 내려진 육본지휘부의 전화 내용은 보안부대장 최우천 중령이 모두 간파하고 있었다.

"진돗개 하나가 발령됐다고 해서 전방을 방위해야 할 사단이 수도권으로 진입할 이유는 없는 것 아닙니까. 병력이 수도권으로 출동한다고 해도 지휘계통의 지시를 접수한 후에, 그리고 보안부대에서 출동해도 무방하다는 확인이 있기 전에는 할 수 없는 것입니다."

손길남 사단장의 직선적인 성품을 잘 알고 있는 최우천 중령이 협조를 구했다. 손 사단장 입장엥서는 아직 정확한 상황을 모르고 있고, 충정 부대를 통괄하는 수경사령관과 참모차장으로부터 3군사령관의 지시가 있으면 출동하라는 지시를 받은 터라 작전처에 출동 준비를 지시했다.

수기사 작전처는 곧 출동에 관한 기안문을 작성해 올렸다. ①소화기, 공용화기의 탄약은 박스채 적재한다. ②전차 및 포병 탄약은 적재하지 않지만 추후 지원한다. ③수송대장은 본 지시문 접수와 동시에 각 여단에 차량 두 대와 1/2톤 27대를 지원한다. ④부대 출동은 사단장 직접 지휘하에 한다. ⑤출동명령 접수 후 이동 순서는 전차대대가 선두에 서고 그 뒤로 기계화 보병대대, 차량화 보병대대 순이다. ⑥각 여단장 및 수색대 대장은 출동 준비 완료 즉시 지휘부에 보고한다.

수기사로서는 출동에 관한 모든 준비를 완료한 상태였다. 남은 것은 이건영 3군사령관의 출동 명령이었다.

수기사 상황을 체크하고 있는 부안부대장 최우천 중령은 일단 정도영 보안처장에게 상황을 보고한 뒤 수기사 참모장 이학종 대령에게 달려갔다. 이 참모장은 막 출동 준비에 관한 기안용지에 결재를 끝낸 뒤 손길남 사단장에게 가려던 참이었다.

"참모장님, 제가 사단장님께 상황 설명을 드릴 테니까 이 결재는 재고해주십시오."

"지휘체계상 내 입장으로서는 명령을 준수해야 하지 않나. 그렇다면 함께 가서 사단장님께 당신이 직접 말씀을 드리게. 나는 사단장님의 그 다음 지시를 따를 테니까 말이야."

이건영 참모장과 최우천 중령이 사단장실로 가는 사이 정도영 보안처장은 손길남 사단장과 통화 중이었다. 이 참모장, 최 중령이 사단장실로 들어서는 순간 손 사단장은 막 수화기를 내려놓고 있는 중이었다.

"보안사 얘기가 그렇다면 나는 안심하고 숙소로 들어가 잠을 자도 되겠군."

손길남 사단장은 이건영 참모장과 최우천 중령을 보고 말했다. 수기사 출동 준비에 관한 기안문은 그대로 폐기 처분했다.

12·12 가해자 측 기록은 수기사의 출동 중지가 그렇게 이뤄졌다고 쓰고 있으나 실제 상황은 그렇게 간단한 것만은 아니었다. 육본지휘부 측의 수기사와 26사 출동 준비 지시 상황을 파악한 합수부 측에서는 그들을 봉쇄하기 위해서 화급을 다투지 않을 수 없었다. 임시 상황실장 정도영 보안처장은 부랴부랴 수기사 보안부대장 최우천 중령에게 전화를 걸었다.

"야, 무슨 일이 있더라도 수기사 출동은 막아야 해."

그래도 안심이 되지 않은 정도영 처장은 군단 보안부대장에게 수기사와 서울 간 통로 두 곳을 차단하도록 지시했다. 보안처장실에 함께 있던 청보처장 권정달 대령도 육사 15기 동기생인 수기사 포병단장 김도수 대령에게 전화를 걸어 출동을 막도록 독려하는 등 다각도로 수기사 출동 봉쇄에 나섰다. 이때 김도수 대령은 자신의 지휘하에 있는 포차 수십 대를 동원, 경춘국도 다리목에 차량 바리케이트를 쳐서 어떤 병력도 서울로 들어갈 수 없도록 할 계획이었다.

결국 수기사는 움직이지 않았다.

수기사 출동을 봉쇄했다고 해서 합수부 측이 마음을 놓을 수 있는 상황은 아니었다. 육본지휘부로부터 출동 준비 지시를 받아놓고 있는 또 하나의 충정 부대 26사가 남아 있었다. 26사는 정승화 총장 연행 책임자였던 보안사 인사처장 허삼수 대령이 맡았다. 허 처장은 26사 보안부대장 김현 중령에게 전화를 걸어 서울 상황을 설명한 뒤 '어떻게 하든 26사 출동은 막아야 한다' 고 지시했다.

언급한 바와 같이 이때 26사단장 배정도 소장은 유격훈련장 공사 감독 겸 격려차 현장에 나가 관련 장교들과 함께 회식을 하고 있었다. 허삼수 처장의 지시를 받은 김현 중령은 사무실에 있는 양주 한 병을 들고 배정도 사단장과 함께 혀가 꼬부라질 정도로 마셨다.

술에 취한 배 사단장이 육본지휘부로부터 긴급 연락을 받고 사단장실로 돌아와 장태완 수경사령관과 통화를 시도했으나 쉽게 연결이 될 리가 만무했다. 거기다가 김현 중령은 허삼수 인사처장에게서 들은 대로 상황을 설명하고 출동을 막고 나섰다. 결국 배정도 사단장은 고민 끝에 쓰러져 잠이 들어버렸던 것으로 알려지고 있다.

26사는 끝내 움직이지 않았다. 26사의 출동 저지에는 사단 포병단장 이경희 대령의 역할도 컸다. 그는 육사 14기 동기생인 보안사 정도영 보안처장, 후배인 허삼수 인사처장으로부터 집중적인 전화 포화를 받았다.

결국 보안사 측으로 돌아선 이경희 단장은 유사시 서울의 소요사태 진압을 알기 위해 항상 출동 대기 상태에 있는 75연대장 이학건 대령(육사 16기)에게 상황을 설명한 뒤 출동하지 못하도록 했다. 사단의 나머지 2개 연대장에게는 이학건 대령을 통해 같은 내용을 전달, 출동을 막았다. 그와 동시에 이경희 단장은 자신의 대간첩작전 구역 안에 있는 전 부대에 발령된 '진돗개 하나'를 해제해버리고 영외거주 장교들을 귀가시켜 병력출동을 원천적으로 불가능하게 만들었다.